Fiancée et insoumise

La perle des Indes

MERLINE LOVELACE

Fiancée et insoumise

Traduction française de
PHILIPPE BARBIER

Les Historiques

HARLEQUIN

Collection : LES HISTORIQUES

Ce roman a déjà été publié en 2015

Titre original :
CRUSADER CAPTIVE

HARPERCOLLINS FRANCE
83-85, boulevard Vincent-Auriol, 75646 PARIS CEDEX 13
Service Clients — https://www.harlequin.fr/contenu/contactez-nous
ISBN 978-2-2805-1854-3 — ISSN 1159-5981

Édité par HarperCollins France.
Composition et mise en pages Nord Compo.
Imprimé en avril 2025 par CPI Black Print (Barcelone)
en utilisant 100% d'électricité renouvelable.
Dépôt légal : mai 2025.

MIXTE
Papier issu de sources responsables
FSC® C159065
FSC www.fsc.org

Pour limiter l'empreinte environnementale de ses livres, HarperCollins France s'engage à n'utiliser que du papier fabriqué à partir de bois provenant de forêts gérées durablement et de manière responsable.

1

En l'an 1152, au port d'El-Arich sur la frontière très disputée entre le califat fatimide d'Egypte et le royaume franc de Jérusalem.

— Celui-ci !

Le visage entièrement caché derrière un voile, Jocelyne désigna d'un mouvement de tête le misérable qui venait d'être extrait de l'enclos des esclaves et que deux solides gardes armés de piques poussaient vers l'emplacement où il allait être vendu aux enchères. L'homme, enchaîné, était d'une taille et d'une carrure impressionnantes.

— Dame Jocelyne ! fit messire Hugues à voix basse pour n'être entendu que d'elle.

Arrivé en Terre sainte bien des années plus tôt avec messire Guillaume de Fortemur, le grand-père de Jocelyne, messire Hugues commençait à grisonner. Cependant, il n'avait rien perdu de sa force ni de son habileté à manier l'épée.

Pour s'aventurer dans cette région, lieu de la confrontation des deux royaumes aux limites mal définies et souvent changeantes, Jocelyne et lui s'étaient vêtus à l'orientale. Il avait rabattu le capuchon de son vêtement pour dissimuler, lui aussi, une partie de son visage et soufflait quelques mises en garde à l'oreille de celle qu'il avait juré de servir jusqu'à la mort.

— Regardez les meurtrissures qu'il porte aux bras et au

visage ! Elles trahissent un caractère entêté et intraitable. Il ne se soumettra jamais à votre volonté.

— Il n'aura pas le choix, s'il désire retrouver la liberté.

Ce n'était que la vérité...

Depuis que saint Bernard de Clairvaux avait prêché la deuxième croisade, six ans plus tôt, à Vézelay, des milliers d'hommes s'étaient croisés. Le roi de France, Louis VII, s'était rendu en personne en Terre sainte avec une armée et en compagnie de la reine, Aliénor d'Aquitaine, dont l'infidélité, outremer, avait défrayé la chronique.

Hélas ! le nombre de ceux qui menaçaient la sécurité du chemin de Jérusalem avait augmenté dans les mêmes proportions que celui des pèlerins. Les marchés aux esclaves, du Caire à Damas, s'étaient enrichis de Francs à la peau blanche tombés entre les mains des pirates qui sévissaient en Méditerranée et des brigands.

Même ici, à la frontière du royaume franc de Jérusalem, vers lequel ils cheminaient depuis des mois ou des années, les pèlerins étaient si nombreux à avoir été capturés que le prix des esclaves avait chuté de façon spectaculaire.

Jocelyne aurait voulu pouvoir tous les racheter. Elle s'y était d'ailleurs efforcée, avec son grand-père, en envoyant certains de leurs gens offrir la liberté à nombre de ces malheureux avant que la tension entre le royaume franc et le califat d'Egypte ne conduise ce dernier à fermer sa frontière, rendant l'opération quasiment impossible.

Seule la situation désespérée dans laquelle elle se trouvait avait pu la convaincre de prendre le risque de venir sur le marché d'El-Arich pour y acheter un esclave, dont elle se proposait d'utiliser les services à une fin bien particulière.

Mais le stratagème qu'elle souhaitait mettre en place ne fonctionnerait qu'à condition que l'esclave dont elle ferait l'acquisition observe scrupuleusement ses recommandations. Messire Hugues semblait très dubitatif à ce sujet.

— Regardez-le mieux, insista-t-il. Ses innombrables blessures ne semblent même pas l'avoir affaibli. Il est tout en muscles. Je vous le répète, il sera indomptable.

Il était musclé, en effet. A travers la fente de son voile, Jocelyne examinait l'homme exhibé sur l'estrade. Ses guenilles, ses cheveux en bataille et sa barbe ne parvenaient pas à cacher l'homme fort qu'il avait dû être. Il n'avait rien d'un simple pèlerin ni d'un laboureur ou marchand ayant répondu à l'appel à la croisade dans l'espoir de gagner la vie éternelle.

Ces épaules carrées, ce ventre plat, ces cuisses musculeuses témoignaient d'années d'entraînement rigoureux et de discipline de fer. Cet homme avait porté une épée, Jocelyne n'en doutait pas un instant, et il ne s'en était pas servi qu'une fois.

C'était son attitude, surtout, qui l'intriguait. Les épaules rejetées en arrière, le menton levé, les pieds aussi écartés l'un de l'autre que le lui permettaient les chaînes passées à ses chevilles, il regardait avec mépris, de ses yeux étonnamment bleus, la foule bruyante se pressant autour de lui.

Si elle devait recourir aux services d'un esclave pour arriver à ses fins, celui-ci, au moins, ne serait pas un couard habitué à courber l'échine.

Le regard de l'homme se posa tout à coup sur elle. La colère, visible sur ses traits, provoqua une contraction de ses lèvres. Jocelyne pensa déceler un sourire mêlant mépris et raillerie.

Bien que consciente du fait que cette expression moqueuse ne s'adressait pas à elle, mais à la femme orientale, cachée sous un grand manteau, qu'elle incarnait, elle se hérissa sous son voile. Pour lui, comme toutes les autres femmes composant la foule bruyante, elle était venue observer et se gausser des captifs francs vendus aux enchères.

Jocelyne se demanda si c'était cet air hautain qui avait scellé le destin de cet homme à l'allure martiale, tout comme cette même attitude hautaine qu'elle adoptait souvent avait scellé le sien. A moins que ce ne soit l'esprit de contradiction qu'elle avait manifesté très tôt et qui avait charmé son grand-père autant qu'il désespérait les religieuses chargées de son éducation ? Quoi qu'il en soit, elle avait fait son choix à l'instant même où elle avait croisé, ou cru croiser, le regard de l'esclave. Et, dans la foulée, elle avait fait le vœu qu'il se conformât à son attente que ce soit de bon ou de mauvais gré.

Malgré ses cheveux emmêlés et ses vêtements en lambeaux, elle devait reconnaître que ce grand esclave insoumis était plus agréable à regarder que la plupart des mâles présents. Et il était assurément plus séduisant que le premier homme auquel elle avait été promise en mariage.

Le visage sévère et la mine sombre, messire Renaud devait avoir quarante ans et elle cinq quand ils avaient été fiancés. Il avait néanmoins apporté des gâteries et des colifichets à la petite fille qui avait accepté sans sourciller d'épouser, le moment venu, un homme d'un âge plus proche de celui de son grand-père que du sien.

Mais n'était-ce pas son devoir d'épouser un chevalier capable de défendre le château dont elle avait hérité ? A partir du jour où elle avait été assez grande pour comprendre ces choses, Jocelyne avait estimé qu'il lui fallait contracter mariage avec un homme assez fort et vaillant pour tenir sa terre et assurer la défense de la puissante forteresse, dominant la Méditerranée, que lui avait léguée son grand-père. Or, messire Renaud, redoutable guerrier, répondait parfaitement à ces critères.

Cependant, lorsqu'il avait reçu une flèche dans l'œil en essayant de fermer la route d'Antioche à un lieutenant de Zengî, l'émir d'Alep, le grand-père de Jocelyne avait été obligé de lui chercher un autre fiancé.

Son choix s'était porté sur un chevalier bien plus jeune mais non moins vaillant, le très gai et enjoué Geoffroy de Lusignan, qui s'était révélé l'incarnation de tous les rêves enfantins de la petite Jocelyne. Elle s'était fiancée à lui avec enthousiasme, bien qu'encore trop jeune pour consommer le mariage. Geoffroy ayant été tué, lui aussi, au cours d'une bataille, l'opportunité ne s'en était jamais présentée.

Après cette épreuve, Jocelyne avait gagné rapidement en maturité. A tel point que son grand-père avait considéré qu'elle était mûre pour partager le lit du mari qu'il lui donnerait. Alors qu'il était en train de négocier une nouvelle alliance, il avait succombé à une hémorragie ; sa petite-fille avait été naturellement placée sous la protection du roi de Jérusalem, Baudouin III.

Or, au même moment, le royaume était l'objet d'un déchirement sans précédent. Depuis un an, des luttes intestines l'agitaient alors qu'il était assailli de toutes parts à ses frontières.

A peine plus âgé que Jocelyne, le roi Baudouin avait passé presque tout son temps, au cours de la dernière année, à combattre les ennemis qui menaçaient son royaume, tout en luttant avec acharnement pour arracher le pouvoir des mains de sa mère ambitieuse. La reine Mélisende, en effet, était régente du royaume depuis la mort accidentelle de son mari le roi Foulques, en novembre 1143, soit quelque dix ans auparavant.

Lorsque Baudouin avait atteint l'âge de dix-sept ans, il aurait dû prendre les rênes du pouvoir. Mais sa mère se refusant à le laisser monter sur le trône, il avait été forcé d'assiéger Jérusalem, où elle s'était retranchée, avant de trouver une solution pacifique.

Etant l'une des plus riches héritières du royaume, Jocelyne n'était qu'un pion ballotté entre ces deux formidables adversaires. Elle avait eu le choix entre plusieurs maris avant de passer sous la protection du souverain, qui partageait le point de vue de sa mère au sujet de l'alliance qu'il souhaitait la voir contracter.

Et quelle alliance !

Pour comble de malchance, la mère et le fils, qui étaient en désaccord sur presque tous les sujets, s'entendaient sur ce point !

Un frisson courut dans le dos de Jocelyne à la pensée de cette politique aberrante qui, au sein d'un royaume qui luttait pour sa survie, dressait une mère contre un fils, des chrétiens contre d'autres chrétiens. Elle la comprenait cependant, elle qui était née et avait grandi dans cet Orient traversé d'intrigues et de rivalités de toute sorte. Elle approuvait même les alliances avec les infidèles lorsqu'elles se révélaient nécessaires pour faire face à la menace d'un adversaire redoutable.

Quoi qu'il en soit, elle préférait être damnée plutôt que d'accepter d'entrer dans le lit de l'émir de Damas. Le goût pour les jeunes vierges de Mu'în al-Dîn Unur, le vieux capitaine turc, était bien connu. Dès qu'il les avait déflorées, il les consignait dans son harem et ne les conviait que rarement, voire jamais, dans son lit. Plus de trois cents concubines, déjà, se languissaient dans le luxe amollissant de son gynécée.

Jamais elle ne consentirait à subir un tel traitement ! Le roi Baudouin et sa mère n'avaient qu'à trouver une autre vierge à livrer en pâture à l'émir. Et Jocelyne comptait bien utiliser cet esclave pour échapper au harem...

— Celui-ci, dit-elle à messire Hugues. Faites vite ! Offrez de l'or au vendeur avant qu'il n'ouvre les enchères. Je veux que nous ayons franchi la frontière avant la nuit.

— Madame...

— Dépêchez-vous !

Le ton impérieux de Jocelyne ne laissait place à aucune discussion. Même messire Guy de Bures, qui était le capitaine de la garnison de Fortemur depuis le décès du grand-père de Jocelyne, savait à quoi s'en tenir quand la jeune châtelaine s'adressait à lui sur ce ton.

— Bien, ma dame.

Messire Hugues fit un signe aux écuyers qui les accompagnaient. Il avait choisi lui-même avec beaucoup de soin chacun de ces hommes, orientaux de naissance, qui portaient le costume traditionnel pour dissimuler le fait qu'ils avaient juré fidélité à messire Guillaume de Fortemur. Celui-ci les avait pris à son service avec beaucoup d'autres et, à sa mort, ils étaient restés inféodés à dame Jocelyne à laquelle ils étaient dévoués corps et âme.

Il était d'une importance capitale d'avoir confiance en ses vassaux à cette époque et en ces lieux où les alliances changeaient de jour en jour.

— Sulim ! fit-il. Toi et Omar, venez avec moi. Hanrah, escorte dame Jocelyne jusqu'aux chevaux, et attendez-nous là.

Jocelyne lança un dernier regard à l'esclave dont elle se proposait de faire l'acquisition. Le soleil déclinant l'enveloppait d'une lumière orangée qui lui donnait l'aspect d'une statue de bronze avec ses larges épaules et ses cuisses musculeuses.

Le doute soudain la traversa comme une lance, accompagné

d'une autre sensation, quelque chose qui lui oppressait la poitrine et provoquait une sorte d'échauffement inhabituel dans son ventre.

Toute vierge qu'elle soit, elle reconnaissait la nature de l'étrange sensation. Quand on avait grandi dans un donjon surpeuplé, on ne pouvait ignorer ce qui poussait les filles de ferme à relever leurs jupes pour s'offrir aux vachers ou les chevaliers à forniquer avec les servantes dans les recoins sombres du château.

Il ne s'agissait que de luxure, pure et simple, qui lui vaudrait une sévère pénitence lorsqu'elle s'en confesserait au chapelain de Fortemur.

Si elle s'en confessait... Ce qu'elle prévoyait de faire était si risqué et choquant que mieux valait, sans doute, que personne n'en sache rien, à l'exception de messire Hugues qui était déjà au courant. De plus, elle ne se sentait pas autorisée à impliquer dans son stratagème d'autres personnes qui risqueraient d'avoir à en subir les conséquences.

L'énormité de ce qu'elle envisageait lui apparut tout à coup, lui coupant presque le souffle. Seigneur tout-puissant ! Etait-elle folle pour croire qu'elle réussirait à changer le cours de son histoire ? Qu'elle pourrait s'opposer à la volonté d'un roi ?

Pendant un instant, elle fut à deux doigts d'abandonner le projet déraisonnable, vivement condamné, d'ailleurs, par messire Hugues, qui le considérait comme téméraire et hasardeux à l'extrême.

Le capitaine de sa garde s'était éloigné d'elle et se frayait un passage parmi la foule en direction de l'estrade des enchères. Jocelyne se mordit la lèvre, hésita encore une seconde, puis tourna les talons.

Au mépris de la douleur lancinante que lui causaient ses blessures, Simon de Rhys se tenait droit et, malgré la honte qu'il éprouvait, conservait fière allure. Les mouches qui volaient autour de lui se posaient sur les marques suintantes laissées par le fouet dans son dos et sur les plaies que les chaînes avaient creusées dans sa chair aux chevilles et aux poignets.

Il ne dit pas un mot quand un homme au visage tanné par le soleil et couvert d'un grand manteau, le capuchon rabattu sur la tête, glissa des pièces dans la main de l'esclave au service du vendeur. De toutes les indignités qu'il avait eu à subir depuis sa captivité, celle-ci était la pire.

Il avait obéi, bien que de mauvais gré, quand il avait été prié de se rendre au chevet de son père dont les procédés malhonnêtes avaient entraîné la perte de leurs terres et déshonoré leur nom.

Et c'était avec un certain cynisme qu'il avait entendu son père lui dire d'une voix rendue rauque par la maladie qu'il regrettait ses nombreuses erreurs et que, en guise de pénitence, il le donnait, lui, son plus jeune fils, aux Templiers.

Simon avait fait de son mieux pour ignorer cette décision jusqu'au jour où son confesseur, l'abbé Bernard de Clairvaux, l'avait mis en garde contre le risque de damnation éternelle s'il n'accomplissait pas le vœu d'un père repentant.

Embarqué sur un navire en partance pour la Terre sainte où il envisageait de rallier l'ordre de chevalerie auquel son père l'avait destiné, il avait été victime d'un abordage par un bateau pirate, tout comme ses compagnons de traversée, des pèlerins en chemin vers Jérusalem. Il s'était battu comme un fauve contre les barbaresques qui, pour tenter de le soumettre, l'avaient attaché et fouetté avec des lanières armées de plomb.

Mais ce qu'il vivait, en ce moment, était encore bien pire…

Se voir vendu comme un animal le privait du peu d'orgueil qu'il lui restait !

Serrant les dents pour s'interdire de hurler son indignation, il s'efforça de ne pas penser aux riches butins que son bras invincible lui avait gagnés dans les tournois, ni aux rançons versées par les chevaliers qu'il avait vaincus au combat.

Le Simon de Rhys, vainqueur dans plus d'affrontements qu'il ne pouvait se souvenir, n'était plus. Tout ce qu'il avait gagné à la pointe de l'épée et du tranchant de sa hache, il l'avait donné à l'ordre des Templiers, les Pauvres Chevaliers du Christ comme ils s'appelaient au moment de la fondation de l'ordre, en 1119, par un chevalier champenois, Hugues de Payns. Ils n'avaient pris le nom de Templiers que plus tard, lorsque le roi de Jérusalem, Baudouin II, leur avait donné un palais situé à côté de l'ancien Temple de Salomon.

Il s'était défait de ses biens en faveur de l'ordre monastique auquel il se destinait bien qu'il n'ait pas eu le temps de se livrer à son rituel d'introduction avant de s'embarquer pour le royaume franc de Jérusalem.

A présent, il n'était plus qu'un esclave aux mains des infidèles dont il s'était juré de débarrasser la Terre sainte ! Ce constat amer le torturait comme s'il était livré au bec acéré de corbeaux lui arrachant les entrailles.

Stoïque, il resta de marbre au milieu des cris des enchérisseurs et pendant que les pièces d'or passaient de main en main. Indifférent à la douleur de ses blessures, il ignora tout de ce qui se déroulait autour de lui jusqu'au moment où on lui intima l'ordre de retourner dans l'enclos où étaient parqués les captifs.

Il obéit, sans toutefois courber l'échine, et le garde-chiourme s'approcha de lui pour le débarrasser de ses chaînes. Il s'interdit de grimacer quand l'homme défit sans ménagement les goujons maintenant les fers autour de ses chevilles ensanglantées.

Grinçant des dents contre la douleur, il joignit les mains en réfléchissant à l'occasion, la dernière sans doute et désespérée, qui lui était donnée de tenter de recouvrer sa liberté. En raison de la malnutrition qu'il avait eu à endurer depuis sa capture, il était trop faible pour livrer un véritable combat armes à la main, mais il lui restait la possibilité d'utiliser la chaîne qui reliait ses poignets pour étrangler son geôlier...

Il ne pourrait pas aller loin au milieu de cette foule mais, du moins, mourrait-il en combattant comme il avait juré de le faire en acceptant de payer pour les péchés de son père. Il s'apprêtait à passer à l'action quand son nouveau maître s'adressa à lui en termes laconiques :

— Suis-moi !

Simon cligna les yeux. Avait-il bien entendu ? L'homme s'était-il vraiment adressé à lui dans sa propre langue ? Sans accent, qui plus est, ce qui indiquait qu'il était né franc.

— Qui êtes-vous ?

— Tu l'apprendras plus tard. Viens... Nous n'avons pas de temps à perdre.

Il aurait pu user de ses chaînes pour tuer quelques-uns de ces infidèles avant d'être occis à son tour, mais la curiosité fut plus forte. Où cet homme allait-il le conduire ?

Ils rejoignirent une petite troupe armée jusqu'aux dents, qui attendait dans l'ombre de la muraille d'enceinte de la cité. Le cœur de Simon fit un bond dès que son regard se posa sur un splendide coursier arabe d'un noir d'ébène, qui donnait l'impression d'être rapide comme le vent. Et il se mit à battre plus vite encore quand il vit qui le montait.

Il s'agissait de la femme, toujours cachée sous son manteau à capuchon et son voile, dont il avait croisé le regard sur la place du marché. Elle était plus grande que les autres femmes et se tenait bien plus droite, comme si elle avait l'habitude de relever la tête en présence des hommes plutôt que de la baisser en signe de soumission.

Sa façon de le soupeser du regard comme une femme habituée à diriger les hommes et à apprécier leurs qualités et défauts l'avait surpris. Etait-elle l'épouse de l'homme qui l'avait acquis ? Sa fille ? Attendrait-elle de lui qu'il lui fasse des courbettes ?

Dans ce cas, elle serait déçue car jamais il ne s'inclinerait devant elle. Plutôt souffrir cent morts plutôt que se soumettre à cette femme !

Cette dernière plissa les paupières et, sans dire mot, regarda son nouveau maître lui indiquer un cheval barbe à la robe brun foncé qui, retenu par ses rênes tendues, piaffait d'impatience.

— Monte, lui dit l'homme, et installe-toi bien sur ta selle. Nous avons un long et difficile chemin à parcourir.

— Où allons-nous ?

— Tu le verras. Monte.

Malgré la chaîne reliant ses poignets, Simon se hissa sur sa monture avec l'aisance d'un homme habitué à passer plus de temps à cheval qu'à pied. Il n'était pas qu'un peu mécontent de ne pouvoir se saisir des rênes qui étaient tenues par un païen au turban blanc.

Il n'avait pas mis son deuxième pied dans l'étrier que son nouveau maître alla se ranger près de la femme. Ils se mirent en route. Simon et son gardien suivirent tandis que deux autres indigènes, portant le turban, fermaient la marche.

Ils s'arrêtèrent à la porte de la cité, où celui qui l'avait acheté déposa une poignée de pièces dans la main des gardes armés de piques.

Lorsqu'ils eurent dépassé des cabanes en terre entourant les murs d'El-Arich, ils s'engagèrent sur une route reliant les différents ports de la côte. Sur la droite, des collines aux pentes escarpées étaient couvertes d'oliviers alors que, à gauche, la mer Méditerranée s'étendait à l'infini.

Le soleil qui déclinait au-dessus des flots argentés indiquait à Simon qu'ils avaient pris la direction du nord. Il ne connaissait qu'imparfaitement la région mais n'ignorait pas qu'El-Arich se trouvait à proximité du royaume franc de Jérusalem. S'ils continuaient sur ce même chemin, ils ne devraient donc pas tarder à en franchir la frontière.

Les possessions franques, qui s'étiraient le long de la mer, étaient entourées de montagnes et de déserts. Arrachées à leurs habitants quelque cinquante ans plus tôt à l'issue de la première croisade, elles ne formaient guère qu'une étroite langue de terre cernée de toutes parts. Mais si la petite troupe qui le conduisait vers ce royaume s'approchait suffisamment de ses limites, il aurait peut-être une chance de lui fausser compagnie et trouver son salut dans la fuite.

Il saisirait cette chance, corrigea-t-il avec humeur. Il n'avait pas traversé la Méditerranée pour finir ses jours enchaîné. Il n'était peut-être que le cinquième fils d'un petit seigneur peu recommandable, mais il avait gagné plus de batailles qu'il n'en avait perdu. Or, celle-ci n'était pas encore terminée.

L'espoir de s'échapper grandit au rythme du trot de son cheval et du fracas des vagues qui se brisaient sur le roc en contrebas de la route. Puis, soudain, il fut remplacé par le doute. Les nouvelles de l'Orient, en effet, ne parvenaient que tardivement en Occident. Les infidèles pouvaient fort bien avoir conquis le sud du royaume franc comme ils s'étaient emparés de la ville d'Edesse, au nord, événement qui avait provoqué la deuxième croisade. L'église du Saint-Sépulcre, à Jérusalem, pouvait fort bien être, à l'heure actuelle, entre les mains des musulmans.

A cette seule pensée, il fut tout retourné. Il n'avait pas fait tout ce chemin pour échouer ! Afin d'accomplir le vœu de son père et sauver sa propre âme, il devait trouver le moyen de parcourir la dernière étape de son voyage et rejoindre les rangs de l'ordre des Templiers. Il passait en revue les différentes options qui s'offraient à lui quand son nouveau maître fit ralentir son cheval.

— Les Fatimides ! dit-il.

Le grondement des vagues était si fort que Simon l'entendit à peine.

Il plissa les yeux dans le soleil et observa la petite troupe qui venait dans leur direction. Les casques coniques des cavaliers les identifiaient autant que leurs oriflammes rouge sang portant des caractères arabes. Il s'attendait à voir son nouveau maître s'en approcher et marchander leur passage. A sa grande surprise, la femme prit la parole avec autorité.

— Ce sont les couleurs du régiment privé du sultan. S'ils nous arrêtent, ils ne se laisseront pas corrompre. Nous ne pourrons pas leur donner de l'argent comme aux gardes de la ville pour qu'ils nous laissent poursuivre notre chemin.

— Particulièrement s'ils vous reconnaissent, ma dame, renchérit le cavalier près d'elle.

La femme voilée était franque et, à sa manière de parler, il ne faisait aucun doute qu'elle avait un rang élevé... Simon avait à peine tiré cette conclusion que la cavalière lança un regard par-dessus son épaule. Il entr'aperçut des yeux bruns et vifs qui soupesaient la valeur de son escorte.

— Je connais très bien ces collines et ces vergers, dit-elle d'un ton ferme. Guy de Bures les a tenus en fief avant de les perdre au profit des Fatimides. J'ai passé presque tout un été ici avec la femme et les filles de Guy. Suivez-moi !

Avant que quiconque puisse protester, elle talonna sa monture.

Le cheval arabe à la robe luisante quitta la route et sa cavalière, penchée sur l'encolure, le lança au galop vers les oliviers qui croissaient sur la pente raide de la colline.

Jurant dans sa barbe, celui que Simon tenait maintenant pour le second de la femme fit changer de direction à son cheval et s'élança à sa suite.

Impuissant, Simon s'accrocha à sa selle quand le garde qui menait sa monture prit le même chemin. Ils galopèrent entre des troncs d'arbres noueux et tordus, noircis par le temps. Des arbustes aux feuilles argentées lui fouettaient le visage ; il évita de justesse deux branches et en heurta une troisième...

Par-dessus le martèlement des sabots ferrés des chevaux sur le sol rocailleux, il perçut un cri distant. Un regard par-dessus son épaule confirma sa crainte : les hommes du sultan les avaient pris en chasse. Son œil averti lui apprit en un instant qu'ils étaient bien armés et montés sur des chevaux rapides.

La passion du combat s'éveilla alors en lui. Il serra les poings comme s'il s'emparait d'une lance ou d'une épée. En règle générale, il importait peu à un esclave de passer d'un maître à un autre. Tout en lui, cependant, se rebellait à la pensée d'être pris sans avoir pu se défendre, faute d'armes et de moyens.

Ils atteignirent le sommet de la colline, qui avait l'aspect d'une crête, et il découvrit avec surprise qu'elle dominait une crevasse profonde qui s'étendait à perte de vue à droite et à gauche. Le seul moyen de franchir cette gorge était un pont de bois et cordages, qui paraissait ne pas pouvoir supporter le poids d'un goret. Alors qu'en serait-il d'un cheval et son cavalier ?

La femme en tête de la petite troupe tira sur les rênes de sa monture qui se cabra. Lorsque Simon la vit mettre pied à terre, il se dit qu'elle renonçait et envisageait de se rendre à leurs poursuivants. Elle prit alors la parole.

— Le pont est solide. Je l'ai franchi plus d'une fois avec messire Guy de Bures et sa femme. Attendez que je sois parvenue de l'autre côté, puis engagez-vous sur la passerelle l'un après l'autre.

— Non, ma dame ! s'exclama le chevalier au visage buriné en sautant à terre. Je passerai le premier.

Simon retint son souffle tandis que l'homme conduisait son cheval sur le pont qui se mit à osciller, donnant l'impression qu'il risquait, à tout instant, de rompre et de précipiter cavalier et monture dans le vide.

Contre toute attente, ils parvinrent à l'autre extrémité de la passerelle et, dès qu'ils eurent mis pied sur la terre ferme, la femme s'engagea à son tour dans la périlleuse traversée. Elle franchit elle aussi le pont sans difficulté et fut suivie par l'un des cavaliers enturbannés de leur escorte.

Le tour de Simon et de son gardien était venu. Ce dernier le fit descendre de cheval puis lui mit en main les rênes de son cheval.

— Vas-y ! fit-il d'une voix grave et gutturale chargée de menace.

Simon n'était pas sujet au vertige. Il avait escaladé maintes tours de siège et s'était battu au sommet de remparts escarpés, et ne redoutait pas de traverser la passerelle suspendue. Toutefois, soucieux avant tout de recouvrer la liberté, il marqua un temps d'arrêt.

Vu les circonstances, il aurait pu en profiter pour échapper à ses nouveaux maîtres en allant se dissimuler parmi les oliviers. Là, il aurait pu attendre que ses nouveaux propriétaires s'éloignent, et aurait suivi sa propre voie. Mais il choisit de rester. Malgré lui, il n'était pas rebuté à l'idée de placer son destin entre les mains de la femme qui avait franchi la gorge et dont il sentait, de nouveau, les yeux fixés sur lui.

Son regard de braise, ensorcelant, ne le quittait pas, l'attirant vers un avenir que seul Dieu connaissait. Avec la sensation troublante qu'il ne plaçait pas que sa vie entre les mains de cette femme aussi étrange que surprenante, il avança sur le pont avec, à sa suite, le cheval louvet.

La passerelle fléchit sous leur poids mais ne céda point. Il s'obligea à poser un pied l'un devant l'autre et leva les yeux vers la femme qu'il ne cessa plus de regarder. Tous deux parurent retenir leur respiration jusqu'à ce qu'il ait traversé.

Puis les deux derniers membres de l'escorte passèrent l'un

après l'autre alors que les cavaliers du sultan ne cessaient de se rapprocher.

Les fuyards étaient presque à portée de flèche quand le chevalier grisonnant tira son épée du fourreau. Deux grands coups de lame sur les cordes rattachant le pont à deux poutres solidement ancrées dans le sol suffirent à les rompre. Les planches formant la passerelle s'inclinèrent du côté gauche, entraînant une oscillation de l'ensemble de la structure.

— Ils ne peuvent plus nous rejoindre, dit le chevalier avec satisfaction.

— Non, confirma la dame qui jubilait.

Saisissant le pommeau de sa selle, elle se hissa à cheval avec grâce et légèreté, son grand manteau volant autour d'elle.

— En selle ! ordonna-t-elle alors que le bruit de la cavalcade ennemie résonnait de l'autre côté de la crevasse. Rentrons au plus vite à Fortemur.

2

Lorsque le petit groupe de cavaliers atteignit dans un grondement de sabots la barbacane d'un puissant château dominant la mer de ses tours et remparts, le soleil n'était plus qu'une boule de feu rougeoyante à l'horizon et Simon devait lutter pour garder la tête droite tant il était harassé.

Depuis sa capture, deux jours plus tôt, sur le bateau abordé par les pirates barbaresques, il n'avait mangé que quelques morceaux de pain moisi. Mais les brûlures lancinantes qu'il éprouvait dans le dos étaient bien pires que la faim qui lui tenaillait les entrailles. Le fouet armé de plomb de ses ravisseurs avait déchiré ses chairs presque jusqu'aux os.

L'habitude de l'effort et l'instinct de survie le préservaient cependant du renoncement. S'armant de volonté, il s'efforça d'oublier la douleur et concentra toute son attention sur les étendards rouge et noir flottant au sommet des tours de la forteresse. Il ne reconnut pas l'emblème qui y était représenté, pas plus d'ailleurs que les armoiries sculptées dans la pierre au-dessus de la porte de la première barbacane.

En franchissant le pont-levis après la fortification avancée, il ne put qu'admettre que le château méritait le nom qui lui avait été donné.

Au-delà d'une première enceinte établie au niveau de la barbacane, Fortemur, en effet, présentait de hauts remparts d'une colossale épaisseur qui le rendaient inexpugnable. Les gardes, nombreux et vêtus, au-dessus de leur cotte de mailles, d'un tabard aux couleurs de leur suzeraine, surveillaient la mer et les collines alentour depuis les douze tours qui se dressaient à intervalles réguliers le long du rempart. D'autres se tenaient au sommet de la tour de guet et du donjon monumental.

La hauteur vertigineuse des tours et leur finesse relative, qui leur donnaient l'aspect de minarets, conféraient à la forteresse un aspect fantasque semblant démentir son système de défense exceptionnel puisqu'il se composait de deux enceintes dressées à bonne distance l'une de l'autre.

L'espace protégé qui s'étendait entre les murailles alternait jardins et vergers en fleurs. Ils devaient assurer l'alimentation de la garnison en cas de siège prolongé — aussi longtemps, du moins, que la première enceinte ne serait pas prise par les assiégeants.

Simon supputa que, dans de telles circonstances, les assiégés ouvriraient les vannes interdisant à l'eau de mer de pénétrer dans ces lieux et que l'ennemi serait ainsi submergé.

En pénétrant dans la deuxième enceinte, il constata qu'il y régnait une activité nourrie, du colombier — autour duquel s'ébattaient les pigeons — aux cuisines d'où provenait une odeur alléchante de viandes rôties, en passant par la forge du maréchal-ferrant, qui résonnait du martèlement de ses outils.

Alors que les cavaliers s'arrêtaient devant les écuries et que la femme descendait lestement de sa monture, l'estomac de Simon, vide depuis trop longtemps, se mit à gronder.

Comme si elle l'avait entendu, elle lança un rapide regard vers lui avant de relever son capuchon et dire à mi-voix au chevalier qui ne s'écartait pas d'elle :

— Nourrissez-le et faites-lui prendre un bain avant de le conduire dans ma chambre.

Simon entendit à peine ses propos tant il était fasciné par la lourde tresse d'un blond pâle et doré, lumineux comme les rayons du soleil d'hiver se mirant sur un lac gelé, qui tombait sur l'une de ses épaules. Jamais il n'avait vu de cheveux d'une telle teinte.

Non sans effort, il s'arracha à la contemplation de cette chevelure d'exception pour porter son attention sur le chevalier qui avait rabattu, lui aussi, son capuchon. En voyant ses cheveux argentés, il sut que les rides qui sillonnaient son visage étaient dues à son âge autant qu'au soleil. Une cicatrice, qui descendait de l'oreille et se perdait sous le col de son manteau, témoignait de batailles qu'il avait livrées.

— Voulez-vous que nous lui laissions ses chaînes aux poignets ou que nous les lui retirions ? demanda le chevalier à la femme.

Elle se tourna pour l'examiner de la tête aux pieds, et Simon se raidit comme lorsqu'elle l'avait soupesé du regard alors qu'il était offert aux enchères.

Par le Tout-Puissant ! Quelle effrontée ! Elle avait une façon de le regarder à laquelle il n'aurait pas été long à réagir en d'autres circonstances. Il avait eu sa part de petites coquines et de gentes dames avant que le vœu de son père mourant ne le destine à une vie de pauvreté, d'obéissance et de chasteté.

Il n'avait toutefois jamais rencontré de femme comme celle-là, assez résistante pour rester à cheval pendant des heures sans même s'assoupir sur la selle et avec assez de caractère pour donner des ordres à un chevalier dont les cicatrices vantaient le passé guerrier.

— Retirez-les-lui, répondit-elle. Mais je vous autorise à user de la force s'il se révèle violent.

— Je ne le lui conseille pas.

Simon comprit que la réponse, formulée d'une voix menaçante, lui était plus particulièrement destinée. La femme, qui s'éloignait après avoir acquiescé d'un signe de tête, fit tout à coup demi-tour et revint vers eux.

— N'oubliez pas d'emprunter l'escalier de la tour quand vous le conduirez à moi, dit-elle à mi-voix au chevalier.

— J'y veillerai.

Simon la suivit du regard alors qu'elle soulevait ses jupes et contournait le tas de fumier au milieu de la basse-cour où se côtoyaient chevaux, porcs et volailles. Il s'attarda sur ses chevilles fines et bien dessinées avant de se tourner vers le chevalier.

— Hugues de Poitiers, dit ce dernier. J'ai été l'homme lige d'Aliénor d'Aquitaine avant de prêter serment, il y a vingt ans, au maître de cette terre.

— Qui est-ce ?

— Elle ! fit le chevalier en désignant du menton la femme qui s'éloignait. J'ai été d'abord l'homme lige de son grand-père, messire Guillaume.

— C'est elle qui tient ce château ? Elle n'a pas de mari ? Ni de père ni de frère ?

— Elle m'a, répondit sèchement le chevalier.

— Je ne voulais pas vous offenser, mais une forteresse de cette taille...

Pendant qu'il promenait le regard sur les vergers bien ordonnés, il reçut de messire Hugues une explication.

— Messire Guillaume est mort à Noël dernier sans avoir eu le temps de lui trouver un mari. Le roi Baudouin, qui l'a prise sous sa coupe, lui a désigné un régisseur qui est assez stupide pour croire que c'est lui qui dirige ici, mais il n'en est rien. Je vous conseille, d'ailleurs, de ne pas commettre la même erreur.

Ainsi, cette jolie femme était une héritière ! Un cadeau, en quelque sorte, à offrir en récompense à un vassal fidèle. Et il s'agissait d'un présent de grande valeur, non seulement à cause de son charme, mais aussi de son imposant château.

Simon n'était pas surpris outre mesure qu'elle en soit la dame et la seule maîtresse. Il savait, en effet, comme toute la chrétienté, que le combat constant que devaient livrer les Francs pour se maintenir dans les territoires arrachés aux infidèles exigeait d'eux de nombreux sacrifices et que plus d'un seigneur était mort sur le champ de bataille. Comme leurs fils, malheureusement, connaissaient souvent le même sort, plus d'un fief, en Orient, s'était trouvé aux mains d'une héritière. On disait même que de riches veuves avaient été données en mariage avant même qu'elles n'aient enterré leur précédent mari.

De telles rumeurs avaient conduit plus d'un chevalier sans terre et des gens d'armes au tempérament aventurier à chercher épouse et fortune outre-mer. Il avait envisagé de le faire lui aussi mais, maintenant qu'il était voué à la vie de Templier, il ne pouvait plus rêver de prendre femme dans ce pays et encore moins de faire fortune.

L'ordre des Templiers l'interdisait, en effet, à ses membres. Tous les butins obtenus à la force de l'épée, tous les revenus des vastes domaines qu'ils avaient pu acquérir tant ici qu'en Occident revenaient à l'ordre.

— Comment t'appelles-tu ? demanda messire Hugues.

— Simon de Rhys, cinquième fils de Gervais de Rhys.

— Gervais de Rhys..., répéta le chevalier en fronçant les sourcils. J'ai entendu parler de lui... Mais ce sont des souvenirs lointains... Que dit-on à son sujet ?

Qu'il a perdu son honneur, ses terres, et l'estime de ses gens, pensa Simon avec amertume. Qu'il court la gueuse, se livre à des beuveries et soutire par la ruse ce qu'il ne peut gagner par la force de son bras.

Ce n'était pas un hasard si, après avoir été armé chevalier, il avait fui le donjon délabré de son père, peu après y être revenu. Il avait ensuite vécu des tournois auxquels il prenait part, au gré de ses pérégrinations, jusqu'au jour où il avait été sommé de se présenter au chevet de Gervais de Rhys mourant.

— Je l'ignore, répondit-il en redressant les épaules.

— Quel âge as-tu ?

— Vingt-six ans.

— As-tu été armé chevalier ? poursuivit Hugues en plissant les yeux d'un air dubitatif.

— Oui, il y a dix ans.

— Si jeune ?

Il posa sur Simon un regard méfiant.

— Qui t'a adoubé ?

— Le comte d'Angoulême.

— En personne ?

— Oui.

Hugues garda le silence un moment avant de reprendre en optant, cette fois, pour le vouvoiement :

— S'il vous a armé chevalier à un si jeune âge, c'est que vous aviez gagné son estime et mérité son respect.

Il se frotta le menton en le dévisageant comme s'il cherchait à lire dans son âme.

— Je suis on ne peut plus hostile à ce que dame Jocelyne vous réserve, dit-il enfin, mais je comprends ses motivations. En tout cas, que vous fassiez ou non ce qu'elle attend de vous, sachez, Simon de Rhys, que je vous étriperai si vous lui faites le moindre mal !

— Je...

Hugues de Poitiers l'interrompit en brandissant le poing d'un air féroce.

— Ce que vous dites ou pensez m'importe peu ! Gardez simplement bien en tête que vous êtes un homme mort si vous touchez ne serait-ce qu'à un de ses cheveux ! M'avez-vous compris ?

— Oui.

— Alors, suivez-moi. Je vais vous faire servir un repas et vous prendrez un bain avant que je vous conduise auprès de dame Jocelyne.

Les nerfs à vif, Jocelyne arpentait sa vaste chambre située dans le donjon.

Jusqu'à la mort de son grand-père, elle avait partagé une chambre avec les autres jeunes filles résidant au château. Elles étaient quatre, voire cinq ou six, à dormir dans le grand lit à baldaquin qui s'y trouvait alors que les autres s'étendaient sur les bancs de pierre recouverts de coussins où elles s'asseyaient dans la journée pour lire, broder ou jouer du luth.

Depuis qu'elle occupait la chambre seigneuriale, Jocelyne appréciait plus que tout le luxe incomparable qu'elle lui offrait : l'intimité. Cette intimité qui allait lui permettre, cette nuit, de faire ce qu'elle avait prévu de longue date !

Elle avait prémédité et préparé son coup avec autant d'attention que messire Hugues aurait rassemblé ses troupes avant l'assaut d'une forteresse ennemie.

Le soleil étant sur le point de se coucher, elle avait demandé que l'on allume toutes les chandelles et un feu dans la cheminée. Les lourds volets de bois fermés arrêtaient la brise marine qui se levait avec la nuit. De riches tapisseries refoulaient les filets d'air frais qui s'immisçaient entre les pierres disjointes des murs épais du donjon, et de moelleux tapis d'Orient couvraient le plancher aux larges lattes cloutées.

La chambre était chaude et confortable, mais Jocelyne frissonnait nerveusement tant elle était émue et inquiète à la pensée de ce qui allait se passer.

De retour à Fortemur, elle avait pris un bain et s'était vêtue avec soin. Elle avait noué autour de sa tête, en veillant à dégager le front, un bandeau de lin blanc qui lui passait sous le menton et entourait ses cheveux qui tombaient librement dans son dos. Sur une tunique plissée en lin, elle portait un bliaud d'un rose foncé, tirant sur le rouge, lacé sur les côtés et dont les manches, évasées aux poignets, descendaient jusqu'au sol.

Une large ceinture ornée de broderies en fil d'or lui ceignait les hanches. Une boîte contenant des aiguilles y pendait, de même qu'une paire de ciseaux dans leur étui de cuir, une boule en or percée de petits trous contenant le très précieux musc, et le lourd anneau portant les clés, marque distinctive de la châtelaine.

Une fois parée, Jocelyne avait congédié ses servantes ainsi que le page qui, d'habitude, couchait sur une paillasse devant la porte de sa chambre. Personne ne devait savoir ce qui allait se passer entre elle et l'homme qu'on allait lui amener.

C'était de la folie...

Comme messire Hugues le lui avait fait remarquer avec tant d'insistance, elle jouait avec le feu et prenait le risque de s'attirer les foudres du roi Baudouin et de sa mère Mélisende qui avait conservé un certain pouvoir.

Pourtant, jamais elle n'accepterait de se laisser enfermer dans un harem! Elle était bien trop habituée à gérer les terres et le château dont elle avait hérité pour supporter de vivre enfermée et soumise à l'autorité d'un émir.

Elle savait, certes, que son alliance avec Unur, le vieux capitaine turc régnant sur Damas — désigné sous le nom d'Aynard dans la chronique d'Eracles —, aurait été dans l'intérêt du royaume franc de Jérusalem. Le roi Baudouin se serait ainsi assuré un allié sur la frontière orientale tandis qu'il combattrait l'invasion des Turcs seldjoukides au nord et des Fatimides au sud.

L'émir, de son côté, y aurait gagné un accès à la mer pour les longues caravanes aux chameaux surchargés de biens précieux qui traversaient son vaste territoire. Il aurait augmenté ses gains, car les caravanes payaient un tribut plus élevé pour avoir le privilège de rejoindre rapidement un port sur la Méditerranée en s'évitant le long voyage à travers le sultanat fatimide d'Egypte.

En prenant Jocelyne pour épouse, il aurait doublé la quantité de pièces d'or et d'argent entrant dans ses coffres.

Quant à elle, elle n'aurait pas été la première Franque donnée en mariage à un chef oriental à des fins politiques ou stratégiques. Le pape lui-même n'avait-il pas approuvé le mariage de Marguerite de Cilicie avec le sultan seldjoukide de Konya afin de s'adjoindre un territoire qui servirait de tampon entre le royaume byzantin et les Ottomans de plus en plus puissants et menaçants ?

Comme Marguerite de Cilicie, elle aurait été autorisée à pratiquer sa religion. L'émir, en tout cas, s'y était solennellement engagé.

Et pour cause, pensa-t-elle avec humeur. L'homme ne prenait-il pas des femmes de toutes religions et races ? Leur croyance lui importait peu, dès lors qu'elles venaient à lui dans leur fraîcheur virginale. Seule la satisfaction charnelle comptait à ses yeux.

Jocelyne n'était pas assez inconsciente pour croire qu'elle pourrait présider seule à son destin. Elle savait qu'elle devrait, un jour ou l'autre, s'incliner et accepter le mari que lui imposerait le roi. Mais elle ne se conformerait à sa volonté qu'à la condition que l'homme qu'il lui proposerait soit chrétien comme elle et taillé pour assurer la défense de Fortemur. En aucun cas, elle ne...

Quelques coups légers frappés à la porte de sa chambre interrompirent le cours de sa pensée. Elle retint son souffle. C'était maintenant ou jamais, songea-t-elle, prise d'angoisse.

Le tapis persan aux riches coloris, qui pouvait être acheté dans n'importe quel bazar pour une poignée de besants, étouffa ses pas alors qu'elle traversait la vaste pièce. D'une main tremblante, elle tourna la grosse clé et ouvrit la porte.

L'escalier à vis, étroit et sombre, n'était éclairé que par la flamme dansante d'une torchère et un rayon de lune qu'une meurtrière laissait entrer avec la brise du soir. La lumière, bien que faible, était suffisante pour distinguer l'expression désapprobatrice de messire Hugues et les traits tendus, impénétrables, de l'homme qui se tenait près de lui.

Jocelyne recula d'un pas pour leur laisser le passage.

L'esclave, dont la barbe avait été rasée et les chaînes retirées, entra le premier. Ses cheveux blonds, fraîchement lavés et coiffés, avaient des reflets d'or. Il avait quitté ses oripeaux et portait une simple tunique de laine et des chausses en lin.

Elle ne l'avait encore jamais vu d'aussi près...

Avec sa haute taille et sa carrure, elle avait l'impression de se trouver face à un imposant cèdre comme ceux qu'elle avait admirés dans les forêts du Liban. Et, maintenant qu'elle distinguait mieux ses traits, il lui paraissait plus intimidant qu'elle l'avait cru ou, du moins, qu'elle avait été prête à le reconnaître.

L'arête de son nez était aplatie comme si elle avait été brisée par un coup de poing ; le tracé de sa bouche était ferme et son menton carré laissait à penser qu'on était en présence d'un homme aussi autoritaire qu'audacieux.

Quant à son regard... Seigneur ! Quelle teinte extraordinaire ! Aussi assuré que féroce, et d'un bleu profond comme la mer, il la détaillait avec un mélange de méfiance et de dédain.

— Lui avez-vous dit ce que j'attends de lui ? demanda-t-elle à messire Hugues.

— Non. Mais je l'ai prévenu qu'il ne verrait pas le jour se lever s'il touchait à l'un de vos cheveux.

Le fidèle chevalier hésita un instant avant de reprendre :

— Il a été maltraité, ma dame. J'ai demandé à un serviteur de passer un onguent sur ses plaies, mais il faudrait que dame Constance les soigne avant qu'elles ne...

— Je vous remercie, messire, intervint l'esclave, mais mes blessures peuvent attendre.

Son regard la transperça comme une lance.

— Je voudrais d'abord savoir, reprit-il, pourquoi une noble dame éprouve le besoin d'acheter un esclave pour qu'il fasse ses quatre volontés. Quelle est cette tâche urgente que vous voulez me confier ?

— C'est une affaire très simple, répondit Jocelyne d'une voix tendue. Quand vous en aurez fini, vous pourrez quitter Fortemur libre, sur un bon cheval de bataille, armé d'une lance et d'une épée, revêtu d'un haubert et muni d'un bouclier.

L'homme resta impassible. A vrai dire, elle ne s'attendait pas à ce qu'il saute de joie. Au cours des années où elle avait secondé son grand-père puis gouverné seule le château, elle avait acquis une certaine expérience des hommes. Dès qu'elle avait vu l'attitude fière et indomptable de celui-ci, bien qu'il ait été enchaîné et offert à la vente, elle avait compris qu'il romprait avant de plier.

Elle espérait seulement qu'il montrerait la même force de caractère et resterait fidèle à sa parole après qu'elle lui aurait fait prêter serment de ne rien rapporter de ce qu'il allait vivre à Fortemur !

— Si cette affaire est aussi simple que vous le dites, fit-il, pourquoi ne demandez-vous pas à l'un de vos sergents d'armes de s'en charger ?

— Je vais vous expliquer dans un instant ce dont il s'agit, mais, en tout premier lieu, je veux que vous me fassiez le serment de ne jamais parler à personne de ce qui va se passer ici cette nuit.

— Vous accorderiez votre confiance à un homme que vous avez acheté pour quelques besants d'or ?

— Oui... Me jurez-vous de garder le secret ?

Il y eut un long silence.

— Oui, répondit-il enfin avec une réticence manifeste. Je vous le jure.

Se sentant soudain oppressée, Jocelyne tourna les yeux vers messire Hugues.

— Vous pouvez encore renoncer, dit-il d'une voix rauque.

— Je n'ai pas le choix...

Rassemblant son courage, elle redressa la tête avec noblesse.

— Laissez-nous, s'il vous plaît, messire Hugues.

— Ma dame, vous...

— Je vous en prie...

Jocelyne eut l'impression que le chevalier n'allait pas lui obéir, mais il avait servi fidèlement son grand-père pendant de si longues années qu'il finit par consentir non sans une dernière recommandation à l'esclave.

— J'attendrai dans la salle des gardes, en dessous de cette chambre. Un simple cri de dame Jocelyne signera votre arrêt de mort, chevalier Simon de Rhys.

Jocelyne attendit que le bruit de ses pas s'éloigne dans l'escalier à vis avant de refermer la porte.

Comme elle avait l'assurance que Hugues de Poitiers garantirait leur intimité, elle ne verrouilla pas.

Avant de se tourner vers celui dont elle avait acheté la liberté, elle prit une profonde inspiration pour recouvrer la maîtrise d'elle-même.

— Je ne devrais pas avoir à appeler à l'aide si vous êtes vraiment chevalier, messire de Rhys.

— Je le suis, répondit-il avec impatience.

Puis, plongeant son regard dans le sien, il demanda d'un ton autoritaire :

— Qu'attendez-vous de moi ?

Eduquée par son aïeul qui était un homme dur et exigeant, elle avait pris l'habitude d'être ferme avec ses gens, et n'hésitait pas à faire fouetter celui ou celle qui lui manquait de respect ou commettait un larcin. Aussi la manière dont cet homme venait de s'adresser à elle la fit-elle se hérisser.

« Couarde ! fit-elle en son for intérieur. Tu n'as pas le courage de lui répondre et tu serais prête à le punir pour son insolence. Tu ferais mieux de lui dire pourquoi il est ici et, une fois pour toutes, de passer à l'acte... »

Elle avait tout prévu, tout organisé dans les moindres détails pour que cette nuit ait lieu. Pour l'exécution de son projet, n'était-elle pas allée jusqu'à mettre en péril sa vie et celle de ceux qui l'escortaient ?

Et voilà qu'au moment où elle atteignait le point crucial de toute cette machination, elle hésitait.

— Voulez-vous une coupe de vin ? demanda-t-elle en désignant une table contre le mur. Ou des dattes ?

— Je veux seulement savoir ce que vous attendez de moi.

Il voulait connaître la vérité dans toute sa simplicité. Eh bien, elle ne la lui cacherait pas plus longtemps.

— Je veux que vous couchiez avec moi ! répondit-elle sans autre préambule.

— Que dites-vous ? fit-il en reculant d'un pas.

— Je vous veux dans mon lit cette nuit, et seulement cette nuit. Ensuite, vous quitterez Fortemur avec tout ce que je vous ai promis.

Il releva ses sourcils décolorés par le soleil alors qu'une expression d'incrédulité mêlée de méfiance envahissait son visage.

— Pourquoi ?

— Cela ne vous concerne pas, répliqua-t-elle avec hauteur. Contentez-vous de savoir que je désire perdre ma virginité.

Il la détailla de haut en bas avec une insolence qui la fit rougir.

— Vous n'aviez pas besoin d'acheter un esclave pour ça. L'un de vos sergents d'armes aurait pu faire l'affaire, ou n'importe lequel de vos palefreniers.

Jocelyne releva le menton. Elle aurait préféré mourir plutôt qu'en venir à cette solution. Cependant, le jour où elle serait convoquée par le roi, elle devrait pouvoir jurer devant Dieu qu'elle s'était donnée à un homme et avait perdu sa virginité.

Lorsque cette heure arriverait, le roi Baudouin, comprenant que son projet d'alliance avec l'émirat de Damas échouait, entrerait certainement dans une terrible colère. Elle redoutait, en particulier, que celui qui lui aurait ravi sa virginité ne voie s'abattre sur lui les foudres du souverain et n'ait à subir un affreux châtiment. Aussi n'avait-elle pas voulu faire courir un tel danger à l'un des hommes qui la servaient fidèlement, et avait-elle choisi un esclave inconnu qui le resterait après avoir accompli sa tâche. Elle tenait à être la seule à endurer le courroux royal.

— Les raisons de mon choix ne vous concernent pas non plus, chevalier, répondit-elle. Je ne vous demande que de vous exécuter.

Il esquissa un sourire.

— Vous échangeriez la liberté d'un homme contre votre défloration ?

— Votre liberté est acquise, que vous me déflориez ou non, répondit-elle d'une voix tendue. Vous avez le choix, messire : une nuit dans mon lit ou un an en qualité de vassal pour me rembourser la somme que vous m'avez coûtée !

Un an ! Gervais de Rhys serait mort avant qu'il n'ait pu se dégager de ses obligations !

Si son père comparaissait devant son créateur, serait-il, lui, libre de ne pas rejoindre l'ordre des Templiers ? Pourrait-il se tailler un territoire dont il deviendrait le maître ? Et aurait-il la liberté d'épouser ou d'avoir dans son lit, pour plus qu'une simple nuit, une femme aussi belle que celle qu'il avait devant lui ?

Cela faisait des mois qu'il n'avait pas serré de femme dans ses bras. Bien qu'il ne soit pas encore un moine soldat, il s'était efforcé de vivre selon la règle monastique depuis qu'il avait pris l'engagement de consacrer sa vie à l'ordre des Templiers.

Il n'avait séjourné dans aucune des commanderies qui jalonnaient le territoire de la France, mais il était prêt, mentalement, à revêtir la robe de bure et à se chausser de sandales pour mener une vie d'obéissance, de pauvreté et de chasteté. Lorsqu'il serait appelé au combat, cependant, il revêtirait une cotte de mailles et s'armerait comme tous les chevaliers du Temple, qui étaient toujours les premiers à se lancer à l'assaut et les derniers à quitter le champ de bataille.

Quelle que soit leur occupation, en tout cas, monastique ou guerrière, ils s'efforçaient, avec le secours des sacrements et de la prière, de rester chastes.

Simon, qui avait tant aimé les femmes, savait qu'il lui faudrait livrer un rude combat pour tenir ses engagements et ne pas faillir. Il était homme, après tout, et en pleine possession de ses forces.

Et, il devait en convenir, la dame de Fortemur était la tentation incarnée. Avec ses cheveux soyeux, ses lèvres pulpeuses, ses courbes gracieuses, elle était plus que désirable...

Un feu intérieur l'envahit soudain, causé peut-être par ses blessures lancinantes... ou par l'irrépressible envie qu'il éprouvait, maintenant, de posséder cette nymphe aux cheveux d'or.

Les doigts le démangeaient de tirer sur les lacets de son bliaud et de la dénuder doucement, tendrement. Il voulait voir sa poitrine, son ventre et ses flancs à la lueur des flammes qui dansaient dans l'âtre. Il la ferait s'étendre sur la peau de chameau qui couvrait le plancher, et l'honorerait avec une force fébrile.

Oui, il la voulait... Il la désirait follement, mais il n'en avait pas le droit.

— Je ne peux pas vous accorder ce que vous me demandez, ma dame. Pas plus cette nuit qu'à aucun autre moment. J'ai donné ma vie à l'Eglise.

— A l'Eglise ?

Le sang reflua du visage de la châtelaine, dont le regard exprima une profonde consternation. Le souffle coupé, elle se laissa tomber à genoux et fit le signe de la croix à trois reprises.

— Pardonnez-moi, mon père ! Je ne savais pas... Je ne pouvais pas savoir...

Accablée de honte, elle baissa la tête.

— Etes-vous un chevalier du Temple ou un hospitalier ? A moins que vous ne soyez un prêtre venu en pèlerinage en Terre sainte ?

— Ni l'un ni l'autre... Du moins pas encore.

Elle releva la tête.

— Qu'est-ce que cela signifie ?

— Je suis destiné à entrer dans l'ordre des Templiers, mais je disposais de trop peu de temps avant le départ de mon bateau pour y être incorporé.

— Vous n'êtes donc que « regardant », fit-elle en plissant les paupières. Et vous n'êtes encore nullement lié par les règles de l'ordre.

— Oui. Cependant, j'ai choisi de m'y conformer jusqu'au jour où je revêtirai l'habit de moine.

— Soit. Mais vous n'êtes pas encore lié.

Rassemblant ses jupes, elle se releva.

— Dites-moi la vérité, chevalier. Avez-vous ou non prononcé vos vœux ?

— Non.

Elle renversa la tête en arrière, et son regard couleur cannelle s'assombrit alors qu'elle semblait lutter entre espoir et résignation.

— Si je comprends bien, reprit-elle plus calmement, vous avez encore plus besoin de moi que je ne le pensais. Pour être accepté au sein de l'ordre des Templiers, il vous faut porter armure, être monté sur un cheval de bataille, secondé par un écuyer, et mener plusieurs mules pour porter votre bagage.

— Je sais parfaitement tout cela.

Lors de son embarquement à destination de la Terre sainte, il disposait de tout l'équipement nécessaire. Son écuyer, hélas ! était passé par-dessus bord avec plusieurs malheureux pèlerins lors de la tempête qu'ils avaient essuyée. Comme si cela ne suffisait pas, quelques jours plus tard, alors qu'ils se remettaient à peine de l'épreuve, leur bateau avait été abordé par un navire pirate. Simon s'était défendu comme un lion, mais il avait succombé sous le nombre des assaillants.

Frappé par-derrière sur la tête à l'aide d'une masse, il avait perdu connaissance. Il était revenu à lui enchaîné. Sa cotte de mailles, bien sûr, avait disparu ,de même que son épée. Quant au magnifique cheval de bataille qu'il avait gagné dans un tournoi, il devait être monté, aujourd'hui, par Dieu seul savait qui !

La mort de son fidèle écuyer et le vol de son précieux cheval l'avaient au moins autant affecté que la perte de sa liberté. Aucune de ces épreuves, cependant, n'aurait pu laisser présager le choix diabolique devant lequel, à présent, le plaçait cette ravissante sirène blonde à la silhouette élancée.

— C'est à vous que revient la décision, dit-elle froidement. Partagez ma couche cette nuit, et je vous fournirai tout ce qu'il vous faut pour rejoindre les rangs des Templiers. Si vous refusez de m'accorder cette faveur, vous me servirez ici jusqu'au jour où vous m'aurez remboursé le prix de votre liberté.

Il se trouvait devant un dilemme. Soit il prenait cette femme avec toute la force sauvage du désir qui le taraudait et fuyait ces lieux, dès le lendemain matin, pour accomplir le vœu de son père, soit il se mettait à son service, pour une année ou plus, et renonçait à répondre à l'attente de son père, mettant ainsi en péril le salut de son âme ainsi que celui de la sienne propre.

Il fallait trancher, et rapidement. Sans laisser paraître son émotion, bien qu'il soit enivré de désir, il laissa tomber d'un ton rude :

— Déshabillez-vous.

3

La gorge de Jocelyne se noua.

Elle n'avait pas vraiment songé à ce qui se passerait entre elle et l'homme qu'elle aurait choisi pour la déflorer, mais jamais elle n'avait pensé recevoir une injonction aussi directe.

Qu'avait-elle imaginé ? Ou, plutôt, à quoi s'était-elle attendue ?

A ce qu'il tire les lourds rideaux du lit, la renverse sur le couvre-pieds de soie et soulève ses jupes ?

En vérité, elle s'était persuadée que ce serait rapide et vite oublié. Or, il apparaissait tout à coup que non seulement cette affaire ne se déroulerait pas aussi promptement qu'elle l'aurait souhaité, mais que, de plus, elle exigerait même quelques efforts de sa part.

Fronçant les sourcils, elle fouilla dans sa mémoire à la recherche de ce qu'elle avait appris sur les relations intimes entre l'homme et la femme. Elle se souvenait avoir entendu plus d'une fois des servantes rire sottement en se chuchotant des confidences à l'oreille. Il lui était arrivé aussi de surprendre une conversation où il était question de ce qu'il convenait de faire, parfois, pour provoquer l'érection de l'homme.

D'après son injonction, il semblerait que ce spécimen se contenterait de la voir nue.

Qu'il en soit ainsi ! Elle se dévêtirait…

En défaisant la bande de tissu qui lui encadrait le visage, toutefois, elle était si émue qu'elle peinait à respirer.

Pour se donner du courage, elle se répéta qu'une nuit

embarrassante avec cet homme était cent fois — non, mille fois — plus souhaitable que passer toute une vie au milieu de femmes oisives s'ennuyant à mourir. Des femmes dont on disait qu'elles se donnaient du plaisir entre elles car elles n'avaient que très rarement le privilège d'être honorées par le sultan.

Malgré tout, sa main tremblait quand elle posa la bande blanche sur le coffre contenant ses robes soigneusement pliées.

Les bras croisés sur la poitrine, Simon de Rhys la suivait du regard. Les rôles, cette fois, s'étaient inversés. C'était elle qui, dénudée, semblait être exposée aux enchères.

— Continuez, fit-il.

Elle ne rougirait pas ni ne se déroberait comme une timide servante.

Jamais !

Serrant les dents, elle défit la boucle de la ceinture qui reposait sur ses hanches. Les clés qui y pendaient tintèrent, seul bruit, à l'exception des craquements du feu, troublant le silence pesant de la chambre.

Elle avait le cœur battant en tirant sur les rubans qui fermaient son bliaud sur les côtés. Elle n'aimait pas se contorsionner comme une saltimbanque et, d'habitude, confiait cette tâche à une domestique.

Heureusement, elle défit aisément le premier et le vêtement s'évasa sur le côté, révélant la tunique de lin fin qu'elle portait dessous. Elle s'efforça de défaire l'autre nœud, mais celui-ci résista. Nerveusement, elle s'acharna sur sa tâche, mais plus elle insistait, plus il se resserrait.

Levant le bras, elle en écarta sa manche qui pendait en lui obstruant la vue, mais ce ne fut que pour aggraver encore la situation, car elle eut beau tirer comme une perdue sur les extrémités du lacet, elle ne réussit qu'à le coincer définitivement.

Sainte Vierge !

Impatientée, les mains tremblantes de colère, elle finit par lever la tête et rencontra le regard imperturbable de Simon de Rhys.

— Je n'arrive pas à dénouer ce lacet...

Il s'avança tout près d'elle et glissa deux doigts entre les nœuds formés par les rubans. Il tira dessus avec force et les déchira, ainsi que la coûteuse étoffe qu'ils maintenaient fermée.

Cette fois, Jocelyne ne put contenir plus longtemps sa colère.

— L'étoffe de ce bliaud a été tissée à Alexandrie ! s'exclama-t-elle vivement. Elle a plus de valeur qu'un cheval de bataille ou qu'une épée du plus bel acier de Tolède. Je vous ordonne de la respecter ainsi que moi-même, sinon je vais...

— Que ferez-vous ? l'interrompit-il avec un petit sourire ironique. Vous appellerez au secours messire Hugues ? Vous m'enfermerez au fond d'une geôle, m'infligerez un châtiment ? Mais alors, comment vous y prendrez-vous pour perdre votre virginité ?

L'insolence de cet homme qu'elle avait arraché à l'esclavage décupla sa fureur. N'eût-elle été dans une situation aussi désespérée, elle l'aurait très certainement fait rouer. Mais elle s'était donné trop de mal et avait pris trop de risques pour, maintenant, renoncer à user à son gré de ce maudit esclave.

Seigneur ! Il fallait en finir avec cette défloration et ce serait lui, et pas un autre, qui l'accomplirait !

D'un mouvement brusque, elle s'écarta de lui et fit passer le bliaud déchiré par-dessus sa tête avant de le jeter au sol. La tunique légère qu'elle portait dessous était boutonnée jusqu'au cou avec des perles chatoyantes. Elle les défit aisément et laissa glisser le vêtement à ses pieds.

Nue à l'exception d'une bande d'un fin tissu passant entre ses jambes et lui enveloppant le ventre, ainsi que de fines chausses de soie retenues par une jarretière sous le genou, elle rejeta les épaules en arrière et releva le menton en regardant fixement l'homme auquel elle avait décidé de se donner.

Elle n'était pas vaine. Elle savait qu'elle avait les seins plus petits et les hanches moins rondes que la plupart des femmes de son entourage, tout comme elle n'avait pas non plus exactement le teint pâle dont étaient si fières les femmes venues d'Occident.

En dépit des gants et des voiles qu'elle portait pour s'en protéger, le soleil de Palestine avait réussi à donner à la peau de son visage et de ses mains une teinte joliment dorée.

Son très léger hâle n'empêchait toutefois pas les troubadours de composer des chansons vantant l'éclat de ses tresses blondes, et plus d'un chevalier avait comparé ses lèvres d'un rouge éclatant à des cerises mûres.

Mais, même si elle n'était pas prétentieuse, elle savait qu'elle disposait de suffisamment d'appas féminins pour plaire et n'aurait jamais imaginé possible qu'un homme la considérant à demi nue puisse rester de marbre.

— Vos mules et vos chausses, dit-il d'une voix rauque. Retirez-les aussi.

Elle lui obéit, mais dans un tel état de fureur qu'elle en oublia l'indécence de sa position quand elle se pencha pour finir de se dévêtir.

Le sang lui monta au visage quand elle se redressa, et elle rougit plus encore en constatant qu'il la détaillait comme si elle avait été une jument que l'on conduit à l'étalon.

Et, tout comme une jument ombrageuse, elle tremblait sous son regard implacable. En dépit de la chaleur qui s'élevait de l'âtre, un courant d'air que les tapisseries ne parvenaient pas à arrêter fit durcir les boutons de ses seins. Elle les sentit se tendre et le regard de Simon fut inexorablement attiré vers eux.

Lorsque les yeux bleus pénétrants de l'homme croisèrent de nouveau son regard, leur expression n'était plus dure ni froide.

— A mon tour, maintenant.

— Pardon ? fit-elle, interloquée.

— Retirez-moi mes vêtements.

Elle resta bouche bée. Assez ! Elle ne méritait pas d'être traitée ainsi. Elle n'était ni une serve ni une fille de cuisine !

— Retirez-les vous-même !

Il fit non de la tête.

— Vous ne voulez pas rester pucelle, ma dame. Alors il faut oser me toucher... Avec les mains, et avec votre bouche aussi... Et vous ferez tout ce que je vous dirai d'autre.

— Il faut donc produire tant d'efforts pour obtenir que vous vous redressiez ?

Une lueur se mit à briller dans ses yeux bleus. Etait-ce le fruit de la moquerie ou de la surprise ? Jocelyne n'aurait su le dire.

— Ne vous inquiétez pas, ma dame. Je suis ferme comme un épieu. Mais, si nous nous livrons à notre petit jeu, je voudrais en retirer du plaisir et que vous en retiriez aussi.

— Le plaisir ne fait pas partie de notre arrangement.

— Selon votre point de vue, peut-être. Mais pas selon le mien. Bien au contraire, même, répondit-il en lui faisant signe d'approcher. Vous pouvez commencer.

Jocelyne n'arrivait pas à comprendre comment il avait réussi à inverser les rôles. N'était-il pas l'esclave et elle la châtelaine ? Pourtant, il semblait maintenant que, si elle voulait qu'il fasse ce pourquoi il était là, elle allait devoir s'incliner et lui obéir.

Sans chercher à masquer son courroux, elle fit un pas en avant et saisit la boucle du ceinturon très ordinaire que messire Hugues lui avait procuré. Elle la défit aisément mais eut plus de mal à lui retirer sa tunique en laine grossière.

Seigneur ! Qu'il était grand ! Et il ne se serait pas courbé pour lui rendre la tâche plus facile ! Pour lui passer la tunique par-dessus la tête, elle dut se dresser sur la pointe des pieds et presser sa poitrine contre la sienne.

Ses mamelons frottèrent contre la toison blonde qui formait un V depuis ses pectoraux saillants jusqu'à son ventre plat, et ils durcirent encore, si tant est que cela fût possible. Un frisson enivrant la parcourut et elle en eut le souffle coupé.

Serrant les dents, elle s'efforça de lui cacher à quel point il la troublait et, en guise de dérivatif, arrêta son regard sur de vieilles cicatrices qui dessinaient leurs sillons blancs sur le hâle de sa peau.

L'une partait de son épaule gauche vers le cœur, l'autre soulignait les côtes inférieures. Des souvenirs de combats sur le champ de bataille ou en tournoi ? Le grand-père de Jocelyne en collectionnait lui aussi.

— Continuez, dit-il, interrompant sa contemplation.

Elle dut s'agenouiller pour lui retirer ses souliers et ses chausses en toile. Elle avait les yeux au niveau de la preuve, bien visible sous ses haut-de-chausses, qu'il ne l'avait pas trompée en affirmant être prêt pour elle...

Sa gorge se serra alors qu'un nœud se formait dans son estomac et qu'une sensation de chaleur naissait entre ses jambes.

Reprenant sa respiration, elle se releva et se tint debout devant lui.

— Vous n'avez pas fini, ma dame.

Une lueur délibérément moqueuse brillait dans son regard. De rage, elle tira sur les cordons de ses chausses avec une telle force qu'ils rompirent. Le vêtement glissa le long de ses cuisses musculeuses, et son membre parut, long, ferme.

— Tout compte fait je n'y tiens plus, dit-elle avec un mouvement de recul, en jaugeant la virilité de Simon. Vous allez certainement me faire mal...

Simon ne put retenir un soupir. Elle l'excitait terriblement avec ses bouts de seins roses, gonflés comme des bourgeons, et la peau moirée de son ventre...

Elle était vierge, il ne devait pas l'oublier... Elle ne pouvait savoir comment le corps d'une femme se prêtait pour laisser le passage à un homme ni la position qu'elle pouvait adopter pour l'accueillir en elle plus facilement. C'était à lui qu'il revenait de le lui apprendre.

Il lui fallut faire, tout de même, un effort de volonté pour ne pas la renverser sur la peau de bête qui recouvrait le parquet devant l'âtre, et la prendre sans tenir compte de son appréhension ni de son confort.

— Je vais vous ménager, rassurez-vous, mais vous éprouverez une certaine douleur à un moment. Les femmes de votre entourage ont dû vous en parler...

— Oui, mais...

Son regard inquiet restait baissé sur son membre.

— Elles n'ont peut-être pas été déflorées par un homme aussi viril que vous !

En dépit des brûlures dans son dos et de l'envie qui le tenaillait d'en finir et de passer à l'acte, Simon ne put s'empêcher de sourire.

— Lorsque vous connaîtrez mieux le cœur des hommes, ma dame, vous saurez que ce genre de remarque flatte l'orgueil de celui à qui elle est adressée.

Elle le terrassa du regard.

— Je me moque bien de votre amour-propre ! Tout ce que je veux, c'est...

Elle se tut pour reprendre sa respiration.

— Tout ce que je veux, poursuivit-elle, c'est en finir avec cette satanée...

Elle avait tant l'aspect d'une victime menée au supplice que le sourire de Simon se fit moqueur. S'inclinant autant que son dos lacéré le lui permettait, il lui désigna d'un geste cérémonieux le lit qui les attendait.

— Allez vous étendre, ma dame, et nous ferons le nécessaire pour vous satisfaire.

En la suivant à travers la vaste chambre, il se rassasia de la contemplation de ses longs cheveux blonds qui lui tombaient librement sur les reins, du balancement de ses hanches, de ses jambes bien galbées et de ses fines chevilles.

La bande de lin qui lui enveloppait les hanches et passait entre ses jambes l'intriguait... La portait-elle en raison de ses menstruations ou s'agissait-il d'une coutume orientale destinée moins à cacher l'anatomie de la femme qu'à exciter le désir masculin ? Si tel était le cas, le but était brillamment atteint. Il brûlait d'impatience de la voir entièrement dénudée...

Elle tira les lourds rideaux du lit dont les anneaux de fer cliquetèrent puis, se penchant sur la couche, elle rabattit un couvre-pieds décoré de broderies d'une extrême finesse.

Quand elle se glissa entre les draps, le matelas de duvet s'enfonça mollement sous son poids en dégageant un doux parfum de lavande et de romarin.

Sous le regard de Simon qui la dévorait des yeux, elle resta étendue, immobile et vibrante. Elle avait la poitrine haute et ferme, avec des aréoles roses, une taille de guêpe, un ventre lisse et moiré qui se terminait par un charmant renflement et un petit triangle blond...

Le sexe de Simon durcit jusqu'à en devenir douloureux. Il n'avait jamais éprouvé un désir aussi violent pour aucune femme. C'était insupportable...

Il la rejoignit dans le lit en espérant pouvoir se contenir et ne pas la prendre tout de suite comme il en éprouvait l'irrésistible désir. Mais chaque caresse qu'il lui donnait, chaque baiser qu'il déposait sur son corps augmentait son impatience.

Lorsqu'il referma les lèvres sur l'un de ses seins puis sur l'autre, et qu'elle laissa échapper un soupir voluptueux, il crut qu'il ne pourrait attendre.

Il s'enivrait de son parfum... Le musc pendu à sa ceinture tombée au pied du lit, l'huile dont étaient imprégnées ses tresses satinées, et l'odeur chaude et sensuelle de sa peau...

Il était un brasier et avait le membre dur comme du roc lorsqu'il plaça un genou entre ses jambes et que sa main glissa le long de la courbe frémissante de son ventre jusqu'au délicat mont de Vénus.

Prenant appui sur un coude, il ne quitta pas son visage du regard tandis qu'il écartait les replis soyeux de son intimité et cherchait du pouce la petite protubérance délicate et sensible...

Ses yeux, qu'elle avait gardés fermés, s'ouvrirent tout grands alors que ses joues se coloraient. Lorsqu'il pressa le doigt contre le fragile petit bouton et commença à le masser, elle se mordit la lèvre inférieure mais ne put se retenir de haleter faiblement.

Quand elle lui sembla prête, il introduisit un doigt en elle. Elle sursauta et essaya de se dérober.

Il la retint en murmurant :

— Laissez-moi vous caresser... Il me sera plus facile de venir en vous.

Malgré sa terrible envie de s'unir à elle sans délai, il poursuivit le va-et-vient de son doigt. Lorsqu'il la sentit se détendre, il lui ouvrit les jambes et se plaça au-dessus d'elle en s'appuyant sur un bras pendant que de sa main libre il guidait son sexe, le plaçant à l'entrée de sa féminité.

Il poussa doucement et commença à entrer en elle. Elle retint son souffle et remua les hanches dans un mouvement affolé.

— Attendez ! Vous ne pouvez pas...

Il s'assura qu'il était bien logé en elle puis, inclinant la tête vers sa poitrine, il se mit à sucer le bout d'un sein. Il le mordilla puis le titilla du bout de la langue. Quand elle laissa échapper un gémissement et se mit à tourner la tête de droite et de gauche sur l'oreiller, il comprit qu'elle était prête à accueillir en elle toute la longueur de son membre. Glissant les mains sous ses fesses, il la pénétra entièrement.

Un cri qui ressemblait à un miaulement lui échappa et elle cambra les reins. La douleur qu'on lui avait prédite était survenue, rapide comme l'éclair, pour s'évanouir aussi vite. Après un ou deux va-et-vient de Simon, elle commença même à éprouver une sensation agréable.

Alors que cette sensation gagnait en intensité et se muait en plaisir, la respiration de Jocelyne se fit plus rapide et elle passa instinctivement les jambes autour de celles de Simon tout en se cambrant pour mieux coller son ventre au sien.

Au moment même où il lui semblait que ce qui se passait dans les régions intimes de son corps allait la conduire dans un monde jusqu'alors méconnu d'elle, Simon, après un dernier mouvement plus ample et intense, s'effondra sur elle avec un gémissement en enfouissant le visage dans son cou.

Elle attendit, le cœur battant, les sens enflammés, osant à peine respirer...

Il ne bougea plus, cependant, à l'exception de sa poitrine qui se gonflait au rythme de son souffle rapide et qui, seule, lui donnait l'assurance qu'il n'était pas mort.

Lentement... très lentement... le feu qui l'embrasait s'apaisa.

Pressée contre le matelas par le corps inerte de Simon, elle ne devint que trop consciente de son poids. Elle fronça le nez alors qu'une odeur de corps enlacés, un parfum de luxure, l'enveloppait...

C'était donc à cela que faisaient référence les sourires en coin et les petits rires de gorge de ses suivantes ? pensa-t-elle avec tristesse. L'agrément de cette affaire d'accouplement lui semblait largement exagéré, et elle ne cautionnerait pas cette légende selon laquelle, entre les bras d'un homme, une femme se pâmait dans des délices indicibles.

S'était-elle attendue à mieux ?

Il fallait reconnaître, certes, qu'elle avait eu le corps en feu partout où Simon l'avait caressée et qu'elle avait presque perdu la tête lorsqu'il lui avait sucé les seins. Mais tout cela n'avait réussi qu'à la laisser avec une impression de désir inassouvi, sans compter les parfums moyennement agréables, et la transpiration...

Et, maintenant, voilà que ce balourd était en train de l'étouffer !

— Simon ! fit-elle en poussant sur son épaule. Vous êtes beaucoup trop lourd. Déplacez-vous.

Il marmonna quelque chose d'inaudible et roula sur le côté.

— Pardon, beauté.

Encore un problème, pensa-t-elle, de plus en plus courroucée. De quel droit s'adressait-il à elle comme si elle n'était qu'une souillon qu'il aurait prise sur la paille des écuries ?

L'ironie de cette réflexion ne lui apparut que lorsqu'elle eut tiré la couverture jusqu'à son menton. Elle avait abandonné sa virginité à cet homme, commis le péché de chair avec lui et, pourtant, elle ne lui avait même pas accordé la permission de l'appeler par son nom.

Dieu merci, la question était enfin réglée. Il ne lui restait plus qu'à le congédier.

Repoussant la couverture, elle se dressa sur un coude. Les yeux clos, Simon de Rhys était étendu sur le dos, une jambe repliée. Le duvet d'or qui lui recouvrait la poitrine brillait à la lumière de l'âtre.

Sa gorge se serra lorsqu'elle vit le membre dont la taille l'avait tant déconcertée et qui gisait, maintenant, sur sa cuisse.

— Messire de Rhys, fit-elle en détournant les yeux de ses parties intimes. Prenez vos vêtements et rhabillez-vous. Il est temps que vous quittiez ma chambre.

Il laissa échapper une sorte de grognement mais ne bougea pas.

— Ecoutez-moi ! Vous avez fait ce que j'attendais de vous. Messire Hugues vous équipera comme je vous l'ai promis. Vous êtes libre de quitter Fortemur quand vous le souhaiterez.

Simon resta immobile, sa poitrine se soulevant régulièrement.

— Messire de Rhys ! M'entendez-vous ?

Il ouvrit enfin les yeux. Son regard avait perdu tout éclat, toute intensité.

— Oui, murmura-t-il.

Etait-ce là l'un des effets secondaires de l'accouplement sur l'homme ? Est-ce que cela le privait de toutes ses forces et de toute sa vitalité ? S'il en était ainsi, il n'y avait rien d'étonnant à ce que les chevaliers, comme elle l'avait entendu dire, évitent de partager la couche des femmes la veille d'un tournoi.

— Sortez de mon lit et souvenez-vous de votre serment de ne jamais parler à quiconque de ce qui s'est passé ici cette nuit !

— Pourquoi craignez-vous à ce point que je ne vous trahisse ? demanda-t-il en se redressant lentement. Redoutez-vous qu'aucun homme ne vous prenne pour femme si vous ne pouvez plus lui offrir votre virginité ?

— J'apporterai Fortemur, répondit-elle en haussant les épaules. Avec une telle dot, je sais que je ne manquerai pas de demandes en mariage.

« Et maintenant que je ne suis plus vierge, ajouta-t-elle en son for intérieur, j'espère bien que l'émir ne voudra plus entendre parler de moi. »

— Il faut que vous quittiez ma chambre, reprit-elle. Je ne voudrais pas que mes suivantes vous trouvent ici demain matin.

D'un geste lent, il repoussa les couvertures. Le regard de Jocelyne fut attiré par une tache de sang sur le drap, tache qui attestait de l'énormité qu'elle venait de commettre.

— Seigneur ! fit-elle à mi-voix.

Puis, levant les yeux, elle eut une autre exclamation :

— Mon Dieu ! C'est horrible ! Que vous ont-ils fait ?

Les plaies qui sillonnaient le dos de Simon étaient plus profondes que toutes les marques de fouet qu'elle avait pu voir jusque-là.

Et, à la différence des cicatrices qu'il portait sur la poitrine, elles étaient fraîches. Certaines s'étaient rouvertes alors que d'autres présentaient une mince croûte à peine formée. D'autres suintaient sous l'onguent que messire Hugues avait étalé dessus.

Jocelyne avait déjà fait fouetter des serfs, lorsqu'ils le méritaient : des criminels ou des frondeurs. Cela ne s'était heureusement produit que très rarement, et jamais les lanières de cuir n'avaient entamé leur chair d'aussi cruelle façon.

Tenant le drap devant elle, elle se redressa sur les genoux et demanda :

— Quel genre de fouet ont-ils utilisé ?

Il haussa les épaules.

— Les lanières étaient garnies de plomb.

— Mais pourquoi ? Et pourquoi autant de coups ?

— On m'a souvent dit que j'étais entêté.

Comme elle-même, pensa Jocelyne alors que Simon s'extrayait péniblement du lit. Tandis qu'il s'approchait des vêtements qu'ils avaient laissés en vrac sur le sol, elle ne quitta pas son dos des yeux. Aussi le vit-elle chanceler quand il se pencha pour les ramasser. Il tendit la main pour tenter de se raccrocher à quelque chose afin de garder son équilibre, mais ne trouva rien à saisir.

Elle se précipita hors du lit pour lui venir en aide mais, avant qu'elle ait pu le rejoindre, il s'effondra comme un chêne qu'on abat.

4

— Simon ! Simon ! Vous m'entendez ?

Les cheveux emmêlés lui tombant sur le visage, Jocelyne s'agenouilla et essaya de retourner le chevalier sur le dos ; elle n'y parvint pas. Eût-elle tenté de pousser un rocher que le résultat aurait été le même.

— Simon !

Elle n'obtint pour toute réponse qu'un marmonnement incompréhensible.

Cet événement ne figurait pas dans son projet. Qu'allait-elle faire ?

Jurant entre ses dents, elle enfila son bliaud déchiré et courut vers la porte. Elle descendit rapidement l'escalier jusqu'à la salle des gardes où les trois hommes qui jouaient aux dés levèrent les yeux vers elle, surpris.

Le désordre de sa tenue ne fut pas sans provoquer un vif étonnement chez les deux hommes d'armes, qui restèrent bouche bée, pendant que messire Hugues repoussait vivement le tabouret à trois pieds sur lequel il était assis et, en deux enjambées, la rejoignait.

— Qu'y a-t-il, ma dame ?

— Il s'agit de Simon de Rhys.

— Qu'a-t-il fait ? demanda le chevalier en posant la main sur le pommeau de son épée. Vous a-t-il fait mal ?

Il l'examina de la tête aux pieds.

— Non, mais je crains de lui en avoir fait. Il est dans un état...

— Vous avez dû vous défendre ?

Il parlait à voix basse, mais son timbre était tendu.

— Pourquoi ne m'avez-vous pas appelé ?

— Je n'ai eu aucune raison de le faire...

Elle lança un regard aux gardes puis reprit en veillant à n'être entendue que de lui :

— Il s'est épuisé, si bien que ses blessures se sont rouvertes et qu'il a perdu connaissance.

Messire Hugues jura dans sa barbe.

— J'avais craint, en voyant l'état de son dos, que ce genre de chose ne se produise.

Un sentiment de culpabilité vint s'ajouter à l'émotion déjà très forte de Jocelyne. Messire Hugues ne lui avait-il pas dit que Simon de Rhys avait été horriblement maltraité ? Mais son impatience de mener à bien son projet était telle qu'elle avait fait la sourde oreille.

— Venez ! dit-elle. J'ai besoin de votre aide.

Relevant son bliaud, elle s'élança dans l'escalier pour retourner dans sa chambre. Le chevalier l'y rejoignit après avoir donné l'ordre aux gardes de rester où ils étaient.

Simon de Rhys gisait à l'endroit même où Jocelyne l'avait laissé, son corps dénudé étendu sur ses vêtements.

Le capitaine des gardes se pencha sur lui et essaya de le soulever.

— Il est trop lourd, marmonna-t-il. Je vais devoir demander de l'aide pour le transporter hors de votre chambre.

— Il faut commencer par l'habiller ! Aidez-moi à lui enfiler ses hauts-de-chausses puis nous le tirerons ensemble jusqu'au lit.

Hugues leva sur elle un regard interloqué.

— Votre lit ?

— Oui.

Elle s'efforça de rassembler ses esprits pour donner une réponse cohérente à messire Hugues.

Initialement, il avait été prévu que son amant d'une nuit se retirerait de sa chambre dès que l'acte aurait été consommé et qu'il irait terminer la nuit dans la grande salle auprès des autres chevaliers avant de quitter le château dès le point du jour.

Mais maintenant...

La première chose à faire était de cacher à ses gens ce qui venait de se passer dans cette chambre afin de protéger Simon de Rhys de la colère royale.

— Nous dirons que j'ai fait venir le chevalier de Rhys dans ma chambre pour m'entretenir avec lui en toute discrétion sur les circonstances et les conditions de sa capture, reprit-elle en composant à la hâte une version plausible des faits. Or, alors que nous parlions, le chevalier a eu un malaise. Il m'est apparu si faible que je lui ai demandé de me montrer ses plaies. Leur état m'a tellement inquiétée que j'ai insisté pour qu'il se laisse soigner et l'ai prié de s'étendre sur mon lit... C'est ce que toute châtelaine digne de ce nom se doit de faire pour un étranger...

Elle prononça cette dernière phrase sans conviction alors que le capitaine des gardes maugréait.

Marmonnant dans sa barbe, il s'agenouilla près de Simon de Rhys et remonta ses hauts-de-chausses le long d'une jambe avant de faire de même le long de l'autre jambe. Puis il le retourna et, lorsque ses parties intimes furent couvertes, il s'adressa à Jocelyne.

— Prenez-le par le bras.

Ensemble, ils le tirèrent jusqu'au lit sans trop de difficultés, mais il fallut fournir un effort beaucoup plus grand pour le hisser dessus. Messire Hugues n'y parvint qu'en rassemblant toutes ses forces. Il l'assit d'abord au bord du lit, avant de le laisser retomber sur le matelas.

La tache rouge sur le drap du dessous n'échappa pas au chevalier.

— Alors, c'est fait ?

— Oui.

Il hocha la tête puis fit pivoter Simon de Rhys de façon que ses jambes reposent aussi sur le lit. Lorsqu'il y fut correctement étendu, le chevalier considéra Jocelyne à la clarté vacillante des flammes qui dansaient dans l'âtre.

— Si ç'avait été à votre époux que vous vous étiez donnée, vous auriez pu lui montrer votre drap qui atteste que vous étiez vierge.

Elle n'en était que trop consciente. Elle savait aussi qu'il ne servirait à rien de produire ce drap pour convaincre le roi qu'elle n'était plus intacte. Baudouin s'interrogerait sans aucun doute sur la nature de ce sang qui pouvait être le résultat de ses menstruations. Il n'était pas interdit non plus d'imaginer qu'elle se soit coupée ou qu'elle ait répandu du sang d'animal pour faire croire qu'elle avait été déflorée.

De toute façon, elle était certaine que le souverain exigerait qu'elle soit examinée par son médecin personnel. En présence de témoins, même, peut-être.

A cette pensée, elle frissonna d'horreur, mais elle serait prête à endurer cette humiliation s'il fallait cela pour dissuader l'émir de Damas de la prendre pour femme.

— Je dirai à mes suivantes que les taches de sang proviennent des blessures de messire de Rhys, dit-elle après avoir modifié une dernière fois la version qu'elle se proposait de donner à son entourage.

— Si vous ne voulez pas qu'elles sachent ce qui s'est passé ici, répliqua Hugues d'un ton bourru, vous feriez bien de commencer par aller vous laver. Vous êtes tout imprégnée de son odeur.

Sous l'effet de l'émotion, elle avait oublié ce détail d'importance.

— Je vais y remédier, dit-elle en rougissant, honteuse qu'un vieux et fidèle vassal ait à lui signaler un tel oubli de sa part.

Il acquiesça d'un signe de tête et allait se retirer quand elle le rappela :

— Messire Hugues !

— Oui ?

— Je vous remercie.

Il fronça les sourcils, ce qui creusa de profonds sillons dans son front.

— Je crains que vous ne me maudissiez, ma dame, avant que cette malheureuse affaire ne soit définitivement réglée.

Là-dessus, il sortit de la chambre dont il referma la porte derrière lui.

Jocelyne fit sa toilette rapidement à l'aide d'huiles parfumées dont elle imprégna un linge. Puis elle enfouit son bliaud déchiré dans un coffre, en revêtit un autre et, se jugeant dans un état présentable, sortit de la chambre pour appeler son page.

La nuit s'écoula au chevet de Simon qui avait été gagné par la fièvre.

Jocelyne le veillait en alternance avec l'épouse du chevalier Guy de Bures, chargé de l'armement à Fortemur.

Femme de grande expérience dans le domaine des herbes médicinales, dame Constance passait sur les plaies de Simon des baumes adoucissants et épongeait son corps baigné de sueur pendant que Jocelyne se reposait avant de prendre le relais. A un certain moment de la nuit, la fièvre du chevalier devint si forte qu'elles craignirent pour sa vie.

Dévorée par le remords et s'estimant responsable de l'état de Simon, Jocelyne envoya chercher le père Joseph, chapelain du château.

Alors que le prêtre priait auprès du malade, elle s'agenouilla sur son prie-Dieu et, tête inclinée, mains jointes, supplia le Créateur de lui accorder la guérison du pauvre chevalier. Elle était en proie à une telle confusion, cependant, qu'elle ne parvenait pas à se rappeler les formules de ses prières et marmonnait un incompréhensible charabia.

Elle avait forniqué avec cet homme qui se mourait par sa faute !

Comment pouvait-elle implorer la clémence divine pour lui et pour elle-même alors qu'elle n'avait pas confessé son péché ? Or, tant que Simon ne serait pas en sécurité au sein de l'ordre des Templiers, elle ne pouvait prendre le risque d'avouer sa faute !

Le père Joseph ne la trahirait pas délibérément. C'était un homme trop bon et trop juste pour commettre un tel acte, mais il se pouvait que sa conscience lui dicte de rendre compte à ses supérieurs ou au grand maître du Temple de ce qu'il aurait entendu de ses lèvres et de celles de Simon s'il revenait à lui.

La règle monastique interdisait aux chevaliers de parler aux femmes. Si l'un d'entre eux avait des relations sexuelles avec une femme, il se voyait privé de son armure, de ses armes et de son cheval de bataille pour au moins un an.

Les ordres de chevalerie, qu'il s'agisse du Temple ou de Malte, étaient autant assujettis à la couronne de Jérusalem qu'au pape même si, officiellement, ils n'étaient soumis qu'à l'autorité de ce dernier. La pérennité de leur ordre en Terre sainte, en effet, était liée à l'existence même du royaume franc. Or, le grand maître des Templiers ne verrait pas d'un bon œil qu'un chevalier désirant entrer dans l'ordre fasse échouer un projet d'alliance voulu par le roi Baudouin.

Jocelyne, qui priait avec ferveur pour que Simon se rétablisse et sorte de sa vie, serrait si fort entre elles ses mains que le sang refluait des jointures de ses doigts.

La fièvre ayant baissé au moment où l'aube se levait, Jocelyne laissa Simon sous la surveillance de Constance de Bures pendant qu'elle assistait à la messe puis prenait son déjeuner dans la grande salle en compagnie des habitants du château.

La rumeur qu'un étranger était arrivé la veille s'était déjà répandue. Par-dessus le tintement des coupes qui s'entrechoquaient et le raclement des cuillères de bois dans les écuelles, Jocelyne percevait des bribes de conversations où il était question des commérages dont étaient si friandes les quelque trois cents âmes résidant à l'intérieur des remparts massifs de Fortemur.

Seul Thomas de Beaumont, au visage rubicond et aux cheveux roux, se permit de la questionner directement à leur sujet. Arrivé en Terre sainte pour jouir des richesses du pays récemment conquis, il lui restait à se tailler un fief et, en attendant, il devait se contenter de régir les biens des autres.

Cousin éloigné du roi, Thomas de Beaumont devait s'estimer heureux de s'être vu proposer la fonction d'intendant de Fortemur. En cette qualité, il était informé des questions financières et judiciaires concernant le château et son domaine.

Avec l'assistance de Jocelyne, qui surveillait de près la gestion de ses biens, il tenait le compte des revenus des activités au sein du château ainsi que de ceux des fermes alentour et des vergers. Il devait s'assurer aussi du paiement au trésor royal de certains impôts. Et, pour se dédommager de ses services, il prélevait une part de ces taxes.

Jocelyne avait fait en sorte de les loger confortablement,

lui et son épouse au nez aquilin, en leur assignant la chambre ensoleillée qu'elle occupait avant de s'installer dans celle dite seigneuriale.

Elle se faisait toujours accompagner par messire Thomas quand elle se rendait dans la cave du donjon où étaient entreposés l'or, les pierres et les objets précieux. De même, lorsqu'elle ouvrait la porte de la pièce aux épices pour y prélever les précieux grains de poivre ou des bâtons de cannelle qu'elle apportait au cuisinier. Le régisseur l'accompagnait aussi lorsqu'elle allait inspecter les fermes et les vergers éloignés, ou rendre la justice sur ses terres.

Cependant, quoi qu'elle fasse, elle ne parvenait pas à éprouver de sympathie pour l'homme. Imbu de lui-même, il ne perdait pas une occasion de rappeler à tous ceux qui pouvaient l'entendre qu'il était apparenté au roi.

Pire encore que lui, sa femme se montrait aussi mesquine que cruelle avec ceux qui la servaient. Jocelyne, d'ailleurs, avait dû lui faire des remontrances à plusieurs reprises tant elle malmenait les domestiques, qu'elle n'hésitait pas à frapper. Aussi la châtelaine de Fortemur ne put-elle retenir un soupir d'exaspération en voyant l'odieux couple assis à la table d'honneur.

Etant donné sa parenté avec le roi, Thomas de Beaumont prenait place à la gauche de Jocelyne tandis que messire Hugues de Poitiers se tenait à sa droite. Messire Guy de Bures, l'époux de dame Constance, occupait le siège à côté de messire Hugues.

Jocelyne salua ses deux fidèles vassaux et se contenta d'un petit signe de tête à l'adresse de l'intendant.

L'épouse de ce dernier, conformément aux usages, inclina la tête devant la châtelaine, mais profita de l'arrivée d'une cohorte de pages portant des plats pour se dispenser de prononcer la moindre parole.

Dans la mesure où le premier repas de la journée était le plus léger, les pages ne servirent que des tranches épaisses de pain avec des blancs de pigeons froids, des sardines à l'huile d'olive, du ragoût de sanglier de la veille, des poires, des cerises confites et des dattes.

Messire Thomas prit un morceau de pain sur lequel il déposa une sardine et engloutit le tout.

— Est-ce vrai ce que j'ai entendu dire ? fit-il en levant les yeux sur Jocelyne. Vous êtes-vous rendue à El-Arich pour y acheter un esclave ?

— En effet.

— Morbleu ! Ce port se trouve au-delà de la frontière si disputée entre mon cousin et les Fatimides !

— J'en suis parfaitement consciente, messire Thomas.

— Mais cela ne vous a pas dissuadée de vous rendre au marché aux esclaves...

Jocelyne but une gorgée de bière avant de répondre avec assurance :

— J'ai appris qu'un nouveau convoi de prisonniers francs allait être mis aux enchères et il m'a semblé qu'il était de mon devoir de chrétienne d'en acheter un ou plusieurs si j'en avais la possibilité.

Le cousin du roi pouvait difficilement discuter un tel argument. Tant de pèlerins, ces derniers temps, étaient tombés entre les mains des barbaresques que même le trésor royal n'aurait suffi à les racheter tous.

— Celui que vous avez acheté, cependant... Ai-je mal entendu ou est-il vraiment dans votre lit ?

— Vous avez une très bonne ouïe, répondit froidement Jocelyne. Lorsque nous sommes revenus d'El-Arich, hier soir, j'ai demandé à messire Hugues de veiller à ce que ce malheureux soit nourri et prenne un bain puis de le conduire à ma chambre. Je voulais lui demander d'où il venait et pourquoi il se rendait en Terre sainte.

— Certes, mais...

— Je sais que vous serez satisfait, l'interrompit Jocelyne, lorsque je vous dirai qu'il a fait le vœu de rejoindre les chevaliers du Temple. Ne sont-ils pas les combattants les plus aguerris qui défendent le royaume de votre cousin ?

— C'est la vérité, fut forcé de reconnaître Thomas de Beaumont.

Tout ne se passait pas toujours au mieux entre la couronne

de Jérusalem et le Temple. Depuis la création de leur ordre, en effet, les Pauvres Chevaliers du Christ avaient acquis de grands biens et beaucoup gagné en influence, exerçant une sorte de contre-pouvoir.

La rumeur selon laquelle leur fondateur, Hugues de Payns, avait insisté pour qu'on leur accorde une résidence accolée au seul mur qui restait du second Temple de Salomon allait bon train.

Le bruit circulait même que les Templiers avaient creusé à la base du mur à la recherche du dédale de tunnels qui était censé s'y trouver. On allait jusqu'à dire qu'ils y avaient découvert le trésor déposé là depuis plusieurs centaines d'années, avec l'Arche d'Alliance, de toutes les reliques la plus sacrée.

Jocelyne n'en croyait pas un mot. Elle ne pouvait se convaincre, surtout, qu'ils auraient pu avoir trouvé l'Arche d'Alliance et garder secrète cette découverte. Cependant, elle estimait troublant qu'ils se soient autant éloignés de leur vœu initial de pauvreté. Car pauvres, manifestement, ils ne l'étaient plus.

Le bourdonnement monotone de la voix de messire Thomas l'arracha à sa réflexion.

— Mais pourquoi ce chevalier, qui se destine soi-disant au Temple, se trouve-t-il dans votre lit ?

Jocelyne posa sur la table son couteau au manche incrusté de pierreries et considéra l'intendant avec le regard le plus hautain et méprisant dont elle était capable.

— Apprenez, messire Thomas, que ce malheureux, qui a été capturé par des pirates, a été si mal traité qu'il a perdu connaissance en me faisant le récit de ses épreuves. Il était dévoré par une telle fièvre que j'ai appelé à l'aide dame Constance qui a préparé des baumes pour soigner ses blessures. Nous l'avons veillé à tour de rôle tout au long de la nuit.

Avec une moue dubitative, Thomas de Beaumont perça un abricot de la pointe de son couteau et mordit dedans. Le jus sucré du fruit jaillit, éclaboussant sa barbe rousse. Indifférent à ce jus liquoreux qui s'égouttait le long de son poil, il continua de mâcher d'un air pensif.

— Il doit être de noble naissance, reprit-il enfin, s'il envisage de devenir Templier. Vous a-t-il dit son nom ?

— Oui... Simon de Rhys.

— Le fils de Gervais de Rhys ?

— Il ne m'a pas précisé qui était son père.

— Il me l'a dit à moi, intervint messire Hugues en se penchant au-dessus de la table pour voir le voisin de Jocelyne. C'est en effet Gervais de Rhys. Le connaissez-vous ?

— J'en ai entendu parler, répondit l'intendant d'un ton méprisant. Si la moitié de ce que l'on dit sur l'homme est vrai, il renoncerait à son honneur pour la valeur d'une chèvre.

Il pointa la lame de son couteau en direction de Jocelyne.

— Prenez garde, ma dame ! Souvenez-vous du dicton : tel père, tel fils !

La remarque bouleversa tant Jocelyne qu'elle en eut la poitrine oppressée au point de ne plus pouvoir respirer.

Que le ciel lui vienne en aide ! S'était-elle trompée au sujet de Simon lorsqu'elle l'avait vu enchaîné et mis aux enchères ? Tiendrait-il parole ou se vanterait-il auprès de qui voudrait l'entendre d'avoir couché avec la dame de Fortemur ? Irait-il jusqu'à essayer de revendiquer un droit sur elle ou ses biens ?

Avant de se laisser gagner par l'angoisse, elle la repoussa avec énergie en puisant dans le souvenir que Simon de Rhys lui avait laissé la nuit dernière. Elle ne doutait pas qu'à cette occasion il lui avait montré son vrai visage. Peut-être n'était-elle encore qu'une vierge sans expérience lorsqu'il était entré dans sa chambre, mais elle n'était pas idiote. Elle savait fort bien qu'il aurait pu disposer d'elle avec beaucoup plus de rudesse qu'il ne l'avait fait.

Il avait manqué un peu de respect à son égard, certes, en insistant pour qu'elle se dévête puis le déshabille à son tour. Et, lorsqu'elle avait été nue, il l'avait détaillée d'une manière qui, encore maintenant, la faisait rougir. La façon dont il l'avait touchée, cependant, avait été...

Excitante... Ardente... Un supplice de Tantale...

Surtout quand il l'avait caressée là où jamais personne ne l'avait effleurée...

Alors qu'elle ne s'y attendait pas le moins du monde, elle sentit une crispation dans son bas-ventre. C'était si intense que sa main se contracta sur le manche de son couteau. Déconcertée par cette chaude pulsation, elle repoussa son siège et se leva.

— Il faut que j'aille remplacer dame Constance auprès de notre malade. Si vous me cherchez, vous me trouverez dans ma chambre.

Simon croyait rêver...

D'où venait ce murmure de voix ? A qui appartenaient ces mains douces qui passaient un linge humide et frais sur sa nuque et son dos endolori ?

Il ne pouvait s'agir de ces brutes de pirates barbaresques qui avaient attaqué le vaisseau le transportant en Terre sainte.

Il se retourna, frottant sa joue hérissée de barbe contre un drap imprégné d'une odeur de musc et de lavande. Ce parfum éveilla un souvenir enfoui dans sa mémoire. Il se rappelait vaguement une femme dont la peau avait cette odeur... Elle était douce comme la soie et chaude sous sa main...

Une autre chaleur surgit en réponse... Dévorante et brûlante, celle-là... Douloureuse bien plus qu'enivrante...

Le murmure des voix cessa. La nuit l'enveloppa...

— Buvez !

Arraché aux brumes du sommeil, Simon s'efforçait de ne pas entendre la voix qui le harcelait, mais elle ne voulait pas se taire.

— Assez..., marmonna-t-il. Laissez-moi dormir.

Une main ferme lui soutenait la nuque tandis que l'on pressait quelque chose contre ses lèvres.

— Buvez.

Il finit par ouvrir la bouche et s'étrangla presque quand un liquide amer coula dans sa gorge. Il essaya de le recracher, mais une main se pressa contre ses lèvres pour l'en empêcher.

— Avalez !

Il déglutit non sans peine, et leva ses paupières lourdes et comme couvertes de sable pour découvrir qu'il était couché sur le côté, face à une femme assise sur un tabouret bas. Elle avait le regard gris et sévère et, sous son élégante coiffe, un visage sillonné de rides qui trahissaient son âge avancé.

— Qui êtes-vous ?

Seigneur ! Etait-ce de sa bouche qu'était sorti ce croassement rauque ?

Il passa la langue sur ses lèvres sèches et répéta sa question :

— Qui êtes-vous ?

— Constance de Bures, épouse de messire Guy.

Ce nom ne lui disait rien.

Au nom du ciel ! Où se trouvait-il ? Qui étaient cette femme et ce messire Guy dont elle parlait comme s'il devait nécessairement le connaître ?

— Avalez le reste de cette potion et j'irai chercher dame Jocelyne. Elle voulait être informée du moment où vous reviendriez à vous.

Jocelyne... Une lumière se mit à briller dans les ténèbres de Simon. Une silhouette féminine se forma dans son esprit, avec une ravissante poitrine aux aréoles roses et une peau douce et laiteuse. Son corps ne tarda pas à réagir...

Heureusement, la femme assise tout à côté de lui ne remarqua pas le raffermissement involontaire de ses chairs. Elle lui fit boire le reste de l'infect breuvage puis posa la corne qui l'avait contenu et, rassemblant ses jupons, se leva.

— Je vais faire appeler dame Jocelyne.

— Attendez ! Dites-moi d'abord...

Il passa de nouveau la langue sur ses lèvres avant de poursuivre d'une voix pâteuse :

— Combien de temps ai-je dormi ?

— Il y a près de deux jours et deux nuits que vous êtes couché.

Lorsqu'il fut seul, il se retourna ou, du moins, essaya de se retourner. Avec le mouvement, il lui sembla qu'on lui arrachait des lambeaux de peau dans le dos. Il attendit que la douleur s'estompe puis recommença, se déplaçant avec une extrême lenteur jusqu'à ce qu'il soit entièrement étendu sur le dos.

Il fronça les sourcils en regardant les lourds rideaux fixés à un cadre de bois surplombant le lit.

Soudain, il crut entendre les anneaux auxquels ils étaient attachés racler leur guide de métal alors qu'une femme, à la chute de reins ravissante, les ouvrait. Sa taille fine et le galbe de ses fesses sous le voile de ses cheveux blonds lui revinrent à la mémoire...

Il n'avait donc pas rêvé ! Dame Jocelyne... La châtelaine de Fortemur... Il l'avait vraiment serrée dans ses bras ! Il avait été, même, celui qui l'avait faite femme !

Une satisfaction bestiale s'ajouta au tourbillon de ses pensées. Il n'avait connu qu'une autre vierge au cours de sa vie. A l'époque, il était tout jeune et sans expérience ; il s'était laissé littéralement ensorceler par la fille d'un toucheur de bestiaux, une gamine bien en chair, un peu plus âgée que lui. Ils avaient roulé ensemble dans la paille et il s'était retrouvé couché sur le dos, l'impatiente séductrice à califourchon sur lui.

La chose avait été promptement expédiée et sous la seule responsabilité de la donzelle, qui n'avait fait que l'utiliser pour se débarrasser de sa virginité. D'après ce qu'il se rappelait, la relation avait été fruste et rapide, et la fille aussi sotte que peu délicate. La femme qu'il avait serrée dans ses bras, voici deux jours, n'avait rien de commun avec elle.

Alors que son esprit s'éclaircissait, le souvenir lui revenait d'une ravissante créature, hautaine et autoritaire, la taille marquée par une bande de tissu léger. Ses fesses d'une rondeur divine avaient manqué de peu de le rendre fou de désir.

Savoir qu'il était le premier homme autour duquel elle ait enroulé ses jambes galbées touchait à quelque chose de profondément ancré en lui et d'une nature quelque peu primitive. Il n'avait peut-être pas le moindre denier dans sa bourse, mais Jocelyne était à lui. Et elle le serait toujours d'une manière dont elle ne pourrait jamais être à un autre homme.

Non qu'il eût l'intention de lui demander sa main...

Mis à part le fait qu'elle était très au-dessus de lui, il avait fait le serment de ne jamais révéler ce qui s'était passé entre eux. Et, de toute façon, son satané père l'avait condamné à une vie qui interdisait tout commerce avec les femmes, dont aussi, malheureusement, la dame de Fortemur.

Un bruit de pas dans l'escalier interrompit le cours de ses pensées.

Tournant la tête vers la porte, il vit entrer dans la chambre un homme accompagné de sa bienfaitrice qui lui parut à la fois moins belle et plus séduisante encore que lorsqu'il avait partagé sa couche.

Avait-elle perdu de sa beauté à cause du touret qui lui couvrait partiellement le front et de la barbette qui lui enveloppait le menton en confinant ses cheveux sur le sommet du crâne? Etait-ce parce qu'elle pinçait les lèvres avec sévérité et avançait le menton d'un air entêté? Elle se desservait par son expression revêche, mais la robe au décolleté carré qu'elle portait mettait en valeur le renflement de sa poitrine et la ceinture qui lui entourait les hanches, sans les serrer, attirait l'attention sur ses rondeurs gracieuses.

Ce furent ses yeux, surtout, qui le captivèrent. Il lisait dans leurs profondeurs sombres une indéniable menace. Leur expression signifiait clairement qu'il ne devait rien dire, ne faire aucune allusion, ne rien révéler de ce qui s'était passé entre eux.

La mise en garde silencieuse eut l'effet exactement inverse à celui attendu. N'avait-il pas donné sa parole? Cette femme croyait-elle qu'il ne la tiendrait pas? A la pensée qu'elle puisse avoir aussi peu d'estime pour lui que le reste du monde n'en avait pour son père, il serra les dents en la fixant.

— Vous êtes enfin réveillé, fit-elle.

— Comme vous pouvez le constater, répondit-il d'une voix éraillée.

Simon porta son attention sur l'homme richement vêtu, à la barbe rousse et aux larges épaules, qui était entré avec la châtelaine et le regardait avec dédain.

— Thomas de Beaumont, annonça-t-il. Cousin du roi Baudouin

et intendant de cette forteresse jusqu'au jour où dame Jocelyne sera donnée en mariage.

Simon comprenait mieux, maintenant, l'expression qu'il avait lue dans le regard de la maîtresse du château. Si cet homme tenait le rôle de tuteur auprès d'elle, il n'apprécierait certainement pas d'apprendre que la protégée du souverain avait perdu sa virginité avec un misérable chevalier.

Mais pourquoi s'était-elle donnée à lui ? Et pourquoi, grand Dieu, était-il encore dans son lit ?

Thomas de Beaumont lui apporta la réponse à sa dernière question.

— Vous avez eu une forte fièvre, dit-il. Dans sa grande générosité, dame Jocelyne vous a fait placer dans son propre lit où elle vous soigne depuis deux jours avec l'assistance de ses dames d'honneur.

Simon tourna les yeux vers celle que l'intendant venait d'évoquer.

— Je n'ai fait que mon devoir, précisa-t-elle en évitant son regard. Je le referais pour quiconque perdrait connaissance devant moi.

Seigneur ! Cela s'était-il passé ainsi ? Elle devait le prendre pour une mauviette de s'être laissé abattre par un peu de fièvre et quelques lacérations dans le dos.

— Je vous remercie, ma dame, d'avoir ainsi pris soin de moi, dit-il. Si vous voulez bien, maintenant, m'envoyer un page pour qu'il m'aide à m'habiller, je vous débarrasserai de ma présence.

A l'expression de la châtelaine, il était évident qu'elle souhaitait le voir partir aussi vite que possible. Elle ne put, d'ailleurs, cacher son regret quand elle secoua la tête.

— Dame Constance insiste pour que vous passiez encore un ou deux jours au lit.

— Malgré tout le respect que je dois à cette noble dame, je vais me vêtir et partir sans délai.

— Il suffit, Simon de Rhys ! fit avec humeur Thomas de Beaumont. Oseriez-vous contredire celle qui vous a arraché à la condition d'esclave et qui, maintenant, fait preuve à votre égard d'une si grande charité ? Si dame Jocelyne dit que vous devez rester alité, vous attendrez pour vous lever qu'elle vous en donne l'autorisation.

5

Quand les coqs chantèrent, le lendemain à l'aube, la douleur qu'il éprouvait dans le dos avait considérablement diminué.

Les onguents dont les femmes, qui s'affairaient autour de lui depuis trois jours, avaient enduit ses plaies agissaient d'une manière quasi miraculeuse. Les cicatrices, d'ailleurs, s'étaient suffisamment refermées pour permettre à Constance de Bures de les bander avec un tissu doux et léger.

La fièvre, qui s'était déclarée après plusieurs semaines de privations et de mauvais traitements, l'avait laissé dans un état de faiblesse pitoyable.

Un repas de poisson cuit à l'étouffée avec des oignons, des carottes et des navets, accompagné de pain, contribua à restaurer ses forces. Malgré tout, la sévère dame Constance ne lui permit pas de se lever.

Aussi resta-t-il couché, reconnaissant des soins qu'elle lui prodiguait, même s'il était de plus en plus impatient de quitter cette chambre alors qu'elle se tenait avec plusieurs autres femmes près de la fenêtre pour décorer une nappe d'autel de riches broderies au fil d'or.

Elles lui lançaient à la dérobée des regards curieux. L'une surtout, fluette et l'air pincé, l'observait avec insistance et une expression de furet. Grâce aux propos qu'elles échangeaient, il ne fut pas long à comprendre que la face pincée appartenait à l'épouse de l'intendant.

— Quand pensez-vous que le roi convoquera Jocelyne ?

demanda-t-elle d'un ton songeur en plantant son aiguille dans son ouvrage.

— Je ne sais pas, répondit dame Constance.

— Bientôt, assurément, reprit la dame de Beaumont comme pour elle-même. Au dire de tous, le cousin de mon mari désire très fortement cette alliance qui renforcera les frontières du royaume.

Constance de Bures lança un regard vers lui avant de répondre sèchement :

— Ces questions ne nous regardent pas, ma dame. Ce n'est pas à nous d'en discuter.

L'admonition mit un terme aux commérages mais n'interrompit pas les pensées de Simon. Le roi se proposait d'utiliser la dame de Fortemur pour nouer une alliance ! Avec qui ? Et quand le souverain envisageait-il de lui faire contracter un tel mariage ?

L'idée qu'elle puisse appartenir à un autre homme le rendait fou ! Par tous les saints du paradis, cette femme l'avait ensorcelé ! Et il ne voyait pas quand il aurait la possibilité de la questionner au sujet de ce projet d'alliance. Dame Constance, en effet, l'avait informé que dame Jocelyne avait fort à faire et ne pouvait plus passer de temps à son chevet. A l'exception de brèves apparitions où elle s'enquérait de son état, il ne la voyait pour ainsi dire plus.

Malheureusement, en dépit de ses efforts pour diriger ses pensées vers d'autres sujets, les interminables heures d'oisiveté qu'on lui imposait les ramenaient constamment à elle. Le fait d'être couché dans son lit, où il respirait encore les effluves du musc dont elle se parfumait, y contribuait évidemment.

Le chevalier qui avait fait le choix de se consacrer à l'Eglise et décidé de s'abstenir des femmes luttait âprement contre l'homme qui ne pouvait détacher ses pensées de celle avec laquelle il avait connu les plaisirs de la chair.

Le souvenir de leur brève étreinte l'obsédait. Il lui suffit de penser au goût de ses lèvres, à la douceur de sa peau et de ses cheveux sous ses mains, pour qu'il ait une violente érection et se mette à s'agiter, ce qui inquiéta sa garde-malade.

Relevant les yeux de son ouvrage, elle lui lança un regard pénétrant.

— Avez-vous mal ?

La sensation était presque douloureuse, en effet, mais il ne pouvait pas vraiment en révéler la source.

— Non, ma dame. Je suis seulement désolé de vous causer autant de soucis.

— Vous ne m'en causez aucun, assura-t-elle. Encore un ou deux jours, et vous pourrez remonter en selle.

— J'ai enduré de plus graves blessures que celles-là et ne suis pas pour autant descendu de cheval.

— Je n'en doute pas. Nous verrons comment vous vous sentez, ce soir. Si votre état continue de s'améliorer, vous pourriez descendre dîner dans la grande salle et y passer la nuit.

Lorsque Jocelyne monta à sa chambre, plus tard dans l'après-midi, Simon sortit de sa somnolence. La présence de la belle châtelaine éveilla tous ses sens. Il avait suffi qu'elle franchisse le seuil de la porte pour qu'il soit tout vibrant de désir.

Vêtue d'une robe bleue toute simple, crottée dans le bas, elle s'était arrêtée au milieu de la vaste pièce. Ses joues étaient rouges et des mèches de cheveux d'un blond pâle dépassaient de son touret. Même dans une tenue aussi négligée, elle ne perdait rien de sa séduction.

Simon comprit la raison du désordre de sa toilette quand dame Constance lui demanda si elle revenait des écuries.

— Oui, tout juste, répondit-elle.

— Le dressage de votre faucon pèlerin progresse-t-il ? Je suppose qu'il tolère les clochettes, maintenant

— Il n'a guère réagi, cette fois, quand je les ai attachées à sa patte. Je le sortirai, demain après-midi, pour tester son vol.

— Vous devriez emmener Simon de Rhys avec vous. Il est impatient de se lever. Ce sera une bonne manière de vérifier s'il est aussi bien qu'il le dit et capable de faire le chemin jusqu'à Jérusalem.

A l'expression de surprise qu'il lut sur le visage de Jocelyne, il conclut qu'elle avait espéré être débarrassée de lui plus tôt.

— Je lui ai dit qu'il pourrait se lever, ce soir, et descendre dîner dans la grande salle, reprit dame Constance. J'y ai fait installer une paillasse pour lui.

Leurs regards se croisèrent et il crut y voir quelque chose qui ressemblait à de la consternation. A moins que ce ne soit du soulagement… N'était-elle pas impatiente de le voir sortir de sa vie ?

— Je ne doute pas que vous soyez heureuse de pouvoir dormir de nouveau dans votre lit, dit-il avec une brusquerie involontaire.

Il la vit se raidir et prendre une profonde inspiration. Pensait-elle qu'il se moquait d'elle ou faisait référence, indirectement, à ce qui s'était passé entre eux dans ce lit ? A la façon dont elle releva le menton, il ne faisait aucun doute qu'elle comprenait ainsi sa remarque.

— Oui, assurément, répondit-elle froidement. A plus tard, donc, pour le souper.

La mine renfrognée, Jocelyne longeait l'étroit passage percé dans l'épaisseur du mur d'enceinte. Mille tâches requéraient son attention, mais elle avait besoin d'être un peu seule et, plus encore, de sentir la brise marine sur son visage.

Le front barré d'un froncement de sourcils, elle poussa la porte donnant sur les remparts. Le garde en faction devant l'escalier desservant la tour sud se leva aussitôt de son tabouret.

— Ma… ma dame, bégaya-t-il, surpris autant qu'inquiet de voir surgir ainsi la maîtresse des lieux. Avez-vous quelque inquiétude ?

— Non, répondit-elle en l'invitant d'un geste à reprendre sa garde. Je suis venue seulement respirer l'air de la mer.

Elle s'accouda au mur entre deux créneaux et le vent qui courait le long des fortifications gonfla les manches de sa robe et lui fouetta le visage. Des vagues, faisant écho à ses tourments intérieurs, s'écrasaient contre les rochers au pied de la falaise.

Au nom du Seigneur ! Qu'avait-elle ?

Elle voulait que Simon de Rhys s'en aille au plus vite ; il le fallait. S'il n'avait été affaibli par ses blessures, elle l'aurait depuis longtemps jeté sur la route. Pourtant, à la pensée qu'il allait quitter son lit dès ce soir, la vague insatisfaction qu'elle avait éprouvée lors de leur union, et qui, depuis, n'avait cessé de la tourmenter, se ranimait d'une singulière manière.

Il lui avait fallu un certain temps avant d'en comprendre la cause. A présent, elle interprétait précisément cette sensation irritante qui redoublait en présence du chevalier. Elle l'avait d'ailleurs ressentie quelques minutes plus tôt quand elle avait imprudemment arrêté le regard sur ses épaules et son torse nus qui dépassaient des draps.

Ce qu'elle éprouvait, elle n'en doutait plus, était purement et simplement un désir insatisfait. Elle savait que l'accouplement d'un homme et d'une femme procurait d'autres sensations que celles qu'elle avait éprouvées. Sinon ses suivantes en auraient parlé en d'autres termes, et les servantes n'auraient pas ri sottement en évoquant les talents des meilleurs jouteurs dont l'habileté dans le maniement de la lance évoquait d'autres performances...

Même dame Constance, la plus noble de ses suivantes et la plus âgée aussi, s'était permis, un jour, d'expliquer en termes assez crus le ravissement qui pouvait s'emparer d'une femme pour peu qu'elle ait un mari assez attentionné pour flatter ses seins et d'autres régions de son corps avant de la serrer dans ses bras.

Or, n'était-ce pas, précisément, ce que Simon de Rhys lui avait fait ?

Elle retint son souffle en se remémorant la façon dont il l'avait caressée... Elle avait ressenti un plaisir inédit dans la poitrine et dans le bas du ventre, mais elle n'avait pas atteint l'extase. Elle avait seulement éprouvé l'impression frustrante de n'être plus pucelle sans, pour autant, être devenue une femme.

La fuite du temps l'exaspérait peut-être plus encore. Le roi la convoquerait à Jérusalem d'un jour à l'autre, à moins qu'il ne vienne en personne la chercher pour la conduire à son futur époux. Il fallait l'informer de son nouvel état avant que le contrat de mariage ne soit signé et que les vassaux de l'émir n'arrivent à Fortemur pour en prendre possession.

Cette perspective la rendait malade. Son grand-père, au cours de la première croisade, avait enlevé de vive force la forteresse aux infidèles. La pensée de l'offrir en dot à un mécréant, quand bien même celui-ci se prétendait l'ami du royaume latin de Jérusalem, l'emplissait de colère et de dépit.

Alors qu'elle laissait son regard errer le long des hauts et orgueilleux remparts, elle sentait sourdre en elle une inclination à la rébellion qui prenait le pas sur le simple ressentiment.

Elle ne serait pas le premier détenteur d'un fief à défier le souverain en faisant passer son propre intérêt avant celui de la Couronne. De nombreux vassaux ne combattaient-ils pas leur suzerain pour les mêmes raisons ? Même Baudouin avait été contraint d'assiéger la citadelle de Jérusalem où s'était réfugiée sa mère, la reine Mélisende, avant qu'elle ne consente à lui céder les rênes du royaume.

Du haut de son donjon, elle pourrait tenir tête au roi. Après avoir conquis Fortemur un demi-siècle plus tôt, son grand-père en avait considérablement renforcé les défenses. Il avait fait édifier, entre autres, l'imposant donjon et planter de nombreux arbres fruitiers. Le vaste potager était aussi son œuvre, de même que les nombreuses citernes et le forage de plus d'un puits pour permettre aux occupants de la forteresse de soutenir un long siège.

Il suffisait pour cela de lever le pont-levis et d'inonder le fossé entre les deux remparts. Elle pourrait tenir au moins un an et même, sans doute, plus encore.

Mais à quoi cela la mènerait-il ?

Tôt ou tard, elle serait contrainte de négocier une trêve ou de se rendre sans condition.

Dans le premier cas, elle aurait fait subir à ses gens les privations d'un siège sans en tirer aucun avantage ; dans le second, elle exposerait ses hommes d'armes à être passés par le fil de l'épée, et leurs femmes à être données en butin à celui que le roi aurait envoyé pour la soumettre.

Elle ne pouvait faire cela à ses gens qui l'avaient servie si fidèlement et loyalement, tout comme ils avaient servi son grand-père avant elle. Aussi n'avait-elle d'autre possibilité que de se soumettre à la volonté du souverain quant au choix d'un mari — à l'exception, toutefois, de l'émir.

Elle suppliait le ciel de lui épargner le supplice qu'une telle alliance représenterait pour elle.

Laissant échapper un soupir, elle s'accouda au mur et observa le mouvement incessant des vagues qui venaient mourir contre les rochers en projetant des gerbes d'écume.

Lorsqu'elle retourna dans sa chambre après que le soleil rougeoyant eut disparu sous l'horizon, elle découvrit que Simon n'était plus là.

— Il m'a affirmé être assez fort pour se lever, expliqua dame Constance. Je demanderai à Guy de veiller sur lui, cette nuit. Vous pourrez juger de sa santé demain, lorsque vous monterez à cheval avec lui.

Jocelyne acquiesça d'un hochement de tête, mais elle eut un serrement de cœur en portant les yeux sur le lit vide. Elle éprouvait l'étrange sensation d'avoir été dépouillée d'un bien précieux.

Elle avait conclu un marché avec Simon, pensa-t-elle sombrement, et elle s'y tiendrait. Elle ne pouvait s'empêcher, cependant, de souhaiter... ou de se demander si...

Non ! Elle ne voulait pas se représenter encore son corps musclé pesant sur elle... Elle ne rougirait pas en pensant à sa force mâle et ne retiendrait pas son souffle en sentant le spasme soudain dans le bas de son ventre... Non et non ! Elle ne voulait plus penser à lui !

En retirant sa robe maculée de boue, elle se dit que le jour ne se lèverait jamais assez tôt.

Elle s'éveilla avec les premiers rayons du soleil et s'empressa de se vêtir pour descendre prendre son premier repas de la journée.

Alors qu'elle comptait se rendre au plus vite aux écuries, messire Thomas la retint pour lui parler d'un nouvel impôt qu'il voulait lever et auquel elle s'opposa fermement. Quand elle sortit enfin du donjon, elle était d'une humeur particulièrement irascible.

Son cheval était déjà sellé et l'attendait devant l'écurie ; le maître palefrenier le tint par la bride jusqu'à ce qu'elle soit en selle. Le fauconnier était sur son cheval, le faucon pèlerin, la tête encapuchonnée, posé sur son avant-bras protégé par un long gant de cuir.

L'escorte d'hommes en armes était également déjà en selle. Jocelyne ne comptait pas aller bien loin, mais elle représentait une proie de trop grand prix pour s'éloigner aussi peu que ce soit de la forteresse sans une protection adaptée.

Le seul à n'être pas pourvu d'un cheval, remarqua-t-elle avec agacement, était Simon de Rhys.

Messire Guy lui avait procuré une épée, un ceinturon et un bouclier de cuir frappé. Il ne s'agissait pas des plus belles armes mais elles étaient de bonne facture, et Jocelyne savait que le forgeron était en train de fabriquer pour lui une cotte de mailles adaptée à sa taille. Le tintement d'un marteau au loin, d'ailleurs, indiquait qu'il était à l'ouvrage. Ce dont le chevalier manquait, apparemment, c'était d'un bon cheval.

— Pourquoi ne vous a-t-on pas donné de monture ? lui demanda-t-elle.

— Il semblerait que le cheval louvet sur lequel j'ai voyagé d'El-Arich à Fortemur boite.

— Ce n'est pas le seul de mes écuries qui puisse supporter votre poids.

Elle se tourna vers le maître palefrenier.

— Ne pourrait-il monter le destrier de messire Hugues ? L'alezan clair avec la flamme blanche ?

— C'est une jument qui est sur le point de pouliner, ma dame.

— Alors sellez l'un des palefrois. Il y en a sûrement un qui lui conviendra... Non ! Attendez !

Elle se mordit la lèvre inférieure en poursuivant sa réflexion. N'avait-elle pas promis un coursier à Simon ? Il y en avait un grand nombre, bien dressés, dans les écuries, mais tous avaient un chevalier ou un sergent d'armes pour cavalier. Il restait une monture, toutefois, qui n'avait pas de cavalier attitré...

— Sellez Vengeur !

— Personne ne peut le monter, ma dame ! intervint messire

Hugues. Le chevalier de Rhys, qui se remet à peine de ses blessures, n'aura pas la force de le maîtriser.

Simon avança d'un pas vers Jocelyne.

— Est-ce que Vengeur est le grand cheval à la robe baie qui occupe la dernière stalle ?

— Oui, confirma Jocelyne.

— Il me semble très puissant.

— Il n'est pas que puissant ; il a été très bien dressé, mais il faut savoir le mener. Mon grand-père le préférait à tout autre pour aller au combat. Il mènera une charge ou en arrêtera une avec la même détermination.

Donner à ce chevalier miséreux le destrier qui avait porté son aïeul dans la bataille et l'en avait tiré avec la même efficacité n'était pas évident pour elle. Des chevaux de cette qualité valaient leur poids en or. S'ajoutait à cela sa valeur sentimentale. Vengeur, en outre, avait du caractère et ne pouvait être monté que par un excellent cavalier… Mais elle avait promis un cheval de bataille à Simon…

— Si vous êtes capable de le monter, dit-elle froidement, il est à vous.

Le visage de Simon s'éclaira.

— N'ayez aucune crainte, ma dame. Je le monterai sans difficulté.

La confiance qu'il affichait balaya les doutes de Jocelyne qui tressaillit de joie et d'impatience en voyant la lueur espiègle qui brillait dans ses magnifiques yeux bleus.

— Dame Constance, reprit-il, m'a fait avaler tant de breuvages que je sens la nécessité de dépenser l'énergie qu'ils m'ont apportée. Qu'importe si je tombe une ou deux fois sur la tête.

Fascinée par son sourire, Jocelyne ne prêta pas attention à ses propos. Comment un simple changement d'expression pouvait-il le transformer à ce point ?

Depuis qu'elle le connaissait, elle l'avait vu arborer plusieurs visages, de celui de l'esclave rétif jusqu'à celui de l'amant impérieux, mais jamais elle ne l'avait vu sourire ainsi.

Elle en avait le cœur battant quand elle s'adressa au maître palefrenier.

— Faites seller Vengeur et amenez-le ici.

Les hommes de son escorte, curieux de voir comment Simon s'y prendrait, descendirent de cheval pour assister à la scène. Le fauconnier resta en selle mais éloigna son destrier de quelques toises pour éviter que les hennissements et le bruit des sabots martelant le sol n'effraient le rapace nerveux par nature.

Lorsque le bruit se répandit de ce qui allait avoir lieu, d'autres habitants du château s'approchèrent pour y assister. Tout le monde ou presque vint ; les filles de cuisine, les aides de chenil, qui dormaient auprès des chiens courants pour qu'ils n'aboient pas, l'apiculteur...

Les lavandières, même, abandonnèrent leurs baquets de bois, essuyèrent la mousse de leurs bras et accoururent.

Tous savaient que plus d'un chevalier avait tenté sans succès de monter le grand bai.

Quand le maître palefrenier arrêta devant le montoir le cheval de bataille qu'il était allé chercher dans sa stalle, Jocelyne n'était pas loin de regretter sa décision impulsive. Simon de Rhys, certes, avait affirmé être en mesure de le monter, mais il n'avait quitté son lit que la veille et était peut-être encore trop faible pour fournir un tel effort.

Etait-elle si impatiente de le voir partir qu'elle était prête à le voir prendre le risque de se briser les reins ? Eprouvait-elle, par ailleurs, une telle mauvaise conscience qu'elle se sentait obligée de lui donner le cheval si prisé de son grand-père ? A moins que ce ne soit cette insatisfaction obsédante qui lui faisait espérer à demi qu'il tombe et doive être de nouveau alité...

Les dents serrées, elle se tint au milieu de la foule tandis que Simon de Rhys posait à terre son bouclier et s'approchait du destrier. Il avait été sellé et recouvert d'un drap rouge et noir qui servait autant à l'apparat qu'à identifier le cavalier dans le combat. Sous le drap était placée une carapace de cuir frappé destinée à dévier les flèches et la pointe des lances.

En voyant le chevalier venir vers lui, Vengeur dilata les naseaux.

Ses yeux noirs coulissèrent de droite et de gauche pour se fixer sur l'homme qui n'était plus qu'à quelques pas de lui.

Simon murmura une sorte de berceuse d'une voix trop douce pour que Jocelyne puisse en saisir les paroles. A la fois charmée par la scène et effrayée par ce qui allait, peut-être, se passer, elle crispa nerveusement les poings.

Le maître palefrenier, qui avait en main les rênes de Vengeur, se tenait aussi éloigné que possible de lui alors qu'il s'ébrouait et labourait le sol de ses sabots ferrés.

Tout en continuant de chantonner d'une voix à peine audible, Simon franchit le reste de la distance qui le séparait du cheval. Lorsqu'il en fut assez proche, il fit signe au maître palefrenier de lui passer les rênes. Trop heureux de pouvoir s'éloigner du puissant animal, celui-ci s'exécuta aussitôt.

A partir de ce moment, il n'y eut plus que Simon et le destrier. Il enroula l'une des rênes autour de son poignet et tendit sa main libre vers le cheval qui releva vivement la tête, montrant le blanc de ses yeux. La foule retint son souffle tandis que le cœur de Jocelyne battait à lui rompre les côtes. Elle s'apprêtait à ordonner à Simon de renoncer quand elle le vit caresser les naseaux de Vengeur sans cesser de lui parler doucement.

Sujette à une sorte de ravissement, elle ne put détacher le regard de cette grande et belle main qui portait les traces des batailles et qui l'avait calmée de la même manière.

Elle fut parcourue d'un frisson en voyant Simon passer les rênes au-dessus de la tête du cheval et poser le pied sur le montoir. En l'espace d'un clin d'œil, il fut en selle.

Dans l'attente du tumulte qui allait suivre, personne n'osa plus bouger ni respirer. Or, rien ne se produisit. Une à une, les bouches s'ouvrirent toutes grandes alors que les yeux s'écarquillaient.

Indifférent aux spectateurs, Simon fit signe qu'on lui apporte son bouclier. Il le pendit au pommeau de sa selle puis fit avancer le destrier d'un pas tranquille vers Jocelyne.

— Allons-nous tester les capacités de votre oiseau, ma dame ?

Le ton nonchalant de sa voix et l'expression de son regard

trahissaient la satisfaction un peu suffisante qu'il éprouvait d'avoir réussi là où tant avaient échoué.

— Oui, certainement, messire.

Un vent fort, qui soufflait de la mer, s'engouffrait entre les deux remparts du château, faisant bruisser les feuilles des arbres fruitiers et soulevant des mèches de cheveux échappées du touret de Jocelyne. Elle n'y prêtait pas attention. Quand les sabots de son barbe résonnèrent sur le pont-levis puis sous la barbacane, elle porta le regard sur le faucon capuchonné qu'elle tenait sur son poignet enveloppé de cuir, puis sur le chevalier à son côté.

Elle ne pouvait s'empêcher d'admirer la façon dont il montait. L'assiette irréprochable, il se contentait d'une pression des genoux et de la fermeté de ses mains sur les rênes pour guider le grand destrier. Et Vengeur réagissait en marchant avec souplesse et régularité.

Il était autant un guerrier que l'homme qui l'avait monté naguère, pensa-t-elle. Son grand-père aurait été satisfait de la paire qu'il formait avec son destrier, mais certainement pas du marché honteux qu'elle avait passé avec le chevalier.

Elle écarta de son esprit cette pensée humiliante et se tourna délibérément vers sa préoccupation du moment.

Son but, ce matin, était le boqueteau de chênes chétifs qui se dressait sur un promontoire dominant la mer. D'habitude, accompagnée d'une importante escorte des gens d'armes, de chasseurs et de valets de chiens courants, elle s'éloignait beaucoup plus de Fortemur. Cette fois, elle désirait seulement évaluer les qualités du rapace, à l'entraînement duquel elle avait consacré tant d'heures.

Peu après, elle arrêta son cheval au sommet de la falaise où elle venait depuis l'enfance. Le vent y soufflait plus fort qu'aux abords de Fortemur et y était plus mordant, sans doute à cause des embruns qui s'y mêlaient, les vagues s'écrasant avec force jaillissements d'écume contre les rochers au pied de ce promontoire qui avançait dans la mer.

— Nous allons le lâcher ici, dit-elle.

Simon de Rhys tira sur les rênes de Vengeur qui s'immobilisa à côté de son barbe tandis que les sergents d'armes s'arrêtaient à quelque distance.

Jocelyne retira doucement le capuchon du faucon en veillant à ne faire aucun geste brusque pour s'épargner un coup de bec qui aurait pu lui arracher un morceau de chair. Le jeune oiseau, qui était issu d'un redoutable chasseur, avait toutes les chances de présenter les mêmes caractéristiques agressives que son géniteur. Tout petit, alors qu'il venait de faire ses plumes, il avait été retiré de la nichée et Jocelyne avait commencé à le nourrir de sa main pour qu'il s'habitue à son contact. Elle n'était cependant pas inconsciente au point de le croire déjà apprivoisé.

Depuis plusieurs semaines, à tour de rôle, son fauconnier et elle-même l'avaient fait voler au bout d'une longe. Chaque fois qu'ils sifflaient pour qu'il revienne se percher sur leur poing et qu'il obéissait, ils le récompensaient avec un morceau de viande crue. A plusieurs reprises déjà, bien que relié à la longe, il avait attrapé un pigeon lâché près de lui pour vérifier son instinct de chasseur et la puissance de ses serres.

Aujourd'hui, on lui retirerait son lien pour la première fois.

— C'est un bel oiseau, déclara Simon alors que Jocelyne caressait les plumes gris-bleu du rapace.

— Oui, vraiment.

Moins grand et plus léger que le gerfaut avec lequel le grand-père de Jocelyne aimait chasser, le pèlerin était plus rapide. Lorsqu'il repliait ses ailes et fondait sur une proie, il n'était presque plus visible à l'œil nu. Jocelyne ne doutait pas qu'il pourvoirait la table de Fortemur en moult pigeons bien gras et cailles savoureuses.

Ses serres acérées pénétraient dans le cuir qui lui protégeait la main et l'avant-bras. Elle enroula les rênes autour du pommeau de sa selle puis prit une paire de clochettes dans le petit sac pendu à sa ceinture. Après les avoir attachées à la patte de l'oiseau, elle s'adressa à lui d'une voix douce et chantante.

— Es-tu prêt à voler ? Tu t'élèveras très haut dans le ciel et reviendras te poser sur moi ?

Simon, qui l'écoutait autant qu'il la dévorait des yeux, avait l'impression qu'elle s'adressait à lui en même temps qu'au rapace. De même qu'il avait réussi à apaiser le splendide destrier qu'il montait maintenant, Jocelyne parvenait à rendre plus doux le pèlerin ombrageux. En voyant sa main caresser le plumage du faucon, il avait l'impression de sentir le contact de ses doigts sur sa peau...

Elle ne l'avait pas touché, lorsqu'ils avaient fait l'amour. Tout était allé trop vite. Lui non plus n'avait pas passé assez de temps à la caresser et la couvrir de baisers. Il était venu trop tôt en elle et n'avait pu se contenir... Il le regrettait amèrement, car elle avait été très proche d'atteindre le plaisir ; il connaissait assez les femmes pour s'en être aperçu.

La douleur associée à ce souvenir le transperça comme une lance alors qu'il la regardait murmurer de douces paroles à l'oiseau. Si une autre chance lui était donnée de la serrer dans ses bras, il prendrait grand soin de lui offrir le plaisir qu'elle méritait.

Hélas ! il n'en aurait pas l'occasion.

Il s'obligea à accepter cette triste réalité tandis que Jocelyne libérait le faucon.

Il s'envola et tournoya autour de leurs têtes en faisant tinter les clochettes fixées à sa patte comme s'il ne savait que faire de cette liberté inconnue. Un souffle de vent le souleva soudain, et il s'éleva dans les airs. Il continua de voler en décrivant des cercles de plus en plus grands jusqu'à ce qu'il arrive au-dessus du boqueteau de chênes.

Quand Jocelyne se protégea les yeux contre le soleil avec la main pour l'observer attentivement, Simon détourna le regard du rapace pour le porter sur elle. La brise marine faisait voleter des mèches soyeuses de ses cheveux blonds comme l'or et plaquait sa robe contre sa poitrine. Elle faisait une jolie moue en suivant l'oiseau des yeux et, tout à coup, elle s'écria :

— Il a trouvé une proie !

Un animal sauvage, au sol, avait dû déranger une compagnie de cailles tachetées car plusieurs s'élevèrent au-dessus de la voûte des arbres. Au même instant, le faucon replia ses ailes et plongea sur elles à la vitesse d'un trait d'arbalète.

Une caille se laissa attraper en plein vol. Des plumes tourbillonnaient encore dans le vent quand Jocelyne éperonna sa monture. Son cheval bondit en avant et Simon ainsi que l'escorte s'efforcèrent de la suivre.

Sans lâcher sa proie, le rapace disparut derrière les frondaisons. La cavalière se laissa guider par le son de ses clochettes et se fraya un passage à travers le sous-bois jusqu'à l'endroit où le faucon s'était posé et était en train de déchiqueter la poitrine de la caille.

Jocelyne émit un sifflement. L'oiseau redressa la tête et, au second sifflement, s'envola lentement pour venir se percher sur le poing de sa maîtresse.

Comme il était le plus proche de la proie qui gisait au sol, Simon mit pied à terre, la ramassa et arracha un lambeau de chair de la poitrine ensanglantée de l'animal. Il avait dressé lui-même suffisamment de rapaces pour savoir qu'ils devaient être récompensés sans délai pour une capture. Il donna la caille au fauconnier qui l'enfouit dans sa gibecière puis tendit le morceau de chair à dame Jocelyne.

— Le lâchons-nous de nouveau ou retournons-nous dès maintenant au château ? demanda-t-elle, rayonnante de joie, après avoir nourri le faucon. Je ne voudrais pas que vos plaies se rouvrent.

— C'est à peine si je les sens encore. Les onguents de dame Constance ont un effet miraculeux.

Il ne disait pas la vérité, et Jocelyne en avait sans doute conscience, mais il n'aurait jamais cru que ses blessures puissent autant cicatriser en si peu de temps. Il pouvait se déplacer sans ressentir de brûlures dans le dos à chaque mouvement et, à cheval, il n'éprouvait que quelques élancements ponctuels.

— Lâchez votre pèlerin, dit-il avec fermeté.

Simon participa à la chasse sans grande difficulté et, lorsqu'elle se termina, il fut surpris quand Jocelyne lui proposa de descendre de cheval et de marcher le long de la falaise.

Elle rendit le rapace au fauconnier pour qu'il le ramène dans la volière et renvoya l'escorte avec eux. Au sergent d'armes qui s'offusquait en disant que messire Hugues aurait sa tête si quelque chose lui arrivait, elle désigna du menton les tours de Fortemur qui se dressaient au loin.

— Il ne va rien m'arriver. Et, de toute façon, nous sommes à portée de voix des remparts.

— Certes, ma dame, mais...

— Retournez au château ! Je dois m'entretenir avec messire Simon de questions qui ne concernent que lui et moi.

Se demandant ce qu'elle avait à lui dire, Simon mit pied à terre et attacha Vengeur par la bride à une branche basse d'un cyprès. Puis il se hâta vers Jocelyne pour l'aider à descendre de sa monture mais, déjà, elle s'était laissée glisser avec grâce de la selle.

— Venez avec moi, dit-elle avec autorité.

Ils suivirent le bord de la falaise façonnée par des siècles de vent et de tempêtes. La mer s'engouffrait dans des creux dont elle ressortait blanche d'écume ; des oiseaux nichaient par colonies dans les fentes entre les rochers.

Jamais Simon n'avait vu la mer miroiter ainsi sous le soleil ni de vagues couronnées d'autant d'écume.

— Ce pays ne ressemble à aucun autre, dit-il. Ses déserts sont plus désolés que nulle part ailleurs et, pourtant, il présente de magnifiques vergers aux fruits mûrs et rebondis, et les eaux qui le baignent ont une teinte turquoise incomparable.

Jocelyne lui lança un regard de côté.

— Si vous vous sentez capable de descendre la falaise, je vous montrerai un endroit encore plus merveilleux.

Il baissa les yeux sur les vagues qui éclataient contre la paroi escarpée.

— Plus beau que ce qui s'offre à nos yeux ?

— Suivez-moi.

Avant même qu'il ne puisse protester, elle releva ses jupes et s'engagea sur un sentier presque invisible tracé entre les rochers. Il déglutit en constatant à quel point il était pentu.

— Soyez prudente, ma dame !

— J'ai pris ce sentier des centaines de fois. Regardez seulement où vous posez le pied.

6

Simon avait jouté contre de redoutables adversaires et combattu trop d'ennemis pour en faire le compte, mais il ne se souvenait pas avoir jamais éprouvé une telle frayeur.

Le sentier, étroit et pentu à l'extrême, avait dû être tracé par des chèvres car il ne semblait pas du tout adapté aux pieds d'un homme. En tout cas, pas aux siens. Jocelyne, fine et légère comme un elfe, y paraissait pour sa part très à l'aise, ses petits pieds effleurant le sol plus qu'ils ne le touchaient.

Plus d'une fois, Simon heurta une pierre qui tomba dans le vide. Aussi s'attendait-il, à tout instant, à être précipité au bas de la falaise et ne put-il reprendre son souffle que lorsque, après mille efforts et s'être déplacé de côté comme un crabe, il rejoignit Jocelyne sur une étroite saillie.

Elle tourna vers lui un visage illuminé par la joie, qui le laissa muet d'admiration et d'émerveillement. C'était la première fois qu'elle lui souriait vraiment, et sa beauté s'en trouvait multipliée.

— Vous voyez, fit-elle. Ce n'était pas si difficile.

— Peut-être pour une sylphide comme vous, répondit-il avec humeur. Pour un homme de ma taille, en revanche, cela revenait à danser avec le diable.

Eclatant de rire, elle désigna de la main l'ouverture dans la roche derrière eux.

— Regardez ! Vous aurez l'impression, cette fois, de danser avec les anges.

Il se retourna et ne put retenir une exclamation.

— Sacrebleu !

Il n'avait jamais rien vu de semblable. La caverne derrière lui brillait de mille points lumineux.

— C'est le reflet du soleil sur les cristaux de sel qui produit cette clarté féerique, expliqua Jocelyne. J'aimais venir ici quand j'étais enfant et que je réussissais à échapper à la vigilance de ma nourrice. La grotte ne brille ainsi que lorsque le soleil est assez bas et que ses rayons rasants pénètrent jusqu'en ses profondeurs. C'est alors d'une indescriptible beauté, comme une fenêtre ouverte sur le paradis.

— C'est extraordinaire, en effet, reconnut-il.

Elle entra dans la grotte et il l'y suivit. L'éclat y était moins grand dès qu'on en avait franchi l'ouverture, mais l'impression restait tout aussi magique.

Après avoir embrassé la caverne du regard, il se tourna vers Jocelyne.

— C'était l'endroit secret où vous aimiez vous retirer ?

— Oui...

— Je vous remercie de m'y avoir conduit. Vous me faites un très grand honneur.

— J'y ai emmené très peu de personnes, répondit-elle en souriant. Tout le monde a peur de descendre.

— Avec raison !

Il s'abandonna quelques instants à la contemplation de la cavité dont la pureté blanche agissait comme un baume sur son âme.

— Je vous remercie de m'avoir rendu ma liberté, dit-il soudain.

Elle détourna les yeux.

— C'est un échange équitable. Votre liberté contre la mienne.

C'était la première fois qu'elle évoquait en sa présence la raison pour laquelle elle s'était donnée à lui. Il n'avait formé son opinion, jusque-là, que sur la base de la réflexion que la dame de Beaumont avait faite dans la chambre seigneuriale quand il y était alité. Depuis, il avait souhaité avoir confirmation de ce qu'il avait entendu pour être en mesure d'apprécier la nature du bourbier dans lequel il s'était involontairement fourré.

— Me direz-vous, ma dame, ce qui vous a conduite à commettre un acte aussi désespéré ?

Elle fit non de la tête.

— Je crois vous avoir déjà dit, messire, de ne pas vous préoccuper de mes motivations.

— Dites-les-moi, je vous en prie.

Elle releva le menton comme une marque de défi.

— Il est préférable, je dirais même plus prudent, pour vous que vous restiez dans l'ignorance.

— Plus prudent ?

En le giflant devant tous les habitants du château, elle ne lui aurait pas infligé plus grande offense.

— Ne vous laissez pas influencer par les chaînes qui m'entravaient la première fois que vous avez posé les yeux sur moi. Je ne me suis jamais incliné devant aucun ennemi.

— A la guerre, peut-être. Mais que feriez-vous devant la colère d'un roi ?

Elle avait parlé plus vite qu'elle ne l'aurait voulu, il le comprit à son expression. Il était clair qu'elle aurait aimé ne pas avoir prononcé ces paroles.

— Si ce que nous avons fait est susceptible de provoquer le courroux du souverain, vous devriez vous empresser de m'en dire la raison. Ce serait plus prudent pour vous comme pour moi. Je vous ai fait le serment de ne jamais parler à quiconque de ce qui s'était passé entre nous et je n'ai pas pour habitude de me parjurer, mais l'on m'interrogera au sujet de mon séjour à Fortemur. Je ne voudrais pas être amené, par ignorance, à dire quelque chose qui pourrait vous faire du tort.

Visiblement en proie à des pensées contradictoires, elle le regarda longuement.

— Je vous écoute, reprit-il.

Jocelyne laissa échapper un soupir.

— Tout le monde, ici, est au courant de ma situation, messire de Rhys.

— Appelez-moi Simon.

— Personne n'ignore, au royaume franc de Jérusalem, à quel destin me promet le roi.

Elle s'assit sur un rocher avant de poursuivre.

— Sachez, Simon, que notre souverain voudrait nouer une alliance avec l'émir de Damas en me donnant à lui comme épouse.

— L'émir de Damas ? fit-il, stupéfait.

Après avoir tant souffert entre les mains de ceux qui l'avaient capturé, il ne pouvait croire que le roi consente à donner à un pacha étranger une jeune fille placée sous sa garde.

— Le roi vous donnerait en mariage à un mahométan ?

— Je ne serais pas la première femme franque condamnée à un tel destin, répondit-elle d'un ton amer. Pour être plus précise, cette alliance renforcerait la frontière sud du royaume franc contre les incursions des Fatimides et permettrait au roi Baudouin de tourner son attention vers les Turcs au nord. Ce genre de soutien a plus de valeur que des coffres d'or ou de myrrhe.

Simon garda le silence pendant un long moment.

En qualité de dernier-né, dépourvu de tout bien et de toute terre, il n'ignorait pas l'importance d'un mariage avec une riche héritière. A une certaine époque, il avait osé espérer que la force de son bras lui vaudrait d'épouser la fille d'un petit baron.

Le vœu prononcé en son nom par son père avait réduit à néant cette ambition. L'ordre des Templiers demandait qu'il renonce à tout et, en premier lieu, à sa personne. Tout en lui, cependant, se rebellait à la pensée que cette femme belle et séduisante puisse être offerte aux infidèles qu'il s'était juré de vaincre.

— Si ces mariages sont si fréquents ici, dit-il enfin, pourquoi...

Il chercha les mots qui auraient permis de formuler sa question d'une manière qui ne soit ni crue ni trop abrupte, mais n'en trouva pas.

— Pourquoi avez-vous couché avec moi ?

L'expression de Jocelyne se durcit. Elle resta muette un certain temps avant de répondre avec circonspection :

— L'émir a certaines exigences.

— C'est-à-dire ? Précisez votre pensée.

— Soit !

Aiguillonnée, elle repoussa la mèche de cheveux blonds qui avait échappé de son touret et s'expliqua :

— L'émir ne laisse entrer dans son lit que les vierges. Quand il les a débarrassées de leur hymen, il les enferme dans son harem. Et, d'après ce que j'ai entendu dire, elles n'en ressortent plus jamais et ne sont plus conviées dans la chambre nuptiale.

Seigneur ! Il comprenait, à présent, qu'elle ait eu recours à une mesure aussi désespérée.

Il avait pu constater qu'elle était dotée d'un caractère bien trempé. La première fois lorsqu'elle avait traversé avec son cheval le pont suspendu au-dessus du ravin, la seconde lorsqu'elle s'était dévêtue devant lui avec fermeté et aplomb.

L'imaginer derrière les murs d'un harem était impossible. Elle avait une trop forte personnalité pour consentir à mener une vie de recluse.

Et il ne pouvait pas davantage imaginer le souverain renonçant à son projet pour elle. Il ne savait pas grand-chose au sujet du roi Baudouin, le troisième du nom, sinon qu'il devait mener une âpre lutte contre des forces supérieures pour maintenir son royaume.

Une menace qui avait sans doute été exagérée, soupçonnait Simon, pour inciter un plus grand nombre de chrétiens à se croiser. Il n'était pas étonnant, dans un tel contexte d'alliances stratégiques, que des héritières comme la châtelaine de Fortemur n'aient pas plus de poids que des pions sur un échiquier.

— Je crains que le roi ne croie pas que vous ayez perdu votre virginité, lança-t-il avec brusquerie. Il demandera des preuves.

Elle acquiesça d'un air morne.

— Je le sais.

Il serra les dents. Plutôt être damné et soumis à tous les feux de l'enfer que de permettre qu'une telle humiliation soit imposée, par sa faute, à une femme.

— Je dirai au roi ce qui s'est passé entre nous.

— Non ! fit Jocelyne en redressant la tête, l'air terrifié. Je ne vous demande pas ce sacrifice, Simon. Les médecins du roi pourront confirmer que je ne suis plus vierge. Il n'est pas nécessaire que vous révéliez le rôle que vous avez joué dans mon dépucelage.

L'idée qu'un médecin à l'haleine fétide fourrât ses doigts dans la tendre intimité de Jocelyne le rendait fou de colère. Il franchit la distance qui le séparait d'elle et la saisit par les bras.

— Me croyez-vous si couard ?

— Non, je...

— Je ne vous laisserai pas subir seule le courroux royal, Jocelyne !

— Il le faut ! Sinon vous ne vivrez pas assez longtemps pour rejoindre les rangs des Templiers.

Le vœu de son père se dressait de nouveau en travers de sa vie et le contraignait à renoncer aux valeurs chevaleresques avec lesquelles il avait grandi.

Tout en lui se révoltait et voulait protéger Jocelyne du sort qui l'attendait. Il voulait, en particulier, lui épargner les conséquences du choix dangereux qu'elle avait fait en le faisant entrer dans son lit.

En pensant à la témérité de ce choix, il serra plus fort les mains sur ses bras.

— C'était de la folie, Jocelyne ! Vous êtes sous la tutelle du roi. Vous ne pourrez vous dérober chaque fois qu'il vous présentera un mari.

— Je n'en ai pas l'intention ! Je voulais seulement échapper à celui-ci ! Et...

Elle retint son souffle et renversa la tête en arrière, le contemplant avec ses grands yeux bruns semés de paillettes dorées.

— Et quoi ? fit-il.

Elle passa le bout de la langue sur sa lèvre inférieure et, d'une voix que l'émotion étranglait, répondit :

— Et je voulais avoir quelque plaisir avant d'être donnée à un mari qui disposera de moi comme bon lui semblera.

Quelque plaisir...

C'était, en vérité, tout ce qu'il avait réussi à lui donner. Cette pensée le brûla comme un fer rouge alors même qu'il laissait son regard glisser de ses lèvres à son décolleté qui révélait la naissance de ses seins...

Son caractère honnête le conduisit à lever les yeux vers son visage.

— Je ne vous ai donné que cela, ma dame, pour ma plus grande honte.

Comme si elle n'était pas certaine d'avoir bien compris le sens de son propos, elle cligna les yeux.

— Pour votre plus grande honte ?

— J'aurais pu vous donner beaucoup plus... Infiniment plus...

— Je..., commença-t-elle en rougissant. Je n'en doute pas.

Conscient d'être sur le point de commettre un autre péché grave, il hésita, la regarda droit dans les yeux et décida qu'il succomberait au désir et ferait pénitence plus tard.

— Me faites-vous confiance ?

Elle eut un petit rire nerveux.

— Je vous ai fait entrer dans mon lit, n'est-ce pas ?

— Alors, laissez-moi vous donner du plaisir.

Cette fois, elle devint toute cramoisie. Craignant qu'elle ne lui oppose un refus, il lui ferma les lèvres de l'index.

— Vous n'aurez rien à faire et ne ressentirez pas la douleur que vous avez éprouvée la première fois. Vous allez goûter à ce qu'une femme ressent quand l'homme qui est avec elle prend son temps et est plein d'attentions pour elle.

— Je... Euh...

Devant sa confusion, il s'inclina vers elle.

— Laissez-moi vous embrasser, murmura-t-il en lui effleurant les lèvres avec les siennes. Et vous toucher...

Elle resta si raide et muette qu'il s'attendit à être repoussé d'un instant à l'autre, mais elle entrouvrit bientôt la bouche, l'incitant à faire ses baisers plus pressants.

Il souleva le bandeau qui lui enserrait la tête et lui prit la nuque dans la main. Du pouce, il suivit le contour délicat de sa mâchoire. Elle avait la peau douce et l'ossature fragile. Si elle lui avait prouvé par la façon dont elle montait à cheval qu'elle était résistante et avait autant de force physique que morale, il brûlait d'envie, néanmoins, de lui témoigner la tendresse qu'elle méritait.

Sans interrompre leur baiser, il défit le bandeau de lin qui faisait le tour de son visage et libéra ses cheveux. Ils tombèrent sur son bras comme une pluie chaude et soyeuse, embrasant ses sens.

Emporté par le désir, il l'embrassa presque sauvagement et aurait succombé à l'envie de la posséder là, sans délai, s'il ne s'était souvenu de son intention.

Il voulait lui montrer ce qui pouvait se passer entre un homme et une femme, et la conduire à un plaisir qui la submergerait comme une vague et la laisserait en larmes, stupéfiée autant qu'émerveillée par ce qu'elle venait de vivre.

Glissant les doigts dans sa chevelure, il lui maintint la tête pour l'embrasser plus passionnément encore. Comme elle retenait son souffle et qu'il lui semblait qu'elle allait s'écarter de lui, il enlaça sa taille et la serra contre lui, plaquant sa poitrine contre son torse et son ventre contre le sien.

Elle saisit ses avant-bras, enfonçant les ongles dans ses muscles durs. Il la sentit se raidir entre ses bras, et s'en voulut d'user de sa force pour faire fléchir sa volonté alors qu'il n'avait d'autre intention que de lui donner du plaisir.

Il commençait à desserrer l'étau de ses bras pour la laisser aller quand il sentit le bout de sa langue contre la sienne. Elle l'effleura d'abord timidement puis s'enhardit. Il eut l'impression d'être touché par la foudre tant la sensation était bouleversante. Au lieu de se détacher d'elle, il la garda dans ses bras, mais sans la serrer trop fortement pour qu'elle puisse exprimer librement ce qu'elle désirait.

Elle lâcha ses bras et leva les mains pour les nouer derrière sa nuque. Elle était sur la pointe des pieds, maintenant, le corps tendu et frémissant contre le sien. Le besoin de la prendre était presque irrépressible... Son cœur battait avec force quand il interrompit leur baiser et releva la tête.

Les joues en feu, elle posa sur lui des yeux brillants.

— Par tous les saints du paradis ! fit-il en passant le pouce sur sa douce lèvre inférieure. Vous êtes d'une beauté à couper le souffle. Combien de trouvères ont-ils célébré ces lèvres et ce regard ?

Elle baissa les paupières pudiquement.

— Quelques-uns, reconnut-elle.

— Il y en aura d'autres, assura-t-il.

A moins qu'elle ne soit soustraite aux regards des hommes et enfermée dans quelque gynécée d'un palais oriental..., pensa-t-il.

L'émir de Damas la prendrait-il encore pour femme, maintenant qu'elle n'était plus vierge ? Elle semblait confiante à ce sujet, et croire qu'elle ne risquait plus rien de sa part, mais Simon n'en était pas certain.

Avec ses terres et sa puissante forteresse en dot, elle restait un excellent parti pour bien des prétendants même si elle n'était plus pucelle. A la pensée qu'elle puisse être condamnée à une vie d'oisiveté et d'enfermement, il éprouvait une douleur plus cuisante encore que celle que lui avait infligée le fouet.

Cette femme avait trop de caractère pour accepter un tel destin. Elle était trop fière et trop sensuelle aussi, sans doute, pour renoncer à toute liberté et vie amoureuse.

Comme pour détourner sa pensée de ces réflexions pesantes, il promena son regard sur la caverne. Les innombrables tempêtes qui, depuis des siècles, avaient sévi sur ces rivages, jetant leurs vagues jusqu'à l'intérieur de la grotte, où elles éclataient en gerbes d'écume, en avaient façonné le sol qui était lisse comme du marbre.

Mettant un genou à terre, il passa la main dessus pour s'assurer qu'il ne présentait aucune aspérité puis il défit la boucle de son ceinturon qui tomba à terre.

Après avoir fait passer sa tunique par-dessus sa tête, il l'étendit sur la pierre polie par la mer.

— Venez, dit-il en tendant la main à Jocelyne. Vous m'avez dit que vous auriez aimé avoir quelque idée du plaisir qu'une femme pouvait recevoir d'un homme. Permettez-moi de vous le donner.

La conscience de Jocelyne lui criait de reculer, de mettre un terme à cette folie tant qu'elle le pouvait encore. Elle avait reçu de cet homme ce qu'elle attendait de lui et n'avait besoin de rien d'autre.

Elle avait le goût de ses baisers sur les lèvres, cependant, et quand il l'avait serrée dans ses bras le contact de son corps viril avait éveillé la pointe de ses seins et le bas de son ventre... La clameur des sens était plus forte encore que celle du bon sens.

Encore une fois... Rien qu'une seule fois, se promit-elle en donnant la main à Simon.

Mais, lorsqu'il la fit s'étendre sur sa tunique, elle comprit qu'elle ne se contenterait pas d'une fois. Elle avait beaucoup trop envie de lui. Il suffisait qu'il lui effleure les lèvres d'un baiser pour que son cœur battît plus fort, qu'il pose la main sur sa cheville, écarte sa robe et la caresse au-dessus de ses jarretières pour qu'elle se mette à trembler de désir.

Elle le voulait... Elle brûlait d'impatience de le sentir en elle, mais il jouait avec son corps... Il passait le doigt à l'intérieur de ses cuisses, insistait avec le pouce sur ses régions les plus intimes tandis qu'il l'embrassait avec passion.

Elle était haletante lorsqu'il détacha les lèvres des siennes et commença à explorer son corps qu'il couvrait de baisers : la peau douce et chaude au bas de la gorge, les rondeurs de la poitrine que le décolleté du bliaud laissait voir...

Sa main habile et audacieuse remonta un peu plus haut le long de sa cuisse et joua délicatement avec la bande de lin qui lui enserrait les hanches et passait entre ses jambes.

— Vous portiez déjà cette bande la nuit où vous vous êtes donnée à moi... Est-ce une coutume orientale ?

— Je... euh..., commença-t-elle, la voix étranglée par l'émotion. C'est pour me protéger quand je monte à cheval.

La soyeuse étoffe de lin ne ressemblait en rien aux culottes de toile grossière que portaient certaines femmes de qualité lorsqu'elles montaient elles aussi.

Et l'on était fort loin des cruelles ceintures de chasteté dans lesquelles on disait que certains barons emprisonnaient les parties intimes de leur épouse avant de partir pour la croisade.

Simon, qui tenait toujours le tissu délicat, en libéra Jocelyne, qui ne put retenir un petit cri de surprise.

— Que faites-vous ? fit-elle en cambrant les reins comme il approchait le doigt de l'écrin de sa féminité.

— Vous verrez comment une femme peut arriver à éprouver un très grand plaisir.

Il lui scella les lèvres d'un baiser ardent, passionné, tandis qu'il la caressait tendrement mais avec insistance...

Etait-ce le grondement des vagues ou le battement du sang à ses tempes qui résonnait à ses oreilles ? Simon n'aurait su les distinguer l'un de l'autre. Cela lui importait peu, d'ailleurs. Tout ce qui l'intéressait et canalisait son énergie se réduisait à cette femme haletante et frémissante entre ses bras.

Lorsqu'il cessa ses massages intimes, Jocelyne fut sur le point d'éclater en sanglots tant elle était déçue. Les sens en révolte, elle ouvrit tout grand les yeux pour découvrir que Simon la regardait avec un petit sourire attendri.

— N'ayez crainte, ma dame. Vous avez encore un petit chemin à parcourir.

Elle ne pouvait imaginer ses intentions quand il changea de position et lui écarta les jambes avant de s'agenouiller entre elles. Mal à l'aise dans cette position, elle eut le sang qui lui monta aux joues et essaya de se dégager mais, impitoyable, il la retint.

— Laissez-moi vous goûter, ma douce amie, dit-il en se penchant vers son ventre.

— Simon... Ce n'est pas bien ! C'est sans doute un très grave péché... Il ne faut pas... Oh...

Elle renversa la tête en arrière et se mordit la lèvre. La sensation enivrante qu'elle avait ressentie quand Simon était venu en elle pour la première fois s'éveillait de nouveau mais, cette fois, avec plus de force, comme si elle avait été emportée dans un tourbillon.

Il lui semblait revoir la tornade dont elle avait été témoin, un jour, au loin, sur la mer. Mais, au lieu de voir l'écume arrachée aux vagues, c'était elle qui s'élevait sans fin...

Elle atteignit des hauteurs vertigineuses au point qu'elle crut qu'elle allait crier puis, soudain, elle fut submergée par un plaisir indicible...

Cambrant les reins, elle laissa échapper un gémissement alors que se succédaient les vagues voluptueuses jusqu'au moment où, lentement, elle s'apaisa et où, petit à petit, tout redevint normal.

Il lui fallut attendre un long moment avant d'oser rouvrir les yeux qu'elle avait gardés fermés pendant qu'elle s'abandonnait au plaisir. Le mélange de tendresse et de triomphe qu'elle lut alors dans le regard bleu de Simon fit naître un sourire sur ses lèvres. Levant la main, elle lui caressa la joue en signe de reconnaissance. Elle ne pouvait pas nier l'évidence.

— Ça ne ressemblait en rien à ce que j'imaginais, murmura-t-elle. Je comprends mieux maintenant pourquoi mes suivantes se parlent à voix basse et rient sottement quand elles évoquent les tortures voluptueuses de la nuit.

Les termes édulcorés dans lesquels elle reconnaissait le plaisir qu'elle avait éprouvé firent briller une lueur espiègle dans les yeux de Simon.

— Vous n'avez goûté qu'à un aspect de ces tortures. Il existe d'autres moyens de vous donner un plaisir plus grand encore.

Jocelyne, qui ne s'était pas encore remise des incroyables sensations dont elle venait de faire l'expérience, ne pouvait croire qu'il en ait de plus fortes encore en réserve pour elle.

Et pourtant...

Il venait de s'étendre près d'elle, et elle avait la tête dans le creux de son épaule, la main à plat sur son ventre musclé. Elle respirait son odeur masculine mêlée à celle du cuir et des chevaux, et elle ne désirait rien d'autre que l'avoir en elle comme le soir où elle l'avait ramené à Fortemur.

Non. Pas comme ça. Cette fois, elle voulait prendre son temps... Cette fois, ce serait différent... Mais comment?

La question la tourmentait autant qu'elle la fascinait quand elle se serra contre Simon et enfouit le visage dans la chaleur de son cou.

Que voulait-elle de lui ? Et que pouvait-elle lui donner en retour de ce qu'il venait de faire pour elle ?

Suivant son instinct, elle sortit de ses bras et, mue par un besoin profond, purement féminin, elle se dressa sur les genoux. Sans se donner le temps de s'interroger sur ce qu'elle faisait, elle se mit à califourchon sur les jambes de Simon.

Il ouvrit tout grand les yeux, où venait de naître une expression interrogative.

— Jocelyne, que voulez-vous...

Elle le fit taire en lui posant un doigt sur les lèvres, exactement comme il l'avait fait avec elle.

— Vous m'avez montré de quelle manière un homme pouvait donner du plaisir à une femme. Laissez-moi, maintenant, vous retourner la faveur.

Elle sourit devant son air confus.

— Qu'y a-t-il ? Me croyez-vous dépourvue à ce point d'imagination ? Aussi ignorante parce que je suis...

Elle s'interrompit, reprit sa respiration, et poursuivit en corrigeant sa phrase :

— Parce que j'étais vierge ? Lorsque mes dames d'honneur parlent entre elles, j'écoute leurs conversations.

— Mais...

Comme il commençait de se redresser, elle posa une main ferme sur son torse.

— Il n'y a pas de « mais », Simon de Rhys ! Restez tranquille et laissez-moi vous rendre un peu de ce vous m'avez donné.

Le désir irrépressible qui s'était emparé d'elle était en complète contradiction avec les prêches du chapelain de Fortemur. Il était formellement interdit à un homme de se livrer aux plaisirs de la chair avec une femme autre que la sienne.

Quant aux femmes, elles ne devaient pas avoir de pensées coupables, même au sujet de leur époux. Que Dieu les garde de se livrer à des passions débridées ! La seule raison acceptable pour un homme de s'unir à sa femme était dans le but de procréer.

Tout le reste était péché aux yeux du Seigneur.

Et pourtant... Pourtant...

Comment ce qu'elle faisait en ce moment et qu'elle trouvait si agréable pouvait-il être un péché ? Pourquoi avait-elle une si grande faim de cet homme ? Comment pouvait-elle se courber sur lui et le garder dans sa bouche sans la moindre préoccupation pour l'immortalité de son âme ?

Un gémissement, soudain, jaillit de la gorge de Simon. Tous ses muscles se raidirent alors qu'il haletait. Il la repoussa doucement et se coucha sur le côté, mais non sans qu'elle eût goûté pour la première fois à la saveur d'un homme.

Lorsqu'il se retourna vers elle, la poitrine se soulevant au rythme de sa respiration rapide, il affichait une expression navrée.

— Je suis désolé. Je n'ai pas pu me retenir...

— Vous ne vouliez pas que j'aille jusqu'au bout ? fit-elle, étonnée. Je l'ai fait consciemment.

Sa réponse bouleversa de fond en comble tout ce que Simon croyait savoir sur les femmes.

Parmi les dames bien nées, il en avait connu, certes, qui aimaient à plaisanter et lancer des regards coquins, prometteurs, ou faire des moues suggestives, mais sans rien accorder pour autant.

Les femmes de condition inférieure avaient tendance à être plus spontanées dans l'expression de leur désir mais, même avec elles, seul un homme d'expérience réussissait à faire le tri entre les signes confus et souvent contradictoires qu'elles donnaient.

Jocelyne, elle, ne jouait pas. Elle disait ce qu'elle pensait et joignait l'acte à la parole. Et, en outre, elle n'avait pas froid aux yeux et allait jusqu'au bout de ce qu'elle avait promis.

Fallait-il ajouter encore qu'elle était très au-dessus de sa condition de modeste chevalier ?

Cette pensée le préoccupait particulièrement quand il se redressa pour s'asseoir.

— Vous êtes une femme telle que je n'en ai jamais connu.

Les jolies lèvres, rougies et gonflées par les baisers qu'ils avaient échangés, s'étirèrent pour former un charmant sourire.

— Ah bon ? Et vous avez connu beaucoup de femmes ?

Il avait l'esprit encore un peu embrumé après ce qu'elle venait de lui faire, mais il lui restait suffisamment de bon sens pour éviter un tel écueil.

— Ni plus ni moins qu'un autre, ma dame.

Elle haussa les épaules d'un air un peu froissé autant qu'incrédule, et entreprit de remettre de l'ordre dans ses vêtements. Quand ce fut fait, elle releva le menton et le considéra d'une étrange manière.

— Dites-moi, Simon de Rhys... Pourquoi un homme aussi sensuel que vous, qui aime autant donner du plaisir aux femmes qu'en recevoir d'elles, se donne-t-il à l'Eglise ?

Il eut d'abord l'intention d'ignorer la question, mais elle avait partagé son secret avec lui. Il ne pouvait pas se montrer moins sincère avec elle.

Il dut cependant se forcer pour lui confier ce qu'il n'avait dit à personne sinon à Bernard, l'abbé fondateur de l'abbaye de Clairvaux.

— Ce n'est pas une vocation.

Le souvenir de sa dernière rencontre avec le religieux, émacié et dévasté par l'échec de la croisade qu'il avait prêchée deux ans plus tôt, surgit de sa mémoire et, avec lui, le visage de son père, Gervais de Rhys, qui le contemplait avec un petit sourire alors qu'il se tenait à son chevet.

Il avait la satisfaction d'avoir encore un fils en vie, le dernier-né, sans compter les innombrables bâtards qu'il avait eus avec diverses femmes et dont il ne se souciait pas plus que de sa première chemise.

Pécheur invétéré, il n'avait commencé à se repentir que lorsqu'il s'était retrouvé cloué dans un lit, atteint d'une maladie incurable. La chair flétrie, la mort plus proche après chaque respiration, son père avait éprouvé, enfin, le poids du remords après toutes les fautes qu'il avait commises.

Il s'en était confessé à un prêtre et avait fait pénitence, ce qui laissait présager qu'il échapperait au feu de l'enfer. Son passé était toutefois si noir qu'il avait dû recourir à certaines mesures extraordinaires pour limiter le temps où il serait condamné à rester au purgatoire.

Il avait sollicité toutes les indulgences, promis à l'Eglise le peu qu'il possédait encore, jusqu'à son cinquième et dernier fils. Simon avait tout ignoré de l'engagement le concernant pris par son père jusqu'au jour où l'abbé de Clairvaux lui avait dit avec douceur et d'un air désolé que ce serment le liait également.

Le fait que Bernard de Clairvaux soit le prédicateur de la seconde croisade n'avait fait qu'augmenter le poids de son conseil. Il était du devoir de Simon comme de tout homme de foi, avait-il dit, de s'assurer que les infidèles ne reprennent pas Jérusalem.

Simon ne souhaitait pas avouer à Jocelyne que les paroles de l'abbé avaient suscité en lui un débat douloureux avec sa conscience et qu'il avait été tenté de dire à son père qu'il pouvait brûler en enfer pour l'éternité.

— Mon père est tombé malade, lâcha-t-il enfin. Ses médecins lui ont dit qu'il serait mort avant la fin de l'année. Alors, pour racheter ses nombreux péchés, il a fait le vœu de consacrer son plus jeune fils à une vie monastique au sein de l'ordre des chevaliers du Temple.

— Il fait pénitence par procuration ? fit Jocelyne, stupéfaite. L'Eglise ne peut vous considérer comme lié par une telle promesse !

— Je me sens lié moralement.

— Vous n'avez aucune raison de l'être. C'est impensable. Vous êtes beaucoup trop masculin pour...

Elle s'interrompit en rougissant puis reprit :

— Ecoutez-moi, Simon. Mon grand-père s'est battu plus d'une fois au côté de Bernard de Tramelay, l'actuel grand maître du Temple. Autant que je sache, c'est un homme avisé, érudit, et plein de sagesse. Il comprendra sans peine que les vœux que vous vous proposez de prononcer vous ont été inspirés par un autre.

— Qu'ils soient nés dans le cœur de mon père ne change rien à l'affaire. Il s'agit du salut de son âme qui est suspendu à mon entrée dans l'ordre du Temple.

Les sourcils froncés, Jocelyne s'assit sur les talons.

— Voulez-vous vraiment donner votre vie à l'Eglise ?

— J'ai donné ma parole.

Son froncement de sourcils s'accentua alors qu'elle faisait la moue en le considérant d'un air décontenancé.

— C'est de la folie... Vous faites passer l'honneur avant la raison.

— Mon honneur est tout ce qu'il me reste.

Une expression d'impatience marqua le visage de Jocelyne.

— Pourquoi certains hommes attachent-ils tant de prix à leur parole alors que d'autres se parjurent pour un oui ou pour un non ?

— Je n'appartiens pas à cette deuxième catégorie, répondit-il froidement.

— Pas encore, peut-être, dit-elle d'un ton amer. Attendez d'avoir passé quelques années ici. Vous constaterez avec quelle fréquence les chrétiens se tournent contre d'autres chrétiens, et comment les rois eux-mêmes s'allient à leurs ennemis jurés pour garantir terres et fiefs contre les barons trop puissants.

— C'est la même chose en France.

Il avait honte de dire de quelle engeance il était issu, mais la remarque de Jocelyne forçait la vérité à sortir de sa bouche.

— Mon père est l'émule de ces chrétiens. Il est toujours prêt à rompre un serment et à changer d'allégeance si cela l'avantage. Mais ce n'est pas ma façon de faire.

Elle le regarda longuement.

— Non, fit-elle enfin. Je le constate, en effet. Eh bien, chevalier, vous avez tenu parole et rempli l'engagement que vous aviez pris envers moi. C'est à mon tour maintenant de m'acquitter de ma promesse. Vous quitterez Fortemur demain, avec votre armure, vos armes et le cheval de bataille de mon grand-père.

— Ce destrier est digne d'un roi, ma dame. Il a une bien plus grande valeur que ce que vous avez versé pour ma rançon.

Elle releva un sourcil.

— Que dites-vous ? Ma virginité ne valait pas un cheval ?

— Si, bien sûr, mais...

Elle le fit taire d'un geste de la main.

— L'acte est accompli, le marché exécuté. Il ne nous reste plus, maintenant...

Elle reprit sa respiration.

— ... qu'à rentrer au château.

Il se leva et se rhabilla.

Lorsqu'il eut remis son épée au fourreau, il tendit la main à Jocelyne pour l'aider à se lever à son tour.

Elle lui donna la main et, quand elle fut debout, ils restèrent un moment à se regarder dans les yeux sans prononcer un seul mot.

Simon, en la contemplant, prit conscience qu'il avait besoin de goûter une dernière fois à ses lèvres avant de se séparer d'elle.

Il voulait emporter avec lui ce dernier souvenir dans lequel il puiserait jusqu'à la fin de ses jours.

Se penchant sur elle, il lui effleura les lèvres d'un baiser.

Le temps sembla s'arrêter. Leurs cœurs, à l'un et l'autre, cessèrent de battre.

Lorsqu'il releva la tête, il dut lutter pour parler d'une voix claire :

— Je prierai Dieu, ma dame, pour qu'il vous garde.

— Et moi de même pour vous, Simon.

Elle dégagea ses mains qu'il serrait dans les siennes, et le précéda hors de la grotte.

Il la suivit le long du sentier abrupt, prêt, à tout instant, à la rattraper au cas où elle glisserait ou trébucherait sur une pierre.

Leurs montures les attendaient patiemment à l'ombre des cyprès — le barbe, plus petit et rapide, presque entièrement caché par la masse musculeuse de Vengeur.

Malgré tout, par contraste, les hauts remparts de Fortemur, qui barraient l'horizon au sud, faisaient paraître le redoutable cheval de bataille d'une taille ridicule.

La puissante forteresse, en effet, dominait tout alentour. A portée de voix du bosquet de chênes, comme l'avait dit Jocelyne, mais à mille lieues de la grotte étincelante où elle aimait à se réfugier dans son enfance.

Or, elle avait partagé avec lui ce lieu privilégié. Il savait que les instants merveilleux qu'ils venaient d'y passer ensemble resteraient à jamais gravés dans son cœur.

Il détacha les rênes du barbe et les tendit à Jocelyne après qu'elle fut montée lestement sur le cheval. Il s'apprêtait à se mettre en selle à son tour quand un appel se fit entendre :

— Dame Jocelyne !

Simon fit volte-face et mit la main sur la poignée de son épée. Reconnaissant les couleurs de Fortemur sur la tunique du jeune page qui courait vers eux le long du sentier surplombant la mer, il laissa son arme au fourreau.

— Dame Jocelyne ! fit le page, haletant, en approchant des cavaliers. Messire Hugues m'envoie vous chercher.

— Pourquoi ? lança Jocelyne en scrutant les contours du château à la recherche d'un signe particulier indiquant qu'un malheur s'était produit.

Comme elle ne voyait rien, elle demanda sèchement au jeune garçon :

— Qu'y a-t-il ?

— Blondin est arrivé !

7

— Blondin !

Le cœur de Jocelyne bondit de joie. C'était tout ce dont elle avait besoin pour conclure une journée qu'elle savait qu'elle n'oublierait jamais.

— Avez-vous entendu parler de lui ? poursuivit-elle en se tournant avec enthousiasme vers Simon.

— Non.

— C'est un trouvère. Il est célèbre, ici. Ses vers sont très lyriques mais émaillés de traits d'esprit un peu grinçants.

— Compterait-il parmi les trouvères que nous avons évoqués tout à l'heure ?

Un sourire étira les lèvres de Simon lorsqu'il reprit :

— Un troubadour qui vous interprétera des chansons en vous regardant dans les yeux ?

Jocelyne sentit le sang lui monter au visage.

— Il passe le plus clair de son temps à la cour du prince d'Antioche, dit-elle en le regardant se mettre en selle. Il est rare qu'il vienne jusqu'ici.

Mais, chaque fois qu'il poussait son périple jusqu'en ces régions éloignées, c'était pour les habitants de Fortemur une occasion de réjouissances et d'apprendre toutes sortes de nouvelles croustillantes sur les uns et les autres.

— Quelle chance que vous ne partiez pas avant demain ! s'exclama-t-elle. A chaque visite de Blondin, nous revêtons nos plus belles parures.

Il n'en avait pas, se souvint-elle un peu tardivement. A l'exception des chausses et de la tunique en laine qui lui avaient été prêtées ainsi que de la cotte de mailles que le forgeron lui confectionnait, il n'avait rien. Non qu'il lui fallût une garde-robe pour devenir chevalier du Temple. Une fois qu'il serait admis dans l'ordre, il ne posséderait plus rien.

Mais ce soir, décida-t-elle, elle voulait le voir vêtu comme un noble chevalier. Il était monté sur le destrier de son grand-père ; pourquoi ne porterait-il pas aussi ses vêtements ?

Cette pensée lui traversa l'esprit alors qu'ils franchissaient les portes monumentales du château. Ils se séparèrent devant les écuries, Simon insistant pour soigner et nourrir Vengeur de sa propre main afin qu'il s'imprégnât de son odeur.

En traversant la cour d'un pas rapide, Jocelyne constata que la visite inattendue du trouvère suscitait autant d'animation que la conquête par Simon de Rhys du destrier de son grand-père.

Les feux dans les grandes cheminées des cuisines jetaient leur clarté sur le sol de terre battue ; oies et porcs étaient à la broche. Deux servantes sortirent pour se rendre au potager où elles se mirent à arracher du sol des navets et des poireaux qu'elles jetaient dans des corbeilles d'osier. Même dame Constance était tout agitée quand Jocelyne la croisa dans la grande salle.

— Au nom du ciel ! Où étiez-vous ?

— Sur la falaise.

— Un de ces jours, vous allez tomber et vous tuer !

Constance de Bures secoua la tête d'un air de désapprobation mais ne sembla pas remarquer le désordre de la tenue de Jocelyne ni les cheveux qui s'échappaient de sa coiffe.

— Avez-vous appris que Blondin était arrivé ? fit-elle, le regard brillant d'émotion.

— Oui... Messire Hugues me l'a fait dire.

— Il prend une collation de viandes et de vin dans la grande salle en compagnie de messire Thomas et de son épouse. Vous voudrez les rejoindre, j'en suis certaine.

— Oui, j'en ai l'intention. Mais je dois d'abord m'occuper d'autre chose.

Visiblement préoccupée par l'organisation de la soirée, dame Constance acquiesça machinalement.

— Et moi, ajouta-t-elle, il faut que j'aille vérifier la cuisson des gâteaux et du bacon. J'ai demandé qu'on fasse chauffer de l'eau dans deux chaudrons pour laver les ustensiles de cuisine dès que les plats seront cuits et prêts à être servis.

Se félicitant d'avoir auprès d'elle une dame aussi efficace pour veiller aux tâches ménagères, Jocelyne descendit l'escalier conduisant au cellier. Même au cœur de l'été, il restait frais et sec derrière ses murs épais.

Elle passa devant les pièces closes contenant de précieuses épices et les salaisons avant d'atteindre la chambre des comptes. C'était là que, trois fois dans le mois, elle passait en revue avec messire Thomas les fermages et divers revenus de son domaine.

C'était là aussi qu'elle gardait les réserves du château en besants d'or ainsi que le coffre contenant ses objets les plus précieux. Les clés donnant accès à ces trésors pendaient à sa ceinture.

Une clé ouvrait la serrure de la porte et une autre celle du coffre où elle avait entreposé les affaires de son grand-père qu'elle n'avait pas données après sa mort. S'agenouillant devant le coffre, elle réprima un accès de mauvaise conscience.

La douleur qu'elle avait éprouvée au cours des premiers mois suivant la mort de messire Guillaume s'était estompée avec le temps, mais elle se raviva, soudain, quand elle souleva le lourd couvercle et respira l'odeur de bois de santal émanant des vêtements entreposés là.

Elle y avait réuni les tenues d'apparat de son grand-père. Certaines étaient bordées de fourrures de lynx ou de renard, d'autres couvertes de riches broderies de fil d'or et d'argent.

Elles auraient dû revenir à son époux au titre de la dot. L'émir de Damas, certes, n'aurait pas daigné les porter; elles étaient trop lourdes pour la chaleur du désert et d'un goût trop conforme à celui des Francs.

Aussi estimait-elle bien et juste de donner une de ces tenues à l'homme qu'elle avait fait entrer dans son lit avec l'intention, précisément, d'échapper à l'émir.

Elle souleva plusieurs vêtements et trouva la tunique qu'elle cherchait. Elle était d'un bleu outremer, exactement dans le ton des yeux de Simon et de la couleur du ciel dans ces contrées orientales baignées par la Méditerranée.

Après l'avoir sortie du coffre, elle la tint contre son visage avec dévotion, la serrant fébrilement dans ses mains alors qu'une part d'elle-même était honteuse de penser aux yeux qui l'avaient contemplée presque nue, quelques minutes plus tôt, dans la grotte étincelante de lumière.

Une autre part d'elle-même vibrait encore de plaisir au souvenir de ce qu'elle avait vécu entre les bras de Simon de Rhys. Elle doutait que l'émir, si elle finissait par lui être livrée, prenne le temps de la caresser et de la préparer à l'acte sexuel. L'attention au plaisir de la femme était étrangère aux mœurs des hommes de ces contrées. Elle avait même entendu dire qu'ils n'hésitaient pas à mutiler les femmes pour leur interdire toute satisfaction des sens.

Jamais elle n'accepterait une telle vie.

C'était hors de question !

Tremblant de colère et d'indignation, elle sortit du coffre une chemise ornée de riches broderies puis rabattit le couvercle et ferma la serrure à clé avant de quitter la pièce qu'elle verrouilla à son tour. Elle gravit rapidement les marches du cellier et sortit dans la cour du château.

Elle était remontée si vite qu'elle dut reprendre son souffle avant de héler le jeune garçon dégingandé qui traversait la cour à quelques pas d'elle.

— Guillaume !

Le plus jeune fils du maréchal-ferrant s'arrêta.

— Ma dame ?

— As-tu vu messire Simon ?

— Oui, ma dame. Il est dans l'écurie. Je viens juste de lui parler.

Le jeune Guillaume prit un air solennel pour ajouter :

— Il m'a dit qu'il partait demain pour aller rejoindre les chevaliers du Temple.

— En effet.

— Est-ce que je pourrais partir avec lui ?

La ferveur avec laquelle le jeune garçon avait posé la question ne surprit pas Jocelyne. Les Templiers, en effet, s'étaient acquis la réputation de chevaliers les plus combatifs et redoutables de la Syrie franque. Chaque page ou écuyer les regardait comme un modèle auquel se conformer sur le champ de bataille. Mais tous, bien sûr, ne rêvaient pas d'entrer dans leur ordre monastique. Elle lui répondit qu'elle allait y réfléchir.

Tout en se dirigeant vers les écuries, elle y réfléchit effectivement. D'autant qu'elle avait eu l'intention de demander à messire Hugues lequel des écuyers en formation à Fortemur pourrait se mettre au service de Simon en attendant qu'il s'en trouvât un lui-même. Guillaume pourrait faire l'affaire. Très bien même.

Il n'avait pas encore onze ans, mais il était grand et très sérieux pour son âge. Et puis si dévot ! Il servait la messe assidûment chaque matin et accompagnait l'office de sa jolie voix claire. Il montrait tant de dispositions pour le service de l'Eglise que Jocelyne s'était déjà entretenue avec ses parents et le père Joseph, le chapelain du château, au sujet de son éventuelle entrée comme oblat dans l'un des monastères de Terre sainte quand il serait en âge de le faire.

Il pourrait cependant fort bien entrer au service des Templiers. Il ne s'était encore jamais entraîné au combat mais il assistait souvent son père à la forge et savait redresser une lame et ferrer un cheval. Rien ne lui interdirait de prétendre, ultérieurement, à une position de sergent d'armes à cheval. Dans ce cas, il pourrait livrer bataille au côté de Simon et l'avertir des dangers.

Elle en parlerait à ses parents, se dit-elle, mais avant elle voulait...

— Seigneur !

Elle s'arrêta brusquement devant les écuries au toit de chaume desquelles émanait l'odeur familière des chevaux et du fumier. A l'exception de l'odorat, tous ses autres sens étaient occupés par la vision de Simon torse nu.

Il se tenait près de l'abreuvoir, les muscles ondulant sous sa peau mouillée alors qu'il se lavait avec un linge et le savon mou que les blanchisseuses obtenaient en mélangeant de la graisse de mouton, de la cendre et de la soude.

Un palefrenier, en équilibre sur le bord de l'abreuvoir, un seau d'eau à la main, attendait ses ordres.

Au signal de Simon, le garçon lui versa le contenu du seau sur la tête. L'eau ruissela sur ses épaules et sa poitrine avant d'inonder ses chausses dont elle colla l'étoffe contre ses formes masculines.

Les doigts de Jocelyne se crispèrent sur la tunique qu'elle tenait alors que lui revenait à la mémoire l'extraordinaire sensation dont elle avait fait l'expérience, un peu plus tôt, dans la caverne à la blancheur éclatante.

En se retournant pour que le palefrenier puisse vider un seau sur son dos, Simon exposa ses plaies encore bien rouges. Toutes ses pensées osées et la bouffée de chaleur qu'elles avaient fait naître en elle s'évanouirent instantanément.

Comment avait-elle pu l'utiliser aussi égoïstement ? Elle s'était montrée d'une impardonnable légèreté !

Cette prise de conscience la remplit de honte. Il lui sembla soudain que les cadeaux qu'elle lui faisait étaient bien peu de chose en comparaison de ce dont il l'avait gratifiée.

Attristée, elle attendit qu'il se tourne vers elle pour lui expliquer la raison de sa présence.

— Je vous ai apporté une tunique de mon grand-père, dit-elle d'une voix où perçait l'émotion. Il n'était pas aussi grand que vous, mais large d'épaules lui aussi.

— C'est très gentil de me la prêter, mais...

— Je ne vous la prête pas, je vous la donne.

— Vous m'avez déjà donné tout ce dont j'ai besoin.

Il ajouta d'une voix tendre :

— Tout ce que je pouvais désirer de vous.

La conversation prenait un tour qui n'était pas pour les oreilles d'un palefrenier.

— Donne un linge propre à messire Simon pour qu'il puisse s'essuyer et laisse-nous, dit Jocelyne avec fermeté en s'adressant au jeune garçon.

Ce dernier tendit un linge au chevalier puis descendit de l'abreuvoir et disparut dans l'écurie.

— Toutes les broderies ont été faites par moi, reprit Jocelyne en déployant le vêtement devant Simon pour qu'il puisse voir l'ouvrage qu'elle avait accompli.

Il souleva l'une des manches pour contempler de plus près les broderies représentant un décor floral.

— Elles sont très délicates.

— Non, répondit-elle avec un sourire contrit. Il n'est pas nécessaire de travestir la vérité avec moi. Je sais que j'ai certains dons, mais certainement pas celui de manier l'aiguille. Il n'empêche que j'ai passé des journées à broder ces motifs qui sont la marque de l'amour et du respect que j'avais pour mon grand-père. Je... Je serais heureuse que vous acceptiez cette tunique, Simon. Et que vous la portiez tant que vous en avez la liberté.

Cette liberté serait courte...

Dès qu'il aurait prononcé ses vœux, il revêtirait la bure d'un moine. Et, quand il irait au combat, il passerait un surcot blanc orné de la croix rouge.

Cette pensée pesait douloureusement entre eux alors qu'il lui caressait le visage du regard.

— Je vous remercie, dame Jocelyne, pour cette tunique et tous les biens précieux dont vous m'avez fait don.

Elle hocha la tête en signe d'acquiescement et tourna les talons pour qu'il ne voie pas les larmes qui lui brûlaient les yeux.

Quelques minutes plus tard, elle se joignit à la folle agitation qui régnait au château où tous s'affairaient en prévision de la nuit de divertissements que chacun attendait avec impatience...

Après avoir salué Blondin et ses assistants, et s'être entretenue une dernière fois avec dame Constance au sujet du déroulement de la fête, Jocelyne eut à peine le temps de se laver et de se préparer.

Tandis que l'une de ses servantes s'empressait de lui frotter les joues avec des pétales de roses broyés, une autre sortait d'un coffre l'un de ses plus beaux bliauds dont elle secoua les plis et les drapés chatoyants.

— Non ! Pas celui de soie de Damas !

Elle mangerait dans l'auge des cochons avant d'accepter de porter le riche bliaud de satin damassé. Elle ne voulait rien voir ni toucher, ce soir, qui puisse lui rappeler le souvenir de l'émir !

— Je porterai le rubis.

C'était une robe de soie vénitienne d'une douceur exceptionnelle, dont le décolleté carré découvrait audacieusement la poitrine et dont les manches s'évasaient jusqu'à toucher le sol. Dessous, elle portait une tunique ornée sur les côtés d'une étoffe tissée de fils d'or, qui apparaissait lorsqu'elle marchait et que son bliaud s'écartait.

Un tissu, or également et aussi léger, lui enserrait le menton et le sommet du front, rejetant en arrière ses cheveux d'une éclatante blondeur, qu'une servante acheva de brosser pour qu'ils ondulent librement.

La servante disposa ensuite sur la tête de sa maîtresse un diadème d'or frappé incrusté de grenats.

En virevoltant devant le miroir, Jocelyne tenta de se persuader qu'elle n'avait pas pris toute cette peine avec sa tenue et sa coiffure pour plaire à Simon, mais ses efforts se révélèrent vains. Dès qu'elle entra dans la grande salle, en effet, elle scruta l'assemblée à la recherche du chevalier jusqu'à ce qu'elle l'ait trouvé.

Il était assis à une table réservée aux convives de son rang. Elle aurait aimé le convier à la table d'honneur, mais elle savait qu'elle ne le pouvait pas. En lui faisant don de la tunique de son grand-père, elle avait sans doute déjà suscité des commérages. Aussi n'osait-elle pas courir le risque d'augmenter encore le courroux de messire Thomas, en particulier, en invitant Simon, simple et pauvre chevalier, à sa table.

Grâce aux efforts de Constance de Bures, Fortemur s'était rendu digne d'accueillir le trouvère le plus célèbre du royaume.

Sur la table d'honneur, qu'on avait recouverte d'une nappe de lin, s'alignaient des plats en argent et des coupes émaillées de pierres précieuses entre lesquelles étaient intercalées des salières en or.

Mêmes les tables de bois brut sur lesquelles les gens de plus basse condition prenaient leur repas avaient été nettoyées de leurs taches de graisse et les chandelles, qui d'ordinaire les éclairaient en répandant une fumée noire, avaient été remplacées par des bougies de cire.

Messires Hugues de Poitiers, Guy de Bures et dame Constance occupaient déjà leurs places à la table d'honneur. De même que messire Thomas de Beaumont et son épouse à tête de furet.

Jocelyne réprima un soupir. L'expression de cette femme était si rébarbative et fixée dans ses traits durs qu'on craignait pour elle de voir la peau de ses joues se déchirer si, par le plus grand des hasards, elle devait en venir à sourire.

Or, qui pouvait prétendre ne pas sourire en entendant les vers pleins d'ironie et d'humour de Blondin ?

Après que des écuyers eurent servi en entrée du fromage de tête et du pâté en croûte accompagnés de perdrix aux choux et de venaisons cuites avec des navets, le troubadour se mit à interpréter une ballade en se déplaçant à travers la grande salle.

Bien que de petite taille et fluet, il ne passait pas inaperçu avec ses somptueux vêtements à la dernière mode. Il prenait manifestement un grand soin de sa chevelure brune et soyeuse, qui formait des vagues et tombait bien plus bas que ses épaules. Il portait des bagues à chaque doigt et la lourde chaîne d'or qui pendait à son cou témoignait de l'estime de son protecteur.

Ce qu'il avait de plus précieux, cependant, était sa voix. Aussi claire et pure que le chant d'une alouette un beau matin de printemps, elle s'élevait sous les hautes voûtes de la salle tandis que ses doigts habiles égrenaient des notes sur les cordes d'une cithare. Le son de la flûte et de la lyre dont jouaient les musiciens qui l'accompagnaient se mêlait aux accents mélodieux de son instrument.

La première de ses chansons avait trait à une noble dame d'une beauté et d'une grâce légendaires dont on ne disait pas le nom, mais l'assistance ne fut pas longue à reconnaître Aliénor d'Aquitaine. La ressemblance avec la souveraine ne fit plus aucun doute quand Blondin évoqua l'intrigue amoureuse entre la reine et le prince d'Antioche, son oncle haut en couleur.

Son sourire est comme l'aurore
Et ses yeux sont ceux d'une colombe
Elle a le cœur si grand
Qu'elle peut y loger un roi
Et même un prince.

La manière dont le troubadour accentua le mot « cœur » n'échappa à personne. Ses paroles suscitèrent éclats de rire et de voix de la part des hommes, et des réactions beaucoup plus contenues de la part des femmes. Blondin fit mine de ne rien comprendre et, affichant un air innocent, entama une autre ballade.

Celle-ci évoquait une autre noble dame, la châtelaine de Fortemur. Elle commença par l'éloge de sa beauté, insistant sur la blondeur de ses cheveux et son regard de braise, puis il fut question d'un potentat oriental auquel il était vivement conseillé de surveiller son dos, et même ses attributs masculins, s'il s'avisait de malmener une jeune épouse ayant appris de son grand-père l'art de manier le poignard.

Quand il eut fini, Jocelyne se joignit aux applaudissements de l'assistance, mais elle eut quelque peine à garder le sourire lorsque Blondin s'arrêta devant elle et s'accouda à la table d'honneur.

— On ne parle à Antioche que de votre prochain mariage avec l'émir, ma dame.

— Vraiment ?

— Absolument...

Ses doigts habiles couraient sur les cordes de la cithare.

— Messire Raymond en parlait récemment avec Sa Majesté, à Jérusalem, à l'occasion des fêtes de la Saint-Cyril. D'après ce que j'ai entendu dire, le roi et la reine Mélisende sont impatients de voir cette union se concrétiser.

Ce commentaire de Blondin ne la surprit pas. Il était habituel que jongleurs, troubadours et ménestrels colportent nouvelles et commérages d'un bout à l'autre du royaume. Ils étaient, d'ailleurs, autant attendus pour cela que pour la distraction qu'ils apportaient.

— Il semblerait, poursuivit le trouvère, que l'émir d'Alep, Nûr al-Dîn, ait rallié à sa cause une armée de Turcomans. Tout le monde s'accorde à penser qu'il représente une menace redoutable pour le royaume franc. Notre souverain a bien évidemment l'intention de parer à ce danger, mais sa première mesure concerne ses frontières orientales. C'est pourquoi, ma dame, il faut vous attendre à être bientôt présentée à votre futur époux.

Personne, à l'exception de messire Hugues, ne put deviner ce qui provoqua la réaction de Jocelyne, qui se contenta de hausser les épaules.

— Les hommes proposent, les femmes disposent, répondit-elle. Et maintenant, brillant poète, interprétez-nous, je vous prie, une chanson d'amour sincère et sans vilenies.

— Comme il vous plaira, ma dame.

Il n'eut guère à fouiller son répertoire pour proposer une chanson très appréciée à cette époque.

Il s'agissait d'une légende vieille comme le monde qui mettait en scène une jeune fille blonde et un chevalier aussi beau que plein de bravoure.

Or, le destin s'acharnait à les séparer malgré les plus grands sacrifices et les efforts les plus héroïques. Le chant se terminait par les lamentations du héros qui mourait entre les bras de sa belle.

Le murmure de ta voix dilate mon cœur
Et tes baisers nourrissent mon âme.
Tu es le soleil qui dissipe ma nuit.
Je te serai à jamais fidèle,
Dans cette vie et dans la prochaine.

Jocelyne ne put se retenir de tourner le regard vers les tables en contrebas de l'estrade. L'attention des convives était fixée sur le trouvère et sa tenue aux couleurs vives, à l'exception, toutefois, de l'un d'entre eux. Simon venait de lever les yeux et de rencontrer son regard.

Elle n'était pas assez niaise pour croire qu'elle était tombée amoureuse de lui en l'espace de quelques jours. En tout cas pas avec le genre de passion amoureuse que venait d'évoquer Blondin. Ce que Simon de Rhys éveillait en elle était beaucoup trop charnel, sensuel et impur. Il suffisait que leurs yeux se rencontrent, comme en cet instant, pour qu'elle le revoie dans sa splendide demi-nudité près de l'abreuvoir, l'eau ruisselant sur ses épaules musclées et son ventre plat.

Il suffirait de...

Au nom du ciel ! Rien avec lui n'était envisageable. Elle était folle de laisser ses pensées dériver vers un bonheur impossible.

Et plus folle encore de laisser son cœur battre la chamade parce que les serviteurs étaient en train de débarrasser les tables afin de dégager un espace suffisant pour laisser place aux danseurs. Les musiciens, d'ailleurs, venaient d'entamer un air plein de vie et Simon se frayait un chemin en direction de la table d'honneur.

Elle eut à peine le temps de prendre conscience qu'il venait vers elle avant qu'il ne s'arrête devant sa table.

— M'accorderez-vous cette danse, ma dame ?

Le visage naturellement coloré de messire Thomas devint rouge brique devant une telle impudence. Son épouse prit un air indigné alors que dame Constance se contentait de relever un sourcil. Messire Hugues, quant à lui, lança un regard scandalisé en direction de Simon de Rhys.

La tradition voulait que la châtelaine ouvre le bal avec le plus âgé des chevaliers présents. Pourtant, Jocelyne, qui n'ignorait pas qu'elle allait susciter les commérages, repoussa son siège avec témérité.

— Avec plaisir, répondit-elle.

Simon put difficilement contenir sa joie quand il la vit contourner la table d'honneur pour le rejoindre. Il avait surpris l'expression rêveuse de son visage quand le troubadour avait interprété son chant d'amour, et le désir s'était emparé de lui jusqu'à le faire suffoquer.

Il n'ignorait pas qu'il avait franchi une limite interdite en l'invitant à danser. Un chevalier assis à une table aussi éloignée de celle où s'alignaient les salières en or n'avait aucun droit de s'approcher d'une dame d'aussi haute naissance que Jocelyne de Fortemur.

Quoi qu'il en soit, il n'aurait pas pu davantage s'interdire de prendre la main qu'elle lui tendait que de respirer.

Son cœur se serra lorsqu'elle glissa sa jolie main dans la sienne et qu'il la conduisit au milieu de la grande salle.

Jocelyne n'éveillait pas seulement le désir en lui. Ce qu'il ressentait pour elle était bien au-delà de la simple attirance physique. C'était terriblement proche de la passion, mais la passion sans espoir telle que le trouvère venait de la célébrer.

Heureusement, l'air que les musiciens jouaient lui était familier et les pas de danse qui s'y accordaient ne présentaient pas de difficulté majeure, si bien qu'il put se laisser porter par la musique sans craindre de s'emmêler les pieds.

S'il avait dû se concentrer sur les figures qu'il effectuait inconsciemment, il en aurait été incapable tant il était captivé par Jocelyne.

Elle le fascinait... Il la désirait à en perdre la tête, mais éprouvait aussi pour elle des sentiments d'une élévation comparable à ceux du héros de la ballade courtoise qu'avait interprétée Blondin.

Etait-ce les baisers qu'il avait échangés avec elle dans la grotte qui avaient donné à ses joues cette ravissante nuance rosée ?

Avait-il vraiment enfoui le visage entre ces seins d'une blancheur laiteuse que le large décolleté de la robe laissait voir ?

Les moments qu'ils avaient passés ensemble lui semblaient à présent irréels. C'était une sorte de rêve qu'il serait condamné à bannir de sa mémoire quand il serait devenu Templier.

Mais, pour le moment, il pouvait encore goûter au bonheur de la présence de Jocelyne à son côté et s'enivrer de sa beauté radieuse. Il avait aussi l'ineffable plaisir de respirer son parfum délicat où, ce soir, le musc se mêlait au jasmin.

Les pas de danse les menèrent jusqu'à l'extrémité de la ligne de danseurs où Simon prit Jocelyne par la taille et la souleva en tournant sur lui-même.

Elle éclata de rire et, comme il la reposait sur le sol, elle lui donna le bras pour remonter la ligne des danseurs en sens inverse.

— Vous êtes incroyablement agile pour un homme aussi… euh…

— Aussi grand et fort ? demanda-t-il en souriant.

— Oui. Et particulièrement beau dans cette tunique, si je puis me permettre.

— Vous le pouvez, ma dame.

L'air satisfait de Simon fit jaillir un nouveau rire de la gorge de Jocelyne. Il ne manquait pas d'humour, pensa-t-elle. Elle s'en était aperçue, d'ailleurs, dans la caverne, à une lueur espiègle qui avait traversé son regard.

Si elle n'avait pas tourné la tête vers l'assistance, peut-être aurait-elle été tentée de lui arracher une autre réponse dans le même esprit. Les regards qu'elle rencontra découragèrent en elle toute velléité de rire et de taquiner Simon.

Messire de Beaumont, accoudé à la table, la suivait des yeux en fronçant les sourcils d'un air courroucé et sa femme au nez busqué ne l'espionnait pas d'une autre manière.

Bien plus inquiétants, les regards inquisiteurs que Blondin leur lançait de côté tout en se déplaçant dans la salle. Il ne serait pas facile de défendre Simon si le troubadour associait leurs noms dans l'une de ses ballades.

Dès que la musique cessa, Jocelyne retira ses mains de celles de Simon et inclina gracieusement la tête.

— Merci, messire Simon. Vous êtes vraiment un partenaire idéal.

Pas seulement pour la danse, semblait sous-entendre sa remarque, elle en était consciente.

Il regarda ses lèvres comme pour y lire les paroles qu'elle n'avait pas prononcées et qui y paraissaient suspendues et lui sourit.

— Si vous voulez bien me reconduire à ma place…, ajouta-t-elle. Je dois faire signe aux pages d'apporter le prochain plat.

Simon obéit puis, s'inclinant devant elle, déposa un baiser sur le dos de sa main. Il ne s'agissait que d'un geste de courtoisie, mais au contact de sa bouche elle sentit un frisson lui courir dans le dos.

Messire Hugues attendit que les musiciens aient entamé un autre air pour se pencher vers elle et lui souffler à l'oreille :

— Soyez prudente, ma dame. Vous ne voudriez pas montrer trop d'attention au chevalier de Rhys...

— Non, n'en doutez point.

— Et vous ne voudriez pas, non plus, l'emmener de nouveau dans la grotte de votre enfance. Ce ne serait prudent ni pour l'un ni pour l'autre.

Jocelyne dut lutter pour contenir la rougeur qui gagnait son visage.

— Il part demain, messire Hugues. Il prendra la route dès que nous lui aurons donné l'équipement que je lui ai promis.

Le capitaine de la forteresse marmonna une réponse inintelligible en s'adossant à son siège.

8

Le lendemain, le messager arriva peu après l'aube.

Il avait chevauché toute la nuit et franchi le pont-levis sur un cheval couvert d'écume. La volaille et les pourceaux, effrayés, s'étaient écartés à son approche alors que les palefreniers sortaient en courant des écuries pour lui prendre les rênes des mains.

Messire Hugues, qui avait reconnu sur sa tunique les couleurs du roi de Jérusalem, envoya immédiatement un garde du donjon prévenir dame Jocelyne de son arrivée.

L'homme trouva Jocelyne en compagnie de Simon. Tous deux se rendaient chez les parents du jeune Guillaume pour leur proposer de faire de leur fils l'écuyer du chevalier.

— Un messager de Sa Majesté le roi vient d'arriver, ma dame ! annonça le garde, essoufflé.

Jocelyne se figea avec l'impression que son cœur venait de s'arrêter.

— Messire Hugues m'a prié de vous dire qu'il vous attend au donjon.

Elle leva un regard consterné sur Simon.

— Il ne s'agit peut-être pas de ce que vous redoutez, dit-il d'un ton rassurant. Peut-être le roi ne requiert-il de vous qu'un soutien en hommes d'armes ? Il ne s'agirait que de l'aider à prévenir le danger que le trouvère a évoqué hier soir...

— Peut-être, répondit-elle, mais je crains, justement, que cette menace ne soit le prétexte d'une injonction royale dont ce messager est vraisemblablement le porteur.

Suivie de Simon, elle revint sur ses pas. Messire Hugues, flanqué de Thomas de Beaumont, l'attendait en haut des marches conduisant au donjon.

Le cousin du roi semblait aussi tendu qu'elle. Il avait une bonne raison de l'être, songea-t-elle. Lorsqu'elle se marierait, son époux se chargerait de l'administration de ses biens, ce qui mettrait un terme à la fonction de régisseur de Thomas de Beaumont.

Il serait contraint de solliciter de nouveau la bonté du souverain pour obtenir l'administration d'un autre fief, dont, selon son habitude, il tirerait parti.

— Où est le messager ? demanda-t-elle.

— Dans la grande salle où dame Constance lui fait servir un repas.

Jocelyne entra dans la salle où des servantes étaient occupées à réunir les restes du déjeuner pour les donner aux pauvres.

Messire Hugues lui avait emboîté le pas ainsi que messire Thomas. Simon la suivait également, quelque peu en retrait. Elle était extrêmement préoccupée, mais le bruit de son pas la rassurait étrangement et apaisait son âme en proie à une foule d'émotions.

Il avait fait tout ce qu'elle lui avait demandé, pensa-t-elle avec une ironie féroce. Son rôle dans cette farce s'arrêtait là. Elle devait jouer le dernier acte seule. Cette prise de conscience attristante mit dans sa voix une inflexion un peu dure lorsqu'elle s'adressa au messager :

— Je suis Jocelyne de Fortemur. Vous avez un message pour moi, je crois ?

— Oui, ma dame.

Le messager se leva et tira un parchemin du sac de cuir pendu à son épaule. Les battements du cœur de Jocelyne redoublèrent de violence quand elle vit le sceau royal en cire rouge. Il s'agissait d'une croix entourée de quatre petites croix dans chaque angle. Le roi avait adopté récemment ces armoiries pour ne pas avoir les mêmes que sa mère qui avait assuré, pendant vingt ans, le rôle de régente du royaume.

Furieuse contre elle-même en constatant que sa main tremblait,

Jocelyne rompit le sceau et déroula le parchemin. Le souffle rapide, elle parcourut les quelques lignes rédigées en latin puis leva les yeux sur les trois chevaliers qui l'observaient.

— Le roi a été informé que l'émir d'Alep, Nûr al-Dîn, a engagé des pourparlers avec l'émir de Damas.

Les mots sortaient difficilement de sa gorge serrée quand elle reprit :

— Le roi craint qu'une alliance ne s'établisse entre Alep et Damas. Aussi souhaite-t-il avancer la date de mon mariage avec Mu'în al-Dîn Unur, le vieux capitaine turc. Il insiste pour que je me rende à Damas dans les quinze prochains jours.

— Alors il compte toujours vous donner à ce débauché, ce damné qui s'en prend aux toutes jeunes filles ! Cette vieille canaille ! Cet amateur de vierges !

Hugues de Poitiers termina sa diatribe en jurant d'une manière qui fit réagir Thomas de Beaumont.

— Pourquoi jurez-vous ? fit-il, prompt à défendre son royal cousin. Il y a des mois, sinon des années, que ce mariage se prépare. Et il est plus urgent que jamais qu'il soit célébré.

Messire Hugues, qui ne prêtait aucune attention à son voisin, regarda Jocelyne dans les yeux.

— Qu'allez-vous faire ?

— Je vais me rendre sur-le-champ à Jérusalem pour expliquer la situation au roi.

— Que voulez-vous expliquer ? demanda Thomas de Beaumont en fronçant les sourcils. Qu'y a-t-il, d'ailleurs, à expliquer ?

Tout comme messire Hugues, Jocelyne l'ignora. Ses pensées étaient déjà tournées vers la chevauchée qu'elle allait faire pour rejoindre Jérusalem, et elle passait en revue dans sa tête tout ce dont elle aurait besoin.

— Il faut que je demande à mes suivantes de rassembler au plus vite les affaires qu'il me faut emporter.

Messire Hugues acquiesça de la tête.

— Je vais réunir votre escorte, dit-il. Et faire seller mon cheval.

— Non !

Elle ne voulait en aucun cas que son vieil ami et protecteur soit impliqué dans la démarche qu'elle allait accomplir auprès du roi. Elle voulait être la seule à supporter les conséquences de ses actes.

— Je tiens à ce que vous restiez à Fortemur, reprit-elle. Messire Thomas, en mon absence, aura besoin de vos excellents conseils.

L'intendant imbu de lui-même eut une expression indignée.

— Je connais mes devoirs, ma dame, et n'ai nullement besoin de l'assistance de messire Hugues.

— Assurément, fit messire Hugues. Vous aurez besoin d'un chef, ma dame, pour conduire votre escorte. N'oubliez pas que vous serez contrainte de vous arrêter en chemin une fois, voire deux, pour passer la nuit. Il vous faut une garde avertie.

— Messire Guy pourrait commander mon escorte ou...

Elle s'interrompit et, lorsqu'elle dirigea son regard vers Simon, elle sut qu'elle venait de sceller un nouveau pacte avec le diable.

— Messire de Rhys a prouvé qu'il avait suffisamment récupéré de ses blessures pour se tenir en selle, dit-elle, faisant fi des regards scandalisés du capitaine de ses gardes et de son régisseur. Et je ne doute pas qu'il soit capable, si nécessaire, de manier une épée. Comme il doit lui aussi se rendre à Jérusalem, il pourrait prendre la tête de mon escorte.

Dès qu'ils atteindraient les portes de la cité, leurs chemins se sépareraient, pensa Jocelyne. Elle ne permettrait pas que Simon soit à son côté quand elle se présenterait devant le souverain.

Elle gardait cette résolution bien en tête tandis qu'elle pressait le pas en direction de la salle d'armes. Elle avait promis à Simon de lui donner l'équipement complet d'un chevalier du Temple, et il n'était pas question qu'il quitte Fortemur sans en être pourvu.

Pendant que dans sa chambre ses suivantes rangeaient dans un coffre tout ce dont elle aurait besoin pour le voyage, elle entra dans la salle d'armes avec Simon et messire Guy.

Elle découvrit avec bonheur que le forgeron avait fini les altérations sur le haubert qui devait s'adapter aux larges épaules du chevalier. Et il avait exigé du tanneur qu'il confectionnât un pourpoint de cuir qui devait être porté sur la cotte de mailles pour éviter qu'elle n'atteigne une chaleur insupportable sous l'ardeur des rayons du soleil.

Après s'être assuré que l'équipement allait à Simon, messire Guy lui donna un casque puis décrocha du mur auquel elles étaient pendues une lance, une masse et une hache d'armes.

La question de l'écuyer qui accompagnerait Simon se posant toujours, Jocelyne envoya un page chercher le maréchal-ferrant, sa femme et leur fils.

Lorsqu'ils arrivèrent au donjon où le page avait reçu l'ordre de les conduire, Jocelyne, voyant qu'ils étaient inquiets et mal à l'aise, les informa aussitôt de la raison pour laquelle elle les avait sommés de se présenter devant elle.

— Vous savez que j'ai parlé avec le père Joseph du désir de Guillaume d'entrer dans les ordres.

Le maréchal-ferrant acquiesça d'un signe de tête. Ses traits paraissaient avoir été taillés à coups de serpe et ses ongles étaient incrustés de saleté. Il avait les épaules carrées et musculeuses comme ses bras et ses cuisses. Si le fils se développait comme le père, pensa Jocelyne, il ferait sans aucun doute l'affaire comme écuyer.

— J'ai promis de prendre à ma charge son entrée dans un ordre quand il en aurait l'âge, reprit-elle, et je le ferai. Mais, s'il en a le désir et si vous lui donnez votre accord, je vais l'équiper de manière qu'il puisse aller à la suite de messire Simon et joindre les rangs des Templiers, où il pourra devenir sergent d'armes lorsqu'il aura prouvé sa valeur.

— Ma dame ! s'exclama avec enthousiasme le jeune garçon dégingandé aux cheveux raides comme du chaume. Je vous promets que je servirai fidèlement messire de Rhys !

Il tourna un regard plein d'espoir vers le chevalier.

— Si vous voulez bien m'accepter, messire...

Le regard bleu perçant de Simon l'examina des pieds à la tête.

— Que sais-tu en matière d'armement, jeune homme ?

— J'actionne le soufflet de mon père depuis un an. Il m'a

appris à aiguiser la lame d'une épée jusqu'à la rendre coupante comme un rasoir et à entretenir les maillons d'un haubert pour éviter qu'ils rouillent. C'est très simple. Il suffit de les enduire d'essence de camélia et de girofle...

Les mots se bousculaient dans sa bouche tant il parlait avec empressement et d'une voix empreinte de supplication.

Après s'être éclairci la voix, il poursuivit :

— Je sais également empenner un carreau d'arbalète... Je vous assure, messire, que vous pouvez me faire confiance pour entretenir vos armes, et...

Simon leva la main pour l'interrompre.

— Et les chevaux ? Que sais-tu sur eux et la façon de les barder ?

Le visage de Guillaume se décomposa.

— Je ne les connais pas aussi bien que le reste, admit-il. Le seul cheval que j'ai eu le droit de monter, c'est celui qui est attelé à la charrette dans laquelle mon père transporte le bois pour la forge. Il ne va pas plus vite qu'un escargot...

L'air dégoûté du jeune garçon, qui avait un aspect comique, contraignit Jocelyne à se mordre la lèvre pour dissimuler un sourire. Le cheval de trait que Guillaume évoquait était grand et puissant mais, en effet, il posait devant lui, l'un après l'autre, ses énormes sabots avec une telle lenteur qu'on aurait dit qu'il délibérait avant chaque pas.

Après avoir réussi à réprimer son sourire, Jocelyne s'interdit de prendre la parole tandis que le jeune garçon et ses parents attendaient que Simon prenne sa décision.

— Eh bien, dit-il au bout d'un long silence, tu auras le temps de t'habituer à une bête plus vive pendant le trajet d'ici à Jérusalem.

— Mais alors..., fit Guillaume, le regard brillant de joie. Vous me prenez avec vous, messire ?

— Oui, mon garçon. A condition que tu comprennes qu'à la fin d'une journée tu seras tellement fatigué et fourbu que tu en pleureras.

Comme le jeune garçon relevait la tête avec assurance, Simon reprit :

— La plupart des garçons sont pages pendant de nombreuses années avant de devenir écuyers. Alors, seulement, ils apprennent l'art du combat et récoltent bleus et bris d'os, sans compter les blessures sanglantes. Tu ne connaîtras pas ce luxe. Il te faudra apprendre vite ; très vite même.

— J'y arriverai. Je vous le jure !

— Je l'espère... D'ailleurs, tu n'auras pas le choix. Nos vies en dépendront.

La famille se retira, le père un sourire rayonnant aux lèvres, tandis que la mère, bien que fière, écrasait une larme au coin de son œil. Guillaume, pour sa part, trépignait d'impatience d'aller rassembler ses affaires.

— Que Dieu te garde ! dit la femme d'une voix tremblante en posant la main sur l'épaule de son fils.

— Ne t'en fais pas, maman, répondit Guillaume qui exultait. Si tu savais comme je suis heureux !

Ils s'en allèrent sous le regard de Simon et de Jocelyne.

— Maintenant que vous avez votre équipement complet, dit-elle, il ne me reste plus qu'à me préoccuper de ce que je vais prendre avec moi.

Simon acquiesça avec un petit sourire. La lumière qui éclairait son regard bleu traduisait de manière assez éloquente la satisfaction que lui procurait sa décision de se faire escorter par lui.

Elle courut à sa chambre où elle trouva ses servantes sur le point de refermer déjà le coffre dans lequel elles avaient rangé ses affaires.

Le bagage du chaperon qu'elle avait choisi pour l'accompagner était presque prêt également. Dame Béatrice était l'épouse d'un chevalier, l'un de ses hommes liges. Comme elle n'avait pas encore d'enfants, elle était libre de s'éloigner pour quelques jours de Fortemur.

De deux ou trois ans l'aînée de Jocelyne, elle était aussi très bonne cavalière et pourrait sans difficulté suivre le train rapide sur lequel sa suzeraine envisageait de gagner Jérusalem.

Après un déjeuner rapide, la dame de Fortemur descendit dans la cour du château où l'attendaient les membres de son escorte composée de huit hommes d'armes à cheval.

Quatre d'entre eux ouvraient la marche et quatre autres la fermaient. Au milieu se tenaient deux pages, dame Béatrice et deux mules, l'une chargée des provisions de bouche pour le voyage et l'autre des coffres remplis à la hâte.

Après s'être entretenu avec le sergent d'armes et avoir confirmé l'ordre de marche, Simon prit la tête de la colonne.

Malgré ses protestations, Jocelyne se rangea près de lui au lieu d'aller se placer à côté de son chaperon. Elle n'avait aucune envie de respirer la poussière soulevée par les sabots des chevaux de tête. Du moins était-ce le prétexte qu'elle invoqua pour convaincre Simon de la laisser faire comme elle souhaitait.

Ni l'un ni l'autre, cependant, n'était dupe. La providence leur donnait un peu plus de temps à passer ensemble, et ils auraient préféré être damnés plutôt que de le perdre.

Après avoir traversé l'espace entre les deux murailles où tous ceux qui vaquaient à leurs occupations s'approchèrent pour saluer la dame de Fortemur, ils franchirent le pont-levis dans un vacarme de claquements de sabots.

Quand elle eut traversé la barbacane, la petite troupe s'engagea sur le chemin sinueux reliant la forteresse à la route du littoral.

Une fois qu'ils l'eurent atteinte, leur progression vers le nord se fit plus lente en raison de l'encombrement qui y régnait.

D'interminables caravanes de chameaux et de mulets s'étiraient le long de la piste poudreuse. Entre les files de marchands allaient les pèlerins, certains en nombre, à cheval, avec des escortes armées, d'autres seuls, à pied souvent, qui se regroupaient à deux ou trois pour leur sécurité.

Sans jamais relâcher sa vigilance car le danger pouvait surgir à tout moment, Simon, bien qu'avec une certaine réticence, répondait aux questions que Jocelyne avait gardées en réserve pour lui.

Petit à petit, elle apprit ainsi combien d'années il avait été page puis écuyer au service d'un baron de moindre importance.

Comme elle le pressait pour en savoir plus, il évoqua le combat où le baron avait été tué et où il avait dévié un coup d'épée qui aurait décapité le comte d'Angoulême.

— En signe de reconnaissance, expliqua-t-il, le comte Henri m'a adoubé chevalier sur le champ de bataille.

— Il aurait pu vous donner aussi un fief et un titre, s'il avait accordé une plus grande valeur à sa vie, répliqua Jocelyne.

— Peut-être l'aurait-il fait s'il n'était pas tombé malade moins d'une semaine après et mort quelques jours plus tard.

Un sourire triste se dessina sur les lèvres de Simon quand il reprit :

— Le comte d'Angoulême livrait bataille à son propre fils et héritier, le jour où je lui ai épargné ce terrible coup d'épée. Vous vous doutez que le nouveau comte ne m'était pas particulièrement reconnaissant d'avoir prolongé la vie de son père, même de quelques jours.

— Vous êtes-vous mis au service d'un autre baron, après ces événements ?

— Non. J'ai vécu en louant les services de mon épée et en participant aux tournois.

Il était courant, à l'époque, pour les plus jeunes fils de se ranger sous telle ou telle bannière à l'occasion d'un tournoi ou dans une lutte entre barons rivaux.

Jocelyne, qui était particulièrement intriguée par la personnalité du père de Simon, prit le risque de l'interroger à ce sujet.

— Parlez-moi de votre père... Quand est-il tombé malade ?

— Il y a à peu près six mois. Je me suis embarqué peu après pour la Terre sainte.

— Mais alors...

Elle reprit sa respiration avant de poser la question qui lui tenait à cœur :

— La maladie a peut-être eu raison de lui ?

Simon se mordit nerveusement la lèvre.

A son expression, Jocelyne comprit qu'il s'était déjà posé la question.

— Sa mort ne vous libérerait-elle pas du vœu qu'il a prononcé à votre sujet ?

— Non. Du moins est-ce l'opinion de l'abbé de Clairvaux.

La réponse de Simon la condamna au silence pour quelques instants. Le nom du réformateur de Cîteaux était aussi connu au royaume latin de Jérusalem qu'en Europe. La seconde croisade n'avait-elle pas été lancée sous son impulsion ?

Le 31 mars 1146, saint Bernard avait déchaîné l'enthousiasme des foules par sa prédication dans la basilique de Vézelay. Le pape Eugène III, qui avait accueilli avec froideur la suggestion d'une croisade faite initialement par Louis VII, le roi de France, avait été moins réticent quand l'illustre abbé l'avait préconisée à son tour et était même parvenu à décider l'empereur d'Allemagne, Conrad III, à se croiser.

Le pape, sur l'insistance de saint Bernard, accordait la même indulgence à ceux qui feraient cette seconde croisade que celle promise par Urbain II lors de la première. L'abbé de Clairvaux avait déployé un tel talent oratoire, promettant l'absolution de tous leurs péchés à ceux qui entreprendraient la périlleuse expédition, que de nombreux chevaliers et barons s'étaient levés d'un bout à l'autre du royaume de France et du Saint Empire germanique.

Le peuple aussi avait répondu avec une foi et une ardeur que l'on n'avait pas vues depuis la première croisade. On rapportait ainsi qu'après avoir prêché dans un champ rempli de croyants saint Bernard avait obtenu que, toute la foule se joigne aux croisés. Le succès était tel que lorsque les drapiers s'étaient trouvés dans l'impossibilité de tisser d'autres tuniques portant la croix, saint Bernard avait donné ses vêtements sacerdotaux pour qu'ils puissent en produire davantage.

Que la seconde croisade n'ait pas atteint le but qu'elle s'était fixé, à savoir reprendre aux musulmans les territoires perdus récemment, notamment le comté d'Edesse, n'entama en rien la renommée de saint Bernard. L'échec de la croisade ne dissuada pas non plus nombre de pèlerins de prendre le chemin de

Jérusalem, ni certains hommes, comme Simon, de consacrer leur vie à la défense du royaume franc.

— Vous ne me parlez pas de votre mère, dit Jocelyne après quelques instants. Estime-t-elle, elle aussi, que vous devez accomplir le vœu de votre père ?

— Elle est morte quand j'étais un bébé...

La voix de Simon était dure quand il reprit :

— Mon père, m'a-t-on dit, l'avait rouée de coups pour avoir fait servir du civet de lièvre au repas alors qu'il avait demandé une viande rôtie.

— Mon Dieu ! Et c'est l'homme qui vous a condamné à donner votre vie à l'Eglise ?

Comme son indignation ne rencontrait qu'un silence glacial, elle se garda de faire la remarque incisive qu'elle était sur le point d'ajouter.

De quel droit se permettait-elle de critiquer son sens du devoir et de l'honneur ? S'interdisant avec fermeté de chercher à le dissuader de poursuivre un destin dont elle considérait, maintenant, qu'il lui avait été imposé à tort, elle aborda avec lui des questions moins sujettes à controverse.

Elle découvrit bientôt qu'il était une mine d'informations tant dans le domaine de la politique que celui de la mode féminine, et qu'il était intarissable au sujet d'Aliénor d'Aquitaine.

— Est-il vrai que le mariage de la duchesse d'Aquitaine avec le roi de France a été annulé ?

— C'est ce que dit la rumeur. Le roi lui-même a demandé cette annulation. Peut-être à cause des prétendues libertés qu'aurait prises la reine ou, plus vraisemblablement, parce qu'elle ne lui a donné que deux filles.

L'aventure qu'Aliénor d'Aquitaine aurait eue à Antioche avec son oncle, Raymond de Poitiers, restait en effet très hypothétique. La véritable raison de sa répudiation par le roi était évidemment l'absence d'héritier. Après quinze ans de vie commune, elle ne lui avait toujours pas donné un seul fils.

D'autre part, d'après tous les témoignages, Louis VII était d'un tempérament doux et pieux autant que sa femme était volontaire et attachée aux biens de ce monde. Il y avait manifestement entre eux une incompatibilité de caractères.

— Je crois que des tractations ont déjà lieu pour qu'elle se remarie avec Henri Plantagenêt, duc de Normandie et comte d'Anjou, poursuivit Simon. Tout laisse à penser qu'elle deviendra, un jour, reine d'Angleterre.

— Voilà une femme qui préside à son propre destin ! s'exclama avec admiration Jocelyne, soulevée, soudain, par le désir de concurrencer la belle Aliénor.

— On ne peut pas dire le contraire.

Ils chevauchèrent un certain temps en silence avant que Jocelyne prenne de nouveau la parole.

— Raymond de Poitiers a été tué à la bataille de Fons Murez, dit-elle comme si elle avait mûri ce sujet dans sa tête depuis un certain temps. C'était un prince très redouté dont on disait qu'il se battait comme un lion.

Elle esquissa un sourire en poursuivant :

— De haute stature, bel homme, d'un incomparable courage, il n'est pas étonnant que sa nièce ait nourri de l'admiration pour lui. Elle a dû être terriblement triste d'apprendre qu'il s'était jeté lui-même dans le piège que lui tendait l'émir d'Alep et que, malgré sa témérité, il avait succombé sous des forces cent fois supérieures. Les infidèles ont trouvé son corps qui gisait parmi les cadavres des plus valeureux chevaliers de sa suite. Ils lui ont tranché la tête et le bras droit qu'ils ont portés à leur émir, Nûr al-Dîn. Et lui les a transmis dans un coffret d'argent au calife de Bagdad.

— Par manque de prévoyance, indiqua avec tristesse Simon, Raymond de Poitiers a refusé d'aider Jocelin II à sauver Edesse contre l'émir d'Alep. S'il lui avait porté secours, le comté d'Edesse aurait été préservé et la principauté d'Antioche aussi, alors qu'aujourd'hui elle est très largement réduite.

— Hélas ! fit Jocelyne. Et nous n'en sommes pas à la dernière bataille. Le roi Baudouin a fait le serment de reconquérir les territoires perdus. De même, d'ailleurs, que le patriarche de Jérusalem et les grands maîtres du Temple et de l'Hôpital. Je crains que vous ne soyez le témoin de plus d'une bataille au cours des prochains mois.

Simon haussa les épaules.

— Je n'ai rien appris d'autre que l'art du combat.

Et son expérience de la vie se limiterait certainement à des échanges meurtriers de coups, pensa Jocelyne avec un serrement de cœur. A l'exception, bien sûr, de la part religieuse de son futur engagement. Il serait au service de l'Eglise, et tout ce qu'il ferait serait pour la plus grande gloire de Dieu. Pour l'accomplissement de ses vœux, il renoncerait à avoir une femme, se priverait d'une descendance, de fils pour perpétuer son nom, et de filles pour apaiser les rigueurs de la vieillesse quand il n'aurait plus la force de tenir une épée.

A cette pensée, elle fut assaillie par le désespoir. Elle aurait tant aimé épouser un chevalier de la même trempe que Simon de Rhys ! Un homme qui puisse lui donner des fils et des filles de caractère, capables de choisir un cap et de s'y maintenir. Un chevalier preux et loyal.

Elle laissa échapper un soupir.

Pourquoi le destin avait-il condamné Simon à accomplir le vœu d'un père débauché qui avait beaucoup à se faire pardonner, et elle à se soumettre à une décision royale qui prévoyait de la livrer comme un sac de besants d'or à un prétendu allié ?

L'absurdité de leur situation, à l'un et à l'autre, ne cessa d'occuper son esprit tout le reste de la journée et tard dans la nuit.

Elle occupait toujours ses pensées quand, le lendemain, la troupe qu'elle conduisait avec Simon parvint au sommet d'une colline d'où la vue s'étendait, au loin, jusqu'aux murs de Jérusalem.

La vue de ces remparts baignés de la lumière dorée du soleil remplit Simon de respect et d'une indicible joie. Il avait atteint, enfin, la Cité sainte, but de tout pèlerin et de tout croisé.

C'était pour y parvenir qu'ils quittaient tous leur univers familier pour se lancer sur les chemins et parcourir des milliers de lieues semées d'embûches, de dangers et d'épreuves de toutes sortes. Et c'était aussi pour elle, pour défendre le Saint-Sépulcre enfermé dans ses murs, que Simon passerait, l'épée à la main, le reste de sa vie.

Il distinguait la coupole massive de la mosquée d'Omar, que les croisés avaient rebaptisée temple de Moriah lorsqu'ils s'étaient emparés de la Ville sainte en 1099. Il savait qu'à un jet de pierre se dressait le mur des Lamentations. C'était tout ce qu'il restait du temple bâti par Salomon, que les Romains, vers 70, avaient détruit ainsi que toute la cité.

Il savait aussi, son pouls s'accéléra à cette pensée, que le bâtiment adjacent au mur abritait la maison mère des Pauvres Chevaliers du Christ et du Temple de Salomon. Il n'ignorait pas les rumeurs circulant au sujet du lieu choisi par l'ordre des Templiers, dont il tirait son nom.

Certains disaient que le choix avait été fait par le premier grand maître en raison de sa proximité avec le Saint-Sépulcre. D'autres prétendaient que la raison de l'établissement de l'ordre en ce lieu était liée à l'espoir des Chevaliers de retrouver l'Arche d'Alliance prétendument cachée, des siècles plus tôt, dans l'ancien Temple de Salomon pour éviter qu'elle ne tombe aux mains des Romains. On soupçonnait même les Templiers d'avoir creusé un tunnel sous le mur dans l'espoir de retrouver la Sainte Arche. D'autres encore assuraient que les Chevaliers l'avaient trouvée et mise en lieu sûr dans l'une de leurs forteresses.

Simon ignorait laquelle de ces rumeurs correspondait à la vérité, mais il éprouvait une sorte de crainte révérencieuse et de désarroi à la pensée qu'il entrerait bientôt dans cet ordre de moines soldats de renommée mondiale.

Il lança un regard à Jocelyne, près de lui, droite sur sa selle. Jusqu'au jour où elle était entrée dans sa vie, il avait réussi à se convaincre qu'il deviendrait Templier. Avec quelques regrets, certes, mais aucun qu'il ne pût surmonter. A présent, il allait devoir mener une lutte deux fois plus rude contre le désir charnel que le souvenir du corps de Jocelyne entretenait en lui.

Serrant les dents, il tourna son attention de nouveau vers la Ville sainte et le dôme du Rocher dont il se servit comme point de repère pour diriger la colonne vers la légendaire Porte du Lion. La route était si encombrée de pèlerins, marchands, chevaliers et sergents, ainsi que de moines mendiants qui sollicitaient la générosité des voyageurs pour le bénéfice des pauvres, que lorsque les portes s'ouvrirent pour laisser le passage à une troupe lourdement armée la foule des piétons fut contrainte de s'écarter.

Simon reconnut aussitôt l'oriflamme royale qui flottait en tête de la colonne. Il s'agissait de la croix pattée entourée de quatre petites croix identiques comme sur le sceau du message qu'avait reçu Jocelyne.

— Ce sont les couleurs du roi, dit-il avec un léger serrement de cœur.

— Je vois, répondit laconiquement Jocelyne.

Deux étendards entouraient l'oriflamme royale, l'un portant un cygne d'or en champ d'azur.

— C'est le drapeau de la reine Mélisende, s'exclama Jocelyne. Elle accompagne son fils.

L'autre étendard représentait les couleurs des Templiers, le fameux Beaucéant. Symbole des moines chevaliers et leur cri de guerre, cette bannière qui se partageait en deux, la partie supérieure blanche, l'inférieure noire, était célèbre auprès des populations chrétiennes et redoutée des infidèles.

Aussi longtemps que le Beaucéant flottait sur le champ de bataille, aucun Templier ne le quittait. Or, tant qu'un Templier, même seul, blessé et en sang, se tenait debout, le Beaucéant claquait au vent.

Cet étendard représentait le destin de Simon... Tout ce à quoi il renoncerait dans le monde séculier lui serait rendu dans le monde spirituel. Jamais il ne s'était senti aussi déchiré entre les deux royaumes.

Quand la troupe, dans un grondement de sabots, approcha de la petite colonne qu'il précédait, Simon remarqua parmi les chevaliers de tête un casque surmonté d'une couronne d'or. Elle brillait sous les rayons du soleil de cet après-midi quand le cavalier tira sur les rênes de sa monture. Dans un vacarme d'armes et de boucliers s'entrechoquant, tout le reste de la troupe l'imita.

— Jocelyne de Fortemur !

Jocelyne inclina la tête.

— Sire !

Il s'agissait bien de Baudouin, fils et petit-fils de rois. Simon entrevit son beau visage à l'expression audacieuse et s'étonna de la longueur de ses cheveux d'un blond cuivré qui sortaient du casque et lui tombaient sur les épaules. Il aurait dû les couper, pensa-t-il. Dans la bataille, avec la couronne, ils feraient de lui une cible privilégiée.

La femme au côté du roi n'était pas moins belle ni moins marquante, bien que plus âgée. En dépit des petites rides au coin de ses yeux, la reine Mélisende respirait la jeunesse. On aurait dit une femme de la moitié de son âge. Mais c'était le cavalier à droite du souverain qui intriguait Simon et captivait son regard.

Il était reconnaissable à la croix pattée rouge visible sur l'épaule gauche de son manteau blanc. Le visage émacié, Bernard de Tramelay, grand maître des chevaliers du Temple, était coiffé d'un casque carré et portait sous son surcot un haubert composé de mailles finement polies.

Son regard, intense et perçant, semblait consumer tout ce sur quoi il l'arrêtait. Simon en sentit la brûlure avant que les paroles du roi ne retiennent son attention.

— Que faites-vous ici, pucelle ? Ne vous ai-je pas prévenue de vous préparer à vous rendre à Damas ?

— En effet, Sire, mais je venais justement trouver Votre Majesté pour lui en parler.

— Vous n'avez déjà que trop exprimé vos sentiments au sujet de l'émir, répondit sèchement le roi. Je n'ai ni le temps ni le désir de discuter de nouveau la question de ce mariage avec vous.

Jocelyne fronça les sourcils mais se garda de ranimer sa querelle avec le souverain.

— Puis-je vous demander, Sire, où vous vous rendez avec un si grand empressement ? demanda-t-elle en embrassant du regard la troupe que le souverain précédait. Quelque événement s'est-il produit ?

— Les Fatimides se sont emparés de Blanche-Garde.

— Seigneur ! s'exclama Jocelyne.

Blanche-Garde, qui n'était qu'à deux jours de marche de Fortemur, était l'une des imposantes forteresses que le roi Foulques avait fait bâtir pour sécuriser les frontières du sud-ouest de la Judée.

— Comment a-t-elle pu tomber ?

— Nous avons appris qu'un traître l'avait livrée aux infidèles. Nous partons la reprendre.

— Je vous accompagne, dit Jocelyne sans hésitation.

— Non ! Vous restez à Jérusalem. Nous ne devons pas perdre un instant. Nous ferons de longues journées à cheval.

La femme au tempérament d'acier, qui s'était révélée à Simon au moment où il l'avait vue franchir la passerelle suspendue au-dessus d'une gorge, réagit aussitôt. Regardant successivement le roi, sa mère, puis de nouveau le roi, elle ne dit pas tout net qu'elle était capable de rester aussi longtemps en selle que la reine mais, à son expression, il était clair qu'elle le pensait.

— Quelques mots tracés sur un parchemin et votre troupe s'enrichira de vingt chevaliers, d'une compagnie d'archers et d'autant de piétons en armes, répondit-elle avec fermeté. Si mes gens apprennent que je suis à votre côté, Sire, ils ne mangeront ni ne dormiront tant qu'ils ne se seront pas ralliés à moi.

Le sens des paroles de Jocelyne ne fut perdu ni pour le fils ni pour la mère. Les vassaux, en effet, ne devaient à leur suzerain qu'un nombre déterminé d'hommes d'armes et, en outre, pour un certain nombre de jours chaque année. Avec de tels arrangements, il n'était pas possible de réunir au pied levé une armée digne de ce nom. Or, le roi n'était pas assez stupide pour négliger cette chance de renforcer sa troupe.

— Soit, dame Jocelyne. J'accepte votre aide. Venez avec nous.

Le regard du souverain s'arrêta sur Simon.

— Est-ce l'un de vos chevaliers ? Je ne me souviens pas l'avoir déjà vu.

— Et pour cause, Sire. Messire Simon de Rhys vient tout juste d'arriver en Terre sainte.

— Simon de Rhys ?

Simon se raidit tandis que le roi le détaillait de la tête aux pieds, mais il ne tarda pas à se détendre comme aucun commentaire désobligeant ne sortait des lèvres de Baudouin. Les rumeurs concernant son père ne semblaient pas avoir atteint les lointains rivages de la Palestine.

— Avez-vous juré allégeance à dame Jocelyne, Simon de Rhys, ou voulez-vous servir la Couronne ?

— Je deviendrais volontiers son homme lige ou le vôtre, Sire, mais...

Personne, à l'exception de Jocelyne, ne pouvait deviner à quel point il était difficile à Simon de poursuivre sa phrase. Il fut contraint, d'ailleurs, de fuir son regard quand il reprit :

— Je me destine à l'ordre des chevaliers du Temple.

Le grand maître le considéra d'un air inquisiteur.

— Vous désirez devenir Templier ?

— Oui, monseigneur.

— Pourquoi ne vous êtes-vous pas présenté à l'une de nos commanderies avant de venir en Terre sainte ?

— J'avais réservé mon passage sur un navire..., répondit évasivement Simon. Je n'avais pas le temps de me soumettre au rituel d'introduction avant la date de mon départ.

— Et vous n'en avez pas plus le temps maintenant, intervint le roi, impatient de reprendre la route. Vous vous préoccuperez de votre entrée dans l'ordre des Templiers une fois que nous aurons repris Blanche-Garde. Je constate que dame Jocelyne, en attendant, a fait de vous le capitaine de ses gardes. Vous occuperez cette charge jusqu'à ce que nous vous en libérions.

— Comme il vous plaira, Sire.

— Quant à vous, dame Jocelyne, vous vous joindrez à la suite de la reine. Et maintenant, pour l'amour de Dieu et du royaume que nous servons, hâtons-nous !

Jocelyne prit tout juste la peine d'écrire un message à Hugues de Poitiers, et de prélever dans le coffre qui contenait ses affaires quelques vêtements qu'il lui semblait nécessaire d'emporter. Elle confia le message à dame Béatrice et la renvoya à Fortemur avec les deux pages, une mule et le nombre suffisant de gardes.

La suite de la reine comptait bien assez de servantes et de pages pour satisfaire ses besoins.

Puis, sachant qu'une chevauchée éreintante les attendait, elle se plaça avec Simon et le reste de sa troupe à la suite de la colonne précédée par le roi en personne.

9

Blanche-Garde...

La forteresse méritait ce nom, songea Simon en tirant sur les rênes de Vengeur au sommet d'une colline d'où il apercevait enfin le but de leur épuisant trajet. Le château fort, qui se dressait sur une hauteur blanche et crayeuse, brillait sous l'éclat des rayons du soleil.

Le visage ruisselant de sueur sous son heaume après avoir parcouru plus de vingt lieues en un jour et une nuit, il regardait la bâtisse avec admiration. Le roi Baudouin n'avait pas menti lorsqu'il avait souligné que Blanche-Garde n'était tombée entre les mains de l'ennemi qu'à la suite d'une traîtrise. Les murs du château et sa position dominante, en effet, en faisaient une forteresse inexpugnable.

— Sacrebleu !

L'exclamation venait de jaillir des lèvres du jeune Guillaume qui, malgré son peu d'expérience, avait réussi à se maintenir en selle pendant toute la folle cavalcade. Il sentait bien, toutefois, que son corps serait tout endolori quand il serait autorisé, enfin, à s'étendre après que le campement aurait été dressé.

— Est-ce que c'est...

Il passa le bout de sa langue sur ses lèvres desséchées par la poussière en levant les yeux avec un étonnement mêlé d'effroi sur les volutes de fumée noire qui s'élevaient derrière les murs massifs de Blanche-Garde.

— ... la fumée de bûchers ?

Simon hocha la tête. Il n'en avait déjà que trop vu au cours de sa vie. On les dressait pour brûler les corps de ceux qui étaient tombés pendant la bataille ou avaient été passés par le fil de l'épée à la suite de celle-ci.

Dans ces contrées où régnait une chaleur infernale, il fallait disposer rapidement des corps pour éviter la diffusion de la peste ou la simple transmission des maladies. D'après le nombre de fumées s'élevant dans l'air, il était à craindre que peu de défenseurs du château aient survécu.

Il détourna le regard des fumées noires qui formaient des arabesques dans le ciel transparent pour le diriger vers l'armée royale. Elle se séparait en deux colonnes pour prendre position autour de l'éminence sur laquelle était bâtie Blanche-Garde.

Les effectifs de l'armée étaient trop faibles pour envisager de lancer un assaut contre la forteresse. Tout ce que le roi pouvait faire, c'était en assiéger les occupants dans l'attente de recevoir le soutien d'autres barons, et construire des tours et des engins de guerre permettant de bombarder le château et d'aborder ses remparts.

Il ne fallait guère compter sur une reddition des Fatimides. Blanche-Garde était certainement très largement pourvue en ravitaillement permettant de soutenir un siège pendant des mois, voire davantage. Sans doute, d'ailleurs, était-ce pour cette raison que les Fatimides avaient usé d'une ruse pour pénétrer dans la forteresse. A présent, c'était eux qui bénéficiaient de ces provisions accumulées par les Francs.

Tout en réfléchissant à tous les moyens stratégiques et tactiques envisageables pour faire tomber une place forte, Simon fit signe au petit contingent d'hommes d'armes sous ses ordres de le suivre.

Quelques minutes plus tard, il prenait possession d'un étroit vallon planté d'amandiers où il fit installer le campement, les troncs massifs des arbres lui octroyant une protection. Une petite source, en outre, jaillissant entre les pierres, étancherait la soif des hommes et des bêtes.

Une fois qu'il eut demandé aux hommes de construire des

abris à l'aide de branches et à Guillaume d'étriller les chevaux épuisés, il retira son heaume, repoussa le haubert qui lui couvrait la tête et s'enquit de Jocelyne.

Il la trouva sans grande difficulté. La tente rayée de rouge et de jaune du roi avait été dressée sur un promontoire d'où l'on jouissait d'une vue dégagée sur Blanche-Garde, alors que celle de Mélisende, bleue et richement décorée de broderies d'or représentant des cygnes, s'élevait en retrait de la ligne de défense.

Simon nota que les Templiers occupaient une position avancée face à l'entrée principale du château fort, si bien qu'ils seraient la première ligne de défense si les assiégés décidaient de faire une sortie.

Le roi avait imposé un tel rythme de marche à sa troupe qu'il ne fallait pas compter que l'intendance parvienne à les rejoindre avant un ou deux jours. Aussi, en chemin, ses archers avaient-ils été mis à contribution. Ils avaient abattu biches, sangliers, lapins et cailles en quantité suffisante pour nourrir l'armée.

Au gré des fermes et villages qu'elle avait croisés ou traversés, la troupe avait réquisitionné des olives, des fruits, des outres de vin et de la farine. Grâce à cet approvisionnement, la viande grésillait déjà sur les broches et une nuée de pages et d'écuyers sillonnaient le camp pour satisfaire les besoins de leurs maîtres.

Simon arrêta l'un d'entre eux qui portait les couleurs de la reine Mélisende et venait de sortir de sa tente.

— Veux-tu aller voir si dame Jocelyne de Fortemur est sous la tente de la reine ? Dis-lui que Simon de Rhys voudrait lui parler.

Le page obéit et, quelques instants plus tard, il le vit ressortir de la tente dont il tenait l'auvent pour empêcher qu'il se rabatte.

Jocelyne ne tarda pas à apparaître, éveillant le désir de Simon avec une force déconcertante. Il n'avait qu'à poser les yeux sur elle pour que les battements de son cœur redoublent.

Elle s'était lavé le visage et avait brossé ses cheveux de telle manière qu'ils se divisaient sur le milieu de sa tête et formaient deux bandeaux de chaque côté du visage. Elle portait la même robe que pendant le voyage, mais avait retiré son manteau. Dans la lumière dorée de cette fin d'après-midi, ses lèvres prenaient la teinte d'une pêche mûre. L'irrésistible envie de goûter à leur saveur donna à la voix de Simon une inflexion particulière quand il lui demanda :

— Etes-vous correctement installée ?

— Oui, ça va...

Elle lança un regard vers la tente en reprenant :

— Mélisende a traversé ce pays de part en part plus d'une dizaine de fois quand elle en était la reine et la régente. Elle est habituée à suivre l'armée en campagne. Vous n'avez rien à craindre au sujet de mon confort et de ma sécurité.

Simon était bien obligé de reconnaître que l'époque forgeait des femmes au tempérament exceptionnel. Tout comme Aliénor d'Aquitaine, Mélisende de Jérusalem avait prouvé plus d'une fois ses qualités de chef. Fille de roi, mère de roi, elle avait gouverné seule, pendant plus de vingt ans, un royaume assailli de toutes parts par l'ennemi.

Jocelyne de Fortemur était de la même trempe. Simon ne fut pas surpris, d'ailleurs, quand elle l'interrogea sur ses hommes dont elle se souciait du confort plus que du sien.

— Où les avez-vous positionnés ? Je ne voudrais pas que vous les exposiez plus que nécessaire.

Simon indiqua de la main le bosquet d'amandiers à l'entrée du vallon.

— Ils sont là-bas, en contrebas de ce boqueteau.

— Conduisez-moi à eux.

Ils se frayèrent un chemin entre les tentes et les abris dressés à la hâte jusqu'aux amandiers dont les feuilles offraient une ombre bienfaisante. Simon lui donna le bras pour l'aider à marcher sur le sol irrégulier puis s'écarta d'elle quand elle eut rejoint le sergent d'armes en charge de sa garde.

— Messire Simon a fait en sorte que nous soyons approvisionnés, annonça le sergent à la forte carrure. Nous avons eu de la viande et du vin, et du fourrage pour les chevaux et la mule.

Jocelyne se tourna vers l'écuyer de Simon qui revenait de la source avec un seau d'eau.

— Et toi, Guillaume ? Comment t'en sors-tu ? Tes nouvelles fonctions te conviennent-elles ?

Le jeune garçon s'efforça de sourire.

— J'ai mal des pieds à la tête, ma dame. Exactement comme messire Simon me l'avait prédit.

— Je crains que tu n'aies encore à souffrir beaucoup avant que nous n'entrions dans Blanche-Garde.

— C'est ce que me dit messire Simon.

Le regard respectueux que l'écuyer leva sur son nouveau maître n'échappa pas à Jocelyne. En quelques jours, le chevalier avait gagné son estime ainsi que celle des hommes d'armes de la garnison de Fortemur.

Et en moins de temps encore le respect et l'estime de la maîtresse de Fortemur...

Elle ne put s'empêcher de penser qu'il ne lui avait fallu que quelques heures pour passer de l'esclave misérable et en haillons qu'elle avait acheté à El-Arich au chevalier à la voix assurée qui lui avait intimé l'ordre de se déshabiller... Elle n'avait toujours pas compris comment il avait pu prendre aussi rapidement un tel ascendant sur elle.

Il était de retour maintenant dans son milieu. Elle le constatait à la façon dont il ordonnait à ses hommes de prendre telle ou telle disposition. Il avait le comportement et parlait sur le ton d'un chef habitué au commandement. Les gardes, conscients de sa compétence, lui obéissaient sans l'ombre d'une hésitation.

Confiante en Simon et en son aptitude à diriger les gardes, elle s'adressa une dernière fois à leur sergent :

— Messire Hugues de Poitiers devrait arriver dans la nuit ou demain, à l'aube, avec du matériel, des provisions et une troupe en renfort.

— Oui, ma dame. C'est ce que nous a dit messire Simon.

— Prenez du repos. Demain, la journée sera rude.

— Oui, ma dame. Que Dieu vous garde !

Elle revint sur ses pas avec Simon qui marchait à son côté.

— Je vois que vous avez gagné la confiance de mes gens

d'armes, lança-t-elle en souriant. Ils ont votre nom à la bouche pour un oui pour un non.

— Pas autant que le vôtre… Ils vous doivent beaucoup, Jocelyne. S'ils ont reçu une très bonne formation militaire et sont prompts à exécuter les ordres, c'est bien grâce à vous.

— C'est davantage grâce à messire Hugues qu'à moi…

— Permettez-moi de vous contredire. Dans un château, tout le monde, du palefrenier qui nettoie les écuries au plus ancien des chevaliers, prend exemple sur le maître des lieux, qu'il s'agisse d'un homme ou d'une femme comme dans votre cas.

Elle reconnut le bien-fondé de ce qu'il venait de dire par un vague hochement de tête qui ne rendait compte d'aucune manière de la charge qu'elle portait nuit et jour sur ses épaules. Elle était née fille de baron avec des droits, certes, mais qui s'accompagnaient d'une constante et lourde responsabilité.

Elle ralentit le pas et s'arrêta à l'ombre des amandiers. Elle n'était pas pressée de retourner sous la tente de la reine, où régnait une bruyante effervescence.

Ceux des membres de la noblesse qui avaient soutenu Mélisende dans son combat pour se maintenir à la tête du royaume continuaient de s'en remettre à son jugement. Et ceux qui s'étaient rangés du côté de son fils n'en recouraient pas moins aux conseils d'une femme qui avait su, pendant tant d'années, administrer le pays. D'où cette affluence sous la tente de la reine. Baudouin lui-même y avait fait une apparition peu après qu'elle avait été dressée, et il était convenu qu'il viendrait y dîner.

Jocelyne avait l'intention de profiter de sa présence pour lui demander une audience privée. Elle n'avait pas oublié la raison de son voyage précipité à Jérusalem. Comment, d'ailleurs, aurait-elle pu l'oublier ? Avec la prise de Blanche-Garde par les Fatimides, l'alliance avec l'émir de Damas devenait plus importante que jamais.

Elle déglutit péniblement à la pensée du choc que provoquerait son aveu quand elle apprendrait au roi qu'elle avait perdu sa virginité et était donc devenue indigne d'être l'épouse du vieux Mu'în al-Dîn Unur.

Ravalant sa peur, elle passa la main sur le rameau couvert de petites écailles d'un amandier, et leva les yeux vers Simon.

Il avait retiré son casque et son haubert. Voyant ses cheveux libres se soulever sous la brise, elle enfonça les ongles dans l'écorce de l'arbre pour se retenir de glisser les doigts dans leur masse soyeuse.

— Rejoindrez-vous le campement des Templiers quand messire Hugues sera arrivé ?

Il ne fit pas semblant de ne pas l'avoir comprise. Ils savaient, l'un comme l'autre, qu'ils avaient eu beaucoup de chance d'avoir quelques jours de plus ensemble. Ils n'auraient pas osé tenter le destin en en demandant davantage.

— Je pense que c'est préférable.

— Voulez-vous... Souhaitez-vous que je demande au roi d'intervenir en votre faveur auprès du grand maître ? Cela pourrait accélérer votre initiation.

— Je ne peux pas vous demander plus que ce que vous m'avez déjà donné.

Elle brûlait de sentir ses mains sur son corps, ses lèvres sur les siennes... Etait-ce une forme de folie de ne désirer que ce qu'elle ne pouvait avoir ?

— Je pourrais vous donner davantage, Simon, répondit-elle après un moment de silence. Je pourrais supplier le roi de m'accorder une faveur... De demander, par exemple, au grand maître de vous relever du vœu de votre père.

Elle crut voir l'espoir renaître dans son regard, mais la lueur qui venait d'y briller s'éteignit aussi vite qu'elle était apparue.

— Je ne me parjurerai pas.

L'insistance avec laquelle il s'accrochait à la défense de l'honneur de son père, aussi sali soit-il, fit naître un tourbillon d'émotions contradictoires dans le cœur de Jocelyne. Admiration et frustration, orgueil et désespoir s'y succédaient dans un désordre indescriptible. Et au-dessus de tout ce chaos planait l'ombre menaçante de leur séparation éternelle s'il restait fidèle au vœu prononcé par son père.

Elle comprenait cependant que Simon ait le souci de rester

fidèle à la parole donnée. Elle avait été élevée par un grand-père qui se serait coupé la main plutôt que de lever l'épée contre son suzerain.

Trois jours plus tôt, elle aurait parié tous ses biens qu'elle était de la même trempe que son aïeul et que le même sang coulait dans leurs veines. Elle ne se serait jamais crue capable, non plus, de demander ou de permettre à un homme de se parjurer pour elle.

Pourtant, elle ne put s'empêcher de le supplier de réfléchir à la valeur de son engagement.

— Je comprends votre sens de l'honneur, Simon. Mais vous n'êtes pas responsable des péchés commis par votre père.

Comme il restait immobile et s'entêtait dans le silence, la frustration qu'elle éprouvait se mua en une imprudente détermination. Prenant appui contre un amandier, elle renversa la tête en arrière et posa les mains sur le large torse de Simon.

— Vous n'auriez jamais dû permettre qu'il vous condamne à une vie de chasteté.

Simon restant muet, elle enfonça les doigts dans le surcot de cuir qu'il portait par-dessus sa cotte de mailles.

— Vous m'avez donné un avant-goût des plaisirs qu'un homme et une femme peuvent partager... Ne voulez-vous pas m'en montrer davantage ? Ne me désirez-vous pas comme vous m'avez fait vous désirer ?

Des centaines d'hommes d'armes, à portée de voix, s'affairaient dans le campement installé à la hâte. La fumée de leurs feux et des bûchers de Blanche-Garde flottait dans l'air, mais Jocelyne, à l'abri des branches épaisses et de leurs feuilles, avait l'impression d'être seule avec Simon.

Pour la dernière fois, peut-être.

— Laissez-moi parler au roi, supplia-t-elle. Ou à la reine. Si vous prouvez votre vaillance ici, ils vous accorderont un fief. Vous pourrez prendre femme et avoir des fils ainsi que des filles qui prendront soin de vous. Nom d'un chien ! Simon ! Voulez-vous être aimé d'une femme et...

Etouffant un cri d'exaspération, il lui empoigna fermement les bras.

— Oui, je le veux ! Et c'est vous, Jocelyne, que je désire. Je meurs d'envie de vous. A tel point qu'il me faut faire appel à toute ma volonté pour ne pas vous le prouver, maintenant, ici, sur-le-champ... Comme je voudrais goûter à la saveur de votre corps... Est-ce cela que vous vouliez m'entendre dire ?

Oui, assurément ! Elle ne désirait rien d'autre !

Le regard de Jocelyne avait dû trahir l'intensité de son désir car Simon, s'inclinant sur elle, s'empara de ses lèvres.

Son baiser était si violent et ardent qu'il semblait être donné pour punir. Il lui écrasait littéralement les lèvres tout en lui maintenant les bras d'une poigne de fer.

La pression de ses doigts qui pénétraient sa chair se fit presque douloureuse. Puis, tout à coup, il lâcha ses bras pour l'enlacer et la serrer contre lui.

Elle ne prit conscience que trop tard qu'elle avait réveillé une bête sauvage endormie ; elle ne pouvait plus échapper à ses assauts féroces.

Mais le désirait-elle vraiment ?

Le Simon qui la tenait en ce moment dans ses bras ne ressemblait en rien au chevalier froid et distant qui lui avait donné l'ordre de se dévêtir, le soir où elle l'avait convié dans son lit. Et pas davantage à l'amant expérimenté qui lui avait donné tant de plaisir...

C'était un homme au comble de l'excitation qui, au moindre signe de reddition de sa part, la prendrait aussi violemment qu'il l'en avait menacée.

Elle était d'ailleurs sur le point de capituler. Chaque parcelle de sa peau brûlait de sentir de nouveau la torture délicieuse de ses doigts. Elle rêvait de le sentir en elle, ferme et puissant...

Alors qu'elle entrouvrait les lèvres pour répondre à ses baisers, elle prit conscience qu'elle ne pouvait détruire ce qu'elle admirait le plus en lui. Il tenait en effet plus à son honneur qu'à sa vie, et il lui apparaissait maintenant comme une évidence qu'il en viendrait à la haïr si elle l'en privait.

Haletante, elle essaya de s'écarter de lui mais, glissant les doigts dans ses cheveux, il la maintint sous ses lèvres dévastatrices.

— Simon ! fit-elle en se dégageant. Je vous en prie...

Elle dut renouveler plusieurs fois ses protestations pour parvenir à se faire entendre de lui.

Quand il perçut le sens de ses paroles, il releva la tête, déconcerté, et la scruta un long moment de son regard bleu avant de la repousser presque violemment.

— Retournez sous la tente de la reine !

Elle ne pouvait pas le quitter ainsi. Dans un vain espoir de calmer son courroux, elle lui caressa la joue.

— Simon...

— Partez vite ! Tout de suite !

Jocelyne n'avait pas l'habitude de renoncer, pas plus devant le danger que devant un obstacle, mais, cette fois, elle se sentait impuissante et misérable.

Relevant sa robe de ses mains tremblantes, elle s'enfuit du bosquet d'amandiers.

Il fallut à Simon toute la force de sa volonté pour ne pas la rappeler.

Elle le désirait autant qu'il la désirait !

Elle lui avait arraché la vérité du fond de l'âme et il devrait maintenant vivre avec cet âpre souvenir jusqu'à la fin de ses jours. Chaque fois qu'il s'agenouillerait pour faire sa prière, il lui faudrait se forcer à diriger ses pensées vers Dieu et non vers Jocelyne. Chaque fois qu'il brandirait son épée au combat, l'ennemi aurait le visage de l'émir que Jocelyne épouserait bientôt.

A la pensée d'un autre homme posant les mains et les lèvres sur elle, ses entrailles se tordaient. La sensation était si cuisante qu'il se demandait s'il n'allait pas finir par se parjurer.

Ce n'était pas la première fois qu'une telle idée lui traversait l'esprit depuis qu'il avait partagé son lit.

Selon Bernard de Clairvaux, en agissant ainsi il condamnerait son père à l'enfer, et lui-même par la même occasion. A présent, cependant, avec le sang qui lui battait aux tempes et le goût des lèvres de Jocelyne sur les siennes, il aurait été prêt à se damner pour elle.

Comme les rayons insistants du soleil finissent par percer la brume la plus épaisse, la raison, toutefois, reprit lentement ses droits.

Quand bien même il renoncerait à son honneur et à entrer dans l'ordre des Templiers, Jocelyne n'en resterait pas moins la châtelaine de Fortemur avec tous les honneurs et les devoirs attachés à cette haute position. Ni le roi ni la reine Mélisende n'envisageraient de donner un si bon parti au plus jeune fils d'un chevalier dont l'inconduite était notoire dans le royaume de France.

Le visage aussi sombre que l'âme, il lança un juron et se tourna vers le campement qu'il venait de faire installer.

Jocelyne avait le cœur battant et les genoux tremblants quand elle arriva devant la tente de la reine. Estimant qu'elle était encore bien trop émue pour paraître devant la souveraine, elle se mit à aller et venir sur le sol rocailleux semé de rares brins d'herbe en espérant que les battements de son cœur finiraient par se calmer.

Ils résonnaient encore dans sa poitrine quand un page sortit de la tente dont il souleva le rabat. Un instant après, la reine Mélisende parut.

Sa couronne incrustée de pierres précieuses brilla dans la lumière du couchant de même que les broderies d'or et d'argent des surcots des deux nobles dames qui la suivaient.

Se sentant toujours trop troublée pour se joindre à elles, Jocelyne succomba à la lâcheté et essaya de se cacher derrière un poteau de l'auvent de la tente. Mais à peine avait-elle fait un pas que Mélisende la remarqua.

— Dame Jocelyne ?

Jocelyne se retourna et fit une profonde révérence.

— Votre Majesté.

— Où étiez-vous ?

— Je suis allée voir où étaient installés mes hommes.

L'air interloqué, la reine lui fit signe d'approcher d'un geste impérieux de l'index.

— Pourquoi avez-vous les joues en feu ?

— Elles sont rouges ? fit Jocelyne.

Feignant l'indifférence, elle haussa les épaules.

— J'ai sans doute marché trop vite.

Le visage frappé sur un si grand nombre de pièces en circulation dans le royaume franc de Jérusalem prit une expression sévère.

Mélisende n'avait pas un nez parfaitement droit, conforme aux canons de la beauté classique, ni le cou de cygne chanté par les troubadours, mais elle était belle et encore jeune d'apparence avec ses cheveux d'un blond cuivré qui ne présentaient, ici et là, que quelques fils d'argent.

Lui prenant avec fermeté le menton entre le pouce et l'index, elle lui tourna le visage vers la lumière.

— Ne me prenez pas pour une idiote, ma fille !

La reine lança un regard circulaire aux pages, écuyers et courtiers qui observaient leur échange avec grand intérêt et, baissant le ton, poursuivit :

— Me croyez-vous incapable de reconnaître les traces laissées par la barbe d'un homme sur la peau fragile d'une femme ?

— Ma dame, je...

— Ne me racontez pas d'histoires ! Où êtes-vous allée ?

— Je vous l'ai dit, Votre Majesté... Je suis allée voir mes gens d'armes.

— Et lequel parmi ces gens a laissé cette marque sur votre joue ?

Seigneur ! Pour éviter d'être mariée de force au vieux capitaine turc, Jocelyne était parfaitement préparée à accepter les conséquences de ses actes désespérés. Elle savait qu'en agissant comme elle l'avait fait elle s'attirerait les foudres du souverain, et même de la reine qui était partisane tout autant que son fils de l'alliance avec Damas.

Mais, si elle s'était faite à l'idée de pâtir de leur colère, elle refusait absolument que Simon y soit exposé. Furieuse contre elle-même d'être allée le tenter au point de presque lui avoir fait perdre tout contrôle de soi, elle réfléchissait en vain à l'explication qu'elle pourrait donner à la reine pour justifier les traces qu'elle avait au visage.

Comme elle n'en trouvait pas et restait muette, Mélisende plissa les yeux en la regardant avec suspicion.

— Mon Dieu ! Vous êtes-vous entichée de quelque coquin de basse naissance qui...

Elle n'alla pas jusqu'au bout de sa phrase et reprit sa respiration avant de continuer :

— Le chevalier qui était à votre côté et qui prétend avoir fait le vœu de devenir Templier... La façon dont il vous regardait et dont vous le regardiez ne m'a pas échappé. Est-ce lui qui vous a fait ces marques rouges sur les joues et qui a plongé votre cœur dans un tel désespoir ?

Son inquiétude pour Simon fit pâlir Jocelyne. Glacée, soudain, jusqu'au fond des os, elle fit non de la tête.

— Si vous me sentez désespérée, Votre Majesté, c'est à cause du mariage auquel vous et le roi voulez me contraindre.

Le visage de la reine se durcit.

— Vous savez à quel point cette alliance est essentielle pour la survie du royaume. Le roi, d'ailleurs, y attache une telle importance qu'il a envoyé un messager auprès de l'émir pour qu'il nous rejoigne ici et demande officiellement sa fiancée en mariage.

Jocelyne crut que le sol se dérobait sous ses pieds.

— Comment ?

— Aynard, à l'instant même où je vous parle, est en marche vers Blanche-Garde pour joindre son armée à la nôtre.

Horrifiée, Jocelyne eut l'audace d'adresser une supplique à la reine.

— Je vous en prie, Votre Majesté ! Ne me mariez pas à cet homme... Je ne pourrai pas...

— Je comprends votre réticence, répondit Mélisende en s'efforçant d'adoucir sa voix, mais l'enjeu de ce mariage est trop grand pour le royaume pour que nous prenions en considération les états d'âme d'une vierge effarouchée.

Jocelyne déglutit, prit une longue inspiration et redressa la tête.

Lorsque son regard rencontra celui de la reine, elle ne prononça pas un mot. Ce ne fut pas nécessaire car Mélisende comprit immédiatement ce que son expression trahissait.

— Oh ! Stupide enfant ! fit-elle. Petite idiote ! Qu'avez-vous fait ?

— Je...

— Pas ici ! Venez sous la tente. Cette conversation doit rester privée.

Le cœur battant, Jocelyne la suivit à l'intérieur de la tente luxueusement aménagée. Comme elle l'avait dit à Simon, la souveraine, habituée à se déplacer à travers le royaume, avait coutume d'emporter avec elle tout ce qu'il lui fallait pour son confort.

Le sol était couvert de tapis persans aux riches coloris. Des lampes en cuivre ouvragé pendaient à des chaînes fixées aux mâts de la tente, et des sièges étaient disposés autour de coffres qui servaient de table ou de bureau.

Le greffier de la reine, assis devant l'un de ces coffres, écrivait sur un parchemin à l'aide d'une plume alors que l'une des dames d'honneur indiquait à un page où poser des assiettes et des coupes en or.

Mélisende ne fut pas longue à congédier tout le monde.

— Laissez-nous, Sybille, et emmenez tout le monde avec vous !

Le ton de la reine ne laissait place à aucune question ni hésitation. Dame d'honneur, greffier et page s'empressèrent donc d'obéir et, dès qu'elles furent seules, Mélisende versa elle-même d'un geste un peu brusque du vin dans deux coupes. Elle lui en donna une et prit l'autre qu'elle porta à ses lèvres avant de diriger son regard perçant vers Jocelyne.

— Je vous connais depuis que vous étiez dans les langes. Votre mère, dans les premières années de son mariage, a été à mon service et je n'ai eu qu'à m'en féliciter. Votre grand-père a combattu au côté de mon père. Aussi n'essayez pas de me duper en me servant des mensonges ou des demi-vérités.

Paralysée par l'insistance du regard de Mélisende, Jocelyne ne put qu'acquiescer.

— Et maintenant, au nom de tous les saints du paradis, dites-moi ce que vous avez fait !

10

Le moment tant redouté et que Jocelyne avait repoussé autant qu'elle le pouvait était arrivé.

Maintenant qu'elle était acculée et devait révéler ce qu'elle avait fait, elle se trouvait en quelque sorte prise à son propre piège.

Pourquoi avait-il fallu qu'elle aille trouver Simon pour le séduire ? Les traces laissées sur ses joues par sa barbe naissante l'avaient trahie. Elle allait être contrainte de faire preuve de beaucoup d'habileté pour détourner de lui la colère de la reine.

— Je vous ai écrit, Votre Majesté, ainsi qu'au roi, pour vous faire part de mes sentiments concernant cette union avec l'émir...

— Oui, oui, fit la reine avec un geste d'impatience de la main. Vous nous avez même écrit plusieurs fois à ce sujet. Si Aynard avait été intéressé par une autre place forte que la vôtre, nous lui aurions proposé une autre fiancée. Or, il se trouve que Fortemur lui donne l'accès à la mer. Et, Fortemur, c'est vous, Jocelyne.

— Je ne le serai plus si j'épouse l'émir, répliqua Jocelyne avec plus de véhémence que de sagesse. J'irai rejoindre ses nombreuses femmes dans son harem où je resterai enfermée. Je ne veux pas de ce genre de vie, ma dame.

— Vous ne le voulez pas ? fit la reine en relevant le menton. Vous avez perdu la raison, ma fille. N'oubliez pas que vous êtes sous la tutelle du roi. Vous épouserez qui nous vous dirons.

— Je n'oublie pas que Sa Majesté est mon tuteur. Comment le pourrais-je ?

Elle faisait de son mieux pour ne pas laisser transparaître

son amertume, et s'efforçait de garder à l'esprit que Mélisende, depuis sa naissance, avait été habituée à faire passer les besoins du royaume avant ses exigences propres. Elle devait réussir, d'une manière ou d'une autre, à faire comprendre à la souveraine que les intérêts du royaume ne passaient pas nécessairement par ce mariage qui lui répugnait.

— Indépendamment de cette union, reprit-elle, je pourrais accorder à l'émir un droit de passage sur mes terres pour que ses caravanes aient un accès à la mer. Cela suffirait, certainement, à le satisfaire.

— Il est toujours possible de révoquer ce genre d'accord alors qu'on ne révoque pas une femme. Enfin... dans la plupart des cas.

— L'émir ne veut pas n'importe quelle femme, répondit Jocelyne, trop émue, à présent, pour contrôler sa voix. Il lui faut une vierge dont il répandra le sang avec plaisir. On dit de lui qu'il ne trouve de plaisir qu'en causant de la souffrance.

— Qui vous a rapporté ces propos ?

— Je ne m'en souviens plus, mais tout le monde le sait, Votre Majesté.

— Il ne s'agit que de commérages de la plus basse espèce.

Le ton de la voix de la reine était si froid et inflexible que Jocelyne comprit qu'il lui fallait trouver une autre tactique. Aussi, dans une dernière tentative désespérée, fit-elle appel à sa pitié.

— Comme vous venez de me le rappeler, ô ma Reine, vous m'avez connue dans les langes. Comme vous, on m'a appris, dès mon plus jeune âge, à gouverner. Pas un royaume, certes, mais une place forte. Or, vous voudriez maintenant que je renonce à cet héritage et que je le transmette à un infidèle !

— Cet infidèle tolère les autres croyances.

Jocelyne perdit de sa morgue. La question religieuse, manifestement, était toujours présente dans l'esprit de Mélisende, qui avait consacré chaque jour de sa vie au maintien des chrétiens en Terre sainte.

— Dois-je vous rappeler, reprit-elle avec froideur, que votre union avec l'émir sera bénite par l'Eglise qui l'encourage vivement. Le patriarche de Jérusalem en personne a révisé les conditions du mariage et il s'est réjoui que vous soyez autorisée à pratiquer votre propre religion.

— Le patriarche envisage-t-il de convaincre mon futur époux de me laisser confesser mes péchés à un prêtre ? Je crois savoir que les seuls hommes avec lesquels ses femmes sont autorisées à converser sont eunuques.

Jocelyne prit conscience de l'erreur qu'elle venait de commettre juste après que les mots se furent échappés de ses lèvres.

Mélisende, d'ailleurs, ne fut pas longue à réagir.

— C'est de conversation que vous avez besoin ?

Elle regardait avec une telle insistance les joues et le menton de Jocelyne que celle-ci en avait la peau qui lui cuisait.

— Vous êtes-vous contentée de parler avec le chevalier qui se destine à l'ordre du Temple ? Celui-là même que je soupçonne de vous avoir laissé des marques sur le visage ?

— Votre Majesté, je...

— Vous savez, sans doute, que dès qu'il aura prononcé ses vœux votre chevalier ne pourra plus vous adresser la parole ?

Il était hors de question pour Jocelyne de se trahir en perdant contenance. C'était la vie de Simon qui était en jeu.

Haussant les épaules, elle essaya de détourner la flèche qui lui était indirectement destinée.

— Le roi en personne a demandé à Simon de Rhys de garder sa fonction de capitaine de mes gardes. Tant qu'il joue ce rôle, je suis bien obligée de lui parler.

— Lui parler ? fit en écho la reine d'un ton grinçant. Ou vous donner le moyen d'échapper à ce mariage dont vous ne voulez pas ? Avez-vous couché avec Simon de Rhys ?

— Non !

Trop rapide, assenée avec trop de force, sa réponse exprimait bien plus le désespoir que l'indignation.

Mélisende, d'ailleurs, ne s'y trompa pas.

— Répondez-moi, ma fille. Etes-vous vierge ou non ?

— Je...

— Je veux une réponse ! ordonna la reine d'un ton rageur.

Sinon je demande à mon médecin de vous examiner devant un parterre de témoins.

— Non, je ne le suis plus.

Mélisende posa sa coupe et gifla si violemment Jocelyne qu'elle en chancela.

— Idiote ! Petite entêtée ! Stupide animal ! Vous savez à quel point nous avons besoin de l'armée de l'émir pour reprendre Blanche-Garde. Vous ne mettez pas seulement notre royaume dans une situation périlleuse, mais vous placez aussi la tête de votre chevalier sur le billot !

— Ce n'est pas avec lui ! Je le jure sur ce que j'ai de plus cher !

Jusqu'à cet instant, Jocelyne ignorait quelle place Simon occupait dans son cœur. Elle ne cherchait qu'à se protéger contre une union qui lui faisait horreur, et à le préserver de la colère royale. A présent, elle sentait qu'elle était prête à se damner pour le sauver.

— Je me suis donnée à Geoffroy, dit-elle dans un aveu désespéré.

— Geoffroy ?

— Oui. Geoffroy de Lusignan. Vous vous souvenez certainement de lui. Mon grand-père avait prévu de nous marier après que le premier gentilhomme, auquel j'avais été promise, était tombé au combat.

La reine releva les sourcils, interloquée.

— En effet, je me souviens de ce Lusignan.

— Il était jeune...

Au risque de se trahir, Jocelyne improvisa un récit qu'elle essaya de rendre le plus crédible possible en donnant à sa voix les inflexions dramatiques appropriées.

— Jeune, reprit-elle, et gai, insouciant... Il était beau, si beau qu'au premier baiser qu'il m'a donné j'ai perdu la tête. J'étais dans un tel ravissement que j'ai couché avec lui. C'était peu avant la bataille où il a trouvé la mort.

— Mais vous n'étiez qu'une enfant, à cette époque ! s'exclama la reine. Vous n'aviez pas plus de dix ans !

— J'en avais onze. Et, bien que mon grand-père me considérât comme trop jeune pour consommer le mariage, mes menstrues avaient commencé. J'étais une femme aux yeux de Dieu et de la loi.

Visiblement dubitative, Mélisende garda le silence pendant quelques instants qui parurent une éternité à Jocelyne.

Quand elle prit la parole, elle plongea le regard dans celui de son interlocutrice comme si elle cherchait à lire au fond de ses pensées.

— Lorsque j'avais à peu près votre âge, mon père a décidé que j'épouserais le comte d'Anjou, dans l'intérêt du royaume, et j'ai obtempéré. Vous ferez de même, Jocelyne. Vous deviendrez l'épouse de l'émir, s'il veut bien encore de vous.

— Votre Majesté, je vous en supplie...

— Assez! fit la reine en levant la main d'un air menaçant. Ne dites plus un mot. Je ne peux pas vous laisser compromettre une alliance qu'il m'a fallu tant d'années à obtenir. Nous en avons besoin de manière désespérée pour protéger notre frontière orientale. Et, comme je viens de vous le rappeler, nous ne reprendrons pas Blanche-Garde sans l'aide de l'émir et de son armée.

Jocelyne lisait très clairement sur le visage de la reine que le bonheur d'une pupille royale comptait bien peu en face de la sécurité du royaume. Elle et son fils étaient prêts à la livrer aux lions pour sceller cette fragile alliance.

Il ne lui restait plus qu'à espérer qu'Aynard refuserait de l'épouser quand il apprendrait qu'elle n'était plus vierge.

Si on le lui disait...

Avec une peur nauséeuse, elle prit conscience que le roi et sa mère n'hésiteraient pas à la donner à l'émir en dépit de l'altération de son état. Dieu seul savait comment Aynard réagirait le jour où il découvrirait qu'il avait été dupé.

Comme si elle avait deviné ses pensées, Mélisende désigna du doigt la sortie de la tente.

— Allez-vous-en! Il faut que je réfléchisse à la meilleure manière de sortir de la situation où vous nous avez plongés.

— Je vous en prie, Votre Majesté...

— Sortez!

Profondément malheureuse, Jocelyne sortit de la tente.

Elle cligna les yeux en se trouvant soudain devant l'horizon tout embrasé. Elle était la proie d'une telle tourmente intérieure qu'elle avait perdu la notion du temps et fut surprise de voir que le soleil s'était déjà couché.

Etait-ce un peu plus tôt que Simon l'avait sauvagement embrassée ? Il lui semblait que cela s'était produit dans une autre vie.

La désolation l'envahit alors qu'elle laissait son regard errer sur le campement rempli d'animation. Elle ne voyait pas ce qui l'entourait, n'entendait rien. Elle se sentait perdue, abattue, et seule. Horriblement seule...

Le sentiment de pitié qu'elle éprouvait pour elle-même et qui la gagnait comme une énorme vague qui engloutit tout sur son passage lui était aussi étranger que détestable.

Alors qu'elle prenait conscience de cet état, duquel elle aurait aimé s'arracher, elle se souvint qu'elle n'était pas seule à être plongée dans ce tragique concours de circonstances.

La reine avait-elle cru les mensonges qu'elle avait proférés devant elle ? N'y avait-il pas un risque sérieux qu'elle fasse appeler Simon pour l'interroger sur les marques qu'il lui avait faites au visage ?

Si elle le faisait, Jocelyne en avait la certitude, Simon dirait la vérité. Son sens de l'honneur lui interdirait de parler autrement.

Il ne révélerait certes pas ce qui s'était passé entre eux le soir où elle l'avait ramené d'El-Arich. Il lui avait fait le serment de ne jamais en parler, et elle lui faisait confiance à ce sujet.

Mais il n'avait pas promis de ne rien dire sur ce qu'ils avaient vécu ensemble dans la grotte tapissée de cristaux de sel. Elle n'avait pas pensé à lui demander d'en faire le serment. Si on le pressait de questions, peut-être finirait-il par dire la vérité pour la préserver d'un mariage dont il savait qu'il lui inspirait du dégoût.

Et il en mourrait...

L'angoisse lui serra la gorge.

Il fallait qu'elle le prévienne au plus vite et qu'elle le convainque de nier qu'ils avaient couché ensemble. Du moins devait-elle obtenir de lui qu'il reste muet sur cette question. Il suffirait même qu'il garde tout simplement le silence, pensa-t-elle, alors que la peur qu'elle éprouvait pour lui l'oppressait au point de l'empêcher de respirer.

Relevant le bas de sa robe, elle se mit à courir et des visages surpris se tournèrent vers elle à son passage. Elle entendit bientôt une voix forte qui l'appelait :

— Ma dame ! Qu'y a-t-il ?

Elle n'avait parcouru qu'une vingtaine de pas quand elle vit se dresser devant elle, dans l'obscurité grandissante, une silhouette familière.

— Messire Hugues !

Au bord des larmes tant elle était soulagée de voir enfin son plus fidèle confident et conseiller, elle se jeta dans ses bras.

— Quand êtes-vous arrivé ?

— A l'instant. Je suis accompagné de messire Guy et des chevaliers et hommes d'armes que vous m'avez demandés en renfort. Simon de Rhys m'a dit que je vous trouverais sous la tente de la reine. Aussi m'y rendais-je directement.

Comme elle continuait de s'accrocher à lui, il lui tapota le dos d'un air gêné.

— Qu'est-ce qui ne va pas, ma dame ? Mais vous pleurez !

— Je... J'ai tout avoué à la reine.

— Que Dieu ait pitié de nous ! Vous lui avez absolument tout dit ?

— Oui et non...

Elle reprit sa respiration et s'écarta du vieux chevalier.

— Je lui ai confessé que je n'étais plus vierge, mais j'ai dit que c'était avec Geoffroy de Lusignan que j'avais commis le péché de chair.

— Lusignan ? fit messire Hugues d'un air stupéfait. Vous n'étiez encore qu'une enfant lorsqu'il est mort ! La reine n'a pas pu croire que vous ayez pu vous donner à lui.

— Si... De toute façon, il faut quelle le croie.

Elle saisit le chevalier par le bras, enfonçant les doigts entre les mailles de sa cotte.

— Il faut que vous informiez Simon avant qu'elle ne le questionne.

Encore abasourdi par le mensonge éhonté de Jocelyne, le capitaine des gardes de Fortemur hocha la tête en essayant de comprendre le sens de ses paroles.

— Je ne vous suis pas, dame Jocelyne. Si vous avez fait croire à la reine que vous aviez perdu votre virginité avec Geoffroy de Lusignan, pourquoi soupçonnerait-elle Simon de Rhys ?

— J'étais avec lui un peu plus tôt...

Elle porta les mains à ses joues.

— Sa barbe naissante a irrité ma peau... La reine a vu ces marques et en a deviné l'origine.

— Que Dieu nous garde de son courroux !

— Je le supplie aussi, dit-elle misérablement. Je me suis mise dans une situation inextricable. Dites seulement à Simon ce que j'ai fait, Hugues, avant que la reine ne le somme de se présenter devant elle. Il faut que vous le convainquiez de mettre de côté son honneur et de se conformer à mon mensonge.

Le chevalier la regarda avec une expression qu'elle ne lui avait encore jamais vue. Etait-ce de la désapprobation ? De la déception ? Les deux à la fois, comprit-elle en le voyant secouer la tête d'un air consterné.

— Je n'aurais jamais cru qu'un jour je verrais la dame de Fortemur s'abaisser à demander à un chevalier de renoncer à son honneur.

— Cet honneur que vous portez si haut pourrait lui valoir d'avoir la tête tranchée !

Luttant contre le désespoir qui la gagnait face au bourbier dans lequel elle s'était plongée, et Simon avec elle, elle reprit sa respiration,

— La reine ne cesse de répéter à quel point elle désire que l'alliance avec Damas soit confirmée par mon mariage avec l'émir. Si ce mariage n'a pas lieu et que Simon partage avec moi la responsabilité de cet échec, il s'exposera à la fureur du roi et de sa mère.

— Vous le saviez avant de l'entraîner dans votre stratagème.

— Je pensais qu'il serait complètement sorti de ma vie avant que je ne révèle la vérité au roi et à sa mère, et que je réussirais à garder son identité secrète.

Oppressée par la mauvaise conscience, elle ajouta :

— Et je n'imaginais pas un instant que ma machination pourrait compromettre ses chances d'admission au sein de l'ordre des chevaliers du Temple.

La survivance des Templiers était liée à celle du royaume franc de Jérusalem. Aussi ne faisait-il aucun doute que le grand maître soutiendrait le roi Baudouin et sa mère dans n'importe quelle décision qu'ils prendraient concernant Simon.

— Vous avez mis le chevalier de Rhys dans une situation peu enviable, dit messire Hugues après un silence.

— Je le sais, répondit Jocelyne en baissant la tête.

Le poids de la condamnation du vieux chevalier était insupportable, mais les craintes qu'elle nourrissait pour la vie de Simon étaient encore mille fois plus lourdes à porter.

— Allez le trouver, je vous en prie ! fit-elle.

— Et que dois-je lui dire ?

— Que je ne peux pas avoir sa mort ou sa déchéance sur la conscience ! En aucun cas, il ne doit reconnaître que je me suis donnée à lui...

Sinon, quel argument aurait-elle pu invoquer qui puisse convaincre Simon de mentir ou, du moins, de garder le silence ?

— Je pourrais dire à la reine qu'il ne cherche qu'à me protéger, reprit-elle. Et que, en vérité, je n'ai inventé toute cette histoire de ma défloration que pour échapper à un mariage dont je ne veux absolument pas.

— Il ne sera pas difficile de vous confondre.

— Peut-être... Peut-être pas...

Les pensées pessimistes qui l'avaient assaillie au sortir de la tente de la reine resurgirent de plus belle.

— La reine tient tellement à voir se réaliser mon mariage avec l'émir qu'elle serait capable d'ordonner à son médecin d'affirmer que mon hymen est toujours intact. Je ne serais pas étonnée, même, qu'elle charge l'une des dames de sa suite de me montrer comment geindre et feindre la douleur. Et, pourquoi pas, qu'elle me dise avec quel instrument me couper, la nuit de mes noces, pour perdre du sang à profusion afin de mieux duper l'époux que l'on veut m'imposer.

— Jocelyne !

— Quoi ? Ne me dites pas que ce n'est pas possible. Dois-je vous révéler laquelle de mes dames d'honneur a répandu une fiole remplie de sang de cochon sur les draps de son lit nuptial ?

La question de Jocelyne découragea le chevalier qui se garda de lui répondre.

— Allez trouver Simon, Hugues ! Je vous en prie ! Dites-lui que je n'accepte pas qu'il supporte les conséquences de mes actes irréfléchis.

Il faisait presque nuit et Jocelyne ne distinguait plus les traits du capitaine de ses gardes, mais il lui sembla qu'il maugréait quelques paroles indistinctes.

Comment avait-elle pu se fourrer dans un tel pétrin et y entraîner ces deux hommes, l'un qu'elle aimait, et l'autre qu'elle avait en très haute estime ? Quand la situation s'était-elle trouvée si confuse que même la lame la plus affûtée n'aurait pu en trancher les nœuds ?

Honteuse jusqu'au plus profond de l'âme, elle tendit la main vers le chevalier.

La boule de feu qu'elle vit soudain surgir derrière lui, dans le ciel, arrêta son geste.

— Qu'y a-t-il ? fit Hugues.

La boule, suivie d'une traînée étincelante, s'éleva très haut dans le ciel rougeoyant... Jocelyne comprit alors de quoi il s'agissait.

— Hugues ! fit-elle d'une voix étouffée par la peur. Regardez !

Le chevalier se retourna et lança un juron. Comme elle, il n'avait eu qu'à jeter un coup d'œil sur la masse incandescente pour comprendre de quoi il s'agissait.

— Le feu grégeois ! s'écria-t-il d'une voix rauque.

Ce seul nom suffisait à inspirer la terreur. Inventé par les Byzantins qui l'utilisaient pour repousser les assauts des Sarrasins contre Constantinople, le feu grégeois était devenu le projectile le plus redoutable des assiégeants comme des assiégés.

Les gens d'armes atteints par ces boules de feu qui se composaient de résine enflammée, de chaux vive et de soufre mouraient dans d'atroces douleurs. Engins de siège et tours de bois brûlaient comme des torches lorsqu'ils étaient touchés par le feu grégeois.

Dans le camp des Francs, aucun engin de siège n'avait encore été construit, pas plus qu'il n'y avait de tour prête à être poussée vers les remparts de Blanche-Garde. Mais ce qui surprit Jocelyne et, bientôt, la terrifia, c'était que ces boules de feu ne venaient pas de la forteresse assiégée. Elles provenaient d'ailleurs...

Un autre projectile laissa sa traînée lumineuse dans le ciel, puis un troisième et un quatrième... Un instant plus tard, ils tombaient tous au milieu du campement. Des cris remplirent la nuit alors qu'une tente devenait la proie des flammes.

L'attaque venait de l'arrière ! N'était-elle pas conduite par l'armée damasquine censée joindre ses forces à celles du roi Baudouin ?

La prise de conscience terrassa Jocelyne avec la même violence que le feu grégeois s'abattait sur le campement des Francs. Elle restait hébétée devant ce spectacle terrifiant quand messire Hugues se précipita vers elle et la saisit par le poignet.

Pivotant sur lui-même, il la tira violemment. Jocelyne poussa un cri, et vola dans les airs avant de retomber si lourdement à terre qu'elle en eut le souffle coupé. Au même moment, une boule de feu s'écrasa au sol, là où elle se trouvait un instant plus tôt et où se tenait encore messire Hugues.

— Non ! cria-t-elle alors que des langues de feu jaillissaient dans toutes les directions, transformant en torche tout ce qu'elles touchaient.

— Hugues !

Haletante, elle se releva et s'élança vers le capitaine de ses gardes. Quand elle l'atteignit, il était déjà dévoré par les flammes. Elles s'élevaient de ses chausses, de son surcot de cuir, de son heaume... Même ses cheveux brûlaient.

Un effroyable chaos régnait dans le camp, des cris de douleur et d'horreur fusaient de toutes parts dans la nuit. S'efforçant de ne pas les entendre pour concentrer son attention sur messire

Hugues, Jocelyne chercha des yeux un manteau ou une couverture pour l'en couvrir.

Comme elle ne voyait rien à portée de main, elle saisit le bas de son bliaud et tomba à genoux. L'eau ne réussirait pas à éteindre le feu, mais peut-être y parviendrait-elle avec son vêtement.

Elle frappait avec son bliaud le corps de Hugues qui se tordait de souffrance à terre. La chaleur lui échauffait le visage, et une odeur de chair brûlée lui piquait les narines.

Malgré ses efforts, elle ne parvenait pas à éteindre les flammes qui dévoraient son plus fidèle ami et conseiller. Elles traversaient le tissu de son bliaud et lui attaquaient les mains sans aucun résultat. Perdant espoir, elle appela à l'aide :

— Au secours ! Pour l'amour de Dieu, aidez-moi !

Personne ne semblait entendre ses appels...

Elle releva la tête et chercha des yeux quelqu'un qui puisse lui venir en aide. Le spectacle qui s'offrait à elle ressemblait à l'enfer tel qu'on pouvait l'imaginer.

L'attaque inattendue contre le campement de l'armée royale avait provoqué un désordre effrayant. Les hommes d'armes couraient en tous sens, les pages, terrifiés, se blottissaient là où ils le pouvaient, les chevaliers lançaient des ordres à leurs écuyers pour qu'ils sellent les chevaux et leur apportent épées et boucliers.

Et, pendant ce temps, le feu grégeois semait la mort parmi eux.

Jocelyne était toujours à genoux près du chevalier en feu. La gorge lui piquait à chaque respiration et elle avait l'impression que son cœur allait éclater tant il battait fort quand elle entendit son nom qu'une voix forte criait par-dessus le tumulte.

— Jocelyne !

Elle tourna son visage noirci par la fumée et vit Simon, l'épée à la main, qui courait au milieu des flammes. Il avait coiffé son heaume et son bouclier pendait à son épaule. Il était déjà prêt à partir au combat, quel que soit l'ennemi qui les assaillait.

Elle cligna les yeux pour refouler les larmes qui lui brouillaient la vue. Il allait sauver messire Hugues. Il le fallait !

Quand il la rejoignit, cependant, Jocelyne comprit qu'il ne

pourrait pas faire de miracle. L'expression de son regard quand il le posa sur les chairs carbonisées du chevalier ne trompait pas. Il ne lui en fallut pas plus pour comprendre que ses efforts désespérés avaient été vains.

— Nous ne pouvons plus rien pour lui.

— Non ! fit-elle d'une voix déchirante.

— Il est mort, Jocelyne... Ne restez pas là. Il faut vous mettre à l'abri.

— Je ne peux pas le laisser, Simon ! Je vous en prie ! Il faut l'emmener avec nous !

Simon ne perdit pas de temps à discuter. Se penchant sur elle, il l'obligea à se lever et l'entraîna loin du corps fumant. Elle se débattit pour se dégager, mais sans y parvenir. Elle ne semblait pas peser plus qu'une plume pour Simon.

Il tenait son bouclier au-dessus de leurs têtes pour les protéger contre les langues de feu qui virevoltaient dans le ciel sombre entre les volutes de fumée noire.

Au milieu de ses protestations, elle entendit un sifflement qui se rapprochait. C'était un avertissement sournois, le dernier, avant que le feu de l'enfer ne s'abatte sur eux...

11

Le projectile en flammes passa si près que Jocelyne crut qu'ils allaient être consumés à leur tour, mais il poursuivit son vol et alla arracher le toit de la tente de la reine avant de tomber au sol quelques pas plus loin.

Les parois de toile bleue de la tente s'effondrèrent et le feu dévorait déjà les cygnes d'or quand Jocelyne se mit à hurler pour être entendue de Simon au-dessus du vacarme.

— La reine ! Simon ! La reine était dans la tente !

Il n'hésita pas un instant.

La lâchant, il la poussa à terre et la couvrit de son bouclier.

— Restez ici !

Recroquevillée sous le bouclier de cuir, Jocelyne assista, impuissante, à la destruction de la tente de Mélisende. Elle vit Simon, qui l'avait atteinte en quelques enjambées, s'ouvrir un passage en tenant à deux mains sa longue épée avec laquelle il écartait les voiles et les mâts en feu.

Terrifiée, elle se mit à prier pour qu'il échappe au feu grégeois. Elle craignait que son surcot ne s'enflamme et qu'il ne soit brûlé aux mains et au visage. Sa cotte de mailles allait monter en température et, s'il s'exposait trop longtemps à la chaleur des flammes, il finirait par être horriblement blessé.

Elle ne pouvait supporter de rester là à trembler et se lamenter comme une couarde pendant qu'il exposait sa vie. Si elle ne pouvait le secourir elle-même, peut-être réussirait-elle à rallier d'autres chevaliers et hommes d'armes qui lui porteraient assistance. Repoussant le lourd bouclier, elle se leva et cria de toute la force de ses poumons irrités par la fumée.

— A la reine ! A la reine !

Ses cris arrachèrent la première dame d'honneur de Mélisende de l'abri où elle se tapissait et elle courut vers la tente de la reine pendant que dame Sybille ralliait plusieurs pages tremblants de peur.

Les appels désespérés de Jocelyne furent entendus aussi par un chevalier qui allait sauter sur son destrier sellé à la hâte.

Tournant la tête vers la tente de la reine, il présenta son visage à Jocelyne, qui lut dans son regard à quel point il était horrifié. Il cria un ordre à son écuyer et s'élança vers la tente en feu.

Au même moment, deux gardes accoururent pour porter secours à la reine.

Bientôt le roi en personne arriva.

Monté sur son cheval de bataille, il était suivi d'une troupe de chevaliers.

— Où est la reine ? demanda-t-il à Jocelyne quand il l'aperçut.

— Dans la tente !

Lançant un juron, il retira les pieds des étriers et aurait sauté à terre si une apparition terrifiante n'avait surgi, au même moment, de la tente en feu.

C'était un homme, du moins était-ce la vision que Jocelyne en avait, couvert de la tête aux pieds par l'un des épais tapis persans qui ornaient le sol de la tente de la reine.

Les flammes, qui commençaient à dévorer la laine du tapis, donnaient l'impression qu'il portait un manteau de feu.

Le chaos infernal qui entourait Jocelyne glissa au second plan. Tout pâlit, les hurlements et les cris s'assourdirent alors que toute son attention se concentrait sur l'étrange silhouette enflammée qui avançait devant elle en titubant.

Pendant quelques interminables instants, elle resta immobile en retenant son souffle puis l'apparition jeta au sol son armure de laine incandescente, et la reine Mélisende apparut dans les bras de Simon.

Jocelyne aurait voulu se laisser tomber à genoux et rendre

grâce au Seigneur mais, alors même que deux chevaliers de la suite du roi se précipitaient pour aller s'occuper de la reine, des cris affolés annoncèrent un autre danger.

Se retournant, Jocelyne regarda dans la direction qu'indiquaient bras et doigts tendus.

Elle vit, terrifiée, que les portes massives de Blanche-Garde avaient été ouvertes. L'énorme herse se leva et le pont-levis s'abaissa lentement, laissant le passage à la cavalerie fatimide.

L'armée royale avait été attirée dans un piège minutieusement préparé !

Le roi comprit tout de suite dans quel guêpier il s'était fourré avec ses gens d'armes. Se dressant sur ses étriers, il cria :

— Milly ! Dites aux trompettes de sonner le rappel ! Ibelin ! Prenez la tête du flanc gauche ! Et vous, Châtillon, celle du flanc droit ! Je commanderai le centre. Nous chargerons d'abord ceux qui nous bombardent.

Les chevaliers se séparèrent en trois groupes dont deux partirent dans un grondement de sabots dans des directions opposées.

— Vous !

Le regard du roi s'était arrêté sur Simon. Il ne se souvenait plus de son nom mais n'avait pas oublié quel engagement il avait pris.

— Allez rejoindre les Templiers ! Dites au grand maître qu'il doit arrêter, coûte que coûte, l'assaut des Fatimides !

Il tira sur les rênes pour maintenir son cheval à l'arrêt alors qu'un projectile enflammé passait au-dessus de sa tête.

— Et vous ! fit-il à l'adresse du chevalier qui s'était précipité pour aller au secours de la reine quand il avait entendu les cris de Jocelyne. Prenez sous votre protection la reine et ces dames.

Le roi jeta un regard autour de lui à la recherche d'un endroit sûr où le chevalier pourrait conduire les femmes, mais n'en trouva pas. Rien n'était à l'abri du feu grégeois qui continuait de s'abattre sur eux.

— Le vallon derrière ce bosquet d'amandiers, cria Simon en courant vers Jocelyne. Elles pourront se tapir sur le bord du ruisseau.

— Conduisez-les dans ce vallon, dit le roi au chevalier avant d'éperonner son destrier. J'enverrai une garde pour veiller sur elles dès que j'en aurai la possibilité.

Simon, qui avait ramassé son bouclier, le tendit à Jocelyne.

— Prenez-le pour vous protéger.

— Non ! Vous en aurez plus besoin que moi.

— J'en trouverai un autre.

Il s'éloignait déjà en courant.

Les bras chargés du lourd bouclier de cuir frappé, Jocelyne le regarda progresser avec agilité au milieu des obstacles enflammés. Il saisit au passage les rênes d'un cheval qui n'avait pas de cavalier et se mit en selle.

Un instant plus tard, alors que la trompe sonnait encore le rappel, il disparut de son champ de vision.

Le chevalier au visage noirci par la suie auquel le roi avait confié la reine s'approcha de cette dernière.

— Votre Majesté… Permettez-moi de vous conduire jusqu'à ce bosquet d'amandiers comme l'a ordonné Sa Majesté le roi.

Il plaça son bouclier au-dessus de la reine Mélisende et de dame Sybille. Jocelyne, qui tenait celui de Simon au-dessus d'elle, se joignit à eux. Sous ces protections qui seraient bien insuffisantes si, par un caprice du sort, le feu grégeois devait s'abattre sur eux, ils s'acheminèrent dans la nuit vers l'endroit que Simon leur avait indiqué.

Ignorant le danger, les femmes avançaient en trébuchant à chaque pas au milieu des tentes ravagées par le feu et des corps carbonisés qui n'avaient plus visage humain. Elles atteignirent bientôt le petit vallon et s'enfoncèrent sous la protection des arbres jusqu'au bord du ruisseau où le chevalier planta les boucliers en forme d'écus dans le sol meuble.

La reine et sa dame d'honneur s'accroupirent, les pieds dans l'eau, sous la protection des boucliers, alors qu'autour d'elles, à quelque distance, le camp entier était en effervescence, chacun répondant aux injonctions royales dont les sonneurs de trompe se faisaient l'écho.

Mélisende rejeta en arrière son voile à moitié consumé.

— Venez, ma fille ! dit-elle en s'adressant à Jocelyne. Mettez-vous à l'abri près de nous.

Jocelyne avança d'un pas en direction de la reine puis s'arrêta brusquement. Messire Hugues était mort, et Simon avait été envoyé par le roi combattre au côté des Templiers. Qui restait-il pour prendre la tête des hommes d'armes de Fortemur ?

— Il faut que j'aille voir où en sont mes gens.

— Il n'en est pas question ! répliqua la reine en tendant la main pour saisir le poignet de Jocelyne. Ne quittez pas cet abri !

Sans se soucier de l'ordre que la reine venait de lui donner, Jocelyne libéra son poignet et tourna les talons pour suivre le cours sinueux du ruisseau. Sa robe était mouillée et boueuse. La fumée des incendies lui piquait les yeux, la faisant larmoyer, et elle trébuchait sur les pierres immergées, mais elle avançait avec détermination et courage.

Elle savait, ou du moins croyait-elle se souvenir, que Simon avait choisi d'installer sa troupe à proximité du ruisseau. Pourquoi ne trouvait-elle pas les hommes d'armes de Fortemur ?

Dans cette nuit cauchemardesque, plus rien n'était reconnaissable. Se pouvait-il qu'elle soit passée près d'eux sans les voir ?

Pour tenter de comprendre où elle se trouvait exactement, elle remonta la pente de l'étroit vallon et était sur le point d'en sortir quand elle aperçut un cavalier portant les couleurs de Fortemur, qui se frayait un passage entre les amandiers.

— Messire Guy ! s'écria-t-elle en le reconnaissant.

Dieu soit loué ! Elle ignorait que le pauvre Hugues était venu accompagné de Guy de Bures ! Pleurant de joie, elle agita la main en criant de nouveau :

— Messire Guy ! Par ici !

— Ma dame ! fit le chevalier qui venait de l'apercevoir.

Il arrêta sa monture près d'elle et sauta à terre.

— Messire Simon m'envoie auprès de vous et de la reine pour assurer votre protection jusqu'à ce que le roi ait délégué une garde qui s'en chargera. Et maintenant, ma dame, pour l'amour de Dieu, mettez-vous à couvert ! Le feu grégeois continue de pleuvoir sur nous !

Jocelyne fut contrainte d'obéir car il avait passé le bras sous le sien et l'entraînait vers le fond du vallon.

Alors qu'elle marchait à côté du chevalier, elle répétait en son for intérieur une prière pour Simon :

Protégez-le, Seigneur !

O mon Dieu ! Je vous en prie ! Veillez sur lui !

Simon frappait inlassablement et avec fureur, de taille et d'estoc, sur l'ennemi qu'il fallait vaincre à tout prix et ne pas laisser approcher pour n'être pas atteint à son tour.

Sous le heaume et la cotte de mailles, la sueur coulait sur son visage et sa nuque. Son épée était couverte de sang jusqu'à la garde. La poignée même en était gluante.

Guerriers expérimentés et intrépides, les Templiers n'avaient pas attendu l'ordre du roi pour sauter en selle dès qu'ils avaient vu les Fatimides franchir le pont-levis de Blanche-Garde.

Les sergents n'avaient pas été moins prompts à se porter contre l'ennemi munis de piques, de masses d'armes et de haches.

Portant haut le gonfanon Beaucéant de leur ordre, moitié noir, moitié blanc, à croix rouge pattée, les moines soldats, indifférents au danger, avaient fondu sur les infidèles.

Tout comme la tunique de Simon, leurs tuniques blanches étaient ensanglantées au point que la croix qui y était brodée disparaissait presque. Les sergents, vêtus d'un manteau brun surmonté d'une croix noire, portaient aussi sur leur tenue les traces de l'horrible carnage.

Grâce à Dieu, messire Guy, dès les premiers feux grégeois, avait donné l'ordre de seller et barder Vengeur.

Le jeune Guillaume tenait d'une main tremblante les rênes du grand destrier quand Simon, monté sur son cheval d'emprunt, avait surgi et ordonné que l'on envoie un ou deux hommes d'armes auprès de la reine et de Jocelyne pour les protéger.

Après avoir prié Guillaume de rester au côté de messire Guy, il avait sauté à terre et s'était hissé sur Vengeur pour rejoindre au grand galop les rangs des Templiers.

Au cours des dernières heures, Vengeur avait largement fait ses preuves.

Il réagissait à la moindre pression des genoux de Simon, qu'il lui commande de tourner sur lui-même, de frapper de ses sabots ou de piétiner un adversaire. Du sang coulait des nombreuses blessures qu'il avait reçues au cou et sur les flancs, mais il se révélait une arme redoutable et un allié incomparable.

Vengeur, cependant, n'avait pas encore montré toute la mesure de son talent. L'occasion lui en fut donnée quand le grand maître des Templiers se trouva, soudain, assailli par une douzaine de Fatimides.

De loin, Simon vit l'un des adversaires de Bernard de Tramelay plonger sous l'encolure de son cheval pour en saisir les rênes alors qu'un autre, armé d'une pique, s'approchait suffisamment du cavalier, qui faisait tournoyer furieusement son épée autour de lui, pour le frapper cruellement au côté.

Le coup porté avec force traversa les mailles de la cotte de Tramelay, qui tomba de son destrier.

— Templiers ! s'écria Simon. Votre grand maître est en péril !

Il éperonna Vengeur et se fraya un passage parmi les Fatimides, que le poitrail caparaçonné du cheval renversait comme des quilles.

Tramelay s'était relevé et combattait à pied quand Simon le rejoignit. Son bras droit, inutilisable, pendait à son côté. Il tenait donc son épée de la main gauche, sa lame décrivant autour de lui des cercles meurtriers.

Simon fit alors ce pour quoi il avait été entraîné dès le plus jeune âge : tuer et démembrer sans pitié, avec efficacité et sans états d'âme. En quelques instants, le sol, autour du grand maître, fut jonché de corps mutilés.

— Je m'en souviendrai, dit avec reconnaissance Tramelay quand Simon descendit de Vengeur pour l'aider à remonter sur son destrier.

Ils auraient de la chance s'ils survivaient à cette bataille, songea Simon en se remettant en selle à son tour.

Le tumulte de la bataille ne faiblissait pas autour d'eux, et le feu grégeois continuait de déchirer la nuit de ses lueurs étincelantes.

En repartant au combat, Simon ne put qu'implorer le ciel que Jocelyne soit à l'abri et indemne.

A l'aube, les Francs virent que la victoire était à eux.

Le roi était parvenu à repousser l'armée qui les avait pris à revers et bombardés sans relâche toute la nuit.

Avant même que la reine et ceux qui étaient restés dans le camp n'aient appris que le danger était écarté, la rumeur s'était répandue parmi eux, comme la fumée noire qui flottait dans le jour naissant, qu'ils avaient été victimes d'une trahison.

Heureusement, les Templiers, selon leur habitude, s'étaient montrés d'une incomparable vaillance.

Après avoir arrêté, au prix d'âpres combats, les Fatimides qui fondaient sur leur camp, ils avaient réussi à retourner la situation et même, refoulant ou éliminant l'ennemi, à pénétrer dans Blanche-Garde dont ils s'étaient rendus rapidement maîtres.

Si la bataille était gagnée, ce n'avait cependant pas été sans payer un lourd tribut. Quand il fut jugé suffisamment sûr pour la reine de sortir du vallon où elle avait passé toute la nuit avec ses dames, un spectacle de désolation s'offrit à sa vue.

Epouvantée et blessée jusqu'au fond de l'âme par le carnage qu'elle découvrait, elle balaya le champ de bataille de son regard rougi par les larmes, de même que Jocelyne, qui se tenait à sa droite, et dame Sibylle à sa gauche.

— Seigneur Dieu ! fit-elle d'une voix éteinte. Ce royaume connaîtra-t-il un jour la paix ?

Un instant, elle parut plus vieille que son âge et si vulnérable que Jocelyne lui prit la main, qu'elle serra affectueusement.

Depuis qu'elle était née, Mélisende n'avait connu que la guerre. Elle savait mieux que quiconque les sacrifices qu'il fallait consentir et les efforts héroïques à fournir pour préserver le royaume franc de la destruction.

Réprimant un soupir, elle redressa les épaules.

— Il faut trouver le maréchal, dit-elle à messire Guy. Enfin, lui ou son second s'il est tombé au combat, pour organiser les secours et identifier les morts. Ces dames et moi-même assisterons les blessés de notre mieux.

Jocelyne n'avait pas la même expérience que Constance de Bures dans l'art de soigner et bander une blessure mais, en qualité de châtelaine de Fortemur, elle avait eu son content de bris d'os à soigner et de membres écrasés à amputer.

Cette expérience, toutefois, ne la préserva pas d'avoir des haut-le-cœur devant les épouvantables brûlures, les cloques suintantes et les entrailles répandues de nombre de blessés et de morts.

Après un certain temps, elle réussit à vaincre sa répugnance et contribua de son mieux à soigner les blessés tout en se demandant si Simon avait survécu à l'assaut de Blanche-Garde.

Elle ne sut rien à son sujet jusqu'à ce que le roi, vers midi, vienne prendre des nouvelles de sa mère.

A ce moment de la journée, elle se sentait courbatue et en proie à une immense fatigue.

Le roi ne semblait pas en meilleur état.

Son surcot était taché de sang et son visage maculé de suie. Il avait perdu son heaume et sa couronne d'or, et rabattu son haubert pour ne point subir sur le crâne la brûlure des mailles de fer chauffées à blanc par les rayons du soleil, de plus en plus cuisants à mesure que la journée avançait.

L'animosité qui avait pu exister entre mère et fils, quand la première disputait le pouvoir au second, n'était en rien visible dans l'expression du jeune roi quand il tendit la main à la reine, agenouillée près d'un blessé, pour l'aider à se relever.

Mélisende scruta le visage de Baudouin comme pour y chercher la réponse à une question qui, à la fin de cette bataille, était devenue une tragique évidence.

— Alors, c'est vrai ? Il s'agissait de l'émir de Damas ?

Jocelyne, qui n'était qu'à quelques pas de la reine, retint son souffle. Plusieurs hommes d'armes qu'elle avait soignés lui avaient affirmé avoir reconnu la bannière d'Aynard, le vieux capitaine turc, mais ils auraient pu se méprendre dans l'obscurité.

— Oui, répondit le roi. C'était l'émir de Damas.

— A-t-il été tué dans la bataille ?

— Oui. Il a eu cette chance.

— Qu'il rôtisse en enfer pour l'éternité !

Jocelyne fut sur le point d'approuver la reine, mais elle avait vu trop de morts et de mourants pour souhaiter du mal à quiconque. De plus, elle était davantage préoccupée par le sort de Simon que par la mort d'Aynard, même si elle avait toutes les raisons de s'en réjouir.

— Venez, mère, fit le roi en conduisant Mélisende vers un palefroi qu'il avait amené pour elle. Blanche-Garde est de nouveau entre nos mains. Je voudrais que vous alliez vous y reposer.

— Accompagnez-moi, dame Sybille, dit la reine en se tournant vers sa suivante. Et vous aussi, dame Jocelyne.

Baudouin tint les rênes du palefroi pendant que sa mère se hissait dessus avec l'aide d'un chevalier. Des écuyers assistèrent de la même manière dame Sybille et Jocelyne.

Quand elle fut en selle, Jocelyne eut l'audace de s'adresser au roi :

— Votre Majesté a-t-elle des nouvelles de Simon de Rhys ?

— Pardon ?

— Le chevalier qui commandait ma garde... Vous l'avez envoyé auprès des Templiers pour leur dire qu'il fallait absolument contenir l'assaut des Fatimides.

Le roi secoua la tête avec lassitude.

— Je ne sais pas ce qu'il est devenu, mais nous devrions bientôt avoir des nouvelles. Le grand maître nous a fait savoir qu'il nous attendait dans le donjon de Blanche-Garde.

De nombreux corps, ceux d'assaillants et de défenseurs, le visage couvert de mouches, jonchaient la pente conduisant aux portes massives de la forteresse.

A l'odeur de la mort et du sang se mêlait celle de la fumée des bûchers qui n'étaient pas encore éteints. Jocelyne dut mettre le bras contre son visage pour se préserver de la puanteur.

A l'intérieur des remparts, la situation était moins pénible.

Les Fatimides, semblait-il, avaient rendu les armes rapidement après la prise de Blanche-Garde par les Templiers. Ils étaient parqués dans une partie de la basse-cour et protégés par les moines chevaliers contre les habitants du château qui auraient aimé se venger des souffrances qu'ils leur avaient infligées.

De toute évidence, les Templiers avaient instauré une discipline de fer et, ainsi, empêché un massacre. Partout, Jocelyne voyait la marque de leur autorité.

Les sergents, dans leurs tuniques brunes, surveillaient le travail de déblaiement effectué par plusieurs groupes d'habitants de la place forte. Des clercs dressaient une liste des morts et des survivants. Les cuisiniers, de leur côté, avaient allumé des feux sous les marmites.

Même le maréchal-ferrant du grand maître était déjà à la forge. Le visage rougi et luisant de sueur, il ferrait les chevaux de bataille qui avaient perdu des fers pendant le combat.

Cependant, elle avait beau regarder dans toutes les directions, scruter tous les visages, Jocelyne ne voyait nulle part parmi les chevaliers du Temple qui s'efforçaient de remettre de l'ordre dans la forteresse la haute silhouette de Simon.

Elle avait la gorge nouée et la poitrine oppressée quand elle entra dans la grande salle du donjon à la suite du roi et de sa mère.

Comme il l'avait fait dire au souverain, le grand maître du Temple l'y attendait au milieu d'un groupe de chevaliers qui portaient sur eux les traces de la lutte acharnée qu'ils venaient de livrer.

Deux femmes, qui avaient été priées, sans doute, de prendre soin de la reine, se tenaient dans un angle de la vaste pièce.

Jocelyne reconnut aussitôt le visage ascétique du grand maître qui s'écarta de ses frères pour venir au-devant du roi.

— Votre Majesté, fit-il en s'inclinant légèrement.

— Frère Bernard, répondit le roi.

Ce fut au moment où les deux hommes se donnèrent l'accolade que le regard de Jocelyne fut attiré par la stature imposante de l'un des chevaliers rassemblés dans la salle.

Son cœur bondit dans sa poitrine. Simon était vivant ! Il avait survécu à la bataille, et son beau visage ne portait aucune trace de blessure !

Incapable de contenir sa joie, elle s'écria :

— Simon !

Elle voulut s'élancer vers lui et avait déjà fait un pas dans sa direction quand elle prit conscience que ce n'était ni le lieu ni le moment pour s'abandonner à ce genre de transports.

Réprimant son élan, elle reprit sa place près de la reine.

Le bonheur qu'elle lisait sur le visage de Simon compensait largement la gêne qu'elle éprouvait d'avoir fait preuve d'aussi peu de retenue. Et, quand elle le vit sortir du groupe de chevaliers comme s'il avait l'intention de venir la serrer dans ses bras, elle exulta.

Sa joie fut toutefois de courte durée. A peine eut-il quitté ses compagnons qu'elle eut la cuisante déception de le voir se raviser et reprendre sa place parmi les Templiers.

L'attitude de Simon n'échappa pas à Bernard de Tramelay qui souleva les sourcils, l'air surpris, mais n'exprima pas autrement son étonnement.

Il porta toutefois le regard vers la reine, qui parut comprendre ce qu'il souhaitait lui signaler car elle eut un petit hochement de tête. Laissant échapper un léger soupir, elle confia à son entourage :

— Tout ce cauchemar m'a épuisée... Je crois que je vais aller me reposer.

Elle soupira de nouveau et pressa le dos de la main contre son front.

— Il faut vraiment que je m'allonge un petit moment.

Le roi se tourna vers les deux femmes qui se tenaient à l'écart et semblaient attendre un ordre.

— Conduisez la reine et ses dames d'honneur dans la chambre seigneuriale, et veillez à ce qu'elles puissent se rafraîchir, se restaurer et dormir.

Les deux femmes se précipitèrent vers la reine devant laquelle elles firent une profonde révérence. Elles semblaient tout aussi épuisées qu'elle et les dames qui formaient sa suite. Jocelyne n'eut pas de peine à imaginer ce qu'elles avaient dû subir avec des forces hostiles ayant investi la forteresse.

Lorsque Mélisende les pria de se relever, la plus âgée des deux prit la parole :

— Si vous voulez bien nous suivre, Votre Majesté, nous vous conduirons à la chambre des dames. Dame Alix vous y attend.

Avant d'acquiescer, la reine s'adressa à son fils :

— Vous seriez aimable de venir me trouver après que j'aurai pris du repos pour que nous décidions ensemble de la façon dont nous disposerons de Blanche-Garde.

— Faites-moi prévenir, ma dame, quand vous serez prête à me recevoir.

Jocelyne marqua un moment d'hésitation quand la reine, par son attitude, montra qu'elle était prête à quitter la grande salle. Comment allait-elle pouvoir se retirer avec la souveraine sans même avoir échangé ne serait-ce qu'un mot avec Simon ?

Comme si elle avait lu dans ses pensées, la reine dirigea son attention vers le chevalier.

— J'aurai à vous parler aussi, chevalier, dit-elle avec un sourire las. Je vous enverrai chercher après que je me serai entretenue avec le roi.

— Comme il vous plaira, Votre Majesté, répondit Simon en s'inclinant.

Ses yeux bleus glissèrent de Mélisende à Jocelyne. Tant qu'elle fut dans la salle, Jocelyne ne détacha pas les yeux de ce regard plein de tendresse et, alors qu'elle se retirait à la suite de la reine et de dame Sybille, elle l'emporta dans son cœur.

Elles furent accueillies dans la chambre des dames par une mère et ses deux filles dont les yeux rougis et gonflés témoignaient de ce qu'elles avaient enduré.

Dame Alix, épouse du seigneur qui avait reçu Blanche-Garde en fief de la part de la reine, fit une profonde révérence à cette dernière.

— J'aurais aimé vous saluer dans d'autres circonstances, Votre Majesté, dit-elle d'une voix altérée par la douleur.

La reine lui prit les mains et la fit se relever.

— Qu'est-il arrivé à votre époux ?

— Il est mort, Majesté… Avec nos trois fils… Ils se sont battus vaillamment pour ne pas laisser Blanche-Garde aux Fatimides.

— Je n'en doute pas, répondit avec douceur Mélisende. Et vous ? Vos filles ? Avez-vous été maltraitées ?

— Non, assura dame Alix. Mais nous n'avions pas le droit de sortir de cette chambre. Je ne sais rien de ce que sont devenus les habitants de Blanche-Garde… Dites-moi, s'il vous plaît, Votre Majesté, ce qu'il en est.

— Asseyez-vous près de moi, proposa la reine en désignant un coussiège dans l'embrasure d'une fenêtre. Je vais vous dire ce que j'en sais.

Les révélations sur les tourments qu'avaient subis ses sujets ne firent qu'augmenter le désespoir de la pauvre femme.

Quand Mélisende eut terminé son récit de la bataille et de la reconquête du château fort, dame Alix et ses filles sanglotaient.

Jocelyne passa l'après-midi au service de la reine, qui prit un bain, changea de vêtements — deux de ses coffres, déposés dans une tente n'ayant pas brûlé, avaient pu être sauvés — et se restaura.

Quand elle se fut reposée, Mélisende fit prévenir son fils qu'elle l'attendait et pria tout le monde de quitter la chambre.

Jocelyne en profita pour s'enquérir de Simon. Elle brûlait de curiosité de savoir comment il avait vécu le combat, mais elle fut terriblement déçue, après l'avoir cherché longuement, en apprenant qu'il était parti à cheval en compagnie du grand maître.

Triste de n'avoir pu parler avec lui, elle envoya un page à la recherche de messire Guy.

Ce n'est qu'après s'être assurée auprès de ce dernier que les hommes d'armes de Fortemur étaient traités avec les égards qu'ils méritaient qu'elle prit le temps de s'occuper d'elle-même.

Après s'être baignée et lavé les cheveux qu'elle enroula dans un voile, elle passa une robe que lui avait prêtée dame Alix.

Elle venait tout juste de terminer sa toilette quand un page se présenta pour l'informer que la reine désirait lui parler.

Le soleil de fin d'après-midi dardait toujours ses rayons impitoyables, accentuant la puanteur qui régnait à l'extérieur. Les serviteurs avaient pendu des toiles imbibées d'huile aux fenêtres du donjon avec l'espoir d'empêcher fumées et odeurs pestilentielles d'entrer.

La reine était assise devant une table à couture incrustée de nacre. Vêtue d'un bliaud vert fougère aux broderies d'or, elle avait de nouveau une apparence royale. La couleur vive de son vêtement ne parvenait cependant pas à égayer son expression quand elle fit signe à Jocelyne de venir s'asseoir près d'elle.

— Je me suis entretenue avec mon fils... Dans la mesure où Blanche-Garde faisait partie de ma dot, c'est à moi d'en disposer selon mon bon vouloir. Or, j'ai décidé, et Baudouin est d'accord avec moi, d'en faire don aux Templiers puisque ce sont eux qui ont permis de la reconquérir.

Jocelyne ne pouvait que trouver ce choix judicieux. Les Templiers, qui avaient sauvé le royaume, méritaient largement Blanche-Garde.

Une certaine appréhension, toutefois, s'était emparée d'elle. Elle sentait, ou plutôt savait avec une quasi-certitude, où la reine voulait en venir.

— Le roi m'a dit que le grand maître ne tarissait pas d'éloges au sujet de Simon de Rhys, reprit Mélisende. Selon lui, il se trouvait au cœur du combat, le plus souvent au premier rang. Et il affirme que votre chevalier lui a sauvé la vie.

« Votre chevalier »...

Ce choix de mots bouleversa Jocelyne qui, le cœur battant, écouta avec attention ce que la reine avait à lui dire.

— Or, moi aussi, je puis témoigner de son exceptionnel courage, poursuivit cette dernière. S'il n'était pas venu à mon secours, mettant sa vie en péril, j'aurais été condamnée à une mort atroce.

Le souvenir des horreurs de la nuit précédente s'abattit soudain sur la chambre et plongea les deux femmes dans un silence prostré.

Aussi longtemps qu'elle vivrait, Jocelyne n'oublierait jamais l'effroyable vision du feu grégeois dévorant le malheureux Hugues. Ni Simon, enveloppé du tapis persan en flammes, s'extrayant avec Mélisende de ce qui aurait pu être leur bûcher funéraire.

— Nous avons réfléchi, le roi et moi-même, à la meilleure façon de récompenser le chevalier de Rhys, reprit la reine après un temps de méditation. Une possibilité est de le laisser ici, en charge de Blanche-Garde, après que nous l'aurons confiée à l'ordre du Temple.

Le cœur de Jocelyne se serra. Elle était certes fière et heureuse pour Simon mais, en même temps, dévastée à l'idée de le perdre pour toujours. Elle ne pouvait, en effet, que s'incliner devant une telle décision.

L'honneur fait à Simon était immense. Les chevaliers récemment accueillis au sein de l'ordre étaient soumis à une période de probation qui durait au moins un an, et au cours de laquelle ils menaient une vie humble et cloîtrée, et n'étaient autorisés à sortir que pour aller combattre.

Convaincue que le roi et sa mère, en décidant de placer Blanche-Garde sous l'autorité de Simon, élevaient ce dernier à un rang inespéré, elle s'interdit de s'y opposer même si elle en avait le cœur brisé.

— Je rends grâce à Dieu qu'il vous ait inspiré cet acte généreux, Votre Majesté, répondit-elle. Le chevalier de Rhys a mérité pleinement l'honneur que vous lui faites.

— C'est une évidence.

— Alors..., fit Jocelyne d'une voix étranglée par l'émotion qu'elle ne pouvait plus contenir. C'est décidé ?

— Oui et non...

Après un instant de silence, la reine, qui la jaugeait du regard, reprit :

— Parlons de vous, Jocelyne. Il nous faut, maintenant, vous trouver un nouvel époux.

— Dieu soit loué ! Ce ne sera pas l'émir de Damas !

— Non, en effet, admit Mélisende avec un petit pincement de lèvres. D'autant moins qu'il a été tué pendant la bataille et que sa tête a été placée au sommet d'une pique.

Cette fois, Jocelyne ne craignit pas de laisser libre cours à sa satisfaction.

— Il ne méritait rien d'autre !

— Oui, ma fille. Il nous a trahis de la plus honteuse manière.

La trahison, malheureusement, était monnaie courante depuis la fondation du royaume franc de Jérusalem. Bien trop souvent, les hommes ne se laissaient guider que par l'appât des richesses et le désir de pouvoir. Les alliances se faisaient donc et se défaisaient au gré des intérêts de chacun. Ce n'était pas toujours la foi qui présidait aux destinées des hommes, mais leur amour des honneurs.

La reine émit un soupir en conclusion de ses pensées pessimistes.

— Et maintenant, dit-elle, il va falloir s'entendre avec le successeur d'Aynard.

Jocelyne releva brusquement la tête. Seigneur Dieu ! Le roi et sa mère avaient-ils toujours le souci de garantir la frontière orientale du royaume ?

— Je vous en prie, Votre Majesté... Ne me dites pas que vous avez l'intention de me donner en mariage au successeur de l'émir !

Il sembla à Jocelyne que la reine marquait une certaine hésitation avant de lui répondre. Mais peut-être n'était-ce que le fruit de son imagination.

— Non, nous n'en avons aucune intention. Nous ne pensons pas, d'ailleurs, que le pouvoir damasquin revienne sur ses nouvelles alliances. Pas pour le moment, du moins.

Mais si, après sa défaite, il faisait des avances au roi Baudouin ? Ne reviendrait-on pas au même point ?

Cette pensée révoltait Jocelyne.

Après tout ce qu'elle avait subi, tout ce qu'elle avait enduré, elle ne pouvait croire que la reine soit encore prête à l'utiliser comme un pion !

Son visage s'était durci et sa bouche n'était plus qu'une ligne contractée quand Mélisende lui posa l'index sous le menton et lui fit tourner la face vers la lumière.

— Ne me regardez pas avec cet air méchant, ma petite, dit la reine. Je n'ai pas oublié ce que vous et votre chevalier avez fait pour moi, la nuit dernière.

Elle attendit que Jocelyne ait bien saisi les mots qu'elle venait de prononcer avant de poursuivre :

— Ce chevalier de Rhys a apporté la preuve qu'il était digne de vous et de Fortemur. Il ferait pour vous un très bon mari.

La déclaration de la reine causa à Jocelyne un tel choc qu'elle ne put que s'exclamer :

— Votre Majesté !

L'explosion de joie, audible dans sa voix, donna à la reine l'information dont elle avait besoin.

Laissant échapper un soupir, elle détacha le doigt de son menton.

— C'est bien ce que je pensais… Vous avez perdu votre virginité entre les bras de Simon de Rhys et non de Geoffroy de Lusignan.

— C'est vrai, reconnut Jocelyne, qui ne voyait aucune nécessité de mentir. Mais il n'y est pour rien. C'est moi qui avais tout prévu et tout organisé.

Devant l'expression interrogative de la reine, Jocelyne haussa les épaules. Elle n'avait plus rien à cacher, maintenant, et pouvait dire toute la vérité.

— Le navire qui transportait Simon dans la traversée de la Méditerranée a été attaqué par des pirates barbaresques, Votre Majesté. Simon, comme vous vous en doutez, s'est battu comme un lion, mais il a fini par être frappé dans le dos et capturé. Je l'ai trouvé au marché aux esclaves d'El-Arich où je l'ai acheté. De retour à Fortemur, je lui ai offert un marché : sa liberté contre une nuit entre mes bras.

— Ce n'est pas vrai !

— Si, Votre Majesté.

— Et il a accepté ce marché infâme ?

— Avec réticence.

Mélisende considéra Jocelyne d'un air un peu choqué pendant quelques instants avant d'éclater brusquement de rire.

— Incroyable ! Je parierais qu'il s'est débarrassé de ses réticences aussi rapidement que de ses vêtements.

— Oui, en quelque sorte, répondit Jocelyne, un sourire timide aux lèvres.

Les deux femmes, pendant un moment d'exception, connurent une connivence qui ne peut exister qu'entre gens du même sexe puis l'expression de la reine devint grave, et l'atmosphère cessa d'être gaie et détendue.

— Je tiens à ce que nous réglions la question de votre mariage avant mon retour à Jérusalem. Voulez-vous épouser Simon de Rhys ou non ?

— Oui, répondit spontanément Jocelyne. Il me manque terriblement.

La pensée qu'elle pourrait épouser Simon lui apparut comme une oasis dans un désert écrasé de chaleur. Elle s'y cramponna pendant quelques instants précieux, la laissant l'envahir jusqu'à l'âme. Elle s'imagina marchant sur les remparts de Fortemur au côté de Simon, discutant avec lui du pourcentage des revenus devant être consacré à la défense de la forteresse et de la part qu'il convenait de dépenser pour Noël et les festivités pascales. Elle se vit aussi célébrant les naissances de leurs fils pleins de force et de leurs filles remplies de tendresse.

Mais, tout comme les mirages conduisent au désespoir les voyageurs du désert, la vision exaltante, en un instant, se dissipa tandis que la réalité s'imposait à elle.

— Je veux l'épouser, dit Jocelyne, la gorge serrée, mais je ne peux pas lui demander de se parjurer.

Déconcertée, Mélisende cligna les yeux. Elle n'avait apparemment pas anticipé ce genre de réponse.

— Voulez-vous parler de sa promesse d'entrer dans l'ordre des Templiers ? demanda-t-elle. Il ne sera pas difficile d'y remédier.

Je parlerai à mon fils et lui demanderai d'informer le grand maître que...

— Non, Votre Majesté. Je vous en prie. N'en faites rien.

Jocelyne s'était levée et jetée aux pieds de la reine. Elle avait déçu messire Hugues, et utilisé Simon sans se soucier de ses blessures pour ne poursuivre que ses propres intérêts. Elle n'en avait déjà que trop fait à sa guise sans se soucier des préférences des autres.

Elle ne laisserait pas la reine et son fils intriguer, même si cette fois ce devait être dans son intérêt, car ce serait au mépris de la promesse faite par Simon à son père. Elle ne supporterait pas, s'il l'épousait comme le suggérait la reine, de l'entendre un jour lui reprocher de l'avoir poussé au parjure. Elle savait qu'alors elle serait rongée par la mauvaise conscience jusqu'à son trépas et redoutait d'être condamnée dans l'au-delà à un long purgatoire si ce n'était à l'enfer.

— Simon de Rhys place son honneur au-dessus de tout, reprit-elle. C'est cette disposition de l'âme qui fait de lui l'homme qu'il est. Jamais, pour l'amour du ciel, je ne voudrais le priver de cette qualité.

Le visage de la reine s'adoucit tandis qu'elle regardait longuement dans les yeux la protégée de son fils.

— Etes-vous bien certaine que ce soit votre désir, ma fille? C'est de votre vie qu'il s'agit, et de la sienne aussi.

— J'en suis certaine, Votre Majesté, répondit Jocelyne en soutenant le regard de Mélisende.

Cette dernière resta un temps silencieuse. Elle avait vraisemblablement mesuré à quel point ces quelques mots prononcés d'une voix ferme avaient dû coûter à Jocelyne. Un élan de sympathie, d'ailleurs, éclaira son regard quand elle lui caressa la joue.

Comme toujours, dans de tels moments d'émotion, les lourdes responsabilités que la reine avait portées toute sa vie remontèrent à la surface avec leur cortège de soucis.

— Avec l'effondrement de notre alliance avec Damas, il est plus urgent que jamais que nous vous trouvions un autre mari, ma fille, dit-elle, revenant à son sujet de préoccupation.

Un homme de caractère assez vaillant pour faire face à toute menace pesant sur Fortemur.

— Votre Majesté a raison, convint Jocelyne sans sourciller.

Elle aussi portait sur ses épaules le destin de nombreux sujets.

— Dieu soit loué ! fit Mélisende en esquissant un sourire. J'avais craint que nous ne partions pour une nouvelle confrontation.

— Il n'y a aucune raison que je m'oppose à votre volonté, Votre Majesté. Tout ce que je vous demande, c'est que celui que vous voudrez me faire épouser soit un Franc.

— Après tout ce que nous avons enduré ensemble, c'est bien peu me demander. Vous avez ma parole qu'il le sera.

Il ne restait plus à Jocelyne qu'à prier pour que la reine tienne sa promesse.

12

Jocelyne ignorait que Simon, presque au même moment, avait à peu près la même conversation.

Le cadre où elle se déroulait, toutefois, était très différent. Au lieu d'une chambre sombre, protégée de la puanteur de la mort par des voiles imprégnés d'huile et des chandelles parfumées, Simon et Bernard de Tramelay, montés sur leurs destriers, faisaient, au pas, le tour des falaises crayeuses au sommet desquelles se dressait Blanche-Garde dans la fournaise de cette fin d'après-midi.

Des gouttes de sueur coulaient le long des tempes du grand maître. Ses larges épaules, ses jambes et ses bras aux muscles saillants témoignaient de sa force, mais ses cheveux gris et les sillons profonds gravés dans son front ainsi que dans ses joues creuses étaient autant d'indications qu'il avait largement dépassé le méridien de sa vie. Il portait son bras droit, blessé par la pique d'un soldat fatimide, solidement bandé contre la poitrine alors qu'une autre bande lui entourait la cuisse.

Il n'accordait que peu d'importance à ses blessures. C'était un guerrier jusqu'au fond de l'âme. Simon était bien placé pour le savoir ; à aucun moment, lors de la bataille, il ne l'avait vu demander quartier alors qu'il n'était pas loin de succomber sous les assauts d'une douzaine d'ennemis.

Leur discussion, depuis qu'ils avaient quitté ensemble le château, avait cependant révélé à Simon une facette un peu trop humaine de Bernard de Tramelay.

Sans compter les ambitions sans bornes de l'homme pour son ordre de chevalerie, certaines inflexions de sa voix trahissaient, comme à cet instant même, un intérêt pour les biens temporels en contradiction avec l'idéal de pauvreté du moine.

— Je vous le répète, messire Simon, vous avez rendu un service inestimable aux chevaliers du Temple quand vous avez sauvé la reine d'une mort certaine. Le roi était dithyrambique à votre sujet quand il évoquait cet acte héroïque, selon ses propres termes. Je me félicite que le roi et sa mère aient décidé d'abandonner Blanche-Garde à notre ordre. Et le fait qu'ils aient insisté pour que je vous en donne le commandement est bien la preuve de la haute opinion qu'ils ont de vous.

— J'en suis très touché, messire, et j'accepte en toute humilité l'honneur qui m'est fait.

— C'est heureux. Notre ordre compte beaucoup de chevaliers, bien plus âgés que vous, qui seraient au comble du bonheur de se voir confier le commandement d'une aussi imposante forteresse. Je vous avoue que j'ai fait part de mes sentiments au roi à ce sujet, mais il est resté inflexible. Il n'aurait servi de rien de faire la même remarque à la reine Mélisende. Malgré toutes leurs différences, en effet, le fils et sa mère ont la même opinion sur bien des sujets...

En voyant le grand maître envelopper de son regard pénétrant le château fort dominant la butte blanche, Simon tourna les yeux dans la même direction.

Même s'il ne s'en jugeait pas digne, il éprouvait une satisfaction tout humaine à la pensée qu'il pourrait régner sur Blanche-Garde. Jamais, même dans ses plus folles rêveries, il n'avait osé imaginer qu'un jour il serait à la tête d'une telle forteresse.

Sans y avoir été invitée, une image de Fortemur avec ses tours, son donjon et ses impressionnants remparts s'imposa soudain à lui. Et le château n'était pas désert. Une jeune femme aux cheveux soulevés par le vent, d'un blond si pâle qu'ils paraissaient d'or et d'argent, tournait son ravissant visage vers le soleil alors qu'elle suivait des yeux le vol d'un faucon pèlerin.

Après cette vision enchanteresse affluèrent une série d'images troublantes et ensorcelantes qui ne s'accordaient en rien avec les exigences de la vie monastique.

Pouvait-il échanger un château fort contre un autre ?

Ou un vœu pour un autre ?

A présent que la trahison de l'émir et sa mort, qui l'avait suivie, avaient rendu caduc tout espoir d'une alliance avec Damas, Mélisende avait certainement l'intention de donner Jocelyne en mariage à un autre homme.

Pourquoi pas lui ? Il avait sauvé la reine, et permis au grand maître d'échapper aux infidèles... Ses actions lui avaient valu d'être jugé digne du commandement de Blanche-Garde...

Le roi pouvait aussi bien lui accorder Fortemur et sa dame.

Un frémissement de certains muscles du visage révéla son émotion quand il tenta d'aborder avec prudence cette question avec le grand maître.

— J'aurais aimé, mon père, m'entretenir avec vous d'une question personnelle.

Bernard de Tramelay arracha son regard au donjon de Blanche-Garde pour le porter sur lui.

— Certainement.

— Peu avant que je m'embarque pour la Terre sainte, mon père était mourant. Il n'avait plus assez de forces pour faire pénitence et obtenir le pardon de ses péchés. Aussi m'a-t-il demandé de le faire à sa place en prenant l'engagement de devenir Templier.

— Faut-il entendre que vous n'avez formulé le vœu d'entrer dans notre ordre que pour racheter l'âme de votre père ?

— Oui.

Le grand maître réfléchit longuement avant de secouer la tête en signe de dénégation.

— Aucun homme ne peut gagner le paradis pour un autre ni libérer une âme du purgatoire sans l'accord de Dieu.

— C'est précisément ce que m'a dit l'abbé de Clairvaux.

— C'est un saint homme très avisé. Il vous a parlé avec sagesse.

— Mais il a ajouté, reprit Simon, que, si le pécheur regrette sincèrement le mal qu'il a fait, tout acte généreux dont il se rend auteur ou qu'un autre accomplit en son nom peut lui obtenir des indulgences.

— C'est vrai si la repentance est vraiment sincère. Dites-moi, votre père s'est-il confessé de ses péchés ?

— Il m'a dit l'avoir fait.

— Lui a-t-on donné l'absolution ?

— Autant que je sache, oui.

— Il semblerait, dans ces conditions, qu'il soit possible d'obtenir le pardon de ses fautes... Mais croyez-moi, mon fils, seul Dieu décide du prix que nous devons payer pour le rachat de nos péchés.

Plongé dans sa réflexion, Bernard de Tramelay leva de nouveau les yeux sur Blanche-Garde.

— Je pense, tout de même, que l'engagement que vous avez pris au nom de votre père lui aura obtenu, au moins, une indulgence plénière. Si vous restez fidèle à votre promesse, vous lui épargnerez, ainsi qu'à vous-même, un plus long séjour au purgatoire.

— Et si je n'accomplis pas mon vœu ?

Bernard de Tramelay tourna brusquement la tête vers lui.

— Pourquoi ne le feriez-vous pas ?

Simon sentit les muscles de son visage frémir sous le regard implacable du grand maître.

— Je ne suis pas digne d'entrer dans votre ordre, mon père. Il y a une femme dans ma vie... Je l'aime plus que tout.

— C'est donc ça...

Bernard de Tramelay passa la main dans ses cheveux mouillés de sueur tandis qu'un sourire compréhensif se dessinait sur ses lèvres.

— L'homme convoite la femme depuis le premier jour où Adam a posé les yeux sur Eve. C'est l'ordre naturel des choses, ce que Dieu a voulu. Pourquoi croyez-vous que les Templiers ont des règles aussi strictes ? Pourquoi croyez-vous qu'il nous est interdit de parler aux femmes et encore plus d'avoir des relations avec elles ? Ce n'est qu'en évitant tout contact avec elles que nous pouvons nous élever au-dessus des faiblesses de la chair et nous vouer à une cause plus noble.

Simon n'avait qu'à évoquer le souvenir des moments passés avec Jocelyne pour savoir qu'il ne s'élèverait jamais au-dessus de la faiblesse qu'elle avait fait naître en lui.

— C'est par la volonté de notre Créateur que vous êtes arrivé en Terre sainte, reprit le grand maître. Et vous avez commencé à y accomplir votre destin. Un homme au cœur aussi grand que le vôtre et doué d'une telle ardeur au combat montera rapidement les degrés au sein de notre ordre. Je pressens que vous êtes appelé à accomplir de grandes tâches.

Il fit un ample geste de la main qui englobait un grand espace planté d'oliviers et d'amandiers, et la butte crayeuse sur laquelle se dressait le château fort.

— Vous avez apporté Blanche-Garde aux Templiers, et je suis certain que vous leur gagnerez bien d'autres places fortes.

Simon n'ignorait pas les motivations des hommes de pouvoir. L'appât du gain et les intrigues politiques ne touchaient pas seulement le monde laïque. Les clergés séculier et régulier y étaient tout aussi sensibles.

L'ordre des Pauvres Chevaliers du Christ et du Temple de Salomon avait beau être né de la noble intention de protéger les pèlerins se rendant à Jérusalem, il ne s'en était pas moins développé au point d'être présent sur plusieurs continents et d'avoir acquis une immense puissance.

Ses territoires en Europe et dans l'Empire byzantin rivalisaient avec ceux des rois et des empereurs. Il en était de même de leurs finances. La rumeur circulait que le trésorier de l'ordre du Temple avait alloué une somme si élevée à Louis VII, le roi de France, pour financer la malheureuse et dernière croisade que le souverain n'avait pas d'autre solution pour la rembourser que d'affamer ses sujets.

Et à présent, grâce aux prouesses du dernier fils d'un gentilhomme sans fortune, les Templiers pouvaient ajouter à leur chapelet de châteaux forts l'un des principaux donjons de Terre sainte.

Conscient de la situation, Simon ne se faisait guère d'illusions. En dépit de la dette de gratitude dont Bernard de Tramelay se réclamait envers lui, il savait qu'il ne le libérerait pas facilement de son vœu. Particulièrement si la conséquence devait en être la perte de Blanche-Garde.

Comme s'il avait fait écho aux pensées de Simon, le grand maître se raidit sur sa selle et raccourcit les rênes de son destrier.

— Vous aurez largement le temps de vous affranchir de vos liens charnels pendant le jeûne qui vous sera imposé avant votre entrée dans l'ordre, dit-il avec froideur. Les mortifications que vous vous infligerez au cours du rituel d'introduction ne manqueront pas de clarifier votre esprit et d'en chasser toute mauvaise pensée. Dans la mesure où vous nous avez déjà prouvé votre vaillance et où vous avez honoré notre ordre par votre courage, je réduirai le délai imposé par le rituel. Vous ne serez mis à l'épreuve que pendant cinq jours. Je suis certain qu'à l'issue de cette ascèse vous revêtirez le surcot blanc des Templiers et que tout sera clair dans votre cœur.

Simon ne partageait pas ce point de vue. Ce qu'il ressentait pour Jocelyne était absolument différent de tout ce qu'il avait éprouvé pour les autres femmes qu'il avait connues.

Le besoin d'être avec elle était bien plus fort et profond que la simple attirance physique. Il avait envie, constamment, de la voir, la toucher, respirer son parfum, mais aussi d'entendre sa voix, de lui parler, de partager avec elle les choses les plus simples de l'existence comme les plus importantes.

Bref, il voulait vivre avec elle. Et il voulait qu'il soit clair que le goût du pouvoir, de la fortune et des honneurs n'entrait en rien dans la relation qu'il avait établie avec elle.

Mais il avait fait un si long voyage et tant enduré pour accomplir le vœu de son père qu'il ne pouvait pas, maintenant, se soustraire au rituel d'introduction des Templiers.

Il se devait de passer par cette épreuve pour clarifier son esprit, comme l'avait fait remarquer Bernard de Tramelay, et être en état de dire un oui franc et sincère à celle qu'il aimait, ou, lui opposer un refus tout aussi loyal. Il le devait aussi à Jocelyne, qui avait mérité qu'il vienne à elle en toute liberté d'esprit.

Cette purification qu'il allait s'imposer, cette épreuve physique et mentale par laquelle il allait passer, éclaircirait sa pensée, il n'en doutait pas, et ouvrirait son cœur ainsi que le promettait le grand maître.

Dans cinq jours, il l'espérait vivement et voulait le croire, il saurait, sans hésitation, quel chemin il devait suivre.

— Je reconnais la sagesse de vos conseils, mon père, répondit-il en raccourcissant, lui aussi, les rênes de son cheval. Et suis prêt à m'y conformer.

— Parfait. Retournons au château, à présent, que je puisse organiser le rituel de votre introduction dans notre ordre.

La chance, ou la providence, pensa Simon, permit qu'ils arrivent à la barbacane précédant le pont-levis donnant accès à Blanche-Garde au moment où une troupe portant les couleurs rouge et noir de Fortemur la franchissait.

Jocelyne, au côté de messire Guy, se tenait en tête de cette troupe. Ceux de ses hommes qui avaient survécu à la bataille livrée dans la nuit marchaient derrière elle et le nouveau capitaine de ses gardes.

Entre leurs rangs, deux chevaux de trait tiraient une charrette sur laquelle étaient entassées des formes humaines soigneusement enveloppées d'une épaisse toile. Il ne se pouvait agir, pensa Simon, que des chevaliers, sergents et gens d'armes tombés au combat. Et messire Hugues de Poitiers était parmi eux.

Lié par ses vœux, Bernard de Tramelay ne put que saluer de la tête la dame de Fortemur alors que Simon n'était pas encore soumis à une telle réserve.

— Dame Jocelyne ! fit-il avec enjouement.

Elle tira sur les rênes de son cheval et leva sur lui ses grands yeux bruns, vibrants d'amour. Il remarqua avec un serrement de cœur sa pâleur et ses traits tirés.

— Je vous ai cherché, dit-elle avec un sourire qui ne se communiqua pas à son regard. La reine m'a appris qu'elle avait décidé de faire don de Blanche-Garde aux Templiers en reconnaissance de leur héroïsme, et je crois savoir que vous en serez le commandant. Je voulais vous dire, Simon, à quel point je suis heureuse pour vous. Vous ne méritiez pas moins d'honneurs, après votre magnifique comportement.

Simon acquiesça d'un signe de tête, mais il était bien plus préoccupé par la lassitude qu'il percevait dans le ton de la voix de Jocelyne et l'expression de son visage que par les honneurs qui lui étaient faits.

— Vous êtes si fatiguée que vous arrivez à peine à vous tenir en selle, répondit-il. Pourquoi n'attendez-vous pas demain pour partir ? Une bonne nuit de sommeil vous ferait du bien.

— Je ne veux pas que les dépouilles de messire Hugues et de mes autres gens soient brûlées ou enterrées dans une fosse commune.

Elle lança un regard vers la charrette en ajoutant :

— Je tiens à les ramener à Fortemur pour qu'ils y soient enterrés.

— Partez demain, insista Simon. Juste une nuit, et vous vous sentirez beaucoup mieux.

La tentation de dire oui fut si forte que Jocelyne sentit son cœur se mettre à battre la chamade. Simon ne saurait jamais devant quel dilemme elle s'était trouvée au sujet de son départ, ni quelle discussion elle avait eue à ce sujet avec messire Guy, qui avait tenté de la dissuader de prendre déjà la route.

Il ne pouvait pas davantage deviner à quel point elle mourait d'envie de rester encore une nuit ici !

Si elle le faisait, elle trouverait l'occasion de s'esquiver avec lui pour trouver refuge dans quelque coin obscur de la forteresse. Elle poserait la tête contre son épaule... Effacerait entre ses bras les souvenirs de la nuit dernière...

Et ensuite ?

Lui soufflerait-elle à l'oreille l'extraordinaire proposition de la reine ? Se pendrait-elle à son cou en le suppliant une nouvelle fois de rompre le vœu qu'il avait prononcé devant son père et devant Dieu ?

Oui, elle le ferait. Elle savait sans l'ombre d'un doute qu'elle succomberait au désir de le tenter, de l'écarter de son devoir. Et, en agissant ainsi, elle ne ferait qu'aggraver la souffrance qui les étouffait déjà tous les deux. Mieux valait couper tous les liens tout de suite, alors que Simon était au faîte des honneurs et qu'elle n'avait pas encore perdu toute sa dignité.

Maintenant que le moment de la séparation était venu, il lui paraissait cependant beaucoup plus difficile à vivre qu'elle se l'était imaginé.

Particulièrement quand Simon approcha Vengeur de son palefroi et tendit la main pour prendre la sienne.

— Peut-être est-ce pour le mieux… Comme vous le dites très justement, messire Hugues et les autres membres de votre garde méritent d'avoir une sépulture sur le sol béni de Fortemur. D'ailleurs, vous dormirez mieux loin de ces odeurs de mort qui flottent autour de Blanche-Garde. J'ai certains devoirs à accomplir ici, mais…

Manifestement submergé par l'émotion, il ne put poursuivre sa phrase. Que voulait-il dire ? Jocelyne l'ignorait. De toute façon, qu'aurait-il bien pu ajouter ? Tout était déjà dit.

— Que Dieu vous garde, Simon. Je prie le ciel que vous trouviez le bonheur dans la vie à laquelle vous allez vous consacrer.

Plongeant son regard si bleu dans le sien, il leva la main qu'elle lui avait abandonnée et la porta à ses lèvres.

— Moi aussi, je prie pour qu'il en soit ainsi, ma dame.

Le rituel de réception dans l'ordre du Temple, Simon ne l'ignorait pas, donnait lieu à de nombreuses rumeurs au sein de l'Eglise et du monde laïque.

Les grands du royaume de France et d'ailleurs spéculaient ouvertement au sujet de cette cérémonie. Quant aux gens du peuple, ils en parlaient à voix basse derrière leurs portes closes. On disait même que le pape s'était enquis auprès de l'un des grands maîtres du déroulement de ce rituel.

Pour autant que l'on pouvait en juger, la réponse n'avait pas dû être d'une parfaite limpidité.

L'aspect mystérieux de tout cela n'était pas étonnant, songea Simon quand deux frères chevaliers vinrent le dévêtir dans la chapelle du château où il se trouvait.

Chaque postulant, apprit-il de la bouche du grand maître qui les avait rejoints dans la chapelle, devait jurer, sous peine de mort et de damnation, de ne jamais révéler à quiconque les circonstances de sa réception dans l'ordre.

— Le jurez-vous ? demanda Bernard de Tramelay, dont le regard sombre, brûlant d'intensité, contrastait avec la blancheur de son surcot.

— Je le jure.

— Agenouillez-vous et videz votre tête de toute pensée à l'exception de celle de Notre-Seigneur Jésus-Christ.

Simon s'agenouilla devant la croix sur les dalles recouvertes d'une natte de paille.

Il était tard. Bien au-delà de minuit, lui semblait-il. La porte de la chapelle était fermée de l'intérieur, de même que celle donnant accès à la tribune où le châtelain et la châtelaine pouvaient assister en privé à l'office. Les flammes des chandelles, disposées à intervalles réguliers le long de la nef, parvenaient à peine à dissiper l'obscurité.

Ce lieu consacré avait été profané par les infidèles pendant leur occupation de Blanche-Garde. Ils avaient renversé les objets du culte, brisé les statues, volé les précieux calices d'or et d'argent incrustés de pierreries ainsi que les chasubles brodées de fil d'or offertes par la reine Mélisende.

Les gisants en marbre, situés dans des enfeus de part et d'autre de la nef, avaient été martelés à coups de hache et de masse d'armes. Malgré ces signes patents de violation, la chapelle avait conservé une singulière atmosphère de piété. Peut-être était-elle due à la présence des moines qui, dans les stalles du chœur, priaient à voix basse, ou à l'expression du visage du grand maître quand il s'adressa au postulant :

— Vous ne boirez que de l'eau et ne mangerez rien, ni ne parlerez à personne, jusqu'à ce que vous ayez accompli le rituel que nous vous imposons. M'avez-vous compris ?

— Oui.

— Voici votre première mortification.

Bernard de Tramelay lui présenta un fouet à long manche. En entendant cliqueter les crochets qui pendaient à chaque lanière de cuir, Simon eut un sursaut d'horreur et crut entendre les lamentations des âmes du purgatoire.

— Vous vous fouetterez trois fois par heure à partir de maintenant jusqu'à l'aube, poursuivit avec sévérité le grand maître. Au même moment, implorez le Christ pour qu'il vous rende digne de recevoir sa grâce.

Simon redoutait de déchirer de nouveau son dos à peine guéri des blessures infligées par les barbaresques, mais il reçut le fouet sans mot dire. Il avait accepté de se soumettre à cette épreuve. Il n'allait pas s'y soustraire maintenant par lâcheté alors qu'il avait prêté serment devant Dieu et devant les hommes.

— Nous reviendrons vous voir à l'aube. Nous vous indiquerons alors votre prochaine pénitence.

Le grand maître fit signe aux deux chevaliers de se retirer avec lui. Les moines les suivirent, leurs pas résonnant sous les voûtes en plein cintre de la chapelle.

Une clé tourna dans une serrure.

La lourde porte grinça sur ses gonds avant de se refermer avec un bruit sourd évoquant pour Simon le grondement du tonnerre.

Puis la clé tourna de nouveau dans la serrure.

Les pas des chevaliers qui s'éloignaient devinrent vite inaudibles, et un profond silence s'abattit sur la chapelle.

Après avoir pris une longue inspiration, Simon serra le poing sur le manche du fouet...

13

Fortemur n'était guère qu'à un peu plus de treize lieues à l'ouest de Blanche-Garde, mais le chemin, sinueux, traversait des collines abruptes aux pentes couvertes de vignes et d'arbres fruitiers avant d'entamer une lente descente vers la mer.

Comme ils étaient partis tard dans l'après-midi, Jocelyne et ses hommes d'armes durent passer la nuit en route. Messire Guy réquisitionna un lit pour elle chez un marchand d'olives.

Elle y dormit d'un sommeil agité, entrecoupé de mauvais rêves, et se leva dès l'aube pour poursuivre son chemin.

Vers midi, le lendemain, elle découvrit la Méditerranée qui brillait au loin comme un lac d'argent sous les rayons du soleil.

Elle fondit presque en larmes quand elle passa sous la herse massive de Fortemur. Elle était chez elle, enfin, à l'abri des hauts remparts d'une forteresse que l'on disait inexpugnable. Et elle n'était plus contrainte de l'échanger contre les fontaines de marbre et les roseraies du gynécée de l'émir de Damas.

Avant de prendre congé de Mélisende, elle lui avait arraché une promesse. Toutes deux étaient convenues de la nécessité qu'elle se mariât et le plus tôt possible.

Compte tenu de la trahison de l'émir et de la menace de futures batailles, il était plus urgent que jamais qu'un chevalier vaillant et rompu au combat soit investi du commandement de Fortemur pour parer à toute attaque. La reine avait promis qu'il ne pourrait s'agir que d'un Franc ayant prêté hommage au roi Baudouin.

Comme Simon..., songea-t-elle avec un serrement de cœur

si violent qu'elle en perdit presque l'équilibre et faillit tomber de cheval.

Non ! Il ne fallait pas qu'elle ressasse interminablement ce qui aurait pu être et ne serait jamais. Il y avait des morts à enterrer, des veuves à consoler, et des orphelins à réconforter.

Elle se jeta malgré tout dans les bras de Constance de Bures et dut lutter pour ravaler ses larmes lorsqu'elle évoqua le feu grégeois puis la prise de Blanche-Garde devant Thomas de Beaumont et sa femme à tête de fouine.

— J'aurais aimé vous venir en aide moi-même, dit le cousin du roi avec son emphase habituelle, mais messire Hugues et messire Guy étaient si empressés de répondre à votre appel que j'ai jugé de mon devoir de rester pour assurer la défense de Fortemur en leur absence. Il était à redouter, en effet, que les Fatimides mettent à profit votre éloignement avec une partie de la garnison pour venir faire le siège du château.

Jocelyne, qui se sentait épuisée, acquiesça d'un hochement de tête.

— Il faut, maintenant, que nous nous occupions de nos morts, messire Thomas. Ayez l'obligeance d'avertir le chapelain que nous sommes arrivés et qu'il se prépare à célébrer une messe de funérailles. Je voudrais que nous procédions aux inhumations avant le coucher du soleil.

Bien qu'extrêmement fatiguée au terme de cette longue journée qui avait vu la cérémonie d'enterrement de son fidèle ami, Jocelyne ne trouvait pas le sommeil.

Elle se tournait et retournait dans son grand lit, qui lui paraissait plus vide que jamais, en cherchant désespérément à s'endormir. Et, lorsqu'elle glissa, enfin, dans une sorte de somnolence, elle se mit à rêver de l'horrible combat auquel elle avait assisté. Tout n'était que feu et sang, et elle voyait Simon brandir son épée au milieu de ce carnage.

Soudain, il lui apparut à genoux et le dos ensanglanté...

Elle se réveilla brusquement, le cœur battant.

Elle ignorait en quoi consistait la cérémonie de réception dans l'ordre des Templiers. Cependant, les rumeurs qu'elle avait entendues à ce sujet n'étaient pas toutes rassurantes.

Comment Simon, qui avait déjà tant souffert entre les mains des pirates barbaresques, pourrait-il endurer les cruelles mortifications qui semblaient faire partie du rituel d'admission dans l'ordre ?

Tourmentée à la pensée de ce que Simon était peut-être en train de subir en ce moment, elle repoussa sa courtepointe, se leva, et alla pieds nus jusqu'à son prie-Dieu de bois sculpté. S'agenouillant sur le coussin de velours, elle joignit les mains, les pressant l'une contre l'autre avec une telle force que ses jointures en devinrent toutes blanches.

Puis, baissant la tête, elle implora le Seigneur d'épargner à Simon d'inutiles souffrances.

La nuit se fondit dans le jour.

Le jour se dilua dans la nuit.

Lorsque deux frères chevaliers vinrent le chercher dans la chapelle, Simon avait depuis longtemps perdu la notion du temps et ne conservait plus qu'une conscience très faible de sa propre existence.

Elle ne lui revint par bribes que lorsque les chevaliers, après l'avoir emmené dans une chambre, se mirent à laver son corps couvert de sang séché. Il lui semblait qu'il était désincarné ; aucun désir, aucun besoin ne l'habitait plus. Il avait l'impression d'être affranchi de tout et de lui-même. Les mortifications qu'il s'était infligées sans ménagement l'avaient arraché à ce monde et conduit à une sorte d'oubli de soi dont seuls les stylites, au sommet de leurs colonnes, avaient dû faire l'expérience.

Il se souvenait à peine de son nom, et encore moins de celle dont il avait cru qu'elle resterait à jamais gravée dans son cœur. Il lui semblait qu'il flottait dans l'air ou, plutôt, qu'il avait été enveloppé de bourre et que tous les sons lui parvenaient déformés et étouffés.

Ce ne fut qu'au prix d'un effort surhumain qu'il parvint à lever les bras pour que les frères templiers puissent lui passer des vêtements propres faits d'étoffes exemptes de toute aspérité.

Quand il fut habillé, ils lui servirent à manger. Deux morceaux de pain sec et une tranche de fromage. Il les engloutit comme une bête affamée et but quelques gorgées de vin mêlé d'eau.

— Doucement, murmura l'un des frères avec compassion. Si vous ne buvez pas lentement, votre estomac va tout rejeter.

Il mesura la justesse de cette remarque quelques instants plus tard quand son estomac se tordit et fut sur le point de tout restituer. Rassemblant tout ce qu'il lui restait de volonté, il parvint à refouler la bile.

Quand le chevalier qui se tenait le plus près de lui constata qu'il allait mieux, il prit la parole :

— Si vous êtes prêt, le grand maître vous attend.

— Je suis prêt, répondit-il d'une voix altérée par la fatigue.

Il faisait nuit, remarqua-t-il quand ils le reconduisirent à la chapelle. Il devait être près de minuit, songea-t-il, mais son esprit était si embrumé qu'il ne s'agissait sans doute que d'une impression.

Cette fois, on le fit s'arrêter devant la porte.

— Frappez trois fois, lui dit le chevalier qui le soutenait fermement.

Simon prit une inspiration et, levant le poing, frappa un coup pour le Père, un autre coup pour le Fils, et un troisième pour le Saint-Esprit.

— Qui est là ? fit une voix puissante à l'intérieur de la chapelle.

— Un postulant qui souhaiterait entrer dans notre ordre, répondit le chevalier qui soutenait Simon.

— Conduisez-le jusqu'à moi.

Le cœur battant, Simon vit la porte s'ouvrir et entra dans la chapelle.

Quand en était-il sorti ? Etait-ce après qu'il avait été submergé par la douleur et qu'il avait sombré dans une nuit profonde ?

La natte de paille sur laquelle il s'était agenouillé, avait dormi et pleuré n'était plus là. Toute trace de sang avait disparu aussi, et des dizaines de chandelles repoussaient les ténèbres qui l'avaient enveloppé au début de son épreuve. Leur parfum se mêlait à celui de l'encens qui s'élevait en volutes bleutées des plats d'argent où il se consumait.

Les Templiers qui avaient survécu à la bataille formaient deux rangs de part et d'autre du grand maître. Ce dernier fit signe aux frères qui escortaient Simon de le conduire à sa place près des chevaliers.

Simon, qui franchit sans aide les derniers pas, trébucha et faillit tomber, mais il réussit à recouvrer son équilibre et se rangea entre ceux qui allaient devenir ses frères. La respiration courte, il se redressa autant qu'il le put.

Levant les yeux sur Bernard de Tramelay, il s'aperçut qu'il était assisté d'un chevalier qui se tenait derrière lui et avait entre les mains un crâne humain retourné pour lui donner la forme d'un bol. Seigneur ! Ce liquide sombre qu'il distinguait à l'intérieur du crâne, était-ce du sang ?

Au moment où le grand maître sortit son épée de son fourreau et fit le geste de trancher une tête, les récits qu'avait entendus Simon au sujet de postulants qui devaient prêter serment en buvant le sang des ennemis lui revinrent à la mémoire.

— Dites-nous votre nom de façon que tous puissent entendre qui aspire à entrer dans nos rangs.

— Je m'appelle...

Il dut s'interrompre et tousser pour s'éclaircir la voix avant de reprendre :

— Je m'appelle Simon de Rhys.

Le regard de Bernard de Tramelay brilla d'une rare intensité quand, après avoir remis son épée au fourreau, il s'approcha de Simon et posa les mains sur ses épaules.

— Ecoutez-moi, Simon de Rhys. Vous avez eu un avant-goût des rigueurs que chaque Templier doit endurer. Notre vie n'est pas facile. Si vous nous rejoignez, vous connaîtrez le danger. Vous soupirerez avec le désir de prendre du repos ; vous prierez pour avoir droit à un morceau de pain rassis ou une gorgée d'eau. Vous ne posséderez rien, pas plus l'épée qui vous servira au combat que vos chevaux ou votre armure. Tout ce que vous posséderez et que vous gagnerez par la force de votre bras appartiendra à l'ordre.

Tramelay se pencha sur Simon et reprit d'une voix ferme et assurée qui prouvait qu'il avait déjà éprouvé toutes les difficultés qu'il venait d'énumérer :

— Vous ne jurerez fidélité à personne en dehors du pape, du grand maître, et des frères qui vous sont hiérarchiquement supérieurs. Comprenez-vous ce qui vous est demandé ?

— Oui.

— Alors, répondez à mes questions, maintenant, devant ces témoins. Etes-vous en bonne santé ?

Interloqué, Simon se demanda si le grand maître ne se moquait pas de lui.

Il le regarda bouche bée en essayant d'éclaircir ses pensées mais, après un certain temps, il comprit que Bernard de Tramelay ne faisait pas référence aux blessures qu'il s'était infligées dans le cadre du rituel.

— Oui, je le suis, répondit-il enfin.

— Etes-vous endetté ?

— Non.

— Etes-vous fiancé ou marié ?

Comme un éclair, un joli visage encadré de cheveux blonds surgit dans les brumes qui obscurcissaient sa mémoire.

Il hésita un instant avant de répondre d'une voix moins ferme :

— Non.

Dans l'état de faiblesse où il se trouvait, il n'aurait pu l'affirmer, mais il lui sembla que le grand maître laissait échapper un soupir de soulagement.

— Appartenez-vous déjà à un ordre religieux ?

— Non.

— Nous arrivons à la dernière question. Répondez-moi en toute sincérité, Simon de Rhys. Prenez-vous l'engagement de devenir chevalier du Temple avec un cœur parfaitement pur ?

14

Jocelyne ne trouvait toujours pas le sommeil...

Après des nuits agitées et sans repos, elle se levait chaque jour avant l'aube pour se consacrer à son rôle de châtelaine. Elle le faisait avec un tel zèle que tous les habitants du château, de crainte de se voir imposer une autre tâche épuisante, avaient pris le pli de disparaître à son approche.

Quoi qu'ils fassent, cependant, ils ne pouvaient échapper à son œil vigilant.

Elle donna ainsi l'ordre de nettoyer le colombier, de couper des joncs destinés aux sols du donjon, de descendre dans la cour les tapisseries et de les battre avec des branches pour en extraire la poussière avant de les rependre aux murs. Elle demanda, en outre, à l'apiculteur, au maître d'écurie et au maître brasseur de se charger de certaines tâches d'importance dont l'exécution avait été différée depuis trop longtemps.

Elle imposa aux dames de sa suite de lui confectionner au plus vite plusieurs robes pour le mariage qui, leur dit-elle, aurait lieu dès que la reine ou son fils lui désignerait un nouvel époux.

La femme de messire de Beaumont maniait l'aiguille avec les autres dames dans la grande chambre où elles se réunissaient.

— Qui pensez-vous que l'on vous donnera pour mari ? demanda-t-elle en levant son regard de fouine sur Jocelyne qui venait de s'approcher de ses dames pour observer la progression de leur travail.

— Je ne sais pas.

Elle s'en moquait même...

Maintenant qu'elle ne courait plus le risque d'être mariée de force au vieil émir, elle faisait confiance à la providence et espérait seulement que le mari que la reine lui choisirait n'aurait rien de repoussant. Dès lors qu'on lui avait promis de lui présenter un baron franc, la question de son mariage ne la préoccupait plus.

— D'après ce que j'ai entendu dire, reprit la dame de Beaumont en nouant le fil avec lequel elle cousait avant de le couper avec la paire de ciseaux qui pendait à sa ceinture, messire Eustache devrait bientôt se remarier. Il paraît que son épouse est mourante. La reine pourrait vous donner à lui et réunir ainsi vos domaines.

— Certainement pas ! fit Constance de Bures, scandalisée. Les os d'Eustache craquent bien plus que les miens. Il doit avoir déjà fêté ses soixante-dix ans !

— C'est possible, répondit la malveillante femme à tête de furet. Mais qu'importe l'âge quand l'avenir d'un royaume est en jeu ?

Quelle importance, en effet ?

Laissant échapper un soupir rageur, Jocelyne tourna les talons et laissa les femmes à leur ouvrage.

Pour s'éviter d'autres réflexions tout aussi spéculatives que vaines, elle se jeta avec encore plus d'énergie dans l'inspection et la consolidation des fortifications de Fortemur.

Elle continua de s'agiter sans cesse et, à mesure que les jours passaient, elle paraissait de plus en plus abattue et se montrait de moins en moins patiente.

Son attitude était devenue tellement insupportable que messire Guy demanda à son épouse d'intervenir. Il n'eut pas à insister, et dame Constance ne fut pas longue à réagir. Fidèle à son caractère entier, elle dit son fait à la châtelaine de Fortemur sans prendre de gants.

— Nom d'un chien, Jocelyne ! Vous allez tous nous rendre fous, si vous continuez ainsi ! Prenez votre faucon pèlerin, le fauconnier qui l'a dressé et votre odieux caractère avec vous et, pour l'amour de Dieu, éloignez-vous quelque temps du donjon !

Cette sortie était exactement ce dont elle avait besoin pour lutter contre sa mauvaise humeur, songea Jocelyne, une heure plus tard, en regardant le faucon s'élever dans le ciel d'un bleu pur.

Le vent venant de la mer et les rayons du soleil chassaient de son esprit les derniers souvenirs des horreurs de Blanche-Garde qui, bien malgré elle, s'y attardaient encore.

La grâce avec laquelle l'oiseau virait sans effort au gré des rafales de vent, qui l'élevaient vers les nuées ou le rabattaient vers le sol, lui donnait un sentiment de paix et de liberté qu'elle avait cru ne plus jamais éprouver.

Bien sûr, le premier jour où elle avait observé le faucon en vol était présent à sa mémoire. Simon s'était rendu à cheval avec elle jusqu'à ce bois de chênes, et ils avaient pu constater ensemble les qualités de l'oiseau.

Quand ils avaient été convaincus de ses capacités, ils avaient renvoyé leur escorte au château, et elle l'avait conduit dans la grotte aux cristaux de sel.

Elle avait encore la tête et le cœur pleins de ces instants merveilleux. Il lui semblait sentir le corps de Simon contre le sien, le goût salé de sa peau sous sa langue... Il lui avait fait le don de lui-même, et elle n'en appréciait toute la valeur que maintenant. Ce n'était pas seulement une satisfaction charnelle, un plaisir féminin brûlant, haletant... C'était le don tout simple de l'amour.

Jamais elle n'oublierait ce moment.

Quel que soit l'homme qu'elle épouserait, quel que soit l'endroit où elle irait vivre, si elle était amenée à quitter Fortemur, elle garderait toujours dans un coin de son cœur les instants extraordinaires qu'elle avait vécus dans cette grotte de lumière.

Elle posa ses mains gantées de cuir sur le pommeau de sa selle et leva les yeux pour voir l'oiseau prendre de l'altitude. Le plaisir qu'elle en tirait, accompagné du gai tintement des clochettes fixées à la patte de l'animal, n'effaçait pas complètement la douleur qu'elle ressentait toujours au fond d'elle, mais il l'atténuait quelque peu.

Comme elle aurait aimé pouvoir voler avec cette indicible grâce ! pensa-t-elle en soupirant.

Où irait-elle si c'était possible ?

A Jérusalem ! Ce serait merveilleux de découvrir la Cité sainte depuis le ciel. Mais peut-être serait-elle tentée de s'élancer au-dessus de la Méditerranée jusqu'à Venise. Elle avait entendu vanter ses palais, enveloppés de brumes, bâtis le long des canaux. Ou, encore...

— Ma dame !

La voix de son fauconnier l'arracha à ses rêveries.

Elle n'irait nulle part, se dit-elle alors que son cœur bondissait dans sa poitrine à la pensée qu'une menace soudaine avait peut-être justifié cet appel.

Pourquoi rêvait-elle de terres lointaines ? Elle était l'âme de Fortemur. Son destin se jouait à l'abri de ses remparts crénelés, et nulle part ailleurs.

— Qu'as-tu vu ? demanda-t-elle.

— Regardez !

Elle se retourna sur sa selle et vit qu'il désignait du doigt un homme à cheval sur le chemin descendant de la montagne vers Fortemur.

Il se tenait voûté et était trop loin pour qu'elle puisse distinguer ses traits, mais elle était certaine de reconnaître ces larges épaules et ce destrier bardé de cuir.

Il lui sembla que le temps s'arrêtait. Elle ne retrouva son souffle qu'après un long moment. Mille questions se pressaient dans sa tête. Pourquoi revenait-il ? Avait-il échoué au rituel d'initiation ? Avait-il été blessé à cette occasion ?

Tout cela importait peu ! Il était là !

— Suivez-moi ! lança-t-elle à son escorte.

Elle donna des talons dans le flanc de son palefroi qui se mit au galop et fila entre les arbres. Elle suivit la falaise puis tourna vers Fortemur.

Derrière elle, le bruit des sabots de ses gardes résonnait.

En la voyant venir au-devant de lui, Simon descendit lentement de Vengeur et attendit tandis qu'elle comblait la distance les séparant encore.

Quand elle ne fut plus qu'à quelques pas de lui, elle tira sur les rênes et sauta à terre puis, s'élançant, se jeta dans ses bras ouverts.

Il la serra avec une telle force qu'elle crut qu'il allait l'étouffer, mais elle s'en moquait. Elle était si heureuse de le revoir, de le toucher, de sentir son odeur !

Sans se préoccuper de son escorte qui les avait rejoints, elle se dressa sur la pointe des pieds et lui couvrit le visage de baisers.

Il les lui rendit avec la même passion sans desserrer son étreinte.

— Simon ! Vous m'étouffez ! s'exclama-t-elle en riant.

Il sourit et écarta les bras. Elle comprit alors que, s'il l'avait serrée aussi fort contre lui, c'était autant par amour que pour s'appuyer sur elle.

Et son visage ! Seigneur ! Son visage !

Maintenant qu'elle arrivait à voir à travers ses larmes de joie, elle était atterrée devant son aspect. Il avait les joues creuses et d'une extrême pâleur. Quant à ses yeux, qui naguère étaient aussi bleus et lumineux que le ciel d'outre-mer, ils étaient cerclés de rouge et avaient une expression terne et triste.

— Vous êtes malade, Simon ? Que vous est-il arrivé ? A moins que...

En le voyant tituber, elle s'interrompit brusquement. Lui entourant la taille du bras pour l'empêcher de tomber, elle appela ses hommes à l'aide.

Trois ne furent pas de trop pour le soutenir.

— Etendez-le près de la route, dit-elle d'une voix vibrante d'émotion. Que l'un de vous aille chercher messire Guy. Dites-lui de venir avec une charrette et demandez à dame Constance de l'accompagner.

— Non..., fit Simon d'une voix faible en tentant vainement de se redresser. Je peux... Aidez-moi à remonter en selle...

Comme il ne pouvait manifestement plus se tenir debout, Jocelyne ne tint pas compte de sa requête et se tourna vers les trois hommes.

— Faites ce que je vous dis, ordonna-t-elle avec autorité. Laissez-le étendu ici.

Puis, s'adressant à un autre membre de l'escorte, elle ajouta :

— Dépêche-toi de retourner au donjon. Je veux que messire Guy vienne au plus vite.

La plainte qui s'échappa des lèvres de Simon lorsqu'ils le forcèrent à s'étendre de nouveau à terre déchira le cœur de Jocelyne.

Elle s'agenouilla près de lui et voulut rabattre son haubert pour dégager son front trempé de sueur, mais ses mains tremblaient tellement qu'elle en fut incapable.

— Parle-moi, Simon… Où souffres-tu ?

Il ouvrit les yeux et, un court instant, de façon presque imperceptible, une lueur brilla dans son regard éteint et une esquisse de sourire naquit sur ses lèvres.

— Où… n'ai-je… pas… mal ?

— C'est pire que la première fois. Bien pire !

L'avis pessimiste de Constance de Bures tomba comme un couperet, déchirant le silence qui régnait dans la chambre de Jocelyne.

Depuis quelques minutes, le visage sombre, elle passait un linge humide sur le corps de Simon et son expression autant que son mutisme avaient sérieusement inquiété Jocelyne.

— Je n'ai jamais vu de blessures aussi profondes, ajouta-t-elle.

Elle jeta le linge rouge de sang dans une cuvette remplie d'une eau déjà teintée, et tendit une main impérieuse.

— Donnez-moi un autre linge, dit-elle d'un ton ferme.

Jocelyne s'empressa de lui tendre le linge qu'elle demandait. Elle tournait nerveusement autour de sa dame d'honneur depuis que les membres de son escorte avaient porté Simon jusqu'à sa chambre où ils l'avaient étendu sur son lit.

Une demi-douzaine d'autres personnes étaient réunies dans la chambre et prêtes, le moment venu, à aider dame Constance. Il s'agissait d'une autre dame d'honneur de Jocelyne, de deux servantes, d'un page, et de deux hommes d'armes solides pour tourner et retourner Simon.

Messire Guy était présent lui aussi, ainsi que messire Thomas qui, après avoir longuement tiré sur sa barbe rousse clairsemée, finit par poser la question qui lui brûlait la langue :

— Pourquoi est-il revenu ?

— Je l'ignore, dit Jocelyne.

— Apportait-il un message du roi ?

— Nous n'en avons trouvé aucun dans ses vêtements, répondit sèchement la dame de Fortemur.

— A ce propos... Pourquoi était-il vêtu de la tunique dans laquelle il a quitté Fortemur ? Ne nous avez-vous pas dit que, au moment où vous avez quitté Blanche-Garde, il était sur le point d'être introduit dans l'ordre des Templiers ?

Priant en son for intérieur pour ne pas perdre patience, Jocelyne acquiesça.

— Il aurait donc dû porter le manteau blanc surmonté de la croix rouge des Templiers, poursuivit Thomas de Beaumont. A moins qu'il n'ait échoué aux épreuves imposées par le rituel d'admission... C'est souvent le cas avec les hommes aussi grands et forts que lui. Ils ont une apparence redoutable mais ne supportent pas la moindre douleur...

— Vous ne savez pas de quoi vous parlez ! l'interrompit Guy de Bures avec fureur.

Récemment nommé capitaine des gardes de Fortemur en remplacement de messire Hugues, il ne se privait pas d'exprimer le mépris que lui inspirait le cousin du roi.

— J'étais avec Simon de Rhys à Blanche-Garde, reprit-il. Je l'ai vu combattre de mes propres yeux, et je puis vous assurer qu'il n'a pas de leçon de courage à recevoir de vous. Personne n'égale sa bravoure.

— Ah bon ? Eh bien, tout ce que je peux dire, c'est qu'à présent il ne me semble guère brave. Il me fait penser à un mauvais serviteur qui a été fouetté par son maître pour avoir...

— Hors d'ici !

Toutes griffes dehors, Jocelyne s'était tournée vers Thomas de Beaumont et le foudroyait du regard. Elle en avait assez, plus qu'assez de cette sangsue !

— Sortez de ma chambre et quittez Fortemur !

L'air déconfit, Thomas de Beaumont recula d'un pas.

— Que dites-vous ?

— Vous m'avez très bien entendue. Je veux que vous soyez parti avant la nuit. Vous et votre femme avec sa tête de fouine !

— Vous... Vous ne pouvez pas... nous chasser ainsi, balbutia-t-il. C'est Baudouin en personne qui m'a nommé régisseur de Fortemur !

— Je vous relève de vos fonctions, messire Thomas. Vous n'êtes plus mon régisseur.

Se tournant vers le capitaine de ses gardes, elle poursuivit :

— Messire Guy, je vous prie de reconduire cet homme à ses appartements et de veiller à ce qu'il fasse ses bagages au plus vite.

— Certainement, ma dame.

Trop heureux d'obéir à sa suzeraine, messire Guy pressa l'ex-régisseur indigné de se diriger vers la porte.

Jocelyne ne s'était à aucun moment préoccupée de la réaction qu'aurait le roi en apprenant ce qu'elle venait de faire. L'eût-elle fait, elle serait arrivée à la conclusion que le souverain ne lui aurait pas reproché ce renvoi immédiat.

Baudouin, tout autant que sa mère, savait parfaitement que l'arrivée des renforts de Fortemur à Blanche-Garde avait changé l'issue de la bataille. Lui et Mélisende lui étaient presque autant redevables qu'à Simon.

Cette pensée la ramena à la question cruciale qui continuait de la harceler. Pourquoi Simon était-il revenu ?

Elle eut la réponse plus tard dans la nuit.

A présent, elle se moquait de ce que l'on pouvait penser d'elle et n'avait pas quitté le chevet de Simon. Il lui importait peu, dorénavant, que tout le monde sache qu'il était dans son lit et qu'elle brûlait d'envie de l'y rejoindre.

Bien sûr, elle ne le pouvait pas. Ses blessures étaient trop profondes pour qu'elle prenne le risque de les aggraver. Tout ce qu'elle avait pu faire pour se rapprocher de lui se résumait à renvoyer ceux qui étaient présents dans la chambre, à l'exception de dame Constance, et d'approcher un tabouret du lit. Elle pouvait ainsi tenir sa main couverte d'hématomes et de déchirures.

Le temps passait, les heures se succédaient... Dame Constance avait fini par s'endormir sur la chaise qu'elle avait placée de l'autre côté du lit. Jocelyne, au bord du désespoir, avait posé la tête sur ses bras croisés sur le bord du matelas.

— Tu es... le soleil...

Ces mots, prononcés d'une voix à peine audible, lui firent redresser la tête tandis que l'espoir, soudain, jaillissait dans son cœur.

— Simon !

La joie avec laquelle elle avait prononcé son nom tira de son sommeil dame Constance qui se leva d'un bond.

Les deux femmes étaient si émues et heureuses de le voir réveillé et le regard clair qu'elles faillirent ne pas entendre ce qu'il dit dans un murmure :

— ... qui dissipe... ma nuit.

Jocelyne leva les yeux vers dame Constance puis reporta son attention sur Simon. Elle avait déjà entendu ces mots, mais où ? Et quand ?

Le souvenir lui revint brusquement. C'était les paroles de la ballade qu'avait chantée Blondin, le troubadour, dans la grande salle, en s'accompagnant sur sa lyre.

La suite de la chanson lui revint aussitôt à la mémoire :

Le murmure de ta voix dilate mon cœur
Et tes baisers nourrissent mon âme.
Tu es le soleil qui dissipe ma nuit.
Je te serai à jamais fidèle,
Dans cette vie et dans la prochaine.

Seigneur ! Cette vie et la suivante !

La crainte que Simon n'ait fait le chemin jusqu'à Fortemur que pour y mourir s'imposa à elle de telle manière qu'elle en perdit le souffle.

Si dame Constance n'avait pas eu la bonne idée de faire une

remarque empreinte d'humour à Simon, elle aurait pu se laisser glisser sur le sol et y sangloter comme un être qui a tout perdu.

— Alors, Simon de Rhys ! Vous avez pris la décision de rejoindre le monde des vivants ?

— Oui... Je le crois...

Avec un effort qui faisait peine à voir, il parvint à sourire.

— Et pas seulement... en apparence.

La façon dont son sourire s'accentua en acquérant une touche de sensualité bouleversa Jocelyne.

— Simon ? fit-elle d'une voix tremblante d'émotion. S'il te plaît... Dis-moi... Pourquoi es-tu revenu à Fortemur ?

— Pour demander... ta main.

15

Cette fois, les blessures de Simon furent plus longues à guérir. Elles étaient si profondes et cruelles que Jocelyne se demandait où il avait trouvé la force d'endurer un tel supplice. Chaque fois qu'elle imaginait quelles tortures il avait dû subir pour être dans cet état, son cœur balançait entre la révolte et la fierté.

— Je l'ai fait pour toi, dit-il, quand, enfin, il eut assez de force pour se lever du lit et prendre un bain. Pour nous.

Elle avait fait monter par les pages suffisamment de seaux d'eau chaude pour remplir un baquet assez grand pour l'accueillir avec deux de ses dames d'honneur.

Quand il avait été plein, elle avait congédié tout le monde non sans avoir demandé à une servante de lui laisser le savon liquide et des linges. Il y avait si peu de temps que Simon allait mieux qu'elle ne voulait pas perdre cette occasion de s'occuper de lui toute seule.

— Et le grand maître ? demanda-t-elle en plongeant un linge dans le savon. Reconnaît-il que tu n'es plus lié à l'ordre des Templiers par ton vœu ?

— J'ai accompli mon vœu en me soumettant au rituel de réception dans l'ordre des chevaliers du Temple. Ce que je n'ai pas pu, c'était mentir devant Dieu, le grand maître, et mes frères chevaliers.

Jocelyne comprit qu'il ne lui en dirait pas davantage. Le déroulement du rituel lui resterait à jamais caché.

— Simon…, fit-elle en lui lavant avec une infinie douceur les bras et la poitrine.

Ils étaient si sauvagement lacérés qu'elle était au bord des larmes.

— N'aurais-tu pas pu prendre ta décision avant de te soumettre à une telle torture ?

— Non… Il fallait que je passe par le rituel de réception.

Il sourit en reprenant :

— C'était un bien petit sacrifice pour obtenir la dame de Fortemur.

— Je n'en demandais pas tant, assura-t-elle en plongeant de nouveau le linge qu'elle tenait dans le savon.

Après avoir lavé doucement le dos de Simon, elle reprit :

— Je mettrais ma main au feu qu'avant de te désister tu t'es assuré auprès de la reine que Blanche-Garde irait tout de même aux Templiers.

— Tu n'as pas tort, répondit-il en souriant. Le grand maître est resté très inquiet jusqu'à ce qu'il voie le sceau de la reine sur le document qui lui en garantissait la possession.

Jocelyne était autant émerveillée que stupéfaite que Simon ait le cœur à parler aussi légèrement d'une épreuve qui aurait pu le priver de la vie.

Furieuse, néanmoins, qu'il se soit mis en péril ainsi, elle allait lui dire ce qu'elle en pensait quand elle le vit s'adosser à la paroi du baquet.

— Nous avons assez parlé de la reine et du grand maître, dit-il en la regardant à travers ses longs cils décolorés par le soleil. Je voudrais, maintenant, que nous parlions un peu de nous.

Jocelyne laissa tomber dans le bain le linge imprégné de savon et s'assit sur ses talons.

— Tu n'es pas sûr de toi ? As-tu oublié qu'à ton réveil tu m'as dit que tu étais revenu à Fortemur pour m'épouser ? Je dois en conclure, d'ailleurs, que Mélisende et Baudouin ont donné leur accord.

— En effet.

— Et alors ?

Il la regarda avec un tendre sourire et, tendant le bras, lui prit la main. Il l'approcha de ses lèvres et déposa un baiser à l'intérieur de son poignet. Au contact de sa bouche, Jocelyne sentit son cœur s'emballer.

— Crois-tu que je ne sois pas sûr de moi ? C'est plutôt à moi de te poser cette question. Me veux-tu pour mari, ma belle ?

— Tu sais que je ne désire rien d'autre.

Il lui effleura de nouveau le poignet d'un baiser puis la regarda avec gravité, même si ses lèvres souriaient.

— Je n'ai aucune fortune, Jocelyne. Je n'ai même pas un écu à moi.

— Crois-tu que cela compte pour moi ?

— Peut-être pas pour toi. Mais pour moi c'est différent.

Ah ! Les hommes ! songea Jocelyne. Comprendraient-ils, un jour, le cœur des femmes ?

Elle se dressa sur les genoux et le regarda dans les yeux.

— Je vais te dire ce que tu m'apportes, Simon. Un bras puissant qui, j'en suis certaine, me protégera toujours ; un cœur si pur qu'il ne se parjurerait jamais sous aucun prétexte ; une joie, un rire qui me transportent d'allégresse ; et du plaisir...

Elle baissa les paupières en poursuivant :

— Je préférerais être damnée plutôt que d'y renoncer, Simon... Est-ce cela que l'on appelle aimer ? Alors, chevalier de Rhys, je t'aime... Je t'aime même comme une folle... J'attends avec une telle impatience que tu recouvres tes forces...

Simon éclata de rire. La sonorité riche de sa voix emplit la chambre alors qu'il resserrait son étreinte autour du poignet de Jocelyne :

— J'en ai recouvré assez pour ça.

— Que fais-tu ? Oh ! Non...

Les protestations de Jocelyne furent couvertes par le bruit de l'eau quand il la tira vers lui.

Battant des jambes, elle tomba à la renverse dans le baquet.

— Tu es fou ! s'exclama-t-elle. Est-ce les mauvais traitements des Templiers qui t'ont rendu comme ça ?

— Non, c'est toi. Je ne me suis jamais senti mieux que depuis que tu m'as soigné avec autant de tendresse. Il y a un moment déjà que j'ai envie de toi.

— Et tu ne me le disais pas ?

— J'attendais d'être vraiment bien. D'ailleurs, tu n'aurais pas voulu.

Tout en parlant, il avait glissé la main sous les vêtements trempés de Jocelyne et la caressait avec une sensualité et une insistance qui prouvaient à quel point, en effet, il se sentait mieux.

Il la fit se déplacer, peu après, et l'assit à califourchon sur lui. Elle sentit aussitôt que son rétablissement n'était pas qu'une apparence.

Craignant malgré tout d'aggraver ses blessures qui n'étaient pas encore guéries, elle essaya de se dégager.

— Ce n'est pas sérieux, Simon ! Tu vas rouvrir tes plaies.

— Non, ma douce Jocelyne. Ne crains pas pour moi et, pour l'amour de Dieu, arrête de remuer comme ça !

L'ardeur avec laquelle Simon lui avait témoigné son amour convainquit Jocelyne qu'il était suffisamment rétabli pour qu'ils puissent échanger leurs consentements.

Déterminée à ce que les formalités soient réglées au plus vite, elle supplia le chapelain de bien vouloir publier les bans le jour même et de ne les laisser affichés à la porte de la chapelle que pendant trois jours.

— Mais enfin, ma fille ! protesta le père Joseph en clignant ses yeux humides. L'Eglise exige qu'ils soient exposés au moins trois semaines avant le mariage.

— Je le sais, mon père.

L'ecclésiastique, dont la bonté était écrite sur le visage, passa la main dans ses rares cheveux gris.

— Vous comprenez bien, mon enfant, qu'il faut laisser le temps de réagir à quiconque aurait de bonnes raisons de s'opposer à votre union.

— Je le comprends fort bien, répliqua Jocelyne avec une certaine irritation.

Elle n'ignorait pas l'importance des précautions prises par l'Eglise, mais aucune ne la concernait. Elle n'avait pas de liens de consanguinité avec Simon, ce n'était ni le carême ni l'Avent, et elle ne pensait pas que Simon, dans le passé, ait commis un viol ou un meurtre ni qu'il puisse être adultère.

Une question, toutefois, la préoccupait. Que s'était-il passé au juste pendant le rituel de réception de Simon à l'ordre des Templiers ?

S'il était allé jusqu'à prononcer des vœux formels devant le grand maître et l'assemblée des chevaliers, il ne pouvait en aucun cas l'épouser. On ne pouvait être membre du clergé régulier et marié.

Elle craignait de ne jamais savoir exactement ce qui s'était déroulé à Blanche-Garde tout en espérant, d'une certaine manière, ne pas l'apprendre. Sans doute valait-il mieux, tout compte fait, ne plus chercher à savoir. Aussi décida-t-elle de ne plus poser de questions à ce sujet.

— Affichez les bans dès ce soir, mon père. J'épouserai le chevalier Simon de Rhys dans trois jours, dans la chapelle de Fortemur, avec ou sans votre consentement.

L'arrivée d'un courrier royal, dans la soirée, obligea Jocelyne à bouleverser ses projets.

Le message, entre autres informations, lui signalait que son ancien régisseur, Thomas de Beaumont, s'était plaint auprès de lui.

Le souverain se proposait de venir à Fortemur pour étudier la question du renvoi de son cousin et de profiter de sa présence auprès de sa protégée pour être le témoin de son mariage avec le chevalier Simon de Rhys.

Baudouin précisait par ailleurs que sa mère, la reine Mélisende, avait consenti à l'accompagner et qu'ils seraient à Fortemur dans dix jours.

Dans la minute qui suivit l'arrivée du courrier, Jocelyne plongea tout le château dans une frénésie de nettoyage et de préparations culinaires pour l'accueil de leurs royaux visiteurs.

Chaque rideau de lit fut descendu dans la cour et battu jusqu'à ce que le dernier grain de poussière s'en soit détaché. Les oies furent impitoyablement plumées pour fourrer les traversins de plumes fraîches. On préleva poivre et épices des pots de terre cuite entreposés dans le garde-manger pour les broyer dans un mortier, et des chasseurs furent chargés d'aller tuer du gibier pour renouveler les venaisons.

La veille de l'arrivée du roi et de sa mère, les fours furent débarrassés de leurs cendres et on y alluma de nouveaux feux pendant qu'une armée de cuisiniers pétrissait de la pâte pour faire du pain et des gâteaux.

Les marmites étaient déjà pleines de viandes et de légumes pour la préparation des ragoûts. Des serviteurs lavaient le sol de la grande salle pendant que d'autres raclaient les planches qui servaient de tables et disposaient des chandelles sur leurs supports.

Pour sa part, Jocelyne s'affairait autant que ses gens.

Entre le choix des plats qui seraient servis, la chasse à laquelle elle prenait part et le harcèlement de ses dames d'honneur, qu'elle pressait de terminer au plus vite la robe qu'elle porterait pour la cérémonie de mariage, elle avait à peine le temps de respirer.

Simon, de son côté, n'était pas moins occupé.

Accompagné de messire Guy, il inspecta la salle d'armes, la barbacane et les postes de garde. Il ne fut pas long à connaître le nom de chacun des gardes, armés d'une pique, qui arpentaient les remparts de Fortemur de même que celui des jeunes écuyers qui s'entraînaient sans relâche au maniement des armes.

Il se rendit aussi sur le chantier de la tour de guet qu'il avait vivement incité Jocelyne à entreprendre. Il était prévu d'en édifier plusieurs en pierre en remplacement des constructions de bois utilisées jusque-là.

Il fallait, en effet, parer à d'éventuelles représailles de la part des Fatimides — Ascalon n'était pas loin — ainsi que de la part de Damas, le nouvel émir pouvant vouloir revendiquer Fortemur, qui avait failli entrer en possession de son prédécesseur.

Au milieu de toute cette effervescence, les vassaux de Jocelyne commencèrent à affluer des fiefs voisins ou plus éloignés. Quand ceux qui venaient d'autres parties du royaume franc arrivèrent aussi, le nombre des hôtes devint très important, et une grande animation régna dans le château.

Jocelyne était tellement sollicitée par tous que dame Constance insista pour qu'elle s'esquive pendant une ou deux heures afin d'aller respirer l'air de la mer. Elle en trouva l'opportunité quand Simon et messire Guy l'informèrent qu'ils s'apprêtaient à aller constater la fin des travaux d'édification de la première tour de guet, et qu'elle décida de se joindre à eux.

Erigée au sommet de la première colline à l'est de la forteresse qu'elle dominait, cette tour faisait partie d'un ensemble défensif qui entourait le domaine de Fortemur, expliqua messire Guy.

Jocelyne acquiesça d'un signe de tête et, relevant sa jupe d'une main, commença à gravir l'escalier en colimaçon en s'appuyant de temps en temps à la paroi de sa main libre pour garder son équilibre. Elle parvint ainsi au sommet de la tour avec Simon et messire Guy.

La vue était époustouflante de beauté.

A l'orient, les oliviers noueux et tordus dessinaient un escalier le long des pentes rocailleuses. A l'occident, la Méditerranée d'un bleu éblouissant s'étendait à perte de vue. Fortemur, orgueilleusement bâti sur le roc au pied duquel éclataient les vagues écumeuses, se découpait sur ce fond lumineux.

C'était le pays qui l'avait vue grandir et qui avait nourri son imagination, pensa Jocelyne avec fierté en emplissant ses poumons de l'air marin. Et c'était le cadre — elle priait le ciel pour qu'il en soit ainsi — où elle éduquerait ses fils et ses filles.

Le harem aux parfums entêtants et à l'atmosphère d'étuve où, quelques semaines plus tôt, elle était encore condamnée à vivre n'était plus qu'un horrible cauchemar qui appartenait dorénavant au passé.

Simon aussi respirait à pleins poumons en observant avec attention la côte. Il était cependant davantage préoccupé par les qualités architecturales de la tour que par la vue exceptionnelle qu'elle offrait.

Portant son attention sur l'emplacement où le feu serait édifié, il passa la main sur le bord du grand chaudron qui enverrait des flammes et de la fumée dans le ciel.

Avec un sourire de satisfaction, il s'adressa au nouveau capitaine des gardes.

— La tour a été remarquablement édifiée, messire Guy.

— Elle est conforme à votre projet, répondit le chevalier grisonnant. Vos indications ont été scrupuleusement prises en compte.

Jocelyne ne pouvait que s'émerveiller en constatant la facilité avec laquelle ses sujets s'étaient habitués à Simon et l'avaient accepté comme leur seigneur. Il y avait encore bien peu de temps, il était enchaîné et offert à la vente sur un marché aux esclaves, après quoi il avait occupé à Fortemur la table réservée aux chevaliers de plus basse naissance.

A présent, sans transition et avec une aisance parfaite, il partageait avec elle, messire Guy et dame Constance la table d'honneur placée sous un dais.

Et le plus surprenant était l'absence totale de récriminations de la part de quiconque à Fortemur. Personne ne murmurait dans son dos, aucun regard ne trahissait d'hostilité ou de révolte à son égard.

Cela n'aurait certes rien changé si quelques-uns de ses vassaux avaient exprimé de la désapprobation. Simon, en effet, montrait chaque jour une nouvelle facette de ses qualités de chef. Et les nuits...

Mon Dieu ! Les nuits...

Ils avaient repoussé la date de leur mariage pour complaire à la volonté royale mais, dans l'attente, n'avaient pas renoncé à partager le même lit.

Et, si les nuits à venir gardaient en réserve des moments aussi extraordinairement sensuels que ceux qu'elle avait vécus jusqu'à aujourd'hui entre les bras de Simon, elle se demandait si elle leur survivrait.

A la seule pensée de ce qu'il pouvait lui faire avec ses belles mains et ses lèvres, elle cambrait instinctivement les reins.

Alors qu'ils revenaient de leur inspection en compagnie de Guy de Bures et approchaient des falaises au nord de Fortemur, Jocelyne éprouva le besoin d'avoir Simon pour elle toute seule, loin du donjon surpeuplé.

Quel meilleur endroit, pensa-t-elle, que celui où il lui avait montré le bonheur qu'un homme pouvait donner à une femme ?

— Je voudrais te parler seul à seul, annonça-t-elle avant de jeter un coup d'œil vers le départ du sentier conduisant à la grotte de lumière.

Simon n'eut pas de peine à comprendre ce qu'elle désirait quand elle se retourna vers lui avec un regard chargé de promesses.

— Messire Guy, dit-il avec une certaine brusquerie, nous nous arrêtons ici... Nous vous retrouverons dans le donjon.

— Très bien, messire, répondit le chevalier, qui avait une longue expérience du mariage et ne chercha même pas à dissimuler son sourire. Mais, je vous en prie, ne soyez pas trop longs, sinon ma tendre épouse aura ma tête.

Ni Simon ni Jocelyne ne prêtèrent attention à ce qu'il disait. Elle parce qu'elle se laissait déjà glisser de sa selle et, de son pas léger et rapide, s'engageait sur le sentier surplombant la mer ; lui parce que sa gorge venait de se serrer en la voyant disparaître derrière le bord de la falaise.

Jurant entre ses dents, il attacha leurs chevaux par la bride à une branche d'arbre puis s'engagea à son tour sur le sentier escarpé.

Dès qu'il fut dans la pente abrupte où chaque faux pas pouvait être fatal, il sentit son pouls s'accélérer. Malgré sa confiance en l'agilité de Jocelyne, il ne pouvait se retenir de regarder le pied de la falaise, où les vagues s'écrasaient sur les rochers, pour s'assurer qu'elle ne gisait pas au milieu de l'écume.

Elle était si volontaire et intrépide, cette femme qu'il aimait ! Si obstinée et imprévisible ! Il aurait fort à faire s'il voulait l'apprivoiser.

Quand il entra dans la grotte, cependant, toute velléité de la changer s'évanouit.

Comme la dernière fois, les cristaux de sel incrustés dans les parois rocheuses étincelaient sous les rayons du soleil. Pendant un instant, leur clarté intense l'aveugla, l'empêchant de voir le spectacle qui l'attendait, puis ses yeux s'habituèrent à cette lumière, et il eut le souffle coupé...

Jocelyne avait retiré sa robe, sa chemise, ses bas et ses chaussures, même la bande de tissu dont elle couvrait son intimité.

Telle une nymphe qui serait sortie des flots, elle se tenait devant lui dans sa splendide nudité, sans gêne et sans fausse honte.

— Sais-tu seulement ce que tu me fais ? dit-il d'une voix étranglée par l'émotion en ouvrant la boucle de son ceinturon.

— Je n'en ai qu'une vague idée, répondit-elle, mutine. Mais j'espère l'apprendre sans tarder.

— Petite tentatrice ! Si tu te tenais ainsi sur le bord de la falaise, du matin jusqu'au soir, tu serais la cause de plus d'un naufrage.

— Ce n'est que pour toi, mon doux chevalier, que je me dénude. Tu sais bien que je ne suis jamais venue ici avec aucun autre homme. C'était la grotte de mes rêveries d'enfance et, maintenant, c'est le repaire de nos folies amoureuses.

Simon tira sur les lacets de sa tunique en pensant à l'interminable voyage, de Blanche-Garde à Fortemur, au cours duquel il avait cru cent fois mourir.

Pendant ce terrible trajet, il n'avait cessé de se représenter Jocelyne, de voir son visage devant lui, et c'était ce qui lui avait donné la force de se maintenir en selle.

Mais jamais il n'avait osé penser à elle telle qu'il la voyait maintenant, aussi belle, affranchie, audacieuse, ensorcelante...

Le sang battait à ses tempes comme les flots battaient les rochers. Il ne pouvait se défaire assez rapidement de ses vêtements.

Quand il fut nu, lui aussi, il la prit dans ses bras et leurs lèvres se réunirent, leurs langues se mêlant avec une folle impatience alors qu'il emprisonnait dans ses mains ses seins fermes et doux comme de la soie, les pointes dressées sous ses caresses.

— Sais-tu à quel point j'ai pensé à toi pendant ces interminables jours où je ne t'ai pas vue ? demanda-t-il en interrompant leur baiser pour lui titiller le lobe de l'oreille. Je t'avais tout le temps devant moi. Je crois que tu n'es jamais sortie de mes pensées. Pas un instant.

— Tu n'as pas été moins présent dans mon cœur, Simon.

— C'est vrai ? fit-il en l'enlaçant. Si tu savais comme j'ai envie de toi...

La soulevant dans ses bras, il l'étendit sur leurs vêtements épars.

Elle l'accueillit avec une telle ardeur qu'il dut se contenir pour ne pas précipiter les choses. Mais quand il la sentit frémissante et haletante, et qu'elle s'ouvrit amoureusement à lui, il vint en elle avec l'indicible bonheur d'un marcheur arrivé au terme d'un long pèlerinage.

Elle noua les jambes autour des siennes, soulevant les hanches pour l'accueillir plus profondément en elle, puis, renversant la tête en arrière, le souffle rapide, elle accorda son rythme à celui de son puissant va-et-vient.

Il ne regretterait pas de ne pas avoir accompli le vœu de son père, se promit Jocelyne alors qu'une onde voluptueuse l'emportait déjà. Jamais il ne le regretterait ! Elle ne le permettrait pas !

Elle fut bientôt incapable de penser. Il n'y avait plus que le corps chaud et musclé de Simon qui se pressait contre le sien, ses doigts glissés dans ses cheveux, et sa bouche qui lui dévorait les lèvres de baisers.

Ses mouvements étaient de plus en plus amples et, à chaque pénétration, il la poussait un peu plus vers un abîme où elle avait envie et peur en même temps de se laisser sombrer...

— Simon !

Enivrée par les vagues chaudes et ondulantes qui envoyaient des ondes de plaisir dans son ventre, elle avait détaché les lèvres des siennes pour reprendre sa respiration.

Un instant après, dans une explosion d'écume, elle fut emportée sur la crête blanche d'une vague et, cambrant les reins, tous muscles tendus, laissa échapper de petits cris voluptueux.

Quand la grotte cessa de tanguer autour d'elle et qu'elle recouvra ses esprits, elle rouvrit les yeux et vit Simon en train de la contempler avec tendresse. Il était toujours en elle, vibrant et intense, mais avait arrêté son mouvement pour la regarder et écarter de son visage ses cheveux emmêlés.

— Blondin, le troubadour, n'a rien dit dans ses vers qui égale ta beauté.

Elle lui sourit tendrement.

— Parce qu'il ne m'a pas vue comme toi avec des algues dans les cheveux et les lèvres gonflées par tes baisers.

— Quoi qu'il arrive à l'avenir, je garderai toujours cette image de toi.

— Seulement celle-là ? fit-elle en s'arrachant à sa délicieuse léthargie pour remuer les hanches d'une manière provocante. J'ai l'impression que je n'en ai pas encore fini avec toi, mon prince. Je crois que je vais te donner d'autres motifs de te souvenir de moi.

Une lueur malicieuse dans le regard, elle changea de position tout en le gardant en elle et se retrouva à califourchon sur lui, les mains à plat sur sa poitrine qui luisait sous l'éclat des rayons du soleil.

Elle aussi se souviendrait éternellement de ce moment. Quoi que puisse leur réserver le futur, ils étaient en train de vivre un moment d'éternité. Elle se souleva lentement et redescendit de la même manière...

Cette fois, ce fut Simon qui, essoufflé, s'affala sur leurs vêtements. Quand sa respiration se fut un peu calmée, il ouvrit des yeux où se lisait une expression stupéfaite.

— M'étonneras-tu ainsi tout le temps, ma chérie ?

— Je m'y efforcerai.

Ils restèrent l'un contre l'autre, les yeux dans les yeux, sans rien dire, savourant seulement l'indicible bonheur qu'ils venaient de partager. Seul le cri des mouettes et le grondement des vagues troublaient l'immense paix qui avait envahi leurs cœurs.

Ils auraient voulu ne jamais interrompre ce moment, mais une foule de convives les attendait à Fortemur.

— Viens, mon chéri, fit soudain Jocelyne, pleine d'énergie, en lui donnant une claque sur la cuisse. Il faut retourner au donjon, sinon dame Constance aura nos têtes ainsi que celle de ce pauvre Guy.

16

La reine qui franchit la porte de Fortemur au côté de son fils, le lendemain, vers l'heure de midi, ne ressemblait en rien à celle à laquelle Jocelyne avait parlé la dernière fois.

La Mélisende qu'elle avait laissée à Blanche-Garde portait sur le visage l'empreinte d'une bataille aussi cruelle que brutale. Celle qui entrait dans la cour intérieure du château et se tenait parfaitement droite sur la selle de son palefroi avait les traits détendus et le teint frais.

Une couronne incrustée de pierres précieuses tenait en place le voile transparent qui lui couvrait la tête. Sa robe, taillée dans un brocart d'or et d'argent, avait été à peine empoussiérée par la route. Les manches en étaient si amples et évasées qu'elles descendaient jusqu'à ses éperons.

Jocelyne ne s'était pas vêtue avec moins de soin. Ses servantes avaient séparé ses cheveux blonds en deux grosses nattes qu'elles avaient entrelacées de rubans et de galons d'or. Elle portait également un voile de soie léger comme une gaze que surmontait un cercle d'or frappé.

Elle avait revêtu la robe qu'elle avait fait coudre pour cette occasion. D'un vert tendre, elle présentait un large décolleté carré laissant voir une tunique faite d'un drap tissé de fils d'or.

Simon, qui se tenait à son côté, portait les vêtements qu'elle lui avait fait confectionner à la hâte par ses dames. Elles avaient transformé plusieurs des plus beaux surcots de son grand-père, mais celui qu'il portait en ce jour avait été taillé et cousu exclusivement pour lui.

D'un rouge incarnat, il était bordé d'hermine noire au cou et aux poignets. Il était certainement trop chaud pour cette matinée ensoleillée, mais Simon avait insisté pour porter les couleurs de Fortemur le jour de son mariage.

Jocelyne était très fière d'accueillir ses hôtes royaux en compagnie d'un fiancé ayant aussi belle prestance. Avec sa grande taille, ses larges épaules, ses cheveux blonds et son noble port de tête, Simon était aussi beau qu'impressionnant.

Baudouin fut le premier à mettre pied à terre. Tandis que Simon aidait la reine à faire de même, le roi salua Jocelyne qu'il embrassa affectueusement sur les joues.

— Ma mère m'a dit que vous désiriez ce mariage autant que vous ne vouliez pas de l'autre, dit-il en gardant son sérieux. La dernière fois que nous nous sommes vus, les événements ne m'ont pas laissé l'occasion d'en parler avec vous, mais dites-moi, maintenant, ce qu'il en est.

— C'est la pure vérité, Votre Majesté.

Il hocha la tête et se tourna vers Simon.

— Et vous, chevalier de Rhys ? Il est encore temps de changer d'avis. Etes-vous bien certain de vouloir vous lier pour toujours avec ma protégée ?

Un sourire se dessina sur ses lèvres quand il reprit :

— Au cas où vous ne l'auriez pas déjà remarqué, la dame de Fortemur ne manque pas de caractère. Elle serait plutôt du genre entêté.

— En effet, je m'en suis aperçu.

Le ton sur lequel Simon avait répondu provoqua l'hilarité du souverain.

— Et vous voulez d'elle malgré cela ?

— Oui, Votre Majesté.

— Alors, il n'y a plus d'espoir… Vous êtes perdu.

Toujours secoué de rire, Baudouin donna le bras à sa mère et fit signe à Jocelyne de les précéder dans le donjon.

Elle avait fait préparer la chambre seigneuriale pour le roi et réservé la vaste chambre des dames pour la reine et ses suivantes. Dame Constance, qui pensait à tout, y avait fait apporter du vin tiré de tonneaux placés dans la partie la plus sombre du cellier. Doux et frais, il accompagnait à ravir une collation d'olives, de figues et de fromage présentés dans des plats d'argent.

Tandis que les écuyers montaient dans la chambre les coffres contenant les effets de la reine et que ses dames d'honneur commençaient à les déballer, Mélisende, à qui Jocelyne avait fait servir une coupe de vin, s'approcha d'une fenêtre.

Tout en dégustant le vin à petites gorgées, elle s'engagea dans l'embrasure profonde et regarda la mer que les volets ouverts laissaient voir.

Elle respira l'air marin puis, se tournant vers Jocelyne, indiqua du doigt un coussiège matelassé.

— Asseyez-vous près de moi, dit-elle en y prenant place.

Humant l'air pur du large, elle plissa les yeux et but une autre gorgée de vin.

— Venez, ma fille, insista-t-elle en tapotant de la main la place libre près d'elle. Je veux que vous me racontiez comment vous avez convaincu le chevalier de Rhys qu'il était davantage fait pour vous que pour le Temple.

— Je n'ai rien fait, Votre Majesté, répondit Jocelyne en s'asseyant près de la reine. Il était convenu que Simon accomplirait le vœu de son père. Il s'est soumis, d'ailleurs, au rituel de réception des chevaliers du Temple.

Jocelyne avait prononcé ces derniers mots avec une altération de la voix qui trahissait la méfiance mêlée d'horreur que cela lui inspirait.

— C'est ce que j'avais cru comprendre, mais je n'en étais pas certaine, indiqua la reine.

Elle resta rêveuse un moment avant de reprendre :

— Je me suis bien gardée, évidemment, d'interroger le grand maître. Dieu me garde de le pousser au péché ! De toute façon, il ne m'aurait rien dit.

Mélisende observa de nouveau un silence, comme s'il lui coûtait de parler de cette question, puis, enfin, poursuivit.

— Les seules informations dont je dispose m'ont été données par Baudouin. Il semblerait que les Templiers qui ont accompagné le chevalier de Rhys dans les différentes étapes du rituel ont dû le transporter inanimé de la chapelle, où tout s'est déroulé, jusqu'à une chambre où il a reçu des soins. D'après ce que je sais, ils ont été horrifiés par les tortures que les infidèles lui avaient infligées.

Elle secoua la tête d'un air indigné avant de boire encore un peu de vin.

— Mais, s'il a accompli le rituel dans sa totalité, comment se fait-il qu'il soit là ? demanda-t-elle après un moment de réflexion.

— Je l'ignore, Votre Majesté. Il ne peut rien nous dire de ce qui s'est passé dans la chapelle, puisqu'il a fait le serment d'en garder le secret.

— Et vous, ma fille, qu'en pensez-vous ? Est-il parjure, à vos yeux ? Croyez-vous au plus profond de votre cœur qu'il soit toujours habité par ce sens de l'honneur dont vous m'aviez dit qu'il y tenait plus qu'à la vie ?

Jocelyne releva le menton.

— Oui, Votre Majesté. Je n'ai aucun doute à ce sujet. Jamais je ne retirerai ma confiance à Simon.

La reine laissa échapper un petit soupir et porta le regard vers les vagues qui écumaient, au loin, dans la clarté du soleil. Elle resta longuement dans une sorte de contemplation avant de tourner de nouveau le regard vers Jocelyne.

— Plût à Dieu que j'eusse été donnée à un mari qui eût enduré autant pour moi que Simon de Rhys pour vous. Considérez-vous comme très chanceuse, ma petite. Il n'y a pas beaucoup d'hommes comme votre chevalier.

— J'en suis consciente, Votre Majesté.

— Tant mieux. Et maintenant laissez-moi, je vous prie, chère enfant. Je vais me reposer un peu avant que n'ait lieu la célébration de votre mariage.

Lorsque le roi aussi se fut restauré, il demanda à son secrétaire de lui donner le contrat de douaire qui avait été établi par ses soins. Le document de plusieurs pages indiquait dans le détail quels revenus et rentes seraient versés au chevalier de Rhys et lesquels dame Jocelyne garderait en son propre nom.

En qualité de pupille du roi, elle n'aurait pas dû être citée dans un tel document. Baudouin, en effet, détenait le droit exclusif de disposer de sa personne et de son bien pour les donner à qui il voulait.

Après la prise de Blanche-Garde, cependant, où les gens d'armes de Fortemur avaient joué un rôle essentiel, le roi avait laissé entendre à Jocelyne, qui avait acquiescé de tout cœur, qu'elle avait plus que gagné le droit de connaître les dispositions qui seraient prises à son sujet.

A cette fin, les vassaux de Jocelyne furent réunis dans la grande salle pour que leur soit donnée lecture du contrat. Elle avait convié à son mariage tous les chevaliers et leurs dames dont la vie se trouverait affectée autant que la sienne par ce changement d'état.

Ils prêteraient leur serment d'allégeance à Simon lors d'une cérémonie qui se déroulerait après le mariage. Il suffisait pour l'instant qu'ils soient témoins de ce transfert essentiel des droits et des responsabilités, et que les trois plus anciens barons parmi eux apposent leur signature au-dessous de celle du roi.

Après la cérémonie et les festivités qui la suivraient, ils accompagneraient les mariés dans leur chambre nuptiale et assisteraient à leur entrée dans le lit pour ne se retirer que lorsque Simon aurait fermé les rideaux autour de lui et de son épouse.

Il aurait été possible de se dispenser de leur présence, avait songé Jocelyne, car elle ne doutait pas que tout le monde à Fortemur, du plus humble palefrenier à messire Guy, savait que Simon partageait son lit depuis son retour de Blanche-Garde. Mais elle ne voulait pas prendre le risque que quiconque puisse contester la validité de leur mariage.

Puisque la coutume exigeait d'eux qu'il soit consommé, ils en donneraient la preuve à un grand nombre de témoins.

La cérémonie pouvait avoir lieu, à présent, mais, avant qu'elle ne commence, elle voulut faire un dernier point avec dame

Constance au sujet de la place qu'il convenait d'attribuer à table à chacun des convives.

Il s'agissait aussi de décider si la parade des cygnes troussés et rôtis devait précéder ou suivre le toast royal.

Après avoir réglé cette question, elle s'empressa de monter le grand escalier. Elle atteignit, hors d'haleine, le troisième étage et entra dans la chambre des dames où la reine attendait avec ses dames d'honneur.

Maniant peigne d'ivoire et brosse en défense de sanglier, des servantes s'empressèrent de défaire les nattes de Jocelyne.

Ses longs cheveux blonds lui tombèrent dans le dos jusqu'aux reins et, comme leur teinte très claire accentuait sa pâleur, l'une de ses dames d'honneur lui pinça les joues pour y faire naître des couleurs. Il s'agissait de lui donner l'aspect d'une jeune vierge qui ne manquerait pas de rougir en un jour comme celui-ci au moment de l'échange des consentements et de la cérémonie de l'anneau. Personne n'était dupe, bien sûr, surtout pas Mélisende, mais il fallait sauver les apparences.

Une autre dame d'honneur remplit rapidement de copeaux de bois macérés dans du musc le diffuseur de parfum en or que la mariée portait à sa ceinture. Dame Constance entra à son tour dans la chambre pour disposer sur le voile de Jocelyne une couronne de feuilles vernissées entrelacées avec des asters blancs.

— Vous voilà prête, dit-elle en effaçant du doigt une larme qui roulait sur la joue de la mariée.

La reine Mélisende observa Jocelyne de la tête aux pieds avant de donner son propre avis :

— En effet, elle est parfaite. Je pense que nous pouvons descendre pour former le cortège.

Dans un bruissement de robes, les femmes se dirigèrent vers la porte mais, avant qu'elles ne l'atteignent, un page haletant arriva.

— Messire de Rhys m'a prié de venir vous trouver, ma dame, dit-il en s'adressant à Jocelyne. Il voudrait vous parler en privé.

Le cœur de Jocelyne se serra et un frisson glacé lui courut dans le dos.

— Maintenant ? fit-elle.

— Oui, ma dame.

Elle lança un regard interrogateur à la reine qui haussa les épaules.

— Faites entrer votre fiancé, ma fille. Nous vous attendrons en bas.

Le page repartit aussi vite qu'il était venu puis Mélisende et sa suite sortirent de la chambre.

Un instant plus tard, Simon parut dans l'embrasure de la porte.

— Qu'y a-t-il ? demanda Jocelyne d'une voix tremblante.

— Rien, s'empressa-t-il de répondre pour la rassurer. Je voulais seulement te faire un cadeau.

Elle laissa échapper un soupir de soulagement. La vision effarante d'une horde d'infidèles descendant au pas de charge la route menant à Fortemur s'évanouit, mais une autre la remplaça immédiatement.

C'était celle d'un homme à demi nu et enchaîné, au corps couvert de plaies, et qui était vendu aux enchères. Personne mieux qu'elle ne savait que Simon avait tout perdu dans sa traversée de la Méditerranée.

— Simon..., fit-elle. Je n'attendais aucun cadeau de ta part.

— Qu'importe. Tu ne refuseras pas celui-ci.

Il tendit la main vers elle et l'ouvrit.

Sur sa paume se trouvait un pendentif de verre fixé à un ruban de soie noire. Il avait la forme d'un coquillage, constata avec ravissement Jocelyne, et était en cristal de Venise.

Le secret de fabrication de ces objets désignés sous le nom de *vitro-di-trina* était soigneusement gardé, mais Jocelyne pouvait se représenter les souffleurs qui, grâce à la maîtrise de leur art, arrivaient à donner ces formes exquises au cristal fondu.

Quelle que soit la méthode employée pour réaliser ces délicats objets, ils n'en étaient pas moins d'une réelle beauté et portés par les têtes couronnées dans une grande partie du monde.

— Où as-tu trouvé cette merveille ? demanda-t-elle en effleurant délicatement le bijou du doigt. Et avec quel argent l'as-tu achetée ?

— J'avais remarqué un marchand qui vendait ces coquilles

de cristal sur le marché d'El-Arich. C'était pendant qu'on nous emmenait à travers le port jusqu'au lieu où l'on met les esclaves en vente. Je suppose qu'elles provenaient de la cargaison d'un navire vénitien pris par les pirates. Comme la reine Mélisende m'avait fait don de cent besants d'or pour lui avoir sauvé la vie, j'ai envoyé quelques-uns de tes gens à El-Arich pour acheter cette coquille. Je ne te la donne que maintenant parce qu'ils viennent tout juste de revenir.

— Oh ! Simon ! Comme c'est délicat de ta part ! Mais rassure-moi. Tu n'as pas mis cent besants d'or dans cet achat ?

— Non, ma chérie. Il m'en reste assez pour t'acheter quelques colifichets en or et en argent.

Il sourit de cette manière sensuelle et pleine de charme que Jocelyne avait appris à reconnaître et à tant aimer.

— Ce petit bibelot de cristal a beaucoup de valeur à mes yeux, reprit-il. Chaque fois que je te verrai le porter, je serai transporté dans ta grotte tapissée de cristaux de sel. Alors, mets-le souvent, mon amour.

Emue par la remarque de Simon, elle baissa la tête de façon qu'il puisse lui attacher le ruban autour du cou.

— Si nous n'avions pas autant d'hôtes, dont un roi et une reine, qui nous attendent en bas, je te remercierais comme tu le mérites.

La lueur qui brillait dans le regard de Simon s'accentua quand il répondit :

— Rien ne t'interdit de le faire cette nuit, quand les rideaux de notre lit auront été tirés.

Arrivés dans la cour du château, les futurs mariés prirent place dans la procession qui s'était formée en les attendant. Le roi donna le bras droit à Jocelyne alors que Simon donnait le sien à la reine.

Précédés de musiciens jouant de la vielle, de la flûte et de la harpe, et suivis d'une foule de chevaliers et de barons, ils se dirigèrent vers la chapelle entre une haie de paysans et de villageois venus les acclamer.

Jocelyne, qui avait le cœur battant, sentit plus d'un regard féminin sur son ravissant pendentif de cristal. Elle était si transportée de joie qu'il lui semblait qu'elle volait sur le tapis de pétales de roses qui avaient été répandus sur leur chemin.

Les conversations allaient bon train dans le cortège et les rires fusaient de toutes parts. Cependant, lorsque l'on arriva devant les portes de la chapelle où le père Joseph attendait les mariés, le silence se fit tout naturellement.

Le visage sillonné de rides du père Joseph était éclairé par un sourire bienveillant. S'il avait cédé à l'insistance de Jocelyne pour le délai de proclamation des bans, il voulait maintenant prendre son temps pour dresser la liste des objections susceptibles d'être encore invoquées afin d'empêcher la célébration du mariage.

La voix tremblotante et légère, il citait une objection puis, avant de passer à la suivante, scrutait du regard la foule assemblée derrière les mariés pour s'assurer que personne ne se manifestait.

Aucun des témoins ne réagissait, mais Jocelyne devenait de plus en plus nerveuse. Elle touchait sa coquille de cristal comme pour se rassurer en attendant la dernière objection qu'elle redoutait entre toutes.

— L'un ou l'autre de vous est-il lié par des vœux monastiques ou religieux ? demanda le chapelain en fixant tour à tour Jocelyne et Simon de ses yeux larmoyants.

— Non, répondit Jocelyne.

Ses doigts se pressèrent contre le délicat colifichet alors qu'elle attendait la réponse de son fiancé.

— Non, dit-il enfin d'une voix claire et sonore.

Jocelyne, qui avait retenu son souffle, se remit à respirer.

Un sourire s'épanouit sur les lèvres du père Joseph quand il poursuivit :

— Nous sommes en un temps liturgique où l'Eglise permet la célébration des noces. Il n'y a donc aucun obstacle à ce que nous vous demandions solennellement votre consentement au mariage.

Humectant son index, le chapelain entreprit de tourner les pages de son livre de messe. Ses yeux fatigués s'arrêtèrent sur une page puis sur une autre, et d'autres encore, jusqu'à ce que la foule commence à murmurer dans un bruissement d'étoffes et que Jocelyne soit gagnée par une impatience fiévreuse.

Le destin — ou la providence — les avait réunis et, maintenant, un vilain petit diable se mêlait de la cérémonie. Jocelyne préférait être damnée plutôt que de laisser Satan jouer avec leurs vies. Aussi, quand le père Joseph eut enfin trouvé la page qu'il cherchait, s'empressa-t-elle de répondre à la question qu'il lui posa.

— Oui, moi, Jocelyne, te prends pour mari pour t'aimer jusqu'à mon dernier souffle !

Le chapelain cligna les yeux, surpris, et Simon la regarda d'un air étonné.

A la demande du prêtre, il répondit à son tour :

— Oui, moi, Simon, te prends pour femme.

Jocelyne serra dans la sienne la main de Simon qui se pencha sur elle et déposa un baiser sur ses lèvres. Elle exultait de joie. Il lui semblait qu'un poids énorme venait de lui être ôté de la poitrine. Ils étaient mariés, à présent, et elle ne le quitterait plus jamais. Elle le garderait pour elle. Ils étaient unis pour le meilleur et pour le pire. Qu'ils soient riches ou pauvres, cela n'y changerait rien. Malade ou en bonne santé, rondelette ou la peau sur les os, elle serait toujours la femme de Simon pour l'aimer et le chérir jusqu'à ce que la mort les sépare. Autrement dit quand Dieu en aurait décidé ainsi.

Le chapelain s'éclaircit la voix avant de reprendre :

— Nous allons procéder, maintenant, à la remise de l'anneau.

Le chapelain bénit l'anneau d'argent et le donna à Simon qui le passa successivement à trois doigts de la main droite de sa femme en prononçant chaque fois :

— Au nom du Père, du Fils, du Saint-Esprit.

Puis il le glissa enfin à l'un des doigts de la main gauche de Jocelyne où elle le garderait toute sa vie en signe de fidélité et d'amour.

Les portes de la chapelle s'ouvrirent alors et les mariés avancèrent entre deux haies de convives.

Arrivés au milieu de la nef, ils se prosternèrent devant l'autel où le chapelain les bénit puis ils gagnèrent les sièges, qui avaient été disposés pour eux dans le chœur, et assistèrent à la messe.

Au sortir de la chapelle, au bras de Simon, Jocelyne crut qu'elle allait défaillir tant sa joie était grande. La foule les acclamait et, le visage inondé de larmes, elle souriait, agitant sa main libre pour saluer tous ces hommes et ces femmes dont la vie dépendait d'elle, et sur lesquels elle se promettait de veiller avec le concours de son fidèle et loyal époux.

Les musiciens prirent de nouveau la tête du cortège et l'on se dirigea vers le donjon sur le chemin de pétales de roses et entre les brûle-parfums qui diffusaient leurs suaves odeurs dans l'air.

Jocelyne avait fait couvrir le pavé de la grande salle de roses et de joncs, et tendre aux murs des soieries vertes et rouges qui rivalisaient avec les tapisseries.

Le dîner, qui débuta par la parade des cygnes et des paons rôtis disposés sur des plats en or, se poursuivit durant sept heures.

Assis à la table d'honneur auprès du roi et de la reine, Simon et Jocelyne, à l'exemple du roi, levèrent leurs coupes que le sénéchal avait remplies d'un vin doux et frais.

Ils burent une longue gorgée puis, simultanément, tournèrent la tête l'un vers l'autre.

— Il me tarde de te serrer dans mes bras, murmura Simon avec son sourire qui troublait si profondément Jocelyne.

— A moi aussi, répondit-elle. Nous écourterons le bal. Si nous pouvions nous éclipser discrètement, nous le ferions toute de suite, mais il faut respecter la coutume. Nous ne serons pas seuls lorsque nous irons dans notre chambre.

— Il faudra patienter encore un peu et, dès qu'ils se seront retirés, je prendrai ma tendre épouse dans mes bras. Mon amour… Si tu savais comme je suis impatient de te sentir contre moi !

La procession jusqu'au lit nuptial, qui eut lieu plus tard dans la soirée, se fit au milieu des rires et des encouragements. Ceux-ci durèrent jusqu'à ce que Simon ait retiré la jarretière ornée de pierreries de sa femme, l'ait jetée par-dessus son épaule et ait refermé les lourds rideaux de leur lit. Tout cela sur un fond de commentaires grivois sur l'art et la manière de dompter une femme aussi effrontée que la sienne.

La fête se poursuivit plusieurs jours.

Jocelyne et Simon avaient organisé toutes sortes de divertissements pour leurs convives, en particulier des parties de chasse au faucon et à courre, des concours de tir à l'arc, des joutes et des courses à la rame sur une mer d'huile.

Avant de se retirer, enfin, les invités comblèrent les mariés de cadeaux. Le plus précieux d'entre eux, un service de dix-huit coupes en or, leur fut donné par la reine Mélisende, et le plus simple, un poignard à lame recourbée, leur fut offert par un modeste chevalier.

Jocelyne et Simon reçurent tous ces présents avec le même enthousiasme et en remercièrent leurs auteurs avec la même gratitude.

Le plus beau cadeau qu'ils reçurent, cependant, n'arriva que six mois plus tard. Il leur vint sous la forme d'un grand et maigre chevalier aux cheveux bruns, qui se présenta à la porte de Fortemur, en compagnie d'un écuyer et de deux chevaux de réserve.

17

Jocelyne ne reconnut pas le chevalier que l'on fit entrer dans la grande salle en cet après-midi de tempête hivernale.

Elle se leva pour l'accueillir, mais fut aussitôt prise de nausées. Quelques semaines plus tôt, elle avait annoncé une bonne nouvelle à Simon et, depuis un certain temps, était sujette aux haut-le-cœur. Elle dut s'arrêter et prendre plusieurs longues inspirations par le nez pour interrompre la pénible sensation.

Simon, qui s'était approché d'elle, la prit par le bras et la scruta de ses yeux bleus avec inquiétude.

— Ça va, ma chérie ?

— Oui, autant que possible, répondit-elle avec un sourire un peu contraint. Ce n'est que ton enfant qui se rappelle à mon souvenir. Va vite recevoir notre hôte.

Simon traversa la vaste salle à longues enjambées et son visage s'éclaira d'un sourire radieux quand le visiteur releva le capuchon détrempé de son manteau, qui lui descendait jusqu'aux yeux.

— Robert de Burgh ! s'exclama-t-il. Que fais-tu là, vaurien ?

Les deux hommes tombèrent dans les bras l'un de l'autre en se frappant amicalement le dos et en échangeant des paroles impossibles à décrypter pour les oreilles inexpérimentées de Jocelyne.

— Quand es-tu arrivé en Terre sainte ? demanda enfin Simon après s'être écarté de son ami.

— Il y a trois jours. J'avais l'intention de me rendre directement à Jérusalem quand j'ai appris qu'un certain Simon de

Rhys avait pris pour épouse une noble dame du pays. Je n'ai pas résisté à l'envie de venir vérifier personnellement ce qu'il en était. Et j'avoue que je ne suis pas déçu. Comment la châtelaine d'une aussi puissante forteresse a-t-elle pu épouser un grand rustre comme toi ?

Sur ces mots, il se tourna vers Jocelyne et, un sourire triomphant aux lèvres, s'inclina devant elle jusqu'au sol.

— Vous comprendrez ma surprise, gente dame, quand je vous aurai raconté combien de fois cette grosse brute de Simon et celui qui vous parle ont titubé jusqu'à leurs lits après une tournée des tavernes de Lille ou après avoir dépensé jusqu'à leur dernier sou avec quelque méchante ribaude...

— Robert ! fit Simon sur un ton menaçant.

— Très bien... Je ne trahirai pas toutes tes faiblesses. De toute façon, ta charmante épouse les a certainement déjà découvertes par elle-même.

Jocelyne ne put se retenir d'éclater de rire.

— Je crains que oui, messire. J'ai d'ailleurs dit à Simon, la première fois que nous nous sommes vus, qu'il n'était pas fait pour l'Eglise.

A peine eut-elle prononcé ces mots qu'elle aurait voulu les ravaler. Elle avait eu plus de bonheur depuis qu'elle avait épousé Simon qu'elle ne l'aurait cru possible. Or, la dernière chose qu'elle désirait, c'était rappeler à la mémoire de son mari le serment qui leur avait causé, à l'un et à l'autre, tant de souffrances.

Simon n'eut pas même un battement de cils en entendant parler sa femme. Son ami, en revanche, sembla stupéfait.

— L'Eglise ? fit-il. Ne me dis pas que tu avais envisagé de te faire moine !

— Si... J'ai été sur le point de le devenir.

— Sacrebleu ! Mais pourquoi ?

Simon hésita un instant avant de répondre :

— Mon père m'avait fait promettre d'entrer dans l'ordre du Temple.

— Vraiment ? dit Robert de Burgh, stupéfait. Dire qu'il ne m'en a pas soufflé mot quand je lui ai demandé de tes nouvelles !

Il m'a simplement appris que tu t'étais embarqué à destination de la Terre sainte.

— Tu as parlé à mon père ? Où et quand ?

— Il y a environ deux mois, juste avant que je parte en pèlerinage. Nous participions tous les deux à un tournoi organisé par le comte de Flandres. Ton père, d'ailleurs, n'y a remporté aucune joute. Il a mis cet échec sur le compte de la maladie qui l'avait tenu alité pendant quelques mois et dont il sortait à peine, mais je crois qu'il est davantage la conséquence des nuits de débauche qu'il a passées à Lille pendant toute la durée du tournoi.

Simon jura avec une telle véhémence que le chevalier s'interrompit.

— Si je comprends bien, il n'y a pas plus de deux mois, mon cher père courait les filles et se soûlait allègrement ?

— Oui, on peut le dire.

— Morbleu !

Simon pivota sur ses talons et s'éloigna, l'air aussi furieux que bouleversé.

Au comble de la confusion, Robert de Burgh, qui avait suivi son ami du regard, se tourna vers Jocelyne, consterné.

— Je vous demande infiniment pardon si j'ai offensé Simon par mon bavardage imprudent. Mais laissez-moi vous rassurer. Simon n'a rien à voir avec son père. Il vaut dix fois — que dis-je ? — cent fois mieux que lui !

— Vous n'avez offensé personne, chevalier. Tout au contraire. Vous nous avez fait un don d'une inestimable valeur. Mais veuillez m'excuser. Il faut que j'aille trouver mon seigneur.

Elle laissa seul dans la grande salle un Robert de Burgh médusé et partit à la recherche de son mari.

Il lui fallut un certain temps pour le trouver.

Simon avait gravi l'escalier à vis conduisant à leur chambre et s'était arrêté devant une meurtrière d'où il contemplait la mer.

Il avait les traits contractés, les mâchoires serrées.

Sans dire un mot, le plus silencieusement possible, Jocelyne vint se placer près de lui. Elle comprenait qu'il lui fallait d'abord digérer l'information qu'il venait de recevoir avant de partager ses sentiments avec elle.

S'il acceptait de lui ouvrir son cœur...

Elle commençait à se demander s'il lui ferait part, un jour, de ce qu'il ressentait quand il laissa échapper un soupir et, enfin, se tourna vers elle.

Par la meurtrière, elle vit de gros nuages noirs envahir le ciel et étendre un voile sombre sur la mer qui semblait de plomb.

Un courant d'air froid et humide rampait le long des marches de pierre de l'escalier. Sa morsure ne dérangeait pas vraiment Jocelyne mais, la voyant frissonner, Simon retira son manteau doublé de fourrure et le lui posa sur les épaules avant de prendre la parole.

— Mon père a dû se remettre de sa maladie peu après que je me suis embarqué...

— Oui, apparemment.

— Pourtant, il ne m'en a pas informé.

— Du moins, précisa Jocelyne en passant la main sur la joue de son mari, rien n'est arrivé de sa part. Mais ça ne signifie pas qu'il ne t'a pas écrit.

— Moi, je lui ai écrit, comme ma conscience me le dictait, après avoir renoncé à devenir Templier. Et il n'a pas répondu non plus à ma lettre.

— Tu sais combien de temps une missive prend pour arriver en France, si jamais elle y parvient.

Bien qu'elle parlât calmement, la colère grondait dans le cœur de Jocelyne.

Cette indifférence ressemblait diablement à ce damné de Gervais de Rhys !

Avoir le toupet de faire porter par son fils le poids de ses péchés puis ne pas l'informer qu'il n'était plus dans la situation désespérée où il l'avait quitté !

Ce Gervais de Rhys ferait bien de prier pour ne jamais croiser les pas de la femme que son fils avait épousée !

Cette rencontre, si elle devait avoir lieu, n'était heureusement pas pour demain. D'ici là, peut-être aurait-elle pardonné à son beau-père.

D'ailleurs, au-delà de l'indifférence navrante du père de Simon, il ne fallait pas se dispenser de se réjouir qu'il soit toujours en vie.

Ayant jugulé son amertume, Jocelyne sourit à son bien-aimé.

— Autant que je comprenne, dit-elle gaiement, ton aimable père n'en a pas fini de commettre des péchés.

Le ton léger avec lequel elle avait parlé parut surprendre Simon qui était resté muet.

Souriant devant son expression interloquée, elle lui prit tendrement le visage entre les mains.

— Qu'il rôtisse ou non en enfer, c'est son choix, reprit-elle. La bonne nouvelle, Simon, c'est que, maintenant, tu es totalement affranchi de ton serment. Tu n'as plus aucune obligation envers lui.

Pendant un instant, Jocelyne put lire dans le regard de Simon un certain désarroi lié à toutes les souffrances qu'il avait endurées du fait de ce père indifférent. Mais ce désarroi s'effaça bien vite pour laisser la place à un sourire.

— Tu as raison, ma chérie. Le seul serment qui me lie, aujourd'hui, c'est celui que j'ai prononcé devant le père Joseph.

— Et sache, mon ami, que tu n'en seras jamais délié.

Elle se dressa sur la pointe des pieds et lui effleura les lèvres d'un baiser puis d'un autre et encore un autre, comme une promesse de ce qui viendrait après...

Elle aurait avec lui la vie dont elle avait rêvé. Ils seraient entourés de grands et beaux fils, et de filles rayonnantes de joie. Et les jours de bonheur se succéderaient ici, sur cette terre où elle avait grandi et que Simon s'était mis à aimer autant qu'elle.

Qu'aurait-elle pu demander de mieux ?

— Et maintenant, mon amour, dit-elle d'une voix qui vibrait de bonheur et de tendresse, nous devrions retourner dans la grande salle. J'aimerais entendre de la bouche de l'aimable Robert de Burgh quelques autres détails de la vie passée de mon grand vaurien de mari.

18

Robert de Burgh se révéla d'une très agréable compagnie et, sur l'insistance de Simon, il consentit à passer l'hiver à Fortemur.

— Jérusalem est située en altitude et il est fréquent qu'il y neige, à cette saison, précisa Simon. Je te conseille de rester avec nous jusqu'aux beaux jours. Nous irons chasser ensemble et tu m'accompagneras dans mes tournées de ferme en ferme.

Le vent soufflait à l'extérieur. On l'entendait mugir dans l'escalier et dans le conduit de la grande cheminée où dansaient les flammes d'un feu de bois.

Jocelyne, dont les nausées étaient moins fréquentes, était assise devant un rouet dans l'embrasure d'une fenêtre pour profiter des derniers rayons de soleil de cet après-midi hivernal.

Robert de Burgh se cala sur son siège et allongea ses jambes devant lui.

— J'accepte volontiers ton invitation, répondit-il. Mais je ne voudrais pas troubler votre intimité. Il est bon que de jeunes mariés passent du temps ensemble.

Jocelyne quitta son ouvrage pour s'approcher de la cheminée. Le bliaud rouge qu'elle portait, taillé dans une soie épaisse, soulignait la finesse de sa taille qui ne s'était encore aucunement épaissie.

Avec une expression admirative, Robert de Burgh la suivit du regard.

— Tu as épousé une bien belle femme, dit-il en s'adressant à son ami. Il n'y en a pas de plus charmante dans toutes les Flandres. Et pourtant elles sont séduisantes, les filles du plat pays.

— Vous me flattez, lança en riant Jocelyne qui avait entendu la remarque faite sur un ton assez fort pour qu'elle atteigne ses oreilles.

Tout en tisonnant le feu, elle poursuivit :

— S'il avait eu le choix, Simon ne m'aurait peut-être pas prise pour épouse. Après tout, je ne lui ai guère laissé de liberté ; c'était le Temple ou moi. Et, si je ne l'avais pas acheté sur le marché d'El-Arich, il appartiendrait peut-être aujourd'hui à une ravissante Fatimide qui vivrait dans un ravissement perpétuel en contemplant son regard outremer.

Simon éclata de rire.

— Crois-tu ? Les femmes n'ont aucune liberté, dans ce pays. Et, si l'une des épouses du maître que j'aurais pu avoir avait posé le regard sur moi, j'aurais sans doute mal fini.

Il se leva et alla la rejoindre devant la cheminée.

Elle renversa la tête en arrière et l'appuya à son épaule tandis qu'il l'enlaçait, joignant les mains sur son ventre.

— Mon amour, fit-elle dans un murmure. Que serais-je devenue si je ne t'avais pas rencontré ?

— Tu aurais fait une délicieuse concubine pour un certain émir...

— Gredin ! s'exclama-t-elle en lui donnant un coup de coude dans les côtes. J'aurais dû te laisser dans tes fers !

Pour toute réponse, Simon la prit dans ses bras et la porta jusqu'à un coussiège où il l'étendit avant de s'y asseoir en laissant reposer sa tête sur sa cuisse.

— Tu vois que la vie de couple n'est pas de tout repos, dit-il à Robert de Burgh en passant la main dans les longs cheveux de Jocelyne, qu'elle avait gardés libres exceptionnellement ce jour-là. Tu vas opter pour le célibat, si tu restes trop longtemps avec nous. Finalement, c'est peut-être toi qui vas devenir Templier.

— Pour obtenir le pardon de tes péchés ? fit Jocelyne. Refusez, Robert ! Votre vie n'y suffira pas.

— Qu'a-t-il fait de si mal ? demanda Robert. J'ai plutôt l'impression que ma grande brute de Simon est devenue un agneau à votre contact, gente dame. Je ne m'en étonne pas. Qui ne serait appelé à la perfection en vivant auprès de vous ?

— Vil flatteur… Ne chercheriez-vous pas à obtenir quelque chose de moi, chevalier ?

— Si fait, belle dame ! Je voudrais que vous me prêtiez votre damoiseau pour qu'il m'emmène à la chasse au faucon, demain matin, avant les premières lueurs de l'aube.

— Nous ne pourrons pas nous prélasser, dit à regret Simon.

— N'aurais-tu plus goût qu'à te récréer, mon ami ? le taquina Jocelyne. Je ne voudrais pas te détourner de ton idéal chevaleresque. N'est-ce pas après avoir admiré ton courage lors de la prise de Blanche-Garde que je suis tombée follement amoureuse de toi ?

— Faut-il que je me batte comme un lion pour faire battre ton cœur ? demanda Simon avec un petit sourire.

— Tu as tous les talents, mon chéri, assura Jocelyne en levant le bras pour lui caresser la joue. Je ne te savais pas aussi habile avec les mots qu'avec les armes. Sur tes vieux jours, tu pourras te reconvertir en trouvère.

— Je chante faux ! s'esclaffa Simon.

La conversation fut interrompue par l'entrée de serviteurs qui dressèrent la table pour le souper.

Jocelyne monta à sa chambre pour changer de tenue tandis que Simon et Robert se rendaient sur les remparts pour contempler le coucher du soleil sur la mer.

— Tu es le plus heureux des hommes, ici, déclara Robert en s'accoudant au parapet entre deux merlons. Jocelyne est une merveille de grâce et de beauté.

— Elle est aussi ravissante qu'autoritaire, répondit Simon. Mais je l'ai épousée en connaissance de cause. Je n'ignorais rien de son tempérament quand je lui ai demandé sa main. Son caractère bien trempé est peut-être même l'une des raisons pour lesquelles je suis si attaché à elle. Le charme et la beauté associés à ces qualités rendent une femme plus séduisante encore.

— Je te sens bien attaché, mon vieux. Jamais je ne t'avais vu comme ça. Crois-tu que tu auras le cœur d'aller te battre, le jour où tu seras appelé à rejoindre l'ost ?

Simon, dont le regard se perdait sur l'horizon embrasé, se tourna vers son ami.

— J'espère ne pas manquer de courage si ce jour est proche comme je le crains... Dans cette région, les guerres ont tendance à se succéder rapidement.

Simon et Robert, accompagnés du fauconnier et d'un palefrenier, revenaient de la chasse leurs gibecières remplies de pigeons.

Le soleil s'était levé et ses premiers rayons baignaient, au loin, les tours de Fortemur.

Ils cheminaient au milieu des vignes quand ils aperçurent, sur le chemin qui conduisait à la barbacane précédant les remparts du château, une petite troupe arborant les couleurs du roi.

— J'ai bien peur que tu aies été sujet à un pressentiment, hier, dit Simon qui plissait les yeux en observant les cavaliers. Ce sont là deux chevaliers accompagnés de quatre sergents. Je crains qu'ils n'aient été envoyés ici pour nous apporter un message de Sa Majesté de la plus haute importance.

— J'espère que tu te trompes, mon ami, répondit Robert de Burgh. Je ne suis pas habitué à avoir des prémonitions...

Ils donnèrent du talon dans les flancs de leurs chevaux et rejoignirent les cavaliers alors qu'ils mettaient pied à terre dans la cour intérieure du château.

Jocelyne, qui avait été prévenue de l'arrivée de chevaliers portant le gonfanon royal, s'était empressée de terminer son déjeuner et venait de paraître dans l'embrasure de la porte du donjon.

— Messire, fit le premier des chevaliers en inclinant la tête devant Simon qui venait de descendre de cheval. Sa Majesté nous envoie vers vous pour vous porter un message pressant.

— Entrez ! fit Simon en désignant les marches menant au donjon. Je prendrai connaissance du message pendant que vous vous restaurerez.

Il pressa avec tendresse la main de Jocelyne quand il passa

près d'elle et conduisit les cavaliers jusqu'à une table où il les fit asseoir.

— Echanson ! appela-t-il. Apportez-nous du vin et tout ce qu'il faut pour nourrir ces seigneurs.

Le chevalier avait remis un parchemin à Simon qui s'écarta de la table et s'approcha d'une fenêtre pour le desceller.

Jocelyne l'avait rejoint et, une main sur son épaule, tendit le cou pour lire en même temps que lui.

Sa gorge se noua dès les premières lignes. Comme elle l'avait craint, elle aussi, le roi requérait tous les barons et chevaliers du royaume pour qu'ils rejoignent l'ost déjà en marche vers Ascalon.

La succession au vizirat d'Egypte se déroulant dans les pires conditions, le pouvoir se trouvait vacant, ce qui offrait l'occasion rêvée de prendre la ville. Si les Francs y parvenaient, ils seraient maîtres de tout le littoral de la Palestine.

Simon roula le parchemin et se tourna vers sa femme.

— Nous partirons demain à la pointe du jour, dit-il en la prenant dans ses bras. Les journées sont trop courtes, à cette saison, pour nous mettre en route dès aujourd'hui.

Il se pencha vers elle et lui chuchota à l'oreille :

— Et j'ai trop envie de passer une dernière nuit avec toi.

Elle se serra plus fort contre lui en guise de réponse et dut se mordre la lèvre pour ne point pleurer. Elle n'allait pas se montrer faible au moment où il fallait justement être forte.

En l'absence de Simon, elle allait devoir être de nouveau la châtelaine à part entière de Fortemur.

Guy de Bures serait certes à son côté pour défendre le château en cas d'attaque et diriger la garnison réduite qu'ils conserveraient, mais elle aurait le devoir de montrer l'exemple, en particulier aux femmes des chevaliers et des sergents d'armes qui iraient rejoindre l'armée royale avec Simon.

La journée, occupée par les préparatifs, passa très vite. Quand ils gagnèrent enfin leur chambre, Jocelyne et Simon se hâtèrent de se glisser sous leur courtepointe.

Après avoir témoigné à sa femme toute sa passion, Simon, en appui sur un coude, lui passa tendrement la main sur le ventre.

— Quand sentira-t-on le bébé ? demanda-t-il en pressant légèrement l'abdomen de Jocelyne.

Elle posa la main sur la sienne et la garda immobile sur son nombril.

— Je n'ai jamais porté d'enfant, mais je crois que c'est au cours des quatre derniers mois.

Elle resta silencieuse puis, d'une voix où perçait l'émotion, ajouta :

— Tu seras revenu pour la naissance de bébé, n'est-ce pas ?

— Oui, ma chérie. Je suis sûr que nous aurons pris Ascalon avant Pâques.

Les collines à l'est de Fortemur se découpaient sur un ciel pâle et limpide.

Leur masse sombre s'arrachait lentement à l'obscurité alors que Simon, coiffé de son heaume, revêtu d'un surcot noir et rouge sur sa cotte de mailles, et monté sur le splendide Vengeur harnaché pour la bataille, franchissait le pont-levis au côté de Robert de Burgh.

Malgré l'insistance de Simon, ce dernier avait refusé de rester à Fortemur pour veiller sur Jocelyne et contribuer à la défense du château.

— Pas de regrets ? demanda Simon en se tournant vers lui. Tu as encore le temps de changer d'avis.

— Non, mon ami. Je ne veux pas manquer cette occasion de livrer combat à ton côté. Cela nous fera nous souvenir des tournois du comte de Flandres, quand nous nous battions pour la même équipe.

— Oui... Mais, cette fois, tu devras lutter à un contre dix, quand ce ne sera pas cent.

— La chevalerie franque a la réputation d'être la meilleure au monde. Je pourrai constater de mes propres yeux s'il s'agit d'une vérité ou d'une légende.

Simon sourit, mais une certaine tristesse lui serrait le cœur depuis qu'il avait laissé les remparts de Fortemur derrière lui.

Tout en parlant avec Robert, il avait lancé à deux ou trois reprises un regard par-dessus son épaule dans l'espoir d'apercevoir Jocelyne sur le sommet du donjon, là où elle avait coutume de se poster pour le saluer quand il s'en allait pour ses inspections.

Le jour était à peine levé, certes, et elle était fatiguée par sa grossesse, mais il partait vers un destin inconnu. Au bas mot, il serait absent pour trois ou quatre mois et peut-être même, hélas ! ne reviendrait-il jamais...

Robert, qui avait remarqué la préoccupation de son compagnon, tourna la tête vers lui, un petit sourire contrit aux lèvres.

— Si Jocelyne n'est pas venue te voir partir, c'est parce que ça lui aurait fait trop mal.

— Oui, tu as raison. C'est sans doute pour ça.

Ils cheminèrent en silence jusqu'à ce qu'ils soient en vue de la tour de guet la plus avancée au sommet de la première colline dominant Fortemur.

Les chevaliers et sergents d'armes qui les suivaient, après avoir lancé des « au revoir » à leurs épouses et leurs enfants assemblés sur leur passage, avançaient à présent eux aussi en silence.

Simon contemplait la splendeur des cieux dans leur transparence lumineuse qui contrastait avec la mer couleur de plomb et l'horizon brumeux. Il venait de se retourner, une dernière fois, pour voir la Méditerranée et, à travers sa contemplation, rejoindre l'âme de Jocelyne qui, en son absence, irait souvent puiser force et réconfort dans l'immensité de la mer.

C'est au moment où il portait de nouveau le regard vers le sommet de la colline devant eux qu'il vit les couleurs de l'armée royale flotter sur la tour de guet au côté de la bannière de Fortemur.

Une femme aux cheveux d'un blond éclatant, qu'un premier rayon de soleil venait d'embraser, agitait l'oriflamme aux cinq croix pattées rouges comme le sang du Christ. C'était sa Jocelyne !

Elle dormait pourtant encore quand il avait quitté leur lit sans bruit. Il n'avait pas voulu la réveiller et, ensuite, avait regretté d'être parti ainsi. Il redoutait tant le moment de la séparation qu'il avait cru préférable de s'éclipser discrètement.

Mais elle avait dû s'empresser de se vêtir et, à son insu, avait chevauché jusqu'à la tour de guet pour lui faire cette surprise. Ayant confié l'oriflamme à une autre femme, elle se pencha par-dessus le parapet et lui envoya des baisers des deux mains.

Il retira son heaume pour mieux la contempler et lui rendit ses baisers. Quand la troupe eut atteint le pied de la tour, Jocelyne mit les mains en porte-voix autour de sa bouche et cria :

— Que Dieu vous garde, Simon et Robert ! Et vous aussi, chevaliers et sergents d'armes ! Je prie le ciel que vous reveniez tous sains et saufs !

Les cavaliers firent une ovation à leur suzeraine tandis que Simon la dévorait des yeux.

Sa chevelure, soulevée par la brise matinale qui descendait des sommets vers la mer, dansait comme une flamme dans le ciel pur.

Il fallut à Simon toute la force de sa volonté pour ne pas sauter à terre et gravir l'escalier jusqu'à elle pour la serrer une dernière fois dans ses bras. Il était heureux, néanmoins, de la voir aussi vaillante et forte. Elle venait de reprendre la hampe de l'oriflamme des mains de celle qui ne pouvait être que dame Constance, et l'agitait de nouveau.

Tant qu'elle put suivre des yeux la colonne de cavaliers, elle ne cessa de la tenir à bout de bras pour qu'elle soit baignée par les premiers rayons de soleil.

Après être descendu dans un vallon avec sa troupe, Simon, qui avait atteint au côté de Robert de Burgh le sommet de la colline suivante, lança un dernier regard en direction de celle qui gardait son cœur prisonnier et dont il distinguait encore la silhouette auréolée d'or.

Puis, ravalant sa tristesse, il s'engagea dans la pente et ne concentra plus son attention que sur la marche de sa troupe.

Il était convenu, en effet, qu'ils rejoignent l'ost royal sous les murs d'Ascalon avant la fin du mois.

Epilogue

Fortemur, le 30 août 1153

Jocelyne avait été prise de contractions peu après le déjeuner qu'elle avait voulu prendre dans la grande salle pour partager avec Guy et Constance de Bures la joie de la nouvelle qui était arrivée la veille, dans la soirée, par les soins d'un messager envoyé par Simon.

Ascalon était enfin tombée entre les mains des Francs ! Après un siège de sept mois, la population et la garnison égyptienne arrivée en renfort par voie de mer, quelque deux mois plus tôt, avaient fini par négocier leur départ de la ville, pourtant réputée inexpugnable, qu'ils abandonnaient aux croisés.

Ceux-ci avaient vu grossir leurs rangs vers Pâques, où les pèlerins arrivaient très nombreux en Terre sainte pour se rendre sur le tombeau du Christ. Le roi Baudouin avait réussi à rallier un grand nombre de ces pèlerins, mais l'arrivée, simultanée, du renfort fatimide avait retardé l'assaut que les barons hésitaient encore à donner.

Une grosse tour de bois, plus haute que les remparts, fut construite. Permettant aux archers et arbalétriers de faire pleuvoir leurs traits sur les habitants de la ville assiégée, elle en sapait efficacement le moral. Les dégâts occasionnés par les perrières lançant de lourds projectiles n'avaient pas moins d'effet.

Dans l'espoir de détruire la tour de bois, les infidèles sortirent des remparts et déposèrent un lit de sarments couverts de poix et d'huile qui atteignait la tour. Puis ils y mirent le feu.

Le vent, qui se mit à souffler de l'orient, fit échouer le stratagème et retourna même la situation, l'incendie se propageant vers les remparts qui finirent par s'effondrer sous l'action de la chaleur.

Quand une grande brèche apparut entre deux tours, les assiégeants s'y ruèrent, Templiers en tête.

La ville aurait été prise dans la foulée si, par cupidité, leur grand maître, qui voulait se réserver le profit du pillage d'Ascalon, n'avait pas laissé une partie de ses chevaliers devant la brèche pour en interdire le passage aux autres Francs.

Quand les assiégés s'aperçurent que seuls une quarantaine de Templiers avaient pénétré dans la ville, ils accoururent et eurent tôt fait de les massacrer.

Ragaillardis par cette victoire facile, ils se portèrent sur la brèche et refoulèrent leurs ennemis qui battirent en retraite. Pour achever de les démoraliser, ils pendirent aux remparts les cadavres des Templiers.

Quand elle avait entendu ce récit de la bouche du chevalier que Simon avait envoyé en avant de sa troupe retardée par le transport des blessés, Jocelyne avait été bouleversée.

S'il était devenu Templier, Simon aurait certainement été au nombre des quarante chevaliers exterminés dans ces tragiques circonstances. Bernard de Tramelay comptant parmi les victimes, il était plus que vraisemblable, avait-elle pensé, que Simon aurait été tué à son côté, sans doute en tentant de le défendre.

Il fallait donc considérer que c'était la volonté de Dieu qu'il ait renoncé à l'engagement pris par son père en son nom. Il avait ainsi échappé à la mort et donné la vie avec elle, puisque le moment de l'accouchement était tout proche. Elle n'avait qu'un espoir : que Simon soit de retour à temps pour voir naître son premier enfant !

En proie à de vives douleurs, Jocelyne tournait la tête de droite et de gauche sur l'oreiller, sans comprendre ce qui lui arrivait.

— Constance, dit-elle en gémissant. J'ai mal... Il me semble que mon corps se fend en deux...

— C'est normal, ma petite, répondit Constance de Bures en lui passant un linge humide sur le front. Il faut que le bébé ouvre son passage. Ce sont les os de votre bassin qui s'écartent.

Deux matrones étaient venues assister les dames de la suite de Jocelyne, qui étaient toutes réunies dans sa chambre avec des servantes.

Le chapelain, qui avait été prévenu, attendait dans l'escalier devant la porte, au cas où un événement dramatique se produirait et où il faudrait administrer les derniers sacrements à la mère et au nouveau-né.

Les cloches de la chapelle venaient de sonner l'angélus du milieu du jour quand un page arriva précipitamment dans la chambre de Jocelyne.

— Messire Simon est de retour, dit-il à mi-voix en s'adressant à Constance de Bures.

Jocelyne, qui s'était redressée, tourna la tête vers l'enfant comme si elle avait deviné son propos.

— Nous avons des nouvelles de Simon ? demanda-t-elle entre deux contractions.

— Oui, ma dame, répondit Constance en souriant. Ce jeune page vient de m'apprendre qu'il avait été aperçu par les guetteurs sur la route conduisant au château. Il sera là très bientôt.

Elle épongea le front couvert de sueur de Jocelyne.

— Détendez-vous et n'oubliez pas de bien respirer avant chaque contraction puis d'expirer pendant qu'elle a lieu. Vous diminuerez ainsi vos douleurs.

— Oui, merci, fit Jocelyne en prenant la main de sa dame d'honneur qu'elle serra très fort alors que, précisément, elle était la proie d'une nouvelle contraction.

— J'ai l'impression qu'elles se rapprochent, dit à mi-voix Constance en se tournant vers l'une des matrones qu'on avait fait venir d'un village voisin. Il faudrait s'assurer que le bébé est bien placé.

La femme hocha la tête et s'approcha du lit avec sa congénère.

Elle rabattit le drap qui couvrait Jocelyne et, se penchant sur elle, lui palpa le ventre. Après un examen minutieux, elle se redressa.

— Il est bien placé, annonça-t-elle d'un ton rassurant. La tête devrait sortir en premier. Si c'est le cas, je pourrai le tirer à l'extérieur.

— Est-ce pour bientôt ? demanda Constance.

La femme se pencha de nouveau sur Jocelyne puis se tourna vers Constance.

— On y est presque...

Elle se tourna vers l'autre matrone et reprit :

— Si tu veux bien t'approcher... Tu feras pression sur le ventre pendant que moi j'attendrai de voir l'enfant arriver.

— Non..., fit Jocelyne, haletante. Je veux... attendre Simon.

— Mais il ne sera peut-être pas là avant un certain temps, dit Constance de Bures.

— Allez voir à la fenêtre si vous l'apercevez... Je vous en prie...

Dame Constance courut jusqu'à une fenêtre donnant sur la cour intérieure et de laquelle on embrassait une grande partie des alentours du château, notamment la barbacane et le pont-levis.

— Il arrive ! s'exclama Constance d'une voix enjouée. Il vient d'entrer dans la basse-cour.

Elle se tourna vers le page.

— Cours prévenir messire Simon que dame Jocelyne est en plein travail. Et qu'elle l'attend pour qu'il voie naître le bel enfant qu'elle lui a fabriqué pendant tous ces mois où il a été absent.

Le page se précipita hors de la chambre et dévala l'escalier. Il déboula dans la cour intérieure du château au moment même où Simon, entouré de Robert de Burgh, qui avait un bras bandé, et du jeune Guillaume, qui semblait très aguerri après ces mois de campagne militaire, y pénétrait.

— Messire ! fit le page. Vite ! Dame Jocelyne accouche !

— Grand Dieu ! s'écria Simon en arrêtant Vengeur près du montoir.

Un palefrenier s'était approché pour prendre les rênes du destrier pendant que le seigneur de Fortemur mettait pied à terre.

Sans attendre Robert, qui descendait de cheval à son tour, il monta quatre à quatre les marches conduisant au donjon puis s'engagea dans l'escalier à vis.

On entendit le martèlement de ses bottes jusqu'au dernier étage où se trouvait la chambre des dames.

La porte de la chambre s'ouvrit brusquement et Simon parut dans la splendeur de sa tenue guerrière, le teint hâlé, les cheveux blonds comme les blés et les yeux d'un bleu profond et lumineux.

— Simon ! Oh, Simon..., fit Jocelyne en esquissant un sourire alors qu'elle se tordait de douleur.

— Poussez ! ordonna avec autorité la matrone.

L'autre femme qui l'assistait pressa de tout son poids sur son ventre et, soudain, la première matrone s'écria :

— Ça y est... Le voilà... Je le vois

Simon était allé se placer à la tête du lit et encourageait sa femme en lui passant de temps à autre la main sur la joue.

— Courage, mon amour, murmura-t-il.

Jocelyne serra les dents et, à la demande des matrones, poussa de toutes ses forces.

Un cri déchirant s'échappa de ses lèvres et, un instant plus tard, la femme qui se tenait face à son ventre se redressa en tenant par les pieds un petit être dont on ne savait s'il était en vie.

Simon retint son souffle alors que la matrone déposait l'enfant sur le ventre de Jocelyne. A peine fut-il au contact de cette dernière que ses poumons se déplièrent et qu'il poussa son premier cri.

— Bravo, ma dame ! s'exclama la matrone. C'est un beau petit garçon.

Jocelyne, qui s'était redressée pour voir le bébé et le prendre dans ses bras, éclata en sanglots.

Simon, qui lui avait passé le bras autour des épaules, contemplait avec émotion son premier fils.

— Nous l'appellerons Godefroy, dit Jocelyne en se tournant vers lui. Plaise à Dieu qu'il soit aussi vaillant, noble et généreux que Godefroy de Bouillon.

— C'est un très bon prénom, répondit Simon. Et il ne pourra trouver de plus bel exemple de chevalerie qu'en celui que nous a laissé le conquérant de Jérusalem.

A l'instigation de Constance de Bures, Jocelyne mit l'enfant au sein. Instinctivement, les yeux fermés, il frotta le nez et les lèvres contre le mamelon qu'il finit par prendre dans sa bouche.

Il téta quelques gorgées du lait maternel qui venait si abondamment qu'il coulait aux commissures de ses lèvres. Après quelques instants, Jocelyne le plaça à l'autre sein duquel s'échappait déjà le colostrum.

Quand il fut rassasié, le nouveau-né s'endormit en gardant dans la bouche la pointe du sein de sa maman.

— Nous allons lui faire sa toilette, dit la matrone qui avait procédé à l'accouchement. Et la vôtre aussi, ma dame.

Jocelyne leva sur Simon un regard rempli d'amour.

— A plus tard, mon chéri. J'ai hâte que tu me racontes toutes les péripéties de ta campagne.

Simon s'inclina sur sa femme et déposa un baiser sur ses lèvres puis il embrassa le front du bébé.

*

Une semaine s'était écoulée depuis le retour de Simon et Jocelyne, depuis la veille, avait quitté son lit.

Pour la première fois, elle était descendue dans la grande salle avec son bébé.

Les servantes venaient de débarrasser les tables après le déjeuner et elle s'était assise sur un coussiège duquel elle voyait la mer d'un bleu qui se confondait avec le ciel.

Le petit Godefroy babillait dans un couffin près de sa mère. Une brise légère entrait par la fenêtre, portant avec elle un parfum de thym et de lavande.

Jocelyne détacha le regard de son enfant pour le tourner vers Simon qui conversait avec Robert de Burgh en buvant du thé à la menthe. Il avait changé, au cours de ces sept mois; il avait gagné en autorité. Son caractère semblait encore plus affirmé. Une impression de force rassurante émanait de lui. Il allait faire un père parfait, pensa Jocelyne.

Simon, qui avait senti le regard de sa femme, se leva et entraîna son ami avec lui. Il s'assit sur le coussiège près de Jocelyne alors que Robert prenait place sur l'autre siège, en vis-à-vis, formé par le ressaut du mur dans l'embrasure de la fenêtre.

— Vous ne m'avez toujours pas dit comment Ascalon était tombé, dit Jocelyne. Je n'ai entendu de la bouche du chevalier qui vous précédait que l'affreuse fin du grand maître et de trente-neuf de ses frères.

— C'est le plus horrible souvenir que je rapporte de ce siège, déclara Simon.

— Heureusement que je l'accompagnais, intervint Robert. Si je n'avais pas été là pour le retenir, il se serait jeté au milieu des assiégés pour aller venger Bernard de Tramelay et les autres chevaliers. Il ne m'a écouté que lorsque j'ai prononcé votre nom, Jocelyne, et que j'ai évoqué l'enfant à naître.

Trop émue pour répondre, Jocelyne posa la main sur celle de Simon et la serra doucement.

— Lorsque je t'ai vue couchée en plein travail, dit Simon, j'ai eu honte en pensant que j'avais failli mettre ma vie en péril et te laisser seule.

Elle leva les yeux sur lui et le regarda avec une tendresse et un amour si intenses qu'il en fut troublé.

— Je te fais le serment que, la prochaine fois que je partirai à la guerre, je ne prendrai pas de risques inutiles. Si je m'étais précipité à l'intérieur de la ville pour tenter de venir en aide au grand maître, alors que je ne savais même pas s'il était encore en vie, j'aurais été assailli en un instant, et ma mort n'aurait en rien servi la Syrie franque.

— Au contraire, dit Jocelyne. Fortemur aurait perdu son meilleur défenseur.

Les pleurs du bébé interrompirent soudain la conversation. Comprenant qu'il avait faim, Jocelyne le sortit de son couffin et lui donna le sein.

— Tu ne souhaites pas le mettre en nourrice ? demanda Simon.

— Non, mon ami. J'ai trop de bonheur à le nourrir et puis, nous sommes en Palestine, où la Vierge a nourri Notre-Seigneur. Je ne pense pas qu'elle ait confié l'enfant Jésus à une nourrice à Bethléem, ni en exil en Egypte.

— Tu as raison.

S'adressant à Robert, Simon reprit :

— Vois-tu à quel point ma femme est remplie de sagesse ?

— Je t'ai déjà dit qu'elle avait toutes les qualités. Tu es un fieffé coquin d'avoir trouvé une épouse aussi merveilleuse.

— Assez de compliments, fit Jocelyne. Relatez-moi, plutôt, comment Ascalon est tombé en fin de compte.

— Après que l'armée se fut remise de la consternation qu'avaient provoquée la mort des Templiers et l'exhibition de leurs dépouilles, expliqua Simon, nous nous sommes tous rués sur les infidèles qui étaient sortis pour nous narguer. Nous avons fait un tel carnage que, à la fin, ils s'en sont retournés derrière leurs murs.

— Et trois jours après ils nous donnaient la ville, précisa Robert.

— C'est dans cette bataille que vous avez été blessé, Robert ? demanda Jocelyne.

— Oui, ma dame. J'ai pris une flèche dans le bras. La pointe a traversé ma cotte de mailles.

— Robert a fait merveille avant d'être atteint par ce trait qui ne l'a pas empêché, d'ailleurs, de continuer à combattre, dit Simon.

— Moi, je dirais que le héros de la journée a été Simon. Le roi, d'ailleurs, l'a félicité en personne pour sa bravoure. Je l'ai vu porter des coups d'épée terribles qui ont abattu en quelques instants une bonne dizaine d'ennemis.

— Mon prince..., fit affectueusement Jocelyne en appuyant la tête à l'épaule de son mari.

Une servante, qui avait remarqué qu'elle n'allaitait plus, approcha pour lui prendre le bébé des bras.

— Je vais le changer, annonça-t-elle en l'emportant.

Robert de Burgh, prétextant qu'il avait besoin de refaire son pansement, emboîta le pas à la jolie domestique.

Quand Simon et elle furent seuls, Jocelyne s'adossa au mur en soupirant.

— Etais-tu comme Robert, quand tu étais célibataire ?

— En tout point, répondit-il, l'air de le regretter. Tu ne me croiras peut-être pas si je te dis qu'aujourd'hui je n'en suis pas très fier, mais c'est la vérité.

Ils restèrent silencieux.

Simon avait passé le bras autour de la taille de Jocelyne et laissait son regard errer sur la mer.

Au loin croisait une galère, toutes voiles dehors. De l'écume naissait sous les rames chaque fois qu'elles pénétraient dans l'eau. Elle avait l'aspect des galères vénitiennes, et sans doute se dirigeait-elle vers le port de Jaffa pour y débarquer des pèlerins. Il en arrivait, en effet, toute l'année.

Simon était intrigué, toutefois, de la voir mener une telle allure. Les rameurs ne pourraient pas soutenir longtemps une telle cadence, à moins que l'on ne fasse aucun cas d'eux et que l'on ne soit prêt à en perdre un bon nombre à cause de l'épuisement.

Il ne fut pas long à comprendre la raison de cet empressement. Une autre galère battant pavillon noir la poursuivait. Les barbaresques !

Le sang de Simon ne fit qu'un tour. Il se leva et alla jusqu'à la fenêtre puis, se retournant, avertit Jocelyne de son intention.

— Une galère vénitienne est prise en chasse par un vaisseau pirate. Je vais tenter de signaler au pilote qu'il peut venir s'échouer dans la crique en contrebas du château. S'il comprend nos signaux et si les barbaresques le suivent, ils goûteront à la lame de mon épée.

— Sois prudent, mon amour, fit Jocelyne en ouvrant tout grands ses yeux bruns doux comme le miel. N'oublie pas la promesse que tu viens de me faire !

Simon se pencha pour lui donner un rapide baiser sur les lèvres.

— N'aie aucune inquiétude, mon amour. Mais j'ai un compte à régler.

— Je le sais, mon chéri. Va et punis ces brutes comme elles le méritent.

En quelques instants, Simon envoya des écuyers auprès des guetteurs juchés sur les plus hautes tours de Fortemur pour leur enjoindre de signaler aux Vénitiens qu'ils trouveraient un refuge un peu plus au nord, le long de la côte.

Après un certain temps, qui lui parut une éternité, les Vénitiens hissèrent en haut de leur mât un fanion indiquant qu'ils avaient bien reçu le message et changeaient leur route.

La galère, en effet, commença à virer vers la crique qui devait déjà lui être visible.

Pour la plus grande joie de Simon, les barbaresques, inconscients du piège, firent de même.

— Aux armes ! cria de toutes ses forces Simon en se penchant sur la cour intérieure du château.

Avec la rapidité de l'éclair, une troupe se forma. Les écuyers arrivèrent avec les armes des chevaliers tandis que les palefreniers amenaient leurs chevaux sellés dans la cour.

Bientôt, tous les cavaliers s'ébranlèrent à la suite de Simon.

Dès qu'ils eurent franchi la barbacane, ils s'engagèrent sur un sentier conduisant directement à la crique.

Quand ils y parvinrent, la galère vénitienne y était déjà échouée et ses occupants étaient en train de descendre sur la plage pour échapper aux pirates qui venaient de s'amarrer à la poupe du navire et, le couteau entre les dents, grimpaient à bord.

Simon fit signe aux chevaliers qui le suivaient de s'arrêter à l'abri des rochers. Tous mirent pied à terre et attendirent que les pirates aient envahi la galère désertée par ses occupants et se lancent à leur poursuite pour surgir soudain, l'arme au poing.

Simon fut le premier à se jeter sur les barbaresques qui tentaient d'emmener des jeunes filles qu'ils avaient capturées sur la plage.

En le voyant fondre sur eux, les infidèles relâchèrent leurs prisonnières et tirèrent de leurs fourreaux leurs cimeterres. Ils n'eurent pas le loisir, cependant, de s'en servir.

Simon, qui était certain d'avoir reconnu en eux les pirates qui l'avaient capturé en mer quelques mois plus tôt, vit ses forces, en un instant, se décupler.

Comme sous les murs de Blanche-Garde, quand il avait secouru Bernard de Tramelay, il mania avec tant de vigueur et d'habileté sa grande épée à deux tranchants, qu'il tenait des deux mains pour frapper plus fort encore, que les têtes volèrent autour de lui.

Ses compagnons s'étaient joints à lui et luttaient avec la

même vigueur si bien que les barbaresques, comprenant que la partie était perdue, refluèrent de la galère vénitienne vers leur propre navire.

Ils voulurent rompre les amarres et prendre le large, mais il était trop tard. Les Francs, tels des corsaires, sautaient à leur bord et faisaient un carnage.

Vaincus, perdant tout espoir, les pirates rescapés se jetèrent à l'eau dans l'espoir d'échapper à la mort, mais deux archers, juchés sur le pont arrière de la galère, se chargèrent de leur faire achever leur vie dans les flots.

De retour à Fortemur après avoir aidé les Vénitiens, indemnes, à reprendre la mer, Simon courut à la chambre des dames, où Jocelyne s'était retirée en attendant de ses nouvelles.

Quand elle le vit entrer, le surcot taché de sang, elle se précipita vers lui, craignant qu'il ne soit blessé. Mais, en le voyant sourire et lui ouvrir les bras, elle comprit qu'il n'en était rien.

— Tu es sain et sauf !

— Je jurerais que, depuis que nous sommes mariés, un ange me garde, dit-il en prenant les mains de Jocelyne. Pardonne-moi de paraître devant toi souillé comme je le suis, mais je voulais te rassurer au plus vite et t'apprendre que le pirate barbaresque qui m'avait fait fouetter puis mettre aux fers avant de me vendre au premier marché aux esclaves nourrit maintenant les poissons.

— Justice est faite.

— Oui...

Il regardait sa femme avec une tendresse infinie. Dès qu'il aurait pris un bain et revêtu des vêtements propres, il la serrerait dans ses bras et lui témoignerait tout son amour.

Devançant son désir, Jocelyne se tourna vers un page et lui commanda de faire monter au plus vite des seaux d'eau chaude pour remplir le baquet.

— Si vous me le permettez, monseigneur, dit-elle, je vous laverai dans votre bain comme si j'étais votre servante.

— Tu ne m'y rejoindras pas ?

— J'aimerais, mon chéri, mais il est encore un peu tôt. Je te promets que nous nous rattraperons quand tout sera revenu en place. Il faut laisser un peu de temps à mon corps, mais je brûle autant que toi d'impatience de voir ce moment arriver.

— Je vais patienter, mon amour. Je ne suis pas à une semaine près. Il y a plus de sept mois que je patiente.

— Tu ne t'es pas laissé tenter par une belle houri ? J'y ai pensé, quelquefois, pendant ton absence.

— Non, jamais. Je n'avais que toi en tête et dans mon cœur. Comment aurais-je pu t'être infidèle alors que je pouvais mourir, le lendemain, au combat ? D'ailleurs, je n'en ai pas eu une seule fois le désir.

— Oh ! mon amour ! Je t'aime encore plus quand tu parles comme ça. Vite. Débarrasse-toi de ces vêtements. Je veux m'occuper de toi.

Un sourire sensuel étira les jolies lèvres de Jocelyne tandis que son regard se mettait à pétiller...

Note du traducteur

Pour les besoins de l'intrigue, l'autrice a pris quelques libertés avec l'Histoire en faisant un traître de Mu'în al-Dîn Unur, le vieux capitaine turc, qui meurt en réalité le 28 août 1149.

Son alliance n'a jamais fait défaut et est même un exemple de fidélité à la couronne de Jérusalem. L'entente entre le royaume franc et Damas était, en effet, le meilleur moyen de contenir la menace seldjoukide au nord et fatimide au sud, et de garantir les frontières tant du royaume latin que de l'émirat.

LOUISE ALLEN

La perle des Indes

Traduction française de
HÉLÈNE ARNAUD

Les Historiques

HARLEQUIN

Titre original :
FORBIDDEN JEWEL OF INDIA

Ce roman a déjà été publié en 2015.

1

Palais de Kalatwah, Rajasthan, Inde — Mars 1788

Des rais de lumière filtrant à travers les claustras de pierre sculptée dessinaient une dentelle claire sur le sol de marbre blanc du couloir. Nicholas, qui venait de passer des heures en plein soleil sur des routes poussiéreuses, appréciait ce clair-obscur rafraîchissant. Il grimaça légèrement en faisant rouler ses épaules pour détendre ses muscles endoloris. Après un bon bain, un massage, et avec des vêtements propres, il se sentirait de nouveau lui-même.

Un bruit de pas précipités accompagné de crissements de griffes résonna tout à coup derrière lui. En un instant, il saisit le couteau dissimulé dans sa botte et fit volte-face.

Une mangouste sortit d'une pièce en trombe et dérapa avant de s'immobiliser non loin de lui. L'échine hérissée, elle émit un grondement menaçant.

— Stupide bestiole ! marmonna-t-il en hindi.

Une fille vêtue d'une jupe écarlate surgit quelques instants plus tard et s'immobilisa à son tour. Non, pas une fille ; une femme. Sans voile ni chaperon, constata Nicholas.

Elle n'aurait pas dû être là, hors du *zenana*, le quartier des femmes. Et lui ne devait pas rester là, à la dévisager, un couteau à la main, le corps tendu par un mélange de violence latente et de désir soudain...

— Vous pouvez ranger votre arme, dit-elle tranquillement.

Comme il avait l'esprit ailleurs, il lui fallut quelques secondes pour réaliser qu'elle parlait anglais, avec à peine un léger accent.

— Tavi et moi ne sommes pas armés, ajouta-t-elle avec un sourire un peu ironique. A l'exception de nos dents !

Sans doute tentait-elle de dissimuler sa surprise… La mangouste, qui était allée se tapir entre les pieds nus et décorés de henné de l'inconnue, continuait à grogner doucement.

Il s'aperçut alors que l'animal portait un collier orné de pierreries. Se reprenant enfin, il remit son couteau dans sa botte et salua la jeune femme, les mains jointes devant la poitrine.

— *Namaste.*

— *Namaste*, répondit-elle de la même manière, ses yeux gris sombre fixés sur lui.

Maintenant que le premier instant de stupéfaction était passé, elle le dévisageait avec suspicion et même une pointe d'hostilité.

Des yeux gris ? Il semblait bien que celle qu'il était venu chercher l'avait trouvé…, songea-t-il.

Il ne parvenait plus à détacher le regard de ces yeux à la teinte si étrange. Elle avait une peau dorée comme le miel, de longs cheveux d'ébène rassemblés en une épaisse tresse qui retombait sur son épaule, et ne paraissait pas le moins du monde embarrassée de se trouver seule face à un inconnu, sans même porter de voile. Sa jupe rouge alourdie de broderies d'argent s'arrêtait au-dessus de ses chevilles, dévoilant le bas d'un pantalon serré. Son *choli* ajusté dévoilait non seulement de délicates courbes et la rondeur des bras enserrés de bracelets d'argent, mais aussi la peau satinée de son ventre.

— Je vais me retirer, s'empressa-t-il de dire, surpris d'être finalement le plus gêné des deux. Veuillez m'excuser de vous avoir dérangée.

— Vous ne m'avez pas dérangée, répondit-elle simplement avant de tourner les talons.

Arrivée à la porte par laquelle elle était entrée, elle lança à la mangouste :

— *Merepichhe aye*, Tavi.

En quelques secondes, les voiles de son *lehenga* disparurent dans l'ouverture, tandis que l'animal obéissant se précipitait à sa suite. Le crissement de griffes et le léger bruit de pas résonnèrent un instant dans le couloir, puis s'évanouirent.

Seigneur ! Pas de doute : elle ressemble bien à son père !

Il comprit soudain que le simple devoir qui l'avait amené là risquait de prendre une tout autre dimension.

Décidé à ne pas se laisser émouvoir, il se redressa et se dirigea vers ses appartements. Après tout, on ne devenait pas commandant de la Compagnie des Indes orientales en se laissant déconcerter par l'autorité amère d'une femme, aussi belle soit-elle... Il devait se rendre présentable avant de s'entretenir avec le rajah. Ensuite, tout ce qu'il lui resterait à faire serait d'escorter miss Anusha Laurens à travers la moitié de l'Inde pour la ramener à son père.

Anusha entra dans sa chambre dans un frou-frou de soie.

— Paravi ! Dépêche-toi !

— Parle hindi, la rabroua Paravi.

— *Maf kijiye*, s'excusa Anusha. Je viens d'échanger quelques mots avec un Anglais, et mon esprit est toujours occupé à traduire...

Paravi, la troisième épouse de son oncle, indolente et rebondie, repoussa son échiquier et se redressa, surprise.

— Un *angrezi* ? Comment peux-tu parler seule avec un homme, surtout un *angrezi* ?

— Je l'ai rencontré en poursuivant Tavi qui s'était sauvé. Il est très grand, avec des cheveux d'or clair et l'uniforme rouge de la Compagnie. Je pense que c'est un officier ; il porte beaucoup de dorures sur son uniforme... Viens le voir !

— Pourquoi tant de curiosité ? Est-il si beau que ça, ce grand *angrezi* ?

— Je ne saurais dire... Je n'ai plus revu d'Anglais de près depuis que je suis partie de la maison de mon père.

Malgré sa timidité, elle était curieuse de le revoir. Soudain, elle sentit que quelque chose d'autre s'éveillait en elle, comme de la nostalgie. Le souvenir d'une autre voix d'homme qui parlait en anglais, un homme très grand qui la serrait dans ses bras et riait avec elle. Celui qui les avait rejetées, sa mère et elle, songea-t-elle amèrement.

— Il est différent de ceux que je côtoie d'habitude, murmura-t-elle, ce qui m'empêche de savoir si je le trouve beau ou non. Il a des cheveux tellement clairs, attachés sur sa nuque, et il est si grand et il a des épaules si larges...

Paravi était manifestement gagnée par la curiosité.

— Est-il très blanc ? Voilà bien longtemps que je n'ai pas vu d'*angrezi*...

— Son visage et ses mains sont dorés, répondit Anusha.

Comme ceux de mon père.

— Mais, tu sais, poursuivit-elle, tous les Européens brunissent au soleil. Peut-être que le reste de son corps est blanc.

Un frisson agréable la traversa à l'évocation du corps de l'Anglais, bien qu'elle ait conscience que c'était tout à fait inapproprié. Cependant, toute nouveauté était bienvenue dans le petit monde fermé du *zenana*, même si cette nouveauté apportait avec elle un cortège d'interrogations embarrassantes au sujet de la vie hors du palais... Lentement, le frisson sensuel fit place à une vague d'appréhension. Décidément, cet homme la mettait mal à l'aise.

— Où est-il, à présent ? demanda Paravi en se levant du nid de coussins dans lequel elle était installée.

La place à peine libre, Tavi se précipita pour se rouler en boule dans ce cocon encore chaud.

— Je suis curieuse, ajouta-t-elle, de voir l'homme qui provoque un tel flot d'émotions différentes dans tes yeux.

— Sans doute dans l'aile des hôtes... Où aurait-il pu aller, sinon ? répliqua Anusha d'un ton qu'elle voulait calme. Il venait manifestement tout juste d'arriver et était très sale à cause du voyage. Jamais il ne demanderait à voir mon oncle dans cet état !

Ainsi, son regard la trahissait si facilement ? Elle s'efforça de reprendre un peu de contrôle sur ses émotions et se détourna.

— Viens avec moi sur la terrasse du Couchant, reprit-elle.

D'un pas léger, Paravi sur ses talons, elle s'engagea dans le labyrinthe de couloirs, de pièces vides et de galeries de l'aile ouest du palais. Alors qu'elle s'apprêtait à sortir sur la terrasse d'où son oncle aimait parfois venir admirer le soleil se coucher sur son royaume, Paravi l'arrêta.

— Ton *dupatta*... Il n'y a pas de grilles, ici.

Anusha eut un soupir agacé mais dénoua tout de même l'écharpe de gaze rouge qui entourait son cou. Elle la drapa sur sa tête de façon à couvrir son visage jusqu'au menton puis s'avança jusqu'à la balustrade et se pencha pour examiner les jardins.

— Le voilà, murmura-t-elle.

En contrebas, dans un jardin animé de fontaines à la manière perse, le grand *angrezi* parlait à un Indien svelte qu'elle ne connaissait pas — son domestique, sans aucun doute. L'homme indiqua une porte du doigt.

— Il lui dit où se trouvent les bains, chuchota Paravi sous son propre *dupatta* de gaze dorée avant de lâcher un petit gloussement. C'est ta chance de voir si les Anglais ont vraiment le corps tout blanc !

— C'est ridicule, protesta Anusha en jetant un regard noir à sa compagne. Et indécent... De plus, ça ne m'intéresse pas le moins du monde !

Bien qu'elle s'en défendît, elle était en proie à une inexplicable et brûlante curiosité. Lorsqu'elle reporta son attention sur le jardin, les deux hommes avaient disparu.

— Quoi qu'il en soit, reprit-elle, je devrais peut-être m'assurer qu'il ne manque pas d'eau chaude et que quelqu'un est là pour s'occuper de lui.

L'air songeur, Paravi appuya sa hanche ronde contre la rambarde et leva les yeux en direction d'un vol de perroquets criards qui traversait le ciel.

— Cet homme doit être important, tu ne crois pas ? Il fait partie de la Compagnie des Indes, et mon époux dit qu'ils dirigent tout le pays, à présent. Il paraît qu'ils auraient plus de pouvoir que l'empereur à Delhi, même s'ils mettent toujours son visage sur leur monnaie. Je me demande s'il va devenir résident au palais. Mon époux n'en a rien dit cette nuit.

Anusha s'accouda à la rambarde. Décidément, son amie semblait avoir la faveur du rajah...

— Pourquoi aurions-nous besoin d'un résident ? demanda-t-elle. Nous ne commerçons presque pas avec eux. Mais j'imagine que le contrôle de cette région serait utile à leur expansion… En tout cas, c'est ce que *Mata* avait l'habitude de dire. C'est de la stratégie.

Tout en parlant, elle songea que sa mère, à la fois écoutée et bien considérée par son frère le rajah, avait eu son mot à dire sur de nombreux sujets.

— Même s'il ne vient jamais ici, ton père est toujours un ami de mon époux, lui dit Paravi. Ils s'envoient de nombreuses lettres. C'est un homme puissant au sein de la Compagnie, tu sais. Peut-être pense-t-il que nous sommes assez importants pour avoir besoin d'un résident…

— Il doit vraiment avoir besoin de quelque chose pour qu'il daigne penser à nous, répliqua Anusha sans chercher à masquer son amertume.

En effet, son père ne lui avait pas rendu visite au palais depuis que, douze ans plus tôt, il les avait renvoyées, sa mère et elle, dans le Kalatwah à cause de l'arrivée imprévue de son épouse anglaise. Anusha n'avait alors que dix ans. Bien sûr, il leur avait fait parvenir de l'argent, mais rien de plus. Comme elle avait refusé de le dépenser, son oncle l'avait ajouté à sa dot en lui disant qu'elle devait faire un effort pour comprendre son père. Sir George n'avait pas eu d'autre choix, mais restait un homme d'honneur et un fidèle allié du Kalatwah. Cependant, ce discours politique, ce discours d'homme, laissait de côté l'essentiel : l'amour qui avait brisé le cœur de sa mère.

Durant toutes ces années, sir George avait continué de leur écrire, à son oncle et à elle. Le dernier message qu'elle avait reçu datait de l'année précédente, après la mort de sa mère. Comme tous les autres, elle avait refusé de le lire. Chaque fois qu'elle recevait un courrier provenant de son père, elle le brûlait sans l'ouvrir.

Elle lança un rapide coup d'œil à Paravi dont elle percevait la compassion, et soupira. Elle ne voulait surtout pas être prise en pitié ! Personne n'avait le droit de la regarder comme cela. Après tout, du haut de ses vingt-deux ans, n'était-elle pas la nièce du rajah du Kalatwah ? N'avait-elle pas eu la liberté de refuser toutes les demandes en mariage qu'elle avait reçues ? Ne lui offrait-on pas toutes les robes, les bijoux, et les domestiques dont elle avait besoin pour vivre dans le luxe ? Ne possédait-elle pas déjà tout ce qu'elle pourrait jamais souhaiter ?

Soudain, une petite voix s'éleva dans sa tête — la voix qui la poussait toujours à parler anglais.

Bien sûr, tu possèdes tout, sauf la vérité sur tes origines. Tu ne sais pas qui tu es, ni ce que tu vas faire du reste de ta vie…

Au même instant, l'étranger aux cheveux si pâles reparut dans la cour, vêtu d'une robe fine, les cheveux lâchés.

— Regarde, dit Paravi, l'*angrezi* va aux bains ! Quelle belle tenue… Et que ses cheveux sont clairs, maintenant que nous les voyons mieux ! Aussi clairs que la robe de l'étalon que mon époux a envoyé en cadeau au maharadjah d'Altaphur à la fin de la mousson ; celui que l'on appelait le Cheval d'Or.

— Et il est probablement aussi hautain que cet étalon mais, au moins, il se lave, répondit Anusha. Est-ce que tu sais que la plupart des Anglais ne le font pas ? Ils disent que ce n'est pas sain ! Mon père prétendait qu'ils ne connaissaient pas le *champo*, en Europe. Ils se poudrent les cheveux, à la place… Et ils se contentent de laver leurs mains et leur visage. Pour le reste, ils disent que l'eau chaude n'est pas bonne pour eux.

— Beurk ! fit Paravi avant de lui donner un coup de coude. Va voir ce qu'il fait, et tu me raconteras ! J'irais bien moi aussi, mais mon époux ne serait pas content d'apprendre que j'ai posé les yeux sur un *angrezi* nu…

Il ne serait pas content non plus d'apprendre que sa nièce l'avait fait, songea Anusha en se dirigeant malgré tout rapidement vers le couloir menant aux bains.

Pourquoi tenait-elle tant à se rapprocher de cet étranger ? Elle ne le désirait pas, n'éprouvait rien pour lui, sinon ce frisson qui parcourait toute femme face à un homme encore jeune. C'était une réaction tout à fait normale ! De plus, elle n'avait aucune envie de voir ses yeux verts posés sur elle : ils semblaient la percer à jour trop facilement.

Lors de leur rencontre, elle avait eu une étrange sensation.

Comme s'il y avait entre eux une sorte de complicité, mais aussi quelque chose de plus animal...

Arrivée à la porte des bains, elle ôta ses sandales et jeta un regard prudent à l'intérieur. L'Anglais était là, nu et mouillé, allongé à plat ventre sur un drap de lin posé au sol. Son visage était caché dans le creux de ses bras repliés tandis que l'une des servantes, Maya, étalait un mélange de poudre de *basum*, de jus de citron et de jaune d'œuf sur ses cheveux. Savita, l'autre servante, agenouillée près de ses pieds, commençait à masser l'une de ses jambes qu'elle venait d'huiler. Entre elles, son corps s'étendait, tacheté d'ombres et de reflets lumineux.

Après un petit signe en direction des filles pour leur intimer le silence, elle s'avança lentement, les yeux fixés sur l'étranger. Ses épaules, ses bras et son dos avaient une teinte dorée plus claire que son visage et ses mains, à présent dissimulés sous les mèches éparses de ses cheveux. Ses jambes, quant à elles, étaient encore plus claires et l'arrière de ses genoux était rose pâle, presque blanc. La ligne de la ceinture était très marquée, et ses fesses paraissaient presque aussi blanches que l'arrière de ses genoux...

Elle remarqua également que les bras et les jambes de l'homme étaient couverts d'un duvet épais, bien plus sombre que ses cheveux. Est-ce que son torse en était couvert aussi ? Elle avait entendu dire que certains Anglais avaient même des poils sur le dos... Ils devaient vraiment ressembler à des ours, songea-t-elle avec une petite grimace de dégoût.

Tout à coup, une curiosité folle s'empara d'elle. Est-ce que la peau de l'homme était douce ?

Sans faire de bruit, elle s'agenouilla, fit couler un peu d'huile dans ses mains et les posa sur les épaules de l'étranger. Elle sentit aussitôt les muscles se raidir sous ses doigts et la peau frémir au contact de l'huile froide. Après quelques secondes, l'homme se détendit de nouveau, et elle fit doucement glisser ses mains le long de son dos, jusqu'à sa taille.

Tout compte fait, la peau de l'Anglais n'était pas différente de toutes les autres. Toutefois, ses muscles avaient quelque chose de... déroutant. Bien sûr, elle n'avait pas vraiment de point de comparaison : c'était la première fois qu'elle touchait le corps nu d'un homme.

Maya commença à rincer les cheveux de l'homme en faisant couler un petit filet d'eau au-dessus de lui, et Savita massait à présent son autre jambe. Trop déconcertée pour prolonger le massage, mais trop curieuse pour s'éclipser, Anusha, quant à elle, ne parvenait pas à retirer ses mains du corps de l'homme.

Soudain, il se mit à parler, et sa voix grave fit vibrer son corps.

— Puis-je espérer vous retrouver *toutes* dans mes appartements, après cela ?

Les mains expertes de la servante qui s'occupait de ses cheveux auraient presque fait ronronner Nick. Quant à celles qui lui massaient les pieds et les chevilles, elles le plongeaient dans un océan de bien-être.

Soudain, il ressentit un léger courant d'air et perçut un discret bruit de pas sur le sol en marbre. Une troisième fille ? Décidément, on le traitait réellement comme un hôte de marque, sans doute à cause de la mission dont il était chargé. La nouvelle arrivante amenait avec elle un doux parfum de jasmin qui se mêla à l'huile de santal et au *champo* citronné. Il avait déjà senti ce parfum, mais où ?

Peu après, des mains huilées, encore froides, se posèrent, hésitantes, sur son dos. Contrairement aux deux autres servantes, celle-ci était soit particulièrement inexpérimentée, soit nerveuse... Tandis que les mains descendaient le long de son dos, il comprit brusquement qui était cette inconnue parfumée au jasmin !

— Puis-je espérer vous retrouver *toutes* dans mes appartements, après cela ? dit-il en anglais.

Comme il s'y attendait, les deux premières masseuses ne réagirent pas. Les mains de la troisième, en revanche, s'immobilisèrent au milieu de son dos et se crispèrent.

— Vous avoir toutes les trois en même temps, cela promettrait bien du plaisir, poursuivit-il, délibérément provocateur. Je demanderai que l'on fixe au plafond les chaînes du lit pour en faire une balançoire...

Il perçut alors une respiration plus courte, et les mains posées sur son dos se retirèrent vivement.

— Je suis très surpris de voir que même les servantes des bains parlent anglais, ici, ajouta-t-il pour bien faire comprendre à la princesse qu'il l'avait reconnue et que ses paroles crues n'étaient pas le fruit du hasard.

Elle prit une profonde inspiration, puis s'éloigna dans un murmure de soie, créant un léger déplacement d'air dans la pièce. Quelques secondes plus tard, elle avait quitté les lieux.

Nick se surprit à respirer plus vite, plus fort. Il fallait à tout prix qu'il se détende... Après tout, l'excitation passagère qui s'était emparée de lui ne venait que des mains expertes des masseuses sur sa peau, et n'avait rien à voir avec la fille de George. Cette petite peste avait dû trouver amusant de lui jouer un tour, mais elle ne recommencerait sans doute pas de si tôt. Chassant ses pensées, il s'appliqua à ne se concentrer que sur l'instant présent.

Dès que Paravi vit arriver Anusha, elle l'appela, tout excitée.

— Alors ? fit-elle. Viens t'asseoir, et buvons un peu de jus de grenade pendant que tu me raconteras tout ce que tu as vu !

Attentive, elle pencha légèrement la tête, et son anneau de nez tinta dans le silence. Anusha se laissa tomber sur un amoncellement de coussins et retira son voile avec des gestes nerveux.

— Cet homme est si grossier ! Il savait que j'étais là, à le masser, bien qu'il ait eu les yeux fermés, et il m'a délibérément provoquée en me faisant des avances indécentes ! Je ne sais pas comment il m'a reconnue. Il doit avoir des yeux derrière la tête, ou alors c'est un sorcier...

— Ah ? Il te tournait le dos ? demanda Paravi, manifestement déçue.

— Il était allongé sur le ventre et se faisait masser pendant qu'on lui lavait les cheveux.

— Et il a su que tu étais là ?

— Je n'en suis pas certaine. En tout cas, il a parlé anglais pour me piéger !

Paravi eut une moue de compassion.

— Enfin, reprit Anusha en tentant de se calmer, je peux te dire qu'il n'est pas *blanc*. Les parties de son corps qui ne sont jamais exposées au soleil ont une teinte rosée, presque comme le mufle d'une vache.

— Donc, conclut Paravi, c'est un sorcier de la couleur d'un mufle de vache et qui ne manque pas de perspicacité. Je me demande s'il est bon amant…

— Non. Il est trop grand, répondit Anusha avec assurance.

Après tout, elle avait lu tout ce qu'il y avait à lire sur le sujet et avait longuement étudié une série d'illustrations détaillées. Il était de tradition qu'une jeune fille acquière un grand savoir théorique sur les différentes manières de satisfaire son futur époux, et *Mata* avait veillé à ce que sa fille reçoive une éducation soignée en la matière. Cependant, Anusha se demandait parfois si cette même éducation n'était pas responsable de ses réserves à l'idée de se marier…

Lorsque l'on a le choix, on examine chaque prétendant avec beaucoup d'attention, puis on commence à s'imaginer en train de faire ces… choses avec lui. C'était en général à ce moment-là qu'elle décidait de refuser la demande en mariage qui lui était faite.

La voix rêveuse de Paravi la tira de ses pensées.

— Trop grand ? demanda-t-elle, à la fois surprise et amusée.

— Eh bien, expliqua Anusha avec une pointe d'hésitation, comment un homme aussi grand pourrait-il se montrer souple et sensuel ? Il serait sans doute raide comme un morceau de bois !

Tout cela était logique, songea-t-elle. D'ailleurs, sous ses mains, il avait paru si dense, si lourd… Puis elle le revit, dans le couloir, rapide comme un serpent, faire volte-face en tirant un couteau de sa botte. Non, cela ne voulait rien dire. Il avait été éduqué à la violence, pas à la magie subtile des arts sensuels.

— Si raide, vraiment ? reprit Paravi avec un sourire malicieux. Eh bien, je tiens absolument à voir ce morceau de bois de plus près.

Elle fit signe à l'une des servantes qui se tenaient près de la porte et qui s'approcha aussitôt sans un mot.

— Va demander à quelle heure mon époux recevra l'*angrezi* et dans quel *diwan* ils se retrouveront.

Elle se tourna ensuite vers Anusha :

— Tu viendras dans la galerie avec moi.

2

Une fois propre, Nick s'habilla, choisissant ses vêtements avec soin — dans son message, le rajah avait précisé qu'il n'accepterait pas de le recevoir en uniforme. Lorsque son escorte arriva, il prit place entre les quatre gardes lourdement armés et les suivit. Il ne s'était pas attendu à être accueilli avec une grande chaleur et, sur ce point-là au moins, il ne fut pas déçu. Si jamais Kirat Jaswan décidait de ne plus faire affaire avec la Compagnie des Indes maintenant que sa sœur était morte, sa mission risquait de fortement se compliquer et de prendre un tour très dangereux.

Dans le cas où la diplomatie échouerait, il ne lui resterait plus qu'à enlever contre son gré une princesse intelligente, vive, au milieu du palais fortifié de son oncle, et à la ramener à la lointaine Delhi, avec aux trousses l'armée du rajah. Il préférait ne pas avoir à prendre ce risque, qui pourrait par-dessus le marché mener à une guerre entre royaumes.

Quoi qu'il en soit, pour le moment, il se sentait à son aise. Il était enfin propre, détendu par le bain et les massages, et aussi par le plaisir qu'il avait pris à provoquer celle qu'il avait pour mission de ramener à son père... Maintenant que la mère de la princesse était morte, et que l'épouse de George était également partie, il n'y avait aucun obstacle à ce qu'il la retire de la garde de son oncle pour en faire une lady — et il savait que George avait aussi d'excellentes raisons politiques pour vouloir la ramener à Calcutta.

Enfin, il fut introduit dans le *Diwan-i-Kha*, la salle où se déroulaient les audiences privées, et vit tout de suite, entre les larges piliers de marbre et les nobles en robe et turban orné de pierreries, des gardes armés, figés en un salut de circonstance. Sans se laisser impressionner, il s'avança, les yeux fixés sur le rajah installé sur un trône d'argent sculpté surmonté d'un dais.

Arrivé à quelques pas de l'homme, il salua, conscient d'un bruissement d'étoffe et d'un nuage de parfum derrière les claustras de la galerie. Les dames de la cour étaient là, yeux et oreilles aux aguets. Celles qui savaient obtenir les faveurs du rajah pourraient même, après l'audience, lui confier leur opinion au sujet du visiteur. Miss Laurens était-elle présente, elle aussi ? Certainement. Elle n'avait sans doute pas pu réprimer sa curiosité...

— Votre Altesse, dit Nick en anglais. Commandant Nicholas Herriard, à votre service. Je vous apporte les salutations du gouverneur de Calcutta et vous remercie de l'accueil que vous m'avez réservé.

Installé aux pieds du rajah, le *munshi* vêtu de blanc chargé de consigner l'audience traduisit ce qu'il venait de dire à son maître qui répondit en hindi. Conscient des regards posés sur lui, Nick demeura de marbre.

— Son Altesse, dit finalement le *munshi*, seigneur de Kalatwah, prince du lac d'Emeraude, protégé du seigneur Shiva...

L'énumération des titres de son hôte fut longue, mais Nick écouta, impassible.

— ... vous ordonne d'approcher.

Le regard perçant du rajah qui portait un turban chargé de plumes et de joyaux ne le quitta pas tandis qu'il obtempérait.

— C'est avec grand plaisir, commença le rajah tandis que le *munshi* traduisait, que j'accueille sous mon toit l'ami de mon ami Laurens. L'avez-vous laissé en bonne santé ?

— Oui, Votre Altesse, bien qu'il soit peiné par le décès de sa femme... ainsi que par une seconde perte. Le gouverneur et lui m'ont chargé de vous apporter des lettres et des présents.

Après avoir écouté la traduction, le rajah reprit :

— Je suis navré d'apprendre la perte de son épouse et de le savoir en deuil. Je pleure encore moi-même la perte de ma sœur, qui nous a quittés l'an dernier, et je sais qu'il aurait partagé ma peine. Nous avons beaucoup à discuter, aujourd'hui.

Sur ce, il chassa d'un geste son secrétaire.

— Nous n'aurons pas besoin d'un interprète, ajouta-t-il dans un anglais parfait. Venez me rejoindre et relaxons-nous, commandant Herriard.

Cet entretien privé sous le dais était à la fois un ordre et une grande faveur ; exactement ce que Nick avait espéré.

— Je suis très honoré, Votre Altesse, répondit-il avec un second salut.

Dans la galerie des femmes, la position de la reine était bien sûr celle qui offrait le meilleur point de vue. Anusha s'était confortablement installée sur des coussins au côté de Paravi, tandis que des servantes apportaient des plateaux de friandises.

— D'ici, nous entendrons tout, chuchota Paravi en attendant l'arrivée du rajah.

Dans tout le palais, l'acoustique avait été étudiée avec soin. Certaines pièces permettaient un passage clair du son jusqu'aux galeries, tandis que d'autres étouffaient le moindre bruit. Dans cette salle prévue pour les audiences, ce qui se disait traversait sans peine les claustras de marbre.

— Savita m'a dit que ton morceau de bois était d'une souplesse remarquable, murmura Paravi avec un sourire taquin. Et quels muscles...

Surprise, Anusha laissa tomber les amandes qu'elle s'apprêtait à grignoter et tâtonna entre les coussins pour les récupérer. Cela lui laissa quelques secondes pour éviter de répondre tout de suite et lui permit de cacher un instant le trouble qui l'avait envahie.

— Vraiment ? fit-elle enfin aussi calmement qu'elle le put. Cela m'étonne.

— Je me demande s'il a lu tous les grands textes, poursuivit Paravi. Il doit être un amant fort et vigoureux.

Anusha avala de travers les amandes qu'elle venait de croquer et fut prise d'une quinte de toux embarrassée. *Vigoureux*... Peut-être bien.

— Et il a de si grands... pieds ! ajouta Paravi.

Qu'est-ce que cela sous-entendait ? se demanda Anusha. Sans doute ne faisait-elle que se moquer. Dans le doute, elle fit mine de s'intéresser à l'entrée des courtisans qui commençaient à remplir la salle d'une masse colorée et bourdonnante, tandis que des serviteurs allaient de niche en niche pour allumer les lampes ornées de gemmes et de fragments de miroirs. Bientôt, la grande pièce fut animée de reflets mouvants comme un ciel étoilé.

Depuis la cour, le son étouffé de musiciens accordant leurs instruments vint se mêler au bruit des conversations. L'ambiance était animée, mais elle éprouva tout à coup un grand sentiment de solitude. Comment pouvait-elle se sentir à ce point isolée alors qu'elle n'était jamais seule dans le palais ? Elle avait passé dix ans ici, entourée par la famille de sa mère, et, malgré cela, elle avait l'impression de ne pas vraiment faire partie de ce monde...

Soudain, son oncle fit son entrée, traversa la foule et s'installa sur son trône. Après avoir fait signe à sa cour de s'asseoir, il indiqua aux gardes de la porte qu'il était prêt pour l'audience.

Le silence se fit tandis qu'une haute silhouette vêtue d'un *sherwani* de brocart vert et or sur un pantalon vert s'avançait au milieu des hommes assis pour s'immobiliser à quelques pas du trône. Elle ne le reconnut pas immédiatement. Il fallut qu'un rai de lumière tombe sur sa chevelure dorée qui flottait librement sur ses épaules. L'Anglais salua, la main en coupe au-dessous du cœur, puis se redressa. Une émeraude pendue à son oreille scintilla.

— Regarde-le ! chuchota Paravi, tout excitée.

— Je ne fais que cela !

Dans son costume de cour, l'Anglais aurait pu paraître ordinaire, mais il n'en était rien. Le brocart, la soie, les lignes sévères de la longue tunique et l'éclat des gemmes ne faisaient qu'accentuer l'exotisme de ses cheveux clairs, de ses larges épaules et de son teint doré...

Après l'échange traditionnel de politesses, le rajah congédia d'un geste le *munshi* et convia son hôte à venir s'asseoir sous le dais.

— Je suis très honoré, Votre Altesse, répondit l'Anglais dans un hindi presque sans accent.

Avec l'aisance d'un Indien, il s'installa en tailleur sur les coussins préparés à son intention. Le rajah lui posa alors une main sur l'épaule et se pencha pour lui murmurer quelque chose à l'oreille.

— Je n'entends rien ! se plaignit Paravi. Mais voilà la collation ; ils ne pourront pas chuchoter et manger en même temps !

En effet, une file de serviteurs était en train de présenter une série de plats au rajah et à l'*angrezi*. Tous deux se redressèrent et se mirent de nouveau à parler à voix haute, mais ce n'était plus qu'une conversation banale, sans intérêt.

Incapable de détacher ses yeux des cheveux clairs de l'Anglais et de son profil qu'elle apercevait chaque fois qu'il se tournait pour répondre à son oncle, Anusha grignota, l'esprit ailleurs. Sa voix avait les intonations fluides et rythmées d'un homme qui non seulement connaissait parfaitement l'hindi, mais le parlait sans doute tous les jours. Quel était son nom, déjà ? Herriard ? Un nom bien étrange, se dit-elle en essayant de le prononcer dans un souffle.

Enfin, les premiers serviteurs laissèrent la place à d'autres, chargés de vasques d'eau parfumée et de serviettes pour permettre aux hôtes de se laver les mains. On apporta ensuite un grand narguilé d'argent pourvu d'un tuyau supplémentaire pour le commandant. Sous le dais, les deux hommes s'installèrent confortablement et la musique commença.

— C'est maintenant qu'ils vont parler des choses importantes, murmura Paravi. Aide-moi à lire sur leurs lèvres, quand ils ne se cacheront pas derrière les tuyaux du narguilé.

— Pourquoi voudraient-ils nous cacher quoi que ce soit ? Il n'y a que la cour, ici.

Paravi jeta un rapide regard autour d'elle et mit sa main devant sa bouche avant de répondre.

— Il y a des espions, au palais… Il paraît que le maharadjah d'Altaphur a placé des hommes à la cour et d'autres parmi les serviteurs.

— Altaphur est un ennemi ? répéta Anusha, stupéfaite. Mais mon oncle n'a pas rejeté la demande en mariage qu'il m'a faite et lui a même envoyé un bon cheval en compensation lorsque je l'ai refusé ! Il ne m'a jamais rien dit de ses soupçons !

— Il vaut mieux nouer des liens avec le tigre tapi au fond de ton jardin plutôt que de lui faire comprendre que tu te méfies de ses crocs. Mon époux n'aurait jamais accepté que tu l'épouses, mais il valait mieux que ce refus passe pour un caprice féminin, plutôt que pour un ordre de mon seigneur.

— Mais pourquoi nous en veut-il ?

— Nous avons un petit Etat, mais beaucoup de richesses, répondit Paravi. De quoi susciter l'envie d'un homme de pouvoir. Comme tu l'as dit, la Compagnie des Indes s'intéresse à notre royaume. Tant qu'ils peuvent traiter, que leur importe le nom du radjah...

Quelque chose, dans la voix de Paravi, lui fit comprendre que ces problèmes politiques ne dataient pas de la veille. Il lui sembla également discerner une lueur de peur dans son regard. Lui avait-on vraiment caché des soucis d'une telle importance ? De toute évidence, même sa plus proche amie avait porté un masque en sa présence. Personne ne lui faisait donc confiance, au palais ? Ou alors considérait-on simplement qu'elle était de moindre importance, une vague nièce avec du sang anglais dans les veines ?

— Crois-tu qu'il pourrait y avoir une guerre ? demanda-t-elle en ravalant sa peine.

Voilà près de soixante-dix ans que le royaume vivait en paix, mais les poètes et musiciens de la cour chantaient toujours les batailles d'autrefois, les terribles défaites et les plus glorieuses victoires. En les écoutant, elle pouvait presque voir les cavaliers vêtus de robes funéraires ocre, conscients de marcher à leur perte, et les femmes allumant les bûchers, prêtes à commettre le *jauhar*, le suicide collectif, plutôt que tomber aux mains de l'envahisseur. A cette idée, elle ne put s'empêcher de frissonner.

Jamais elle ne mourrait de cette manière ! Elle préférait chevaucher avec les hommes et mourir au combat !

— Mais non, il n'y aura pas de guerre, répliqua Paravi avec une surprenante assurance. La Compagnie des Indes nous protégera tant que nous resterons ses alliés.

Bien que pas vraiment convaincue par cet argument, Anusha acquiesça. Dans la grande salle, l'Anglais écoutait avec attention ce que lui disait le rajah puis il se redressa et répondit avec chaleur, le regard intense.

Pendant ce temps, la cour ménageait de la place pour les danseuses qui entraient, accompagnées du tintinnabulement des clochettes et grelots des bracelets qu'elles portaient aux bras et aux chevilles. Elles entamèrent leur spectacle dans un envol de jupes colorées. Cependant, sous le dais, les deux hommes ne leur accordèrent pas la moindre attention. Sans vraiment comprendre pourquoi, Anusha fut soudain envahie par une vague angoisse suivie d'un frisson d'appréhension.

Plus tard, en retournant à sa chambre, elle se sentait toujours aussi troublée et inquiète, bouleversée par la menace qu'elle savait à présent peser sur la frontière, mais aussi par l'humiliation encore cuisante qu'elle avait subie aux bains l'après-midi même. A peine venait-elle de s'allonger sur un lit de repos que Paravi entra, la mine grave.

— Mon seigneur souhaite te voir en privé, Anusha. Sans la présence de ses conseillers. Suis-moi à ma chambre.

Anusha repoussa dans son dos son épaisse natte qui lui tombait sur l'épaule et s'aperçut avec surprise qu'il n'y avait plus aucune servante dans sa chambre. Elle se leva sans un mot, enfila ses sandales et, déconcertée, suivit sa tante.

Elle trouva son oncle seul, le visage mal éclairé par une petite lampe posée près de lui sur une table basse. Après lui avoir fait une révérence, elle attendit. Puis elle remarqua que Paravi avait rabattu son voile sur son visage. Que se passait-il donc ?

— Le commandant Herriard est venu ici sur ordre de ton père, commença Kirat Jaswan sans préambule. Il s'inquiète de toi.

Son père ?

A ces mots, Anusha sentit son cœur s'emballer et une peur inexplicable monter en elle. Que pouvait-il bien lui vouloir ? Soudain, elle comprit le sens des paroles de son oncle et pourquoi Paravi s'était voilée.

— Le commandant est ici ? demanda-t-elle.

Comme pour lui répondre, le grand Anglais sortit de la pénombre de la pièce et salua, le visage grave. Il portait toujours ses vêtements indiens, et la lueur de la lampe fit scintiller un instant l'émeraude à son oreille ainsi que les broderies d'argent de sa tunique. Il paraissait à la fois exotique et à son aise, portant la tenue indienne avec autant de naturel que son uniforme rouge.

— Je pensais que vous apparteniez à la Compagnie des Indes, remarqua Anusha en hindi. Ainsi, vous n'êtes qu'un serviteur de mon père ?

Son oncle émit un clappement de langue réprobateur, mais l'Anglais ne parut pas offensé et la dévisagea de ses yeux vifs. Elle sentit le feu lui monter aux joues. Personne n'avait le droit de regarder ainsi une femme non voilée, à moins de faire partie de sa famille !

— Je sers à la fois la Compagnie et votre père, répondit-il posément. La menace que représente le maharadjah d'Altaphur pour ce royaume inquiète tout le monde...

— Je comprends leur inquiétude, puisque Kalatwah est menacé. Mais pourquoi mon père se soucie-t-il de moi, après toutes ces années ?

Brusquement, elle se rendit compte que son oncle ne lui avait pas ordonné de se voiler. C'était presque comme s'il la considérait tout à coup comme une Anglaise... Paravi, quant à elle, s'était discrètement fondue dans l'ombre.

— Votre père s'est toujours soucié de votre bien-être, reprit Herriard. Il considérait que la demande en mariage d'Altaphur pouvait constituer une menace, un moyen de mettre la pression sur la Compagnie à travers vous.

Il semblait irrité par son expression fermée et incrédule. Son père avait-il vraiment su tout cela ? L'avait-il vraiment fait surveiller de si près ? Au bout de quelques instants, elle parvint enfin à repousser la sensation d'oppression que lui causait cette atmosphère de conspiration.

— Vous voulez dire que j'aurais été un otage aux mains d'Altaphur ?

— En effet.

— Que l'on puisse envisager de m'utiliser pour mettre en difficulté un père qui n'a que faire de moi est vraiment trop drôle !

— Anusha ! s'exclama le rajah en frappant sur la table basse du plat de la main.

— Miss Laurens..., dit plus doucement Herriard.

— Ne m'appelez pas ainsi !

La colère et la peur la faisaient trembler, mais il faisait trop sombre pour que cela se voie, du moins l'espérait-elle.

— C'est pourtant votre nom.

Le ton de l'Anglais était sans réplique. Sans doute avait-il l'habitude de parler de cette manière à ses soldats, mais elle n'était pas à ses ordres ! Elle releva fièrement la tête et le toisa.

— Ton père et moi, reprit alors son oncle, pensons qu'il serait mieux pour toi que tu retournes vivre avec lui.

Sa voix s'était faite douce, mais elle le connaissait assez pour savoir qu'il ne tolérerait aucune protestation.

— Retourner à Calcutta ? répliqua-t-elle malgré tout, ulcérée. Retourner chez lui alors qu'il m'a rejetée ? Il ne se soucie pas de moi ! Tout ce qu'il veut, c'est s'assurer que je n'interfère pas avec ses projets politiques ! Je le hais ! Mon seigneur, je ne peux pas vous abandonner, abandonner Kalatwah alors que le danger menace ! Jamais je ne quitterai ce palais !

Soudain, l'image de flammes et un fracas d'armes se mêlèrent dans son esprit au rire gras d'un homme et aux sanglots de sa mère.

— Quel sens du théâtre ! soupira Herriard.

Elle se retint à grand-peine de le gifler.

— Il y a dix ans, poursuivit-il, votre père était dans une

position très inconfortable. Il a fait ce qu'il devait pour sauver votre honneur et celui de votre mère.

— Vous osez parler d'honneur ? lança-t-elle, furieuse.

Herriard resta de marbre.

— Ne mettez jamais en cause l'honneur de sir George Laurens en ma présence. Est-ce bien clair ? répliqua-t-il froidement.

— Sinon quoi ?

Elle était tellement tendue que tous ses muscles commençaient à lui faire mal, mais elle ne faiblirait pas.

— Sinon, vous risquez fort de le regretter. Si vous refusez de partir pour obéir à votre père, alors faites-le pour vous montrer obéissante vis-à-vis de votre oncle, le rajah. Ou êtes-vous capricieuse au point de risquer la sécurité de ce royaume et de votre propre famille ?

Capricieuse ? Pensait-il vraiment que la trahison et l'abandon d'une fille et d'une épouse ne pouvaient provoquer en elle qu'un simple caprice ?

Tout à coup, elle eut l'impression que le sol de marbre sous ses pieds avait laissé place à des sables mouvants. Ravalant sa rage, elle se tourna vers son oncle.

— Voulez-vous réellement que je vous quitte, mon seigneur ?

— Ce sera mieux pour toi.

Incrédule, elle sentit les larmes lui monter aux yeux. Cet homme était tout pour elle — son oncle, son maître, son second père... Malgré sa douleur, elle lui devait une obéissance absolue.

— Tu... Tu ne fais que compliquer les choses, Anusha, poursuivit-il. Je veux te savoir saine et sauve, parmi les tiens.

Mais enfin ! N'était-elle donc pas parmi les siens ?

Elle avait beau s'être sentie un peu perdue au palais, ces derniers mois, ce qui lui arrivait était bien trop brutal... Voilà que son oncle la rejetait, comme son père l'avait fait douze ans plus tôt ! Qu'allait-elle devenir, si elle n'avait plus d'endroit où se sentir chez elle ? Quoi qu'il en soit, il était hors de question qu'elle s'abaisse à protester. Du sang anglais avait beau couler dans ses veines, elle n'en était pas moins une princesse rajput.

— Je ne serai jamais parmi les miens auprès de mon père,

répondit-elle fièrement. Il me l'a déjà clairement fait comprendre. Mais puisque vous l'ordonnez, mon seigneur et mon oncle, je quitterai ce palais.

Il fallait qu'elle soit forte ; elle ne pleurerait pas devant cet *angrezi* arrogant. Il avait obtenu ce qu'il désirait, sa soumission, mais elle ne lui ferait pas le plaisir de montrer sa douleur. Elle venait d'une maison royale et ferait tout ce que son oncle lui ordonnerait, avec fierté, sans trahir sa peur. S'il lui avait ordonné d'aller mourir au combat, elle aurait obéi et, d'une certaine manière, cela lui aurait paru plus facile que d'abandonner sa maison...

— Quand dois-je partir ? demanda-t-elle à son oncle.

Ce fut l'Anglais qui répondit, comme si le rajah l'avait déjà abandonnée entre ses griffes.

— Nous partirons dès que les voitures, les bêtes et l'approvisionnement auront été rassemblés. Ce sera un voyage de plusieurs semaines.

— Oui, je m'en souviens, murmura-t-elle.

Comment aurait-elle pu oublier ces semaines de voyage inconfortable en compagnie d'une mère trop fière pour pleurer ? Tout cela parce que le grand ours affectueux qui l'avait serrée dans ses bras, l'avait gâtée, avait été au cœur de son monde et de celui de sa mère, avait décidé de les rejeter. Des semaines de voyage parce que apparemment l'amour n'était pas fait pour durer. Non, l'amour ne pesait pas bien lourd face à l'opportunisme. Cela, elle ne l'oublierait jamais !

Elle chassa ses souvenirs tandis que les paroles d'Herriard étaient en train de prendre tout leur sens.

— Que voulez-vous dire par *nous* ? C'est vous qui êtes chargé de m'escorter ?

— Bien sûr, miss Laurens. C'est pour cela que je suis ici.

Cet homme brutal et insensible allait faire le voyage avec elle ? Très bien. Mais elle ferait tout pour le lui faire regretter !

— Je suis vraiment navrée pour vous, dit-elle d'un ton léger. De toute évidence, cette mission ne semble pas vous enchanter...

— Je ferais le voyage pieds nus, si sir George me le demandait, répondit-il d'une voix neutre en posant sur elle un regard aussi froid que l'éclat de l'émeraude à son oreille. Il est comme un père pour moi, miss Laurens, et je mettrai tout en œuvre pour lui donner satisfaction.

Comme un père ? Qui était donc ce Nicholas Herriard pour vouer à son maître une dévotion qui dépassait de loin ses devoirs militaires ?

— Quelles belles paroles, conclut-elle avant de tourner les talons. Espérons que vous ne les regretterez pas...

3

Exaspérée, Anusha tournait en rond au milieu d'un groupe de servantes en plein travail.

— Si cet homme m'envoie encore un message pour me dire ce que je dois emporter, je hurle! menaça-t-elle, incapable de trouver une insulte capable de passer sa colère. Quel… *budmash*!

— Le commandant n'a rien d'un voyou ou d'un criminel, intervint doucement Paravi, un petit sourire aux lèvres. Et je te rappelle qu'il peut t'entendre; il est juste de l'autre côté du *jali*. C'est un long voyage, Anusha, et il a raison de s'assurer que tu emportes tout ce dont tu auras besoin sans pour autant faire trop de malles.

— Et que fait-il dans la pièce d'à côté? demanda Anusha en élevant la voix.

Si ce fichu soldat les écoutait à travers les claustras, elle n'allait pas se priver de dire haut et fort ce qu'elle pensait de lui! Ces hommes qui prétendaient diriger sa vie ne lui avaient laissé qu'une alternative: pleurer et baisser les bras, ou laisser libre cours à sa colère. Comme elle était trop fière pour sangloter, il aurait donc à supporter sa rage.

— Il n'a rien à faire ici, poursuivit-elle. C'est le quartier des femmes!

— Un eunuque l'accompagne, protesta Paravi, et on a tiré des rideaux pour qu'il ne voie rien. C'est son devoir de vérifier la préparation des bagages.

— Peu importe! Mon oncle m'a promis que je pouvais avoir

vingt éléphants, quarante chameaux, quarante chars à bœufs, des chevaux...

— Et moi, je dis que c'est beaucoup trop ! coupa une voix de l'autre côté des claustras, ce qui fit sursauter Anusha qui se cogna l'orteil à l'angle d'un coffre. Vous ne partez pas épouser l'empereur, miss Laurens. De plus, votre père a l'intention de vous offrir une garde-robe et des bijoux occidentaux, à Calcutta.

Hors d'elle, Anusha traversa la pièce et se planta devant le claustra. D'Herriard, elle ne devinait que l'ombre imposante à travers le rideau.

— *Mata* m'a parlé de ces vêtements occidentaux, lança-t-elle. Des corsets ! Des bas ! Des jarretières ! Elle m'a dit que ce n'étaient que des instruments de torture !

Un soupir méprisant lui parvint.

— Une femme ne parle pas de ce genre de choses en présence d'un homme.

— Dans ce cas, allez-vous-en ! Je n'ai pas sollicité votre présence, et je n'accepte pas que vous vous pavaniez simplement parce que vous êtes arrivé à vos fins ! Et, puisque vous vous êtes caché pour m'espionner, ne vous plaignez pas d'entendre tout ce que j'ai à dire !

Derrière elle, elle distingua un raclement de gorge agacé de la part de Paravi, mais cela ne calma en rien sa colère.

— Partez, commandant, poursuivit-elle. Et, pour votre gouverne, sachez que vingt éléphants ne voyagent pas plus lentement que dix.

— Ils voyagent deux fois plus lentement, répliqua Herriard. Cela dit, nous partons après-demain. Si d'ici là vous n'avez pas réduit votre bagage de moitié, je le ferai pour vous. Et sachez que, même si je ressens une immense satisfaction à l'idée de réaliser les souhaits de votre père, je ne me pavane pas.

Elle s'apprêtait à protester, mais un bruit de pas lui apprit qu'il quittait enfin les lieux. Jamais elle n'avait ainsi été empêchée de se faire entendre à cause de l'impolitesse d'un seul homme !

Furieuse, elle se tourna vers l'une des servantes qui paraissait clouée sur place.

— Trouve-moi une dague ! ordonna-t-elle. Je compte bien partir armée, et j'ai déjà une cible toute prête.

Pendant que la servante s'éloignait en toute hâte, Anusha se dit qu'elle ferait également bien d'emporter tous ses bijoux. Lorsque Herriard ne serait plus son geôlier, elle en aurait besoin pour soudoyer les gens de son père afin de pouvoir fuir la prison qui l'attendait à Calcutta.

Il faisait encore nuit lorsque Anusha fut réveillée en sursaut par quelqu'un qui lui secouait assez brusquement l'épaule.

— Au sec... !

Une main se plaqua sur sa bouche, la tirant brutalement des brumes du sommeil. C'est alors qu'elle entendit la voix pressante de l'*angrezi* et perçut le battement sourd des tambours qui résonnait autour du palais.

— Restez calme, lui chuchota-t-il. Nous devons partir immédiatement, et en secret ! Quand je retirerai ma main, je veux vous entendre murmurer. Sinon, je vous bâillonne et je vous traîne dehors. Est-ce que vous avez compris ?

Furieuse et effrayée — *ne lui montre pas ta peur !* —, elle acquiesça et sentit la main de l'homme s'écarter de sa bouche.

— Où sont mes servantes ? demanda-t-elle à voix basse.

Il fit un mouvement de tête en direction d'un coin sombre de la chambre, et Anusha, horrifiée, aperçut ses servantes allongées, immobiles, sur le sol. Elle faillit pousser un cri de surprise, mais la main d'Herriard revint se plaquer contre sa bouche. Sa peau était rendue calleuse par le soin des chevaux et avait un goût de cuir...

— Elles sont seulement droguées, murmura-t-il en pressant sa main plus fort pour l'empêcher de le mordre. Il y a des espions au palais, je ne pouvais courir aucun risque. Ecoutez-moi...

Lentement, il la relâcha. Anusha tendit l'oreille. A l'exception des battements de tambour, il n'y avait pas un bruit. Leurs pulsations inquiétantes vibraient dans tout le palais. Jamais encore elle ne les avait entendus ainsi, terrifiants dans le silence de la nuit...

— On nous attaque ? demanda-t-elle dans un souffle.

— Le maharadjah d'Altaphur est presque sur nous. Ses éléphants de guerre atteindront le palais dans moins de quatre heures.

— Que s'est-il passé ? A-t-il découvert que vous étiez là ? Que vous étiez venu pour moi ?

Inquiète, elle se redressa pour s'asseoir au milieu de son lit bas et tira les couvertures pour se couvrir. Devant elle, Herriard s'accroupit. Elle remarqua alors qu'il portait toujours des vêtements indiens, mais plus simples ; une tenue de voyage agrémentée de bottes et d'un turban sombre qui dissimulait la blondeur de ses cheveux.

— Il devait avoir déjà mobilisé ses troupes avant mon arrivée, expliqua-t-il rapidement, sans quoi il n'aurait pas pu marcher sur nous aussi vite. Ses espions ont dû lui annoncer qu'un homme de la Compagnie des Indes était accueilli par votre oncle, peut-être même sait-il que j'avais pour mission de vous escorter à Calcutta ou que je négociais votre départ... Quoi qu'il en soit, il a dû décider de frapper avant que votre oncle n'ait le temps de conclure une alliance avec la Compagnie.

— Mon oncle ne se rendra jamais ! répliqua-t-elle en se levant précipitamment.

Sous ses pieds, le sol de marbre était glacé, mais elle l'ignora.

— Vous avez raison, répondit Herriard. Il lui tiendra tête. Des messagers sont déjà partis prévenir ses alliés d'Agra, de Gwalior et de Delhi. La Compagnie enverra des troupes à la rescousse dès que la nouvelle lui sera parvenue, et je pense que, à ce moment-là, Altaphur préférera battre en retraite. Votre oncle va devoir tenir quelques semaines de siège, c'est tout.

Essayait-il de l'apaiser par des mensonges faciles ? Dans la pénombre, le regard de l'*angrezi* ne trahissait aucune émotion. Elle devait à tout prix faire de même et contenir sa panique naissante !

— Allez-vous rester pour vous battre ? demanda-t-elle.

Bien sûr, un homme de plus ou de moins ne ferait aucune différence. Pourtant, curieusement, elle avait l'impression qu'Herriard pourrait sauver son oncle... Il était certes arrogant et désagréable, mais elle devinait en lui le sang-froid d'un vrai guerrier.

— Non. Vous et moi, nous partons. Immédiatement.

— Je ne vais pas fuir quand mon oncle est en danger ! Pour qui me prenez-vous ? Je ne suis pas lâche, moi !

Herriard la scruta de la tête aux pieds, et elle prit tout à coup conscience du fait qu'elle ne portait qu'une chemise de fine toile. Dans le froid de la nuit, ses tétons avaient durci et étaient visibles sous le tissu léger. D'un mouvement brusque, elle se pencha pour saisir son drap dont elle s'enveloppa en fusillant l'Anglais du regard.

— Pervers ! siffla-t-elle ensuite, prête à lui arracher les yeux.

Vif comme un chat, il lui attrapa les poignets et l'empêcha de le frapper.

— Je vous croyais plus sensée, murmura-t-il avant d'ajouter quelques mots en anglais.

— Qu'avez-vous dit ? Que je suis *échevelée* ?

— *Ecervelée*, corrigea-t-il. Et n'essayez pas de me frapper, ça ne vous avancerait pas à grand-chose ! Ecoutez-moi. Pensez-vous vraiment que votre oncle peut se permettre de s'inquiéter pour votre sécurité alors qu'il doit faire en sorte de défendre son royaume ? Et, si le pire arrive, que comptez-vous faire ? Mener les femmes de la cour au bûcher ou vous laisser prendre en otage ?

Anusha poussa un profond soupir. Il avait raison... Elle devait faire son devoir, et sans protester. Il fallait qu'elle parte, non pour obéir à cet homme malappris, mais parce que telle était la volonté du rajah. Et parce que ce palais n'était plus son foyer...

— Puisque mon oncle l'ordonne, je vous suivrai. Comment allons-nous fuir ?

— Savez-vous monter à cheval ?

— Bien sûr ! Je suis une rajput !

— Dans ce cas, mettez une tenue de voyage qui résistera à une longue chevauchée. Habillez-vous en homme. Prenez des vêtements solides, de bonnes bottes et cachez vos cheveux sous un turban. Emportez aussi une couverture, les nuits sont fraîches, dehors. Et ne prenez que le strict nécessaire. Pouvez-vous faire tout cela ? Je vous attendrai dans la cour, en bas. *Jaldi*.

— Je suis peut-être une écervelée, commandant, mais je ne suis pas stupide. Je suis tout à fait capable de reconnaître une urgence.

Herriard avait déjà atteint la porte. Il s'immobilisa un instant sur le seuil et demanda par-dessus son épaule :

— Pouvez-vous vous habiller seule ?

Pour toute réponse, elle lui lança une sandale dont l'ornement d'ivoire se brisa contre le montant de la porte tandis qu'il disparaissait dans l'ombre du couloir. Seule, apeurée, oppressée par le battement sourd des tambours, elle resta un instant immobile près de son lit puis se précipita vers ses deux servantes et tâta leurs poignets à la recherche d'un pouls. Espionnes ou pas, elles étaient bel et bien vivantes !

Rassurée, elle prit sa petite veilleuse et alluma les lampes disposées dans les niches. D'un pas décidé, elle traversa sa chambre pour aller ouvrir sa dernière malle, celle qui contenait ses vêtements de voyage. Elle en tira un simple pantalon, large aux cuisses et resserré aux mollets, et l'enfila prestement. Elle passa ensuite deux chemises ainsi qu'un manteau brun fendu sur les côtés, puis mit ses bottes de cheval, souples et fines. Elle glissa une dague dans la gauche, et une autre, plus petite et courbée, à sa ceinture.

Rapidement, elle rassembla ses cheveux en une tresse serrée et la dissimula sous un turban brun qu'elle noua avec maladresse. Elle avait déjà porté ses cheveux comme cela pour monter à cheval, mais ses servantes avaient toujours été là pour l'aider à enrouler l'étoffe autour de sa tête…

Soudain, une pensée lui vint : l'argent ! Herriard en avait-il suffisamment pour faire le voyage ? Elle défit son turban, et retourna vers ses malles pour récupérer ses bijoux les plus précieux, ceux qu'elle comptait porter à Calcutta pour affirmer son statut. Après les avoir glissés dans un petit sac de toile, elle enroula sa tresse autour et fourra de nouveau le tout sous l'étoffe brune qu'elle noua fermement sur sa tête. Cette fois, elle était presque prête...

Elle roula deux couvertures, glissant à l'intérieur une chemise de rechange, un petit sac dans lequel elle mit des épingles, un peigne et une boîte d'amadou. Quoi d'autre ? Le son obsédant des tambours l'empêchait de réfléchir posément... Il fallait pourtant faire vite. Bientôt, quelqu'un viendrait s'assurer qu'elle allait bien, s'occuper d'elle, et la conduire au cœur du palais, en sécurité. Comme elle aurait voulu pouvoir s'y cacher ! Hélas ! son devoir le lui interdisait.

Ses yeux tombèrent sur sa petite boîte de médicaments. Elle l'ajouta à son baluchon, finit de rouler les couvertures, les attacha avec un lien de cuir et quitta sa chambre à pas de loup. Les couloirs étaient déserts. Elle emprunta l'une des galeries les plus étroites et les moins utilisées pour descendre sans faire de bruit dans la cour.

A peine y était-elle arrivée qu'Herriard vint à sa rencontre, les yeux brillants dans la pénombre. Il voulut prendre son paquet, mais elle s'écarta vivement.

— Je peux m'en occuper seule. Attendez ! Je dois encore faire mes adieux à mon oncle, à Paravi...

— Et risquer d'être vue ? C'est hors de question. De toute manière, votre oncle sait que nous partons, et il a bien d'autres choses à faire pour le moment ! Allons, venez. Il faut sortir du palais.

Il la poussa sans douceur pour lui faire traverser la cour. Il paraissait connaître parfaitement les lieux, louvoyant de couloirs en jardins, et l'entraînant dans l'ombre lorsque des serviteurs affolés croisaient leur route. Durant toute leur progression silencieuse, son attention sembla fixée sur quelqu'un qui criait du haut des remparts.

Soudain, une silhouette élancée sortit de l'obscurité, et Herriard la percuta de plein fouet. Pour ne pas perdre l'équilibre, il se rattrapa en la saisissant par les épaules et jura tout bas. Elle sentit ses muscles fermes, denses, contre elle, et sa voix sourde vibra dans tout son corps. Un inexplicable frisson de plaisir la parcourut. Dans de telles circonstances, il était vraiment rassurant d'être accompagnée par un homme si grand... Lorsqu'il la relâcha, elle se sentit tout à coup nue et fragile, comme une forteresse sans ses remparts.

— Ajit, as-tu préparé les chevaux? demanda-t-il à voix basse.

— Oui, *sahib*, tout est prêt.

Elle reconnut avec soulagement le serviteur d'Herriard. Il était essoufflé; sans doute avait-il couru depuis la basse-cour pour les rejoindre.

— J'ai sellé Pavan et Rajat, poursuivit-il, et une bonne jument pour la princesse. La porte basse est encore ouverte pour laisser sortir les soldats sous les remparts, mais nous devons nous dépêcher si nous ne voulons pas être vus.

Sans un mot de plus, ils se mirent tous trois à courir sur les dalles sombres et glissantes, polies par le passage incessant des éléphants, des hommes et des chevaux. Protégés par l'ombre des murs, ils ralentissaient à chaque porte, à chaque intersection. Le palais était un véritable labyrinthe conçu pour que les envahisseurs s'y perdent.

Heureusement, il ne reste qu'une porte, songea Anusha qui venait de déraper et s'était, *in extremis*, rattrapée à un anneau fixé au mur. L'instant d'après, devant elle, il y eut un cri étouffé suivi d'un bruit de chute. Herriard s'arrêta et s'accroupit près de la silhouette prostrée d'Ajit qui les précédait. L'homme haletait.

— Je crois que... je me suis cassé... la clavicule, *sahib*. Je suis désolé...

Herriard l'aida à se redresser et à s'asseoir, et Anusha put apercevoir son épaule déformée. Malgré la pénombre, on voyait qu'il était pâle et transpirait abondamment.

— Fais demi-tour et va voir le médecin de la cour; tu peux lui faire confiance, reprit Herriard en le soutenant pour le remettre debout. Ensuite, tu iras informer le rajah que nous sommes sortis du palais sains et saufs.

— *Sahib*, dit encore le serviteur, prenez mon baluchon. J'y ai caché des armes...

— Merci, Ajit. Prends soin de toi. Nous nous reverrons à Calcutta.

Après avoir ramassé le bagage d'Ajit, il saisit le bras d'Anusha et reprit sa course sans un regard en arrière.

— Etes-vous bonne cavalière ? demanda-t-il en ralentissant devant la dernière porte.

Il s'immobilisa dans l'ombre pour observer les alentours. Son visage était strié par les ombres des pics scellés dans les murs à hauteur d'éléphant.

— Oui, bien sûr, fit-elle.

Incapable de s'en empêcher, elle leva les yeux vers les empreintes de mains laissées au fil du temps sur les montants de la porte par les épouses menées au bûcher funéraire de leurs époux pour périr avec eux. Elle ne put réprimer un frisson. Il dut s'en apercevoir, car il murmura :

— Encore une bonne raison de ne pas épouser un maharadjah deux fois plus vieux que vous...

Estimant qu'ils pouvaient sortir sans risque, il lui attrapa le bras, mais elle fit un mouvement brusque pour se dégager.

— Ne me touchez pas !

Il raffermit sa prise et la traîna à travers les rangs d'éléphants jusqu'aux écuries pratiquement vides. La cavalerie était déjà sortie pour défendre les remparts... Là, il s'immobilisa de nouveau et l'attira vers lui. Sans doute prétendrait-il que c'était pour ne pas avoir à élever la voix, mais elle savait bien qu'il s'agissait en réalité d'un moyen pour asseoir son pouvoir sur elle.

— Ecoutez-moi bien, miss Laurens, murmura-t-il. C'est peut-être difficile à imaginer pour vous, mais votre beauté me laisse de glace. Et, même si vous étiez capable d'éveiller mon désir, je ne suis pas stupide au point de le laisser me dominer quand nous sommes au milieu d'une petite guerre.

Il la relâcha enfin et entreprit de fixer les baluchons aux selles des trois chevaux qui les attendaient — un bel étalon gris, une plus petite bête, noire et musculeuse, et une jument baie marquée au flanc du sceau du rajah.

— Prenez-la, lança-t-il en lui tendant les rênes de la jument. Et sachez que je n'hésiterai pas à vous toucher lorsque je l'estimerai nécessaire et que, le moment venu, vous aurez tout intérêt à m'obéir, car il s'agira d'un cas d'urgence. J'ai promis à votre père de vous ramener auprès de lui, mais je ne lui ai jamais promis de ne pas faire usage de la force en cas de besoin.

— Espèce de... porc, siffla-t-elle entre ses dents.

Sa rage ne parut pas l'affecter.

— Je suis peut-être un porc, mais un porc qui saura vous garder en vie, répondit-il. Et, puisque nous parlons de contact physique, dois-je vous rappeler que vous vous êtes glissée comme un serpent aux bains dans le simple but de me toucher pendant que j'étais nu ? A ce propos, laissez-moi vous dire que vous aviez les mains froides et que vous devriez travailler votre technique de massage.

Sur ce, il sortit les deux autres chevaux de l'écurie, et attacha les rênes du noir à sa propre selle.

— Avez-vous besoin d'aide pour vous mettre en selle ?

— Je n'ai pas besoin d'aide, merci, répliqua-t-elle en montant prestement sur son cheval. Et puis je ne suis allée aux bains que pour voir...

Consciente de se laisser emporter par sa colère, elle se tut, mais Herriard, qui venait de se mettre en selle lui aussi, ne semblait pas l'entendre de cette oreille.

— Voir quoi ? fit-il en s'élançant à travers la cour, suivi par le cheval noir.

— Voir de quelle couleur vous étiez, dit-elle en le suivant, décidée à ne pas se laisser impressionner par cet homme.

— Et votre curiosité a-t-elle été satisfaite ?

— Oui. Là où le soleil ne vous touche pas, vous êtes rose, pas blanc, répondit-elle sèchement.

— Après plusieurs jours en votre compagnie, je sens que je pourrais vite devenir rouge de colère. A présent, taisez-vous et couvrez votre visage.

Joignant le geste à la parole, il dénoua un bout de son turban pour se voiler le bas du visage. Anusha l'imita et les trois chevaux passèrent la grande porte avant de s'engager sans avoir croisé personne sur la route qui menait à la ville.

Anusha se retourna pour jeter un dernier regard au palais, niché derrière ses hauts murs. Ce palais, qui avait été sa maison...

En quelques minutes, elle venait de laisser derrière elle sa vie de princesse, nièce du rajah, pour devenir une fugitive, bien loin encore de la miss Laurens que son père attendait après l'avoir rejetée sans scrupule. Ce changement si brutal l'effrayait un peu, mais lui procurait également une étrange et fascinante sensation de libération. Elle n'avait pas à se soucier de l'endroit où elle allait, ni même de comment elle y parviendrait. Pendant les jours à venir, il lui suffirait de se laisser porter par son destin...

Elle éperonna sa monture pour se porter à la hauteur du cheval gris d'Herriard.

— Où allons-nous ? demanda-t-elle en anglais — il fallait bien qu'elle s'entraîne.

— Tout d'abord à Allahabad. Et je vous demanderai de parler hindi.

— Pour ne pas attirer l'attention ?

Comme il acquiesçait, un frisson d'angoisse la traversa, et elle s'assura que le voile qui dissimulait son visage était bien fixé derrière son oreille. Elle ne pouvait pas se permettre d'oublier le danger qui les guettait.

— Le fait que vous parliez hindi ne change pas grand-chose, reprit-elle. Vous attirez l'attention sans même ouvrir la bouche ; vous êtes trop grand et trop pâle pour passer pour un Indien.

Plutôt mourir que lui montrer qu'elle était rassurée par ses larges épaules !

Ils arrivèrent bientôt en vue de la ville, qui s'agitait comme une fourmilière dans laquelle on aurait donné un coup de pied. Les nouvelles du siège prochain avaient dû y parvenir en même temps qu'au palais... Tandis qu'ils la traversaient, la jument fut bousculée par des voitures à bras, des paysans effrayés et des caravanes de chameaux.

Herriard tenta de se saisir de ses rênes, mais Anusha ne le

laissa pas faire. Elle était parfaitement capable de garder seule le contrôle de sa monture !

— Tant que mes cheveux sont couverts, dit-il tout à coup alors qu'il avait gardé le silence depuis leur départ du palais, je peux toujours passer pour un Pathan.

— Oui, dut-elle admettre. Ils sont grands, à la peau claire et leurs yeux sont gris. J'en ai vu quelques-uns qui descendaient du nord. Mais vos yeux à vous sont verts !

— Vous avez remarqué mes yeux ? J'en suis flatté...

Tout en parlant, il contourna une vache qui ruminait au milieu de la route, indifférente à l'agitation environnante.

— Vous ne devriez pas vous sentir flatté, répliqua froidement Anusha. C'est normal que j'aie remarqué vos yeux. Vous êtes si différent, si étrange. Cela faisait très longtemps que je n'avais pas vu quelqu'un comme vous.

Il était hors de question qu'il prenne ses paroles pour des compliments ! Elle n'était pas encore tombée si bas.

Il ne répondit pas, et se contenta de dépasser une file de chameaux pour atteindre le petit pont délabré qui enjambait la rivière. Son sang-froid avait de quoi impressionner Anusha, mais elle ne put s'empêcher de penser qu'il la considérait comme étant sans importance.

A la sortie de la ville, loin des torches flamboyantes, elle remarqua que la lune s'était levée. Herriard fit arrêter son cheval et se dressa sur ses étriers pour inspecter la route qui s'étendait devant eux.

— Nous pouvons prendre ce chemin, dit Anusha en indiquant une direction d'un mouvement de la main. Il coupe à travers champs, et personne ne l'empruntera à une heure pareille. Nous irons plus vite et nous serons sûrs de ne pas nous faire remarquer.

— Et nous y laisserons aussi une trace fraîche d'empreintes de chevaux là où seuls les pieds nus des paysans et le bétail passent. Si nous restons sur la route, nos traces seront plus difficiles à suivre.

Au moins, il m'adresse la parole, songea Anusha. Soudain, le sens de ses propos la frappa comme une gifle.

— Vous pensez que nous allons être suivis ? demanda-t-elle, inquiète.

— Bien sûr. Dès que les espions du maharadjah découvriront que vous avez fui, ils le feront savoir à leur maître. Je crains que nous ne puissions compter que sur une demi-journée d'avance...

A ces mots, elle sentit son estomac se nouer. La franchise d'Herriard commençait à lui faire comprendre à quel point leur fuite serait désespérée.

— Dans ce cas, nous sommes bien plus en danger ici qu'au palais ! Pourquoi ne sommes-nous pas restés à l'abri en attendant des renforts ?

Il lui lança un rapide regard. A la lumière argentée de la lune, le vert de ses yeux paraissait presque irréel...

— Parce que votre oncle n'était pas certain de pouvoir vous protéger au palais. Votre père est un homme influent, ce qui fait de vous un moyen de pression très convoité pour tout homme qui désire le pouvoir et qui veut maintenir la Compagnie à l'écart de ses affaires.

— Vous voulez dire que j'étais déjà en danger au palais ?

— Probablement. Après tout, j'ai réussi à vous en faire sortir bien facilement, malgré les gardes de votre oncle. Non ?

— Oui, fit-elle, en proie à une nouvelle vague d'angoisse.

Trahison. Espionnage. Danger. Mensonges... Dire qu'elle avait toujours trouvé sa vie si tranquille presque ennuyeuse !

J'aurais pu être enlevée n'importe quand !

— Vous avez peur ? demanda soudain Herriard.

— Peur ? Et de quoi devrais-je avoir peur ?

Il laissa échapper un petit rire, comme surpris par sa réaction.

— Eh bien, du voyage, de nos poursuivants, de l'endroit où nous nous rendons... De moi, aussi.

— Je ne crains rien, prétendit-elle.

Bien sûr qu'elle avait peur de tout cela, mais jamais elle ne l'admettrait devant lui ! Apparemment, son mensonge n'avait pas eu l'impact escompté, car il émit un petit soupir méprisant.

Piquée au vif, elle ressentit un profond besoin de le convaincre de son courage et de sa capacité à faire face à ce voyage si dangereux.

— Vous semblez compétent, reprit-elle d'un air détaché, et je suis certaine que vous m'aiderez à semer nos poursuivants. La seule chose que je souhaite est l'arrivée du matin, pour voir plus clair autour de moi… Quant à notre destination, il sera bien temps que je m'en soucie lorsque nous y parviendrons. Quant à vous, pourquoi vous craindrais-je ? N'êtes-vous pas un officier et donc un — elle chercha le terme approprié en hindi, mais dut revenir à l'anglais — un *gentleman* ? Ma mère m'a toujours dit que les gentlemen anglais se devaient de ne jamais bafouer l'honneur d'une femme.

— Oui, en théorie, répondit-il froidement.

Sur ce, il se mit à rire et partit au galop, obligeant Anusha, soudain mal à l'aise, à le suivre.

4

Quelques heures plus tard, Herriard ralentit puis arrêta son cheval au milieu de la route irrégulièrement empierrée.

— Pourquoi nous arrêtons-nous ? demanda Anusha, littéralement épuisée.

— Les chevaux ne peuvent pas galoper sur un sol aussi inégal, dit-il sèchement. Avez-vous réellement l'intention de discuter toutes mes décisions ?

— Oui.

Anusha tentait désespérément d'ignorer la fatigue, mais, à présent qu'elle n'avait plus à se concentrer sur le pas de sa monture, ses yeux se fermaient tout seuls. Peut-être allait-elle se réveiller dans son lit… Peut-être tout cela n'était-il qu'un mauvais rêve, après tout…

— La lune va bientôt se coucher, reprit Herriard, et nous ne pourrons plus voir où nous allons. Nous allons donc nous abriter sous ce bouquet d'arbres, près de la route, et dormir en attendant le lever du jour.

— D'accord.

— Je vous remercie de votre approbation, miss Laurens, mais c'était un ordre, pas une suggestion.

Anusha l'observa froidement, mais tout ce qu'elle pouvait distinguer était une silhouette sombre, immobile, campée sur son cheval dans le halo lunaire. Il lui avait répondu d'un air absent visiblement concentré sur le bosquet dont il venait de parler. Soudain, elle perçut un bruit de feuillages froissés sous les arbres.

— Commandant Herriard !

— Appelez-moi Nick, dit-il à voix basse. Restez là. Nous avons sans doute effrayé quelque chose de dangereux dans ces bois. Je vais aller y jeter un coup d'œil...

Nick ? D'où pouvait bien venir un nom pareil ? Silencieusement, il disparut dans l'ombre, au bord de la route, la laissant seule au milieu des bruits inquiétants de la nuit. Des choses bougeaient dans les buissons... De grosses choses ! Pour chasser sa terreur, elle se concentra sur le prénom étrange de son compagnon. Nick... Peut-être était-ce un surnom. Quoi qu'il en soit, cela ne lui allait pas du tout ! Pourquoi donner un petit nom affectueux à un homme si brutal ?

Au bout de quelques instants, il revint.

— J'ai trouvé un petit temple au sol en pierre dans lequel nous pourrons dormir, et un peu de bois coupé. Nous allons pouvoir allumer un feu ; la lumière sera cachée par les murs. J'ai même découvert un abreuvoir pour les chevaux.

— Vous voulez profaner un temple ? s'exclama Anusha, plus par esprit de contradiction que parce qu'elle était choquée.

Après tout, faire boire les chevaux et dormir par terre ne pouvait pas réellement être considéré comme une profanation...

— Ne vous en faites pas, nous n'abîmerons rien. Nous pourrons même laisser une offrande, si vous le souhaitez, répondit-il en mettant pied à terre avant de lui tendre son bras.

— Je peux très bien descendre de cheval seule. Mais, dites-moi, pourquoi un chrétien comme vous laisserait-il une offrande dans un temple hindou ?

Elle se dégagea de la selle avec brusquerie et atterrit sans souplesse sur le sol dur. Pendant un instant, elle crut perdre l'équilibre, mais Herriard la rattrapa par le bras, ce qui la mit encore en colère contre elle-même.

— J'ai dit que je pouvais me débrouiller seule ! lança-t-elle sèchement.

Il l'ignora et ne la lâcha que lorsqu'il fut certain qu'elle avait bien repris son équilibre. Comme cela paraissait étrange d'être ainsi touchée par un homme ; un étranger, qui plus est... Elle ne pouvait s'empêcher de se sentir à la fois protégée et menacée.

— J'imagine que nous n'offenserons pas les dieux, reprit-il posément. De toute manière, après avoir passé douze ans dans ce pays, je ne suis plus certain de ma religion. Sans doute suis-je devenu plus pragmatique... Et vous ? En quoi croyez-vous ?

Bonne question... Elle aurait sans doute à faire son choix avant d'atteindre Calcutta... Après avoir vécu cinq ans avec sir George, sa mère s'était convertie au christianisme, et Anusha avait l'habitude de se rendre à l'église avec elle. Mais, depuis son retour à Kalatwah, elle avait vécu en hindoue.

— Je ne sais pas vraiment en quoi je crois, répondit-elle avec sincérité. Est-il vraiment important d'avoir une religion, tant que l'on mène une bonne vie ?

— Quelle sagesse ! dit-il en la guidant jusqu'au temple. Au moins, nous n'aurons pas de disputes à ce sujet, vous et moi.

Il ne dessella pas les chevaux, se contentant de relâcher leurs sangles, puis alla déposer leurs bagages à l'entrée.

— Nous n'aurons aucune dispute tant que vous continuerez à me traiter avec respect.

Et quand vous cesserez de me dévisager comme un rapace sa proie, songea-t-elle.

Elle ramassa une branche et commença à débarrasser le sol de son tapis de feuilles mortes, refuge préféré des insectes et des petits serpents...

— Ne vous en faites pas. Je compte bien vous traiter avec tout le respect que vous méritez, miss Laurens, répondit Herriard — Nick — tout en remplissant une urne d'eau pour les chevaux. J'ai beaucoup d'admiration pour votre père, et vous êtes une femme, ce qui m'empêche de me comporter avec vous comme je le ferais avec un homme. Cela dit, il ne tient qu'à vous que les choses se passent bien ou non.

— Je n'ai aucun désir de retrouver mon père ; je le hais.

— Vos désirs ne regardent que vous, répliqua sèchement Nick, ainsi que vos pensées. Mais je vous interdis de dire du mal de sir George en ma présence. Et j'attends de votre part une obéissance sans faille. Restez ici.

Dans la quasi-obscurité, Anusha ne pouvait déchiffrer son expression, mais elle sentait une rage contenue dans sa voix. De nouveau, il lui avait laissé entrevoir cette loyauté absolue et incompréhensible vis-à-vis de sir George... A quoi pouvait-elle bien être due ?

Brusquement, il fit volte-face et s'éloigna.

— Attendez ! Où allez-vous ?

Comptait-il la punir en la laissant seule dans le noir et au milieu de nulle part ?

Sans un mot, il disparut dans l'ombre, et elle entendit ses bottes faire craquer les feuilles sèches du bosquet. A son retour, il semblait refermer son pantalon, ce qui fit monter le feu aux joues d'Anusha. Heureusement, il ne pouvait pas voir son embarras !

— Il y a un petit buisson, là-bas, et aucun serpent en vue, expliqua-t-il avec un vague geste de la main.

— Merci, répondit-elle avant de se diriger avec toute la dignité possible vers le buisson en question.

Elle n'avait pas encore pensé à tous les aspects de ce voyage, seule avec un homme... Comment ferait-elle, lorsqu'ils traverseraient des zones désertiques, sans le moindre buisson ? Nick paraissait n'avoir ni pudeur ni respect pour les convenances !

De nouveau, une angoisse sourde l'envahit. Jamais encore, jusqu'à sa rencontre avec lui dans les couloirs du palais, elle n'avait été autorisée à rester seule avec un homme, pas même son oncle ou les eunuques...

Lorsqu'elle revint au temple, elle fut soulagée de trouver Nick concentré sur le petit feu qu'il venait d'allumer contre un mur. Au moins, ne guettait-il pas son retour. La lueur dansante des flammes dessinait un cercle ambré sur le dallage de pierre, et il avait déjà installé les couvertures près du feu pour lui offrir un lit de fortune.

Dans la pénombre, elle pouvait discerner l'épais pilier du *lingam* de Shiva et remarqua qu'on avait récemment versé de l'huile sur l'antique phallus de pierre et déposé quelques branches fleuries dans la vasque qui en constituait la base, comme un sexe féminin stylisé.

— Quelqu'un est venu récemment faire des offrandes, commenta-t-elle.

— Oui, moi, dit-il tandis qu'elle joignait les mains pour une brève prière.

Surprise, elle leva les yeux vers lui. Quelles que soient ses croyances, il savait rendre hommage aux dieux... Finalement, peut-être n'était-il pas aussi brutal et fruste qu'elle le pensait. Il lui indiqua alors de la nourriture et une gourde disposées sur une large feuille vert tendre.

— Allons, mangez, buvez, et reposez-vous. Mais ne retirez aucun vêtement, pas même vos bottes. Nous devons rester prêts à partir n'importe quand.

— Je n'avais pas l'intention de retirer mes vêtements! répliqua-t-elle, offusquée.

— Dans ce cas, les semaines à venir risquent d'être très inconfortables pour vous, miss Laurens... Détendez-vous. Je vous assure que je suis bien trop fatigué pour vous faire subir les derniers outrages ce soir!

Anusha le dévisagea un instant. Etait-ce vraiment une plaisanterie? Il fallait l'espérer, en tout cas... Epuisée, elle se laissa tomber sur les couvertures sans toucher au repas.

— Vous devez manger pour garder des forces, insista-t-il. Nous n'avons que quelques heures de repos devant nous, cette nuit. Espérons que nous pourrons nous accorder davantage de sommeil demain...

Trop fatiguée pour lutter, elle prit un morceau de *naan* et en enveloppa ce qui paraissait être un morceau de fromage de chèvre. Dès la première bouchée, son appétit s'éveilla; jamais elle n'aurait cru être si affamée!

— Où allez-vous dormir? demanda-t-elle la bouche pleine.

— Je ne dormirai pas. Je dois monter la garde.

— Vous ne pourrez pas retarder le sommeil éternellement...

— C'est exact. Mais j'attendrai que nous soyons dans un

endroit moins dangereux pour me reposer et vous laisser surveiller les alentours.

Sur ce, il prit lui aussi un morceau de pain plat, mais sans fromage, et y mordit à belles dents — des dents étonnamment blanches.

— Vous voulez dire que je devrai prendre des tours de garde ? demanda-t-elle, surprise.

— Bien sûr. Il n'y a que vous et moi, ici. A moins que vous ne vous attendiez à ce que je ne dorme pas pendant le voyage, ou que vous ne soyez pas capable de monter la garde.

Elle attrapa la gourde d'un geste impatient. Pour qui la prenait-elle ?

— Bien sûr que j'en suis capable ! Je suis une...

— Rajput, je sais, l'interrompit-il. Vous êtes aussi la fille de votre père, ce qui laisse supposer que vous êtes futée, en dépit des apparences...

Elle faillit s'étrangler avec la gorgée d'eau qu'elle venait de boire.

— Comment osez-vous ? Vous avez peut-être l'habitude de ce genre de langage, mais pas moi ! On m'a arrachée de mon lit, obligée à chevaucher en pleine nuit aux côtés d'un étranger alors que je ne me suis pas trouvée seule avec un homme depuis dix ans, et je m'inquiète pour Kalatwah...

— C'est vrai, concéda-t-il, bien qu'il ne parût pas décidé à s'excuser. Je ferai mon possible pour ne pas choquer votre pudeur ou violer votre intimité. Mais vous devez agir comme un homme autant que possible, pour votre propre sécurité. Est-ce que vous comprenez ?

— Oui. Comme vous l'avez deviné, je suis futée. A présent, laissez-moi dormir.

— *Namaste*, dit-il alors si poliment que cela ressemblait presque à une moquerie.

— *Namaste*, répondit-elle malgré tout avant de s'enrouler dans ses couvertures.

Elle était bien décidée à fermer les yeux et à reposer son corps courbatu, mais il était hors de question de dormir : elle n'avait pas confiance en cet homme.

Anusha s'éveilla en sursaut au petit matin, affolée de découvrir qu'elle avait malgré tout sombré dans le sommeil. Elle s'aperçut cependant bien vite qu'elle avait été stupide de soupçonner Nick : les couvertures étaient toujours fermement enroulées autour d'elle. A quelques pas de là, il s'occupait des chevaux.

Le soleil perçait à peine. Elle avait dû dormir au moins deux heures alors que lui n'avait pas pris le moindre repos. Les yeux encore à demi fermés, elle l'observa. Après avoir rapidement vérifié le harnachement des chevaux, il les conduisit un peu à l'écart du temple, où il y avait de l'herbe haute. Curieusement, le manque de sommeil ne le rendait pas moins alerte, et ses traits étaient toujours aussi fermes.

Décidément, il n'avait rien en commun avec les hommes qu'elle avait l'habitude de croiser au palais. La plupart des Indiens étaient minces, souples — *élégants*... Nick Herriard n'avait rien d'un homme élégant ; il était trop grand, trop musclé. Tout en lui, depuis ses pommettes saillantes, jusqu'à son grand nez et son menton volontaire, indiquait un fort caractère, une soif de pouvoir. La forme de ses muscles sous ses mains, aux bains, lui revint tout à coup à la mémoire...

Laissant les chevaux paître il revint vers elle, provoquant en elle un frisson involontaire. S'en aperçut-il ?

— J'ai mis de l'eau à chauffer pour vous si vous voulez vous laver, dit-il simplement en indiquant le feu d'un geste. Ne vous en faites pas, je vais m'éloigner pour surveiller la route.

Anusha ne répondit pas et attendit pour s'extirper des couvertures qu'il ait disparu, son fusil à la main. Elle se rendit derrière le buisson — autant en profiter avant de repartir —, puis fit sa toilette du mieux qu'elle put. Elle était déjà en train de rouler les couvertures lorsqu'il revint en prenant soin de siffloter pour l'avertir de sa présence.

— Tout va bien ? demanda-t-il en s'agenouillant près du feu.

Il entreprit de préparer du thé et de déballer les restes de nourriture de la veille. Ses gestes étaient rapides et un peu impatients. Sans doute aurait-elle dû s'occuper de cela pendant son absence, mais elle se sentait un peu perdue dans cet environnement nouveau, sans serviteurs pour l'aider.

Enfin, il poussa le plateau improvisé vers elle et lui tendit une corne remplie de thé chaud.

— Mangez vite. La route est déserte ; il vaut mieux en profiter pour repartir au plus tôt.

Elle mâchonna le pain rassis sans entrain. Le fromage était-il déjà si rance, lorsqu'ils étaient arrivés ?

— Quand pourrons-nous acheter de la nourriture fraîche ? demanda-t-elle.

— Quand nous croiserons quelqu'un qui pourra nous en vendre.

— Le prochain gros village est...

— Nous ne traverserons aucun village, coupa-t-il sèchement. A moins que vous ne vouliez faciliter la tâche de nos poursuivants !

— Je pensais qu'ils finiraient par abandonner. Après tout, comment pourraient-ils savoir où nous allons ?

Nick fit passer le pain sec avec une gorgée de thé trop chaud et observa le visage aux traits délicats, mais à l'air hautain, de la princesse. Sa question trahissait une angoisse profonde ; elle avait besoin d'être rassurée à tout prix. Malgré ses airs détachés, elle avait besoin de retrouver son confort...

Malheureusement pour elle, elle allait devoir découvrir les dures réalités de la vie, et il ne comptait pas la ménager. Laisser libre cours à son agacement lui semblait le seul moyen d'oublier la tension qui mettait son corps en feu chaque fois qu'il posait les yeux sur elle... Pendant qu'il s'occupait des chevaux, il avait déjà eu du mal à supporter le poids de ses grands yeux gris qui suivaient le moindre de ses mouvements. Pourquoi donc lui faisait-elle un tel effet ? Après tout, son arrogance avait de quoi refroidir les ardeurs de n'importe quel homme !

— Combien d'hommes armés faut-il pour me prendre, à votre avis ? finit-il par demander.

Comme elle le dévisageait sans répondre, il poursuivit :

— Huit. Peut-être dix. J'ai trois fusils avec moi, mais nous avons perdu mon serviteur, et il faut du temps pour recharger un fusil. Je suis un bon guerrier, miss Laurens, et un homme chanceux — je ne serais pas ici, sans cela. Mais je n'en demeure pas moins un homme. Nul doute que les espions du maharadjah lui auront dit la même chose. Son orgueil aura souffert en apprenant notre fuite, et je pense qu'il n'a pas dû lésiner sur les moyens pour nous retrouver. A cet instant, une douzaine de cavaliers, au moins, doit être à nos trousses. Ils ont dû comprendre rapidement que nous sommes partis vers l'est; c'était la seule direction logique à suivre...

S'il s'était attendu à une manifestation de peur, voire à des larmes, il fut surpris. Elle se borna à l'observer, son joli petit nez levé en signe de défi — un nez qu'elle n'avait certainement pas hérité de son père.

— Dans ce cas, dit-elle posément, apprenez-moi à charger un fusil, et partons dans une direction qui n'a rien de logique.

Ainsi, il ne s'était pas trompé sur son compte. Elle était dotée de l'intelligence de son père, ainsi que du don d'adaptabilité et du sens politique que l'on prêtait à sa mère. Il n'allait pas s'ennuyer avec elle... Un frisson le parcourut. Quelle formule bien choisie! En effet, il avait envie de tout sauf de s'ennuyer en compagnie d'Anusha Laurens.

— Très bien, répondit-il. Je vous apprendrai à charger une arme.

Du moins, essaierait-il... Il n'avait emporté que des fusils à la mode indienne — plus courts et plus légers que les fusils de l'armée britannique. Malgré cela, elle aurait probablement du mal à les prendre en main...

— Vous avez également raison au sujet de la direction à prendre, ajouta-t-il. Nous aurions sans doute intérêt à partir vers la rivière Jumna pour y trouver un bateau. Ainsi, nous nous écarterions de la route sud-est d'Allahabad. Mais je devrais m'orienter grâce au soleil et aux étoiles, car votre oncle ne possédait aucune carte détaillée de cette région. N'oubliez pas non plus que le moindre détour nous retarderait.

— Je n'ai pas envie de passer plus de temps que nécessaire avec vous, commandant Herriard, mais j'ai encore moins envie de me retrouver entre les griffes de nos poursuivants. Nous prendrons donc tout le temps qu'il faudra pour arriver sains et saufs à Calcutta.

— Dans ce cas, nous contournerons Allahabad par l'est, répondit Nick qui commençait déjà à imaginer un nouvel itinéraire.

Les cartes qu'il avait étudiées à Kalatwah restaient gravées dans sa mémoire, mais elles étaient rudimentaires et peu précises.

Au bout d'un instant, Anusha se leva avec l'élégance d'une femme élevée à la cour.

— Où sont les fusils ? demanda-t-elle.

Troublé par une pensée incongrue, il l'observa en silence. Il aurait aimé la voir danser... C'était stupide ! Les femmes de grande famille ne dansaient que pour leurs amies ou leurs époux. Si elle s'abaissait à le faire devant quelqu'un d'autre, elle ne serait plus considérée que comme une vulgaire courtisane.

A cette idée, il fronça les sourcils tandis qu'elle le regardait froidement, dans l'attente d'une réponse. Elle lui avait avoué n'être pas habituée à la présence d'un homme, et lui-même ne s'était plus trouvé seul avec une femme respectable depuis très longtemps... Comment était-il censé se comporter avec elle ? Comment devait-il lui parler ?

— Où sont les fusils ? répéta-t-elle avec une pointe d'impatience.

Elle était fine et assez petite ; son front lui arrivait à peine à l'épaule. S'il voulait l'embrasser, il devrait se pencher... L'embrasser ? Quelle idée absurde ! Sa mission consistait à l'escorter et à la protéger ! Quoi qu'il en soit, il ne put s'empêcher de se rappeler le corps d'une autre femme entre ses bras, un corps fragile qui lui avait donné l'impression d'être un ours maladroit... Mais la santé de Miranda avait été aussi délicate que son corps, ce qui n'était pas le cas d'Anusha Laurens. Non, cette femme, en face de lui, était en acier trempé.

— Oubliez les fusils pour le moment, dit-il un peu agacé par ses propres pensées. Je vous apprendrai à les charger quand nous nous arrêterons pour manger.

Plus ils mettraient de distance entre le palais et eux, mieux ce serait. Il attacha fermement les paquets de couvertures sur la jument baie et tendit les rênes de Rajat, le cheval noir d'Ajit, à Anusha. En cas de poursuite, il pourrait abandonner la jument et tous deux disposeraient pour continuer leur route de montures entraînées et endurantes.

— Pourquoi dois-je monter celui-là ?

Faut-il vraiment qu'elle discute chacune de mes décisions ? songea-t-il, exaspéré. Heureusement, sa colère l'aidait à chasser ses souvenirs attendris...

— Parce qu'il saura quoi faire, répliqua-t-il. Son nom est Rajat. Laissez-le vous guider.

Elle haussa les épaules et se mit en selle. Il attacha les longues rênes de la jument au pommeau de sa propre selle puis, sans ajouter un mot, dirigea sa monture non pas vers la route mais de l'autre côté, vers de vastes étendues herbeuses, suivant le chemin qu'il avait mentalement tracé sur la carte qu'il avait mémorisée.

Au bout d'une demi-lieue, il entendit Anusha soupirer ostensiblement.

— C'est un vrai désert, ici !

— Oui, répondit-il. A l'exception des tigres.

— Dans ce cas, nous allons soit mourir de faim, soit être dévorés ! Je croyais que vous deviez me protéger !

Sa remarque ne trahissait aucune colère, à peine un peu d'agacement, comme si elle s'adressait à un serviteur négligent. Il prit une profonde inspiration : il devait à tout prix rester calme.

— Cette plaine est sillonnée de ruisseaux. Nous ne manquerons donc pas d'eau. En ce qui concerne les tigres, les chevaux sentiront leur présence et nous avertiront.

Du moins, je l'espère, ajouta-t-il en pensée avant de poursuivre :

— Quant à la nourriture, nous pourrons très bien nous en passer pendant un jour ou deux si nécessaire. J'ai promis à votre père et à votre oncle de vous protéger. En revanche, je n'ai promis à personne que votre voyage serait confortable.

Elle demeura un instant silencieuse, puis demanda :

— Pourquoi me détestez-vous, commandant Herriard ?

Il sursauta.

— Je ne vous déteste pas. Je ne vous connais pas bien, c'est tout... Et je n'ai pas l'habitude d'être en compagnie de jeunes femmes.

Il l'entendit pouffer et lui jeta un coup d'œil par-dessus son épaule. La petite peste souriait !

— Ce n'est pas ce qu'on m'a dit...

— De jeunes femmes *respectables*, précisa-t-il.

— Vraiment ? Votre femme n'est donc pas respectable ?

Son intonation trahissait son amusement.

— Je ne suis pas marié.

Je ne le suis plus...

Un flot de souvenirs pesants l'envahit, et il s'appliqua à observer le paysage. Il fallait à tout prix qu'ils trouvent un chemin pour contourner les bosquets qui leur faisaient face ; ces endroits étaient idéaux pour abriter des tigres.

— Pourquoi n'êtes-vous pas marié ? Vous êtes un peu vieux pour être encore célibataire...

— J'ai vingt-neuf ans ! rétorqua-t-il, à bout de patience. Et j'ai été marié. Elle s'appelait Miranda, et elle est morte.

— Oh ! Je suis désolée..., dit-elle d'un ton sincère. Combien d'enfants avez-vous ? Est-ce que vous avez l'intention de vous remarier bientôt ?

— Je n'ai pas d'enfants, et je n'ai aucune intention de me remarier.

Il fallait qu'il contrôle ses émotions ; après tout, cette curiosité n'était qu'une forme de politesse, dans ce pays. Depuis le temps qu'il y vivait, il aurait dû y être habitué...

— Je vois, reprit-elle. Vous avez dû l'aimer de tout votre cœur, comme Shah Jahan et Mumtaz Mahal. Que c'est triste !

Il remarqua soudain que, lorsqu'elle ne se montrait ni autoritaire ni froide, sa voix prenait des inflexions mélodieuses et sensuelles qui éveillaient ses instincts les plus réprimés.

— Je ne l'aimais pas, répliqua-t-il sèchement. Je me suis marié trop tôt parce que je pensais que c'était ce que l'on attendait d'un officier de carrière. J'ai rencontré une fille qui, je l'ai cru, me convenait. En réalité, c'était une petite chose fragile qui ne supportait pas le climat indien.

Curieuse, elle poussa sa monture pour venir chevaucher à son côté.

— Que faisait-elle là, si elle ne supportait pas le climat ?

— Elle venait d'arriver en Inde pour y jeter ses filets...

Elle le dévisagea d'un air interrogateur.

— Beaucoup d'Anglaises viennent ici sous prétexte de rendre visite à leur famille. En réalité, elles sont là pour trouver un époux, expliqua-t-il. Si j'avais pris le temps de mieux connaître Miranda Knight avant de l'épouser, j'aurais compris que le climat de ce pays la tuerait en moins d'un an et, à l'heure qu'il est, elle serait sans doute en Angleterre, mariée à un petit seigneur campagnard, et mère de plusieurs enfants...

— Elle devait être très amoureuse, pour vous épouser au mépris de sa santé.

— L'amour n'avait rien à voir dans tout cela ! Elle cherchait un époux *convenable*, et je ne savais rien encore du mariage ou des moyens de rendre une femme heureuse.

— Que voulez-vous dire ?

Il lui jeta un regard glacé et vit à son expression qu'elle s'en voulait d'être allée trop loin.

— Je vous prie de m'excuser, reprit-elle en anglais. J'oublie parfois que vous, les Européens, n'aimez pas les questions trop personnelles...

C'était stupide de chercher à protéger ses secrets, songea Nick. Ils allaient voyager en tête à tête pendant des jours, peut-être même des semaines, alors autant lui montrer quel genre d'homme il était.

— Mes parents se sont mariés car leur union était souhaitée par tous, dit-il posément. Mais ils ne s'aimaient pas. Très rapidement, mon père commença à s'ennuyer, puis à en vouloir à ma mère qui en voulait... plus. Même aujourd'hui, je ne suis pas certain de savoir à quoi peut ressembler un mariage heureux.

Cela paraissait simple, formulé ainsi. A vrai dire, il avait souffert autant que sa mère de ces années de détresse et de malheur. Il avait eu besoin d'amour, mais ses parents étaient trop occupés à se détruire l'un l'autre pour s'en apercevoir. Maintenant qu'il était adulte, il savait que l'amour n'était qu'une illusion, qu'il ne servait à rien de l'espérer ni de le désirer.

Elle resta silencieuse un long moment, puis sa curiosité reprit le dessus.

— Et est-ce que vous avez des maîtresses, en attendant de vous remarier ?

— Miss Laurens, vous ne devriez pas parler de telles choses !

Bien sûr, songea-t-il en voyant son regard surpris. Elle avait été habituée à une tout autre façon d'envisager le mariage et les relations sexuelles...

— Comme je vous l'ai dit, je n'ai aucun désir de me remarier, reprit-il. Je ne vis pas en saint homme — en *sadhu* —, mais je n'ai jamais plus d'une maîtresse à la fois. D'ailleurs, en ce moment, je n'en ai aucune.

— En aviez-vous une lorsque vous vous êtes marié ? Ne me regardez pas si sévèrement ! Je cherche juste à comprendre.

— Non. Certains hommes entretiennent des maîtresses lorsqu'ils sont mariés, mais je ne trouve pas cela correct.

Malgré tout, sa morale avait été mise à rude épreuve lorsque, après quelques semaines de mariage à peine, Miranda avait commencé à devenir difficile... Il avait eu beau se montrer doux et tendre, elle avait rapidement décrété que les relations sexuelles étaient quelque chose de vulgaire, de désagréable, et qu'elles ne pouvaient être tolérées que pour concevoir un enfant. Elle n'avait pas caché son soulagement dès qu'elle avait été enceinte et lui avait interdit à l'accès à sa chambre. L'amer sentiment de culpabilité qu'il ne connaissait que trop bien monta en lui. Il aurait dû attendre qu'elle se soit acclimatée au pays, la rassurer avant de la mettre enceinte.

Avant et après son mariage, ses maîtresses lui avaient toujours dit qu'il était bon amant. En revanche, il semblait bien avoir été un très mauvais époux.

— Je suis navrée, dit Anusha sans pour autant paraître

désolée. Je n'aurais pas dû vous poser toutes ces questions. Merci de m'avoir répondu.

— N'en parlons plus...

Il ne pouvait s'empêcher d'être surpris. Elle paraissait avoir vraiment besoin d'un partage d'émotions autant que de connaissances. Cependant, ses questions le distrayaient de sa mission et le faisaient replonger dans son passé... Ce n'était pas bon pour lui !

Un frisson le parcourut soudain, et il fit stopper sa monture. Au fil des ans, il avait appris à se fier à son instinct. Depuis un moment, la terre desséchée avait laissé place à un luxuriant tapis d'herbe haute dont la brise redressait les brins, effaçant presque toute trace de leur passage.

Anusha l'observa longuement en silence.

— Vous ne croyez pas que nous sommes poursuivis ? demanda-t-elle enfin, l'air inquiet.

Une main en visière pour se protéger les yeux du soleil, il scrutait les alentours. Derrière eux, il discerna tout à coup un lointain nuage de poussière.

— Si. Ils nous ont retrouvés.

5

— Il n'y a aucun endroit où se cacher, constata Anusha, fière de sa voix calme.

Elle ne parvenait pas à apercevoir leurs poursuivants, mais elle se fiait à Nick. D'un geste un peu hésitant, elle tira sa petite dague de sa ceinture.

— Suivez-moi, marchez dans mes pas, dit Nick.

Sans plus d'explications, il tourna bride et se dirigea vers un espace nu, où rien n'avait repoussé depuis les dernières pluies. Parvenu au milieu, il mit pied à terre, chargea les baluchons sur son cheval et enfourcha la jument.

— Restez là.

Il lança la jument au galop puis sauta de selle et roula au sol tandis que la bête poursuivait sa course effrénée droit devant elle.

— Prenez les rênes de Pavan, lança-t-il en revenant vers elle, et allez doucement vers ce buisson, là-bas.

Bien que ne comprenant pas vraiment ce qu'il comptait faire, elle obéit, le cœur battant, et conduisit les deux chevaux vers l'endroit indiqué. Derrière elle, Nick marchait à reculons, en effaçant leurs traces à l'aide d'une branche. En arrivant au buisson, elle s'aperçut qu'il dissimulait une légère dépression. Malgré cela, un âne n'aurait pu s'y cacher sans que sa tête dépasse. Comment allaient-ils y dissimuler leurs chevaux ?

Elle mit pied à terre au milieu des branches épineuses.

— Allez-vous tuer les bêtes ? demanda-t-elle à Nick lorsqu'il la rejoignit.

— Ce ne sera pas nécessaire.

Il libéra prestement les chevaux de leurs selles et siffla deux notes claires. Les bêtes se couchèrent aussitôt, la tête basse.

— Baissez-vous ! ordonna-t-il.

Abasourdie, elle obtempéra pendant qu'il recouvrait les bêtes de ses couvertures, couleur de sable. Puis il tira des fusils de son baluchon et vérifia leur état. Il posa en ordre sur le sol fusils, pistolets, munitions, sabre. Enfin, il tira son poignard de sa botte.

— Ne soyez pas étonnée. Pavan et Rajat sont des chevaux de l'armée... Qu'est-ce que c'est ? ajouta-t-il en baissant les yeux vers la main d'Anusha, toujours serrée sur son poignard.

— Une arme, bien sûr.

Elle garderait son autre dague cachée dans sa botte jusqu'à ce qu'elle en ait absolument besoin. Pour tuer quelqu'un, par exemple, ou se tuer elle-même... Elle était toujours terrorisée, mais une sorte d'excitation montait peu à peu en elle face au danger. Elle désirait ardemment faire souffrir ceux qui menaçaient Kalatwah, sa famille, son royaume. Pour la première fois, elle comprenait pourquoi, depuis la nuit des temps, tant de soldats montaient au combat, marchant vers une mort certaine. Elle comprenait les femmes qui avaient affronté les flammes plutôt que se résigner à l'esclavage et au déshonneur.

— Vous n'en aurez pas besoin, dit sèchement Nick.

— Mais nous allons devoir nous battre !

Les cavaliers approchaient. L'écho des sabots heurtant la terre sèche répondait aux battements affolés de son cœur. Les hommes du maharadjah les avaient bel et bien retrouvés.

— Il n'y aura pas de combat, sauf si j'ai commis une erreur, répondit Nick tout en recouvrant le canon de ses fusils d'une couche de poussière pour éviter qu'un reflet ne trahisse leur position. Ils devraient passer sans s'arrêter, trouver la jument et en conclure que nos traces n'étaient qu'une ruse pour les écarter de la route. Après quoi ils feront demi-tour.

— Mais nous devons les tuer !

— Aussi avide de sang qu'un chat en chasse...

Elle crut déceler une note d'amusement dans sa voix. S'il trouvait cela drôle, il avait un bien étrange sens de l'humour !

— Si ces hommes ne retournent pas auprès de leur maître, expliqua-t-il, le maharadjah comprendra qu'ils sont morts et enverra davantage d'hommes à nos trousses. En revanche, s'ils rentrent sans nous avoir trouvés, il en conclura que nous sommes partis dans une autre direction et nous serons tranquilles.

— C'est de la stratégie ?

— De la tactique, pour être précis. A présent, silence ! Ils arrivent.

Le martèlement des sabots enfla jusqu'à ce que huit cavaliers passent devant eux dans un grondement de tonnerre et disparaissent au loin.

Anusha poussa un profond soupir et se rapprocha de Nick. Le silence était retombé, mais il demeura immobile, aux aguets, le corps tendu. Elle commença à sentir sa jambe gauche s'engourdir.

— Ils sont partis..., murmura-t-elle.

— Ne bougez pas !

A peine eut-il parlé qu'elle entendit les cavaliers revenir, plus lentement, cette fois. L'un d'eux tenait la jument baie par les rênes, et tous observaient attentivement le sol, sans doute en quête de traces. Ils passèrent de nouveau devant le buisson puis disparurent. Bientôt, les seuls bruits furent le bourdonnement des insectes et la respiration des chevaux couchés. Au loin, un rapace poussa un cri.

Nick s'écarta doucement du buisson.

— Restez ici, dit-il. Détendez-vous, vous pouvez lâcher mon manteau...

— Oh ! Pardon !

Dans son anxiété, elle ne s'était même pas rendu compte qu'elle avait agrippé son vêtement à s'en faire blanchir les articulations. Une fois libre, Nick rampa de buisson en buisson, un mousquet dans chaque main et un pistolet à la ceinture.

Anusha avait l'impression de voir un fantôme. Dès qu'elle le quittait des yeux un instant, il disparaissait de sa vue... Très vite, elle ne parvint plus à le localiser. Malgré la masse rassurante des chevaux, elle se sentit terriblement seule et vulnérable. Nick avait-il déjà pris une telle importance à ses yeux ? Après tout, sa présence, bien qu'exaspérante, la rassurait depuis leur départ.

Que devrait-elle faire, si jamais des coups de feu éclataient ? Elle jeta un coup d'œil aux armes qu'il avait laissées derrière lui : un fusil, un pistolet, son sac de munitions et son sabre. Ce n'était pas le moment pour elle d'apprendre à recharger une arme, mais peut-être pourrait-elle lui apporter les munitions et celles qui restaient s'il en avait besoin. Les chevaux lui obéiraient-ils ?

Soudain, une poigne solide se referma sur sa cheville. Instinctivement, elle fit volte-face, son poignard dans une main, l'autre prête à griffer, et découvrit Nick en proie à un fou rire. Il la libéra mais, après tant d'anxiété, la rage la submergea. Comment pouvait-il se moquer d'elle ainsi ? Elle lâcha son arme et se jeta sur lui.

En un instant, sans comprendre ce qui lui arrivait, elle se retrouva allongée sur le dos, les mains immobilisées au-dessus de la tête, le poids de Nick sur elle. Il riait toujours de bon cœur.

— Je ne m'étais pas trompé. Vous êtes un vrai chat sauvage !

— Vous… Lâchez-moi ! protesta-t-elle en s'étranglant presque de colère.

Il l'observa un long moment, les yeux dans les yeux, puis son regard s'assombrit. Plus aucune trace de moquerie… Elle eut même l'impression que, l'espace d'un instant, il avait cessé de respirer.

— Lâchez-moi, répéta-t-elle, troublée par une vague de sensations nouvelles, inexplicables.

C'était la première fois qu'elle sentait le corps d'un homme, dense, tendu, ainsi pressé contre elle. Et elle aimait cela…

Finalement, il roula sur le côté et se releva d'un mouvement fluide. Les mots de Paravi résonnèrent dans les oreilles d'Anusha : *aussi souple qu'un roseau*. Le feu lui monta brusquement aux joues.

— Je suis navré, fit-il Nick avec un nouveau sourire. Je n'ai pas pu résister… Vous frémissiez comme un chien prêt à bondir.

Toujours allongée au sol, le corps brûlant, Anusha tentait de recouvrer un peu de calme. Etait-ce cela, le désir sexuel décrit dans les livres ? Elle en avait bien peur…

— Je guettais un coup de feu, répliqua-t-elle aussi dignement qu'elle le put. Sont-ils partis ?

— Oui. Ils ont dû penser qu'il fallait être fou pour traverser ce désert avec seulement deux chevaux et une princesse...

Princesse ? Dans sa bouche, ce mot prenait un accent cynique.

— Et êtes-vous fou ?

Il lui tendit la main pour l'aider à se mettre debout.

— Non, mais je compte bien tenter la traversée tout de même. Nous allons avancer suffisamment pour être sûrs qu'aucun coup de feu ne pourra être entendu de la route, puis j'irai chasser quelque chose pour le repas.

Il siffla pour faire se lever les chevaux et les rechargea. Puis il se saisit d'un pistolet et son regard amusé passa de l'arme à elle.

— Après, je vous apprendrai à recharger une arme. Cela dit, je doute que vous y parveniez facilement, miss Laurens...

— Arrêtez de m'appeler comme cela !

Pourquoi tenait-il absolument à s'adresser à elle de cette manière formelle après l'avoir traitée avec si peu d'égards ? De plus, il savait parfaitement qu'elle ne supportait pas que l'on utilise son nom anglais !

— Comment dois-je vous appeler, alors ? demanda-t-il avec un sourire. Anusha ?

— Oui, répliqua-t-elle, lasse.

Enfin, ils se remirent en selle et repartirent en silence. Etrangement, cette dernière dispute semblait les avoir rapprochés...

Après deux lieues environ, ils s'arrêtèrent de nouveau, et Nick la laissa avec les chevaux tandis qu'il se dirigeait, armé, dans un bosquet en quête de gibier.

— Buvez, et mettez-vous à l'ombre, lui conseilla-t-il en s'éloignant.

— A vos ordres, marmonna-t-elle, agacée.

Elle obéit, bien qu'il n'y eût pas beaucoup d'ombre pour la protéger de la chaleur de midi. Peu de temps après, elle entendit quatre coups de feu et vit bientôt Nick revenir, chargé d'une perdrix des sables et d'un lièvre. Pour réaliser un tel exploit, il devait être un très bon fusil...

Sans un mot, il s'affala à l'ombre, près d'elle, et se saisit de la gourde. Sa pomme d'Adam tressauta à chaque gorgée, et un filet d'eau coula lentement sur sa joue pas rasée. Enfin, il reposa la gourde et s'essuya rapidement d'un revers de la main.

— Vous êtes un soldat, dit soudain Anusha, et cette mission vous éloigne de vos troupes... Pourquoi mon père n'a-t-il pas plutôt envoyé un diplomate ?

— Parce qu'il craignait une attaque et une poursuite dès le départ. Et puis, je suis une sorte de diplomate, à ma manière... Je navigue entre l'armée et la cour en fonction des besoins de la Compagnie.

Voilà pourquoi son hindi était si fluide, songea-t-elle.

— Mais cette mission a été commanditée par mon père, et non par la Compagnie.

— Dans le cas présent, ses intérêts personnels coïncident avec ceux de la Compagnie, Anusha. De toute manière, votre père est suffisamment influent pour que personne ne remette ses décisions en question.

Les paroles passionnées de Nick lui revinrent alors à la mémoire : *sir George est comme un père pour moi*... Elle n'avait pas vraiment compris le sens de ces mots, mais un soupçon lui vint tout à coup, accompagné d'un sentiment plus amer. De la jalousie ?

— Etes-vous le fils de mon père ? demanda-t-elle.

Nick la dévisagea d'un air surpris, puis fronça les sourcils.

— Non ! Qu'est-ce qui vous fait penser une chose pareille ?

— Eh bien... Vous lui ressemblez. Et puis vous m'avez dit qu'il était un père pour vous...

Elle se sentit rougir. A bien y réfléchir, son soupçon lui paraissait stupide.

— Je ne lui ressemble pas ! protesta Nick. J'ai la même taille et la même silhouette que lui, mais mes yeux sont verts et les siens, gris. Comme les vôtres. Il a une bosse sur le nez, que je n'ai pas, et mes cheveux sont bien plus clairs !

Pourquoi éprouvait-elle subitement du soulagement ? Après

tout, si Nick avait été son demi-frère, elle n'aurait rien eu à craindre de lui ou de ses propres désirs incontrôlables.

— Si vous êtes si attaché à lui, dois-je comprendre que votre vrai père est mort ?

— Non. Il vit en Angleterre, mais je ne l'ai pas vu depuis douze ans ; il m'a envoyé en Inde pour travailler comme clerc au sein de la Compagnie lorsque j'avais dix-sept ans.

— Vous étiez clerc ? C'est un poste bien modeste, pour un gentleman...

Malgré sa curiosité, elle ne pouvait détacher ses pensées de ce soulagement soudain qui l'avait envahie à l'idée qu'il n'était pas de sa famille. Aurait-elle été jalouse, s'il avait été son frère ? Cela n'avait aucun sens. Pour être jalouse, il aurait fallu qu'elle aime son père ! Il pouvait bien avoir semé des enfants dans toute l'Inde, elle n'en avait rien à faire. De toute manière, il aurait sans doute traité ses bâtards aussi mal qu'il l'avait traitée... Elle se secoua. Mais qu'est-ce qui lui prenait, de penser à lui ? Il ne voulait pas d'elle dans sa vie, pas plus qu'elle ne voulait de lui dans la sienne ! Si seulement elle pouvait l'oublier... Hélas ! la douleur de l'abandon ne s'apaiserait jamais. C'était comme une vieille blessure qui ne se refermait pas.

Elle se rendit compte que Nick était en train de parler, plus pour lui-même que pour elle, apparemment. Il ne la regardait pas et semblait perdu dans un souvenir.

— ... Un poste de clerc n'a rien de dégradant. Avec un peu de chance et beaucoup de travail, un clerc peut s'enrichir, du moins s'il reste en vie...

— Dans ce cas, répondit-elle comme si de rien n'était, vous avez dû être ravi qu'on vous offre une telle carrière.

En fait, il ne paraissait pas ravi du tout. On aurait dit que ses souvenirs le faisaient souffrir.

— Ravi ? Non. J'étais révolté ! Je n'avais aucune envie de devenir clerc, marchand, ni de quitter l'Angleterre. J'ai refusé, sans pour autant avoir la moindre idée de ce que je *voulais* faire. Mon père m'a battu, m'a coupé les vivres, et, comme je refusais toujours de partir, m'a fait embarquer de force dans un bateau en partance pour l'Inde. En chemin, j'ai attrapé une fièvre et je serais sans doute mort avant d'arriver si Mary, lady Laurens, ne s'était pas occupée de moi... Elle m'a conduit chez son époux, comme un enfant trouvé, et il m'a pris sous son aile.

A la mention de sa belle-mère, Anusha sentit une rage froide l'envahir : lady Laurens, la femme que son père avait épousée avant de venir en Inde et qui avait refusé de le suivre... La femme qui, quinze ans après leur séparation, avait soudain décidé qu'il était de son devoir de vivre auprès de son époux. Au lieu de la rejeter comme tout mari trahi l'aurait fait, sir George avait accepté qu'elle vienne, puis renvoyé Sarasa et Anusha au palais de Kalatwah.

L'épouse désobéissante, obstinée, incapable de donner un enfant à son époux, fut récompensée ; tandis que la maîtresse loyale, la compagne de sir George, mère de sa fille, avait été abandonnée à son sort.

Jamais elle n'oublierait le jour de leur départ. Malgré les larmes de sa mère, les malles dans sa chambre, elle n'avait pas vraiment cru que son père les laisserait partir. Puis le bateau anglais était arrivé. Sa mère et elle étaient encore dans la maison, cachées à l'arrière, pendant que lady Laurens et ses bagages prenaient possession de la cour de devant. Sarasa s'était enfermée dans les quartiers des femmes et avait ordonné qu'on charge ses affaires sur les bêtes qui les accompagneraient. Elle ne voulait pas attendre d'être jetée dehors par l'autre femme.

Mais Anusha, qui ne comprenait pas réellement ce qui se passait, avait voulu aller voir son père. Se faufilant entre les charrettes, au milieu du chaos de la cour, elle s'était glissée jusqu'à la véranda. C'était là qu'elle l'avait entendue : la voix inhabituelle d'une femme qui parlait en anglais. Sa mère avait eu raison ! Cette épouse, qui n'était rien de plus qu'une étrangère pour son mari, avait fini par arriver et refusait que Sarasa et elle demeurent auprès de sir George...

Elle avait fait volte-face, ravalant ses larmes de petite fille et s'était cognée dans un brancard installé entre deux chaises. Un homme était allongé dessus, l'air malade...

— Je vous ai vu ! s'exclama-t-elle tout à coup. Je vous ai vu, le jour de mon départ, allongé près de la véranda ! Vous étiez maigre, tout pâle. J'ai même cru que vous étiez mort. Vous aviez une mine horrible !

— Moi aussi, à l'époque, je croyais que j'allais mourir, répondit Nick avec un étrange sourire triste.

Etait-ce un trait d'humour noir ou l'écho d'un souvenir douloureux ?

— Mais, poursuivit-il, George et Mary m'ont sauvé la vie et assuré un avenir dans ce pays.

— C'est certain, répliqua aigrement Anusha. Vous étiez un garçon, ce qui intéressait sans doute bien plus mon père qu'une fille à charge, même si son sang ne coulait pas dans vos veines !

Elle s'interrompit. Si elle voulait garder un peu de fierté, elle ne devait pas montrer sa douleur.

Il se redressa et entreprit de lier ensemble les pattes de ses proies.

— Vous pensez vraiment que j'étais un substitut aux yeux de votre père ? Ce n'est pas le cas. Pour lui, je n'ai été qu'une distraction, au début… Je leur permettais de s'occuper ensemble et de se redécouvrir. Puis, lorsque j'ai donné tort à tous les médecins qui prédisaient ma mort, sir George a commencé à m'aimer et à s'intéresser à mon avenir ; mais il n'y avait de place que pour vous dans son cœur.

Ignorant ostensiblement le soupir méprisant qu'elle poussa, il resserra les nœuds et passa le lien retenant son gibier sur le pommeau de la selle.

Croyait-il vraiment la duper par ses bonnes paroles ? Si son père avait vraiment tenu à elle, il ne l'aurait pas rejetée. Il ne voulait la retrouver à présent que parce qu'elle était devenue un pion important dans sa partie d'échecs politiques.

— Je dois avouer, reprit-il tranquillement, que j'ai un peu été comme un fils pour Mary, par contre… Elle avait perdu un enfant en le mettant au monde, et n'avait plus pu en avoir d'autres par la suite.

— C'est pour cette raison que mon père l'a laissée en Angleterre quand il est venu ici ? Pourquoi n'a-t-il pas pris une autre femme qui aurait pu lui donner des fils ?

— Parce que la bigamie est illégale en Angleterre. Si l'on veut se remarier, il faut d'abord obtenir le divorce et c'est une procédure très longue et difficile.

— Alors, fit Anusha, décidée à obtenir la vérité, pourquoi n'a-t-il pas amené sa femme en Inde dès le début ?

— Eh bien, ils se sont... éloignés à la mort de l'enfant. Les médecins leur avaient annoncé qu'ils n'auraient pas d'autre descendance. Comme Mary refusait de l'accompagner en Inde, sir George lui a laissé une rente qui lui permettait de rester en Angleterre.

Il se mit en selle et attendit qu'elle en fasse autant mais, troublée et révoltée, elle ne bougea pas.

— Ils se sont beaucoup écrit, poursuivit-il alors. J'imagine que leur douleur s'est apaisée avec le temps... Finalement, Mary a reçu une lettre du secrétaire de sir George, lui annonçant qu'il avait une dangereuse fièvre. C'est à ce moment qu'elle a décidé que sa place était auprès de lui.

— Peut-être, mais c'est *ma mère* qui s'est occupée de lui pendant ce temps ! s'exclama Anusha. Il était même guéri avant que son épouse ne reçoive la lettre ! Cette femme n'avait aucune raison de le rejoindre. Pourtant, à cause de cela, ma mère a été renvoyée comme si elle n'avait aucune importance !

— Mary était l'épouse légitime de sir George, répliqua Nick d'un air exaspéré. Les lois sont différentes, dans la société anglaise. Et, si vous tenez à en savoir plus, vous n'aurez qu'à questionner votre père. Je n'ai pas à parler de tout cela avec vous !

Là-dessus, ne lui laissant pas d'autre choix que de se mettre en selle et de le suivre, il éperonna son cheval. Une fois qu'elle l'eut rejoint, elle se saisit de ses rênes et l'obligea à ralentir.

— Si je comprends bien, à défaut d'être le fils de mon père, vous êtes devenu son serviteur ?

— Tout à fait, répondit-il d'un air si tranquille qu'elle dut se retenir pour ne pas le gifler.

Il était si calme, alors qu'elle n'avait qu'une envie : lutter, hurler ! Pourquoi donc l'exaspérait-il à ce point ? Si elle en voulait à quelqu'un, c'était à son père. De toute manière, elle comptait bien fuir avant qu'il ne l'enferme chez lui. Finalement, elle laissa Nick la devancer de quelques pas et l'observa, de dos. Comme il se tenait droit sur sa selle ! A croire que rien ne pouvait le troubler…

Elle songea alors qu'il était finalement assez bel homme, large d'épaules, musclé. Les pans de son manteau volaient de part et d'autre de sa selle, mais elle savait que, dessous, ses fesses étaient fermes et ses cuisses taillées pour la course. Il chevauchait comme s'il ne faisait qu'un avec sa monture, à la fois détendu et concentré tel un archer sur le point de tirer.

— Arrêtez de bouder ! lança-t-il soudain sans même se retourner.

— Je ne boude pas !

Surprise, elle se rendit compte que c'était vrai.

Je ne boude pas, je regarde ton corps, et je te désire… Je rêve de mettre en pratique tout ce que j'ai appris dans les livres, tout ce qu'un homme et une femme peuvent faire ensemble…

Elle repoussa ces pensées et ferma les yeux. Peut-être que, lorsqu'elle les rouvrirait, il se serait transformé en gros diplomate, ou en gringalet insignifiant… Mais non, hélas ! Nick Herriard était toujours le même homme qui éveillait un feu, une tension dans son ventre. Il fallait à tout prix qu'elle fasse quelque chose pour se libérer de ce désir !

— *Ma ub gayi hu*, lança-t-elle avant de talonner son cheval.

— Vous vous *ennuyez* ? répéta-t-il en anglais d'une voix incrédule. Seigneur ! Si vous trouvez ce voyage ennuyeux, comment supportiez-vous la vie au palais ?

Anusha, qui avait pris un peu d'avance, répliqua sans se retourner :

— C'est *vous* qui m'ennuyez !

L'espace d'un instant, elle crut qu'il n'allait pas chercher à la rattraper, mais le martèlement des sabots accéléra, se rapprocha. Elle jeta un coup d'œil par-dessus son épaule : Nick relevait le défi et entrait dans la course…

— Quelle peste ! murmura Nick entre ses dents.

D'abord, il fut tenté de la laisser partir le temps qu'elle se calme… Si elle avait été un homme, il n'aurait pas réagi. Malheureusement, il se trouvait qu'elle était la fille de sir George et que les tigres pullulaient dans les parages. Il n'avait pas le choix.

— *Chalo chale*, Pavan ! lança-t-il.

Son cheval ne se fit pas prier et partit au grand galop. Anusha avait déjà pris beaucoup d'avance ; elle n'avait pas menti sur ses talents de cavalière. Il la laisserait néanmoins chevaucher en tête quelque temps avant de la rattraper…

Je suis une rajput, avait-elle dit. Décidément, cela n'allait pas être facile de faire d'elle une vraie lady !

Nick fit claquer les rênes, et Pavan accéléra pour se placer derrière Rajat. Anusha lui lança un petit sourire triomphant avant de talonner de nouveau sa monture. Nick l'observa, devant lui, ses longues jambes fermement collées aux flancs du cheval. Le souvenir de ses mains froides et hésitantes contre son dos nu lui revint tout à coup, et un éclair de désir enflamma son corps. *Non !*

Ses mains devaient s'être crispées sur les rênes, car Pavan fit un écart avant de reprendre sa route.

Anusha éclata de rire et en profita pour reprendre un peu d'avance. Soudain, un mouvement furtif agita les herbes devant elle : un serpent ! Rajat ralentit subitement avant de sauter par-dessus la bête tapie dans les hautes herbes. Surprise, Anusha démonta et tomba à quelques pas d'un cobra qui se dressa dans un sifflement menaçant, son capuchon déployé.

6

Instinctivement, Pavan fit un écart pour éviter le second cheval tandis que Nick bondissait au sol, roulait sur lui-même et tirait sa dague de sa botte en se relevant. Le serpent sifflait toujours, prêt à frapper, tournant sa tête de part et d'autre, menacé de tous côtés. Anusha était allongée tout près de lui, mais n'osait faire le moindre mouvement.

— Ne bougez pas ! lança Nick.

Tout en parlant, il remua doucement son arme de gauche à droite pour que le cobra s'intéresse à lui et oublie son autre proie. Anusha avait-elle perdu connaissance ou obéissait-elle à son ordre ? Il n'aurait pu le dire. Précautionneusement, il s'écarta lentement d'elle afin d'attirer le serpent loin de son corps immobile.

Soudain, elle gémit et s'étira, faisant crisser le sable sous son corps. Elle n'était que sonnée ! Au premier mouvement, le cobra fit volte-face, prêt à frapper. Nick n'avait plus le temps de réfléchir ! Il se jeta entre le cobra et Anusha, le bras gauche levé pour contrer la morsure, et plongea la dague qu'il tenait à la main droite dans le corps sinueux de la bête. Quand les crochets se refermèrent sur son poignet, il plaqua le bras au sol, entraînant le serpent dans son mouvement, et frappa encore. A peine avait-il atterri dans l'herbe qu'un couteau siffla à son oreille et alla se planter dans le corps frémissant du cobra. Il put enfin libérer son bras et roula vivement sur lui-même pour s'éloigner des crochets mortels, entraînant Anusha avec lui.

— Il vous a mordu ! s'écria-t-elle en se débattant entre ses bras pour attraper le poignet blessé. Vite ! Il faut ouvrir la plaie, faire sortir le poison…

Nick raffermit son étreinte pour la calmer, et s'assurer qu'elle n'était pas blessée, mais elle se dégagea. De toute évidence, elle était aussi soucieuse de son état que lui l'était du sien.

— Il ne m'a pas mordu, assura-t-il.

— Ne soyez pas stupide ! Bien sûr qu'il vous a mordu ! Nous n'avons que quelques minutes, peut-être un peu plus s'il n'a pas touché de veine…

Malgré son autorité naturelle, sa voix trahissait la panique. Pour la rassurer, Nick remonta sa manche et dévoila le brassard de cuir qu'il portait toujours à cheval, pour soulager une vieille blessure. Elle effleura d'un doigt tremblant les deux profonds creux qui marquaient le cuir.

— Oh… Dites-moi, les crochets n'ont pas traversé cela, n'est-ce pas ?

Traversé ? L'estomac soudain noué par l'appréhension, Nick ôta vivement son brassard. Dessous, la peau était rougie à l'endroit de la morsure. Sans lui laisser le temps de faire quoi que ce soit, Anusha lui attrapa le poignet, étira la peau pour s'assurer qu'elle n'était pas percée, puis s'empara de la bande de cuir pour l'examiner à la lumière.

— Oh ! répéta-t-elle, avant de pousser un gros soupir de soulagement. Vous avez eu de la chance. Il aurait pu rater le bandage ! Il aurait pu vous tuer !

— Et vous, vous auriez pu vous rompre le cou ! répliqua sèchement Nick.

Maintenant qu'ils étaient hors de danger, la peur qu'il avait eue pour elle se mêlait au contrecoup de sa lutte contre le cobra, et à son soulagement à l'idée d'avoir échappé de peu à la mort… L'estomac tout retourné, il tentait peu à peu de reprendre le contrôle de son cœur affolé. Il détestait les serpents ! Il aurait préféré faire face à un tigre plutôt qu'à un cobra. Que serait-il arrivé s'il avait hésité, s'il avait laissé sa peur le dominer, ne serait-ce qu'un instant ? Anusha serait sans doute en train de mourir dans ses bras...

Arrête de penser à ça ! se réprimanda-t-il en silence.

Penser à la mort ne fait que vous ralentir ! Penser à la mort vous apporte la mort !

Tu n'as pas hésité, et vous êtes tous les deux vivants grâce à toi.

Le serpent avait enfin cessé de convulser, mais Nick n'était pas encore calmé pour autant.

— A quoi croyiez-vous jouer ? gronda-t-il. Est-ce que vous êtes blessée ? Est-ce que vous avez mal quelque part ?

— Non, tout va bien... Pourquoi êtes-vous si fâché ? Je vous ai aidé avec mon couteau, après tout !

Dans la chute, son turban s'était dénoué et sa lourde tresse, semblable aux anneaux du serpent immobile derrière elle, retombait sur sa poitrine. Il se rendit tout à coup compte qu'elle était très pâle. Ses mains tremblantes lâchèrent enfin son poignet et, avec un gros sanglot, elle posa sa tête contre son épaule.

Il referma instinctivement les bras sur elle et la serra contre lui. Il pouvait sentir son corps frêle secoué de pleurs et lui caressa doucement le dos pour l'apaiser sans se soucier des petits cheveux échappés de la tresse que sa paume calleuse accrochait au passage. Est-ce qu'elle sentait son cœur s'emballer, tout contre elle ? Est-ce que ce désir était une manière, pour son corps, de réagir après le face-à-face avec le cobra ? Une réponse physique tout aussi primitive et dangereuse que la peur ?

Un flot d'excitation montait en lui, le désir irrépressible de posséder cette femme, de célébrer leur survie et d'effacer de sa mémoire le souvenir de l'œil noir du serpent, de l'instant où il avait vu sa mort se dresser devant lui... Il voulait posséder Anusha, encore innocente, et qui devait rester intouchée...

Pour se débarrasser de son désir brûlant, il n'avait d'autre solution que de céder à la colère. Colère contre lui-même et contre cette femme, pressée contre lui et désespérée.

— Que faisiez-vous avec cette dague ? lança-t-il soudain.

Anusha se redressa, toujours contre lui, attisant les flammes qui lui consumaient les reins.

— Vous saviez que je l'avais ! répliqua-t-elle. Vous l'avez vue quand les hommes du maharadjah nous ont rattrapés ! Et tout à l'heure vous avez pu constater que je sais m'en servir !

Elle tremblait toujours, mais son regard assassin trahissait à présent plus de rage que de peur.

— Personne ne me prendra vivante ! Je...

— Si jamais vous deviez être prise, le fait que vous soyez vivante me laisserait au moins une chance de vous sauver ! Dans le cas contraire, je ne pourrais plus rien faire, et cela ne servirait qu'à déclencher une guerre !

Sur ce, il la repoussa pour l'écarter de lui et se releva sans un mot pour aller retirer les deux armes du corps du cobra. La dague d'Anusha était une véritable œuvre d'art mortelle : une lame de Damas enchâssée dans une poignée d'ivoire ornée de pierres. Il l'essuya rapidement et la glissa dans sa botte, tout près de son propre poignard.

— Si jamais vous avez blessé Rajat...

— Vous ne pouvez lever la main sur moi. Je suis une princesse ! répliqua-t-elle en se relevant.

De toute évidence, il ne parvenait pas à dissimuler son exaspération, et elle prenait sa menace au sérieux.

— Si vous êtes une princesse, comportez-vous comme telle ! rétorqua-t-il avant d'inspecter les jambes de Rajat.

Après une minute d'un silence pesant, elle demanda :

— Est-ce qu'il va bien ?

— Oui, fit Nick avant de lever les yeux vers elle.

Elle avait renoué son turban, mais était toujours aussi pâle, les lèvres crispées comme si elle tentait de réprimer un nouveau sanglot ou de s'empêcher de hurler de rage.

— Vous avez eu peur, reprit-elle enfin. C'est pour cela que vous étiez fâché contre moi.

— Il faut être idiot pour ne pas avoir peur d'un cobra !

Si elle avait été un homme, il l'aurait frappée pour avoir osé l'accuser de peur.

— Je n'ai pas... Je ne voulais pas dire...

Elle se tut et secoua nerveusement la tête.

— Vous n'avez pas hésité un seul instant, poursuivit-elle. C'est ce que je voulais dire. Vous aviez toutes les raisons d'avoir peur mais, malgré cela, vous avez risqué votre vie pour moi. Mon père a envoyé un homme très courageux pour m'escorter…

Elle le fixait de ses grands yeux gris, francs, et Nick sentit le feu lui monter aux joues. Il aurait voulu pouvoir détourner le regard, mais en était incapable. Si, à cet instant, il s'était approché et l'avait prise dans ses bras, elle n'aurait sans doute pas résisté… Non parce qu'elle le désirait ou l'admirait, mais simplement parce que le danger avait attisé leurs émotions et exacerbé leurs instincts les plus primaires. Elle était trop courageuse, trop sincère pour dissimuler ces instincts… et sans doute trop innocente pour les comprendre !

— Vous êtes certaine de ne pas être blessée ? demanda-t-il comme si rien n'était arrivé depuis qu'il avait vérifié l'état de Rajat.

Elle était en train de reprendre contenance, et la franchise crue de son regard laissa place à un éclat d'orgueil. Elle fit volte-face et, d'une démarche peut-être un peu raide mais qui ne trahissait aucune douleur, alla prendre les rênes de Rajat pour le caresser doucement.

Enfin, elle appuya sa joue contre l'encolure du cheval et jeta un regard furtif à Nick.

— Vous… Vous m'avez sauvé la vie, dit-elle, de nouveau maîtresse d'elle-même. Et je vous en remercie.

La vague d'émotions brutes qui les avait submergés semblait être retombée, et Anushna le dévisageait maintenant avec des airs de princesse, malgré ses vêtements de voyage froissés et poussiéreux.

Son courage attisa une fois de plus la colère de Nick et le feu dans ses reins. Dans l'immédiat, il était incapable de se montrer bienveillant.

— Je n'ai fait que mon devoir, marmonna-t-il. Ma mission consiste à vous rendre indemne à votre père.

— Dans ce cas, reprit-elle en s'approchant sur la pointe des pieds, laissez-moi vous remercier… Les Anglais s'embrassent pour dire merci, n'est-ce pas ?

Il aurait voulu reculer, mais il était coincé entre elle et la masse de Pavan, dans son dos. Elle l'enlaça doucement et, l'espace d'un instant qui lui parut durer une éternité, ses lèvres chaudes vinrent se poser sur les siennes. Il entrouvrit instinctivement la bouche, tout en se disant qu'elle n'allait probablement pas comprendre ce qu'il attendait d'elle... Le temps parut s'arrêter autour d'eux tandis qu'il luttait désespérément contre l'envie pressante de la prendre dans ses bras, de l'allonger sur l'herbe, de se perdre dans cette magnifique innocence qui s'offrait à lui. A *lui*...

Son instinct lui souffla aussi de ne pas blesser l'orgueil d'Anusha, sans pour autant l'encourager. Il s'abstint donc de la prendre dans ses bras et s'écarta doucement d'elle.

— Les jeunes femmes de bonne famille n'embrassent pas les hommes, dit-il avec toute la douceur dont il fut capable.

Son corps se tendait vers elle, mais il parvint apparemment à ne pas trahir son désir.

Anusha le dévisageait toujours de ses grands yeux gris.

— Vraiment ? demanda-t-elle. Dans ce cas, je ne recommencerai pas...

— Très bien.

Après tout, cette fille était destinée au mariage. Elle ne pouvait se permettre aucun badinage. Lorsque sir George lui avait expliqué sa mission, il lui avait confié qu'il comptait offrir sa fille en mariage à un bon parti Anglais. Et lui, Nick Herriard, soldat, aventurier, mauvais époux, n'avait rien d'un bon parti... Pourtant, malgré la mort de Miranda, il se savait assez inconscient pour se laisser séduire de nouveau !

— En tout cas, reprit-il d'un ton faussement léger en se mettant en selle, je plains le pauvre homme qui tentera de faire de vous une jeune lady !

— Je suis déjà une jeune lady.

Anusha se mit à son tour en selle d'un mouvement un peu pataud. Quoi qu'elle en dise, elle devait être plus secouée par sa rencontre avec le cobra qu'elle voulait bien l'admettre... Derrière son intransigeance et son courage farouche, Nick commençait à discerner une certaine fragilité. Une fragilité qu'il aurait voulu protéger à tout prix face au maharadjah, aux serpents… et même face aux hommes comme lui.

Il lui jeta un regard par-dessus son épaule.

— Vous n'êtes pas une jeune lady *anglaise*, et c'est cela que votre père attend de vous.

— Aaah… Les corsets ! fit-elle dans un soupir.

— Oui. Mais aussi les révérences, l'apprentissage de la danse et de la conversation mondaine avec les hommes, répondit Nick, de nouveau calme.

Anusha ne put s'empêcher de le trouver profondément indécent. Parler avec amusement de choses aussi intimes que la danse ou le contact avec des hommes…

Il était dangereux de mélanger les sexes comme cela ! Si la présence de Nick suffisait à la troubler, que ressentirait-elle, dans une pièce remplie d'hommes ? Elle se secoua. Ce n'était pas le moment de penser à Nick ! Jamais elle n'aurait cru que le danger puisse la bouleverser à ce point… Pendant un moment, après l'attaque du cobra, elle avait senti toutes ses inhibitions s'effacer et éprouvé un profond désir de s'allonger avec lui dans l'herbe sèche, de rouler nue dans la poussière…

Comment donc les femmes anglaises faisaient-elles pour supporter la proximité permanente des hommes ? Peut-être n'étaient-elles pas vraiment seules avec eux comme elle l'était avec Nick. Peut-être y avait-il des règles à respecter. Peut-être les femmes mariées servaient-elles de chaperon aux jeunes filles pour que les choses ne deviennent pas trop… intimes.

Cependant, sa mère lui avait confié que les Anglaises avaient le droit de tomber amoureuses… D'ailleurs, même à Altaphur, les femmes influentes de la cour avaient parfois le choix.

Est-ce pour cela que tu n'as cessé de renvoyer tous tes prétendants ? Parce que tu espérais aimer comme l'a fait ta mère ?

Apparemment, sa mère n'avait eu besoin que d'un regard pour tomber amoureuse de son père, et s'était ensuite conduite d'une manière extrêmement scandaleuse, uniquement pour le rencontrer ! A vrai dire, c'était une chose qu'Anusha n'avait jamais comprise. Depuis qu'elle était adulte, le seul *angrezi* qu'elle avait rencontré seule à seul n'avait rien provoqué de particulier en elle. En tout cas, il n'avait éveillé aucun désir de placer son avenir entre ses mains, malgré le feu qu'il allumait en elle… Sa mère, elle, avait agi sans réfléchir : elle était tombée amoureuse de sir George Laurens, persuadée qu'il l'aimait également. De toute évidence, ce n'était pas le cas ! Ou alors, s'il l'avait aimée, ce sentiment avait vite disparu, ce qui prouvait que les hommes savaient se montrer inconstants et profondément cruels.

Plongée dans ses réflexions, elle ne s'était pas rendu compte qu'elle chevauchait toujours quelques pas derrière Nick. Agacée à l'idée que ce flot de pensées avait été uniquement provoqué par la vue de sa silhouette souple sur sa selle, elle talonna Rajat pour le rattraper et ne plus avoir à le regarder.

— Je n'ai aucune envie de devenir une lady anglaise, lança-t-elle en arrivant à sa hauteur.

— Que voulez-vous, alors ? demanda-t-il d'une voix posée, mais sans sourire.

— Je veux voyager !

Presque surprise de s'entendre répondre si rapidement, elle prit soudain conscience du fait qu'elle aimait cette liberté pleine de découvertes et de dangers. C'était comme si le monde entier s'offrait à elle…

— Il paraît que les riches ladies anglaises célibataires voyagent beaucoup en se déguisant, reprit-elle. J'ai lu certaines de leurs histoires ! Celle d'une certaine lady Montague, je crois, et de quelques autres… Pour ma part, je voudrais aller en Europe, en Afrique du Nord et explorer la Méditerranée !

Voyager sans s'installer nulle part lui permettrait de ne jamais avoir à faire de choix. Elle n'aurait pas besoin de décider de qui elle était, ni de choisir entre la culture de son père et celle de sa mère…

— Ces femmes ne sont que de vieilles filles excentriques, répliqua Nick avec une moue de dégoût. Des femmes riches qui n'ont rien dans le bonnet ! Elles finissent toujours par mourir, vieilles et malades, dans je ne sais quel château en ruine, à des lieues de leur famille et de leurs amis, entourées d'augures et de guides spirituels sans scrupule !

— Des vieilles filles ? Je ne comprends pas... Pourquoi faut-il absolument qu'elles soient vieilles ? Et qu'est-ce que c'est que cette histoire de bonnet ?

Bien sûr, elle comprenait le mot « bonnet », mais la phrase de Nick n'avait aucun sens. Sa mère lui avait parlé des chapeaux anglais ridicules, et même de ces montagnes de faux cheveux qu'ils portent parfois alors que leur chevelure est parfaitement saine ; ou encore des corsets qui vous torturent et vous empêchent de respirer...

— Les vieilles filles, expliqua Nick, sont des femmes célibataires qui ont passé l'âge de se marier. Et, quand on n'a rien dans le bonnet, cela veut dire qu'on a perdu le sens des réalités, qu'on se noie dans des obsessions absurdes.

— Ah ! Je vois ! Eh bien sachez que je ne suis pas une vieille fille. Simplement, je refuse de me soumettre à un homme. Et je ne suis pas folle ! Quand j'aurai mon argent...

— Quel argent ?

Surprise, elle lui jeta un coup d'œil et vit qu'il souriait. Se moquait-il encore d'elle ? Elle aurait voulu pouvoir le gifler pour son insolence !

— Mon père est un homme riche, n'est-ce pas ? Donc, je suis riche, puisque je suis son seul enfant !

— Il vous donnera une rente, bien sûr. Et quand vous épouserez un homme qu'il approuvera, il vous donnera de l'argent pour vos enfants...

A son ton posé, elle sut qu'il disait la vérité. Depuis leur rencontre, elle commençait à le connaître un peu. Son père lui donnerait donc un peu d'argent, puis davantage lorsqu'elle se marierait, et elle pouvait toujours compter sur ses bijoux. Elle n'en avait pas pris beaucoup, mais ils étaient précieux. De plus, son père se sentirait peut-être coupable de l'avoir abandonnée ; elle pourrait sans doute le persuader de lui donner plus d'argent, de lui offrir des pierres précieuses, assez pour qu'elle puisse fuir...

Elle avait été stupide de parler de voyages, de donner à Nick un aperçu de ses projets ! Heureusement, il s'était moqué et ne semblait pas la prendre au sérieux.

— Est-il convenable, pour une lady, d'être seule avec un homme comme nous le sommes en ce moment ? demanda-t-elle après quelques instants.

Peut-être qu'une part de scandale l'aiderait dans sa fuite… Les Anglais ne devaient sans doute pas accepter qu'une jeune femme puisse embrasser un homme en pleine nature, comme ils venaient de le faire. Leurs lèvres s'étaient à peine effleurées, mais cela avait suffi pour éveiller en elle un désir presque incontrôlable !

— Non, ce n'est pas convenable. C'est même purement scandaleux, mais personne n'a besoin de savoir comment vous avez atteint Calcutta, répondit sèchement Nick.

Quelque chose, dans la tension soudaine de tout son corps, lui fit penser qu'elle se trouvait en terrain glissant. Mais pourquoi ?

— Je comprends. Mais dans le cas où cela viendrait à se savoir *quand même* ? reprit-elle, pressante. Les gens ne considéreraient-ils pas que je ne suis plus vierge ? Que je ne suis plus bonne à marier ?

— Est-ce que vous suggérez que l'on pourrait ne pas avoir confiance en moi et penser que je vous aurais agressée pendant le voyage ?

Sa voix était tellement calme qu'il fallut à Anusha quelques instants pour percevoir sa colère étouffée.

Si elle parvenait à semer le doute, son père refuserait probablement de faire d'elle une lady, de la marier…

— Eh bien, dit-elle prudemment, il pourrait malgré tout y avoir des soupçons…

— Et vous entacheriez mon nom, détruiriez ma réputation par caprice, seulement pour échapper aux projets que votre père peut avoir pour vous ? s'exclama Nick, sa rage s'abattant sur elle comme une volée de coups.

— Je suis navrée. Cela vous causerait beaucoup de tort ?

— On me bannirait de la société, je perdrais ma place dans l'armée, et j'aurais à essuyer une honte personnelle insoutenable !

Il gardait le regard fixé devant lui, les dents serrées, mais sa pâleur en disait assez long sur sa colère, et peut-être même sa peur. Anusha eut presque l'impression de l'avoir déjà ruiné, alors qu'elle n'avait fait que poser une question !

— Dans ce cas, je ne dirai jamais rien, répondit-elle dans l'espoir de l'apaiser.

L'honneur *angrezi* était décidément une chose bien étrange… Si un noble indien s'était trouvé dans une telle situation, il aurait saisi sa chance sans hésitation et utilisé Anusha, une fois compromise et déshonorée, pour passer un marché avec son oncle : l'épouser contre des terres et une importante dot… Et il aurait trouvé Nick stupide de ne rien faire ! Nick, au contraire considérait apparemment que profiter de sa chance aurait été pervers et immoral.

— Seulement, ajouta-t-elle après une hésitation, il doit bien y avoir quelqu'un qui sait que nous sommes seuls…

— Seule une poignée de personnes saura que nous n'avons pas voyagé avec une escorte complète offerte par votre oncle. Et ces personnes-là seront amenées à penser que nous étions accompagnés par mon valet, un eunuque du palais, et l'une de vos servantes.

Il semblait commencer à se détendre de nouveau.

— Dans ce cas, nous ferions peut-être mieux de prétendre que je suis votre frère, puisque je suis vêtue en homme. Si nous nous entraînons un peu, je suis sûre que nous pourrons entrer dans Calcutta sans problème…

De plus, cela l'aiderait sans doute à réprimer les désirs qu'elle pourrait éprouver durant le voyage, songea-t-elle. Mais Nick eut un petit rire méprisant.

— Vous ne pouvez pas m'imaginer comme votre frère ? demanda-t-elle en songeant qu'elle en était peut-être incapable elle aussi. Votre sœur, alors ?

— Je n'ai pas de sœur, et ne saurais pas me comporter de manière crédible. De plus, je ne vous vois pas du tout dans un tel rôle !

Cette fois, il riait franchement, d'un rire un peu amer, peut-être.

— Vous n'avez ni frère ni sœur ?

— Non. Je suis enfant unique, sauf si mon père s'est remarié. Mais j'imagine mal une femme accepter de vivre avec lui…

— Votre mère est morte ?

— Oui.

La réponse avait été sèche, définitive : il ne voulait pas de sa compassion, et elle pouvait comprendre cette fermeté. Lorsque quelqu'un compatissait avec elle à propos de *Mata*, elle avait du mal à retenir ses larmes, et comme elle refusait de se montrer faible…

— Votre père vous a pourtant rejeté, remarqua-t-elle. N'aurait-il pas dû s'assurer de garder son héritier en sécurité ?

Après tout, Nick lui avait confié que son père l'avait battu et fait embarquer de force sur un bateau en partance pour l'Inde.

— Je n'hériterai pas de grand-chose, répondit-il. Mon père est un second fils ; il ne pouvait compter que sur lui-même pour se faire une place dans la société. Il aurait pu décider d'entrer dans l'armée ou la marine, voire dans les ordres. Il aurait pu profiter du petit domaine qu'il avait reçu de son père pour le faire fructifier… Au lieu de cela, il a choisi d'épouser une femme riche et de dilapider sa fortune dans la boisson et le jeu. Ma mère avait commis l'erreur de tomber amoureuse de lui, et elle a passé sa vie à pleurer sur son cœur brisé.

— Son père a dû être fâché contre lui.

Quelle enfance triste Nick avait dû avoir ! *Mata* avait eu le cœur brisé, mais au moins elle n'avait pas eu à vivre avec l'homme qui s'était servi d'elle.

— Mon grand-père a renié mon père, dit-il comme s'il s'agissait d'une broutille.

Anusha sentit cependant au ton de sa voix que ce souvenir faisait encore souffrir Nick.

— Ce que je ne comprends pas, c'est pourquoi votre père a refusé de vous garder auprès de lui… J'aurais pensé que…

— Je lui étais inutile et je condamnais sa conduite. Quand ma mère est morte, j'ai…

Il se tut brusquement, comme s'il avait été sur le point de trahir un secret.

— Bref, reprit-il, nous nous sommes disputés. J'avais l'impression que mon existence même lui était insupportable. Après tout, je ressemble un peu à ma mère, et je pense qu'il n'appréciait pas cela.

Anusha acquiesça gravement. Si elle en voulait toujours à son père après douze ans d'absence, comment Nick aurait-il pu oublier un père qui le haïssait et un grand-père qui avait renié son fils — et son petit-fils par la même occasion ?

— Est-ce que votre grand-père est encore en vie ? demanda-t-elle. J'imagine qu'il s'agit d'un homme influent.

— Oui, il est en vie. Et je commence à le croire immortel. Aux dernières nouvelles, il a fêté ses soixante-huit ans et est toujours fort comme un chêne. En ce qui concerne son pouvoir, c'est un marquis — un peu comme un maharadjah. Un duc correspondrait à un maharadjah plus vieux et plus puissant, ensuite vient le marquis, puis le comte qui correspondrait au rajah.

— Donc vous êtes un… lord ?

Mata avait tenté de lui expliquer le fonctionnement de la noblesse anglaise, mais cela lui avait toujours paru complexe et très étrange.

— Non, je n'ai pas de titre. Mon père est l'honorable Francis Herriard, et son frère aîné utilise le second titre de mon grand-père : il est vicomte de Clere. C'est lui qui est nommé lord Clere. Mon grand-père, quant à lui, reste le marquis d'Eldonstone.

Il lui jeta à coup d'œil et son air dubitatif parut l'apaiser, car il sourit.

— Vous êtes un peu perdue dans ces titres ?

— Complètement perdue. Mais, dans ce cas, vous n'êtes pas prince ?

— Seuls les fils du roi portent ce titre, et ils sont en général nommés ducs également.

— Mais…

Soudain, il fit arrêter son cheval et huma l'air un moment.

— De la fumée…, dit-il enfin.

Des gens ? Un danger ? Anusha se rassura en songeant que sa seconde dague, dissimulée dans sa botte, était toujours là. Qu'allait-il encore leur arriver ?

7

Nick prit quelques autres profondes inspirations.

— Cette odeur vient d'un feu de tourbe. Il doit y avoir un village pas très loin, conclut-il finalement.

— Y serons-nous en sécurité ?

Par pitié, dites oui...

Bien qu'elle ait tout fait depuis le matin pour n'en rien laisser paraître, elle était fatiguée, effrayée. Au village, elle pourrait sans doute voir des femmes, se laver, dormir dans un lit, même si ce n'était qu'un *charpoy* inconfortable — une toile tendue sur un cadre par des cordelettes. Dire qu'ils n'étaient partis du palais que deux jours auparavant !

Quoi qu'il en soit, elle devait rester forte. Elle avait dit à Nick qu'elle était une *rajput*, et elle ne devait lui montrer aucun signe de faiblesse, même s'il décidait que s'arrêter ne serait pas prudent et s'il la forçait à chevaucher jusqu'à la nuit sans manger.

Lorsqu'il se tourna vers elle, son regard était plein de douceur. Cherchait-il à la rassurer ?

— Espérons que ce village est sans danger, dit-il. La journée a été agitée et, pour ma part, j'aimerais pouvoir me reposer un peu. Ces terres sont loin des grandes routes. La nouvelle du siège de Kalatwah n'est peut-être pas encore arrivée jusqu'ici.

Ils se remirent en route et arrivèrent bientôt en vue d'un troupeau de chèvres gardé par un groupe de jeunes garçons. Bâtons à la main, ils se levèrent à leur approche.

— *Are !* lança Nick. Où vivez-vous ?

Excités et bavards, maigres dans leurs vêtements de grosse toile, les enfants se groupèrent autour des chevaux et indiquèrent à Nick la direction du village. Anusha entendit l'un d'eux chuchoter à son voisin que ce grand homme à cheval, avec ses armes à feu, devait être un rajah.

— Est-ce qu'il y a beaucoup de cavaliers qui passent par votre village ? demanda Nick au plus âgé.

— Nous n'en avons vu aucun depuis le passage des collecteurs de taxes, avant la mousson.

Anusha lança un regard interrogateur à Nick qui lui fit un petit signe de tête rassurant. Leurs poursuivants n'avaient pas encore atteint cet endroit. Ils y seraient en sécurité, au moins pour une nuit.

— Nous sommes des voyageurs, reprit Nick. Pouvez-vous nous conduire au chef du village ?

Les garçons acquiescèrent et partirent en courant, suivis par les aboiements de leurs chiens. Peu après, Anusha vit apparaître le village. Il s'agissait d'une douzaine de huttes rondes en briques de terre, aux toits de paille, le tout cerné par un muret de terre sèche réparé çà et là au moyen de branches enchevêtrées.

A leur approche, plusieurs femmes rassemblées autour d'un puits remontèrent leur voile sur leur visage d'une main, tout en maintenant de l'autre leurs grands récipients de cuivre sur leur tête. Leurs robes, rouge vif, orange et vert, apportaient une touche de couleur au décor. Attirés par les cris des garçons, les hommes se rassemblèrent devant la grande porte. Puis tout le monde se tut pour laisser parler le chef du village qui s'avançait, l'air perplexe, vers ces visiteurs inattendus.

Il avait le dos voûté, mais on devinait à sa démarche qu'il avait été naguère un homme grand et fort. Il portait un turban de bandes de toile blanche torsadée large et compliqué, et ses moustaches blanches tombaient au niveau de son menton.

Nick mit pied à terre, lâcha les rênes, et le salua en joignant les mains, imité par Anusha.

— *Namaste.*

— Nous venons de l'ouest, commença Nick en hindi, presque

sans accent. Nous descendons vers Jumna pour y trouver un bateau et faire voile jusqu'au Gange. Pourriez-vous nous loger pour la nuit ?

Quelques murmures accueillirent cette annonce. Aider des pèlerins dans leur voyage était un acte charitable, et tous le savaient.

— Bienvenue, répondit le chef.

Son regard passa de Nick à Anusha qui se tenait à son côté et venait de remonter un morceau de son turban devant son nez et sa bouche. Mieux valait éviter d'offenser leurs hôtes.

Suivant le regard du vieil homme, Nick ajouta :

— Cette jeune femme est sous ma protection. Je la reconduis auprès de son père.

Sans doute les villageois considérèrent-ils que les voyageurs étaient trop polis pour que l'on remette en doute leurs paroles, car les hommes s'écartèrent pour les laisser entrer dans l'enceinte.

— Femmes ! Filles ! appela le chef. Occupez-vous de nos invités.

Anusha s'était attendue à être entraînée à part par les femmes du village, mais le chef les conduisit vers la plus grande hutte. Nick se tourna vers elle.

— Venez-vous boire de l'opium ? demanda-t-il.

Partager de l'opium faisait partie des cérémonies d'accueil traditionnelles dans les villages, elle le savait. Cependant, en tant que femme, on ne lui en avait jamais proposé...

— Vous consommez de l'opium ?

— Je ne le fume pas, répondit Nick avec une grimace comme à l'évocation d'un mauvais souvenir. J'ai essayé, autrefois... Je pense honnêtement avoir essayé toutes les substances de ce pays réputées apporter l'oubli, mais la fumée d'opium ne me réussit pas. Les rêves qu'elle apporte ne mènent à rien. En boire a moins de répercussions. Tout au plus, cela soulagera votre fatigue et apaisera les douleurs de la chevauchée.

Anusha le suivit dans la hutte et s'installa à son côté, sur une natte tressée, en face du chef du village et de deux hommes qui lui ressemblaient assez pour être ses fils. Avec des gestes précis et cérémonieux, le vieil homme plaça une épaisse substance brune sur un morceau de tissu tendu sur un trépied puis versa de l'eau dessus. Le liquide filtré coula lentement dans une vasque en forme de navette. Au fur et à mesure, l'un des autres hommes récupérait l'eau et la faisait de nouveau couler sur le tissu tendu. Le rituel dura un long moment : filtrer, récupérer, filtrer de nouveau… Rapidement, Anusha se sentit prise d'un léger vertige. Peut-être était-ce voulu, pour aider un hôte épuisé par la route à se détendre.

Finalement, le vieil homme parut satisfait. Il versa une partie du liquide dans le petit *lingam* de Shiva, au milieu de la table, puis le fit couler dans sa main placée en coupe avant de se tourner vers Nick. Celui-ci se pencha et but directement dans la main ridée du vieil homme.

Enfin, il se redressa, tendit sa propre main pour recevoir un peu de liquide et la tendit à Anusha.

— Buvez.

Elle l'imita, se penchant en avant jusqu'à ce que ses lèvres effleurent sa peau. Sa main était chaude, souple, rendant ce simple contact sensuel et intime. C'était une preuve de confiance…

— Buvez tout, murmura-t-il.

Elle s'exécuta, avalant le liquide amer, les lèvres collées à sa paume. Finalement, elle sortit la pointe de sa langue pour récupérer la dernière goutte et leva les yeux vers lui. Il la dévisageait d'un regard sombre, intense… Incapable de détacher son regard du sien, elle se redressa lentement.

Tout à coup, le vieil homme eut une petite toux. Nick le salua, imité par Anusha.

— *Dhanyvad*.

— Allez, à présent. Les femmes vous attendent, murmura Nick après cet échange de remerciements.

Au matin, Anusha s'éveilla, un peu perdue et la nuque raide, sur un petit matelas de coton. Les cordelettes qui le maintenaient au lit craquaient au moindre de ses mouvements. L'air était chargé de parfums de cuisine, d'odeurs de bétail et de feu de tourbe.

Soudain, elle se rappela l'arrivée au village, et s'assit pour examiner l'intérieur de la hutte plongé dans la pénombre.

— Vous êtes réveillée ? demanda une voix un peu timide derrière elle.

Anusha se retourna avec un sourire. Une femme âgée se tenait dans l'embrasure de la porte et l'observait d'un air étrange. Sans doute lui paraissait-elle impudique, dans ses vêtements d'homme...

— Oui, répondit-elle. J'ai bien dormi.

La femme s'avança, et Anusha vit alors ses nombreux bijoux et le large anneau passé dans son nez. Tout ce luxe dans un tel lieu ne pouvait signifier qu'une chose : elle était l'une des femmes du chef.

— Je vous remercie de votre hospitalité, reprit-elle poliment.

La femme lui fit signe qu'elle n'avait pas à la remercier ; il était normal d'offrir l'hospitalité aux voyageurs.

— Où sont vos vêtements de femme ?

— Je n'en ai pas... J'ai dû abandonner mes vêtements derrière moi.

Lentement, toute critique disparut du regard de la femme pour faire place à une vive curiosité. Elle s'assit à côté d'Anusha, au bord du *charpoy*.

— Cet homme, cet *angrezi* qui parle comme nous... Est-il votre amant ?

— Non ! répliqua Anusha avant de se reprendre. Il est mon escorte, mon garde du corps en attendant que je rejoigne mon père. Un homme a voulu m'épouser de force et je... mon père a refusé.

Qu'il était exaspérant de devoir se servir de son père comme excuse ! Malheureusement, c'était probablement la seule réponse que cette femme pouvait comprendre et qui n'éveillerait pas ses soupçons.

— Je vois, fit-elle. Mon nom est Vahini. Comment vous appelez-vous ?

L'espace d'un instant, Anusha pensa mentir, mais à quoi cela pourrait-il bien servir ?

— Anusha, dit-elle alors. Et mon compagnon est Herriard *Sahib*.

Soudain, un murmure se fit entendre à la porte.

— Entrez, lança Vahini. Notre hôte est éveillée.

En quelques instants, la hutte fut emplie d'une douzaine de femmes de tous les âges, qui la dévisageaient avec curiosité.

— Je vous présente Anusha. Elle n'a pas de vêtements de femme et a fui un homme mauvais pour retrouver son père, expliqua Vahini.

Le murmure reprit, empreint de compassion.

— Je n'ai pas pu emporter de bagages, se sentit-elle obligée d'ajouter. J'ai dû fuir en urgence.

Les femmes hochèrent la tête avec gravité. Soudain, l'une des plus jeunes se leva.

— Vous avez la même taille que moi... Et il est injuste que vous ayez à voyager avec un homme tout en portant des vêtements masculins !

Sans attendre de réponse, elle disparut.

— Mais, je ne peux pas chevaucher en tenue de femme ! protesta Anusha.

— Peut-être. Mais quand vous n'êtes pas à cheval, votre garde du corps doit vous voir comme une femme, coupa quelqu'un. S'il vous regarde, vous devez être décente. Padma va vous apporter ce qu'il faut.

Bientôt, Padma revint, chargée de vêtements.

— Vous devez être convenablement vêtue ce soir, dit-elle en déballant ses trésors.

Il y avait là un *kurta* bleu profond, un *lehenga*, un pantalon rouge vif, des sandales, un voile rouge et une longue écharpe bleue.

Anusha leva les yeux vers ces femmes qui l'entouraient. Ce village était pauvre, et ces vêtements étaient sans doute les plus beaux de Padma — peut-être même sa tenue de mariage. Elle n'avait rien à leur offrir en échange, à l'exception de pierres précieuses qui ne leur seraient d'aucune utilité dans un lieu si isolé.

Emue, elle laissa courir ses doigts sur les fils métalliques entrelacés qui formaient une broderie complexe.

— Je vous remercie... Ces vêtements sont magnifiques. Lorsque j'aurai rejoint mon père, je vous les ferai renvoyer avec un cadeau pour vous exprimer ma gratitude.

— Très bien, conclut Vahini avant de se tourner vers ses plus jeunes compagnes. Apportez de l'eau, pour que notre hôte puisse se laver. Pendant ce temps, vous pourrez tout nous raconter à votre sujet. Quel âge avez-vous ?

De toute évidence, songea Anusha, la toilette et l'habillage allaient se faire en public… Peu importait : pour se sentir propre, elle était prête à répondre à n'importe quelle question !

Le soir, les femmes se rassemblèrent autour des feux pour préparer le repas. Le reflet dansant des flammes illuminait leurs visages, leurs bijoux, les anneaux passés à leur nez, leurs sourires… De temps en temps, quand un enfant se mettait à pleurer dans une hutte, l'une d'elles se levait pour s'en occuper. Les autres s'activaient, apportaient de l'eau, coupaient des légumes, portaient les plats aux hommes assis devant la hutte du chef.

Au milieu de cette agitation, Anusha se sentait à la fois apaisée et profondément émue. Ces femmes avaient une vie si différente de celle qu'elle avait connue au palais ! Pourtant, elles l'avaient toutes accueillie comme une de leurs filles… D'une certaine manière, elle avait l'impression de pouvoir de nouveau parler avec sa mère. Ses hôtes lui avaient posé des questions au sujet de ses prétendants, lui avaient confié les projets de mariage des plus jeunes, avaient plaisanté au sujet de leurs époux, et s'étaient gentiment moquées de Nick.

Au palais, Paravi avait été une bonne amie, mais jamais elle n'avait pu lui parler comme elle le faisait avec *Mata*. Bien sûr, ces femmes, bien que douces et maternelles, ne pourraient jamais remplacer une mère non plus… *Mata* était morte l'année précédente d'une fièvre soudaine. Cela avait tellement bouleversé Anusha ! Un jour, elle était là, forte, intelligente, passionnée, et, le lendemain, elle était partie. Durant ses dernières heures, avant de perdre connaissance, elle avait parlé à Anusha d'une voix faible, sans jamais lui lâcher la main.

— L'amour, avait-elle murmuré, c'est la vie, Anusha. C'est la seule chose importante, même si cela te brise le cœur… L'amour…

Parfois, Anusha avait l'impression que l'amour était en effet merveilleux, qu'il méritait que l'on souffre, que l'on perde tout. Mais elle avait aussi conscience qu'il s'agissait d'une chose dangereuse, trop risquée…

Oh ! Mata, *comme j'aimerais pouvoir te parler de tout cela, aujourd'hui !*

Soudain, elle se rendit compte que ses yeux avaient vagabondé jusqu'au visage de Nick, assis en tailleur sur une natte auprès du chef et au milieu d'un groupe d'hommes bavards. Ils fumaient tous de petits cigares — sans doute ceux de Nick — et discutaient avec animation, tout en prenant soin de laisser la parole à tout le monde.

Nick dit alors quelque chose d'un air faussement sérieux, ce qui provoqua un fou rire général, repris par les garçons qui s'étaient cachés derrière la hutte pour observer leurs aînés. Quelqu'un les réprimanda fermement, et ils s'enfuirent en courant.

Enfin, les hommes furent servis, les cigares éteints dans le sable, et les femmes purent se rassembler autour de leur propre feu pour manger. En prenant bien soin de ne pas tacher ses vêtements empruntés, Anusha s'installa à un endroit d'où elle pouvait observer Nick par-dessous l'ourlet de son voile chaque fois qu'elle le soulevait pour manger une bouchée. Il paraissait si détendu, tellement à son aise, qu'elle en aurait presque oublié qu'il était aux ordres de la Compagnie ; un étranger au service du père qu'elle haïssait.

— C'est un bel homme, commenta l'une des femmes à voix basse, et toutes acquiescèrent de ce petit mouvement sinueux que les *angrezi* semblaient ne jamais maîtriser complètement.

Sauf Nick, songea Anusha. Il y arrivait sans mal…

— Il bouge comme l'un des nôtres, ajouta la femme comme si elle avait lu dans les pensées d'Anusha. Et c'est un guerrier !

— Oui, admit Anusha. C'est un combattant courageux et doué.

Et sage, aussi, se dit-elle comme le souvenir de leur fuite au nez et à la barbe des hommes du maharadjah lui revenait à la mémoire.

— Peut-être que votre père lui offrira votre main, suggéra une autre voix. Il vous ferait de beaux fils...

— Non !

Nick leva les yeux brusquement vers elle, sans la moindre hésitation, bien qu'elle soit voilée et qu'il n'ait pu connaître la couleur de ses vêtements. Troublée, elle relâcha l'ourlet de son voile, et tenta de calmer les battements affolés de son cœur.

Nick était un guerrier courageux et doué. Un bel homme, malgré son apparence étrange et ses yeux verts perçants. Un homme bon, malgré son autorité. Un homme capable de montrer le même respect à un humble paysan qu'à un rajah. Elle eut l'impression que les pièces d'un loquet s'alignaient lentement dans son esprit pour bientôt ouvrir une porte inconnue... Dans le *zenana*, on apprenait très tôt à actionner des loquets pour découvrir trésors et secrets. Nick Herriard était-il donc pour elle un trésor à posséder et à chérir ?

— Il ne désire pas se marier, reprit-elle finalement.

Il ne lui était pas destiné. Et c'était peut-être une bonne chose car, en dépit du désir qu'elle ressentait pour lui — et de la flamme qui brûlait au bas de son ventre dès qu'il l'effleurait —, elle le craignait aussi un peu...

Il se contenterait de la ramener à son père puis, une fois à Calcutta, il la surveillerait comme un chien de garde, attentif à la moindre tentative de fuite. Quelle bêtise de lui avoir avoué une partie de ses plans et de ses espoirs ! Il fallait au moins qu'elle reste forte face à lui, qu'elle s'empêche de tomber amoureuse, sous peine de devenir aussi vulnérable que l'avait été sa mère... Nick n'était pas un homme pour elle ; il ressemblait trop à sir George : fort, indépendant, sûr de lui et arrogant. Il était le genre d'homme à courir après ce qu'il désirait puis, une fois qu'il s'en était lassé, à le rejeter sans le moindre scrupule !

De toute manière, même s'il la désirait, son devoir envers son père l'empêcherait de tenter quoi que ce soit pour la posséder.

Non, se répéta-t-elle, *il n'est pas fait pour moi.*

A cette pensée, une vague de solitude qui l'effraya un peu monta en elle. D'ici quelques jours, elle se retrouverait piégée dans le monde étrange des *angrezi*, au milieu de gens qui savaient que sa mère n'avait pas été mariée à son père et qui la mépriseraient pour cela. Au milieu de gens qui voudraient lui faire porter d'horribles vêtements qui la tortureraient, qui l'obligeraient à se plier à leurs coutumes incompréhensibles. Et elle ne serait jamais libre.

Bientôt le repas s'acheva, et les plats furent débarrassés. Anusha voulut aider les autres femmes, mais elles refusèrent : une invitée ne travaillait pas. Dire que, au palais, il ne lui serait même pas venu à l'idée de tendre une assiette à ses servantes ! A présent, elle observait les mains maigres et abîmées par la tâche de celles avec qui elle venait de manger, et la simple idée de se faire servir lui fut soudain insupportable.

— Je vous en prie, dit-elle d'une petite voix. Laissez-moi faire quelque chose...

La femme la plus proche d'elle sourit et partit dans sa hutte pour y chercher le bébé qui avait pleuré durant le repas. Elle le lui confia, et Anusha le prit délicatement dans ses bras pour le bercer. Le petit visage levé vers elle commença à se tordre, prêt à sangloter, puis l'enfant se ravisa et se contenta de l'observer intensément. Emue, elle lui caressa la joue du bout du doigt. Au bout de quelques instants, l'enfant saisit son doigt de sa petite main potelée.

Apaisée par la chaleur du petit corps contre elle, Anusha commença à se balancer d'avant en arrière, doucement, jusqu'à ce que le bébé s'endorme. Trop tôt à son gré, la mère revint et reprit en souriant son enfant pour le coucher. De nouveau seule, Anusha sentit son cœur se serrer. Vivre libre, sans époux, voulait aussi dire ne jamais avoir d'enfants... Si elle menait son projet à bien, elle n'aurait jamais de petit corps à serrer contre elle, jamais de main minuscule qui attraperait la sienne pour se rassurer. Troublée, elle poussa un profond soupir. Depuis quand avait-elle tant envie d'un bébé ? Elle le savait, au fond d'elle, mais comment l'admettre ? Elle n'avait jamais pensé à devenir mère avant sa rencontre avec Nick, avant de se découvrir un profond désir pour son corps doré. S'ils avaient des enfants, ceux-ci seraient grands, avec des yeux clairs et une peau hâlée sous des cheveux bruns... Mais ils vivraient toujours esclaves du hasard, tout comme elle !

Soudain, un son de tambour monta dans la nuit. Surprise, elle faillit se lever et fuir, puis elle se rendit compte que la musique venait du cercle des hommes. Elle s'obligea à se détendre en écoutant le rythme se modeler dans le silence pour former un *tala* à seize temps. Les hommes commencèrent à taper dans leurs mains sur les temps forts — premier, cinquième et treizième — et à meubler le temps faible, le neuvième, d'un mouvement ondulant des mains.

Les femmes se rassemblèrent pour écouter, et frapper aussi dans leurs mains, puis l'un des hommes se leva. Il commença à danser, pieds nus sur la terre dure, le corps ondulant souplement. Il fut rapidement suivi par un autre homme, puis deux. Un second musicien se joignit au premier, et le battement des tambours s'amplifia. Anusha se rendit compte que le second percussionniste n'était autre que Nick ! Ses mains frappaient la peau tendue du *tabla* comme s'il avait connu ces rythmes dès sa naissance.

— Venez, lança Vahini.

Suivant son exemple, les femmes se mirent à danser à leur tour, hors de vue des hommes, leurs jupes formant autour de leurs jambes des corolles multicolores. Anusha ne se fit pas prier pour se joindre à elles. Très vite, ses courbatures, sa tristesse depuis qu'on lui avait enlevé l'enfant, son désir coupable pour Nick, s'évanouirent dans le vertige familier de la danse...

Elle joignit ses mains à celles de la femme en face d'elle, tourbillonnant au milieu du cercle des danseuses, et renversa la tête en arrière. Les étoiles scintillaient sur le bleu sombre du ciel, la fumée des feux montait dans les airs en spirales évanescentes et, loin au-delà des murs, un chacal solitaire aboya.

Son sang se mit peu à peu à battre au rythme des tambours — une pulsation sensuelle, qui éveillait son désir de danser pour

Nick. Or, elle ne devait pas se laisser aller : seules les courtisanes et les filles de peu dansaient pour d'autres hommes qu'un époux !

Nick entendait les rires des femmes par-dessus la musique, et l'une d'entre elles chantait, sans paroles, pour suivre la mélodie. Il jeta un rapide coup d'œil dans leur direction, conscient qu'il ne devait pas les dévisager sous peine d'offenser ses hôtes, mais elles étaient cachées par les huttes. Seules leurs ombres dansaient sur les murs...

Anusha dansait aussi ; il pouvait l'entendre rire et chanter. Comment savait-il qu'il s'agissait bien d'elle, d'ailleurs ? Il ne l'avait encore jamais entendue chanter, ni rire... Mais elle était bien là, heureuse, l'espace d'une soirée. C'était la première fois qu'elle côtoyait une telle pauvreté, une telle simplicité, et elle paraissait s'y sentir à l'aise. Est-ce qu'elle rirait encore ainsi, quand sir George l'aurait transformée en lady ?

Perdu dans ses pensées, il faillit perdre le rythme et se concentra de nouveau sur ses doigts et la peau tendue. Anusha n'était pas mariée, et sa place était auprès de son père en attendant qu'elle ait un époux. Le monde indien qu'elle avait connu pendant douze ans devenait dangereux pour elle...

Il savait parfaitement tout cela ; alors d'où lui venait ce doute lancinant qui le tourmentait depuis leur départ ? Tout à ses réflexions, il perdit le rythme, cette fois, et fit précipitamment un petit geste d'excuse à l'un des danseurs qui le regardait d'un air réprobateur. Il se sentait simplement désolé pour Anusha, rien de plus ! Bientôt, elle trouverait le bonheur dans les bras de son époux, et deviendrait mère. Lentement, quelqu'un commença à chanter une chanson d'amour, douce et sensuelle. Nick laissa ses doigts s'adapter à cette nouvelle cadence, plus subtile. Le battement résonnait au rythme de son cœur, au rythme d'un nouveau besoin physique pressant, absolu, insoutenable...

Maudite femme ! Pourtant, elle ne faisait rien pour le séduire. Pas consciemment, en tout cas. Elle était bien trop inexpérimentée pour cela, malgré tout son savoir théorique... Pourtant, en ce moment même, il avait presque l'impression qu'elle était là, assise près de lui. Il frissonna à la pensée de ses longs doigts sur son dos, de sa cuisse contre la sienne. Puis le chanteur poussa un cri final et le silence retomba sur le village. Heureusement pour Nick, le *tabla* posée en travers de ses jambes croisées cachait son excitation !

— *Aye!* lança un homme près de lui. Dansez pour nous, maintenant !

— Je regrette, répondit Nick poliment, je ne sais pas danser...

Tout ce qu'il voulait était s'allonger dans un lit, boire une gorgée de *raki*, et sombrer dans l'oubli. Mais ce n'était pas encore possible. Partir se coucher si tôt serait une piètre manière de remercier ces villageois pour leur hospitalité.

— Dans ce cas, chantez, insista l'homme.

Nick réfléchit aux quelques chansons qu'il connaissait en hindi, mais aucune ne convenait aux oreilles féminines : c'était des chansons de soldat, des marches militaires...

— Très bien, finit-il par répondre. Je vais chanter en anglais.

Un murmure de curiosité parcourut l'assemblée, et il commença à battre le rythme sur son tambour.

Tom, not'apprenti peut refuser
De cirer les bottes de son maître filou
Car il est maintenant libre
de chanter, jouer
Par-dessus les collines et au-delà...

8

Il faut suivre les ordres de la reine
Par-dessus les collines et au-delà.
Nous mènerons des vies heureuses
En quittant fils et femmes
Qui grondent et hurlent nuit et jour
Par-dessus les collines et au-delà.

A l'aube, la voix de Nick résonnait encore dans la tête d'Anusha tandis qu'elle enfilait ses vêtements de voyage et pliait précautionneusement sa tenue empruntée dans son baluchon.

Etait-ce donc ainsi que Nick voyait les épouses et les enfants ? Elle aurait dû s'en douter, au lieu de le plaindre bêtement en apprenant la mort de sa femme. Il s'était sans doute senti soulagé de se trouver libéré, et refusait seulement de l'admettre...

Lorsqu'elle sortit de sa hutte, elle le trouva sur la place, occupé à préparer leurs chevaux en sifflotant la chanson de la veille. Agacée, elle s'approcha et lâcha son paquetage à ses pieds.

— Est-ce cela que les *angrezi* appellent de la musique ? lança-t-elle.

Ses cheveux lavés étaient encore humides, et brillaient sous le soleil, plus clairs là où ils avaient déjà séché.

— Oui, répondit-il posément. Qu'avez-vous, ce matin ? Est-ce que vous vous êtes levée du mauvais pied ? Ou avez-vous une gueule de bois après avoir bu du *raki* avec vos nouvelles amies toute la nuit ?

Stupéfaite, elle le dévisagea. Ce qu'il disait n'avait aucun sens ! Y avait-il un bon pied pour se lever, chez les Anglais ? Et que ferait-elle d'une « gueule de bois » ?

— Ce n'est pas cela, répliqua-t-elle sèchement. Seulement, ce que vous sifflez, ce n'est pas de la musique !

— C'est de la musique de soldat, dit-il en attachant leurs paquets aux selles. Est-ce que vous avez mangé ?

— Oui.

Elle se tourna un instant vers les huttes et observa les villageois, déjà affairés à leurs tâches du matin.

— Ce village est très pauvre...

— Désolé de ne pas avoir trouvé mieux, princesse.

— Cela n'a rien à voir ! s'exclama-t-elle en faisant brusquement volte-face.

Dans le mouvement, elle s'emmêla les pieds et serait tombée si Nick ne l'avait pas rattrapée. Il la dévisagea un instant, d'un air surpris, ce qui l'exaspéra.

— Je veux seulement dire, reprit-elle avec un pincement au cœur, que nous avons beaucoup mangé, et qu'ils ne doivent plus avoir beaucoup de nourriture en réserve...

— Je sais. Mais nous ne pouvions pas nous permettre de refuser leur hospitalité, et j'ai besoin de mon argent pour vous ramener chez vous.

Chez moi ? Certainement pas ! songea-t-elle. Au moins, elle pourrait se servir de l'argent de son père à des fins utiles...

— Dès que nous arriverons, je demanderai à mon père de leur envoyer une vache pleine.

— Comment ? fit Nick éberlué. Et comment pensez-vous que sir George ferait pour transporter une vache pleine d'un bout du Rajasthan à l'autre ?

Elle haussa les épaules et Nick, embarrassé, lui caressa le bras, provoquant en elle une série de petits frissons incontrôlables.

— J'imagine, reprit-elle d'une voix hautaine, que votre merveilleuse Compagnie des Indes pourrait s'en charger. Ils trouveront bien un moyen d'obéir aux ordres du puissant sir George Laurens.

Les doigts de Nick se crispèrent douloureusement sur son bras.

— Qu'avez-vous donc, ce matin, Anusha ? J'avais espéré que la compagnie de femmes, de la nourriture fraîche et une bonne nuit de sommeil vous auraient mise de meilleure humeur...

— Je ne suis pas de mauvaise humeur ! Vous devriez vous occuper de vos cheveux : ils sont secs et le vent va les emmêler.

Au même instant, la brise rabattit une mèche blonde sur le front de Nick. Il la repoussa d'un geste agacé, mais un cheveu resta coincé dans ses cils. Des cils trop épais et trop longs, pensa-t-elle. Ils lui dissimulaient trop souvent son regard et l'empêchaient d'y déchiffrer ses émotions.

— Laissez-moi faire, proposa-t-elle. Ne bougez pas.

Nick obtempéra, ce qui ne lui ressemblait pourtant pas, et elle se hissa sur la pointe des pieds pour attraper le cheveu rebelle et le placer derrière son oreille, avec les autres.

— Où est votre ruban pour les attacher ?

— Dans ma poche, répondit-il en y plongeant la main.

Elle s'efforça d'attendre calmement, en maintenant les cheveux en place, sans penser à ses pommettes saillantes, à son menton volontaire, à la soie brute de ses cheveux, ni à la barbe qui ombrait ses joues. Sans doute avait-il eu du mal à se raser avec de l'eau froide, pressé comme il l'était... Ils se tenaient si près l'un de l'autre... Sur la pointe des pieds, elle était presque aussi grande que lui. Si elle glissait ses doigts dans ses cheveux, s'approchait d'un demi-pas, et s'il penchait un peu la tête, alors...

— C'est bon, je l'ai. Vous pouvez lâcher.

Presque tremblante, elle recula et découvrit une légère rougeur sur la joue de Nick, sans doute due à la chaleur de sa main. Ou, alors, était-il troublé de l'avoir sentie si proche de lui ? Non, impossible ! Depuis leur départ, s'il avait éprouvé du désir pour elle, il l'avait très facilement caché. Pourquoi perdrait-il tout contrôle maintenant ?

— Faites vos adieux, dit-il. Nous partons.

Il fit demi-tour d'un mouvement net — un mouvement de soldat — et se dirigea vers la hutte du chef du village.

Anusha le suivit du regard, puis se tourna vers Vahini qui la couvait d'un œil bienveillant. Celle-ci esquissa un petit geste d'impuissance avec une mimique un peu désolée. *Les hommes...*

Lorsque Anusha eut fait ses adieux, elle retrouva Nick, déjà en selle, les cheveux de nouveau dissimulés sous un turban.

— Venez, lança-t-il. Nous ne nous sommes pas levés à l'aube pour attendre tranquillement que le jour se réchauffe.

Elle se mit en selle sans un mot. Si elle se souvenait d'une chose datant de l'époque de sa vie avec son père, c'était bien de l'obsession des Européens pour la ponctualité. Au palais de Kalatwah, il y avait une pendule, mais personne ne se préoccupait d'y lire l'heure. On ne la regardait que pour admirer la beauté de sa mécanique et écouter le tintement des sonneries... Quelle était vraiment la différence entre une minute et une demi-heure ? Le soleil suffisait à guider les activités quotidiennes !

Les garçons du village les accompagnèrent en courant sur une demi-lieue, suivis par les chiens qui aboyaient gaiement. Enfin, ils s'arrêtèrent au bord de la route et Nick leur fit un signe de la main avant de poursuivre son chemin au petit galop.

Anusha se retourna pour regarder une dernière fois le village, mais les huttes avaient déjà disparu dans la poussière du chemin. Elle était de nouveau seule avec son compagnon...

Le lendemain, quand Nick rapporta deux lièvres de sa chasse pour leur repas, Anusha lui rappela :

— Vous ne m'avez pas encore appris à charger un fusil...

— Non, en effet. Nous nous sommes laissés aller à discuter de mon arrivée en Inde, si je me rappelle bien.

Oui, et du fait que mon père nous a rejetées, Mata *et moi, pour laisser cette femme qu'il appelait son épouse prendre notre place !* faillit ajouter Anusha.

— Dans ce cas, se borna-t-elle à dire, pourquoi ne me le montrez-vous pas maintenant ?

— Très bien.

Nick attacha les lièvres à sa selle et déposa ses trois fusils contre un arbre.

— Je vais recharger le premier. Prenez-en un autre, et faites comme moi. Vous prenez d'abord une cartouche, poursuivit-il en joignant le geste à la parole. Et vous en mordez l'extrémité.

Anusha obtempéra et ne put retenir une grimace au goût âcre de la poudre noire.

— N'avalez pas, lui dit Nick. N'hésitez pas à recracher la poudre. Maintenant, versez-en un peu près de l'amorce, puis relevez le chien — ne tirez pas ! — et versez le reste de poudre dans le canon avec la balle et l'étoupe. Enfin, retirez la baguette.

Il attendit patiemment pendant qu'elle luttait pour retirer la longue baguette du canon. Finalement, elle se décida à monter sur un rocher pour tirer de plus haut.

— Voilà, reprit-il enfin. Maintenant, tassez la charge. Retirez la baguette encore une fois — sauf si vous êtes en manque de munitions ou si vous voulez épargner votre ennemi — et rangez-la. C'est fini : vous avez rechargé un mousquet.

— Que c'est lent ! marmonna-t-elle.

— Oui. Si nous avions été menacés, nous serions morts, à l'heure qu'il est, ou mangés par un tigre… Recommencez.

Hélas ! la seconde tentative prit presque autant de temps que la première.

— J'ai vraiment besoin de m'entraîner ! soupira Anusha. Vous faites cela si vite…

— Je me suis exercé sans cesse jusqu'à ce que je sois capable de recharger une arme en pleine bataille, même dans le noir complet ou à dos d'éléphant.

Tout en parlant, il lui reprit l'arme et laissa glisser sa main le long du canon et de la crosse de bois poli, comme s'il caressait le corps d'une amante… Anusha sentit brusquement le feu lui monter aux joues, mais il ne parut pas le remarquer tout de suite.

— Comme pour toute chose, il faut de la pratique, ajouta-t-il en levant soudain les yeux vers elle. Qu'est-ce que j'ai dit pour vous faire rougir à ce point ?

— Rien ! se défendit-elle vivement.

De la pratique… Bien sûr, faire l'amour demandait sans doute de la pratique aussi, et pas seulement la théorie exposée dans les livres et expliquée par les femmes mariées. Malgré toutes ses connaissances sur le sujet, elle savait qu'elle serait probablement maladroite, la première fois... Qu'elle avait été stupide d'imaginer que Nick pourrait la prendre dans ses bras et se laisser immédiatement enivrer par ses talents sensuels ! De plus, il n'y avait aucune chance qu'il désire un jour la prendre dans ses bras.

Et c'était très bien ainsi, car elle n'avait pas envie de faire l'amour avec lui non plus ! Pas réellement... Il était peut-être très bel homme, mais il n'était que le serviteur de son père et n'avait aucune tendresse pour elle. Peut-être même était-il jaloux d'elle.

Elle l'observa par en dessous tandis qu'il rangeait les fusils dans leurs étuis pendus à la selle de son cheval. Durant toutes ces années, il avait été comme un fils pour sir George, et voilà qu'un vrai descendant faisait son apparition...

— Est-ce que vous aimez vous battre ? demanda-t-elle tout à coup.

— Oui, répondit-il sans hésitation.

— Et tuer ?

— Je n'aime pas tuer pour tuer. Si tous mes ennemis se contentaient de fuir ou de se rendre, j'en serais heureux. Mais s'ils veulent ma mort, alors...

Il s'interrompit, et haussa les épaules.

— Je trouve ma satisfaction dans l'aspect politique des guerres, précisa-t-il d'un ton détaché. L'utilisation de la force pour obtenir du pouvoir et s'en servir pour bâtir quelque chose de nouveau. Mais j'aime ma vie : la stratégie, le commerce, et le combat, bien sûr.

— Vous auriez fait un bien mauvais clerc, dit-elle tandis qu'ils se remettaient en selle.

— C'est certain. Sir George l'a tout de suite compris. Lui et vous me connaissez bien mieux que mon propre père.

— Peut-être ne s'est-il pas aperçu que vous étiez un guerrier-né. Vous étiez si jeune.

— Peut-être. En tout cas, moi-même ne l'ai pas su tout de suite, conclut-il.

Ils restèrent silencieux un long moment et descendirent la

courbe douce d'une colline vers ce qui devait être une petite rivière, en contrebas, au lit dissimulé par le feuillage d'arbres et de buissons.

— Où sommes-nous ? demanda finalement Anusha.

— Environ à soixante-quinze miles à l'ouest de Sikhandra, répondit Nick d'un air absent.

Depuis un moment, il observait les alentours et le sol de plus en plus lisse sous les sabots des chevaux.

— En continuant dans cette direction, nous trouverons la rivière Jumna, en amont ou en aval de Sikhandra. De là, nous trouverons un bateau pour rejoindre le Gange puis le suivre jusqu'à Calcutta.

— Que cherchez-vous du regard, comme cela ?

— Un tigre.

— Quoi ?

Anusha faillit hurler de peur et de surprise, mais elle parvint à se maîtriser. Elle avait déjà vu de nombreuses chasses au tigre, mais les hommes étaient toujours nombreux, bien armés, accompagnés de rabatteurs, d'éléphants et de palissades solides pour les guetteurs... Ici, perdue au milieu de nulle part, elle eut soudain l'impression de sentir de grands yeux jaunes fixés sur elle, tapis dans l'ombre d'un buisson !

— Au moins, nous pouvons nous dire que ce tigre est sans doute aussi effrayé que nous, remarqua Nick.

— Vous avez peur ? *Vous* ?

Qu'allaient-ils faire, si lui commençait à s'inquiéter ? Il n'avait pas le droit d'avoir peur ! Bien sûr, il avait admis qu'il avait peur des cobras, mais il avait tout de même tué sans la moindre hésitation celui qui les avait attaqués. Les soldats devaient avoir peur de beaucoup de choses, comme tout le monde, mais ils apprenaient sans doute à se contrôler. Si seulement elle était capable d'en faire autant...

— Oh oui, j'ai peur, répondit-il après quelques instants.

Sa voix puissante et enjouée paraissait si étrange dans de telles circonstances ! Ils atteignirent bientôt le bord de l'eau où l'herbe était si haute qu'elle dépassait la tête des chevaux.

— Il pourrait y avoir n'importe quoi à l'affût dans ces herbes, poursuivit Nick. Rhinocéros, buffle, tigre, léopard... Continuez à parler, et parlez fort.

Hélas ! Anusha sentit sa gorge se serrer tandis que Pavan s'enfonçait dans l'eau et se dirigeait vers la berge d'en face.

Nick, qui la précédait de peu et venait d'atteindre la berge, lui montra alors le sol boueux.

— Regardez : des empreintes de tigre.

Anusha observa les empreintes avec effroi. Elles étaient vraiment impressionnantes.

— Comme j'aimerais être à dos d'éléphant ! murmura-t-elle en remontant à son tour sur la berge.

— Moi aussi. Mais ne vous en faites pas, l'herbe est déjà nettement moins haute de ce côté.

— Qu'allons-nous faire, si un tigre nous attaque ? demanda-t-elle d'un ton aussi détaché que possible.

— Eh bien, je le tuerai avec courage et efficacité tandis que vous galoperez dans la direction opposée.

A ces mots, elle se sentit un peu plus calme.

— Combien de tigres avez-vous déjà tués ?

— Ce serait le premier.

Oh... Anusha tenta de demeurer impassible, mais ses mains se mirent à trembler violemment sur ses rênes.

— N'êtes-vous pas censé me rassurer ? Me dire qu'il n'y a aucun danger ? Que vous maîtrisez la situation ?

— Je le ferais si vous étiez futile et naïve, répliqua-t-il. Mais vous perceriez tout de suite mon mensonge à jour. De plus, une deuxième paire d'yeux n'est pas de trop pour scruter les alentours.

Enfin, ils quittèrent les herbes hautes pour chevaucher sur un sol de nouveau sec et nu.

— Voilà, conclut Nick. Maintenant, nous voyons loin devant nous.

Anusha ne put retenir un soupir de soulagement.

— Une femme futile et naïve, est-ce ce que vous appelez une « écervelée » ?

— Plus ou moins, répondit Nick avec un sourire malicieux

et exaspérant. Mais je vous ai déjà dit que vous semblez avoir hérité de l'esprit de votre père.

— Pas de mon père. De ma mère ! Elle était intelligente et cultivée !

Il talonna sa monture dans un éclat de rire.

— Rappelez-moi d'aborder ce sujet la prochaine fois que nous nous trouverons dans un endroit dangereux. Si vous aviez crié comme cela tout à l'heure, je suis sûr que tous les tigres des environs auraient détalé ventre à terre !

— Oh ! Sale... Sale... *homme* !

Crier ne servait à rien ; il était déjà loin devant. Anusha lança son cheval à sa poursuite. Quel homme insolent, machiavélique, manipulateur ! Il avait fait exprès de jouer avec ses nerfs ! Pourtant, n'était-il pas censé la protéger, apaiser ses craintes ? La traiter en lady ? Bouillonnante de rage réprimée, elle le suivit au grand galop.

Ils passèrent une nouvelle nuit à la belle étoile, sur une petite île au milieu d'une rivière ; puis une autre journée de voyage sans traces de tigres ou de leurs poursuivants, et une autre nuit encore, dans une hutte abandonnée. Au matin, Anusha s'étira longuement. Elle aurait donné tout son or pour une bassine d'eau chaude, de la nourriture fraîche, et une pile de coussins.

Elle se leva et alla rejoindre Nick qui faisait bouillir de l'eau pour préparer le thé très fort auquel elle commençait à s'habituer, même si son goût amer la faisait toujours grimacer. La nuit précédente, il ne s'était pas couché et l'avait laissée dormir seule dans la hutte ; chaque fois qu'elle s'était réveillée, elle l'avait entendu faire les cent pas dehors. Elle remarqua que des cernes bleutés marquaient ses yeux.

— N'avez-vous pas dormi du tout ? demanda-t-elle en s'asseyant près de lui. Vous avez l'air fatigué.

Elle aurait préféré ne lui trouver aucune faiblesse. Un homme vulnérable n'en était que plus réel, plus accessible...

— Si, un peu, répondit-il tandis qu'elle leva la main pour suivre du pouce la trace de fatigue qui alourdissait son œil.

A ce contact, il frissonna et se leva brusquement. Au cours des dernières vingt-quatre heures, il était devenu de plus en plus taciturne… Elle avait beau chercher, elle ne voyait pas ce qu'elle avait bien pu faire ou dire pour le fâcher. Peut-être s'ennuyait-il avec elle ou se fatiguait-il de leur voyage.

Il donna quelques petits coups de pied dans le feu pour l'éteindre et lui jeta un regard contrarié.

— Nous devrions bientôt arriver près de Jumna.

— C'est une bonne nouvelle, non ? se risqua Anusha.

— Oui… Bien sûr… Ne vous inquiétez pas pour moi, je suis juste un peu distrait.

Je suis juste sacrément excité, songea-t-il avec une verdeur délibérée dans l'espoir de se choquer lui-même. Cela lui permettrait peut-être de penser à autre chose ! Mais il savait bien que ce n'était pas que de la simple excitation. Il ne voulait pas posséder n'importe quelle femme. Il voulait Anusha, et son désir ne se limiterait pas à une simple partie de jambes en l'air. Il voulait lui faire l'amour, lentement, mettre à nu ces longues jambes, cette peau couleur de miel. Dénouer sa longue tresse soyeuse… Il voulait se perdre dans son corps souple et fort à la fois. Ce corps innocent… Durant toute la nuit — cette longue nuit sans repos — il n'avait pensé qu'à cela tout en montant la garde autour de la hutte où elle dormait sans soupçonner quoi que ce soit.

Au départ, il avait étouffé ce besoin impérieux de la séduire en se répétant qu'il était responsable de sa sécurité. Curieusement, Anusha rejetait son aide un jour et faisait semblant de lui en vouloir le lendemain car il l'effrayait en parlant de tigres !

Pourtant, il était parvenu à dormir à son côté sans problème, en plein air… Mais, dans l'espace clos de la hutte abandonnée, les choses avaient été différentes. L'endroit offrait une intimité dangereuse et, après que le désir s'était emparé de son esprit, il avait été incapable de fermer l'œil. Il avait eu beau se répéter à quel point cette femme était hautaine, imprévisible, obstinée, et surtout *intouchable*, cela n'avait servi à rien...

Pire que tout, dans les quelques heures précédant le lever du jour, une pensée atroce lui avait traversé l'esprit : et si ce désir si profond, si violent, n'était dû qu'à la solitude ?

Ils se remirent en route à l'aube, alors que le ciel était encore gris et mauve. Puis le soleil se leva, révélant les couleurs éclatantes du paysage. Enfin, ils aperçurent la vallée de la Jumna, droit devant eux. Derrière le ruban de la rivière, une rangée de collines noyait ses cimes déchiquetées dans un halo bleu. Un tapis d'un vert luxuriant encadrait l'eau, coupé court par les troupeaux des hameaux alentour. Loin, en aval, un panache de fumée indiquait la présence d'une ville ou d'un gros village.

Alors qu'ils descendaient vers la rivière, un char à bœufs grinçant, chargé de canne à sucre, arriva face à eux.

— *Namaste !* lança Nick à l'homme qui le conduisait lorsqu'ils furent sur le point de se croiser. Quel est ce village, là-bas ? Est-ce une ville ? Pouvons-nous y trouver un bateau ?

— C'est Kalpi. Ce n'est qu'à un ou deux *kos* d'ici. C'est un lieu important. On y fait du sucre, et il y a beaucoup de commerce au bord de la rivière. Vous y trouverez beaucoup de bateaux.

Nick remercia l'homme et prit la direction de la petite route qui longeait le cours de l'eau.

— Nous y serons bientôt, dit-il à Anusha. Est-ce que vous avez déjà navigué sur une rivière ?

— Non. Seulement sur des lacs, répondit-elle. Est-ce agréable ?

— Cela peut l'être...

Qui pouvait savoir ce qu'ils trouveraient à louer ou acheter ? Tout ce qu'il lui fallait, c'était la certitude qu'Anusha aurait une chambre à elle. Il serait incapable de passer plus d'une semaine à bord en partageant une cabine ! Se retrouver tous les soirs face à ses grands yeux gris interrogateurs ; passer toutes les nuits à craindre le contact de ses douces mains curieuses sur ses membres en feu... Non, il allait tout faire pour éviter cela.

Rapidement, ils descendirent sur la berge de la rivière qui couvrait presque une demi-lieue de large de ses bras sinueux entrecoupés de bancs de sable. Au moins, ils navigueraient dans le sens du courant… Il devait toutefois trouver un marin qui connaisse la rivière sur une grande distance, pas un simple pêcheur local.

Tout à coup, un mouvement furtif en face de lui le tira de ses pensées. L'instant d'après, trois hommes sortirent des buissons, à droite de la route : deux étaient à pied, et le troisième à cheval. Nick se retourna vivement. Deux autres hommes à pied leur coupaient la retraite ! Il tenta de réfléchir rapidement. A leur gauche, la rivière les empêchait de fuir ; à droite la terre s'élevait en une pente raide couverte d'arbres. Ils s'étaient jetés tête baissée dans une embuscade ! Il n'avait d'autre choix que de tirer son sabre.

— Des bandits ! dit-il à Anusha. Restez derrière moi et ne vous arrêtez surtout pas. Nous allons essayer de les renverser pour passer.

Soudain, l'un des hommes à pied s'agenouilla et épaula un fusil.

— Bon sang ! jura Nick. Tenez-vous la tête baissée : ils ont des fusils !

Il lui jeta un rapide coup d'œil. Elle avait une dague à la main… Sans un mot de plus, il lança Pavan droit sur l'homme au mousquet. A cette vitesse, son assaillant ne pourrait pas tirer, il n'aurait d'autre choix que de s'enfuir. Mais, brusquement, une violente douleur lui vrilla l'épaule gauche tandis que le claquement du coup de feu résonnait à ses oreilles. L'épaule en feu, il s'accrocha à son pommeau de selle et tenta de maintenir sa prise sur son sabre. En bon cheval de guerre, Pavan ne ralentit pas et rua à quelques pieds du tireur, le frappant mortellement de ses sabots. Répondant immédiatement à la pression des genoux de Nick, il se tourna ensuite vers le cavalier et chargea. Nick n'eut qu'à abaisser sa lame. L'homme hurla, le visage couvert de sang, et s'enfuit dans l'ombre des bois.

Puis ce fut le silence, comme si le temps s'était soudain suspendu. Nick immobilisa Pavan qui piaffait, agité, et attendit Anusha, qui avait chargé le troisième homme à pied et l'avait chassé tandis que les deux postés à l'arrière détalaient sans demander leur reste.

Elle était blême, et son petit poing était fermé sur sa dague. Il y avait du sang sur la lame ! Nick vit ses lèvres bouger, mais il était incapable d'entendre quoi que ce soit. Son épaule le faisait terriblement souffrir, comme si sa chair et ses muscles étaient déchiquetés par les crocs d'une bête féroce…

— Fuyez ! parvint-il tout de même à crier. Rejoignez la ville au plus vite !

Mais elle n'obéit pas. Avait-il vraiment crié ? se demanda-t-il tandis que tout commençait à tourbillonner autour de lui. Quelque chose n'était pas normal… Le sol ne devait pas être si…

9

Nous avons réussi !

Prête à pousser un cri de triomphe, Anusha se tourna vers Nick, son poignard brandi. Face à cinq bandits, elle avait réussi à l'aider !

Mais, à l'instant où elle posait les yeux sur lui, elle le vit s'écrouler sur l'encolure de Pavan, son vêtement bleu foncé taché de noir au-dessus du cœur. Elle crut que son propre cœur allait s'arrêter.

— *Non !* hurla-t-elle en lançant Rajat au galop. Nick !

Sa monture atteignit Pavan en quelques foulées et se plaça contre Nick pour l'empêcher de tomber — sans doute avait-il été dressé pour cela. Sans perdre un instant, Anusha redressa le corps de Nick grâce à une force qu'elle ne se connaissait pas. Quelques secondes plus tard, à son grand soulagement, il commença à bouger.

— Merci, grand Krishna, murmura-t-elle tout en stabilisant Nick. Il vit... Nick, pouvez-vous vous tenir droit ? Je n'ose pas mettre pied à terre, au cas où ils reviendraient...

— Oui, répondit-il en entrouvrant les yeux. Il faut arrêter le saignement...

Anusha ouvrit sa sacoche de selle et en tira une chemise en lin qu'elle avait déjà portée pendant deux jours : c'était encore ce qu'elle avait de mieux pour bander la plaie. Les chevaux restèrent immobiles tandis qu'elle ouvrait le vêtement de Nick avec appréhension. Il y avait du sang partout ! Précautionneusement, elle tâta le dos du blessé : sa chemise était sèche.

— La balle n'est pas ressortie, dit-elle en s'activant pour stopper l'hémorragie. Est-ce que vous pouvez tenir ma chemise en place ?

Nick obtempéra en poussant un grognement de douleur. Anusha tourna bride ensuite et reprit la direction du village, suivie de près par Pavan qui semblait comprendre que son cavalier devait rester à sa portée. Nick parvint à rester droit sur sa selle malgré tout, une main tenant les rênes, l'autre pressée contre sa plaie. Tout ce qu'il faisait, il le faisait à la force de sa volonté, constata Anusha. Il avait le visage blanc comme un linge, le front luisant de sueur, et son regard était vague…

Quelques minutes plus tard, elle sentit les odeurs de la ville. Le parfum doux du sucre chaud flottait dans l'air. Peu après, ils commencèrent à croiser de petits moulins à sucre. Des paires de buffles y étaient attachées pour actionner les meules tandis que des hommes poussaient les cannes à sucre dans le mécanisme.

— Ces gens paraissent honnêtes, dit Anusha. Nous devrions nous arrêter là.

— Non, fit Nick d'une voix à peine audible. La ville… Il doit y avoir un homme… de la Compagnie…

Il avait raison. Refoulant son besoin de chercher de l'aide, n'importe laquelle, aussi vite que possible, elle poursuivit sa route. Ce dont ils avaient besoin, c'était d'un médecin compétent et d'un homme de pouvoir. Peu à peu, ils commencèrent à croiser des gens et puis la route devint animée, bordée par des étals de marché, des camps d'étameurs nomades, et d'un nombre croissant de moulins. Elle posa quelques questions, et on lui indiqua la ville. Et, oui, il y avait des *angrezi* là-bas. Au moins six. Où ? Dans la grande maison ou à la fabrique de sucre. Peut-être même au bord de la rivière. Qui pouvait se targuer de prévoir les actions des *angrezi* ?

C'était entendu, les Anglais étaient quelque part, mais elle n'en apercevait aucun en scrutant la foule ! Soudain, alors qu'elle commençait à désespérer, elle vit une haute silhouette coiffée d'un chapeau de paille dépasser du chaos ambiant devant elle. De peur de voir l'homme disparaître, elle abandonna Nick derrière elle et fendit la foule en hurlant :

— *Sahib!* Monsieur ! Aidez-moi, je vous en prie ! Un officier de la Compagnie a été gravement blessé !

L'homme la dévisagea un instant, les sourcils froncés, puis vint vers elle, imité par quelques-uns de ses hommes.

— Un officier, mon garçon ? Mais où est-il ?

— Là ! répondit-elle en montrant Nick du doigt.

Les hommes coururent vers lui et le rattrapèrent au moment même où il glissait, inconscient, de sa selle.

Les poings sur les hanches, comme s'il cherchait une réponse à un grave dilemme, le médecin se pencha vers Nick, étendu sur un lit chez l'agent de la Compagnie.

— Il faut retirer cette balle, finit-il par dire, et le plus vite possible...

Nick était torse nu, et sa blessure saignait abondamment. Il ouvrit brusquement les yeux.

— Non, murmura-t-il. Pas encore.

Stupéfaite, Anusha — que tous les hommes ignoraient superbement depuis leur arrivée — s'affala sur une chaise. Elle avait cru Nick mourant, peut-être même déjà mort ! Mais voilà qu'il parlait... Etouffant un sanglot, elle frotta ses yeux. Elle ne pouvait pas se permettre de pleurer devant tous ces gens.

— Et pourquoi ne retirerais-je pas la balle ? demanda le Dr Smythe, déjà prêt à ouvrir sa trousse de soin.

— Parce qu'elle est très enfoncée. Je ne pense pas me remettre vite d'une telle opération, et j'ai des choses à faire avant de pouvoir me prélasser au lit.

— Non, vous n'avez rien à faire ! s'exclama alors Anusha en se précipitant vers lui. Votre seul devoir est de guérir, espèce d'homme borné et stupide !

Le médecin et l'agent tournèrent vers elle des regards stupéfaits.

— Voyons, mon garçon ! aboya l'agent, M. Rowley. Votre maître vous autorise peut-être à parler librement, mais je ne tolérerai aucune insolence...

— Messieurs, coupa faiblement Nick avec un petit sourire,

laissez-moi vous présenter miss Anusha Laurens, fille de sir George Laurens de Calcutta et nièce de Sa Majesté le rajah de Kalatwah. Personne ne saurait l'empêcher de parler librement, quelles que soient les circonstances.

A ces mots, les deux hommes saluèrent, mais ils paraissaient toujours aussi scandalisés.

— Miss Laurens.

— Le commandant Herriard m'escorte chez mon père, expliqua rapidement Anusha en rassemblant son meilleur anglais.

Pourvu que Nick la laisse dire et reste calme !

— Si je suis vêtue en homme, c'était pour passer inaperçue... pour fuir... le maharadjah d'Altaphur qui voulait m'épouser. Nous sommes tombés dans une embuscade, à l'extérieur de la ville.

— Quelle indécence !

Cette exclamation s'appliquait-elle aux bandits, au maharadjah, ou au fait qu'elle ait voyagé seule en compagnie d'un homme, déguisée ? Sans doute un peu aux trois...

— En tout cas, reprit Rowley, vous êtes en sécurité ici, miss Laurens. Je suppose que vous souhaiterez vous changer, mettre des vêtements convenables, et vous détendre pendant que le Dr Smythe s'occupe du commandant. Mon épouse va prendre soin de vous.

— Je n'ai pas de vêtements convenables, et je ne quitterai pas le commandant ! lança-t-elle avec autorité.

Elle avait beau se redresser de toute sa hauteur, les deux Anglais étaient encore trop grands pour elle. S'il le voulait, l'agent n'aurait aucun mal à la faire sortir de force.

— Rowley, reprit Nick, je vais avoir besoin d'un bateau pour descendre la rivière jusqu'à Calcutta. Il me faudra aussi un équipage, du matériel, et des provisions. Et mes chevaux devront être confiés à des écuyers capables. Pouvez-vous organiser cela pour moi ? J'ai de quoi payer, et toute dette supplémentaire sera réglée dès que j'atteindrai Calcutta.

— Vous aurez bien le temps de vous en occuper et de payer, grommela le médecin qui avait étalé devant lui une série d'instruments inquiétants. Vous ne pourrez pas voyager avant au moins une semaine, et il faudra...

— Nous partirons dès que le bateau sera prêt. Après-demain au plus tard, l'interrompit Nick en se redressant sur le coude. Altaphur a de nombreux hommes à son service, et ils risquent de finir par nous rattraper. Si nous étions arrivés incognito, j'aurais peut-être été moins pressé, mais à cause de cette attaque notre piste sera redevenue facile à suivre.

Anusha, qui avait du mal à garder son calme à la vue des instruments du médecin et de la blessure, réprimanda sévèrement Nick en hindi.

— Rallongez-vous ! Vous êtes plus blanc qu'un linge ! Vous êtes peut-être un homme insupportable, mais je ne veux pas vous voir mourir !

A ce mot, sa gorge se noua. Il ne fallait pas se montrer vulnérable ; il ne fallait pas pleurer...

— Dans ce cas, je ferai de mon mieux pour survivre, répondit Nick dans la même langue avant de reprendre en anglais : Rowley, vous occuperez-vous du bateau et des chevaux ?

Au grand soulagement d'Anusha, il consentit enfin à se recoucher.

— Certainement, répondit l'agent. Vous ne serez pas sur pied aussi vite que vous l'espérez, mais je vais organiser tout cela, si cela peut vous calmer. A présent, miss Laurens, venez avec moi.

— Non !

Elle n'allait certainement pas le laisser seul avec ce médecin maigre comme un squelette !

— Anusha, partez, reprit Nick, les mains tendues sur le drap comme s'il luttait pour ne pas les crisper.

Rowley prit le bras d'Anusha et la mena à l'écart.

— Cela ne va pas être beau à voir, miss Laurens, murmura-t-il. S'il a besoin de crier, de s'évanouir ou de vomir, il n'osera pas le faire tant que vous serez là. Et si vous perdez connaissance, cela ne fera que distraire le Dr Smythe de l'opération. Je vous en prie, pensez au commandant...

Anusha le dévisagea, surprise.

— Voulez-vous dire qu'il serait...

Elle chercha un instant le mot en anglais.

— ... égoïste de rester ?

Rowley acquiesça.

— Très bien.

Cela dit, elle s'approcha du médecin d'un pas décidé, ouvrit la bouche pour parler, mais rien ne lui vint. Aucune des choses qu'elle avait vraiment envie de dire — *ne lui faites pas de mal, ne le tuez pas* — ne serait utile, vu la situation. De plus, les princesses ne suppliaient pas. Elles donnaient des ordres...

— Faites bien votre travail, lança-t-elle de sa voix la plus impérieuse. S'il vit, mon oncle, le rajah de Kalatwah, vous récompensera, sinon...

Sans achever sa phrase, elle tourna les talons et quitta la pièce sans un regard en arrière.

Mme Rowley dévisageait Anusha d'un air stupéfait.

— Vous n'avez vraiment aucun vêtement anglais ?

— Non. Et je ne souhaite pas en emprunter, madame.

Etait-ce vraiment ainsi qu'elle était censée s'adresser à une femme mariée ? Anusha sentait son autorité de princesse fondre comme neige au soleil : elle n'était qu'une enfant décevante face à cette étrange femme en corsage serré et ample jupe cloche. De toute évidence, elle était la maîtresse de maison, mais elle ne portait presque aucun bijou !

Dès qu'elle avait quitté la salle où reposait Nick, Anusha s'était sentie perdue dans cette grande maison. Il n'y avait pas de quartier des femmes, ici. Mme Rowley l'avait conduite à sa propre chambre, mais elle était située à côté de celle de M. Rowley, et des domestiques, hommes et femmes, ne cessaient d'arpenter le corridor. Il ne semblait pas non plus y avoir de salle de bains séparée ; juste une baignoire. Anusha avait entrepris de se laver minutieusement pour ne pas penser à Nick et à sa blessure.

— J'imagine que vous êtes promise au commandant Herriard, dit Mme Rowley.

Anusha lutta un instant avec son anglais lacunaire pour tenter de comprendre le sens de la phrase. Son hôtesse ne paraissait pas parler un mot d'hindi, à part une ou deux phrases basiques.

— Promise ? répéta-t-elle finalement.

— Oui, vous allez l'épouser.

— Oh ! Non. Il me sert juste d'escorte pour retourner chez mon père... C'est lui qui a envoyé le commandant me chercher, ajouta-t-elle après un instant de silence.

— Mais vous êtes seule avec lui ! s'exclama Mme Rowley.

— Nous avons dû fuir en urgence lorsque le maharadjah a attaqué le palais. Mais personne n'est au courant de cela à l'exception de vous-même, du médecin, et de votre époux. Cela n'a donc aucune importance, puisque vous ne le répéterez pas...

— Aucune importance ! répliqua théâtralement Mme Rowley. Mais enfin, ma chère, vous avez été *compromise* !

Elle paraissait étrangement ravie à cette idée, comme si elle passait son temps à souhaiter le pire pour son entourage... Anusha, pour sa part, réfléchit longuement. *Compromise* ?

— Oh non, répondit-elle enfin dans l'espoir de rassurer son hôtesse. Je suis toujours vierge.

Mme Rowley pinça les lèvres. Peut-être y avait-il un autre mot à utiliser en société.

— Je l'espère bien ! Et là n'est pas la question ! Vous devez épouser cet homme, à présent. Je suis certaine que votre père insistera...

Là n'est pas la question... Anusha avait toujours aimé cette expression.

— Mon père pourrait bien insister, là n'est pas la question non plus. Je refuserais.

— Vous refuserez ? répéta Mme Rowley, l'air abasourdi. Mais enfin, ma petite, le commandant Herriard est... et vous êtes...

— Quoi donc ? Je suis la petite-fille et la nièce d'un rajah. C'est à moi de dire ce que je désire ou non.

Et je désire Nick, mais je ne l'épouserai pas. Je ne veux épouser personne — et, de toute façon, Nick ne me désire pas...

L'Anglaise la jaugea d'un air méprisant.

Si elle ose dire que je ne peux pas épouser Nick parce que je suis une fille illégitime ou parce que je suis à moitié Indienne, je lui ferai regretter son insolence !

Son regard dut trahir sa colère, car Mme Rowley haussa ostensiblement les épaules.

— Tout cela peut attendre que vous ayez atteint Calcutta. N'ayez pas peur, je ne dirai à personne que vous êtes ici.

— Les espions du maharadjah d'Altaphur le savent sans doute déjà, de toute manière.

Malgré tout, Anusha se sentait en sécurité dans cette grande maison, entourée d'un haut mur ponctué de guérites...

— Je veux dire que je ne le dirai à aucun Anglais, se reprit Mme Rowley.

Croyait-elle vraiment qu'Anusha se souciait de ce qu'une poignée de femmes de marchands commères pourrait penser d'elle ? Elle faillit répliquer, mais se souvint à temps que son hôtesse elle-même était une femme de marchand et se tut. Elle avait besoin de cette femme — du moins, Nick en avait besoin.

— Le chirurgien doit avoir fini à présent, dit-elle.

La maison était particulièrement calme... Est-ce que l'opération s'était bien déroulée ? Est-ce qu'une catastrophe venait d'arriver sans que l'on ose l'en informer ?

— Je ferais mieux d'aller voir, ajouta-t-elle d'un ton décidé.

Mme Rowley lui lança un regard horrifié. Cela semblait décidément être son expression habituelle !

Lorsque Anusha atteignit la porte de la chambre de Nick, celle-ci était entrouverte, et elle entendit des voix à l'intérieur.

— Si vous étiez moins borné et aviez le bon sens de vous évanouir, disait le Dr Smythe d'une voix tendue, vous nous rendriez la vie plus facile à tous les deux, commandant !

Seul Nick pouvait faire enrager quelqu'un à ce point...

Soudain, un gémissement de douleur s'éleva, suivi du bruit d'un objet métallique tombant dans un récipient.

— Voilà ! La balle est entière. Maintenant, je vais refermer la blessure et vous faire une saignée.

— Plutôt mourir que d'être saigné ! répliqua Nick d'une voix un peu faible peut-être, mais bien vivante.

— Si vous attrapez une fièvre, *vous mourrez*, commandant !

— J'ai dit non !

— Non ! s'écria aussi Anusha, incapable de se retenir.

Sans attendre qu'on l'y invite, elle entra dans la chambre. Le médecin était occupé à bander l'épaule de Nick. Un petit tas de chiffons ensanglantés s'élevait au pied du lit et, sur une desserte, s'alignaient des bols d'eau rougie et des instruments souillés. Nick était plus pâle que jamais, mais il parvint tout de même à esquisser un faible sourire en la voyant.

— S'il ne veut pas être saigné, reprit-elle avec autorité, vous respecterez son souhait. Nous vous remercions de vos services, docteur Smythe. Combien vous devons-nous ?

— Je vous enverrai ma facture lorsque le patient n'aura plus besoin de mes services, miss Laurens. Mais je crains d'être rappelé avant la fin de la journée et de le trouver terrassé par une fièvre maligne.

Sur ce, il remonta le drap sur le corps de Nick et fit un petit salut rigide avant de quitter la pièce.

— On dirait qu'il a avalé un tisonnier, celui-là ! remarqua Anusha en anglais dès qu'ils furent seuls.

Nick étouffa un gloussement et grimaça de douleur.

— Je vous en prie, ne me faites pas rire. Mais, dites-moi, où avez-vous appris une expression aussi vulgaire ?

— J'ai entendu papa... mon père s'en servir, une fois.

Papa. Depuis quand n'avait-elle pas pensé à son père de cette façon ?

— Bref, reprit-elle, gênée, ce n'est pas important. Est-ce que vous avez besoin de quoi que ce soit ?

— J'ai soif, c'est tout. Demain, je vous confierai une liste de choses qui doivent être faites avant notre départ, et de matériel à emporter ; ainsi, vous pourrez surveiller ce que fait Rowley. Je ne pense pas qu'il traite toute cette affaire avec la célérité qu'elle mérite... J'aurais bien préparé notre voyage seul, mais je crains de ne pas pouvoir bouger de ce lit pendant au moins vingt-quatre heures. Et je n'ai pas besoin de l'avis d'un médecin pour comprendre ça !

— Est-ce que vous souffrez ?

Il lui lança un regard lourd de sens.

— Oui, bien sûr que vous souffrez, se corrigea-t-elle. Je suis désolée... Est-ce que l'opium pourrait vous aider ?

— Non, répliqua-t-il fermement. J'ai besoin de toute ma conscience, et non de rêves troubles... Mais *vous*, Anusha, est-ce que vous allez bien ? Vous vous êtes vraiment battue comme une guerrière rajput, contre les bandits, puis contre le médecin !

Anusha ne put réprimer un sourire, et Nick lui fit un clin d'œil.

— Vous savez, cela ne m'a pas déplu. A part votre blessure...

Elle s'interrompit brusquement. Elle préférait ne pas se souvenir de sa terreur, de sa quête désespérée d'un médecin.

— Ils m'ont donné une chambre, reprit-elle vivement. Et de l'eau pour me laver. Ils m'ont nourrie, et cette femme qui a le visage tellement crispé qu'on croirait une bourse aux cordons serrés a été insolente. Mais je suis certaine qu'elle croyait bien faire. Elle n'a pas compris que je refuse de porter le même genre de vêtements qu'elle.

— Je vous ai demandé de ne pas me faire rire ! marmonna Nick.

— Oh ! je suis navrée ! Je me plains de notre hôtesse, et j'oublie que vous souffrez.

Nick ne répondit pas, et ses yeux se fermèrent lentement, comme si ses paupières étaient soudain trop lourdes pour lui. Sa respiration ralentit : il s'était endormi, ou peut-être avait-il perdu connaissance. Maintenant que le médecin n'était plus là, il pouvait se le permettre...

Incapable de le quitter, elle s'agenouilla au pied du lit en soupirant.

— J'aimerais tant pouvoir faire quelque chose... Est-ce que vous avez assez chaud ?

Quelle question stupide ! Il ne peut pas t'entendre !

Nick était allongé sur le dos, sous un simple drap sur lequel reposaient ses bras. Au-dessus du drap, son épaule gauche et une partie de son torse étaient recouverts d'un bandage éclatant. L'épaule droite, elle, était nue. Doucement, elle posa la main sur le haut de son bras.

— Tout va bien, murmura-t-elle. Vous avez chaud, mais vous n'avez pas de fièvre...

Sous ses paupières fermées, les yeux de Nick bougèrent et son bras se tendit.

— Oh ! je vous ai fait mal ! Je suis navrée ! Quelle maladroite...

Sans ouvrir les yeux, il murmura quelque chose d'inaudible. Elle se pencha pour entendre, mais en vain.

— Qu'avez-vous dit ?

Elle s'inclina davantage vers lui, et sa tresse coula sur la poitrine de Nick. Elle était maintenant suffisamment près pour sentir son souffle contre son visage.

— Dites-moi de quoi vous avez besoin, murmura-t-elle.

— De ceci.

Doucement, sa main droite se posa sur son épaule pour qu'elle se penche encore plus. Tout contre lui... Et leurs lèvres se rencontrèrent. L'espace d'un instant, aucun d'eux ne bougea, puis il fit glisser sa main sur la nuque d'Anusha et ses lèvres s'entrouvrirent.

Il m'embrasse.

Cela n'avait rien à voir avec le frôlement prudent qui avait suivi l'attaque du cobra... Nick bougeait à peine. Seules ses lèvres contre les siennes parlaient, en silence, l'enivraient de sensations nouvelles. Les lèvres de Nick... Chaudes et fermes, encore imprégnées de l'alcool qu'on avait dû lui donner pour calmer sa douleur.

Elle avait longtemps pensé qu'elle aurait peur, dans une telle circonstance, mais elle se sentait seulement excitée et un peu intimidée. Aucun des textes qu'elle avait lus ne parlait de baisers, et elle avait toujours imaginé que l'homme qui l'embrasserait se trouverait au-dessus d'elle. Mais Nick contrôlait tout ce qui se passait, songea-t-elle. Qui aurait cru qu'une main et une bouche suffiraient à la clouer sur place, à l'empêcher de bouger et presque de respirer ?

Et pourquoi ce simple échange de chaleur, de souffle, envoyait-il de telles vagues de frissons dans tout son corps ? Sa poitrine, pressée contre le torse de Nick, dans ses vêtements d'homme poussiéreux, la faisait souffrir comme si elle venait de grossir. Entre ses cuisses, quelque chose pulsait au plus profond d'elle...

Elle posa alors la main sur l'épaule nue de Nick et s'abandonna un peu plus à son baiser. Puis elle eut envie de le voir, pendant qu'il l'embrassait. Elle ouvrit les yeux en même temps que lui. Lentement, le regard vert profond de Nick la scruta et, soudain, il la repoussa, aussi brutalement que s'il l'avait giflée.

Stupéfaite, elle atterrit assise par terre au pied du lit.

— Aïe ! Nick, qu'est-ce que...

— Partez. Sortez de cette pièce, Anusha !

Humiliée, elle se releva, tremblante de colère.

— Avec joie ! cracha-t-elle. Je ne vous ai embrassé que parce que j'étais désolée pour vous ! N'allez pas croire que j'en avais envie !

10

Nick s'éveilla hagard, la tête lourde. La perte de sang, le choc, une bonne quantité d'alcool et peu de sommeil suffisaient à assommer un homme, même aguerri. Le regard vague, il examina la chambre autour de lui. A en croire la lumière qui filtrait entre les rideaux, c'était déjà le matin. Avait-il vraiment dormi toute la nuit ?

Au moins, il savait où il était et comment il y était arrivé, c'était déjà cela ! La dernière fois qu'il avait été blessé, il lui avait fallu un jour complet pour recouvrer la mémoire ; cette fois, il ne pouvait pas se permettre de perdre autant de temps. Non, il devait organiser son départ en bateau avec Anusha...

Anusha !

Bouleversé, il se redressa dans un sursaut, et un éclair de douleur traversa son épaule. Anusha. Bon sang ! L'avait-il vraiment embrassée ou n'avait-il fait que le rêver ? Cela avait paru si réel : son corps souple contre le sien, sa main fraîche sur sa peau nue, la sensualité maladroite de ses lèvres, son souffle... Et, lorsqu'il l'avait repoussée, elle avait quitté la pièce en colère, en lui jetant à la figure des mots qu'elle seule aurait pu utiliser...

Non, il ne pouvait pas l'avoir embrassée ! Avait-il réellement été si faible ? Incapable de se contrôler ? Impossible. Cela n'avait été qu'un rêve, il en était presque certain. Un rêve délicieux, envoûtant, qui le laissait perdu au réveil, en proie à un vertige de solitude.

Mais il ne pouvait pas se contenter d'un *presque*. D'un geste décidé, il repoussa le drap et se leva. Il vacilla et faillit tomber. Lorsqu'il se rattrapa au montant du lit, une nouvelle douleur lui vrilla l'épaule.

Au même instant, la porte de sa chambre s'ouvrit sur un domestique qui le dévisagea d'un air surpris.

— *Sahib!* Mais vous ne devez pas vous lever ! s'écria-t-il en levant les mains comme s'il avait voulu le repousser dans son lit. Le médecin sera fâché. Recouchez-vous, Herriard *Sahib*, et je vais le faire appeler.

— Hors de question !

L'homme leva sur lui un regard hébété.

— Je veux de l'eau pour me laver, reprit Nick en hindi, et du thé. Beaucoup de thé. Avec du sucre. Apportez-moi aussi mes vêtements.

— Mais, bafouilla le domestique avant de se tourner vers la porte. Rowley *Memsahib* ne sera pas satisfaite.

— Eh bien, suggéra Nick, dites à votre maîtresse que j'ai menacé de descendre vêtu seulement de ce drap si on ne m'obéissait pas.

Une fois seul, il fut tenté de se recoucher pour attendre, mais il lutta contre son vertige et resta debout.

Cependant, lorsque la porte se rouvrit, ce ne fut pas pour laisser entrer la maîtresse de maison bouleversée, ni le domestique timide, mais Anusha.

— Que faites-vous déjà debout ? lança-t-elle — en anglais, remarqua-t-il.

Sa longue tresse se coulait sur le pli de son manteau, et Nick sentit une flamme de désir s'éveiller au souvenir de son rêve. Si seulement il pouvait vraiment la sentir, tout contre lui, enivrée par un baiser !

Soudain, il s'aperçut qu'elle avait les joues en feu et qu'elle le toisait d'un air furieux qu'il ne lui connaissait pas.

— Pourquoi êtes-vous si fâchée ? demanda-t-il.

Il avait l'impression que cela allait bien au-delà du fait de le trouver déjà debout...

— Parce que vous n'écoutez pas le médecin et que vous allez

vous rendre malade ! N'oubliez pas que vous êtes censé me conduire à Calcutta !

— Merci de vous inquiéter pour moi, répliqua-t-il sèchement.

— Je ne m'inquiète pas pour vous. Vous ne le méritez pas.

— Pourquoi ? Vous vous inquiétiez bien, hier ! Qu'est-ce qui a changé ?

Elle le foudroya du regard.

— Vous osez me poser la question ? lança-t-elle. Mme Rowley m'avait prévenue, mais je n'ai pas voulu croire ses soupçons ! J'ai pensé qu'elle était stupide !

— Alors... je vous ai donc *bel et bien* embrassée, hier soir ? demanda Nick, surpris.

A la grimace de colère d'Anusha, il comprit qu'il venait de manquer de tact...

— Vous appelez cela « embrasser » ? s'exclama-t-elle, cette fois en hindi. Apparemment, cela ne vous a pas satisfait, c'est pourquoi vous avez oublié.

— Je suis vraiment navré... C'était une erreur.

Décidément, tu ne fais qu'empirer les choses, songea Nick en la voyant serrer les poings. Heureusement, il n'y avait aucune arme dans la pièce, sans cela elle l'aurait certainement attaqué...

— Je veux dire, reprit-il précipitamment, que je n'aurais pas dû faire cela. Je me croyais en plein rêve.

A ces mots, elle parut se détendre un peu.

— Vous rêvez de m'embrasser ? demanda-t-elle avec une curiosité toute féminine.

En d'autres circonstances, cette saute d'humeur aurait sans doute amusé Nick, mais il fallait à tout prix qu'il mette fin à cette discussion.

— Non. Je veux dire que je n'étais plus moi-même. J'étais à peine conscient. Quand un homme se trouve tout près d'une belle femme, dans un lit, son instinct peut prendre le dessus, surtout lorsqu'il est affaibli.

— Alors, vous auriez pu embrasser n'importe qui ? Même Mme Rowley ?

— J'ai dit une *belle* femme, Anusha.

Elle se mordit la lèvre, sans doute pour réprimer un fou rire. Avec un peu de chance, il avait réduit sa grave erreur à une légère gêne... Que lui avait-il pris de trahir ainsi la confiance d'Anusha ?

— Qu'a dit Mme Rowley à mon sujet ? demanda-t-il en hindi.

— Oh ! seulement qu'il était choquant pour une femme comme moi de voyager seule avec vous, et que vous m'aviez compromise. Mais je lui ai répondu que presque personne n'était au courant, et que nous n'avions de toutes façons rien fait de mal.

— *Commandant Herriard !*

Il sursauta et découvrit Mme Rowley sur le pas de la porte, les poings sur les hanches, suivie par le domestique.

Heureusement, il ne parlait pas anglais lorsqu'elle était arrivée ! Tout à coup, il se rappela qu'il ne portait en tout et pour tout qu'un drap enroulé autour des hanches. Son torse était partiellement bandé et ses jambes étaient nus. Embarrassé, il n'osa même pas s'assurer que ses parties intimes étaient convenablement cachées par le drap...

— Je cherchais mes vêtements et, malheureusement, je n'ai pas entendu miss Laurens entrer, dit-il.

— *Pfff!* fit la maîtresse de maison. Miss Laurens, je vous prierai de sortir immédiatement !

Elle poussa Anusha dehors, laissant le domestique apporter de l'eau chaude à Nick. Avant qu'elles s'éloignent dans le couloir, il vit Mme Rowley examiner Anusha d'un air de dire : Je vous avais prévenue.

— Et mes vêtements ? demanda-t-il à l'homme qui s'apprêtait à quitter la chambre à son tour.

— Ils sont chez le *dobhi wallah, sahib*. Il a dit que le sang était parti et que le *darji* a rapiécé le manteau. Je vais vous les apporter. Votre petit déjeuner arrive, *sahib*.

Nick mit un temps fou à se laver, se raser et s'habiller. Tandis qu'il s'efforçait de manger, la main tremblante, il ne put s'empêcher de maudire intérieurement les bandits, les fusils, et sa propre faiblesse de caractère.

Il n'avait aucune excuse pour avoir embrassé Anusha ! Bon sang, George lui avait confié sa fille ! Après tout ce que George avait fait pour lui, lui offrant l'attention d'un père et lui rendant la vie, cette fille était presque sa sœur ! Lui-même avait dit à Anusha qu'elle pouvait avoir confiance en lui ; mais, dès qu'il l'avait vue, il avait senti son corps s'éveiller…

D'un geste rageur, il jeta sa serviette sur la table.

Je dois à tout prix recouvrer un peu de contrôle sur moi-même ! S'il se passe entre nous quoi que ce soit de plus qu'un baiser échangé alors que je délire de fièvre, je n'aurai plus d'autre choix que de l'épouser !

Bien sûr, il pourrait s'arranger avec sa propre conscience et ne rien révéler des bêtises de la veille à sir George, mais, s'il se passait autre chose entre Anusha et lui, le vieil homme l'accueillerait à coups de fusil… et il aurait raison.

A la simple idée de devoir se remarier, il ne pouvait s'empêcher de frémir. Les femmes demandaient plus que ce qu'il pouvait offrir et avaient des besoins qu'il était manifestement incapable de satisfaire. Il n'aurait jamais dû épouser Miranda ! Depuis la mort de sa femme, hanté par ce fantôme du passé, il n'avait plus connu de nuit paisible. Son corps si fragile, abritant leur enfant à naître, ravagé de fièvre dans la chaleur étouffante de Calcutta en plein été… Elle n'avait pas été de taille à lutter.

De toute manière, il n'avait pas besoin d'héritier, puisqu'il ne laisserait derrière lui ni titre ni terres. Le peu de richesses qu'il possédait, il lui suffirait de les léguer à une œuvre de charité, et son corps pourrait reposer tranquille dans le cimetière anglais de South Park Street, à Calcutta. L'inscription de sa pierre tombale disparaîtrait vite, sans personne pour pleurer sur lui…

Une voix le fit sursauter.

— *Sahib ?* Est-ce que vous voulez plus de thé ?

— Non, merci.

Décidément, il était temps de se secouer ! Ce n'était pas le moment de se laisser aller à des pensées aussi morbides. Il avait une belle carrière devant lui, beaucoup d'ambition, et le monde ne manquait pas de femmes ravissantes qui n'exigeraient pas d'alliance pour se donner à lui !

Et, pour peu qu'il fasse attention à lui, il ne se retrouverait pas au cimetière avant de nombreuses années. Quant à Anusha, il devait simplement la conduire le long de la rivière, jusqu'à Calcutta, puis il en serait débarrassé.

Habillé et rassasié, il se traîna jusqu'à la porte de sa chambre, se sentant faible comme un vieillard. Quelle horreur, d'en être réduit à cela !

Deux jours plus tard, Anusha se tenait assise en tailleur, adossée au mât d'un petit bateau à voile, et observait avec satisfaction le paysage qui l'environnait.

— C'était facile, finalement, dit-elle avec un petit sourire. Pourquoi vous faisiez-vous tant de souci ?

— Facile ? grommela Nick installé sur une chaise en toile à côté d'elle. Vous trouvez cela facile, vous, de dénicher un bateau qui ne fuit pas, un équipage qui ne cherchera pas à nous égorger pendant notre sommeil, d'acheter assez de provisions, de confier les chevaux à quelqu'un, de vous extirper des griffes de Mme Rowley — et moi de celles du médecin —, tout cela en deux jours ? Cela m'a demandé de rassembler tous mes talents en matière de logistique et toute ma force de caractère !

Anusha prit un instant pour traduire ce petit discours dans sa tête. Depuis leur arrivée chez les Rowley, ils parlaient presque toujours anglais entre eux, et la langue lui revenait étonnamment bien. Après tout, même à Kalatwah, *Mata* lui avait parlé anglais et hindi... Cependant, certaines phrases lui paraissaient toujours étranges, et il lui fallait souvent du temps pour les comprendre.

— Vous êtes seulement fatigué, dit-elle. Mme Rowley dit que c'est cela qui cause de la bile. Est-ce que votre épaule vous fait souffrir ?

— Un peu...

Elle ne savait pas exactement ce qu'était de la « bile », mais cela ne paraissait pas très agréable... Depuis le matin où il était sorti de son lit de malade, Nick s'était en effet montré d'une humeur exécrable.

— J'ai déballé toutes nos affaires dans nos cabines, reprit-elle. C'est vraiment petit, vous savez. Pourquoi avez-vous fait ajouter une cloison ? Avec les portes, il n'y a presque plus la place de bouger, à l'intérieur...

— Pour que nous ayons chacun notre cabine.

Voilà : on en revient toujours à ce baiser !

Malgré tous ses efforts, elle ne parvenait pas à l'oublier. Elle sentait toujours ce goût étrange — mélange de brandy, d'épices et d'homme — dans sa bouche... Instinctivement, elle s'humecta les lèvres du bout de la langue, comme si elle pouvait y retrouver un peu de la saveur de celles de Nick.

Depuis leur dispute, le matin suivant ce terrible baiser, il n'en avait pas reparlé. Elle avait d'abord cru qu'il l'avait mis de côté, comme une chose sans importance, mais elle savait à présent que ce n'était pas le cas.

D'une certaine manière, elle était flattée à l'idée qu'il ne se faisait plus confiance en sa compagnie : cela lui donnait un sentiment étrange de féminité et de puissance... D'un autre côté, s'il l'embrassait de nouveau — et faisait avec elle toutes les choses qu'elle imaginait lorsqu'elle regardait ce grand corps musclé et ces grandes mains —, il serait d'une humeur encore plus insupportable ensuite ! Et, si sir George apprenait cela, il insisterait pour que tous les deux se marient.

La dernière chose dont elle avait envie était bien d'épouser un homme qui, s'il la désirait, ne désirait en réalité que son corps ! A quoi pourrait bien ressembler sa vie en tant qu'épouse de Nick ? Elle devrait se couler dans le moule des femmes européennes... Pour commencer, elle ne vivrait pas dans le *zenana*, c'était certain. Elle serait obligée de porter ces vêtements affreux et d'apprendre à tenir une maison, comme Mme Rowley. Et à aussi être respectable aux yeux des *angrezi*, ce qui lui paraissait encore plus contraignant que les règles du *mahal* des femmes.

Nick partirait vivre des aventures ou faire la guerre, tandis qu'elle devrait rester chez elle et avoir des enfants dans un monde auquel elle n'appartenait pas. Et Nick ne l'aimerait pas, même si elle faisait la bêtise de tomber amoureuse de lui. Elle passerait sa vie à en souffrir, comme si des milliers de petites aiguilles perçaient sa peau en permanence...

Non, elle devait prendre sa vie en main, se construire un nouveau monde dans lequel personne ne pourrait l'approcher suffisamment pour la blesser.

La voix de Nick la tira de ses pensées.

— Il y a un problème ?

Elle se tourna vivement vers lui pour découvrir son regard intense fixé sur elle. Elle eut alors profondément envie de lui parler de sa peur de commencer une nouvelle existence à Calcutta, et de la vie solitaire qu'elle voyait se dessiner devant elle, mais elle devait se taire. Nick était après tout du côté de son père, et non du sien. Il la conduirait à destination, même s'il devait l'enfermer dans sa cabine pour cela... Pour le moment, la meilleure chose à faire était de lui obéir. Il l'emmènerait saine et sauve à Calcutta. Là, elle pourrait rassembler de l'argent et des bijoux pour fuir.

— J'aime bien la rivière, répondit-elle, mais Rajat me manque...

Nick paraissait à son aise, son bras droit allongé le long de son corps, si près d'elle que si elle se penchait, ne serait-ce qu'un peu, le dos de sa main lui caresserait l'épaule. Elle fut tentée de se déplacer, pour voir si le contact de la main de Nick dans son dos suffirait à éveiller de petits frissons sous sa peau, une flamme entre ses cuisses...

Elle en était sûre, à présent, c'était bien cela, le désir. Et c'était très intéressant à étudier. Les hommes paraissaient capables de le ressentir pour presque toutes les femmes... Mais est-ce que les femmes, une fois qu'elles l'avaient découvert, étaient capables de le ressentir pour plusieurs hommes ? Si elle avait accepté d'épouser l'un de ses prétendants, par exemple, pour qui elle ne ressentait rien, est-ce que le désir se serait manifesté tout de même ? A bien y réfléchir, toutes les choses que faisaient ensemble les hommes et les femmes paraissaient bien étranges et embarrassantes, s'il n'y avait pas de désir... Elle désirait Nick, c'était certain, mais qu'est-ce que cela signifiait, au fond ?

— Pourquoi avez-vous retiré l'écharpe qui tenait votre bras ? demanda-t-elle soudain.

Tout sujet serait bon pour ne plus se poser de questions, ne plus imaginer ce que ce serait de faire l'amour avec lui !

— Elle me gênait, répondit-il en faisant doucement jouer ses doigts. Et je ne veux pas avoir l'air affaibli, si jamais on nous regarde.

— Vous pensez que nous sommes toujours en danger ?

— Peut-être.

— Décidément, vous n'avez pas l'air bien désireux de m'épargner de l'inquiétude ! répliqua-t-elle. Est-ce ainsi que vous traitez les ladies anglaises ? Je croyais que vous préfériez les protéger et les rassurer en toutes circonstances...

Une ombre parut traverser le regard de Nick, mais il répondit fermement :

— Voulez-vous vraiment que je vous mente ? Que je vous traite comme si vous n'aviez aucun esprit ou aucun courage ? Je croyais que vous étiez une rajput, une guerrière !

— Je le suis. Et je ne veux pas que vous... comment dit-on ?... me cachiez dans l'ignorance.

— « Me gardiez dans l'ignorance », corrigea-t-il. Même en imaginant que nous n'ayons plus rien à craindre des hommes d'Altaphur, ce qui n'est pas prouvé, il reste le problème des bandits qui s'attaquent aux bateaux.

A ces mots, il ramassa le mousquet posé à côté de lui et l'appuya contre sa chaise de manière plus visible.

— Avez-vous toujours votre couteau ? demanda-t-il.

— J'en ai un. Vous m'avez enlevé l'autre.

— Je vous le rendrai. Gardez-les à portée de main, même pour dormir, et ne sortez pas sur le pont, la nuit, sauf si vous savez que j'y suis.

Le bateau descendait la rivière assez rapidement, et Anusha se rendit compte que Nick ne quittait pour ainsi dire pas les berges des yeux. Par endroits, la jungle s'étendait jusqu'au bord de l'eau ; ailleurs, des bancs de sable ou des rochers la bordaient. Soudain, la vigie poussa un cri, et la barque à fond plat du maître coq, qui les suivait au bout de son amarre, vint percuter le bateau.

— Stupide fils de chameau ! hurla l'homme qui tenait la barre. Utilise donc ta perche pour t'écarter de nous !

— Nous accosterons pour la nuit, dit alors Nick, et les hommes dormiront à terre. De toute manière, ils préfèrent manger hors du bateau.

— Mais nous allons perdre du temps ! s'exclama Anusha. Et n'importe qui pourra nous attaquer !

— Non, regardez, répondit-il en lui montrant une petite bosse sombre qui émergeait des flots. Si nous heurtons un de ces rochers dans le noir, nous perdrons bien plus qu'un peu de temps...

— Qu'allons-nous faire, pendant tout ce temps, sur ce bateau ? se demanda-t-elle à haute voix.

Une idée lui vint en réponse à sa question mais, le feu aux joues, elle la chassa.

— Vous vouliez voyager. Eh bien, voilà votre chance de voir l'un des plus grands fleuves du monde ! Nous rejoindrons bientôt le Gange et, croyez-moi, à côté, la rivière Jumna ressemble à peine à un ruisseau... Vous pourrez vous occuper des journées entières, rien qu'en regardant l'activité sur les berges.

Et je terminerai ainsi mon voyage vers un autre monde.

Brusquement, l'idée de voyager lui parut moins passionnante... Malgré ses peurs, elle commençait à s'impatienter, à avoir hâte d'arriver à destination.

— Dites-moi ce que c'est que d'être une lady anglaise, lança-t-elle, inquiète.

— Comment le saurais-je ?

— Vous en avez épousé une, répliqua-t-elle sans réfléchir.

A ces mots, elle vit la main de Nick se crisper sur l'accoudoir comme si elle venait de frapper son épaule blessée.

— Et votre mère en était une, se reprit-elle vivement. Quand vous êtes à Calcutta, vous vivez entouré de ladies ! Dites-moi ce que je dois faire pour leur ressembler.

Nick hésita. Prise d'une angoisse soudaine, Anusha se tourna vers lui et lui secoua doucement le genou pour l'inciter à répondre.

— Si vous ne dites rien, est-ce parce que je ne serai jamais l'une d'entre elles ?

Bien sûr, elle ne se souciait pas de ce que les autres femmes pourraient bien penser d'elle, mais si elle devait vivre dans ce monde, y préparer sa fuite, elle devait à tout prix le comprendre.

— Vous serez toujours différente, commença-t-il doucement. Comment pourrait-il en être autrement ? Vous avez été élevée différemment.

— Et je ne leur ressemble pas... Elles doivent être toutes roses, comme vous, alors que j'ai la peau brune.

— Non, vous avez la peau dorée, comme du miel. Vous avez hérité des yeux gris de votre père et vos cheveux sont bruns, pas noirs. Vous pourriez passer pour une Européenne — peut-être d'Italie ou du sud de la France... Ce n'est pas cela qui compte. Personne ne vous rejettera à cause de votre mère, ajouta-t-il avec un petit sourire. Encore moins quand ils sauront qui est votre oncle. Le respect dû au rang est le même dans toutes les sociétés, j'imagine.

— Mais les autres femmes sauront que mon père et ma mère n'étaient pas mariés !

A Kalatwah, cela n'avait aucune importance. Le rajah avait trois épouses, quatre favorites, et de nombreuses amantes occasionnelles. Les enfants étaient traités en fonction de leurs mérites aux yeux de leur père, et du talent de leurs mères pour mettre ces mérites en valeur. Mais les Européens n'avaient qu'une épouse à la fois. Leurs courtisanes vivaient cachées, et personne n'en parlait jamais.

Au moins, Nick semblait prêt à discuter de ces sujets honnêtement, c'était déjà cela. Il lui permettrait peut-être de mieux comprendre ce qui l'attendait...

— C'est vrai, tout le monde saura que vos parents n'étaient pas mariés, répondit-il posément comme s'il réfléchissait à la question. Cependant, votre père est un homme influent et très respecté. Il est riche et vient d'une bonne famille anglaise. Je ne vois aucune raison pour que vous ne soyez pas acceptée.

Puis il resta silencieux quelques instants tandis que le bateau passait devant un village. Des enfants nus jouaient dans l'eau, près de leurs mères occupées à la lessive. Plus loin, un homme enfoncé dans le courant boueux jusqu'à mi-cuisse jetait son filet.

— Vous aurez des précepteurs pour vous apprendre à danser, pour perfectionner votre anglais et vos manières, reprit-il enfin. Certaines femmes mariées se chargeront de votre garde-robe, sans aucun doute, et vous feront faire des robes, des chaussures... Après cela, vous assisterez à des bals et à des réceptions. Je suis sûr que vous vous y ferez vite des amis.

Quelle horreur ! songea Anusha.

11

— Que se passe-t-il ? lança Nick en riant. Vous vous roulez en boule comme un hérisson !

— Qu'est-ce qu'un hérisson ?

S'était-elle vraiment roulée en boule ?

Elle se redressa timidement, les bras serrés autour de ses genoux. Décidément, elle n'aimait pas ce nouveau monde, avec ses leçons, la menace de ses horribles vêtements européens, et ses mœurs indécentes ! Danser avec des hommes ? Cette seule idée la terrifiait...

— Un hérisson, c'est un *sharo*, expliqua Nick. Je n'en ai encore jamais vu, aussi loin à l'est. C'est un petit animal qui a le dos recouvert d'épines. Quand il est en danger, il se roule en boule, et tout ce que le prédateur obtient en l'attaquant, c'est un museau en sang...

— Un peu comme un porc-épic, un *sayal* ?

Ces créatures étaient hideuses ! De plus, ce n'était pas le danger qu'elle craignait ; elle saurait y faire face pour fuir. Ce qui l'inquiétait, c'était tout ce qu'elle aurait à subir avant...

— Les hérissons sont bien plus petits que les porcs-épics, ajouta Nick. Ce sont des animaux plutôt attachants, à vrai dire... Ils reniflent, un peu comme des petits cochons.

— Je ne renifle pas !

— Pas quand vous êtes réveillée, répondit-il en se levant. Allons, princesse, ne vous offusquez pas : j'ai dit qu'ils étaient *attachants* !

— Arrêtez de m'appeler « princesse » ! grommela-t-elle.

Mais Nick s'était déjà éloigné en direction de l'homme de barre. Il valait mieux qu'il ne l'ait pas entendue, d'ailleurs. S'il avait vu à quel point cela l'agaçait, il aurait continué à se moquer. Et puis, elle n'était pas vraiment une princesse, même si sa mère en était une, car sir George n'était pas de sang royal. Et elle n'était pas une *mensahib* anglaise non plus. Elle ferait seulement semblant d'en être une le temps d'apprendre à naviguer seule dans ce monde nouveau et étrange.

La berge luxuriante se brouilla tout à coup devant ses yeux et une larme coula sur sa joue, qu'elle essuya vite d'un revers de manche. Il était hors de question qu'elle fasse preuve de faiblesse. Décidée à se montrer impénétrable, elle fit un joyeux signe de main à un garçon qui menait le buffle de sa famille boire au bord de l'eau avant la nuit.

Je vais observer, apprendre, et rassembler tout l'argent et les bijoux que je pourrai, songea-t-elle. *Ensuite, je trouverai un bateau et partirai en Angleterre où personne ne me connaît et où je pourrai mener la vie que je veux.*

Mais que voulait-elle, réellement ? Appartenir à un endroit et y être aimée pour ce qu'elle était ? Elle se rendit compte qu'elle avait le regard fixé sur le dos de Nick, qui se trouvait à l'autre bout du pont.

Comme c'est étrange, de souffrir autant que lui et de parvenir tout de même à être heureux !

Nick était allongé sur sa couchette, dans l'ombre de la cabine. Celle d'à côté était étrangement silencieuse... Anusha ne dormait-elle pas encore ? Avait-elle mal pris sa petite moquerie sur les reniflements ? Depuis le début de leur voyage, il s'était habitué à ces petits bruits sifflants qu'elle faisait en dormant — peut-être lorsqu'elle rêvait — mais il avait peut-être été injuste en parlant de renifler...

Il étira ses jambes sur la couchette raide et posa avec désarroi les yeux sur la bosse quasi permanente qui déformait le drap.

La volonté n'était pas suffisante pour apaiser son désir, pas plus que la sécurité illusoire de la cloison entre Anusha et lui.

En sueur, il se redressa contre son oreiller. Qu'il faisait chaud ! Le terme « cabine » était d'ailleurs très exagéré pour décrire les réduits qui en tenaient lieu... Il n'y avait pas de hublot et, une fois la porte fermée pour la nuit, plus aucun souffle d'air n'y pénétrait.

En soupirant il se leva et fit doucement bouger son épaule. La blessure cicatrisait bien. Heureusement pour lui, il avait toujours guéri facilement. Personne ne devait imaginer, en le voyant aujourd'hui, à quel point sa blessure avait été grave... Il enfila son *pajama* et une *kurta* large qui ne frotterait pas sur sa blessure, puis il prit son fusil et son oreiller avant de sortir de la cabine.

Il entrouvrit la porte de celle d'Anusha et monta sur le pont en laissant la trappe ouverte. L'équipage était rassemblé autour du feu, sur le petit banc de sable, et tous bavardaient paisiblement en terminant leur repas. Bientôt, ils remonteraient à bord et s'endormiraient, un homme à chacune des quatre amarres, un autre à l'avant du ponton, et le reste dans la barque du maître coq.

Nick posa son oreiller sur le pont, près de la trappe, glissa son poignard dessous et s'allongea, son mousquet à portée de main. Ainsi, un peu d'air pourrait descendre à la cabine d'Anusha et lui-même dormirait plus tranquille à l'idée d'être plus loin d'elle. Son épaule l'élançait un peu, tout comme son sexe toujours tendu mais, au moins, il profitait de la fraîcheur de la nuit. Peu à peu, il sombra dans le sommeil.

— Apprenez-moi l'étiquette ! lança Anusha tandis que le bateau glissait au fil du courant.

Elle était fière de sa prononciation. *Etiquette*... Son premier mot français !

— Que dois-je savoir avant d'arriver ?

Affalé sur sa chaise de toile, Nick redressa la tête et soupira.

— D'abord, sachez que je trouve tout cela ennuyeux ! Bon sang, je ne suis pas votre gouvernante !

— Je vous en prie… Je ne veux pas passer pour une idiote !

— Très bien. Premièrement, quand vous rencontrez quelqu'un, vous devez attendre que l'on vous présente. Si vous êtes de plus haut rang, la personne en question vous sera présentée, et *vice versa*. Si vous avez le même rang, la personne la plus jeune est présentée. Ensuite, vous vous saluerez. Si la personne que vous venez de rencontrer est de plus haut rang que vous, vous ferez une révérence. Pour toutes les autres, un salut de la tête ou une poignée de main suffiront.

— Comment fait-on une révérence ? demanda Anusha, curieuse.

— Comment voulez-vous que je le sache ? Je ne me promène pas sous les jupes des femmes quand elles en font une !

Elle attendit un instant en le fixant d'un regard suppliant. D'habitude, quand elle faisait cela pendant assez longtemps, il lui accordait ce qu'elle désirait…

— Bien, marmonna-t-il finalement avec un soupir. Joignez les pieds, les pointes en dehors, pliez les genoux, et penchez-vous en avant avec le dos bien droit.

Anusha obéit. Elle n'eut pas beaucoup de mal à accomplir sa révérence ; elle avait toujours eu des cuisses musclées.

— Ce n'est pas mal, commenta Nick. Maintenant, redressez-vous. Plus la personne en face de vous est haut placée, plus vous devrez saluer bas.

— C'est plutôt facile ! Et pour les saluts de la tête ?

Il se leva, et inclina sa tête.

— Bonjour, miss Laurens.

Elle l'imita immédiatement.

— Bonjour, commandant Herriard. C'est facile aussi ! Mais quand fait-on une poignée de main ? Devrai-je seulement le faire avec les femmes ?

— Non. Vous pouvez serrer la main de toute personne du même rang que vous.

— Même les hommes ? s'exclama-t-elle, offusquée. Je devrai toucher la main d'hommes inconnus ?

— Bien sûr. Certains voudront sans doute vous faire un baisemain.

A ce mot, elle dissimula vivement ses mains dans son dos, mais Nick tendit sa main droite.

— Je vais vous montrer. Bien sûr, vous porterez des gants...

Timidement, elle tendit la main à son tour. Leurs doigts se frôlèrent. La grande main chaude de Nick enveloppa la sienne, emprisonnant le bout de ses doigts avant de les relâcher. Il devait la voir rougir, sentir son pouls s'accélérer sous la peau comme elle sentait le sien, posé et régulier. Sa paume était un peu rêche, une paume d'homme qui vivait au grand air. Incapable de se contrôler, elle cacha de nouveau ses mains.

— Ne vous en faites pas, ce n'est rien, la rassura-t-il. Faisons semblant d'être à une réception. Nous venons d'être présentés. Donnez-moi de nouveau votre main, paume vers le sol, comme cela.

Elle fit ce qu'il lui demandait. De nouveau, il prit le bout de ses doigts, puis il se pencha en avant, leva sa main presque jusqu'à ses lèvres, et embrassa l'air, frôlant à peine sa peau de son souffle. Enfin, il relâcha sa main et salua.

— Miss Laurens, reprit-il, vous êtes en grande beauté, ce soir... A présent, saluez, et répondez : « Vous êtes trop bon, commandant Herriard. »

— Vous êtes trop impudent, vous voulez dire !

La bouche pincée, elle recula d'un pas. Son souffle semblait toujours chatouiller la peau sensible de sa main... Même si ses lèvres ne l'avaient pas touchée, elle les avait senties. De nouveau, son cœur battait la chamade.

— C'est indécent ! poursuivit-elle, sous le choc. Devrai-je vraiment endurer de tels attouchements de la part d'hommes que je viens de rencontrer ?

— C'est la coutume... Mais rassurez-vous, vous ne serez jamais seule avec eux. Des femmes mariées, plus âgées, vous accompagneront toujours. Vous n'aurez rien à craindre... Tout ce que ces hommes feront sera de flirter un peu avec vous, vous leur retournerez les compliments sans penser à mal. Ce sont des pratiques tout à fait admises.

— « Flirter » ? C'est un mot que je ne connais pas...

Encore bouleversée, elle s'assit à quelques pas de la chaise de toile où Nick reprit place. Elle se sentait plus en sécurité, en gardant ses distances...

— Le flirt est un jeu de séduction que toutes les jeunes femmes et tous les jeunes hommes pratiquent, expliqua-t-il. C'est une sorte de taquinerie. Les hommes commencent par complimenter les femmes, leur disent des choses galantes. Puis, les femmes font mine de mépriser des flatteries si évidentes, rougissent un peu, se cachent le visage tout en laissant leurs yeux parler pour elles... Enfin, elles finissent par dire quelque chose qui aidera l'homme à se sentir fort, viril, et rient un peu si elles en ont l'audace. Et ainsi de suite.

— Et tout cela est autorisé ? fit Anusha de plus en plus ahurie. Apprenez-moi à flirter...

Toutes ces pratiques étaient profondément choquantes, mais, si elles étaient nécessaires pour se faire accepter, elle s'y plierait.

Mais Nick haussa les épaules avec une petite grimace.

— Je ne suis pas très doué pour cela.

— Oh ! un homme aussi galant et courageux que vous ne doit certainement pas avoir peur de parler aux jeunes femmes, voyons !

A peine eut-elle achevé sa phrase qu'elle leva les yeux vers lui. Etait-ce bien la réponse qu'il attendait d'elle ?

— Vous voyez, miss Laurens, vous n'avez pas besoin de leçons ! répondit-il avec l'un de ces rares sourires qui le rajeunissaient de dix ans. Vous êtes déjà une charmeuse accomplie. Nous n'allons pas tarder à nous arrêter pour le repas, et je pourrai vous apprendre à mener une conversation courtoise pendant que nous mangerons.

J'aurais préféré apprendre à flirter, songea-t-elle avant de reprendre ses esprits. Le jeu de l'amour était une chose dangereuse ! Le cœur de Nick était peut-être protégé par une puissante armure, mais pas le sien...

Quelques jours plus tard, tandis que Nick et elle regagnaient leur bord après une visite au commandant du port d'Allahabad, Anusha sentit son angoisse des derniers jours s'estomper. Des nouvelles venaient d'arriver de Kalatwah et, à en croire l'expression de Nick, elles étaient plutôt bonnes.

— Je suis soulagé, lui confia-t-il. Un message est arrivé ce matin, et j'imagine qu'il est toujours d'actualité. Altaphur a monté son camp à l'extérieur des murs de Kalatwah, faisant grand bruit mais agissant peu. Le rajah s'en tient à sa position, ce qui est sage, et ne fait aucune sortie irréfléchie. La cavalerie de la Compagnie n'est plus qu'à quelques jours du palais, et les voisins de votre oncle se rassemblent : aucun ne veut voir Altaphur prendre le pouvoir si près de ses frontières. Mon correspondant pense qu'Altaphur lèvera le siège dans les vingt-quatre heures.

Une fois à bord, tandis que l'équipage écartait le bateau du quai, Anusha se tint au côté de Nick pour observer le port, encombré de piles de fleurs de souci et de vendeurs de couronnes qui les négociaient. Un barbier était occupé à raser un client. Plus loin, une procession funéraire portait un corps drapé dans un linceul blanc jusqu'à un *ghat* où était dressé un bûcher.

— Que les sauterelles détruisent les récoltes d'Altaphur, que ses femmes deviennent stériles, et que sa semence ne soit plus que vers ! marmonna-t-elle en hindi.

— Je suis bien d'accord, dit Nick en souriant. Cependant, sans vouloir vous critiquer, miss Laurens, ce n'est pas vraiment le genre de conversation que l'on attendra de vous, à Calcutta...

— Je sais, soupira-t-elle avant de poursuivre en anglais : Je viens de passer trois jours à apprendre comment m'adresser à un comte, à un évêque, au gouverneur et à leurs femmes. J'ai aussi appris qu'à table il ne faut parler que de choses insignifiantes et qu'une femme n'est pas supposée avoir de l'esprit...

— Hélas ! oui.

— Même ce jeu de séduction mondain est stupide ! Les hommes ne veulent-ils donc pas savoir si leurs épouses seront douées au lit ? Est-ce qu'ils désirent réellement des femmes ignorantes ?

— Oui, répondit Nick avec une certaine emphase tandis que l'équipage déployait la voile.

L'homme de barre commença à s'engager dans le flux de la rivière.

Anusha s'installa alors sur la trappe qui menait aux cabines. C'était devenu son endroit préféré pour observer le paysage...

— C'est vraiment étrange, commenta-t-elle. Chez nous, toutes les femmes apprennent à donner du plaisir à leurs futurs époux.

Nick, qui avait presque atteint sa chaise de toile, se laissa tomber dessus avec un juron.

— Je vous en prie, Anusha, ne dites pas « donner du plaisir » ! Cette expression signifie donner du plaisir... euh... au lit.

— Mais c'est exactement ce que je voulais dire.

Nick la dévisagea un instant. Est-ce que cette petite peste se moquait de lui ou était-elle sincèrement curieuse ?

— Et comment apprenez-vous... Non, ne répondez pas ! Je préfère ne pas le savoir.

Il ne voulait surtout pas parler d'épouse et de lit conjugal ! Il ne voulait pas se souvenir de Miranda qui haïssait ses caresses, qui se forçait à « faire son devoir », comme elle le disait... Il tenta de se répéter — comme il l'avait si souvent fait depuis son court mariage — que quelqu'un avait dû lui dire quelque chose pour l'effrayer, ou bien qu'elle était naturellement froide. Malgré tout, il demeurait convaincu qu'il n'avait pas su rendre une femme respectable heureuse, que tout cela était sa faute. Il n'avait été qu'un débauché trop expérimenté, avec des goûts et des habitudes qui avaient profondément choqué son épouse...

La voix d'Anusha le tira de ses pensées. Il devait être doué pour dissimuler ses émotions, car elle répondait à sa question sans paraître avoir remarqué son malaise.

— Nous apprenons en lisant les textes classiques, bien sûr ! Et puis nous étudions des images, nous en parlons avec nos mères et nos aînées. Pourquoi ? De quelle autre manière pensiez-vous que nous apprenions cet art ?

— J'essayais surtout de ne *rien* imaginer, répliqua-t-il.

Hélas ! l'image d'Anusha, allongée sur un lit de coussins, tournant pensivement les pages d'un texte illustré apparut nettement devant ses yeux. Ses longues jambes étendues sur la soie, ses lèvres charnues esquissant un sourire sensuel, le menton posé sur sa main, et...

— Je suis navrée de mentionner un tel sujet, dit-elle soudain comme une excuse. J'oubliais que vous n'aviez pas dû vous étendre auprès d'une femme depuis un certain temps.

— Anusha !

Elle lui jeta un regard surpris.

— Les femmes anglaises ne parlent donc jamais de sexualité ?

— Non ! Du moins, les femmes qui ne sont pas mariées n'en parlent pas. Les femmes ne sont pas censées connaître de telles choses avant leur nuit de noces.

— Ce sont donc leurs époux qui doivent tout leur apprendre ?

— Oui, fit-il en dénouant son foulard et en ouvrant sa chemise.

La journée était particulièrement chaude...

— Cela doit être agréable si l'on épouse un homme qu'on aime, remarqua Anusha. Mais, si l'on n'aime pas son mari, le choc doit être terrible !

— Je ne saurais vous répondre.

Il s'était efforcé de feindre l'indifférence.

Elle le regarda un instant, les lèvres entrouvertes. Quelque chose, dans son regard, avait cependant dû lui donner à réfléchir, car elle baissa rapidement les yeux et n'ajouta plus un mot.

Je ne saurais vous répondre parce que, de toute évidence, ma femme ne m'aimait pas. J'ai cru pouvoir lui apprendre à m'aimer. Mais, vous voyez, Anusha, je ne pense pas être un homme particulièrement aimable. Je suis seulement assez doué au lit avec les femmes expérimentées...

Tais-toi ! s'ordonna-t-il intérieurement. *Ton orgueil a seulement été blessé, et cela t'a servi de leçon !*

Décidé à ne rien laisser paraître de ses pensées incontrôlables, il prit un ton ferme.

— Anusha, je vous le demande, lorsque nous arriverons à Calcutta, ne dites rien au sujet de livres illustrés, de donner du plaisir aux hommes, ou même de *lit*.

— Très bien, Nick.

Elle se tourna alors pour observer la surface scintillante de l'eau, et il surprit son regard songeur, dénué de toute taquinerie à présent. Elle avait dû deviner qu'il pensait à Miranda. Brusquement il eut une terrible envie de tout lui avouer, de partager sa douleur, sa souffrance, sa colère, son sentiment d'échec ; de briser sa solitude pesante...

Quelle faiblesse, Nick !

Il fixa les yeux sur les reflets éclatants du soleil sur la rivière, jusqu'à être certain que les larmes qui embuaient son regard n'étaient dues qu'à la vive lumière, et que son désir stupide d'aveu était bien passé.

Anusha s'éveilla en sursaut dans le noir. Il devait être très tard, et l'air commençait enfin à se rafraîchir. Une légère brise passa au-dessus de son lit. C'était étrange... Elle fermait toujours bien sa porte en se couchant. Maintenant qu'elle y pensait, sa minuscule cabine n'avait jamais été étouffante, depuis leur départ. Scrutant l'obscurité, elle s'aperçut alors que la porte était légèrement entrouverte. Quelqu'un l'ouvrait-il donc tous les soirs ? Elle se leva et se glissa dehors sur la pointe des pieds. On avait calé la porte pour qu'elle ne se referme pas, et celle de Nick était close.

Alors qu'elle se tenait dans la coursive, uniquement vêtue de sa chemise, un petit son se fit entendre sur le pont ; un grognement, comme si quelqu'un venait de se cogner un orteil et avait étouffé un cri de douleur. Retournant dans sa cabine, elle saisit sa dague, posée sur une pile de vêtements, puis ressortit et grimpa sans bruit l'échelle menant à la trappe qui était ouverte.

Dehors, la pleine lune illuminait le banc de sable blanc sur lequel les silhouettes enveloppées de couvertures de l'équipage se dessinaient dans le halo mourant du feu. Elle vit aussi un homme, assis en tailleur, le dos appuyé au mât. Nick.

Elle s'immobilisa, la tête à demi passée par la trappe et les yeux à hauteur du pont. Près d'elle, on avait déposé un oreiller et une couverture ainsi qu'un mousquet. Durant leur long voyage, elle avait appris à suffisamment le connaître pour comprendre qu'il devait dormir sur le pont pour laisser la trappe et la porte de la cabine ouvertes, afin que l'air frais descende jusqu'à elle pendant qu'il montait la garde, allongé sur les planches dures...

A la lumière argentée de la lune, elle le voyait très distinctement. Il était pieds nus, torse nu, seulement vêtu d'un pantalon de *pajama* et s'appliquait à défaire le bandage de son épaule.

Soudain, elle se rendit compte qu'elle avait fini par oublier sa blessure...

Comment ai-je pu oublier une chose pareille ? se demanda-t-elle avec une bouffée de culpabilité. Dès le deuxième jour de leur voyage, il avait paru si peu gêné par son épaule qu'elle avait cessé de s'inquiéter et avait fini par ne plus y penser. C'était impardonnable ! Nick était un homme, un guerrier. Il ne se plaindrait pas avant de s'écrouler, à bout de forces. C'était à elle de se soucier de lui...

Il continuait à dérouler son bandage quand, dans le silence nocturne, elle l'entendit pousser un petit gémissement de douleur.

Sans prendre le temps de réfléchir, elle bondit sur le pont.

Il se leva, et elle posa une main sur son bras blessé.

— Nick... Vous auriez dû me dire que vous aviez besoin de refaire votre pansement. Laissez-moi m'en occuper.

Elle tenta de le forcer à se rasseoir, mais il résista.

— Je peux m'en occuper seul. Retournez au lit, Anusha, murmura-t-il.

L'éclat lunaire rendait ses cheveux blond argenté, et elle se tenait si près de son torse nu qu'elle aurait pu compter les poils soyeux qui le couvraient. Elle remarqua alors que l'air frais avait crispé les aréoles sombres de ses tétons.

D'un geste décidé, elle repoussa la main de Nick pour examiner la blessure et souleva délicatement le pan de bandage qui était encore posé sur son épaule.

— Il s'est collé à la plaie, remarqua-t-elle.

— Oui, je m'en étais aperçu, répliqua-t-il sèchement.

— Dans ce cas, il faut le baigner pour l'ôter et refaire un bandage propre. Descendons, que je m'en occupe. J'ai besoin que vous vous allongiez dans ma cabine. Les lampes que vous m'avez données me permettront d'y voir clair.

— Il fait déjà bien clair ici, coupa-t-il. Pouvez-vous m'expliquer votre tenue ?

— Ce n'est que ma chemise de nuit. Vous m'avez déjà vue ainsi, la nuit où vous êtes venu me chercher dans ma chambre, au palais, répliqua-t-elle un peu abruptement.

Pourquoi fallait-il qu'il se montre si froid ? Et comment avait-elle donc fait pour oublier cette blessure ?

— Pourquoi donc restez-vous sur le pont au lieu de dormir ? poursuivit-elle. Comment comptez-vous me protéger, si vous tombez malade ?

— C'est vrai ! Je n'avais pas réfléchi à cela ! lança-t-il avec cynisme. Maintenant, retournez vous coucher.

— Pas sans vous !

A ces mots, il la dévisagea avec amusement.

— Ne soyez pas stupide, reprit-elle, mortifiée d'avoir laissé ses sentiments la trahir. Les hommes ne pensent-ils donc jamais à autre chose ? Je veux seulement refaire votre bandage et savoir pourquoi vous restez dehors la nuit !

S'en prendre à lui apaisait son embarras...

Finalement, il la laissa le pousser jusqu'à la trappe.

— Il faisait trop chaud pour que je puisse dormir, en bas, dit-il. J'ai juste ouvert votre porte et la trappe pour que vous ayez de l'air, mais il faut bien que quelqu'un monte la garde. Je suis très bien ici, ne vous en faites pas.

— Si, je m'en fais. Et, si vous pouviez à ce point vous débrouiller seul, vous auriez déjà changé ce pansement !

Nick attrapa son mousquet et s'engagea dans l'échelle en lançant :

— Je suppose que je n'aurai pas la paix tant que je ne vous aurai pas laissée me torturer...

Elle ne s'abaissa pas à répondre et, après avoir rempli une carafe de cuivre d'eau recueillie dans un tonneau attaché au pied du mât, descendit à son tour dans la coursive.

— Allez dans ma cabine, ordonna-t-elle une fois en bas. La lumière y est meilleure, et je vais avoir besoin de mes affaires.

12

Nick songea que, une fois encore, elle avait raison. Mais, loin de le consoler, cela ne faisait que l'exaspérer davantage. Oui, il aurait dû refaire son pansement au moins trois jours plus tôt. A présent, il lui serait presque impossible de le faire seul. Il n'avait plus qu'à suivre Anusha dans sa cabine, qui disposait d'une couchette plus grande et de plus de lampes.

En entrant, il fut frappé par le parfum de l'huile de jasmin qu'elle appliquait dans ses cheveux, par les fragrances de la myriade de fioles et de crèmes qu'elle avait achetées à Kalpi. A cela s'ajoutait, discrète et troublante, son odeur à elle...

Le plus simple serait de toute évidence de ne pas résister et de la laisser faire, pour pouvoir retourner au plus vite au grand air.

— Allongez-vous, dit-elle en passant à côté de lui, une cruche dans une main et une cuvette dans l'autre.

Il obtempéra et s'installa donc dans l'empreinte que le corps d'Anusha avait laissée sur le matelas, sa tête sur l'oreiller parfumé.

— Ne bougez pas.

Elle s'assit sur le bord du lit, sa hanche pressée contre la sienne et coupa le long bandage avec sa paire de petits ciseaux, après quoi elle se pencha pour examiner la portion de tissu collée à la plaie.

Nick ne put s'empêcher de fermer les yeux et de serrer les dents.

— Je ne vous ai pas encore touché ! protesta Anusha.

Non, songea-t-il, *mais cette chemise est presque transparente, dans cette lumière... Votre sein droit est pressé contre mon torse, et je ne pense qu'à vous faire rouler sur le matelas et à m'étendre sur vous...*

— Le fait de m'allonger a dû tirer sur la cicatrice, prétendit-il héroïquement avec un contrôle inattendu de ses émotions.

Pourquoi, d'ailleurs, se souciait-il de faire semblant ? Il suffirait qu'elle jette un coup d'œil au-dessous de sa ceinture, et elle comprendrait aussitôt ce qui se passait réellement ! Son corps entier se tendait vers elle et, malgré tout son savoir théorique, il y avait fort à parier qu'elle serait terrifiée, si elle s'apercevait de son excitation...

Elle se leva et commença à fouiller l'une de ses étagères.

— Heureusement, j'ai emporté ma trousse médicale, lança-t-elle.

Nick ouvrit précautionneusement les yeux.

— Est-ce que vous savez vous en servir, au moins ?

— Bien sûr !

D'un air décidé, elle laissa tomber une petite éponge dans la cuvette et s'arma d'un outil acéré d'allure inquiétante.

— Soigner fait partie des leçons que nous recevons dans le *mahal* des femmes, pour que nous soyons capables de nous occuper de notre époux s'il tombe malade ou s'il est blessé.

Nick s'aperçut qu'elle parlait de nouveau hindi, comme si ce qu'elle était en train de faire lui rappelait Kalatwah... « Notre époux. » Elle avait dit ces mots naturellement, sans chercher à le séduire. Malgré cela, il sentit son sexe se tendre davantage et tenta de retenir le regard d'Anusha sur ses yeux ; la toile fine de son pantalon ne suffirait pas à dissimuler son trouble.

— Voilà, ajouta-t-elle en prenant quelques serviettes avant de s'asseoir de nouveau au bord du lit. Nous allons baigner ce pansement pour le décoller.

Très vite, Nick ne put que reconnaître qu'elle était douée. Sa main était sûre, et elle ne faisait pas preuve d'une prudence excessive qui aurait fini par causer plus de mal que de bien. Non, elle se montrait ferme, mais douce. Ses mains témoignaient d'une assurance qui ne faisait que renforcer le désir trouble de Nick...

— Voilà ! fit-elle enfin en ôtant le dernier morceau de toile de la plaie. C'est beaucoup mieux comme cela !

— Merci beaucoup, dit Nick avec soulagement.

La tension et la brûlure qui lui tenaillaient l'épaule depuis des jours avaient disparu.

— Maintenant, il faut nettoyer la plaie, poursuivit-elle en tendant le bras vers son étagère.

— Non, tenta-t-il de protester.

En vain.

— Il le faut. Cela risque de piquer un peu.

Ce disant, elle versa quelques gouttes d'un petit flacon directement sur la plaie à demi cicatrisée.

— Bon sang ! jura Nick en se redressant sous l'effet de la douleur.

Elle le força à se rallonger d'une main ferme.

— Je suis navrée, murmura-t-elle.

Navrée ? Il en doutait ! Elle se contenta d'éponger l'excédent de potion avec une serviette, sans même lever les yeux sur lui.

— Maintenant, reprit-elle, comme le disait *Mata*, il faut embrasser cette épaule pour qu'elle guérisse.

— Vous croyez vraiment que cela marchera ?

Quelque chose, dans sa voix, avait des accents désespérés, mais Anusha ne parut pas s'en apercevoir. Après tout, il n'était qu'un homme et sa volonté avait des limites...

— Vous n'aurez qu'à me le dire, répondit-elle.

Avant qu'il puisse protester, elle se pencha sur lui et déposa un rapide baiser juste en dessous de la plaie.

— Cela ne me fait absolument rien ! assura-t-il.

De plus en plus tendu, il crispa les poings sur le drap pour garder son contrôle. Cela devenait presque impossible...

— Quel dommage ! soupira Anusha d'une voix désolée. Bon, il ne reste plus qu'à refaire un bandage propre. Est-ce que vous pouvez vous asseoir ?

Sans répondre, il se redressa.

— Je pense que votre bandage peut être réutilisé si on en coupe les extrémités, dit-elle.

— Bien, parvint-il à lâcher dans un souffle pendant que ses mains couraient sur son épaule et son torse pour enrouler la bande de toile autour de la plaie.

Jamais il n'avait été aussi sensible au contact d'une femme. Le simple fait de savoir Anusha si près de lui l'emplissait d'un feu dévorant, et le moindre frôlement de ses doigts sur sa peau faisait naître des frissons insurmontables sur tout son corps.

— Anusha ?

— Oui ? fit-elle d'un air absent, concentrée sur sa tâche.

— Merci beaucoup...

Voilà. Il pouvait encore se comporter en gentleman et se retirer, protéger l'honneur d'Anusha. Il tenta de lui sourire amicalement, avec gratitude.

— Maintenant, je vais remonter sur le pont, et...

— Attendez ! S'il vous plaît...

Anusha se mordit la lèvre et baissa les yeux, embarrassée.

Que c'était difficile...

— Je dois vous dire quelque chose, reprit-elle à mi-voix. Quelque chose que j'aurais déjà dû vous dire il y a longtemps... Quand vous êtes arrivé à Kalatwah pour m'emmener, je vous ai haï parce que vous étiez aux ordres de mon père, et parce que je n'avais encore jamais rencontré un homme tel que vous.

— Vous n'avez pas dû rencontrer beaucoup d'hommes dans votre vie, répondit-il, gêné.

— Non, c'est vrai, avoua-t-elle.

Elle leva de nouveau les yeux vers lui, un peu intimidée.

— Je ne vous faisais pas confiance, mais j'ai vite compris que j'avais tort et je me suis fiée à vous pour me protéger. En revanche, je n'osais toujours pas vous faire confiance au sujet de mon avenir...

— Votre avenir ? Je ne comprends pas...

— J'ai besoin d'être libre, indépendante, de découvrir qui je suis. Peu à peu, je me suis aperçue que cela ne pouvait pas arriver tant que j'étais à Kalatwah. Mais, à Calcutta, cela deviendra possible si je peux être acceptée par la société anglaise. Vous avez commencé à m'apprendre les règles de votre monde, et cela m'a donné confiance en moi.

C'était vrai. Elle n'avait pas tout de suite compris à quel point elle avait peur, profondément peur, à l'idée de découvrir cette nouvelle vie...

— Si je n'avais pas appris toutes ces nouvelles choses, poursuivit-elle, je serais restée enfermée dans la maison de mon père, incapable d'en sortir, et je n'aurais jamais pu espérer être libre...

— Votre père vous aurait trouvé des précepteurs et des femmes plus âgées pour vous guider, de toute manière.

— Oui, mais tous ces gens n'auraient pensé qu'à me trouver un époux !

— Et ce ne serait pas une bonne idée, selon vous ?

— Bien sûr que non ! Comment pourrais-je être libre, si je me marie ? J'ai rejeté tous mes prétendants, à Kalatwah, parce que je refuse d'être enchaînée à quelqu'un.

Et parce que, quelque part dans ce monde, je pourrai peut-être trouver le grand amour, comme Mata *avant moi. Seulement, je veux un amour qui ne mourra pas...*

— Mon père est un homme riche, n'est-ce pas ? Donc, je suis riche aussi...

— Sir George vous accordera une dot, c'est certain, admit Nick.

— Vous voyez ! Je ne savais pas comment me comporter dans votre monde, ni même si j'aurais de l'argent. Alors j'avais prévu de vendre mes bijoux et de vous échapper avant même d'avoir atteint Calcutta. Mais à présent que vous vous êtes montré bon avec moi, que vous m'avez expliqué tant de choses, je n'ai plus besoin de fuir.

L'air à la fois inquiet et abasourdi, il la dévisagea.

— Vos bijoux ?

— Ne vous en faites pas, ils sont bien cachés.

Il paraissait soucieux, mais il n'avait pas à s'en faire, songea-t-elle. Personne ne découvrirait son petit trésor secret !

— Excellent, répondit-il d'un ton peu convaincu. Votre père...

— Mon père ne veut me récupérer qu'à cause de la politique. Si j'étais restée à Kalatwah, je serais devenue un fardeau pour la Compagnie ! Il ne veut pas *vraiment* de moi, et moi, je ne veux certainement pas de lui.

Nick pinça les lèvres, mais ne lui fit aucune remontrance pour son manque de respect envers son père. Elle eut même l'impression qu'il pensait complètement à autre chose…

Elle ne put s'empêcher de lever une main vers son épaule, de caresser sa peau si chaude et si douce. Il n'essaya pas de s'écarter.

— Nick, *Mata* avait raison, n'est-ce pas ? Elle m'a dit que les femmes anglaises faisaient ce qu'elles voulaient et que personne n'obligeait leurs filles à se marier. C'est bien vrai ?

L'air troublé, il prit une profonde inspiration puis sourit.

— Bien sûr, finit-il par répondre. Vous serez une jeune femme riche et vous serez aussi libre que vous le souhaitez.

— Vraiment ?

Je serai libre ! Je peux choisir ma vie !

— Vous me le promet…

Sans prévenir, il la prit dans ses bras et l'embrassa. Surprise, elle se laissa faire, envahie par un profond sentiment de libération. Elle se laissa aller contre lui et passa ses bras autour de son cou. A travers sa fine chemise de nuit, elle sentait les muscles fermes de Nick. Le laissant la guider, elle entrouvrit les lèvres et leurs langues se rejoignirent lentement. Il avait un goût de thé et d'épices mêlé à quelque chose de bien plus dangereux : un parfum de mâle…

Les mains de Nick glissèrent de ses épaules pour épouser les courbes de ses hanches puis passer sous ses cuisses. Il la souleva et l'assit à cheval sur ses genoux. Lèvres contre lèvres, elle ne put réprimer un petit sursaut en sentant contre elle la barre dressée et dure de son sexe.

Il me désire vraiment. Il a besoin de moi. Et moi aussi, je le désire. C'était écrit… Nous ne faisons rien de mal.

Il caressa doucement sa poitrine. Elle avait toujours cru ses seins trop petits, mais ils remplissaient ses paumes. Lorsqu'il se mit à jouer avec le bouton durci de ses tétons, elle ne put se retenir de gémir contre ses lèvres… Oui, c'était bien du désir. Au fond d'elle, une chaleur humide s'éveillait, et la cabine exiguë s'emplit de l'odeur musquée de leurs corps.

Nick redressa alors la tête et lui saisit la taille comme s'il cherchait à l'éloigner de lui.

Elle ouvrit les yeux et l'observa longuement. Il avait libéré quelque chose en elle : une passion, une sorte de compréhension instinctive, profonde, purement féminine qu'elle n'avait jamais encore éprouvée...

Il lui avait dit qu'elle n'aurait pas à se marier si elle ne le souhaitait pas. Son départ de Kalatwah et ce voyage lui donnaient peu à peu le courage d'être libre, de se construire une vie à son image. Et elle savait ce qu'elle voulait, en cet instant. Elle voulait cet homme si fort, qui dissimulait ses blessures autant qu'elle. Elle savait bien qu'elle ne pourrait l'avoir longtemps, mais elle voulait tout de même être à lui.

— Nick, s'il vous plaît... Venez en moi...

— *Quoi ?*

La violence de sa réaction lui fit l'effet d'une gifle.

Il ne me désire pas du tout ! Il s'est juste laissé aller un instant, et c'est déjà fini...

— Anusha, reprit-il, je suis désolé... Je n'aurais jamais dû vous toucher...

Elle le dévisagea en silence. Ses yeux trahissaient sa lutte pour trouver des paroles douces, pour ne pas la blesser.

— Vous voyez pourquoi les jeunes femmes doivent être chaperonnées ? On ne peut pas se fier aux hommes !

Il lui laissait une chance de sauver son orgueil, de faire comme si elle n'avait pas conscience du sens véritable de ce qu'elle lui avait demandé. Mais elle ne fuirait pas, cette fois !

— Je sais que je peux me fier à vous, répondit-elle. Je ne souhaite pas me préserver pour un époux, alors pourquoi ne pourrais-je pas faire l'amour à un homme si je le désire ?

— Parce ce que ce serait un déshonneur pour moi de prendre votre virginité. Je n'aurais même pas dû vous embrasser, et encore moins vous toucher ainsi !

Elle vit son regard s'assombrir. Depuis qu'elle le connaissait, elle avait appris à reconnaître la souffrance, mentale ou physique, dans ses yeux...

— Ce serait un déshonneur si je n'étais pas consentante, reprit-elle fermement.

— Mais je pourrais vous faire tomber enceinte ! protesta-t-il du ton d'un homme qui cherche à tout prix un argument décisif.

— Non. Ce n'est pas encore la bonne période, le rassura-t-elle avec calme. De plus, je sais comment empêcher cela.

Pour souligner son affirmation, elle lui indiqua d'un mouvement de tête les fioles médicinales alignées sur son étagère. Elle possédait de l'alun — c'était efficace pour arrêter les saignements et la transpiration, mais cela servait aussi à empêcher la conception d'un enfant, bien qu'elle ne sût pas exactement comment.

— Mais... votre père...

— Suis-je donc son esclave ?

— Non, mais je suis à son service.

Elle s'apprêtait à répliquer, mais il ne lui en laissa pas le temps.

— Vous dites que vous avez confiance en moi. Votre père lui aussi se fie à ma bonne conduite. Voulez-vous donc que je vous trahisse tous les deux ?

— Non, répondit-elle après une hésitation. Non, je ne vous demanderai jamais de manquer à votre parole. *Maf kijiye*.

— Ne vous excusez pas, Anusha, murmura-t-il en hindi. Vous m'avez fait un grand honneur, mais c'est un présent que je ne peux accepter...

Comme ça, il espère protéger ma fierté en prétendant être désolé... En se plaçant en protecteur...

Elle tenta de lui sourire tandis qu'il se levait. S'il pouvait faire semblant, elle le pouvait aussi !

Après tout, il avait peut-être raison. Non pas parce que ses arguments étaient valables, mais parce qu'il y avait entre eux quelque chose de fragile et de timide que leur intimité, chargée de culpabilité pour lui et d'un peu de désespoir pour elle, risquait de briser.

Quelques jours plus tard, ils entrèrent dans une rivière que Nick appelait la Hooghly — l'un des bras du Gange — qui descendait jusqu'à la mer par le port de Calcutta.

— Nous arriverons à destination demain, annonça-t-il à Anusha qui regardait les berges d'un œil distrait.

D'une certaine manière, elle en fut soulagée. Ce voyage à travers des plaines boueuses, la moiteur de la jungle, avec de temps en temps la vue d'un village ou d'un temple, n'avait plus rien d'amusant. Ce n'était pour l'essentiel qu'arbres verts, eaux brunes, boue et ciel bleu sans nuages. De plus, Nick s'appliquait à demeurer gentil et correct, comme s'il avait oublié ce qu'elle lui avait dit dans sa cabine. Comme s'il avait oublié leur baiser, leurs corps pressés l'un contre l'autre, brûlants de désir...

Chaque nuit, elle frémissait du besoin de le retrouver. Et, chaque nuit, elle s'efforçait secrètement de le remercier de l'honneur *angrezi* qui l'avait poussé à lui résister.

— Nous arriverons sans doute tard, ajouta-t-il, l'air soulagé lui aussi, mais, au moins, nous devrions arriver sains et saufs.

Après tout, il n'y avait rien de surprenant à ce qu'il se sente plus détendu. Ils venaient de passer trois semaines en tête à tête, et il cherchait depuis plusieurs jours à fuir leur intimité comme elle l'avait fait au début de leur voyage. Sans doute n'attendait-il plus qu'une chose, la rendre à son père et reprendre le cours de sa vie, retrouver sa maison et sa maîtresse — s'il en avait une...

Avait-elle trahi ses sentiments, pour le faire fuir ainsi ? Avait-il compris qu'elle ressentait plus qu'un simple désir pour lui ? Elle-même n'était pas certaine de comprendre ce qui se passait en elle. Elle l'appréciait, l'admirait, mais il n'y avait pas que cela : elle sentait qu'il y avait quelque chose de blessé en lui, et elle voulait à tout prix apaiser cette douleur, la guérir. Malgré ce qu'il prétendait, il avait réellement dû aimer sa femme, l'aimer désespérément... Sans cela, comment expliquer une si profonde solitude du cœur et de l'esprit ?

Bientôt, le bateau longea un grand village, et Anusha s'accouda à la rambarde pour observer la rangée de barques de pêche remontées sur la berge boueuse avant qu'elles ne disparaissent derrière un coude de la rivière et que le décor ne soit de nouveau plus qu'une suite morne de collines recouvertes de végétation basse. Tout semblait paisible ; le courant filait à un rythme doux, et l'homme de barre n'avait plus à éviter de rocher affleurant.

Soudain, un cri jaillit et un choc violent la projeta sur le plancher du pont dans un sinistre craquement de bois. Le bateau s'était échoué sur un banc de sable. Quelques instants plus tard, la barque du maître coq heurta rudement la poupe.

— Le gouvernail est cassé ! hurla l'homme de barre.

— *Dhat tere ki !* jura Nick, non loin d'Anusha qui se relevait péniblement. Personne ne peut donc faire attention ?

Peu après, l'équipage entier était rassemblé sur le banc de sable. Par bonheur, la coque n'avait subi aucun dommage. Le gouvernail, en revanche, était bel et bien cassé. Tous regardaient Nick avec appréhension.

— Est-ce réparable ? demanda-t-il à la ronde.

— Non, *sahib*. Mais on peut certainement en faire fabriquer un autre au village que nous venons de dépasser. Ils ont beaucoup de bateaux ; il y aura forcément des charpentiers là-bas.

— Très bien, soupira Nick. Faites vite.

— Pour rejoindre le village, il va falloir remonter le courant à la perche avec la barque, répondit le capitaine. Cela va nécessiter la force de tous mes hommes jusqu'à la nuit.

De toute évidence, le calme apparent de Nick l'exaspérait.

— Dans ce cas, dépêchez-vous, répliqua-t-il sans se laisser émouvoir. Ancrez ce bateau correctement, laissez-nous à manger, et revenez aux premières heures demain matin.

En moins d'une demi-heure, l'équipage était parti, laissant le bateau amarré au banc de sable au milieu de la rivière.

— Vous n'avez pas à vous inquiéter, assura Nick à Anusha.

— Je ne m'inquiète pas. Les animaux ne pourront pas nous atteindre ici, et les hommes seront de retour demain.

Même au cœur des plus grands dangers, elle se sentait en sécurité avec Nick. D'une certaine manière, même s'il s'était jeté entre elle et la mort à chaque menace, il lui avait montré qu'elle était aussi capable de se battre.

— Vous avez raison, concéda-t-il. Je vais allumer un feu sur le sable. Est-ce que vous voulez cuisiner ?

— Non. Je n'ai jamais appris. Au palais, j'ai toujours eu des serviteurs pour faire cela… Comment se fait-il que vous cuisiniez si bien ?

— Tous les soldats savent faire la cuisine, même s'ils ne sont pas tous doués pour cela… Voyons déjà ce que l'équipage nous a laissé.

La nuit finit par tomber sur la jungle d'où provenaient toutes sortes de bruits d'animaux invisibles. Au-dessus du fleuve, le velours bleu noir du ciel scintillait de milliers d'étoiles, et le feu, alimenté de bois flotté que Nick avait rassemblé avant de préparer le repas, illuminait le banc de sable.

Appuyée à la rambarde, Anusha observait Nick depuis le pont. Il s'était assis près du feu, ses trois fusils posés en trépied à côté de lui.

— Allez vous coucher, lança-t-il sans même tourner la tête vers elle, comme s'il pouvait sentir sa présence.

Si les hommes revenaient au matin avec un nouveau gouvernail, cette nuit serait bel et bien la dernière qu'ils passeraient ensemble. Sa dernière nuit en tant que princesse de Kalatwah… Demain, elle deviendrait *miss Laurens*, perdue dans un monde nouveau, avec pour seules armes les leçons de Nick en matière de vocabulaire et d'étiquette.

Elle l'avait remercié pour l'excellent repas de poisson qu'il avait préparé, mais il s'était borné à hausser les épaules en disant qu'il ne faisait que son devoir. Craignait-il qu'elle tente de le séduire de nouveau ? La seule chose dont elle avait envie, en cet instant, était de le prendre dans ses bras et de le serrer contre elle pour apaiser leurs cœurs blessés…

Il prit quelque chose dans son sac. Qu'était-ce ? Quelques instants plus tard, elle perçut une pulsation sourde : il avait emporté un *tabla* du village où ils avaient dormi !

Au rythme de la musique, elle sentit ses pieds commencer à bouger sans qu'elle puisse les en empêcher. Ce soir, elle était encore Anusha, et elle pouvait remercier Nick par un cadeau précieux...

13

Le rythme du *tabla* vint à Nick sans même qu'il ait à y penser. Instinctivement, ses doigts frappaient la peau tendue comme le faisaient les soldats de garde durant les longues nuits calmes des camps. Malgré la musique, il était capable de percevoir le moindre bruit inhabituel, et la partition complexe le tenait éveillé, en alerte.

Cela ne l'empêchait cependant pas de réfléchir, et il pressentait qu'il allait passer une nouvelle nuit d'insomnie à songer à Anusha. Peut-être méritait-il cette souffrance. Sa conscience le tiraillait toujours après tous les mensonges qu'il lui avait racontés au sujet de sa vie future. Après tout, comment aurait-il pu lui dire la vérité ? Lui dire que son père allait vouloir arranger au plus vite son mariage, et que sa vie en tant que femme mariée à Calcutta serait aussi peu libre — ou presque — que sa vie dans le *zenana*. Lui avouer que sa dot irait à son époux et non à elle…

Elle avait cru ses mensonges, et c'était pour cela qu'elle s'était offerte à lui avec tant de naïveté. Elle voulait profiter de sa liberté et pensait qu'elle pourrait vivre comme elle l'entendait sans aucun problème.

Mais il y avait quelque chose de plus, quelque chose qu'il avait lu dans ses yeux : elle voulait tomber amoureuse, vivre une romance comme sa mère. Lorsqu'il l'avait compris, il avait failli lui dire ce qu'il savait de la romance, que ce n'était qu'un rêve cruel. Seulement, qui était-il pour donner des leçons en matière d'amour ? Anusha méritait d'espérer, et même de trouver son âme sœur, un homme qui saurait la chérir pour elle-même.

Si jamais elle découvrait la vérité avant leur arrivée, elle s'enfuirait à la première occasion.

Qu'aurais-je dû lui dire ? Que les mariages, pour les femmes de son rang, étaient toujours arrangés lorsqu'ils n'étaient pas forcés ? Que son père ne la laisserait jamais sortir de chez lui sans chaperon et ne lui donnerait que peu d'argent pour lui passer ses fantaisies ?

Elle avait failli lui demander sa parole au sujet des fables qu'il lui avait racontées, et il n'avait eu qu'un instant pour l'empêcher de le faire. Devoir choisir entre son honneur et son devoir aurait été insupportable pour lui.

Puis elle s'était offerte à lui avec une sorte de courage timide qui avait éveillé en lui des instincts passionnés. Le baiser d'Anusha avait eu une saveur de thé, d'épices et d'eau de rose ; de sexe et de femme malgré son innocence. Au simple souvenir de cette étreinte, dans la cabine exiguë, son cœur se mit à battre plus fort. Dès l'instant où il l'avait vue pour la première fois il l'avait désirée, et cette soif de sensualité hantait ses rêves depuis...

Il ferma les yeux et, pendant un instant, s'autorisa à croire qu'elle était sienne, qu'elle n'était pas une jeune femme innocente qui cherchait l'amour et méritait de la tendresse, mais une courtisane expérimentée dont il pourrait se séparer sans qu'aucun d'eux n'en souffre.

Dans moins d'une journée, si tout se passait bien avec le nouveau gouvernail, il aurait rendu Anusha à son monde et, si elle devait le haïr pour cela, ce serait le prix à payer. De toute manière, il ne serait pas à ses côtés pour voir ses grands yeux gris se remplir de désespoir à la découverte de sa trahison. Cela dit, il n'avait aucun mal à les imaginer, et il devrait vivre avec sa culpabilité.

A présent, dès qu'il essayait de se souvenir de Miranda, il s'apercevait que l'image de ses yeux bleus disparaissait sous de beaux yeux gris bordés de longs cils noirs, et que sa silhouette frêle se dissolvait sous des courbes dorées jusqu'à n'être plus qu'un fantôme évanescent dans sa mémoire...

Malgré ses sens théoriquement en alerte, il lui fallut quelques instants pour prendre conscience qu'un son subtil s'était ajouté à la pulsation du tambour. Il rouvrit les yeux pour voir une silhouette apparaître dans la lumière du feu, dans un tourbillon de jupes, de pantalon large et souple. Un doux tintement de clochettes accompagnait chaque mouvement des pieds nus qui frappaient le sable au rythme du *tabla*.

Anusha dansait dans la chaleur des flammes, jetant sur le sol une longue ombre mouvante. Ses vêtements rouges et bleus reflétaient le scintillement du feu dans leurs broderies métalliques.

Ce qu'elle faisait là, aucune femme respectable ne l'aurait fait, sauf devant un époux ou sous les yeux de ses amies, loin en tout cas des regards des hommes. Sa tête bougeait selon les codes des danses de cour, selon des mouvements souples, stylisés. Ses mains fines s'enroulaient comme des rubans, traduisant pour ceux qui pouvaient le comprendre le sens de sa danse. Ses pieds nus frappaient un rythme complexe, à contretemps, qui complétait parfaitement celui du tambour. Hypnotisé, Nick laissa la musique le pénétrer, ses doigts accélérant sur la peau tendue comme s'ils cherchaient à l'amener à la transe.

La tension monta au rythme du *tabla*, et il sentit peu à peu sa respiration s'accélérer comme s'il courait ou faisait l'amour passionnément, en proie à un désir ardent. Son cœur pulsait en écho à la musique mais, bien qu'essoufflé, il ne ralentit pas. Devant lui, Anusha virevoltait de plus en plus vite. A l'instant où il pensait qu'ils allaient tous deux s'effondrer, à bout de forces, les grands yeux gris se tournèrent vers lui. Elle frappa ses mains l'une contre l'autre d'un coup sec.

Il immobilisa ses doigts à quelques centimètres de la peau, et Anusha se figea comme une statue de pierre dans un temple. Seuls le mouvement de sa poitrine qui se soulevait rapidement, l'éclat de la transpiration qui perlait sur son front, et le frisson de son *lehenga* dans la brise prouvaient qu'elle était bien vivante.

Nick secoua ses mains fatiguées et reposa le *tabla*, brisant le charme. Anusha bougea, repoussa sa longue tresse dans son dos. A ses poignets, les bracelets de métal tintèrent. Enfin, elle lui sourit.

— Je n'avais jamais fait cela auparavant, murmura-t-elle. Comme je ne pense pas avoir de nouveau l'occasion de danser pour un homme, c'était mon remerciement pour vous, puisque vous avez refusé que je vous remercie de vive voix...

Incapable d'émettre le moindre son, il la regarda passer à côté de lui, mais ne tourna pas la tête pour la suivre des yeux tandis qu'elle remontait à bord du bateau. Il n'écouta que le son de ses pas, plus sec sur le bois de la passerelle. Elle lui avait coupé le souffle. Serait-il jamais capable d'oublier cet instant de magie, d'intimité profonde au rythme du *tabla* ?

— Nous y sommes, dit simplement Anusha en observant le paysage dans le crépuscule.

Ce n'était pas une question. Quelque part, au fond d'elle, elle se rappelait la myriade de lumières qui s'étendait sur terre et sur l'eau, recouvrant le grand bassin du port de Calcutta. Elle se pencha sur le bastingage. Les odeurs de la ville éveillaient ses souvenirs — déchets humains et animaux, feux de cuisine, épices, fleurs...

— Je me rappelle tout cela, je crois, murmura-t-elle. Tous ces grands bateaux...

Comme dans sa mémoire, le port était encombré de navires marchands, protégés par l'ombre bienveillante du fort William.

— Mon père m'a emmenée là-haut, sur les remparts, une fois... Pour me montrer la vue...

— Nous allons directement au fort, répondit Nick. Je ne veux pas vous faire traverser la ville sans escorte. De plus, sir George n'est peut-être pas chez lui.

— Est-ce qu'il habite toujours la même maison ?

— Oui.

La nuit précédente, tandis qu'elle dansait pour Nick, elle avait senti quelque chose changer en elle. L'ivresse du mouvement l'avait apaisée. Elle avait commis un acte scandaleux simplement parce qu'elle avait choisi de le faire ; elle avait savouré sa liberté... Mais, à présent, sa vieille angoisse reparaissait, insidieuse. Son estomac se nouait à la perspective de faire face à son père, de devoir affronter l'homme qui l'avait trahie. Si jamais elle ne parvenait pas à dissimuler ses émotions devant lui, lui laisserait-il vraiment faire ce qu'elle voulait ?

— C'est étrange, dit-elle, tendue. Je n'avais jamais imaginé retourner dans notre ancienne maison...

L'épouse de sir George avait sans doute tout fait pour y effacer toute trace du passage de *Mata*, tout souvenir.

— Vous trouverez peut-être les lieux un peu changés, répondit Nick comme s'il lisait dans ses pensées.

Une petite barque qui devait les conduire à terre était en train d'accoster.

Oui, songea Anusha en quittant le bateau, la maison aurait changé, et ce n'était peut-être pas plus mal... Le présent et l'avenir allaient être assez difficiles à affronter sans qu'elle ait à retrouver le fantôme de sa mère dans tous les recoins. Une fois qu'ils furent tous deux installés dans la barque, leur paquetage sur les genoux, et qu'ils commencèrent à s'éloigner vers le quai, Anusha jeta un regard en arrière : l'équipage riait et discutait avec animation. Tous étaient heureux de pouvoir passer une nuit en ville, leur solde en poche.

Ces hommes étaient pauvres ; ils devaient travailler dur pour vivre et leur avenir n'était jamais assuré. Pourtant, elle les enviait... Elle enviait leur bonheur insouciant, leur joie à l'idée de passer un bon moment sans se soucier du lendemain.

Le regard de Nick qu'elle sentit sur elle la tira de ses pensées.

— Courage, dit-il avec douceur. Vous êtes une rajput, ne l'oubliez pas...

— Je ne sais plus vraiment ce que je suis, avoua-t-elle en soupirant. Mais je trouverai.

Une grimace passa fugitivement sur le visage de Nick.

— Qu'y a-t-il ? demanda-t-elle, inquiète. Votre blessure vous fait encore souffrir ?

— Non, répondit-il avec un sourire — un peu forcé, peut-être. C'est sans doute ma conscience qui me travaille...

Ils parlaient tous deux anglais pour ne pas être compris des hommes qui les entouraient mais, malgré cela, Anusha baissa instinctivement la voix.

— Est-ce que c'est à cause du baiser que vous m'avez donné ? A cause de ce qui s'est passé quand vous êtes venu dans ma cabine ?

— Je pense, oui.

— Vous n'avez rien fait de mal ! Vous avez d'ailleurs été très courageux et vous avez dit non. Vous voyez, ajouta-t-elle avec douceur, nous sommes de bons amis maintenant.

Tout en parlant, elle posa une main sur son bras et appuya la tête contre son épaule dans l'espoir de le réconforter.

Ce simple mot d'*ami* la fit frémir, comme si Nick venait de la caresser avec passion, alors que c'était elle qui le touchait avec tendresse...

Elle profita de cet instant pour s'enivrer de son odeur, de sa chaleur. Sous sa main, son bras était musclé et ses doigts, qui frôlaient son torse, pouvaient sentir les battements de son cœur. Elle percevait chaque frémissement de Nick, comme lorsqu'elle avait dansé pour lui, reconnaissant en elle une émotion bien plus profonde que le simple désir qui s'était emparé d'eux dans la cabine, quand il l'avait embrassée ; cette même émotion qui, dans le village où ils avaient dormi, avait guidé le regard de Nick vers elle alors qu'il lui était impossible de la reconnaître au milieu des autres femmes...

Troublée, elle leva les yeux vers lui. Son profil se découpait, sombre, dans la lumière des quais principaux qui menaient à la grande porte du fort. Son expression était indéchiffrable : elle n'apercevait qu'un regard tendu, une ligne de mâchoire puissante et un peu crispée.

— Nous sommes amis, répéta-t-elle soudain avec un profond besoin d'être rassurée.

Contre quoi ? Elle n'en savait rien...

— Souvenez-vous-en, répondit-il.

Elle attendit, persuadée qu'il allait ajouter quelque chose, mais il resta silencieux. Enfin, il reprit :

— Restez près de moi quand nous accosterons ; les quais sont bondés, ce soir.

En effet, les rues étaient animées par un festival en l'honneur de quelque déité secondaire. Une foule se pressait sur les larges marches du *ghat* pour jeter des couronnes de fleurs dans l'eau et abandonner au courant de petites lanternes de terre. Partout, on entendait de la musique, des appels de vendeurs de nourriture et des hurlements excités d'enfants.

Anusha débarqua, avec l'aide de Nick, puis il paya le pilote.

— Nous voilà enfin à Calcutta, soupira-t-il en jetant son paquetage sur son épaule.

Il prit également celui d'Anusha et se dirigea vers le fort.

— Je n'ai plus qu'à vous escorter sur une demi-lieue, ajouta-t-il, et ma mission sera accomplie.

Il paraissait ravi à l'idée de se séparer d'elle, et elle ne pouvait pas vraiment l'en blâmer, songea-t-elle, agrippée à son bras tandis qu'il se frayait un chemin au milieu de la foule. Elle leva les yeux vers le fort William, devant eux, et soupira. Comparés à Kalatwah, ses murs bas et ses fortifications en étoile n'avaient rien d'impressionnant ; cependant, les gardes en poste à la porte les firent entrer et appelèrent un palanquin avec une surprenante efficacité. Le nom de Nick ou de sir George devait inspirer le respect...

Elle s'installa dans le palanquin, ferma le rideau et s'appuya aux cloisons tandis que les porteurs soulevaient leur charge avec précaution et se mettaient en route.

— Nick ! appela-t-elle à travers le rideau.

— Je suis là, répondit-il, tout proche. Est-ce que tout va bien ?

— Oui. C'est juste sombre... et très étroit. Je me suis habituée au cheval et au bateau, à l'air libre.

Elle n'osa pas avouer la panique qui l'envahissait peu à peu. Après son voyage, elle se sentait prisonnière dans cette petite boîte fermée. Heureusement, elle n'y resterait pas longtemps, se dit-elle pour se rassurer. Leur destination, Old Court House, se situait juste derrière les grands bâtiments du gouvernement et les maisons de l'Esplanade, au nord du *maidan*, la grande étendue d'herbe qui entourait le fort. Une fois chez son père, elle ne serait plus jamais prisonnière, confinée derrière des claustras de pierre et des portes constamment gardées, voilée, cachée, sans même avoir le droit de sortir de chez elle.

— Nick ! chuchota-t-elle encore, sans savoir exactement ce qu'elle voulait.

Sans un mot, il passa une main sous le rideau et la referma sur le bord de la portière. Anusha posa la sienne dessus, et ce simple contact l'apaisa tandis que se poursuivait son voyage en aveugle au fil des rues.

— Nous y sommes, dit soudain Nick en retirant sa main.

Le palanquin s'immobilisa, et un brouhaha de voix excitées se fit entendre, mêlé aux grincements des portes que l'on ouvrait.

— Appelez Laurens *Sahib*, lança Nick en hindi. Dites-lui que la fille de la maison vient d'arriver.

Quelques instants plus tard, le palanquin fut posé au sol et le rideau ouvert. Aveuglée par de nombreuses lumières, Anusha en descendit. Peu à peu, son regard s'accommoda, et elle vit qu'elle se trouvait au milieu d'une cour, entourée par de hauts murs blancs, une grande véranda, et la masse plus basse de la maison.

— C'est bien là que je vous ai vu, allongé et mourant, dit-elle à Nick.

C'était étrange... Tout lui semblait à la fois si familier et si différent ! La cour lui paraissait plus petite, la maison plus grande. Les arbres qui apportaient leur ombre aux bâtiments étaient curieusement inclinés, et tous les domestiques qui se pressaient autour d'elle lui étaient étrangers.

Une voix lui fit lever les yeux vers la véranda.

— Anusha ! Anusha, ma fille chérie...

Cet homme était son père, sans aucun doute, et pourtant lui aussi était différent. Sa voix, sa taille, ses larges épaules étaient telles que dans ses souvenirs, mais ses cheveux avaient blanchi, son visage était strié de rides et un petit ventre se dessinait sous sa chemise.

Douze ans… Est-ce que je m'attendais vraiment à le trouver inchangé, alors que moi, j'ai grandi ?

Elle s'avança un peu, intimidée.

— Papa…

Instinctivement, elle avait ouvert les bras.

Non ! Le papa et sa petite fille appartiennent au passé !

Elle les referma et rassembla ses mains en un salut formel, inclina la tête, et tenta d'apaiser les battements affolés de son cœur.

— *Namaste*, père, dit-elle froidement.

Tout sourire, sir George descendit les marches de la véranda et posa les mains sur ses épaules. L'espace d'un instant, elle crut qu'il allait la soulever de terre, la faire tournoyer dans les airs et l'embrasser comme lorsqu'elle était enfant. Mais il n'avait plus à faire tout cela, à présent. Il se pencha vers elle et déposa un baiser sur son front.

— Tu es si belle, mon enfant ! murmura-t-il. Tout comme ta mère…

A ces mots, Anusha se raidit, sans pour autant reculer. Elle supporta passivement l'étreinte de son père tandis qu'il poursuivait d'une voix étranglée par l'émotion :

— Sa mort si brutale a été une vraie tragédie… Elle doit beaucoup te manquer.

— Je pense à elle tous les jours, répondit-elle en levant les yeux vers le regard gris de son père, semblable au sien.

Que ressentez-vous, père ? De la culpabilité ?

Face à sa froideur, les sourcils de sir George, encore sombres sous ses cheveux gris, se froncèrent. Colère ? Surprise ? Un peu des deux ? Il la relâcha enfin et gratifia Nick d'une étreinte rapide.

— Nicholas, mon garçon, je te remercie de me l'avoir ramenée saine et sauve ! J'ai reçu des messages codés de Dehli, et je sais que vous avez voyagé seuls… Nous venons aussi d'avoir des nouvelles de Kalatwah. Le maharadjah a abandonné le siège du palais, et ses troupes se sont retirées sans bain de sang.

Le soulagement d'Anusha à cette nouvelle fut immense.

Elle se rendit soudain compte qu'une sourde angoisse l'avait accompagnée à chaque instant depuis leur départ du palais, comme un grand vautour planant au-dessus d'elle.

— C'est bon à savoir, répondit Nick avant de se tourner vers elle. Vous n'avez plus besoin de vous inquiéter, à présent...

— S'inquiéter ? répéta sir George qui avait déjà remonté quelques marches. Il n'y a jamais eu la moindre raison de s'inquiéter. La forteresse est presque imprenable et des troupes étaient en route pour aider le rajah. Tu aurais dû le lui expliquer, Nick ! Le seul danger a toujours été qu'un ou deux hommes s'introduisent dans le palais et t'enlèvent, Anusha. Cela aurait conduit à de violentes représailles.

— Le commandant me l'a clairement expliqué mais, quoi qu'il en soit, il s'agit de ma famille ! répliqua-t-elle. Il est normal que je m'en inquiète.

Nick lui adressa un petit sourire — il était de son côté. Quant à sir George, il fronça de nouveau les sourcils, mais se contenta de changer de sujet.

— Vous devez être épuisés, tous les deux. Entrez donc, que nous puissions parler. J'imagine que vous avez faim... Prenez le temps de vous rafraîchir et de vous changer, puis nous mangerons. J'ai fait préparer ma meilleure chambre pour toi, Anusha. C'est celle qui ouvre sur le jardin, à l'arrière. Tu t'en souviens ? J'espère qu'elle te plaira...

De nouveau, sa voix s'était voilée sous le coup de l'émotion, mais Anusha ne se laissa pas attendrir.

— Oui, je m'en souviens. Je vous remercie, répondit-elle.

Heureusement, il ne s'agissait pas de la chambre qu'il avait fait préparer pour son épouse à son arrivée... Elle n'aurait pas pu y dormir. Cependant, curieusement, elle ne se sentait pas la force de faire face à son père ce soir. Elle avait seulement celle de lui résister passivement.

Le grand hall grouillait de serviteurs, que des hommes bien sûr, à l'exception d'une femme qui attendait en retrait, le visage voilé par son *dupatta*.

— Voici Nadia, ta femme de chambre, annonça sir George.

Nadia, conduisez miss Anusha à sa chambre. Nous mangerons dans une heure.

La femme s'avança et salua ; elle paraissait très jeune.

— *Namaste*, Nadia, dit gentiment Anusha.

— Bonsoir, miss Anusha, répondit-elle avant de la guider vers un couloir. Laurens *Sahib* m'a demandé de ne parler qu'anglais avec vous, poursuivit la servante. Votre chambre est par là... Est-ce que mon anglais est assez bon ? J'ai pris des leçons auprès de la femme de chambre de lady Hoskins pour apprendre à être une bonne suivante.

Elles passèrent devant un *punkah wallah*, assis le dos au mur, qui remuait sans cesse son pied auquel était attachée une cordelette qui actionnait les grands éventails de tissu dans les pièces longeant le couloir.

Enfin, Nadia ouvrit une porte et s'effaça pour la laisser entrer. Stupéfaite, elle découvrit des meubles occidentaux. Comment avait-elle pu penser qu'elle aurait ici le même confort qu'à Kalatwah ? Un grand lit haut, drapé de mousseline, occupait un mur. Partout ailleurs, il n'y avait que des chaises raides à haut dossier, et quelques-unes, plus basses et molletonnées. Il n'y avait aucun coussin, aucun tapis sur le sol... Elle allait devoir se tenir droite, sur ces chaises étroites, celles que sa mère avait toujours refusé d'utiliser.

Dans un coin, elle découvrit une — comment cela s'appelait-il ? — une *coiffeuse*, recouverte de boîtes et de flacons et surmontée d'un miroir. Plus loin, il y avait une grande armoire, près d'une porte qui devait mener à la salle de bains. La pièce entière était morne, terne, sans autres couleurs que les vêtements de Nadia et la courtepointe rouge du lit...

Les grandes fenêtres étaient ouvertes, mais occultées par des volets percés de fentes pour laisser entrer l'air frais du soir tout en sécurisant les accès de la maison de plain-pied. Au plafond, le *punkah* grinçait en se balançant, et un murmure de voix provenait des jardins.

— Cette chambre est très bien, je trouve, se risqua Nadia en lui lançant un regard inquiet. J'ai fait remplir la baignoire, miss, si vous souhaitez vous laver pendant que je sors vos vêtements.

— Je n'ai pas de vêtements, répondit Anusha avant d'aller jeter un coup d'œil dans la salle de bains.

La baignoire était large et en effet pleine d'eau.

— Votre voyage a dû être très difficile, reprit Nadia, mais Laurens *Sahib* a demandé de l'aide à lady Hoskins, et elle a fait préparer tout ce dont vous pourriez avoir besoin. L'armoire est pleine de robes, de jupons, de corsets, de bas...

— Cela suffit. Je vais me laver puis je remettrai mes vêtements de voyage. Trouvez-moi seulement des sous-vêtements propres. Ce n'est pas la peine de ressortir mon turban.

Nadia parut sur le point de protester, mais un regard de sa maîtresse suffit à la faire obéir.

— Bien, miss Anusha.

Anusha se souvenait du chemin de la salle à manger, mais le décor de la maison était différent. Les murs avaient été recouverts de peinture pâle, morne. Les meubles avaient aussi été remplacés par d'autres, plus européens sans doute. En tout cas, tout lui paraissait étrange et inconfortable, comparé aux coussins moelleux, à la soie souple et aux cotons brodés.

Avant de quitter sa chambre, elle avait renvoyé Nadia et, une fois seule, avait sorti ses bijoux de son turban pour les cacher derrière l'un des panneaux de bois de sa fenêtre. La plupart des fenêtres avaient toujours eu des panneaux mal fixés, et elle doutait que quiconque ait découvert ses multiples caches à jouets et à trésors disséminés dans la maison.

A présent, elle traversait les couloirs, ses cheveux tressés le long de son dos, dans ses vêtements d'homme qu'elle n'avait même pas rehaussés de bijoux. Les serviteurs qu'elle croisait lui lançaient des regards surpris. Ils étaient sans doute habitués à la vue de femmes non voilées, mais devaient être choqués par sa tenue masculine et son apparence à la fois indienne et occidentale...

Sur le point de passer devant la porte du bureau de son père, elle perçut la voix de Nick à l'intérieur et ralentit le pas pour écouter.

— Elle est fatiguée, c'est tout. Si le voyage a été éprouvant pour moi, vous pouvez imaginer ce que cela a dû coûter à une jeune femme...

La voix de sir George se fit entendre, plus basse et plus lointaine.

— ... réservée... Froide.

— Elle ne vous a pas vu depuis longtemps, reprit Nick. Et elle a vécu dans le *zenana* après son arrivée au palais. Il est normal qu'elle soit troublée, vous ne croyez pas ?

Il fait la paix avec mon père pour moi.

Que ferait-elle sans lui ? Il avait su l'apaiser, la protéger ; il avait même refréné ses puissants instincts masculins et lui avait appris tout ce qu'elle avait besoin de savoir pour aborder cette étrange nouvelle vie qu'elle allait devoir supporter avant de pouvoir obtenir sa liberté...

C'est vraiment un ami, songea-t-elle, émue, avant de s'éloigner. Elle ne pouvait pas se permettre de s'attarder devant la porte alors que des domestiques étaient aux aguets dans tous les recoins.

De toute manière, Nick resterait forcément quelques semaines avant sa prochaine mission, le temps que sa blessure finisse de cicatriser. Il serait là pour elle, pour la guider et la protéger dans ce nouveau monde qu'elle ne connaissait pas.

Nick...

14

Quelques instants plus tard, elle s'asseyait sur l'une des inconfortables chaises au dossier raide du salon, toujours perdue dans ses pensées. Il existait forcément un mot pour décrire Nick et la place qu'il occupait dans son esprit. « Ami » n'était pas assez puissant : cela ne correspondait ni à la confiance qu'elle avait en lui, ni au désir troublant qui l'envahissait dès qu'elle se trouvait en sa compagnie. Elle cherchait toujours ses mots, tant en hindi qu'en anglais, lorsque Nick et sir George apparurent à la porte.

— Ah ! te voilà, ma chérie ! lança son père. Est-ce que ta chambre te plaît ?

Puis il s'immobilisa, l'air surpris.

— Pourquoi portes-tu toujours ces vêtements ? Est-ce que ta suivante a oublié de te montrer tes nouvelles robes ? Ne me dis pas qu'elles ne te vont pas : on m'a envoyé tes mesures !

Qui aurait fait une chose pareille ?

— Je suis plus à mon aise ainsi pour ce soir, père, répondit-elle posément.

Elle n'avait aucune envie de se lancer dans une dispute maintenant. Demain, elle devrait faire face aux bas, aux corsets et à toutes les horreurs de ces vêtements occidentaux...

— Très bien.

Le sourire de sir George était bon, mais elle y décela une pointe de doute.

Il ne sait pas comment s'occuper de moi, songea-t-elle triomphalement. *Il est plus gêné que moi !*

Distraite par ses pensées, elle n'écouta pas ce qu'il dit ensuite.

— ... mari.

Il semblait plaisanter, mais Nick ne paraissait pas amusé... A vrai dire, il avait la même expression que le jour où ils avaient traversé le territoire des tigres : en alerte et très, très tendu. Comme cette fois-là, son inquiétude palpable la fit frémir.

— Je suis navrée, père, je n'ai pas entendu...

— George, vous ai-je dit que la situation actuelle...

Pourquoi Nick cherchait-il à distraire son père ? se demanda-t-elle, tandis que sir George le regardait d'un air dérouté.

— J'ai seulement dit, répéta-t-il, que ces vêtements masculins n'étaient pas convenables pour une chasse au mari, même s'ils sont certainement des plus pratiques pour une fuite au cœur de la campagne.

— « Une chasse au *mari* » ? lança Anusha éberluée.

— Bien sûr. Nous devons nous y atteler au plus vite, n'est-ce pas ? Il faut te trouver un époux convenable au plus tôt.

— Je ne suis ici que parce que Nick m'a dit que je devais quitter Kalatwah pour le bien de l'Etat et ne pas créer d'ennuis à la Compagnie des Indes, répliqua-t-elle en se levant d'un bond. Je ne suis pas là pour me marier ! Je ne veux pas d'époux !

Prise de panique, elle se tourna vers Nick qui était à présent très pâle.

— Vous m'avez dit que je n'aurais pas à me marier ! Vous m'avez dit que je serais libre !

— Nicholas ? fit sir George d'une voix sévère. De quoi parle-t-elle ?

— Si je lui avais dit que vous comptiez arranger un mariage pour elle, elle se serait enfuie, protesta Nick comme s'il était contraint d'avouer un secret douloureux.

— Vous m'avez menti !

Elle n'en croyait pas ses oreilles. Comment avait-il pu la tromper de cette manière ?

— Je croyais que vous étiez mon ami, poursuivit-elle. J'avais confiance en vous, et vous m'avez *menti* ! Où est votre honneur, à présent ? Vous prétendez être un officier, un gentleman, mais vous n'avez *aucun honneur* !

— Je n'avais pas le choix. Soit je vous mentais, soit je vous ligotais dans votre cabine ! répliqua sèchement Nick. Je savais que vous vous enfuiriez si je vous disais la vérité !

— Vous m'avez promis que je serais libre !

— Non. Vous m'avez demandé de le promettre, mais je ne vous ai jamais donné ma parole.

— Vous vous êtes contenté de...

... de m'embrasser à la place.

Nick lui avait lancé un regard paniqué, mais elle s'était déjà tue. Son père ne devait rien savoir.

C'est donc pour cette raison que vous m'avez séduite, vous vouliez me distraire ! Vous ne me désiriez pas. Vous êtes incapable de ressentir quoi que ce soit !

— Vous m'avez dit que j'aurais mon argent et ma liberté... En réalité, je n'aurai pas un sou. C'est bien ce que je dois comprendre ?

— Quelles sottises lui as-tu racontées, Nicholas ? demanda sir George. Quel argent ?

— Anusha pense que sa dot lui appartiendra. Que, en tant que votre fille, elle sera riche et indépendante. Elle veut voyager, et non se marier.

Un silence glacial s'abattit sur eux, finalement troublé par la voix puissante de sir George.

— Quelles bêtises ! Bien sûr que tu seras mariée, ma fille ! Qui a donc pu te mettre de telles âneries en tête ? Nicholas, pourquoi lui avoir raconté ces contes de fées ?

— Je ne lui ai dit que ce qu'elle voulait entendre. Je ne pouvais rien faire d'autre. Soit je lui disais cela, soit je trahissais votre confiance en risquant de la laisser s'échapper. Qu'auriez-vous fait à ma place ?

La voix de Nick était calme, posée, mais Anusha le connaissait assez pour percevoir la colère qu'il réprimait. Il respectait trop sir George pour élever la voix devant lui.

— J'aurais fait la même chose, en effet, concéda celui-ci d'un ton radouci. Anusha, tu ne sais pas de quoi tu parles. Tu ne sais rien des traditions de mariage européennes, mais je t'assure que tu n'as pas de souci à te faire. Tu n'as rien à craindre...

Soupçonneuse, elle observa un instant les deux hommes.

— Vous ne me forcerez pas à me marier ?

— Bien sûr que non ! s'exclama son père. Ton oncle et moi ne t'avons-nous pas laissé la liberté de repousser tes prétendants, à Kalatwah ?

— Si...

Elle jeta un rapide coup d'œil à Nick, qui avait recouvré sa placidité habituelle, bien que son corps vibrât encore de tension. Après tout, sir George l'avait réprimandé : il y avait sans doute de quoi être nerveux.

— Donc, si vous ne me forcez pas, reprit-elle timidement, pourrai-je voyager ? Je ne serai pas obligée de prendre un époux ?

— Tu ne voyageras certainement pas ! Et tu dois prendre un époux au plus tôt, mais je ne te forcerai pas à te lier à un homme que tu n'apprécies pas, répondit sir George sur le ton de l'évidence.

Eberluée, elle le dévisagea, s'attendant presque à ce qu'il éclate de rire, et lui avoue qu'il s'agissait d'une plaisanterie.

— Si je comprends bien, je *dois* me marier, mais vous ne considérez pas que vous m'y contraignez ? Je peux choisir, et pourtant je ne suis pas libre ? Je sais que mon anglais n'est pas parfait, mais je pense avoir compris ce que vous venez de dire. Non ?

Visiblement contrarié par son manque de coopération, sir George resta muet un instant, puis il poussa un profond soupir.

— Nicholas, explique-lui. Moi, je... De toute évidence, je n'y arrive pas.

Sur ce, il tourna les talons et quitta le salon.

— Oui, Nick, expliquez-moi donc, dit Anusha d'une voix mielleuse dès qu'ils furent seuls. Je tâcherai d'avoir confiance en vos paroles cette fois encore. Remarquez, il serait peut-être plus simple pour vous de m'embrasser jusqu'à ce que je perde toute volonté et que je cesse de poser des questions embarrassantes...

Le feu monta aux joues de Nick. S'en voulait-il vraiment de l'avoir trahie ? Quoi qu'il en soit, il prit une profonde inspiration et répondit posément :

— Je n'ai aucune intention de vous embrasser. Il faut que vous compreniez que votre père désire ce qu'il y a de mieux pour vous. Je ne doute pas qu'il ait déjà sélectionné quelques prétendants convenables à vous présenter.

— Et qui sont ces hommes ? Que sont-ils ?

Un flot de rage chassa la panique en elle, et elle agrippa le bras de Nick des deux mains. Elle lui ferait avouer la vérité par la force si nécessaire !

— Je ne sais pas à quels malheureux il a pu penser pour cela, répondit-il dans une tentative ratée d'humour. Mais il est certain que sir George voudra vous voir mariée le plus tôt possible, pour votre sécurité. De plus, vous êtes déjà bien plus âgée que la plupart des Européennes en quête d'époux à Calcutta.

— Me voir mariée ?

Elle dut lutter un moment contre sa colère pour ne pas le gifler.

— Et à qui ? reprit-elle. A un *angrezi* qu'il aura choisi pour moi ?

— Bien sûr. Tout ce que je sais de ses projets vous concernant est qu'il veut faire de vous une lady anglaise. Que voulez-vous faire d'autre ici, à Calcutta ? Comment comptez-vous vivre avec votre père ? Vous espériez vous contenter de jouer les maîtresses de maison ?

Elle lâcha son bras et s'écarta avec une expression de dégoût.

— Ce que je veux faire d'autre ici ? Mais je ne veux *rien* faire à Calcutta, sinon en partir ! Je n'ai pas demandé à venir ici ! Je ne veux pas d'époux ! C'est bien pour cette raison que j'ai refusé toutes les demandes en mariage que l'on m'a faites !

— Je le sais bien... Mais tout sera différent, ici. Personne n'attend de vous un mariage politique avec un homme qui aurait l'âge d'être votre père ou un prince qui pourrait se faire assassiner à chaque instant dans son palais. Vous allez devenir une lady, libre de choisir votre époux face à face.

— Et je pourrai choisir n'importe qui ? N'importe quel homme ? demanda-t-elle en lui tournant ostensiblement le dos.

Elle connaissait parfaitement la réponse à cette question, bien sûr, mais aurait-il le courage de la formuler ?

— Bien sûr que non, dit-il. Mais vous pourrez choisir tout

homme que votre père aura approuvé. Comme je vous l'ai dit, je suis persuadé qu'il a déjà quelques noms à vous soumettre. Anusha, une femme de votre rang est certaine d'épouser un homme riche et influent qui sera à même de lui offrir une belle vie.

Riche et influent...

C'était donc pour cette raison qu'elle avait été ramenée à Calcutta contre son gré, presque enlevée sous le nez de son oncle. Bien sûr, la menace d'Altaphur avait été sérieuse, mais cela avait surtout fourni un prétexte à son père ! Il cherchait sans aucun doute à sceller une alliance quelconque et avait pensé à elle. Elle n'était qu'un pion, pour lui... Au moins, cela expliquait son soudain désir de l'avoir à ses côtés après toutes ces années !

Depuis son départ de Kalatwah, elle pressentait qu'un danger l'attendait au bout de la route... Au moins, maintenant, elle savait à quoi s'en tenir. Elle risquait de finir mariée à un Anglais qui la traiterait comme sir George avait traité sa mère. La seule différence serait qu'elle serait légalement liée à lui, et qu'elle devrait rester aux côtés de son époux, même s'il se comportait mal vis-à-vis d'elle.

Soudain, Nick la saisit par les épaules et la tourna vers lui.

— Anusha, écoutez-moi... Avec la dot que sir George vous donnera et l'influence dont il jouit, il n'aura aucun problème pour vous trouver un époux convenable et que vous apprécierez. Un marchand puissant, un officier prometteur, ou le jeune fils d'un noble...

Un officier prometteur ? Le jeune fils d'un noble ?

Elle lui lança un regard assassin. Pensait-il à lui en disant cela ? Après tout, s'il l'épousait, il deviendrait le fils et l'héritier d'un homme qu'il considérait comme son père... Cela lui apporterait de l'argent ainsi que les appuis nécessaires pour se construire une belle carrière. Etait-ce pour cela qu'il l'avait embrassée et s'était montré si gentil ? Espérait-il la séduire ?

S'il l'épousait, il s'éloignerait d'elle dès qu'elle serait enceinte et reprendrait toutes ses activités plus passionnantes de célibataire. Elle n'aurait plus qu'à se contenter de ses corsets, de son bébé, et de toutes les *memsahibs* avec leurs moues de désapprobation. Elle ne trouverait jamais sa vraie place et ne serait jamais libre.

— Je vois, répondit-elle, étonnamment calme.

Voilà quel était son destin : être arrachée à la cage dorée et luxueuse de la cour pour se trouver enfermée dans une autre, bien moins confortable... Elle ne parviendrait jamais à se sentir en sécurité nulle part.

— Mon père, reprit-elle, va donc choisir des hommes, et les faires parader devant moi. Je dirai non. Alors, il en trouvera d'autres et le manège recommencera. Combien de temps cela durera-t-il ?

— Le temps que vous en trouviez un qui vous convienne.

Il avait retrouvé son regard doux et patient, celui qu'elle avait appris à si bien connaître ; celui qui exprimait la patience implacable du chasseur. Mais, ce qui était pire, elle vit aussi de la pitié dans ses grands yeux verts...

— Anusha, je suis désolé d'avoir dû vous tromper, mais vous n'avez aucune idée des dangers que peut courir une jeune fille de bonne famille. Vous n'auriez pas tenu un seul jour, seule dans la nature.

Quelle naïveté ! Quel romantisme stupide ! Comment avait-elle pu croire que ce guerrier venu d'ailleurs pourrait devenir son ami ? Dire qu'elle avait même rêvé, dans les heures troubles qui précèdent l'aube, qu'il pourrait être bien plus que cela pour elle !

A la cour, si elle avait refusé un prétendant auquel son oncle aurait été attaché, elle aurait été enfermée dans sa chambre jusqu'à ce qu'elle se soumette. Ici, apparemment, elle n'avait à craindre aucune contrainte physique. Pour échapper à cette situation, elle allait devoir compter sur sa ruse. Heureusement, la vie à la cour l'avait bien entraînée pour cela.

De peur que son regard ne trahisse ses intentions, elle se détourna.

— Je comprends, dit-elle posément. Qui donc pourra m'apprendre à devenir la lady que ces hommes si parfaits seront prêts à épouser ? Ou alors seront-ils prêts à m'épouser, lady ou pas, pourvu que cela leur assure la fortune et le soutien de mon père ?

— Ils vous désireront pour vous-même, Anusha, répondit fermement Nick. Comment pourrait-il en être autrement, lorsqu'ils auront appris à vous connaître ?

Vraiment ? songea Anusha. *Vous êtes réellement prêt à me raconter n'importe quel mensonge pour servir vos intérêts !*

— Et lady Hoskins, poursuivit-il, imperturbable, vous prendra sous son aile. Elle habite un peu plus bas dans la rue. Elle est l'épouse d'un collègue de votre père, sir Joshua Hoskins. Leur fille s'est mariée l'an dernier, et ils ont un fils de dix-sept ans.

Une matrone expérimentée... Elle n'aurait pu rêver mieux ; sans doute sera-t-elle facile à tromper.

— Je vois, fit-elle. Je m'en contenterai.

Mieux valait ne pas se montrer trop enthousiaste ; cela pourrait éveiller les soupçons de Nick.

— Dans ce cas, venez et allons manger. Vous oublierez vite vos soucis en luttant avec vos couverts !

— Je pense pouvoir m'y habituer rapidement. Après tout, j'ai bien compris vos leçons.

Sur ce, elle se dirigea d'un pas ferme vers la porte.

A la fois soucieux et compatissant, Nick la suivit jusqu'à la salle à manger. Anusha lui en voulait, et elle paraissait réellement mal à l'aise dans cette nouvelle maison... Déracinée, éloignée de tout ce qu'elle connaissait et comprenait.

Dans le palais de son oncle et pendant leur voyage, malgré les dangers, elle avait été dans son élément. Ici, entre un père qui à ses yeux l'avait rejetée, et un homme qui lui avait menti, qui l'avait trompée pour la décider à venir à Calcutta, elle semblait ne plus savoir qui elle était.

Un domestique tira une chaise pour elle tandis qu'il s'installait entre elle et son père. Elle s'assit avec raideur, le menton haut, les mains posées sur les genoux, puis les serviteurs apportèrent de nombreux plats : un vrai dîner anglo-indien.

La table ressemblait à une table indienne, couverte de toutes sortes de mets. On y trouvait un mélange étrange de curry de poulet, de chutney, de riz, de rôties, de viandes, de soupes et de légumes.

— Puis-je vous servir ? proposa-t-il. Voulez-vous de l'agneau ou du poulet ?

— Je prendrai du poulet, merci, répondit-elle.

Elle observa un moment les légumes, puis tendit la main vers le riz avant de découvrir, embarrassée, la cuillère de service. On lui servit un verre de vin tandis qu'il déposait deux tranches de poulet dans son assiette.

— Puis-je vous demander des légumes ?

Durant tout le repas, il l'observa discrètement. L'air concentré, elle s'efforçait d'imiter ses gestes et ceux de sir George. Il ne fallait surtout pas sous-estimer son intelligence et ses grandes capacités d'apprentissage et d'adaptation.

Il se sentait moins gêné d'avoir dû lui mentir — il n'avait fait que son devoir pour la protéger à tout prix —, mais il savait qu'il avait perdu sa confiance… Quoi qu'il ait pu y avoir de chaleureux et de trouble entre eux, cela s'était évaporé pour être remplacé par une surveillance inquiète d'un côté, et une méfiance féroce de l'autre.

Finalement, ayant manifestement décidé d'ignorer la dispute qu'il avait eue avec elle dans le salon, sir George prit la parole.

— Je pense que tu apprécieras lady Hoskins, Anusha. Et sa fille Anna, Mme Roper à présent, est charmante. Veux-tu me passer le sel, Nicholas ?

Nick étendit le bras, et grimaça à cause de son épaule douloureuse.

— Est-ce que votre épaule vous fait encore souffrir, commandant Herriard ? demanda aussitôt Anusha d'un air faussement inquiet.

Surpris, Nick s'aperçut qu'elle ne l'avait pas appelé par son prénom ; elle était vraiment rancunière…

— Quelle épaule ? demanda George. Qu'avez-vous fait, Nicholas ?

— Nous sommes tombés dans une embuscade en arrivant à Kalpi, répondit Anusha. Et le commandant a reçu une balle dans l'épaule.

Elle baissa les yeux d'un air ingénu, et Nick fut pris d'une irrépressible envie de la renvoyer dans sa chambre. Elle avait une idée derrière la tête...

— Il a été soigné chez M. Rowley, l'agent de la Compagnie, poursuivit-elle. Sa femme a fortement désapprouvé notre voyage. Croyez-vous que je serai... comment dit-on ?... *compromise*, lorsqu'elle commencera à parler de tout cela, père ?

Bien essayé, Anusha ! songea Nick avec un sourire aussi faux que le regard anxieux qu'elle lançait à son père.

— Ne vous en faites pas, George, intervint-il. J'ai parlé aux Rowleys et au médecin avant notre départ. A la simple mention de votre nom, ils m'ont juré une discrétion et un silence absolus sur cet incident.

— Je l'espère bien, grommela sir George. Cette blessure est-elle grave ? Je serais plus rassuré en appelant mon médecin pour qu'il t'examine après le dîner.

— Cela peut attendre demain. La plaie cicatrise bien, et miss Laurens a su refaire mes pansements.

Il ne pourrait échapper au médecin, mais il pouvait au moins repousser l'échéance...

— Ah ? Elle t'a soigné ?

— Le commandant est un homme très courageux, reprit Anusha. Il a lutté contre les bandits, contre un cobra, contre les hommes du maharadjah, et même un tigre !

— Un tigre ? répéta George d'un air inquiet.

— Nous n'avons vu que des empreintes, répliqua Nick avec un regard agacé vers Anusha qui coupait maladroitement son poulet. Et les hommes qui nous poursuivaient ont été très facilement conduits sur une fausse piste. Quant aux bandits... cela a causé quelques problèmes. Heureusement, nous avions des chevaux entraînés au combat.

— Et le cobra ? demanda George avec un petit sourire moqueur.

Il le connaissait bien, et ne pouvait avoir oublié le jeune homme qui grimpait aux arbres à la seule vue d'un serpent. Depuis son arrivée en Inde, Nick n'avait pu songer à ces animaux sans en avoir des sueurs froides...

— Le commandant a… Il a été… Il m'a sauvé la vie, dit Anusha avec émotion. J'ai même cru qu'il avait été mordu.

Toute sa fausse modestie s'était évaporée, et elle était soudain très pâle.

— Veuillez m'excuser, ajouta-t-elle d'une voix blanche. Je me sens soudain très lasse et je ferais mieux de me retirer dans ma chambre.

Elle reposa ses couverts, repoussa sa chaise avant même que le domestique ait pu l'aider et quitta précipitamment la pièce.

— Eh bien, fit sir George lorsqu'ils furent seuls, je pense que tu me dois un récit détaillé, Nicholas. Et ne me cache rien, sinon je serai obligé de m'adresser à Anusha pour les détails.

15

La nuit était déjà bien avancée, et cela faisait plus d'une heure que le *punkah* était immobile au plafond de la chambre d'Anusha. Au loin, on percevait la rumeur de la ville et la maison grinçait dans la fraîcheur ; aucun bruit humain ne se faisait entendre, à l'exception des pas des gardes qui faisaient leur ronde.

Une fois certaine que toute la maisonnée était endormie, Anusha se leva de son lit en oubliant sa hauteur, et étouffa un gémissement lorsque ses talons heurtèrent brutalement le sol. Immobile, craignant d'avoir été entendue, elle tendit l'oreille, mais tout resta calme. Elle poussa alors un petit soupir et enfila une robe sombre qu'elle avait trouvée dans l'armoire. Grâce au *ghee* qu'elle avait utilisé plus tôt pour en huiler les gonds, la porte de sa chambre s'ouvrit en silence.

Pieds nus, et en protégeant de la main la lumière de sa petite lampe pour en limiter l'éclat, elle longea le couloir. Le froissement sourd de sa robe était couvert par les ronflements de l'homme endormi devant la porte d'entrée pour la garder. Il ne se réveilla pas à son approche, et elle se glissa dans le couloir menant au bureau de son père. Là, elle trouverait des cartes, le coffre-fort, les journaux qui lui apprendraient les dates d'embarquement pour l'Europe. Il y aurait même des munitions qu'il serait bon de localiser, au cas où. Le coffre-fort serait-il difficile à ouvrir ?

Prudemment, elle souleva le loquet de la porte du bureau : elle n'était pas verrouillée. A l'intérieur, rien n'avait changé depuis son enfance. A l'époque, elle entrait pour s'asseoir sur les genoux de son papa — de *père* — et attendre qu'il lui donne une roupie d'argent qu'elle dépenserait au bazar dès que son *ayah* l'y conduirait.

Emue, troublée par des souvenirs de rires en plein jour dans cette même pièce, elle s'assit dans le fauteuil. Le rire de son père résonnait encore à ses oreilles...

Quelle faiblesse !

Ce n'était que l'indulgence d'un homme envers une enfant. Elle était une femme, à présent ! Elle était une fille d'homme puissant, une possession et une monnaie d'échange dont la valeur était diminuée par son métissage et sa position de descendante illégitime !

Elle se leva et se dirigea vers une étagère qu'elle débarrassa de ses registres reliés de cuir. Derrière, comme elle s'y attendait, apparut le coffre-fort d'acier. Il était bien plus gros que tout ce qu'elle avait déjà essayé de crocheter, et il lui faudrait bien plus que des épingles pour l'ouvrir...

Tout à coup, une voix grave, derrière elle, la fit sursauter.

— Une envie soudaine de visiter le bazar de nuit et un grand besoin d'argent de poche ?

Elle fit volte-face et vit Nick adossé à la porte. Comment diable l'avait-il trouvée ? Et comment avait-il pu entrer et refermer la porte derrière lui sans qu'elle l'entende ?

— Je voulais trouver un moyen de protéger mes bijoux.

— Menteuse, répondit-il d'une voix douce. Vous comptez me faire croire que vous pensez à ce genre de choses à 3 heures du matin ?

— J'étais incapable de fermer l'œil. Comment avez-vous fait pour m'entendre ?

— Je surveillais votre chambre.

— Depuis où ?

La surprise passée, elle l'observa plus calmement. Il portait une robe de chambre de soie noire, fermée par une ceinture. L'échancrure du col laissait entrevoir le duvet qui couvrait sa peau dorée. Il était pieds nus, et ses cheveux détachés tombaient en masse claire sur ses épaules.

— Depuis ma chambre, dit-il tranquillement.

— Vous dormez ici ?

— Je vis ici. J'ai ma propre suite à l'arrière de la maison.

— Dans les quartiers des femmes, commenta-t-elle.

Là où elle avait vécu pendant dix ans avec *Mata*...

— Oui. Après votre départ, sir George en a aménagé une partie pour moi. De là, je peux voir vos fenêtres et chaque mouvement de votre lampe à travers les volets.

Ainsi, dès qu'elle et *Mata* avaient été chassées de cette maison, Nick avait envahi leur territoire, rempli le vide qu'elles avaient laissé !

— Vous m'espionnez, protesta-t-elle.

Les mains tremblantes, elle entreprit de reposer les registres sur l'étagère et passa un long moment à les aligner parfaitement, reculant l'instant où il lui faudrait faire face à Nick de nouveau. Mais elle avait oublié à quel point il pouvait être rapide et silencieux. Il bougeait réellement comme un tigre... Lorsqu'elle se retourna enfin, elle le découvrit près d'elle, si près qu'elle pouvait sentir le parfum familier de sa peau, rehaussé par celui du savon.

— N'avais-je pas raison de vous espionner ? demanda-t-il, apparemment inconscient du trouble qu'il provoquait en elle.

— Vous ne pourrez pas rester éveillé toutes les nuits ! répliqua-t-elle, la voix plus ferme qu'elle ne l'aurait cru.

— Non. Mais je peux m'arranger pour qu'un garde dorme devant votre porte et qu'un autre soit en poste toutes les nuits devant votre fenêtre. Qui sait jusqu'où le maharadjah viendra vous traquer ? Nous devons vous protéger...

— Vous ne croyez tout de même pas qu'Altaphur viendrait jusqu'ici pour m'avoir ! lança-t-elle avec dédain.

— Non, mais je n'ai qu'un mot à dire à votre père pour qu'il en soit persuadé.

— Donc, vous êtes à la fois son espion et mon geôlier.

Nick poussa un profond soupir.

— Je suis votre ami, Anusha, et j'aimerais vous en persuader...

Il fit un pas en avant. La flamme dansante de la petite lampe posée près d'eux dessinait des ombres mouvantes sur son visage, illuminait ses cheveux d'un éclat doré et plongeait son regard dans une obscurité mystérieuse. Autour d'Anusha, l'air même parut s'épaissir, et elle sentit sa respiration s'accélérer, devenir plus laborieuse.

— Je...

Elle aurait voulu le maudire, mais elle fut incapable de parler. Des larmes lui montèrent aux yeux; il fallait à tout prix qu'elle les retienne!

Je veux vous croire... Je veux vous faire confiance...

— Anusha, murmura-t-il.

Il la prit alors dans ses bras avec douceur, la pressant contre la soie noire de son vêtement. Elle ne put résister aux larmes plus longtemps et enfouit le visage dans les plis de la robe de chambre sous lesquels elle pouvait entendre les battements du cœur de Nick, sourds et réguliers. Tout son être lui murmurait que cet homme lui apportait sécurité, protection, désir... Mais son instinct savait bien qu'il était également dangereux et traître. *Et désir.*

— Vous souffrez, n'est-ce pas? chuchota-t-il. Vous avez été ramenée ici sans comprendre ce qui se passait... Lorsque vous avez vécu ici, vous étiez une enfant. A présent, vous êtes une femme. Parlez à votre père, essayez de vous comprendre, tous les deux. Il vous aime, Anusha.

La soie fluide absorbait ses pleurs. Toujours incapable de prononcer un mot, elle comprit soudain le sens de ses sanglots.

Je vous aime.

Troublée, sans volonté, elle passa instinctivement les bras autour de la taille de Nick et s'accrocha à lui de toutes ses forces. Il bougea doucement, et elle se sentit encore plus entourée par lui, protégée par son corps : il s'était assis sur le bord du bureau et la tenait contre lui, entre ses genoux ouverts.

Il ne tenta pas de la toucher, de la caresser. Il se contenta de poser ses mains grandes ouvertes sur son dos pour l'apaiser. Comme elle commençait à se calmer, elle sentit son sexe raide contre son ventre.

Elle lui faisait confiance, songea-t-elle enfin calme. S'il lui avait menti, c'était parce qu'il aimait son père et qu'il lui devait tout. Et elle le désirait... Il serait prêt à rester là toute la nuit, pour la réconforter, simplement parce qu'il pensait que c'était ce dont elle avait besoin... Mais elle n'avait pas besoin de réconfort. Elle avait besoin de lui, tout simplement.

Elle posa sa joue sur la poitrine de Nick, dévoilée par le haut entrouvert de sa robe de chambre, et frémit au contact de sa peau douce et ferme à la fois, des poils qui lui chatouillaient la joue.

— Anusha..., commença-t-il, mais il s'interrompit lorsqu'elle trouva son téton et l'embrassa.

Au premier frôlement de langue, il se contracta en un petit bouton tendu. Elle trouva l'extrémité de la ceinture et tira dessus avant que Nick ait pu faire le moindre mouvement pour l'en empêcher. Le vêtement s'ouvrit entièrement, et Anusha se pressa contre lui, contre sa nudité magnifique et enivrante.

— Anusha..., répéta-t-il en un gémissement.

Elle leva les yeux vers lui, les lèvres entrouvertes, haletante. Il pencha alors la tête et l'embrassa longuement. Malgré la passion de sa langue, de ses bras qui la serraient contre lui, elle sentait toute la violence de son conflit intérieur. Sa peau était chaude, parfumée, tendue. A travers l'étoffe de sa robe, Anusha sentait leurs cœurs battre à l'unisson, pressants.

— Non, dit-il soudain en s'écartant de ses lèvres.

Il résistait mais paraissait ne pas avoir la force de la repousser, et elle sentait toujours son souffle saccadé, si proche, effleurer son visage.

— Non, répéta-t-il avec plus de force.

Mais elle s'agrippa à sa nuque et se mit à genoux sur la table, à cheval sur ses cuisses, sa robe retroussée exposant ses jambes et son sexe. Avant qu'il puisse se libérer de son étreinte, elle appuya contre lui son sexe humide et chaud, caressant doucement celui de Nick, plus tendu que jamais.

— Seigneur, Anusha, *non*...

Il ne put s'écarter, et elle sentit son propre corps se mettre à bouger, comme mû par une volonté qu'elle ne contrôlait pas, à un rythme de plus en plus fiévreux. Peu à peu, le désir qui la consumait fit remonter des larmes, qu'elle ne put plus retenir.

— Chérie, arrête ! balbutia Nick en oubliant toute sa retenue polie. Je t'en prie, arrête tant que je peux encore...

Elle pouvait sentir sa lutte contre lui-même, contre elle, contre sa peur de la faire souffrir et son besoin de la posséder. En elle aussi, le combat faisait rage. Un combat qu'elle ne pouvait gagner...

Parce que je l'aime !

Soudain, elle s'immobilisa. Nick ne se le pardonnerait jamais s'il lui prenait sa virginité cette nuit, dans ce bureau. Cela le détruirait, et détruirait par la même occasion son lien avec sir George, son honneur.

Luttant contre son désir brûlant, elle se pelotonna contre lui.

— Je suis désolée, Nick. J'ai seulement... tellement besoin de toi.

Si jamais je lui avouais mon amour, il s'enfuirait. Ce n'est pas de l'amour qu'il veut...

Ils restèrent un moment silencieux. L'air lourd de la pièce n'était plus animé que par leurs respirations courtes et le grésillement de la petite lampe. Dehors, un chien aboya au loin.

— J'ai besoin de toi aussi, avoua Nick d'un air vaincu.

Il était si sensuel, si viril... Et elle était bien placée pour savoir qu'il n'avait pas partagé le lit d'une femme depuis des semaines. Malgré tout, il lui résistait héroïquement alors qu'elle s'offrait à lui. Bien sûr, tout ce qu'il voulait d'elle était son corps, rien de plus ! Elle fit un mouvement pour descendre de la table, mais il l'arrêta.

— Attends.

Il se releva, et la porta dans ses bras jusqu'au divan qui occupait un coin du bureau. Là, il s'assit et la déposa doucement à côté de lui.

Dans la pénombre, elle vit son visage scintillant de sueur, mais il referma sa robe de chambre d'une main ferme.

— Tu souffres, dit-il aussi simplement que s'il lui avait demandé si elle avait soif.

— Oui, fit-elle à mi-voix.

Elle voulait toucher ses cheveux, froisser la soie sous ses doigts, mais elle s'en empêcha : elle n'allait pas rendre les choses plus difficiles pour lui. Elle allait simplement attendre que ses jambes cessent de trembler, puis elle retournerait dans sa chambre. Elle n'avait pas à le tourmenter plus que cela...

— Viens là, chérie. Laisse-moi t'apaiser, murmura-t-il doucement.

Joignant le geste à la parole, il l'attira sur ses genoux, l'embrassa et la laissa se pelotonner contre son épaule.

Elle aurait dû se lever, s'éloigner, mais ses jambes refusaient de bouger. Le baiser de Nick enflammait tout son corps, et elle s'y abandonna. Il la serra contre lui, et l'une de ses mains remonta le long de sa cuisse et retroussa sa robe. Très lentement, elle se referma sur son sexe brûlant. Alors qu'elle aurait dû ignorer les sensations qui la submergeaient, Anusha ne put que gémir contre les lèvres de Nick.

Comment tant de douceur pouvait-elle donner naissance à une tempête si violente en elle ? Incapable de se contrôler, elle se cambra contre lui, contre cette main qui la caressait si délicieusement. Elle ne pouvait plus penser, à peine respirer. Elle n'était qu'orage, soumise à son plaisir, à la chaleur de son corps, à Nick. Lentement, il glissa son autre main sur son sein, pinçant doucement le téton entre ses doigts. Une vague exquise de plaisir la traversa. Elle cria de plaisir, mais il étouffa sa voix par un baiser.

Après cela, son esprit s'embua. Elle eut vaguement conscience d'être soulevée, puis allongée sur une surface douce, moelleuse.

— Dors, Anusha, murmura Nick à son oreille.

Tendrement, il effleura sa joue du bout des doigts, et elle ne put retenir un sourire. Elle se sentait paisible, épuisée.

Je t'aime...

Elle tenta de parler, mais fut incapable d'articuler le moindre mot et sombra dans un sommeil profond.

Lady Hoskins sourit à Anusha d'un air presque maternel.

— Ainsi donc, vous êtes la fille de sir George, dit-elle. Bienvenue à Calcutta, ma chère !

— Madame, répondit Anusha avec une révérence.

Chaque mouvement lui paraissait étrange depuis son réveil, et ses jambes tremblaient encore depuis la nuit dernière. C'était bien la seule chose qui lui prouvait que les caresses de Nick n'avaient pas été un rêve...

Malgré tout, sa révérence parut convenir à son hôtesse car celle-ci renouvela son sourire avant de se tourner vers sir George.

— Quelle charmante jeune femme ! Je suis persuadée que nous allons bien nous entendre, n'est-ce pas Anusha ? Parlez-vous bien anglais ? Avons-nous besoin d'un interprète ou de vous trouver un précepteur ?

— Non, madame.

Elle lutta pour chasser les images du corps nu de Nick, de ses mains, de sa bouche... Il lui fallait être attentive. En cet instant, elle devait rester sur ses gardes quant aux projets que son père nourrissait pour elle. Nick lui parlerait-il, lorsqu'elle le croiserait de nouveau ? Etait-il possible que la nuit dernière lui ait également fait découvrir qu'il l'aimait ?

Non, ne te berce pas d'illusions !

— Je me souviens très bien de mon anglais ; je le parlais avant d'être chassée de la maison, et je le parlais souvent avec ma mère.

Sa réponse était délibérément brutale. Elle vit du coin de l'œil les lèvres de son père se pincer et lady Hoskins paraître gênée, mais elle conserva son regard imperturbable et naïf. C'était ce que l'on attendait d'elle, après tout...

Il ne fallait d'ailleurs surtout pas qu'elle avoue parler anglais avec Nick : ce n'était pas encore le moment de se compromettre. Peut-être, cependant, cela pourrait-il lui être utile, plus tard.

Je pourrais avoir besoin d'aide pour m'en sortir...

— Euh... Très bien, finit par répondre lady Hoskins. Et êtes-vous satisfaite de votre femme de chambre ? Elle vous a très bien habillée, ce matin.

— Je vous remercie. Je suis très contente d'elle.

Anusha savait qu'elle s'était montrée particulièrement

désagréable avec Nadia le matin même, qu'elle avait eu des mouvements d'impatience tandis que la malheureuse la recouvrait d'une chemise, d'un corset, de couches infinies de jupons pour faire gonfler ses jupes, de bas, de jarretières et lui enfermait les pieds dans des chaussures qui lui faisaient souffrir le martyre...

Enfin, par-dessus cet empilage de vêtements, Nadia lui avait enfilé une robe de coton à manches longues, à jupe large, et au corsage serré. Comment les Anglais espéraient-ils que leurs femmes bougent dans un tel attirail ? Se tenir droite et faire la révérence étaient choses faciles en comparaison...

Lady Hoskins tourna lentement autour d'elle pour l'examiner.

— Bien, dit-elle enfin. Je pense que la première chose à faire est de changer cette coiffure. Vos cheveux sont bien trop longs pour que nous puissions en faire quoi que ce soit !

— Je ne veux pas couper mes cheveux, madame ! répliqua Anusha.

Mais l'autre femme avait déjà appelé une servante et, avant qu'Anusha ait pu protester, celle-ci avait défait sa tresse.

— Les ondulations sont belles, et vos cheveux sont d'une couleur rare, mais nous allons devoir en enlever au moins un pied de longueur. Peut-être même plus.

Mes cheveux, mes beaux cheveux !

Relâchés, ils descendaient au-dessous de ses hanches. Ces derniers jours, elle avait rêvé de les laisser courir sur le corps nu de Nick, jusqu'à ce qu'il... Mais, jusqu'à la nuit précédente, il n'avait pas su à quel point elle le désirait. A présent, il allait sans doute la fuir.

— Très bien..., finit-elle par dire, le cœur gros.

S'il fallait cela pour persuader son père qu'elle comptait rester et se comporter en fille respectueuse, elle le ferait. Elle lui jeta un coup d'œil en coin. Il paraissait bien plus intéressé par les efforts de lady Hoskins pour faire d'elle une lady anglaise que par quoi que ce soit d'autre concernant une enfant qu'il avait pourtant perdue pendant douze ans, songea-t-elle amèrement.

— Parfait, conclut lady Hoskins d'un air satisfait. Dans ce cas, sir George, je vais envoyer chercher ma coiffeuse et l'une de mes femmes de chambre pour que nous réglions ce problème de cheveux, et que nous nous penchions sur la garde-robe d'Anusha. Peut-être pourrais-je organiser un dîner chez moi ce soir pour la présenter ? Il n'y aurait qu'une vingtaine de personnes, cela lui permettrait de s'habituer à notre mode de vie plus facilement...

Sir George acquiesça et s'éclipsa. Pendant un instant, Anusha le regarda s'éloigner avec le fol espoir qu'il change d'avis et vienne la sauver mais, bien entendu, il ne fit rien de tel. De toute manière, elle n'avait pas vraiment envie non plus de lui être redevable de quoi que ce soit. Tout ce qu'elle désirait, c'était pouvoir demander à quelqu'un où se trouvait Nick et pourquoi il ne s'était pas montré au petit déjeuner...

— Bien. Pour commencer, reprit lady Hoskins dès qu'elles furent seules, nous allons devoir lacer ce corset convenablement. Votre silhouette est bien trop naturelle, ainsi.

Anusha serra les poings et parvint à force de volonté à sourire à son hôtesse.

Le soir même, Nick se tenait parmi les personnes invitées au dîner, et écoutait avec un air patient les bavardages de l'aînée des filles Wilkinson.

— Eh bien, commandant Herriard, cela fait une éternité que nous ne nous avons pas vu ! Je disais l'autre jour à ma sœur qu'il ne fallait plus penser à vous, et que c'était bien dommage, car nous manquons cruellement de beaux partis en uniforme, ici !

Ces paroles oiseuses furent suivies d'un gloussement et de papillonnements de paupières au-dessus d'un éventail brodé. L'éventail était joli, tout comme les grands yeux bleus de miss Wilkinson, et elle le savait...

Cachant son agacement, Nick répondit par un sourire poli. Dire qu'il avait passé des heures, sur le Gange, à apprendre à Anusha comment mener des conversations aussi futiles ! A cette pensée, il sentit son ventre s'enflammer et dut se concentrer sur les femmes qui lui faisaient face pour calmer son désir ; rien en elles ne pouvait provoquer la moindre excitation, c'était certain...

— Hélas ! le devoir m'appelle trop souvent, miss Wilkinson, répondit-il. Et le devoir entraîne les pauvres hommes que nous sommes bien trop loin de la charmante compagnie de Calcutta.

De toute évidence, la réponse fut jugée convenable. Miss Wilkinson s'approcha d'un pas et fit signe à un groupe de jeunes femmes de faire de même. Bientôt, il se trouva encerclé...

— Commandant Herriard, reprit miss Wilkinson sur un ton de confidence surfait, nous sommes littéralement *en émoi*, et vous seul *pourrez* nous instruire ! Est-il vrai que sir Laurens a fait revenir sa *fille naturelle* et qu'elle est une *princesse* indienne ?

A l'entendre, Anusha paraissait aussi exotique qu'un tigre blanc... Aucune de ces filles n'avait sans doute eu l'occasion de rencontrer un membre d'une famille royale. S'armant de patience, il leur sourit une nouvelle fois.

— Il est vrai que miss Laurens a vécu dans le palais de son oncle, le rajah de Kalatwah. Ce royaume a récemment subi une attaque d'un prince voisin, et c'est pour cela que j'ai été chargé d'escorter miss Laurens chez son père.

Il ne servait à rien de cacher le fait, tant qu'il restait suffisamment évasif au sujet des conditions de leur voyage.

— Escorter ?

Il prit un air légèrement ennuyé et tâcha de répondre sans laisser son mensonge percer.

— Ces convois de cour sont particulièrement lents. Il y a des chars à bœufs, des palanquins, les tentes du *zenana* pour protéger les ladies des regards...

— Oh !

Un frisson d'horreur et de plaisir mêlés parcourut les jeunes femmes à la mention du *zenana*.

— Et est-il vrai qu'elle ne sort qu'escortée par un énorme eunuque ?

Soudain, un murmure d'excitation monta du côté de la porte, sauvant Nick de l'ennui de répondre.

— Sir Laurens et miss Laurens, annonça-t-on.

— Eh bien, conclut Nick, vous allez pouvoir voir par vous-même ce qu'il en est.

Avec un peu d'appréhension, il se tourna vers la porte, comme tout le monde. Il avait passé la journée à éviter la partie principale de la maison, et fait porter un message à sir George lui annonçant qu'il avait des affaires à régler au fort pour se justifier. Il avait craint que ni lui ni Anusha ne parvienne à se contrôler, et avait préféré ne pas avoir à expliquer à sir George pourquoi sa fille le giflait — ce qui n'aurait pas manqué de se produire au premier regard échangé...

Ce qui s'était passé entre eux la nuit précédente avait été délicieux, imprudent, et terriblement dangereux. Durant toute la journée, il avait vainement essayé de chasser le souvenir du parfum d'Anusha, de la saveur de sa peau. Il fallait à tout prix qu'il lui parle, qu'il lui promette qu'une telle erreur ne se reproduirait jamais ! Il protégerait son innocence, quoi qu'il lui en coûte, et devait calmer ses angoisses, sa colère et sa gêne au plus vite.

Il se redressa pour observer les arrivants par-dessus les têtes. Il voyait bien George, qui saluait les invités, mais pas Anusha.

— Mais... Elle a l'air si ordinaire ! s'exclama soudain l'une des jeunes filles d'un air profondément déçu. Elle nous ressemble.

— Je ne pense pas que...

Seigneur !

Nick la reconnut soudain. La jeune femme qui se tenait en silence sur le pas de la porte au côté de George était bel et bien Anusha ! Ses longs cheveux étaient arrangés en un chignon élaboré qui laissait une seule boucle épaisse retomber élégamment sur son épaule. Sa taille paraissait encore plus fine que d'habitude, au-dessus de la large jupe qui couvrait ses jambes. Elle déploya coquettement son éventail en repoussant d'un geste léger la dentelle de sa manche.

Au bout de quelques instants, Nick retrouva sa voix :

— Vous la trouvez réellement *ordinaire* ?

16

Il fallut encore quelques secondes à Nick pour calmer sa respiration et recouvrer tout son contrôle.

— J'espérais la voir en sari, avec des anneaux dans le nez, précisa miss Wilkinson, et qu'elle ait la peau sombre, les cheveux noirs et de grands yeux bruns. Mais elle nous ressemble ! Tout au plus a-t-elle la peau dorée comme si elle avait passé trop de temps au soleil...

Un murmure d'approbation parcourut le cercle de jeunes femmes.

— Que cette soie ambrée est belle ! remarqua alors quelqu'un.

Anusha avança alors, accompagnant son père, et Nick vit tous les hommes de l'assistance retenir leur souffle... Elle avait beau ressembler à une version plus bronzée de n'importe laquelle des autres demoiselles présentes, sa démarche de danseuse lui donnait une grâce féline à laquelle personne ne pouvait rester insensible. Seigneur, qu'il la désirait ! Comment diable avait-il réussi à se retenir, la nuit précédente ?

— Veuillez m'excuser, dit-il soudain. Je dois parler à sir Laurens et être présenté à sa fille.

— Mais... ne la connaissez-vous pas déjà ? demanda miss Wilkinson, surprise. Vous l'avez escortée ; vous avez bien dû la voir ! Et vous vivez chez sir Laurens, non ?

— Je ne l'ai pas vue durant le voyage, à cause du *zenana*, vous vous souvenez ? Et j'ai ma propre aile de la maison chez sir George.

Et je ne connais pas cette femme, faillit-il ajouter. *Je n'ai jamais vu* cette *femme...*

Durant le voyage, il avait découvert de nombreuses facettes d'Anusha — l'orgueilleuse princesse indienne en colère, la femme courageuse et fatiguée dans ses vêtements d'homme, la femme trahie dans son rêve de liberté utopique... Et aussi l'enfant à demi innocente et passionnée qui savait tout de ce qu'un homme et une femme peuvent partager mais n'avait aucune expérience concrète jusqu'à ce qu'il perde tout contrôle, la nuit dernière, et lui donne un aperçu — minime — de ce qu'il désirait partager avec elle !

Cependant, il n'avait encore jamais rencontré *cette* femme : miss Anusha Laurens, qui faisait son retour dans son monde au bras de son père, à l'occasion d'un repas de la Compagnie des Indes orientales.

Arrivé devant elle, il la salua.

— Miss Laurens.

En relevant les yeux, il ne put s'empêcher de se demander quel homme elle voyait en lui, ce soir. Le soldat en uniforme de cérémonie, discipliné et contrôlé, ou l'homme à demi nu de la veille, esclave de ses moindres désirs ?

— Commandant Herriard, répondit-elle avec une révérence.

Son visage n'exprimait qu'une courtoisie polie, mais ses yeux scintillèrent en se posant sur lui. Désir ou colère ?

— Vous êtes très en beauté ce soir... miss...

Si cela continuait ainsi, il allait finir par bégayer comme un jeune homme à son premier bal ! Il prit une profonde inspiration dans l'espoir de museler ses émotions.

— Vous aussi, commandant. Vous êtes aussi splendide que si vous étiez à la cour...

Elle le détailla de la tête aux pieds sous ses longs cils soyeux avant de poser sur lui l'un de ces regards candides qu'il connaissait si bien et qui pouvaient dissimuler tant de choses.

— Je ne m'attendais pas à vous voir ici, reprit-elle. Je pensais que vous étiez retourné au sein de votre régiment.

— Non, miss Laurens, je suis en congé.

— Lorsque j'ai remarqué votre absence au petit déjeuner, j'ai cru que vous aviez quitté Calcutta.

Elle lui lança alors un regard direct sous des sourcils légèrement froncés. Lui en voulait-elle de l'avoir évitée durant la journée ?

— J'ai été occupé au fort, répondit-il simplement.

Le visage animé d'un sourire poli, elle jeta un regard à l'assemblée. Si elle trompait tout le monde, elle ne le trompait pas, lui. Il la connaissait suffisamment pour discerner sous son masque une profonde nervosité et une gêne face à tous ces étrangers. Et elle ne savait pas non plus comment se comporter avec lui qui, la veille, lui avait offert sa première expérience sexuelle. Si elle parvenait à demeurer impassible, ce n'était que grâce à sa fierté et à son entraînement à la cour...

Décidé à la laisser aux bons soins de son père et de lady Hoskins, il fit un pas en arrière, mais elle saisit sa manche.

— Que dois-je faire, Nick ?

L'espace d'un instant, il crut qu'elle était troublée à cause de ce qui s'était passé la nuit précédente, mais elle ajouta dans un murmure ;

— Il y a tant de gens que je ne connais pas, ici... Et il y a des *hommes* !

Gentiment, il lui fit lâcher la manche de son uniforme et lui sourit.

— Prenez mon bras. Posez votre main sur mon avant-bras ; n'ayez pas peur.

Elle obtempéra et lui lança un rapide regard de connivence : la femme confiante qu'il avait connue était de retour.

— Bien, dit-il. Maintenant, nous allons faire le tour de la pièce pour que je puisse vous présenter à tout le monde.

— Même aux hommes ? Ils me dévisagent tous, et ils sont si nombreux !

— Il n'y en a que dix, en comptant votre père et moi-même. Cela ne fait donc que huit hommes que vous ne connaissez pas. Et, s'ils vous dévisagent, c'est seulement parce qu'ils vous admirent et sont jaloux que j'aie l'honneur de prendre votre bras le premier.

Ses doigts fins se crispèrent sur son bras.

— Vous n'allez pas me laisser seule, n'est-ce pas ?

Elle me fait toujours confiance... Elle a toujours besoin de moi !

Un profond soulagement l'envahit à cette pensée.

— Non. Je ne vous laisserai pas seule avec les hommes ; mais il se peut que je doive vous abandonner auprès des femmes.

— Cela ne m'inquiète pas, répondit-elle plus posément. Je suis habituée à la compagnie des femmes.

Mais les femmes qu'elle avait connues à la cour de son oncle auraient fait figure de tigresses au milieu des jolies jeunes filles naïves présentes ici, songea-t-il.

Lorsqu'il la présenta aux hommes, elle se montra calme et réservée. Elle faisait la révérence, parvenait même à sourire et à échanger quelques mots avec eux, mais sa main ne cessait de monter à son visage à la recherche du voile que, bien sûr, elle ne portait pas.

— Si vous êtes embarrassée, utilisez votre éventail pour cacher votre visage, murmura-t-il.

Le seul ennui était que la vue de ses grands yeux gris au-dessus de la soie peinte n'allait faire qu'échauffer plus encore l'esprit d'hommes dont l'imagination n'était déjà que trop aiguillonnée par les rumeurs concernant son passé et par la vue de sa démarche gracieuse...

A un moment donné, ils se trouvèrent seuls quelques instants au fond de la pièce.

— Je suis vraiment fier de vous, lui dit-il.

— Parce que je fais la révérence comme vous me l'avez appris ? Pour être honnête, je ne pense pas pouvoir flirter... Pas encore. C'est si *difficile* de se trouver comme cela en compagnie d'hommes étrangers !

— Vous avez bien réussi, avec moi, lui fit-il remarquer avec un petit sourire.

Elle leva les yeux sur lui, et son sourire s'évanouit. Il posa la main sur la sienne et ne put s'empêcher de repenser à son corps souple et doux contre le sien, à la saveur de ses lèvres, à la manière dont elle avait su chevaucher, combattre et danser pour lui...

Et à ses frissons d'extase entre mes bras.

Son devoir avait consisté à la protéger jusqu'à ce qu'elle soit en sécurité, à Calcutta — ce qu'il avait fait —, et maintenant jusqu'à ce qu'elle ait trouvé un époux. Ensuite, il serait enfin libre de retourner à ses devoirs militaires et de l'oublier.

— Vous êtes différent de tous ces hommes, reprit-elle d'une voix ferme.

— Vraiment ? Et... est-ce que vous me pardonnez ?

Cette question n'aurait pas dû avoir tant d'importance pour lui ; il ne l'avait trompée que pour faire son devoir !

— Vous pardonner ? Pour m'avoir menti au sujet des intentions de mon père ?

— Oui, et aussi pour la nuit dernière...

— Je n'ai pas à vous pardonner pour cela.

Il ouvrit la bouche pour protester, mais elle ne lui en laissa pas le temps.

— Non, ajouta-t-elle. Ce qui s'est passé cette nuit est autant ma faute que la vôtre.

— Il faut à tout prix que nous en parlions, Anusha, mais pas ici...

— Non, pas ici, convint-elle. Et, au sujet de vos mensonges, je vous ai pardonné. Je comprends pourquoi vous avez fait cela. Je sais que votre loyauté va à mon père, mais je n'oublie pas...

— Je vois. Je suis pardonné, mais je n'ai plus votre confiance.

C'était normal, mais il en fut profondément blessé.

— Je n'ai confiance en personne, répondit-elle abruptement. Ni en vous, ni en mon père, ni en lady Hoskins qui regrette tant que son fils soit si jeune, mais qui m'a déjà dit plusieurs fois que son frère a des fils *très prometteurs* et que son riche cousin vient de perdre sa femme !

— Allons, venez. Je vais vous présenter aux jeunes femmes, proposa-t-il dans l'espoir de cacher son inquiétude soudaine.

Pourvu que George sache bien ce qu'il était en train de faire ! S'il obligeait Anusha à s'exposer sur le marché du mariage de Calcutta, elle risquait de commettre de graves erreurs...

— Mesdemoiselles, lança-t-il au groupe de jeunes femmes qu'il avait laissé un peu plus tôt. Permettez-moi de vous présenter miss

Anusha Laurens. Voici miss Wilkinson, miss Clara Wilkinson, miss Browne et miss Parkes.

Anusha les dévisagea avec attention, puis inclina la tête d'un geste précis.

— Bonsoir, dit-elle d'une voix douce.

— Je... Je vais vous laisser faire connaissance, reprit Nick.

Il s'éclipsa, gêné. Peut-être était-ce de la lâcheté de sa part, mais il préférait ne pas être dans les parages si elles se mettaient à poser des questions à Anusha au sujet des eunuques !

La petite blonde maigrichonne regarda Anusha avec curiosité.

Miss Parkes, elle se nomme miss Parkes.

— Est-ce que vous connaissez bien le commandant ? demanda-t-elle. Il est très bel homme, vous ne trouvez pas ?

— Je ne connais pas beaucoup d'hommes à part mon oncle le rajah, et mon père, mentit Anusha. Je trouve la société anglaise bien impudique, de nous obliger à nous exposer ainsi au milieu d'hommes qui ne font pas partie de notre famille... Et je trouve les hommes anglais trop grands, trop pâles et pas assez... élégants.

Sauf Nick. Nick se déplace comme un tigre, et ses cheveux dorés ressemblent à un éclat de pleine lune... Mon amour, je t'en prie, ne me laisse pas seule ici !

— Oh ! fit miss Parkes, l'air choqué par cette affirmation. Mais comment espérez-vous rencontrer un époux si vous ne voyez jamais d'hommes ?

— Mon père devra en trouver un pour moi. Est-ce que vos pères ne font pas la même chose ?

Finalement, ces filles allaient peut-être lui permettre d'en savoir un peu plus sur les coutumes anglaises au sujet du mariage.

— Eh bien, oui, d'une certaine manière. Mon père devra approuver mon choix. Mais, pour faire un choix, il faut bien que je rencontre des hommes. Pour cela, je dois me montrer en société. Comment les hommes eux-mêmes pourraient-ils savoir quelle femme ils veulent courtiser si nous ne nous croisons jamais ?

— Peut-être, dit Anusha. Mais, de toute façon, votre père

refusera tout parti qui ne serait pas assez riche ou pas assez bien né, ou dont le caractère lui déplairait. Et ce, malgré vos sentiments. Dans ce cas, pourquoi tous les rencontrer avant ? Que se passera-t-il si vous tombez amoureuse d'un prétendant qui ne conviendrait pas ? Je trouve bien mieux de ne jamais les voir et de me fier au jugement de mon père.

Hypocrite ! songea-t-elle.

Quoi qu'il en soit, il était intéressant de provoquer un peu ces filles et de voir leurs réactions...

— C'est une façon de voir les choses, répondit Clara d'un air peu convaincu, mais votre mariage n'en sera que plus heureux si vous partagez des sentiments tendres avec votre époux.

— Pensez-vous que cela empêchera votre époux d'avoir des maîtresses ? J'en doute fort.

A ces mots, toutes les jeunes filles rougirent derrière leurs éventails. Intéressant... Apparemment, il n'était pas bien vu de parler de maîtresses.

— Au moins, dans la société anglaise, vos hommes n'ont qu'une épouse à la fois, ajouta-t-elle.

Que se passerait-il, si elle épousait Nick et s'il prenait des maîtresses ? Elle en aurait le cœur brisé ! Mais il en aurait, sans aucun doute. Tous les hommes en avaient... Comment espérer avoir un époux toujours fidèle ? Quel homme refrénerait ainsi ses instincts ? De toute manière, il ne l'épouserait jamais. La mort de sa femme l'avait blessé trop profondément... Il avait beau prétendre que ce n'avait pas été un mariage d'amour, elle n'y croyait pas.

— Votre robe est très élégante, nota miss Browne, sans doute dans l'espoir de changer de sujet. N'avez-vous aucun bijou à porter avec ?

— Si, j'ai de nombreux bijoux. Hélas ! ils sont tous indiens et n'iraient pas du tout avec ce genre de vêtements européens.

— N'avez-vous pas aussi les bijoux de lady Laurens ?

— Si, seulement je refuse de les porter, dit Anusha sèchement. Je possède aussi ceux de ma mère, mais ils sont indiens aussi. C'est normal...

Sa réponse provoqua une série de toussotements, de froissements stratégiques d'éventails et de joues empourprées. De toute évidence, sa naissance illégitime était un autre sujet tabou pour les Anglais.

Un bruit de pas derrière elle la fit se retourner avec l'espoir de voir Nick, mais ce n'était pas lui.

Elle se trouva nez à nez avec un jeune homme, suffisamment proche pour qu'elle puisse détailler le diamant de son épingle à cravate et sentir le parfum de l'huile avec laquelle il s'était coiffé. Il paraissait trouver sa bouche particulièrement fascinante, aussi leva-t-elle son éventail pour se protéger de ses regards obscènes. Il baissa les yeux pour étudier le reste de sa personne, et elle eut envie de le frapper pour le punir de son insolence. Mais, bien sûr, ce n'était pas de l'insolence. Ici, c'était autorisé...

— Ladies, je viens d'étudier les plans de table, et je suis là pour vous informer de vos places lança-t-il.

— Monsieur Peters, ne nous faites pas languir ! s'exclama miss Wilkinson d'une voix maniérée. Qui est la chanceuse qui sera placée à *vos* côtés ?

— Vous, miss. Et c'est *moi* qui ai de la chance...

Il salua et tenta de jeter un regard d'excuse à Anusha. Elle replia sèchement son éventail, ne ratant son nez que de quelques centimètres.

— Oh ! Je suis *navrée* ! dit-elle. Vous ai-je frappé ?

— Pas du tout. Vous êtes miss Anusha Laurens, n'est-ce pas ? Quelqu'un me présentera-t-il ?

— Miss Laurens, voici l'honorable Henry Peters, répondit miss Wilkinson de mauvaise grâce.

Il était évident qu'elle avait des vues sur cet homme.

L'honorable Henry Peters...

Comment devait-elle le saluer ? Devait-elle faire une révérence ? Non. Il la dévisageait toujours sans la moindre gêne. Elle se contenta de le saluer froidement de la tête.

— Monsieur Peters.

— Et qui escortera miss Laurens pour le dîner ? demanda miss Clara.

— Voyons voir…, répondit Peters avec une pose de fausse réflexion. Miss Clara, vous êtes la partenaire du révérend Harris — Clara fit une petite moue. Miss Browne sera avec le galant commandant Herriard, et miss Laurens, j'en suis navré, sera accompagnée par l'ennuyeux Langley.

En voyant le regard interrogateur d'Anusha, miss Browne s'empressa de l'éclairer :

— Lord Langley est le fils et héritier du comte de Dunstable. Il est là-bas… l'homme de taille moyenne aux cheveux bruns et à la veste bleue. Vous avez de la chance : tout le monde dit que c'est un bon parti !

De toute évidence, elle était comblée par son propre partenaire et n'enviait pas du tout Anusha…

Oui, un bon parti, songea-t-elle en l'examinant. *Malgré son ventre, son double menton, et son rire faux ! Mais c'est un lord, et je dois lui être jetée en pâture !*

Elle tenta de se rappeler les leçons de Nick : un comte était un peu comme un rajah.

— Comment les partenaires de table sont-ils déterminés ? demanda-t-elle.

— En fonction du rang, bien sûr ! répondit miss Parkes. Mais les membres d'une même famille ne peuvent pas être placés ensemble, ni les couples mariés. Donc, cela se mélange un peu, parfois. Si un jeune couple se fait la cour, il arrive aussi que l'hôtesse ait de la compassion et les place ensemble. Si, plus tard, un scandale éclate ou que leur relation rencontre des difficultés, elle aura alors à cœur de les maintenir éloignés… Bref, c'est assez compliqué. N'avez-vous donc jamais mangé avec des hommes auparavant ?

— Non.

Nick ne comptait pas… Anusha tenta de se souvenir de ce qu'il lui avait appris — on utilisait les couverts les plus éloignés de l'assiette en premier — et des conseils de lady Hoskins. Il fallait parler au gentleman à sa droite durant le premier plat, puis à celui placé à sa gauche pendant le suivant. Ne jamais parler à la personne d'en face. Mettre ses gants sur ses genoux sous sa serviette. Ne pas les laisser tomber. Ne boire le vin qu'à petites gorgées. Faire semblant de ne pas avoir faim et manger à peine quelques bouchées de son assiette. Suivre la conversation des hommes et rire à leurs blagues, même si elles ne le méritaient pas...

En d'autres termes, être une petite idiote au maintien parfait !

Une voix la tira de ses pensées.

— Madame, le dîner est servi.

Le lord grassouillet s'approchait d'elle à travers la foule, mais Nick fut à ses côtés avant lui.

— Courage, lui murmura-t-il à l'oreille. Après tout, vous avez vaincu des bandits. Vous survivrez...

— J'aimerais tant pouvoir manger devant un feu de camp, sous les étoiles...

En dépit du trouble qui l'envahissait chaque fois qu'il s'approchait d'elle, elle aurait voulu pouvoir être seule avec lui, à des lieues de cette salle étrange pleine d'inconnus.

— Oui, moi aussi..., répondit-il. Il faudra que nous parlions.

Puis, Anusha se trouva face à lord Langley, qui se présenta, salua, et lui offrit son bras pour se rendre dans la salle à manger.

Elle fut surprise en découvrant la table. Le nombre de couverts posés de part et d'autre des assiettes était parfaitement ridicule ! Que faisaient donc les *angrezi* de tout cela ? Elle s'assit un peu brusquement, surprise par lord Langley qui repoussa sa chaise juste derrière ses genoux. Puis elle ôta ses gants et tenta de les glisser avec grâce sous sa serviette.

Autour d'elle tout le monde s'installait dans un bourdonnement de discussions. Un homme grand et mince prit place à sa gauche.

— Bonsoir. Clive Arbuthnott, à votre service, madame.

— Anusha Laurens.

Etait-elle *vraiment* supposée donner son nom ? Pourquoi ne lui avait-il pas indiqué son titre ? Comment devait-elle s'adresser à lui ? Etait-elle supposée déjà le savoir ? Peu importait... Il était à sa gauche, et elle n'avait pas à s'occuper de lui pour le moment. Elle jeta finalement un regard en face d'elle et vit avec soulagement que Nick était de l'autre côté de la table.

Il lui fit un petit signe de tête et reprit sa discussion avec miss

Browne. A en juger par la manière dont elle le dévorait des yeux, elle paraissait très heureuse de l'attention qu'il lui portait...

Lord Langley lui demanda alors si elle ne trouvait pas le temps affreusement chaud pour la saison. Apparemment, cette entrée en matière nécessitait un regard appuyé sur ses lèvres.

— Pas du tout, répondit-elle. Je trouve plutôt qu'il fait plus frais que ce à quoi je m'attendais.

Oh non ! Tu es censée acquiescer à tout ce qu'il te dira !

Pour se rattraper, elle lui fit un sourire poli et vide qu'il parut apprécier.

Installée à table comme elle l'était, elle ne pouvait pas se permettre d'ouvrir son éventail pour se protéger des regards de son partenaire. Les autres femmes, quant à elles, ne paraissaient pas offensées par les regards équivoques des hommes sur leurs visages ou sur leurs gorges claires dévoilées par leurs robes.

C'est alors qu'elle s'aperçut que toutes étaient particulièrement pâles, avec le teint à peine rosé. Lady Hoskins avait dû choisir pour elle une robe d'ambre sombre dans le seul but de la faire paraître plus pâle, elle aussi... Elle parvint finalement à sourire. Après tout, elle s'inquiétait sans doute pour rien ; il n'y avait rien de malsain dans le regard des hommes posé sur elle. C'était une simple coutume. D'ailleurs, personne ne l'avait regardée de haut à cause de son métissage ou de sa naissance !

Au fil du repas, elle parvint à observer les autres femmes et à les imiter, aidée par de petits signes de Nick. Il tapait légèrement sur l'un de ses verres pour lui montrer lequel elle devait utiliser ou s'immobilisait un instant, une cuillère à mi-chemin de sa bouche, pour lui indiquer de quels couverts se servir. Chaque fois, elle lui lançait un petit sourire reconnaissant et tentait de ne pas rougir lorsqu'il le lui rendait.

En fin de compte, la conversation fut facile à suivre. Tout ce qu'elle avait à faire était d'écouter son partenaire et d'acquiescer de temps en temps ou de faire un commentaire futile sur le sujet. Les Anglais paraissaient s'en contenter. Peut-être ne voulaient-ils pas d'épouses qui connaissaient les poètes classiques, qui avaient reçu une éducation musicale et artistique ; d'épouses capables de suivre chaque sujet de conversation avec intelligence. Elle avait pourtant pensé que les femmes instruites seraient prisées. Apparemment, seules les personnes que l'on nommait curieusement des « bas-bleus » semblaient priser l'intelligence féminine.

Flanqué de deux jeunes femmes admiratives, Nick avait l'air de passer un très bon moment, songea-t-elle avec amertume. Il flirtait ouvertement avec elles, sans que les femmes mariées ne fassent la moindre remarque. Pour qu'un tel comportement soit admis, les hommes devaient avoir de puissantes raisons de se comporter en gentlemen. D'une certaine manière, c'était rassurant...

Soudain, elle songea à la nuit précédente, et à la manière dont Nick avait ignoré ces raisons. Elle avait alors voulu qu'il perde tout contrôle sur lui-même... A ce souvenir, le feu lui monta aux joues.

Après tout, je l'aime, et je ne désire aucun de ces autres hommes. Cela fait toute la différence !

Quand les serviteurs débarrassèrent pour le second plat, elle se tourna vers son partenaire de gauche.

— Je suis navrée, monsieur, mais je ne sais pas vraiment comment m'adresser à vous. Etes-vous monsieur Arbuthnott, ou lord...

— Sir Clive. Je suis baronnet.

Il ne parut pas offensé par son ignorance, et elle prit le risque de poser une seconde question.

— Un baronnet est-il de même rang qu'un chevalier ?

— Mon titre est héréditaire, contrairement aux chevaliers dont le rang n'est pas hérité par le fils aîné.

Anusha songea que son père, lui, était chevalier.

— Un baronnet est donc comme un petit baron ?

— C'est un rang inférieur, en effet, répondit sir Clive d'un air pincé.

Apparemment, sa formulation l'avait offensé, aussi s'empressa-t-elle de s'excuser.

— Je suis navrée, je connais très peu les titres de noblesse anglais...

Elle accompagna ces mots du battement de paupières que les *angrezi* semblaient tant apprécier et, de toute évidence, cela parut suffire à sir Clide. Il se détendit et se lança dans une longue explication sur le système aristocratique anglais.

Lorsque le dessert fut servi et qu'elle se tourna de nouveau vers lord Langley, elle se rendit compte qu'il lui avait été bien plus facile qu'elle l'avait craint de parler avec un étranger sans se sentir embarrassée. De plus, sir Clide était finalement assez bel homme...

Entre deux bouchées, elle jeta un coup d'œil à Nick et remarqua qu'il paraissait contrarié. En fait, les regards qu'il jetait à sir Clide étaient presque meurtriers...

Il est jaloux !

A cette idée, elle eut du mal à réprimer un sourire de satisfaction. Elle parvint tout de même à se contrôler et à conserver une expression paisible et détachée.

Se souvenait-il de la nuit durant laquelle il était descendu dans sa cabine, sur le bateau, pour qu'elle lui refasse son pansement ? Il l'avait étreinte, ce jour-là, et était parvenu à lutter héroïquement contre ses désirs pour la protéger... Repensait-il à la veille, à leurs baisers, à leurs corps nus pressés l'un contre l'autre, et au plaisir qu'il avait su lui donner ? Bien sûr, cela ne se reproduirait plus : il était au service de sir George et lui resterait loyal... Il savait parfaitement que son père la destinait à un homme riche et puissant.

17

Au signal de l'hôtesse, les femmes quittèrent la table. Les hommes se levèrent pour les saluer et les regardèrent quitter la salle à manger avec grâce. Une fois la porte fermée, elles se mirent à bavarder avec animation.

Certaines d'entre elles, songea Anusha, durent se rendre à la salle d'eau pour se repoudrer et éviter que leur peau ne luise après la chaleur de la salle à manger, car elles quittèrent le groupe qui se dirigeait vers la terrasse. Autour d'elle, ce n'étaient que confidences et discussions à voix basse au sujet des hommes présents. Enfin, les plus âgées s'installèrent sur des divans et commencèrent à s'éventer d'un mouvement nonchalant. Anusha, quant à elle, resta debout, sans vraiment savoir ce que l'on attendait d'elle.

Les jeunes femmes ne faisaient que glousser et raconter des ragots. Au bout d'une demi-heure, Anusha s'ennuyait terriblement. Elle décida de s'installer sur une chaise à demi cachée derrière des plantes en pot, près des femmes mariées. Avec un peu de chance, leur conversation serait plus intéressante...

— J'ai été si surprise de voir le commandant Herriard parmi nous ! disait l'une d'entre elles. Quand l'avons-nous vu pour la dernière fois ?

— Oh ! il y a des mois ! répondit quelqu'un. Espérez-vous toujours lui offrir votre chère Deborah ?

— Ah, si seulement je le pouvais, lady Hames ! Apparemment, il ne souhaite pas se remarier... Peut-être que son union avec la maladive Miranda Knight était un mariage d'amour, après tout. Même s'il paraît difficile de l'imaginer sentimental.

— Je me demande si sir George le destine à miss Laurens, ajouta une autre femme sur le ton de la confidence.

A ces mots, Anusha lâcha son éventail et se pencha pour le ramasser, l'oreille aux aguets.

— C'est bien possible, reprit-on. Mais j'ai entendu sir George confier à Dorothea Hoskins qu'il espérait bien lui faire épouser un homme riche...

— Il vise bien haut, vu les circonstances !

Anusha frémit.

— De toute manière, elle ne pourra pas épouser d'homme titré. Imaginez le retour du mari en Angleterre avec une enfant illégitime, à demi indienne. Jamais elle ne sera acceptée à la cour !

— N'oubliez tout de même pas qu'elle est particulièrement jolie, et très bien élevée. De plus, j'imagine que sir George confiera à l'époux une dot considérable. L'homme qui s'unira à miss Laurens pourra bénéficier de toute l'influence de son père... Et sir George aura à cœur d'assurer les intérêts de ses petits-enfants.

— Vous avez raison. Sir George sait obtenir ce qu'il veut.

Un homme riche...

Depuis son réveil, Anusha avait espéré que son père l'autoriserait à épouser Nick ; elle s'était bien trompée ! Nick n'était qu'un soldat. Il n'avait rien d'un marchand ou d'un homme influent au sein de la Compagnie. De plus, il n'avait sans doute aucun désir de se remarier ; son désir pour elle n'était que physique... C'était parfaitement compréhensible, pour un homme qui avait passé tant de temps en tête à tête avec elle et à qui elle s'était offerte si facilement !

Et puis, de toute façon, je ne veux pas l'épouser non plus ! songea-t-elle avec orgueil. *Si seulement il m'aimait... Mais non. C'est impossible ! Aimer un homme qui ne t'aime pas en retour est un signe de faiblesse. N n'oublie pas ce qui est arrivé à* Mata. *N'oublie pas sa douleur.*

Une voix la fit sursauter.

— Anusha ? Pourquoi êtes-vous si triste ?

Les hommes venaient de rejoindre les femmes, et Nick se tenait devant elle.

— Est-ce à cause de la nuit dernière ? reprit-il. Il faut vraiment que nous...

— Non, coupa-t-elle en se levant.

Elle retrouva rapidement son sourire de façade. Il était plus facile qu'elle l'avait craint de lui sourire malgré son cœur brisé, au milieu de tous ces gens, alors qu'il était plus beau que jamais dans son uniforme de cérémonie...

— Non, j'avais tort, poursuivit-elle fermement. Nous n'avons pas à en discuter. Ce n'était qu'une erreur que nous devrions oublier au plus vite.

Elle s'approcha de lui, en espérant follement qu'il refuse de la laisser passer. Mais, après un instant d'hésitation, il salua et s'écarta. Elle prit une profonde inspiration et quitta la terrasse sans se retourner.

L'atmosphère du salon était plus lourde qu'au début de la soirée. Anusha sentait la présence silencieuse et protectrice de Nick, derrière elle, mais reporta son attention sur les invités. Ce qui se déroulait devant elle, entre le salon et la terrasse, était fascinant... Les femmes mariées couvaient leurs filles du regard tout en passant en revue les hommes célibataires d'un œil critique. Au bout de quelques minutes, elle parvint à discerner lesquels étaient jugés convenables et lesquels ne l'étaient pas, rien qu'en observant les variations infimes d'expression des mères...

Au milieu de tout cela, les jeunes filles à marier se déplaçaient en petits groupes, en faisant mine de ne s'apercevoir de rien. Elles faisaient semblant de ne pas remarquer les regards des hommes, et rougissaient chaque fois que l'un d'eux leur adressait la parole.

Quant aux hommes, elle s'aperçut bien vite que leurs paroles n'avaient rien de sincère. Ils aimaient jouer au jeu de la séduction, mais cherchaient-ils vraiment une épouse ? Seuls les plus âgés espéraient peut-être réellement le mariage — passé un certain âge, on se soucie de fonder une famille et d'avoir un héritier.

Au fond de la pièce, sir George s'installa auprès de l'hôtesse et lui glissa un mot à l'oreille. Elle acquiesça gravement en jetant un regard furtif à Anusha. Ils devaient parler d'elle, sans aucun doute...

Je ferais mieux de flirter un peu, moi aussi, songea-t-elle. *Il faut à tout prix que père me voie comme une fille obéissante qui a son devoir à cœur.*

Plusieurs couples s'étaient éclipsés sur la terrasse. Etrange... Elle jeta un regard aux mères, mais aucune ne paraissait choquée par ce comportement ; cela devait faire partie des choses admises en société. Décidément, les hommes anglais devaient avoir un grand contrôle sur eux-mêmes pour mériter une telle confiance !

— Miss Laurens ?

Elle sursauta et découvrit sir Clive à son côté. Elle lui sourit poliment puis, consciente du regard de Nick qui ne la quittait pas, se montra plus chaleureuse. Nick ne devait surtout pas deviner ses réels sentiments à son égard !

— Aimeriez-vous marcher un peu ? demanda sir Clive en lui tendant le bras.

Elle le prit comme Nick le lui avait montré, et ils longèrent les hautes baies vitrées du salon dans un sens puis dans l'autre.

— Appréciez-vous Calcutta, miss Laurens ?

— Je ne saurais vous répondre, sir Clive : je viens seulement d'arriver. Les seuls souvenirs que je garde de la ville remontent à mon enfance...

— Il est très agréable de se promener à cheval sur le *maidan*, autour du fort. J'y vais souvent. Savez-vous monter à cheval ?

— Bien sûr. Hélas ! je n'ai pas mes propres chevaux, ici.

— Excusez ma curiosité, mais comment les Indiennes montent-elles ? En sari ?

— Nous montons comme les hommes, répondit poliment Anusha.

— Seigneur ! Si une femme montait autrement qu'en amazone, ici, cela causerait un véritable scandale ! Allons faire quelques pas dehors, ajouta-t-il. Il commence à faire une chaleur insupportable, ici.

— Très bien.

De nombreux couples se promenaient sur la terrasse illuminée, et plusieurs domestiques s'y activaient. C'était en effet plus agréable.

Tout à coup, une série de gros bruits d'explosion retentit, suivie par des éclairs lumineux qui furent accueillis par des murmures d'émerveillement.

— Il y a des feux d'artifice près du fort ! s'écria quelqu'un, et tous les couples se précipitèrent vers la balustrade pour mieux voir.

— C'est dommage, nous ne voyons presque rien, d'ici, remarqua sir Clive avec un soupir de regret. Cela semble être un beau feu d'artifice, peut-être fête-t-on un mariage en ville... Montons sur la terrasse supérieure, ajouta-t-il comme une autre explosion retentissait. Nous y verrons bien mieux.

Anusha adorait les feux d'artifice et suivit joyeusement son compagnon dans l'escalier. Les marches étaient éclairées par des torches, ce qui signifiait sans doute que lady Hoskins avait également mis la seconde terrasse à la disposition de ses invités. De toute évidence, il y aurait aussi des domestiques, là-haut.

Lorsqu'elle arriva sur la terrasse, les gerbes colorées du feu d'artifice étaient si spectaculaires qu'elle se précipita à la balustrade pour les admirer. Ce ne fut que lorsque la terrasse fut de nouveau plongée dans le silence et l'obscurité qu'elle s'aperçut que sir Clive et elle y étaient seuls.

Il se tenait tout près d'elle. Bien trop près...

— Miss Laurens... Anusha, commença-t-il dans un murmure.

— Nous devrions redescendre. Il n'y a personne, ici, coupa-t-elle, mal à l'aise.

— Oh ! nous ne craignons rien !

Tout en parlant, il s'appuya des deux mains sur la balustrade, l'emprisonnant entre ses bras.

— Après tout, nous sommes montés ici pour y être seuls, ajouta-t-il. N'est-ce pas ?

— Je ne suis montée que pour admirer le feu d'artifice, et je pensais qu'il y aurait du monde ici aussi, répliqua-t-elle sèchement.

Elle commençait à avoir peur, mais tout cela devait sans doute faire partie de ces jeux de séduction admis par tous. Quoi qu'il en soit, sir Clive allait trop loin et la mettait profondément mal à l'aise.

— Sir Clive, écartez-vous, je vous prie, reprit-elle.

— Pas sans un baiser.

Il se pencha vers elle. Il sentait la chaleur et l'huile de santal qu'il devait utiliser pour lisser ses cheveux. Son haleine avait une odeur de brandy...

— Je n'ai aucun désir de vous embrasser, sir Clive, dit-elle fermement malgré son anxiété.

Il était trop près d'elle pour qu'elle puisse s'échapper ou lui donner un coup de genou et se dégager de son étreinte. La panique commença à la gagner.

— Allons, Anusha, ne me dites pas que vous n'êtes qu'une petite séductrice.

Il déposa un baiser dans son cou puis chercha ses lèvres, mais ne rencontra que sa joue car elle détourna vivement la tête.

— Arrêtez cela ! Je ne cherche pas à vous séduire !

Sir Clive se pencha plus encore jusqu'à ce que ses lèvres effleurent son décolleté.

— Bien sûr que vous cherchez à me séduire, murmura-t-il, avec vos grands yeux gris, vos cils si noirs, si longs, et cette petite moue quand vous parlez...

Lorsqu'il releva la tête, elle découvrit avec effroi un éclat dangereux dans ses yeux... Il avait un regard de prédateur !

— Je sais ce que l'on vous apprend dans le *zenana*. Vous êtes entraînée à donner du plaisir à un homme, et vous connaissez sans doute de multiples moyens plus exotiques les uns que les autres d'y parvenir ! Puisque nous sommes seuls, vous pourriez me faire une démonstration...

Nick s'approcha de sir George d'un pas ferme et lui prit le bras pour le conduire dans la salle à manger à présent déserte.

— George, il faut vraiment que nous parlions au sujet d'Anusha.

— Est-ce si urgent ?

Sir George le dévisageait, les sourcils froncés. Avait-il toujours ce don étonnant pour découvrir les mauvaises actions et les mensonges ? Nick n'avait pas la conscience tranquille, et cela devait se voir comme le nez au milieu de la figure...

— Je m'inquiète pour elle, commença-t-il. Vous devez lui parler de sa mère, George. Si vous ne faites rien, elle n'acceptera jamais de se marier ; elle aura toujours peur d'être abandonnée de nouveau...

— Mais je n'ai jamais...

— Je sais, coupa Nick. Vous avez pris la seule décision possible dans une situation inextricable. Mais Anusha n'a pas confiance en vous. Dans le pire des cas, elle considérera le mariage comme un piège et, dans le meilleur des cas, elle le verra comme un fardeau !

— Comme toi, si je ne m'abuse.

Cela dit, sir George s'installa dans un fauteuil, alluma un cigare, et en offrit un à Nick qui refusa poliment.

— Il ne s'agit pas de moi, répondit-il.

Certes, il se demandait parfois à quoi aurait pu ressembler un mariage heureux, empli d'amour, mais cela ne le préoccupait jamais longtemps. Après tout, il avait vu à quoi ressemblait le mariage de ses parents. Il avait vu les ennuis de George, et fait l'expérience douloureuse d'une union sans amour entre deux personnes qui n'avaient aucun point commun... Sans doute aurait-il dû faire quelque chose, avec Miranda : se montrer plus gentil, plus indulgent. Ou plus ferme. Exaspéré par ces pensées qui ne menaient à rien, il se frotta nerveusement l'arête du nez. Non, le mariage n'était pas pour lui, c'était certain.

— Je sais bien qu'il ne s'agit pas de toi, reprit finalement sir George. Et je sais que j'ai beaucoup fait pression sur toi pour que tu épouses Miranda. C'était une erreur. Crois-moi, Nicholas, je te promets de ne plus jamais interférer dans tes histoires sentimentales ! Mais je veux qu'Anusha soit heureuse, qu'elle vive confortablement avec un époux respectable. Je trouverai l'homme qu'il lui faut.

— Dans ce cas, parlez-lui. Persuadez-la que vous l'aimez, que vous avez aimé sa mère jusqu'à sa mort. Montrez-lui qu'elle peut vous faire confiance, sans quoi je crains fort qu'elle ne s'enfuie...

— Oh non ! Elle ne ferait jamais une chose pareille, n'est-ce pas ?

Nick dévisagea sir George un instant. Il se rendit compte soudain à quel point il comprenait Anusha et à quel point son propre père ne la connaissait pas. Il n'avait aucune idée de la détermination farouche dont sa fille pouvait faire preuve !

— Très bien, reprit enfin sir George. Je lui parlerai de sa mère. Je... Cela m'a bouleversé de découvrir Anusha si belle, si adulte — si froide. Je ne sais pas à quoi je m'attendais en la retrouvant, et je m'y suis mal pris avec elle.

Il eut soudain un regard triste, si vulnérable, que Nick en fut profondément ému. Etait-ce là l'image forte et paternelle qu'il avait toujours admirée ? Brusquement, il vit des traces de vieillesse sur le visage de son protecteur...

— Grâce au ciel, tu es là pour m'aider à veiller sur elle, murmura George.

Anusha sentait son cœur battre à tout rompre. Si elle appelait à l'aide, elle attirerait l'attention de tout le monde sur elle... Pourquoi donc n'avait-elle pas pu garder son petit couteau caché dans sa botte ?

— Bon... Très bien, murmura-t-elle finalement.

Elle releva son visage, et sir Clive plongea sur ses lèvres avec un sourire rapace. Anusha entrouvrit la bouche, le laissa l'effleurer, puis lui mordit sauvagement la lèvre inférieure.

Avec un juron, l'homme s'écarta vivement d'elle, une main plaquée sur sa bouche, l'autre levée, comme s'il s'apprêtait à la frapper.

— Sale petite garce ! hurla-t-il.

— N'essayez surtout pas de me toucher de nouveau, répliqua Anusha. Si j'avais une arme...

— Si miss Laurens avait une arme, elle n'hésiterait pas à vous castrer, Arbuthnott, coupa soudain la voix dure de Nick. Vous devriez être heureux : je m'apprête seulement à vous briser la mâchoire.

Soulagée, Anusha se tourna vers lui. Ses yeux brillaient dans la pénombre, et il affichait un sourire menaçant.

— Cette fille n'est qu'une aguicheuse ! Et vous, Herriard, je vous mets au défi de poser un doigt sur moi !

En un éclair, le sourire de Nick devint meurtrier. Terrifiée, Anusha s'agrippa à la balustrade pour ne pas trembler.

— *J'étais* sur le point de vous briser la mâchoire, reprit Nick d'une voix froide et posée. Mais, pour cette insulte, je vais plutôt vous faire passer par-dessus cette balustrade.

En un éclair, il attrapa le petit baronnet et, joignant le geste à la parole, mit sa menace à exécution. Sans même avoir eu le temps de comprendre ce qui lui arrivait, l'homme dégringola sur la terrasse du dessous dans un concert de hurlements.

Sans perdre un instant, Nick se pencha sur la balustrade, le visage empreint d'une inquiétude théâtrale.

— Seigneur ! Est-ce que tout va bien, Arbuthnott ? lança-t-il. Je vous avais bien dit de ne pas monter là-dessus pour voir le feu d'artifice !

— Bon Dieu ! s'écria sir Clive. J'ai des épines dans le...

Mais un homme l'interrompit :

— Pas devant les femmes ! Venez, Arbuthnott, il faut s'occuper de vous.

Anusha tremblait lorsque Nick se tourna enfin vers elle.

— Voilà qui devrait rabaisser sa dignité...

Elle le dévisagea, presque incapable de répondre.

— Merci... Je... j'ai cru... J'ai cru que vous alliez le tuer...

Les larmes lui montèrent aux yeux. Où donc était passé son courage ?

— Est-ce que vous vous attendiez à ce que je le tue ? répliqua Nick. A ce que je le provoque ?

— En duel, vous voulez dire ? Bien sûr que non ! Cela aurait été une folie !

Qu'est-ce qui ne va pas, chez moi ? Et chez lui ? Pourquoi a-t-il toujours l'air fâché ?

— Il vous a appelée « aguicheuse », reprit brutalement Nick. Qu'est-ce que vous fichiez, seule ici avec lui ?

C'était donc cela : il était en colère contre elle... Comme si c'était sa faute ! Décidément, les hommes n'étaient que des hypocrites !

— Eh bien ? aboya-t-il. Que s'est-il passé ? Cherchiez-vous un autre homme qui vous donne du plaisir, comme une chatte en chaleur ?

Stupéfaite, elle le regarda, la gorge nouée. Elle aurait voulu se fâcher, hurler, mais elle ne sentit qu'un profond désespoir l'envahir. Elle avait été terrifiée, perdue, elle avait espéré qu'il viendrait la sauver, et il était venu. Seulement, il croyait maintenant qu'elle avait encouragé sir Clive...

— Comment étais-je censée savoir qu'il n'y aurait personne ici ? finit-elle par demander d'une voix tremblante. Je ne comprends rien, ici... tous ces hommes avec qui je dois flirter... me promener à leur bras... Devais-je dire à l'un des invités de lady Hoskins que je ne voulais pas qu'il m'approche parce que je n'avais pas confiance en lui ?

Nick fit volte-face et s'éloigna jusqu'à l'autre bout de la terrasse, le dos excessivement droit. Anusha n'eut que la force de se laisser tomber sur un banc avant de sentir les larmes couler le long de ses joues. C'en était trop...

Je t'aime, et je ne peux pas t'avoir. Et maintenant tu penses que je ne suis qu'une... qu'une...

Nick se retourna tout à coup.

— Je suis désolé, pardonnez-moi. Vous avez raison. Je n'étais pas fâché contre vous, mais contre moi-même.

— Tout...

Elle voulait dire : « Tout va bien », mais n'y parvint pas et s'abandonna à ses sanglots. De toute façon, tout n'allait pas bien. Plus rien n'irait bien, désormais... La réalité la frappait pour la première fois. Elle aimait Nick, mais ne pourrait jamais l'avoir. Elle serait obligée d'épouser un autre homme qui ne la comprendrait pas, et qu'elle ne pourrait jamais aimer...

Il dut entendre ses sanglots, car il lâcha un juron et vint s'agenouiller auprès d'elle.

— Est-ce qu'il vous a blessée ? demanda-t-il en lui prenant la main.

Elle aurait voulu l'éloigner, mais elle n'en avait pas la force.

— Non, murmura-t-elle. Mais vous, oui. Je suis si malheureuse ! Je ne sais plus comment être courageuse, Nick. Je ne veux pas être ici. Je ne comprends pas les règles de ce monde. Je ne veux pas épouser un homme *convenable* ; et maintenant vous... vous me haïssez. Et...

— Non, la coupa-t-il en serrant sa main plus fort. Je ne vous hais pas, Anusha. Tout ira bien. Vous finirez par vous habituer à cette vie, et vous rencontrerez un homme pour qui vous aurez de l'affection...

En s'entendant parler, Nick eut un haut-le-cœur. Il l'abreuvait de banalités, et elle le savait aussi bien que lui.

Elle a dit que je la haïssais... Cela fait si mal ! Mais sans doute pas autant que ce qu'elle ressent.

— J'avais peur pour vous, reprit-il. C'est pour cela que j'étais fâché. Depuis le temps, vous devriez me connaître.

Elle ne releva pas cette faible tentative d'humour, et il sentit son cœur se serrer. Jamais il ne l'avait vue aussi fragile, presque vaincue.

— Anusha, je t'en prie..., murmura-t-il en oubliant toute distance sociale.

Comme il se détestait ! Son instinct lui murmurait de la protéger comme il avait tenté de le faire depuis leur départ de Kalatwah, et tout ce qu'il avait fait depuis lors avait abouti à la plonger dans le malheur. Comment pourrait-il sécher ses larmes ? Il n'avait jamais été capable de le faire avec Miranda...

— Anusha... Oh ! Seigneur ! Viens là et ne pleure plus.

Mû par une pulsion soudaine, il la serra dans ses bras, et sentit ses larmes mouiller les passementeries dorées de sa veste.

— Je ne pleure pas, protesta-t-elle d'une voix étouffée.

— Menteuse ! fit-il en déposant un baiser sur ses cheveux.

Au bout de quelques minutes, elle poussa un profond soupir et commença à bouger. Nick relâcha son étreinte, et elle s'installa plus confortablement avant de se frotter les yeux du revers de la main. Il lui tendit un mouchoir. Elle se moucha avec un manque d'élégance si franc qu'il en fut bouleversé : c'était du vrai malheur, et non les larmes feintes dont usent les autres femmes lorsqu'elles veulent attirer l'attention sur elles…

— Je suis désolée, murmura-t-elle d'une voix à présent presque contrôlée. Merci de veiller sur moi.

— Tu te sens mieux ?

Elle fit non de la tête.

— Je pense que je ne me sentirai jamais mieux. J'imagine qu'il ne me reste plus qu'à épouser quelqu'un et à essayer d'être une femme anglaise convenable. Il ne m'aimera pas, et je suppose qu'il aura très vite des maîtresses…

Elle se redressa soudain, sans doute dans une tentative désespérée de dissimuler sa douleur.

— Peu importe, reprit-elle. C'est mon destin, et je ne serai pas lâche.

— Je voudrais tellement t'aider, Anusha ! Que puis-je faire ?

Il aurait combattu n'importe quoi pour elle — des tigres, des scélérats, même un nid de cobras —, mais ce désespoir profond le dépassait…

— Aide-moi à trouver un homme qui ne me brisera pas le cœur, dit-elle avec un pauvre petit sourire.

Qui ? Un époux convenable *la rabaisserait jusqu'à ce qu'elle ne soit plus qu'une femme docile ou qu'elle se rebelle et provoque de terribles scandales… Quel homme pourrait bien comprendre son héritage, sa fierté et ses peurs comme je les comprends ? Comme je les comprends…*

Ces derniers mots résonnèrent dans son esprit. Il ferait un bien mauvais époux pour toutes les filles conventionnelles qui virevoltaient dans le grand salon, mais peut-être que pour Anusha il serait le mieux placé…

Nick s'assit sur ses talons en silence. Il devait penser avec sa tête, et non avec ses instincts protecteurs ! Il était bien né et, même si elle n'en avait que faire, c'était important aux yeux de la société. Il avait assez d'argent pour entretenir une femme — peut-être pas dans le luxe, mais peu importait… De plus, il saurait lui rester fidèle sans difficulté. De toute évidence, elle le trouvait assez attirant pour vouloir partager son lit, et cela lui offrait une opportunité de ne pas reproduire le désastre de son mariage avec Miranda.

Avant que sa rationalité ne le fasse taire, il lança :

— Il y a bien un homme auquel je pense… Un homme qui ferait de son mieux pour veiller sur toi, te comprendre, et t'offrir la liberté dont tu rêves.

Anusha leva un regard à la fois soulagé et stupéfait sur lui. Ses grands yeux encore mouillés de larmes le dévisageaient avec gratitude : elle l'avait compris.

— Toi ?

— Je sais que tu ne cherches pas l'amour, ajouta-t-il, et tu n'auras pas à craindre trop de romance de ma part. De plus, je serai souvent absent, mais je sais que je ne te manquerai pas…

— Vraiment ?

— Et je te promets de t'être fidèle : tu n'auras pas à t'inquiéter de potentielles maîtresses. Tout ce que je te demanderai en échange est de ne pas prendre d'amant, conclut-il.

— Je… Je n'en prendrai pas. Mais, Nick, tu ne veux pas te remarier, tu me l'as dit toi-même !

— Je pense que je pourrais me marier avec toi…

Oui, c'est vrai ! songea-t-il soudain.

Anusha serait une merveilleuse amante, et sa conversation brillante chasserait tout ennui de leur foyer… Son caractère impulsif lui attirerait sans doute des ennuis, mais elle était assez sincère pour tenir ses promesses envers lui.

— Je ne suis pas un homme riche, reprit-il, mais je peux nourrir une famille si tu veux des enfants — et seulement si tu les veux.

Sa gorge se serra à l'idée qu'elle pourrait refuser sa proposition ? Que lui arrivait-il donc ? Ce qu'il lui offrait n'était qu'une solution pratique à leurs problèmes qui ne lui demanderait pas beaucoup d'efforts… De plus, George serait heureux de la voir installée, même si ce n'était pas la situation brillante qu'il avait envisagée pour elle. Si jamais elle refusait, il n'aurait qu'à penser à autre chose ; ce n'était pas comme si elle risquait de lui briser le cœur !

— Mais… Je serais un tel fardeau pour toi, protesta-t-elle.

Elle cédait ! Un soulagement incompréhensible l'envahit, et il répliqua, les sourcils froncés :

— Tu as été un fardeau dès que nous nous sommes rencontrés alors que tu poursuivais ta fichue mangouste.

— C'était la mangouste de Paravi…

— Tu vois ? Tu n'arrêtes jamais de protester !

Une lueur amusée dans le regard, il l'attira de nouveau dans ses bras et l'embrassa. Il la désirait et était incapable de penser à quoi que ce soit d'autre…

Les lèvres d'Anusha s'adoucirent contre les siennes. Il y retrouva cette saveur à la fois douce et sensuelle qui n'appartenait qu'à elle. S'ils se mariaient, elle serait sienne autant qu'il le souhaitait, et elle pourrait avoir tout ce dont elle avait besoin pour être heureuse…

Lorsqu'il relâcha son étreinte, elle ne fit rien de ce à quoi il s'attendait : elle ne le gifla pas, ne sourit pas, ne pleura pas. Elle se contenta d'enfouir son visage dans ses mains un long moment, en silence, puis elle releva la tête pour croiser son regard. Son beau visage trahissait la même résolution que lorsqu'ils avaient quitté le palais ensemble. Enfin, la voix ferme, elle répondit :

— Oui. Je veux bien t'épouser, Nick…

18

Nick lui prit le bras et la reconduisit au grand salon.

Est-ce que j'ai eu raison ? ne cessait de se demander Anusha. *Je l'aime et je tâcherai d'être la meilleure des épouses... De plus, il ne veut personne d'autre dans sa vie. Il faut à tout prix qu'il ne devine jamais mon amour pour lui ; il sait que je le désire, et c'est suffisant.*

Toujours bouleversée par la scène entre Nick et sir Clive, sa propre frayeur et la proposition inattendue qu'elle venait de recevoir, elle le suivait comme dans un rêve éveillé.

Je suis incapable de réfléchir, pour le moment, se dit-elle en entrant dans le salon.

— Mon père est là-bas, murmura-t-elle en voyant sir George.

— Oui, répondit Nick. Nous ferions mieux d'aller tout lui avouer...

Lorsqu'il les vit s'approcher, sir George la dévisagea d'un air surpris, puis lança un rapide coup d'œil à Nick.

— Es-tu fatiguée, ma chérie ? se contenta-t-il de demander. Je vais faire appeler la voiture.

Quelques minutes plus tard, alors que tous trois étaient ballottés le long des rues pavées, Nick se lança :

— J'ai demandé à Anusha de m'épouser, et elle a accepté.

— C'est très soudain, répondit George, sans pour autant sembler contrarié. Je dois dire que je suis ravi de cette nouvelle, mais êtes-vous bien sûrs de votre décision, tous les deux ?

— Je suis sûr de moi, monsieur, dit Nick d'une voix enjouée.

Dans la pénombre de la voiture, Anusha ne pouvait voir son visage. Etait-il vraiment si content que cela ?

— Moi aussi, s'empressa-t-elle d'ajouter.

Il fallait paraître heureuse, mais pas trop exaltée, sans quoi Nick risquerait de percer ses réels sentiments à jour...

La voiture s'immobilisa. Ils en descendirent, et sir George les précéda jusqu'au perron. Tout en gravissant les marches, il laissa échapper un petit rire.

— Je crains que de nombreux jeunes hommes ne soient déçus par cette nouvelle...

— Père...

— Anusha, coupa sir George, je dois parler à Nicholas. Tu es fatiguée, ma fille, va te coucher. Nous discuterons demain matin.

Il l'embrassa sur la joue, et elle salua avec un sourire un peu forcé. Ils allaient sans doute parler d'argent... Ce mariage serait une bonne chose pour Nick, car sir George ne manquerait pas de la doter généreusement. Elle fut heureuse à l'idée qu'elle pourrait offrir un peu de confort à son compagnon.

— Bonne nuit, murmura-t-elle.

— Bonne nuit, répondit Nick.

Il lui prit la main, visiblement ému, et embrassa le bout de ses doigts. Cette fois, c'était un vrai baiser, pas un baisemain courtois comme il le lui avait montré sur le bateau.

Nick sentit la main d'Anusha se crisper dans la sienne mais, lorsqu'il la relâcha, elle le regarda dans les yeux longuement puis tourna les talons dans un froissement de jupes.

George suivit sa fille des yeux avant d'ouvrir la porte de son bureau.

— Elle paraît troublée, remarqua-t-il.

— J'ai surpris un homme en train de l'importuner, et je m'en suis chargé. Nous n'avons parlé qu'après. Elle a peur du mariage, George. En tout cas, elle a peur d'épouser un de ces célibataires convenables que vous comptiez lui trouver... J'ai enfin compris pourquoi, ce soir : ces hommes ne la comprendraient pas. Ils chercheraient à la faire entrer dans un moule et lui arracheraient tout ce qui la rend unique, ce qui fait d'elle Anusha...

Les deux hommes s'assirent.

— Elle sait, poursuivit Nick, que je ne souhaite pas me remarier et que j'ai gâché mon union avec Miranda. Je pense qu'elle a peur que je prenne de nombreuses maîtresses et que je la néglige en dépit de mes promesses. Elle sent aussi qu'elle n'appartient pas à ce monde et sait que les choses ne pourront pas redevenir comme avant.

Il s'interrompit un instant. Son cœur se serrait de devoir exposer ses raisons si froidement — les raisons qui avaient amené Anusha à l'accepter comme un remède à son mal, et non pour l'homme qu'il était réellement. Malgré tout, il fallait poursuivre.

— Anusha dit qu'elle souhaite être libre, et elle le pense. Elle ne sait plus qui elle est, et je crois que c'est ce qu'elle cherche à découvrir. Tout ce que je peux faire, pour l'épauler, est de la protéger et de la comprendre un peu. Je sais qu'elle me fait confiance pour cela.

— Elle n'est pas stupide et elle doit bien avoir conscience de la chance qu'elle a, répondit George d'une voix ferme. Ce sera une bonne épouse, Nicholas. Elle n'a rien à voir avec Miranda, si pâle et maladive ! Elle est intelligente, forte et n'a pas l'air intimidée en ta présence... Et, comme je l'ai dit, c'est une très belle femme — elle le tient de sa mère.

— La question que je me pose est : serai-je capable de la rendre heureuse en l'épousant ? Si je n'ai pas réussi à rendre heureuse une femme douce qui *voulait* se marier, quel espoir ai-je d'y parvenir avec Anusha, si pleine d'esprit et de caractère, qui cherche seulement le moindre de deux maux ?

Et à quoi ressemble un mariage réussi, après tout ? Ai-je les moyens de lui offrir une vie heureuse ?

— Je n'essaie pas de revenir sur ma parole, ajouta-t-il, mais je veux seulement le meilleur pour elle. Je suis désolé si je vous déçois, George, si je ne suis pas le beau-fils dont vous auriez rêvé...

— Tu ne me déçois pas ! s'exclama sir George. Jamais tu ne me décevras. Il est seulement difficile pour nous deux de veiller sur elle. Je voulais juste... lui assurer une certaine sécurité, j'imagine. Tout ce que je te demande aujourd'hui, c'est de faire de ton mieux pour la combler.

— Je ne peux pas promettre de réussir, mais je vous promets de faire tout ce que je pourrai. Vous avez ma parole. Et je peux aussi vous jurer de la protéger au péril de ma vie.

Dès qu'Anusha entendit son père entrer dans son bureau, le lendemain matin, elle le rejoignit. Après une nuit d'insomnie passée à se poser toutes les questions imaginables au sujet des événements de la veille, elle n'était pas présentable pour le petit déjeuner. Mieux valait donc voir sir George en privé...

Dès qu'il la vit entrer, son père se leva et lui offrit une chaise.

— Anusha ! Tu as l'air...

— De ne pas avoir dormi. Je le sais, père. C'est seulement que tout cela a été si... soudain.

George se dirigea vers son grand fauteuil, de l'autre côté du bureau, puis se ravisa et vint s'asseoir auprès d'elle.

— Tu sais que cette demande en mariage est une très bonne chose pour toi, commença-t-il. As-tu changé d'avis ? Est-ce que tu ne veux plus épouser Nicholas ?

— Je ne veux surtout pas devenir un fardeau pour lui...

Il l'observa un instant, ses sourcils touffus un peu froncés.

— Tu l'apprécies, n'est-ce pas ?

Anusha acquiesça.

Bien sûr que je l'apprécie ! Ne voyez-vous pas que je l'aime ?

— Est-ce que tu le désires ?

— Père !

— Réponds-moi, insista-t-il, les joues un peu rouges. Ta mère n'est hélas ! plus là pour te poser ce genre de questions, alors il faut bien que je le fasse... Et ne fais pas semblant de ne pas savoir de quoi je parle — pas avec l'éducation que tu as reçue.

Anusha se crispa, et fit mine de se perdre dans la contemplation d'un tableau représentant la rivière Hooghly et le port, fixé au mur derrière son père. Si elle répondait à une telle question, elle se trahirait. Sir George saurait à quel point elle désirait Nick, à quel point elle l'aimait, et à quel point il était égoïste de sa part d'enchaîner un tel homme par un mariage qu'il ne souhaitait pas réellement... Il répéterait tout cela à Nick, et Nick se sentirait mal à l'aise auprès d'elle. Il la prendrait en pitié... C'était hors de question !

— Je me suis marié beaucoup trop jeune, reprit sir George d'un ton détaché. J'ai épousé une jeune femme de bonne famille, intelligente et belle, mais je la connaissais à peine.

— Je ne veux pas que l'on parle d'elle...

Je ne veux pas vous entendre vous justifier devant moi !

— Je vais en parler tout de même, répondit-il avec douceur. Je veux que tu saches à quel point j'ai été stupide et où cela m'a conduit. J'ai épousé Mary, et elle est très vite tombée enceinte. Hélas ! elle a perdu le bébé au bout de trois mois de grossesse. Nous avons réessayé, mais elle a perdu un deuxième enfant, puis un troisième. Les médecins ont dit qu'elle ne devait plus essayer de porter d'enfant avant au moins un an, le temps que son corps se repose. Est-ce que tu comprends ce que cela impliquait pour moi ?

Anusha sentit le sang lui monter aux joues et se contenta d'acquiescer d'un hochement de tête, les yeux toujours fixés sur le tableau.

— J'étais jeune et orgueilleux, poursuivit son père. Je n'ai pas voulu comprendre que nous devions attendre. Je pensais que l'absence d'enfant entachait ma virilité, et l'abnégation n'était pas mon fort... Quatre mois plus tard, elle était de nouveau enceinte. Cette fois, elle porta l'enfant à terme. Malheureusement, cette grossesse faillit la tuer, car son corps n'était pas encore remis, et l'enfant mourut à la naissance. C'est alors que les médecins nous ont dit qu'elle ne pourrait plus jamais procréer.

Sa voix s'était brisée sous l'effet de la douleur et de la culpabilité...

Bien fait pour lui, se répétait Anusha dans l'espoir de s'endurcir.

Cependant, elle ne pouvait s'empêcher de songer à cette pauvre femme.

Pauvre jeune couple ! Quel âge avaient-ils alors ?

— Peu de temps après, continua sir George, j'ai eu l'occasion de venir en Inde avec la Compagnie pour y faire fortune. J'ai supposé que Mary m'accompagnerait — je ne le lui ai même pas demandé, je lui ai seulement annoncé mon départ. Elle a refusé. Après tout, je l'avais presque tuée, je l'avais rendue incapable de devenir mère ! C'est alors que j'ai enfin pris conscience de ce que je lui avais fait subir et que, pour la première fois, je n'ai pas placé mes problèmes au premier plan.

— Pourquoi n'avez-vous pas divorcé ?

— La loi anglaise ne permet le divorce que dans certains cas. Hélas ! une femme inféconde et un époux stupide ne sont pas des raisons suffisantes. Nous nous sommes donc séparés. J'ai veillé à ce qu'elle puisse continuer à vivre en Angleterre et ne manque de rien, mais le sens du devoir était profondément ancré en elle. Elle m'a écrit tous les mois, et j'ai commencé à répondre à ses lettres. Peu à peu, nous sommes redevenus amis, malgré la distance. Ou peut-être grâce à elle...

— Mais vous viviez déjà avec ma mère ? demanda-t-elle, choquée.

— Je ne prétendrai pas être un saint, Anusha. Quelques années après mon arrivée en Inde, j'ai rencontré ta mère, à la cour de ton grand-père, et nous sommes tombés amoureux.

— Elle m'a dit qu'elle vous avait délibérément séduit.

Elle se rappelait les longs après-midi passés à écouter sa mère lui raconter cette histoire d'amour d'une voix douce...

— Elle m'a dit que cela avait dérangé beaucoup de gens.

— Bien entendu, acquiesça George. J'avais trente-cinq ans, et elle n'en avait que vingt. Par je ne sais quel miracle, le rajah a approuvé notre relation. Je crois qu'il ne pouvait rien refuser à sa fille, et qu'il avait compris à quel point une alliance avec la Compagnie pourrait lui être profitable. Nous étions très amoureux, tu sais, et nous avons été comblés de bonheur à ta naissance...

— Et, après, vous nous avez chassées. Vous ne vouliez plus de nous.

Elle avait essayé de dissimuler sa douleur, mais elle sut, au regard de son père, que sa voix l'avait trahie.

— Mary m'a cru malade, répondit patiemment sir George, et elle est venue car elle pensait qu'il était de son devoir de s'occuper de moi. Elle était déjà partie, quand j'ai appris la nouvelle ; il était trop tard pour l'empêcher de venir. Comprends-moi. Elle était mon épouse légitime. Bien sûr, j'aurais pu la rejeter, l'obliger à risquer une nouvelle fois sa vie au cours d'un voyage de retour de trois mois. Mais j'ai préféré obéir à mon honneur et l'accueillir… J'ai essayé d'en parler à Sarasa. Hélas ! elle a refusé de m'écouter. Il n'y avait aucune autre solution que de vous renvoyer toutes les deux à Kalatwah, où je savais que vous seriez protégées et traitées avec respect. Je ne voulais pas déshonorer deux femmes en accueillant ma femme chez moi et en entretenant une maîtresse en secret. Je…

Soudain, sa voix s'étouffa et il se tut. La gorge nouée, elle tourna son regard vers lui. Il pleurait et ne paraissait pas même s'en apercevoir…

C'est alors qu'elle sentit son cœur se briser. Elle ressentait la douleur de son père comme si elle était sienne. Jamais elle n'avait essayé de voir au-delà de ce qu'elle considérait comme une trahison et de sa propre colère. Une première larme tiède roula sur sa joue.

— Alors, tu nous aimais toujours, papa ?

— Je vous ai aimées de tout mon cœur, et je t'aime encore. N'en doute jamais, Anusha…

Il lui tendit avec hésitation la main, et elle l'emprisonna entre les siennes.

— Tu ne nous as donc pas chassées parce que l'arrivée de Nick t'offrait une chance d'avoir enfin un fils ?

Elle avait un peu honte d'avouer ainsi ses peurs et sa jalousie, mais elle devait savoir la vérité.

— Mais non, pas du tout. Dès le départ, il a été le fils que Mary n'avait jamais eu. A moi, il m'a fallu plus de temps pour accepter Nick ; j'étais encore en deuil de ton départ et de celui de ta mère. Ce n'est que bien plus tard que j'ai commencé à le voir comme un fils. Tu dois savoir que la capacité à aimer n'est pas limitée.

J'avais assez de place dans mon cœur pour vous aimer tous les deux, et c'est encore ce que je fais aujourd'hui...

— Oh ! Papa ! soupira-t-elle.

Enfin, elle pouvait laisser ses émotions l'envahir, lui pardonner !

Elle se jeta dans ses bras, et tous deux pleurèrent longuement. Elle avait fini par trouver son foyer !

— Bon après-midi, miss Laurens ? lança Nick en rentrant, des heures plus tard.

Anusha leva les yeux des deux miniatures que son père lui avait données. L'une représentait sa mère, et l'autre Mary, la femme qui avait sauvé la vie de Nick à son arrivée en Inde. Elle les posa délicatement devant elle et examina Nick tandis qu'il passait le seuil. Il portait son uniforme, était bien coiffé et rasé de près. Son regard paraissait si formel et détaché qu'elle en fut troublée.

— Où donc étais-tu, toute la journée ? demanda-t-elle comme il s'approchait.

— J'ai pensé que tu aurais besoin de passer un peu de temps seule avec ton père. Comment te sens-tu ? Tu as les yeux bien rouges...

— Oui, j'ai pleuré, répondit-elle dignement. Et papa aussi. Il a accepté de faire envoyer une vache pleine au village qui nous a hébergés...

En disant cela, elle se souvint de la manière dont Nick avait levé les yeux sur elle, à côté des feux, ce soir-là.

C'est alors que je suis tombée amoureuse de lui, mais je ne le savais pas encore.

Il répondit par un sourire et, à sa grande surprise, mit un genou à terre.

— Qu'est-ce que tu fais ?

— Quand on demande une jeune femme en mariage, il faut le faire correctement, dit-il. Je me sens un peu bête, comme cela, mais je n'ai pas agi dans les règles de l'art, hier soir. Miss Laurens, acceptez-vous de m'épouser ?

Surprise, elle ne répondit pas immédiatement et garda les yeux baissés sur les mains de Nick, croisées sur son genou.

— Je voulais seulement être certain que tu ne changerais pas d'avis, ajouta-t-il vivement.

Est-ce qu'il espère que je vais me rétracter ? Est-ce qu'il regrette déjà sa demande ?

Elle le dévisagea un instant, troublée. Elle devrait dire *non*, mais elle n'en avait pas la force...

— Je ferai de mon mieux pour veiller sur toi, reprit-il, et pour t'offrir autant de liberté que possible pour que tu sois heureuse.

— Mais tu aimerais ne pas avoir à faire tout cela ? demanda-t-elle, le cœur serré.

— Ne pas avoir à te rendre heureuse ? Au contraire, c'est mon désir le plus cher !

Elle baissa de nouveau les yeux. C'était étrange... Elle n'avait encore jamais remarqué la fine cicatrice qui courait sur sa main, et blanchissait lorsqu'il avait les doigts un peu crispés. Etait-il réellement aussi nerveux qu'elle ? Elle sentit soudain ses joues s'embraser et songea, embarrassée, que Nick allait s'en apercevoir.

— Si nous devons parler franchement, dit-il un peu sèchement, il y a de nombreuses manières de rendre quelqu'un heureux, au-delà du sexe. Mais c'est déjà un bon point de départ.

— Et qu'en est-il de tes maîtresses ? demanda-t-elle à mi-voix.

— *Mes* maîtresses ? Je n'en ai jamais eu plusieurs à la fois, et je n'en ai pas en ce moment. Anusha... Regarde-moi.

Elle dut faire un effort pour lever les yeux sur lui. Il paraissait très sérieux, mais son regard conservait une étincelle de sourire. Peut-être que ce mariage pourrait fonctionner, malgré tout...

— Anusha, je te l'ai dit hier soir, et je le répète : depuis plusieurs semaines, il n'y a eu aucune femme dans ma vie, excepté toi. Et il n'y en aura plus jamais d'autre. Je te promets de toujours te rester fidèle.

Quand Nick donne sa parole, il la tient. Et il est vraiment prêt à me faire une telle promesse ? Il est prêt à me rester fidèle, même s'il ne m'aime pas ? Oh ! Nick, je t'aime réellement de tout mon cœur...

Elle parvint finalement à lui sourire et en fut remerciée par un regard de tendre gratitude.

— Je n'ai pas changé d'avis, dit-elle. Je veux toujours t'épouser.

— Merci... J'en suis honoré.

Il se pencha doucement et déposa un léger baiser sur ses lèvres. Anusha ferma les yeux, et s'abandonna à une douce rêverie.

19

Rapidement, Anusha apprit que les préparatifs du mariage dureraient un mois.

— C'est vraiment court, remarqua-t-elle lorsque lady Hoskins le lui expliqua. Comment allons-nous organiser les banquets, trouver des danseurs ?

Lady Hoskins la dévisagea un instant d'un air surpris puis éclata de rire. Anusha rougit jusqu'aux oreilles. Parfois, elle oubliait à quel point ce nouvel univers était différent de celui dans lequel elle avait grandi…

Le temps passait à une vitesse vertigineuse, et plus le jour de la cérémonie approchait, plus elle sentait monter en elle une sourde panique. Elle avait piégé Nick. Lorsqu'elle s'était laissé aller à pleurer dans ses bras, elle aurait dû savoir qu'il ferait tout pour la protéger. Seulement, cette fois, ce n'était pas sa vie qu'il mettait en jeu, mais sa liberté… Un jour ou l'autre, il finirait par lui en vouloir, c'était certain.

Quelques jours plus tard, Ajit rentra enfin de Kalatwah avec des nouvelles. Tout le monde au palais était sain et sauf, et Anusha leur manquait beaucoup. Les espions du maharadjah avaient été éliminés, tout danger était écarté. Il reprit alors son rôle de serviteur discret et souriant auprès de Nick.

Peu après, les chevaux qu'ils avaient laissés à Kalpi arrivèrent également, fatigués, mais en bonne santé. Nick accompagnait Anusha tous les matins sur le *maidan* pour qu'elle puisse monter dans ses vêtements indiens mais, tôt ou tard, elle allait devoir apprendre à se servir d'une selle d'amazone...

Sir George avait entrepris de faire transformer les anciens appartements de Nick en foyer pour le couple, avec deux chambres, une salle à manger, un bureau pour Nick et un petit salon pour Anusha, ainsi qu'une grande véranda ouvrant sur les jardins, à l'arrière de la maison.

A l'exception de leurs promenades matinales, les fiancés se voyaient très peu. Nick passait le plus clair de son temps au fort et se comportait de façon distante et formelle lorsqu'il rentrait chez sir George. Lady Hoskins avait expliqué à Anusha que la coutume exigeait du fiancé qu'il garde ses distances avant la cérémonie. Elle comprenait et ne voulait pas le placer dans une situation délicate, mais il lui manquait...

Dix jours après leurs fiançailles, Nick et Anusha s'installèrent confortablement sous leur future véranda tandis que les jardiniers transformaient le jardin à l'abandon en un endroit agréable. Ce jour-là, Nick était rentré au milieu de la matinée et semblait vouloir passer un peu de temps auprès d'elle.

— Est-ce que tu aimes cet endroit ? dit-il soudain.

Anusha le comprit à demi-mot.

— Tu veux savoir si je ne préférerais pas une maison indépendante, en ville ? Non. Papa se sentirait très seul, et moi aussi quand tu seras absent.

— Je te manquerai ? demanda-t-il d'un air détaché.

— Bien sûr ! Et je m'inquiéterai pour toi, maintenant que je sais le genre de risques que tes missions peuvent comporter.

— Ne t'en fais pas. Je ne pense pas recevoir l'ordre d'escorter beaucoup de jeunes femmes dangereuses à travers le pays !

Il plaisante, ce n'est pas un reproche, se dit-elle, soudain nerveuse.

— Comment t'occuperas-tu, quand je ne serai pas là ?

— J'aiderai papa et je tiendrai le rôle d'hôtesse lorsqu'il invitera du monde, répondit-elle d'une voix légère. Lady Hoskins m'a dit que c'était le meilleur moyen d'apprendre à être une bonne épouse anglaise. Ainsi, quand tu souhaiteras rentrer chez toi, je serai en mesure de bien me... déporter.

— *Comporter.*

— Je croyais que « comporter » voulait dire faire une purée de fruits, pour le dessert… Bref, je saurai rendre la maison accueillante. J'achèterai des vêtements et je tenterai de m'y habituer.

Elle sentait qu'elle devait paraître gaie et insouciante. Cela lui permettait presque de se croire de nouveau en voyage avec lui, quand tout semblait possible… Tout à coup, elle releva ses jupes et montra son pied nu.

Nick se mit à genoux, et le prit entre ses mains.

— Anusha ! Tu décores toujours tes pieds au henné ? Petite coquine !

— Je peux me le permettre. Personne ne verra jamais mes pieds sous mes bas et mes chaussures.

Nick lui caressa doucement le dessus du pied, suivant avec son pouce les entrelacs complexes du motif. Un peu gênée, elle jeta un coup d'œil vers le jardin : les domestiques n'étaient plus là. Depuis combien de temps les avaient-ils laissés seuls ?

— Donc, cette coquetterie n'est là que pour les yeux de ton futur époux ? demanda Nick.

— Non, bien sûr que non !

Elle tenta de dissimuler de nouveau son pied, mais il le retint et déposa un baiser sur sa peau nue. Une vague de désir enflamma le corps d'Anusha.

— Arrête ! protesta-t-elle.

Malgré sa crainte d'être surprise, elle ne put s'empêcher de mieux s'installer sur son siège pour profiter de ses caresses. Nick prit alors l'un de ses orteils entre ses lèvres et la chatouilla du bout de la langue.

— Nick ! Nicholas, arrête immédiatement ! dit-elle en souriant. C'est vraiment… vraiment…

Il leva vers elle un regard amusé, lascif, et elle éclata de rire. Cela faisait tant de bien, un peu de bonheur… Quand avait-elle ri pour la dernière fois ?

— Tu es complètement inconscient, reprit-elle plus tendrement. Arrête ça ! Les serviteurs vont nous surprendre.

— Quelle remarque moralisatrice et européenne dans ta bouche !

Il la relâcha et s'assit de nouveau à son côté. Elle recouvrit son pied, et essaya de prendre un air sévère.

— J'essaie d'apprendre à bien me *comporter*, répliqua-t-elle.

— Si tu veux... Tant que tu ne te comportes pas ainsi dans l'intimité..., dit-il d'une voix un peu rauque.

— Non, je peux te l'assurer...

Ils restèrent un moment silencieux. L'air, sous la véranda, se fit plus lourd, chargé de désir, et Anusha préféra changer de conversation.

— Lady Hoskins dit que j'ai de la chance de ne pas avoir à apprendre tout ce qu'une lady de l'aristocratie doit savoir, comme se tenir à la cour, porter les robes étranges des femmes nobles en Angleterre et s'occuper d'une grande maison de campagne... Elle dit que les filles anglaises sont élevées pour cela dès l'enfance, et que c'est un long apprentissage.

— J'imagine, répondit Nick. Même si je n'ai pas eu l'occasion de voir tout cela par moi-même, étant donné que mon grand-père a renié mon père... Mais il est vrai que la vie de la cour est un enfer de complots et de secrets, sans doute autant que dans le *zenana*... Bien que je doute que les héritiers rivaux soient surveillés par des eunuques !

Il s'interrompit un instant, puis reprit avec plus de sérieux :

— Tu peux considérer que c'est l'un des avantages de notre mariage : tu n'auras à te soucier que de la société de Calcutta.

— Je n'ai pas besoin de chercher de raisons d'être heureuse de ce mariage, dit-elle prudemment. Mais, de toute manière, je sais que je n'aurais jamais pu épouser un aristocrate. Lady Hoskins me l'a clairement expliqué...

— Et pourquoi pas ? Il y a de nombreux jeunes lords, ici. Des fils cadets, des héritiers en attente de leur titre, des hommes qui prennent tous les risques dans l'espoir d'être anoblis...

— Peut-être, mais je ne pourrai jamais être reçue à la cour.

Il devait certainement le savoir mieux qu'elle !

— Mes parents n'étaient pas mariés, et ma mère était Indienne, expliqua-t-elle. Il suffit de me regarder pour deviner mes origines.

Comme preuve, elle étendit le bras, et la dentelle de sa manche révéla sa peau brune.

— De plus, ajouta-t-elle, papa n'est pas aristocrate, c'est un marchand. J'avoue d'ailleurs que cela me soulage... Je préfère ne pas avoir à porter une *autruche* sur la tête !

Elle n'était pas certaine de savoir ce que cela signifiait, mais ça ne paraissait pas agréable.

— On ne porte que les plumes, rectifia Nick, l'air absent et un peu contrarié. Cette femme se permet donc de te dire que tu n'es pas assez bien pour faire un beau mariage ?

— Non. Seulement pour la cour anglaise. Et elle a raison !

Cela ne l'inquiétait pas, en fin de compte. Elle savait qu'elle ne quitterait probablement jamais l'Inde, et ce n'était pas plus mal.

— J'ai d'abord eu peur qu'on me méprise, ici, à cause de *Mata*, mais ce n'est pas le cas. Je ne demande rien de plus.

Nick acquiesça, mais il paraissait toujours troublé.

— Est-ce que tu en es sûre ? Si qui que ce soit se permettait de faire des remarques au sujet de ta naissance ou de ton apparence...

Tu te battrais pour moi, et c'est pour cela que je t'aime.

A cette idée, des larmes lui picotèrent les yeux, mais elle les refoula et prit le visage de Nick entre ses mains. Elle le caressa doucement, pour l'aider à se détendre.

— Ne fronce pas tant les sourcils. Tu es bien plus beau quand tu souris... Et ne t'inquiète pas, personne n'est méchant avec moi.

— Bien.

Il se pencha et recouvrit ses pieds qui dépassaient de sa jupe. Elle ne put retenir un petit soupir de déception.

— Ne me tente pas, coquine ! murmura-t-il. Je suis décidé à faire les choses dans les règles et à ne pas faire l'amour avec toi avant notre nuit de noces.

— Oh...

Une partie d'elle était désappointée, car le moindre contact avec lui éveillait un feu dévorant au fond d'elle. Cependant, la décision de Nick lui semblait aussi... assez charmante. Il la respectait et désirait se plier aux conventions par égard pour elle.

Il ne lui restait plus qu'à espérer que cette retenue n'était pas une preuve qu'il ne souhaitait pas tant que cela la coucher dans son lit. S'il ne la désirait plus vraiment, que leur resterait-il ? N'était-il plus guidé que par son sens du devoir ?

— Mais cela ne signifie pas que je vais me retenir d'embrasser tes pieds jusqu'à ce qu'ils fondent ! reprit-il d'un air gourmand. Je vais embrasser tout ton corps...

Il avait parlé d'une voix si basse que, l'espace d'un instant, elle crut avoir mal entendu. Elle se redressa, et il en profita pour se laisser aller en arrière dans son fauteuil, les yeux fermés, comme s'il était sur le point de s'endormir.

Se moquait-il d'elle ? Peut-être... A moins que, guidée par ses propres désirs, elle ait cru l'entendre dire cela...

Elle se leva sans un bruit et entra dans la maison pour profiter de l'ombre fraîche du salon. La pièce n'était pas encore meublée, et n'était animée que par les couleurs vives de tapis empilés sur le sol. Elle s'immobilisa, profondément émue par cet arrangement coloré digne des plus beaux jardins.

Tout à coup, les mains de Nick se posèrent sur ses épaules, et il l'attira contre lui.

— Quelque chose ne va pas ? murmura-t-il.

— Ces tapis... Ils ressemblent tellement à ceux qui étaient dans ma chambre, au palais, le jour où nous nous sommes disputés au sujet de mes bagages, à travers le rideau... Enfin... le jour où j'essayais de me disputer et où tu t'es contenté de partir avec tant d'impolitesse.

Elle prit une profonde inspiration. Pourquoi était-il si difficile de paraître insouciante et heureuse ?

— C'est la dernière fois que j'ai vu ma chambre avant notre départ, ajouta-t-elle, la gorge serrée.

— Pauvre amour..., chuchota-t-il en la serrant plus fort contre lui.

Anusha demeura muette un instant. Que venait-il de dire ?

— Comment... Comment m'as-tu appelée ?

— Hum ? Oh ! Juste « pauvre amour ».

A son ton, elle comprit qu'il prenait conscience de la portée de ses mots.

— Ce n'est qu'une expression, poursuivit-il prudemment. Ne t'inquiète pas, Anusha. Je ne suis pas en train de devenir mielleux et sentimental ! Je sais que ce n'est pas ce que tu désires.

— Non, c'est certain... Mais je veux les baisers que tu m'as promis.

Elle s'efforça de sourire et se tourna vers lui, la joue posée contre sa poitrine.

— Baisers ? répéta Nick. Ah oui ! Je t'ai promis d'embrasser chaque parcelle de ton corps... Laisse-moi juste verrouiller les portes.

Elle le regarda aller de la porte intérieure à celle de la véranda. Il portait un large pantalon de *pajama* et une *kurta* qui descendait jusqu'à ses hanches, le tout dans des nuances de brun et de vert qui illuminaient la teinte de ses yeux... Comme elle, il était pieds nus.

Sa démarche souple, sa silhouette musclée, éveillèrent en elle une flambée de désir, comme chaque fois qu'elle posait les yeux sur lui. Il dut surprendre son regard car, en revenant vers elle, il rougit un peu. C'était décidément l'une des choses qu'elle aimait le plus chez lui : sa surprise lorsqu'il s'apercevait qu'elle le désirait, qu'elle aimait le regarder...

Il était si beau, et ne semblait pourtant jamais vraiment s'en apercevoir !

— Qu'y a-t-il ? demanda-t-il soudain.

— C'est injuste d'autoriser les hommes européens à porter des vêtements indiens, alors que je suis en permanence coincée dans des corsets !

— Tu as tout à fait le droit de te détendre en tenue indienne en privé, répondit Nick. Il faut seulement que tu sois prête à enfiler rapidement un corset si quelqu'un se présente...

Tout en parlant, il commença à déboutonner le dos de sa robe en embrassant au fur et à mesure chaque pouce de peau qu'il découvrait.

— Il est impossible d'enfiler *rapidement* un corset ! protesta-t-elle.

Elle fit de son mieux pour rester immobile tandis qu'il la libérait de son corsage et s'appliquait à dénouer les liens de ses jupes. Enfin, un monceau de tissu et de dentelles s'effondra autour de ses pieds dans un froissement doux. Ses jupons suivirent rapidement, la laissant uniquement vêtue de son corset et de sa chemise. Il dégrafa le corset, et elle ne put s'empêcher de pousser un profond soupir. Etait-ce seulement dû au relâchement de la pression qui l'enserrait ? Non... Le désir commençait à se faire plus pressant que jamais...

— Pauvre chérie, murmura-t-il en lui caressant le buste. Je vais embrasser tout cela pour apaiser ta douleur.

Chérie, pas *amour*, songea-t-elle amèrement.

Il la prit délicatement dans ses bras et laissa courir ses lèvres sur chaque rougeur imprimée par les baleines, puis se pencha jusqu'à son nombril sur lequel il commença à faire courir le bout de la langue.

— Nick ! protesta-t-elle faiblement.

Ses caresses la chatouillaient, mais il la tenait fermement et s'agenouilla pour embrasser ses hanches, son ventre, et effleurer son bas-ventre.

— *Nick !*

Elle éprouva soudain une légère angoisse. Bien sûr, elle avait appris tout cela dans les livres, mais la réalité, si intime, était bien plus troublante...

Il ne prêta pas attention à ses protestations, et poursuivit son exploration. Elle dut déployer des trésors de volonté pour ne pas saisir son visage et le guider de nouveau vers le point brûlant qui appelait férocement ses lèvres...

Nick recula et l'attira doucement jusqu'à la pile de tapis derrière eux, jusqu'à ce qu'elle s'y allonge, abandonnée à lui.

Lentement, il lui écarta les jambes. Les yeux fermés, un peu tendue, elle se laissa faire. Quand elle sentit sa langue effleurer son sexe, elle renonça à lutter, traversée de vagues de chaleur, prête pour tout ce qu'il voudrait lui faire découvrir.

Chaque coup de langue, chaque baiser, attisait de plus en plus son désir, l'entraînait elle ne savait où, de plus en plus loin au cœur de ce brasier frémissant qu'était devenu son corps… Au bout d'un moment, elle sentit les larmes lui monter aux yeux et laissa échapper un sanglot à la fois délicieux et douloureux. N'allait-il donc jamais lui apporter le soulagement que son corps appelait ? Elle s'agrippa aux tapis et, inconsciemment, se cambra pour s'approcher plus encore de lui et de ses caresses. Elle sentit alors ses doigts glisser sur son sexe. La langue de Nick trouva une parcelle de chair secrète, minuscule, en elle, et joua avec encore et encore. Tout à coup, elle ne put réprimer un cri de plaisir, et un violent frisson la parcourut. Elle attrapa les épaules de Nick et l'attira contre elle.

Quelques minutes plus tard, Nick reposait dans les bras d'Anusha. Son corps frustré commençait à s'apaiser, et il l'observa tandis qu'elle revenait lentement à la réalité. Elle était si belle, lorsqu'elle se laissait emporter par l'ouragan de la passion, désinhibée, confiante, profondément sensuelle… Les dix-huit jours qu'il leur restait à attendre avant le mariage, avant qu'elle puisse être totalement sienne, lui semblaient une éternité ! Mais il *fallait* qu'il attende. Elle avait confiance en lui et méritait qu'il fasse les choses dans les règles. Il était hors de question qu'il reproduise les erreurs de son premier mariage…

Au moins, Anusha le désirait. Saurait-elle abandonner ses rêves, ses peurs, et l'épouser en s'appuyant sur ces liens de passion qui les rapprochaient depuis le premier jour ?

Quoi qu'il en soit, il avait eu raison de ne pas prétendre être amoureux d'elle ou de ne pas essayer de la séduire avec du sentimentalisme. Elle aurait immédiatement percé ses mensonges à jour et aurait sans doute hésité. Elle ne voulait pas d'un mariage de sentiments. D'ailleurs, il avait bien entendu une note d'alarme dans sa voix après qu'il l'avait appelée « amour » sans y prêter attention… Elle avait besoin d'être elle-même, et de ne pas se sentir emprisonnée auprès d'un homme qu'elle n'aimait pas.

Bien sûr, c'était une bonne chose pour lui. Il n'aurait pas à supporter l'amour envahissant, dépendant, d'une épouse.

Lorsqu'il vivait avec Miranda, il l'avait blessée en n'étant pas ce qu'elle attendait qu'il soit ; il ne commettrait plus une telle erreur. Il ne ferait pas souffrir Anusha. Du moins, il *essaierait* de ne pas être cruel avec elle...

Soudain, il entendit résonner dans sa mémoire les pleurs de sa mère alors qu'il n'était qu'un petit garçon et écoutait à la porte de sa chambre, impuissant dans l'ombre du couloir.

Pourquoi ne peux-tu m'aimer, Francis ? Tout ce que je fais, je le fais dans l'espoir d'éveiller ton amour...

— Nick ?

Revenant au présent, il s'aperçut qu'Anusha s'étirait dans ses bras. Elle lui sourit, les yeux encore dans le vague. Peu à peu, elle parut lire son inquiétude sur son visage et lui caressa doucement la joue.

— Qu'y a-t-il ? demanda-t-elle d'un air un peu alarmé. Qu'est-ce qui ne va pas ?

— Rien. Je me rappelais seulement des événements survenus il y a très longtemps...

Quelqu'un frappa discrètement à la porte du couloir, et la poignée joua dans le vide.

— Nicholas *Sahib* ? appela la voix d'Ajit. Laurens *Sahib* voudrait vous parler, dans son bureau.

— J'y serai dans dix minutes, répondit Nick.

Il embrassa doucement Anusha. Elle l'enlaça avec une ardeur qui éveilla de nouveau tout son désir pour elle.

— Je dois y aller, protesta-t-il avec douceur, en se levant et en lui tendant la main pour l'aider à se lever à son tour. Mais laisse-moi d'abord t'aider à te rhabiller.

Elle alla chercher ses vêtements sans un mot, sans paraître le moins du monde gênée d'être nue. Comment faisait-elle pour lui faire monter le feu aux joues chaque fois qu'elle posait sur lui ses grands yeux gris brillant de désir ou de douceur ? C'était elle qui était supposée être gênée, et non l'inverse...

Cependant, alors qu'il relaçait le fameux corset, il vit une rougeur monter à ses joues tandis qu'elle baissait les yeux, comme si son regard sur elle l'intimidait soudain. Il se sentit étrangement ému et poursuivit sa tâche en silence.

— Voilà, murmura-t-il lorsque Anusha fut rhabillée.

— Est-ce que tu seras ici pour le repas ? demanda-t-elle.

— Non, les officiers se réunissent au fort. Je vais sans doute finir la nuit ivre comme un beau seigneur…

— Les seigneurs boivent-ils plus que les autres ? Pourquoi ? lança-t-elle en s'agenouillant pour rassembler ses épingles à cheveux.

— Ce n'est qu'une expression…

— Quoi qu'il en soit, je suis heureuse que tu ne sois pas un seigneur.

Nick quitta la pièce, secoué par un rire attendri, et prit la direction du bureau de George. Dès qu'il vit l'air sombre de son ami, son sourire s'évanouit.

— Quelque chose ne va pas ? s'enquit-il.

— Un bateau vient d'arriver d'Angleterre. Du courrier est arrivé pour toi.

Il lui tendit un paquet.

— J'ai aussi reçu des journaux, poursuivit-il, et j'ai immédiatement consulté la rubrique nécrologique. Une habitude morbide, sans doute… Nick, ton oncle est mort.

— Quel oncle ?

Sa mère avait trois frères, songea Nick, bien qu'il ne soit pas certain de se souvenir du visage de ses oncles maternels.

— Grenville, répondit George. Le vicomte de Clere.

Nick ne saisit pas immédiatement toute la portée de la nouvelle qui concernait en fait son oncle paternel. Il pensa d'abord que son père n'en avait probablement pas beaucoup souffert, car les deux frères n'avaient jamais été très proches. Puis les conséquences le frappèrent de plein fouet.

— Mon père est donc le seul héritier du marquisat ! Seigneur ! Perdre Grenville et voir mon père prendre sa place… Mon grand-père pourrait en mourir !

— D'après les nouvelles, ton grand-père se porte remarquablement bien. Les journaux que j'ai reçus couvrent le mois qui a suivi le décès de ton oncle, et ton grand-père paraissait en très bonne santé. En revanche, personne ne peut être certain de ses pensées... J'imagine que ces lettres t'en apprendront plus.

Nick tourna le paquet taché par son long voyage en mer entre ses doigts. Sous la couche de toile huilée qui protégeait les lettres, il sentit les reliefs d'un sceau.

— Pourquoi m'en apprendraient-elles plus ?

— Voyons, Nick ! Tu es maintenant le prochain héritier du titre après ton père. J'imagine que ces plis viennent de ton grand-père et de ses avocats. Peut-être même de ton père...

Devrait-il vraiment retourner en Angleterre ? s'interrogea Nick. Retourner auprès du grand-père qui l'avait renié, du père qui le haïssait ? Retrouver la vie étouffante de l'aristocratie ? Il ne voulait pas de ces responsabilités, et la cour anglaise lui serait à présent aussi étrangère que s'il avait toujours vécu en Inde ! Il s'était enfin construit ici une vie qui lui était chère, et il devrait tout abandonner ?

— Non ! s'exclama-t-il en jetant le paquet de lettres sur le bureau comme si elles lui brûlaient les doigts. Non, je refuse ! Je ne peux pas... Je ne peux pas m'occuper de tout cela maintenant. J'ai un engagement pour ce soir ; je dois dîner avec les autres officiers.

Il quitta le bureau en hâte, sans même prendre la peine de refermer la porte. Il entendit le siège de George grincer mais ne s'arrêta pas.

Dans le hall, il croisa Anusha qui l'interrogea du regard, mais il ne s'arrêta pas non plus. Il ne lui souhaita même pas une bonne nuit.

Comment le destin pouvait-il se jouer de lui à ce point ?

20

Nick paraissait particulièrement tourmenté quand Anusha le croisa dans le hall. Inquiète, elle se rendit immédiatement au bureau de son père. La porte était encore entrouverte.

— Quel est le problème avec Nick, papa ? demanda-t-elle en passant la tête à l'intérieur.

— On espionne ? dit-il avec un sourire de façade que trahissait son regard sombre.

— Je vous ai entendus parler, puis je l'ai croisé dans le hall… Je ne l'ai jamais vu aussi angoissé, comme s'il était pourchassé par Kali elle-même !

Elle savait par expérience que le danger rendait d'habitude Nick plus tendu, plus attentif. Or, ce qui s'était passé dans ce bureau semblait avoir tué quelque chose en lui… Elle n'avait jamais eu aussi peur de sa vie, pas même la nuit où il était venu l'arracher au confort du palais de son oncle.

— Dis-moi ce qui se passe, insista-t-elle.

— La plupart des gens ne considéreraient pas cela comme une mauvaise nouvelle, répondit son père avec un soupir. Il t'en parlera plus longuement lui-même lorsqu'il aura surmonté le choc de la surprise, mais je peux déjà t'annoncer la nouvelle : son oncle est mort, ce qui signifie qu'avec l'aide de Dieu Nick sera un jour marquis.

— Et c'est bon pour lui, n'est-ce pas ?

Anusha tentait de faire bonne figure, mais elle avait l'impression que le sol se dérobait sous ses pieds… Un marquis était un aristocrate, un homme de haute lignée. Nick ferait mieux d'épouser une vraie lady, élevée dès l'enfance pour tenir une telle place. Elle dut se tenir au bord du bureau pour ne pas vaciller.

Je ne suis pas digne de cela. Je ne suis que la fille illégitime, à demi Indienne, d'un marchand.

Quelles que soient la richesse de son père et l'influence dont il jouissait à Calcutta, elle n'était pas le genre de femme qu'un lord épousait.

— Oui, c'est bon pour lui, répondit George après une hésitation. S'il désire la richesse, un grand domaine, six maisons en ville et le pouvoir, l'influence politique qu'il pourrait avoir sur la société anglaise...

— Penses-tu qu'il ne désire pas tout cela ?

Nick pouvait peut-être renoncer à son héritage. Après tout, il n'aimait pas son père et ne semblait pas très attaché à l'Angleterre. A cette pensée, un léger espoir s'éveilla en elle.

— Hélas ! il ne peut s'y soustraire. Seule la mort pourra le libérer de son titre, dit sir George en soupirant. S'il n'assume pas ses responsabilités, tout ce qui lui appartiendra à la mort de son père sera négligé, mal géré par des agents... Je ne pense pas que Nicholas puisse se le permettre. Par ailleurs, les domaines dont il héritera abritent des centaines de personnes qui dépendront de lui.

De nouveau, Anusha se sentit vaciller.

— Dans ce cas, n'aura-t-il pas besoin d'une épouse née et élevée dans la haute société ? Une femme qui sache déjà comment l'aider et se faire accepter ?

— Il t'épousera, ne t'en fais pas, assura son père avec une gentillesse qui ne fit qu'empirer les choses.

Il a pitié de moi. Il sait que Nick ne revient jamais sur sa parole et qu'il insistera pour m'épouser, quoi qu'il lui en coûte...

— *Ha*, acquiesça-t-elle faiblement, incapable de répondre en anglais.

Revenir à sa langue natale lui permit de comprendre immédiatement ce qu'il lui restait à faire.

Les femmes de sa famille étaient descendues en chantant

aux bûchers depuis la nuit des temps, préférant le sacrifice au déshonneur d'être soumises aux armées conquérantes. Malgré la douleur de son cœur brisé, elle saurait, elle aussi, sacrifier tout ce qu'elle chérissait — sa réconciliation avec son père, son amour pour Nick — plutôt que de l'écarter de son devoir.

— Anusha ? fit sir George, l'air inquiet.

Elle leva les yeux vers lui, presque surprise de le voir là, et chercha un instant ses mots en anglais.

— Je suis désolée... Je... Je te retiens alors que tu dois avoir du travail, papa. Je te reverrai au dîner.

Il lui restait quatre heures, avant le repas. Quatre heures pour mettre son plan sur pied, et peut-être une heure ensuite pour le mettre à exécution. Nick rentrerait tard, *ivre comme un beau seigneur.*

Elle dut se mordre la lèvre pour ne pas se trahir avec un rire nerveux face à son père. Nick avait eu une réelle prémonition, en disant cela... Mais l'hystérie ne l'aiderait pas : elle devait rester froide et concentrée. Lorsqu'il aurait cuvé sa boisson et commencerait à se demander où elle était, elle devrait être déjà loin. Sans cela, elle n'aurait plus aucun espoir de fuite.

Au milieu de la nuit, Ajit descendit de la voiture et tendit son bras à Nick.

— Appuyez-vous sur moi, Nicholas *Sahib.*

— Je ne suis pas si soûl, Ajit !

— Si, *Sahib*...

Nick tenta de se tenir à la portière, rata le marchepied et se serait sans doute étalé de tout son long dans la poussière sans les réflexes d'Ajit qui le rattrapa à temps.

— Tu as raison. Je suis ivre... Ivre comme un beau seigneur...

C'était bien ce qu'il avait dit à Anusha, après tout. Cela avait paru amusant, tout à l'heure... Vu de l'extérieur, ça l'était peut-être encore, mais il avait oublié comment rire, depuis qu'il avait appris la mort de son oncle. Finalement, être soûl l'apaisait. Rien ne paraissait réel autour de lui, tout flottait. Il ne ressentait plus aucune douleur, à part une déchirure incompréhensible au fond de son cœur.

— Allez vous coucher, maintenant, *Sahib*, reprit fermement Ajit.

Il tira et poussa Nick jusqu'en haut des marches du perron et le fit entrer sous le regard ahuri du garde en poste à la porte d'entrée.

— Doucement..., murmura Ajit. Laurens *Sahib* et la *memsahib* doivent dormir. Ne les réveillez pas en vous mettant de nouveau à chanter.

— D'accord...

Nick avançait lentement. Devant lui, le couloir oscillait comme un pont de singe lancé au-dessus d'un ravin. Il ne sut trop comment, mais il parvint jusqu'à sa chambre et laissa Ajit l'asseoir sur son lit. Puis il s'allongea, la tête au pied du lit, ses chaussures à boucles sur l'oreiller.

— Va-t'en, bafouilla-t-il. Merci.

— Vos chaussures, *Sahib*.

Ajit les lui ôta et entreprit de dénouer sa cravate, mais Nick, agacé, l'écarta.

— Va-t'en... Va dormir...

Enfin seul, il ferma les yeux. L'obscurité qui l'entourait parut l'absorber, et il se laissa emporter dans l'oubli du sommeil.

— Nicholas *Sahib* ! Réveillez-vous !

Tremblement de terre ? Nick ouvrit les yeux dans un sursaut et vit Ajit penché au-dessus de lui. Non, la chambre ne bougeait pas. C'était son serviteur qui le secouait vigoureusement.

— Que se passe-t-il ? Bon sang ! Quelle heure est-il ? gronda-t-il.

Aucune lumière ne filtrait à travers les volets, et il avait la tête lourde comme un boulet de plomb.

— Il est 3 h 30, *Sahib*. Quelqu'un a volé Rajat !

— Quand ? s'écria-t-il en se redressant brusquement sur le lit.

Pris de vertige et de nausée, il resta immobile un moment. Il n'était rentré que depuis une heure, et son corps luttait contre l'engourdissement du brandy. Peine perdue...

— Le valet l'a vu en menant les chevaux de la voiture aux écuries. La stalle de Rajat est vide, et on a aussi pris sa selle et son harnais.

— Mais...

Nick tenta de réfléchir. Quelque chose le troublait dans cette histoire, mais quoi ?

— Rajat tuerait le premier inconnu qui tenterait de le monter, tout comme Pavan, finit-il par dire.

— Je sais, répondit Ajit. Je tourne cela dans ma tête depuis tout à l'heure, et je ne comprends pas... Peut-être qu'on l'a drogué pour le rendre docile.

— Ou peut-être qu'il connaissait le voleur...

Soudain, il sentit son corps se glacer de terreur.

— Non, elle n'oserait pas...

— Vous pensez à la *memsahib* ? Pourquoi aurait-elle fait cela ? demanda Ajit, l'air éberlué.

— Je ne sais pas ! Je n'arrive pas à réfléchir ! Va voir si elle est bien dans son lit.

Pendant qu'Ajit s'exécutait, Nick se leva et parvint non sans mal à garder l'équilibre jusqu'à sa table de toilette. Il plongea la tête dans la vasque puis s'essuya vigoureusement. Comme il portait toujours son uniforme, il s'empressa d'ôter la veste étroite, le pantalon ajusté et les bas pour enfiler des vêtements de route civils. Alors qu'il mettait ses bottes, Ajit revint.

— La *memsahib* dort dans sa chambre.

— Tu en es sûr ?

— J'ai entrouvert la porte et j'ai regardé. Je pouvais voir une forme sous la couverture.

Le brandy ralentissait toujours les pensées de Nick, mais son instinct du danger ne l'avait pas abandonné et il sentit ses cheveux se dresser sur sa nuque.

Il se précipita jusqu'à la chambre d'Anusha, alla jusqu'au lit et arracha la moustiquaire. Un simple coussin avait été placé sous la couverture !

— Va me chercher sa femme de chambre ! *Tout de suite !* cria-t-il à Ajit.

Quelques minutes plus tard, la maison grouillait de domestiques qui couraient dans tous les sens. Nick tentait de dessoûler à grands coups de café noir tandis que sir George arpentait la salle à manger dans sa robe de chambre de soie.

— Que diable peut-elle bien avoir derrière la tête ? Sa femme de chambre dit qu'elle a emporté plusieurs chemises et les vêtements avec lesquels elle est arrivée ici. Il ne s'agit pas d'une envie soudaine de chevaucher sur le *maidan* au clair de lune ! Je sais bien qu'Anusha est triste, mais...

— A propos de quoi est-elle triste ? demanda Nick en se resservant une tasse de café.

— Elle connaît les nouvelles au sujet de ton héritage.

Cela expliquait tout !

— Elle s'est enfuie, conclut Nick, toujours torturé par une violente migraine. Elle ne se croit pas assez bien pour un *aristocrate*...

— Il est certain que ce ne sera pas facile pour elle, répondit George. Ni même pour toi.

— Je le sais bien. Mais si qui que ce soit s'avisait de prétendre qu'elle n'est pas convenable et refusait de la recevoir, je lui ferais ravaler ses paroles — y compris si la personne en question fait partie de la fichue cour de St. James ! Elle a été élevée en princesse, sa lignée se perd dans le passé, et elle est plus courageuse que la plupart des hommes que j'ai rencontrés ! Seigneur, George, que vais-je devenir si je ne la retrouve pas ?

— Tu la retrouveras, assura George en le secouant par le bras. Tu la retrouveras, et tu le sais ! Réfléchis ! Où a-t-elle pu aller ?

Malgré la migraine et la peur, le cœur de Nick lui souffla immédiatement la réponse.

— Elle a décidé de retourner à Kalatwah. C'est le seul endroit où elle pense être acceptée.

— Mais comment ? Si elle a pris un cheval, c'est qu'elle ne cherche pas de bateau pour remonter le fleuve...

— Etes-vous allé dans votre bureau, depuis hier ? Nous ferions mieux d'y jeter un coup d'œil...

Nick ouvrit la voie d'un pas précipité, George sur ses talons, et s'immobilisa devant le bureau couvert de papiers épars.

— Regardez, lança-t-il, elle a étudié toutes ces cartes. Et les dossiers de cette étagère ont été dérangés. Vérifiez votre coffre-fort, elle sait crocheter les serrures. Recomptez votre argent pendant que je cherche un indice sur ces cartes. Je crains fort qu'elle n'ait le projet de chevaucher jusque chez son oncle... Si c'est ce qu'elle a en tête, elle cherchera sans doute un groupe de voyageurs qui vont dans la même direction. Elle partira sans doute d'abord pour Barrackpore...

Quelques instants plus tard, George lança un juron et revint du coffre les mains pleines. Il lâcha une poignée de gemmes sur le bureau.

— Elle a pris plusieurs liasses de billets et a laissé ses bijoux là pour les remplacer.

— Ne vous en faites pas, dit Nick. Je la ramènerai saine et sauve.

Voilà : c'était lui qui rassurait son compagnon, à présent... Peu à peu, comme les vapeurs d'alcool se dissipaient, sa migraine commença à s'apaiser, pour être remplacée par une angoisse grandissante au sujet d'Anusha, ainsi que par une autre émotion, étrange, qu'il était incapable de nommer, mais qui lui apportait espoir et terreur à la fois.

— Ajit et moi allons faire le tour des portes de la ville ; les gardes pourraient nous aider. Après tout, elle monte Rajat, et c'est un cheval qui ne passe pas inaperçu.

Sur ce, il se précipita vers la porte et appela son domestique qui arriva aussitôt. Tous deux coururent aux écuries. Nick était prêt à remuer ciel et terre pour la retrouver ! Qu'il le veuille ou non, Anusha allait bientôt être sienne, et son rôle était de la protéger, quoi qu'il en coûte...

Le soleil commençait à se lever, et Anusha jeta pour la vingtième fois un regard inquiet par-dessus son épaule. Derrière le groupe de marchands bengalis auxquels elle s'était jointe, la route était déserte. De toute façon, elle ne s'attendait pas à être poursuivie si tôt ; elle n'avait pas à s'inquiéter à ce point. Nick était sans doute rentré ivre, comme il l'avait dit, et personne ne remarquerait son lit vide avant que Nadia ne vienne lui apporter son thé. Ensuite, avec un peu de chance, il se passerait sans doute encore un bon moment avant que Nick et sir George ne comprennent qu'elle n'était pas seulement partie pour une promenade matinale mais s'était bel et bien enfuie.

L'un des marchands avec qui elle voyageait se porta à sa hauteur.

— Vous regrettez de quitter Calcutta, mon jeune ami ? demanda-t-il gentiment. Est-ce que vous avez dû laisser votre bonne amie en ville ?

— Oui, répondit Anusha en tentant de prendre une voix grave.

Elle avait ramené un pan de son turban devant son nez et sa bouche, comme pour se protéger de la poussière de la route, et sa longue chemise dissimulait sans peine sa poitrine ainsi que toutes les courbes qui auraient pu la trahir. Si elle se contentait de rester cordiale et distante avec ces hommes, elle avait une chance de passer inaperçue...

Malheureusement, le marchand semblait avoir envie de bavarder.

— C'est un bien beau cheval que vous avez là, reprit-il. Vous ne seriez pas prêt à le vendre, par hasard ?

— Non, je suis navrée. Il appartient à mon maître ; c'est lui qui m'a envoyée faire ce voyage.

Soudain, elle entendit du bruit derrière elle. Le galop de chevaux ! Elle se tourna juste à temps pour voir passer une petite troupe de militaires, copieusement invectivés par les marchands noyés dans un nuage de poussière. Soulagée, elle s'aperçut que son cœur s'était mis à battre la chamade... Il fallait qu'elle se calme. Si elle sursautait au moindre bruit, elle ne pourrait pas atteindre Kalatwah.

La poussière finit par retomber, dévoilant une route de nouveau déserte. Elle commença à se détendre.

— Vous avez dû partir en urgence, pour n'avoir pas même le temps d'empaqueter des provisions, commenta le marchand.

Si votre maître ne vous a pas laissé assez d'argent pour louer une mule, vous pouvez déposer vos affaires dans ma charrette.

Anusha le remercia de son amabilité, mais il haussa les épaules.

— Ce n'est rien. Nous devons nous entraider, sur les routes. Sans cela, aucun de nous ne parviendrait à destination ! Nous serions tous à la merci de la première embuscade. Barrackpore est un bon endroit pour y trouver des provisions. Nous y serons avant midi.

Il poursuivit son discours, apparemment heureux d'avoir quelqu'un à qui parler sans être interrompu par autre chose qu'un hochement de tête de temps à autre.

Au bout d'un moment, Anusha sentit la fatigue la gagner et dut se secouer à plusieurs reprises pour ne pas somnoler sur son cheval. Elle aurait bien le temps de dormir à la nuit tombée, se dit-elle, et son angoisse la tiendrait sans doute éveillée d'ici là. Au moins, cela l'empêchait de trop penser à Nick...

Pourquoi fallait-il que je tombe amoureuse de lui ? J'aurais pourtant dû savoir que notre histoire était impossible !

Elle n'avait d'autre choix que de fuir, pour le libérer de sa parole. Mais serait-elle réellement bien reçue, au palais ? Même si Altaphur avait retiré ses troupes, son oncle risquait peut-être d'avoir des ennuis s'il l'accueillait... Le maharadjah tenterait-il encore de l'enlever lorsqu'il apprendrait son retour ? Si c'était nécessaire, elle n'aurait qu'à épouser un prince choisi par son oncle pour éviter une nouvelle guerre frontalière. Elle ferait n'importe quoi pour n'entraîner personne avec elle et remplir ses devoirs. De plus, si elle se mariait rapidement, elle ne pourrait plus être un pion dans les projets politiques de qui que ce soit !

Si elle ne pouvait pas épouser Nick, le choix de l'homme avec qui elle passerait sa vie n'avait à ses yeux aucune importance... Qu'il était étrange de souffrir d'une réelle douleur physique, après avoir senti son cœur se briser ! Jamais elle n'aurait cru cela possible.

Une main se posa fermement sur son épaule.

— Réveillez-vous, mon ami ! lança le marchand. Vous vacillez sur votre selle. Bon sang ! Voilà encore deux cavaliers pressés !

Qu'ont-ils donc tous, ce matin, pour passer si vite et couvrir les pauvres voyageurs de poussière ?

L'esprit un peu embrumé par sa somnolence, Anusha se tourna lentement et, avant qu'elle puisse réagir, les deux cavaliers étaient pour ainsi dire sur eux.

Une voix cria :

— *Sahib !* C'est Rajat !

Ajit ! Ils l'avaient donc retrouvée !

Elle tira sur ses rênes et fit volte-face. Elle était prête à fuir à travers champs, dans la jungle, n'importe où, mais Rajat rechigna à quitter la route. Il avait dû reconnaître Pavan, monté par une haute silhouette élégante, qui s'approchait. Nick était là...

— Anusha ! s'écria-t-il avant de la rejoindre.

Bloquée par un chameau, elle n'eut d'autre choix que de lui faire face.

Comment a-t-il fait pour me retrouver aussi vite ? Que faire, à présent ?

Avec courage, le marchand s'interposa entre eux. Malgré sa peur, Anusha lui en fut profondément reconnaissante.

— Laissez ce jeune homme tranquille, ordonna le marchand avec fermeté. Il voyage sous notre protection.

— Si vous croyez réellement qu'il s'agit d'un jeune homme, mon ami, vous avez besoin de voir un médecin, répliqua Nick sans même le regarder. Anusha, pourquoi es-tu partie comme cela, sans prévenir personne ?

Stupéfait, le marchand les dévisagea tour à tour.

— Vous êtes une femme, et cet homme est votre bon ami ? demanda-t-il enfin.

— Oui, répondit Anusha, le cœur serré.

Le regard implacable de Nick était rivé sur elle. Il fallait qu'elle éloigne le marchand. S'il persistait à la protéger, Nick pourrait finir par employer la force, et ce brave homme ne méritait pas cela.

— Je vous en prie, reprit-elle donc, ne vous inquiétez pas pour moi... Cet homme et moi avons eu un... désaccord. Nous devons en parler en privé.

Lentement, les autres marchands s'étaient assemblés autour d'eux, prêts à dégainer leurs poignards.

— Voulez-vous que nous vous attendions un peu plus loin ? demanda l'un d'eux.

— Non, c'est inutile. Je vous remercie tous pour votre aide.

Il ne servait à rien de lutter. Nick ne la laisserait jamais partir de nouveau. Elle n'avait plus qu'à tout faire pour le convaincre qu'il ne devait pas l'épouser, qu'elle n'était pas la femme qu'il lui fallait, finalement.

— Adieu, mes amis, conclut-elle. Que votre voyage soit paisible et vous apporte de nombreux profits.

Cela dit, elle se tourna vers Nick et reprit lentement sa route, entre Pavan et la monture d'Ajit, qui n'était autre que le meilleur cheval de sir George.

— Tu aurais dû me laisser partir, Nick, dit-elle au bout de quelques instants.

Elle lui jeta un rapide coup d'œil et s'aperçut alors qu'il avait une mine effroyable. Mal rasé, les yeux rougis, il fronçait les sourcils comme s'il souffrait d'une terrible migraine.

J'ai cru ne jamais te revoir, songea-t-elle soudain, le cœur battant.

— Je prends les devants, *Sahib*, dit Ajit avant de talonner sa monture pour chevaucher à quelques pas d'eux.

— Retourne à Calcutta, lança Nick. Va dire à Laurens *Sahib* que sa fille est saine et sauve.

Ajit leva la main pour indiquer qu'il avait entendu et partit au grand galop. Lorsqu'il se fut éloigné, Nick soupira.

— Pourquoi diable as-tu fait une chose pareille ? Ton père est mort d'inquiétude !

— Je suis désolée. C'est donc sur ses ordres que tu es venu me chercher ?

Bien sûr... Quelle idiote j'ai été de croire qu'il était seulement là pour moi !

— Je suis venu pour lui, et pour toi ! Nous devons nous marier, et je croyais que tu en étais heureuse ! Je croyais que tout allait bien pour toi !

— Evidemment que j'en étais heureuse. Mais je ne peux pas épouser un lord...

— Je ne suis pas...

— Tu le seras, coupa-t-elle. Tu seras marquis, et je ne suis certainement pas l'épouse qu'il te faudra quand tu rentreras en Angleterre. Tu le sais mieux que moi ! Combien de fois avons-nous parlé du genre d'épouse qu'un lord doit avoir ? Tu m'as même dit qu'un marquis est d'un rang très élevé, presque un prince !

— Anusha, je ne veux *pas* devenir marquis.

Surprise, elle se tourna vers lui. Sa voix trahissait une telle tristesse qu'elle aurait voulu le serrer dans ses bras et l'embrasser pour le consoler, le rassurer...

— Papa dit que tu ne peux rien contre cela, dit-elle à mi-voix. Il dit que tu ne peux refuser ton titre et qu'il te connaît assez pour savoir que tu feras ton devoir. Je sais qu'il a raison. Tu ne ferais jamais rien qui risque d'entacher ton honneur.

— Anusha... Bon sang, nous ne pouvons pas parler comme cela, à cheval ! Viens, allons nous asseoir un moment là-bas.

« Là-bas » était un petit temple précédé d'une plate-forme surélevée, érigé au bord d'un pré au bout duquel se reposaient quelques chameaux et leurs gardiens. Anusha sentit son cœur se mettre à battre plus vite. Ce temple ressemblait comme deux gouttes d'eau à celui près duquel ils avaient passé leur première nuit après avoir fui le palais.

Sans un mot, elle quitta la route derrière Nick, puis mit pied à terre et s'assit sur le bord de la plate-forme, les genoux remontés sous le menton, serrés dans ses bras, comme si cela pouvait suffire à la protéger de sa douleur.

Nick se contenta de rester debout devant elle, les mains dans le dos. Avait-il peur de ne pouvoir résister à l'envie de la toucher ?

— Je sais que je ne peux renoncer à mon héritage, commença-t-il après un court silence. Si je survis à mon père, je serai destiné à prendre son titre.

Anusha acquiesça. Elle avait toujours cru au destin, à la fatalité. C'était son destin d'aimer cet homme — et de le perdre...

— Mais je ne peux pas faire face à tout cela sans toi, Anusha, poursuivit-il.

Elle tenta de protester ; il la fit taire d'un geste de la main.

— Je sais très bien ce que je t'ai dit, ajouta-t-il. Je sais que je n'ai aucun droit de te demander cela — je sais que ce sera très difficile pour toi — mais j'ai besoin de toi, et je suis prêt à combattre quiconque aurait le front de t'insulter ou de te dire que tu n'es pas digne d'être marquise.

Je ne peux pas faire face à tout cela sans toi...

21

Eberluée, le souffle court, Anusha le dévisagea.

Il a besoin de moi ?

— Mais je ne sais rien de la vie d'une marquise ! Pourquoi aurais-tu besoin de moi ?

Il riva sur elle son regard vert si troublant.

— Parce que je t'aime, finit-il par répondre dans un souffle. Et parce que je ne pense pas être capable de vivre sans toi.

Anusha retint son souffle. Devait-elle le croire ? Devait-elle se laisser entraîner par le soulagement qui l'envahissait soudain ? N'allait-elle pas en souffrir encore ? Nick paraissait si mal à l'aise, comme s'il tentait à tout prix de lutter contre ses sentiments…

— Il faut me comprendre, reprit-il. Je ne m'en étais pas rendu compte avant aujourd'hui. Je ne savais pas ce qu'était l'amour… Je n'ai jamais aimé personne de ma vie, à l'exception de George et Mary qui sont devenus mes parents de substitution. Mais lorsque nous sommes partis à ta recherche, cette nuit, que nous avons interrogé tous les passants autour des portes nord de Calcutta, j'avais si… si *peur* ! C'est alors que j'ai compris ce que je ressentais. J'avais l'impression d'être amputé d'une partie de moi-même…

Sa voix, habituellement si ferme, si forte, s'était brisée sous le coup de l'émotion.

— Je sais que tu ne m'aimes pas, Anusha. J'ai très bien compris que tu n'as accepté de m'épouser que parce que c'était la seule solution possible pour t'écarter d'un destin pénible…

Il fit soudain volte-face et s'éloigna de quelques pas comme s'il craignait de se voir rejeté, de lire dans ses yeux du dégoût. Sans doute voulait-il lui laisser une chance de le repousser après avoir avoué son amour...

Elle ne répondit pas, incapable de proférer le moindre son. Au bout de quelques instants, il se tourna de nouveau vers elle, visiblement prêt à mettre son cœur à nu et à lui laisser le loisir de le briser d'un seul mot.

— Malgré tout, dit-il encore, nous sommes amis, nous nous désirons. C'est un bon début, non ? Nous n'avons pas à partir pour l'Angleterre immédiatement. Mon père est bien vivant. D'après les nouvelles que j'ai reçues, il est en parfaite santé, et ne voudra probablement pas plus me revoir que je ne souhaite le retrouver. Nous n'aurons sans doute pas à aller là-bas avant plusieurs années. Cela te laissera le temps de t'habituer aux coutumes anglaises, et peut-être même d'apprendre à m'aimer un peu...

Anusha se leva, tremblante, et le rejoignit d'un pas hésitant. Elle ne parvenait pas encore à croire en son aveu si soudain.

— Tu m'aimes *vraiment* ? demanda-t-elle.

— Oui, répondit-il, le regard perdu sur l'horizon. Je suis navré... Je ne veux pas t'obliger à rester, à m'épouser seulement parce que je t'ai avoué mes sentiments. Je ne te demanderai jamais rien de plus que ce que tu es prête à me donner. Seulement, je...

— Je t'aime, Nicholas, coupa-t-elle, incapable de supporter plus longtemps son regard tourmenté.

Elle lui prit la main et le regarda dans les yeux, ces beaux yeux verts, profonds, scintillant dans la lumière du jour.

Ce n'est pas un rêve ! songea-t-elle, au comble du bonheur. *Je suis réveillée, et je le sens près de moi. Je sens sa peau, les battements de son cœur...*

— Je t'aime, répéta-t-elle dans un murmure. Et j'ai eu l'impression de me déchirer le cœur en te quittant. J'ai pensé que fuir était la seule solution honorable pour te libérer de moi... J'ai pensé que tu n'avais jamais réellement *voulu* m'épouser...

Sans lui laisser le temps d'ajouter un mot, Nick l'attira contre lui et l'embrassa longuement avant de la serrer si fort contre lui qu'elle en perdit presque le souffle.

— Nick ! balbutia-t-elle.

— Oui, mon amour ? dit-il en s'écartant sans pour autant lui lâcher les mains. Je t'ai fait mal ?

— Un peu, mais ce n'est pas grave... Dis-moi, en toute honnêteté, est-ce que le fait de m'épouser risque de rendre les choses plus difficiles pour toi, à ton retour en Angleterre ?

— Honnêtement ? Je ne sais pas.

Il laissa courir pensivement son doigt sur la courbe de ses lèvres, comme s'il découvrait son visage pour la première fois, et elle ne put réprimer un frisson de plaisir.

— Si tu veux savoir si nous croiserons des bigots et des prétentieux qui seront trop stupides pour voir en toi ta valeur et ton intelligence, je répondrai *peut-être*, poursuivit-il. Mais il est hors de question que je laisse ces gens-là diriger ma vie à ma place. Et je sais que, quand le temps sera venu, tu seras capable de faire de l'ombre à toutes les marquises, à toutes les ladies que tu rencontreras.

— C'est comme cela que l'on m'appellera, marquise ?

Le mot lui paraissait étrange et austère. Presque aussi austère que le rôle qu'elle serait amenée à tenir en Angleterre...

— Oui, et tout le monde, à l'exception de la famille royale, des ducs, duchesses, marquis et autres marquises, devra te saluer. Crois-moi, cela n'élimine pas grand monde. Vous serez très haut placée, ma lady...

— Haut placée ? Peu importe, je suppose que c'est toujours mieux que d'être une écervelée ! répondit-elle avec un sourire.

Elle l'attira à elle et l'embrassa de nouveau, sans se soucier du groupe de gardiens de chameaux qui les observaient, sidérés. Un *sahib* donnant un baiser à un jeune homme, voilà qui devait les choquer !

— Je pense vraiment que je ne pourrai jamais me passer de toi, murmura-t-elle. Me passer de tes bras autour de moi, du goût de tes lèvres...

Nick paraissait à court de mots, ce qui ne lui ressemblait pas, et elle se sentit étrangement encline à bavarder pour relâcher la tension qui l'avait étouffée toute la nuit.

— Il te faudra un héritier, ajouta-t-elle. Aussi vite que possible.

Répondant par un sourire, il la conduisit tendrement jusqu'aux chevaux qui les attendaient un peu plus loin.

— Dois-je comprendre que tu me proposes de rentrer et de nous en occuper immédiatement ? demanda-t-il enfin en souriant de plus belle.

— Peut-être...

Elle lui rendit son sourire et surprit une flamme de désir dans ses yeux.

— Tu es d'accord ?

— Non, coquine ! Nous attendrons notre nuit de noces, et tu devras te montrer patiente pendant les dix-sept jours qui restent avant la cérémonie. Comporte-toi bien !

— Je pourrais te dire la même chose... Nick, est-ce que tu te rappelles la première nuit de notre voyage ? Nous l'avons passée dans un temple. N'est-ce pas un bon présage que nous nous avouions notre amour près d'un autre temple, aujourd'hui ?

— C'est un très bon présage ! Je pense que nous devrions laisser une offrande ici. J'ai une flasque d'huile dans ma sacoche de selle. As-tu un couteau sur toi ? Il y a un buisson fleuri juste là.

Ensemble, ils versèrent de l'huile sur le *lingam* de Shiva et arrangèrent quelques fleurs à son pied.

— Regarde, j'ai trouvé une branche chargée de fruits et de fleurs, murmura-t-elle.

Elle appuya doucement sa tête contre l'épaule de Nick et lui prit la main. En levant le regard vers lui, elle vit ses yeux briller. Pleurait-il ? Non, c'était sur sa joue à elle que les larmes coulaient...

— A l'avenir, chuchota-t-elle avant de faire volte-face.

Dix-sept jours plus tard, éblouie, Anusha immobilisa son cheval devant un long bungalow blanc aux toits bas couvrant de nombreuses vérandas de chaque côté de la maison.

— C'est chez toi ? demanda-t-elle à Nick.

— C'est chez *nous*, madame Herriard ! Nous pourrons venir nous reposer ici chaque fois que l'agitation de Calcutta nous pèsera... Je me suis dit que cela ne te dérangerait pas de voyager une journée juste après le mariage, si c'était pour passer notre nuit de noces au calme, en pleine campagne.

— C'est magnifique !

Des valets sortirent des écuries pour s'occuper des chevaux, et Anusha mit pied à terre, leur abandonnant la jument baie que Nick lui avait offerte en cadeau de mariage.

— Je voulais bâtir ma maison en hauteur, pour avoir une belle vue, expliqua Nick, et je n'ai pas trouvé meilleur endroit à une journée de voyage de Calcutta. J'ai l'habitude de venir là chaque fois que je le peux... Regarde, on peut voir la Hooghly d'ici, mais comme on est au sommet de la colline l'air est plus sain et moins humide qu'au bord de l'eau, même en plein été. Allons, viens, laisse-moi te montrer ta nouvelle maison.

A ces mots, il la souleva et l'emporta dans ses bras jusqu'au perron.

— C'est une coutume anglaise, dit-il. Le jeune époux doit porter sa femme pour passer le seuil de la demeure.

— J'aime bien cette coutume, murmura-t-elle en enfouissant le visage dans le creux de son épaule.

Comme ils passaient devant une rangée de domestiques courbés, elle tenta de se libérer mais ne put lancer qu'un salut lointain tandis que Nick faisait de même sans s'arrêter.

— Nick, repose-moi par terre, finit-elle par dire.

— Très bien.

Il ouvrit une porte d'un coup d'épaule puis obtempéra.

Anusha examina la pièce qui semblait occuper toute la largeur de l'arrière de la maison.

Des rideaux de mousseline blanche se gonflaient d'une légère brise, rafraîchie par les écrans humides placés devant les portes-fenêtres devant lesquelles une baignoire de marbre avait été encastrée dans le sol. Le reste de la pièce était occupé à la fois par un lit double européen et par un lit indien au cadre de bois, suspendu à des chaînes attachées aux poutres du plafond. En voyant cela, Anusha ne put s'empêcher de s'écrier :

— Un vrai lit !

— Je pensais bien qu'il te plairait. Veux-tu que nous prenions un bain ?

— Oh oui ! répondit-elle, se rappelant soudain toutes ses leçons, au *zenana*. Cher époux, je dois d'abord te dévêtir...

Nick s'était déjà assis sur le bord du lit pour enlever ses bottes, mais il s'immobilisa et la dévisagea, surpris, avant d'ouvrir les bras.

— Si c'est ce que tu souhaites... Mais sache que je compte bien te rendre la faveur ensuite.

— Certainement pas ! Je dois me déshabiller pour toi.

Il portait un costume indien. Anusha commença par dénouer son turban et l'enrouler d'un geste expert autour de sa main.

— Y a-t-il des règles à respecter ? demanda-t-il soudain.

— Bien sûr qu'il y a des règles...

Tout en parlant, elle déboutonna la tunique de son époux, la lui retira, et la plia sur une chaise. Comme lui, elle portait un pantalon serré et une longue chemise qui lui avaient permis de chevaucher comme un homme, mais leurs vêtements, en cette journée de cérémonie, étaient faits de soie fine et de brocart.

Elle dégagea la chemise de Nick de sa ceinture et la lui passa par-dessus la tête avant de la plier également. La chevelure claire retomba sur le visage de Nick, et il dut secouer la tête pour la dégager.

Est-ce qu'il a la moindre idée du charme qu'il dégage ?

Elle laissa un instant courir ses mains sur son torse ferme, puis les fit glisser jusqu'aux liens de son pantalon. En sentant sous ses doigts la pulsation sourde de son sexe dressé, elle ne put retenir un sourire.

— Qu'est-ce que cela ? murmura-t-elle, joueuse.

Elle sentait le parfum musqué de la peau de Nick. Le parfum du désir et de la sueur...

— Est-ce que tu te souviens du jour où je suis venue te voir, aux bains ? demanda-t-elle soudain.

— Je me souviens d'une masseuse aux mains froides qui manquait cruellement de technique…

Il avait un ton léger, mais sa respiration devint un peu haletante lorsqu'elle fit lentement glisser le pantalon de ses hanches. Son érection se libéra du carcan du tissu. Les yeux fermés, elle caressa un moment le sexe tendu avant de s'immobiliser.

— Maintenant, dit-elle fermement, mon seigneur doit s'allonger.

L'espace d'un instant, elle crut qu'il allait se jeter sur elle pour assouvir enfin ce désir longuement réprimé, mais il prit une profonde inspiration et obtempéra en s'installant confortablement sur le lit.

Anusha eut le souffle coupé par cette vision. Il était si beau !

— Je suis désolée d'avoir été si maladroite, aux bains, murmura-t-elle. J'étais venue pour assouvir ma curiosité, mais dès que j'ai posé les mains sur toi j'ai été perdue…

— J'ai été perdu la première fois que je t'ai vue, répondit-il d'une voix rauque.

— Vraiment ?

Elle dénoua alors son propre turban, libérant ses cheveux détachés pour les laisser retomber en cascade sur ses épaules.

— Je ne devrais pas être vêtue ainsi…

Toutes les leçons du *zenana* lui revenaient. Elle n'aurait pas dû se présenter devant son époux dans de tels atours !

— Je suis on ne peut plus d'accord ! répliqua Nick avec un sourire entendu qui la fit sourire à son tour.

Hélas ! il lui fut impossible d'ôter chemise et pantalon avec la langueur érotique dont elle aurait dû faire preuve… Heureusement, cela ne parut pas déranger Nick. Il était vrai qu'il l'avait déjà vue nue, songea-t-elle, un peu plus en confiance.

— Mon seigneur désire-t-il se baigner, à présent ?

— Le seigneur et son épouse vont se baigner ensemble, répondit-il en se levant et en la soulevant de nouveau dans ses bras.

Cela semblait décidément lui plaire… Il la porta jusqu'à la baignoire, descendit les quelques marches et s'assit dans l'eau.

Elle frissonna au contact de l'eau fraîche sur sa peau brûlante, et cela le fit sourire.

Mais, aussitôt, leurs regards se croisèrent et le sourire mourut sur ses lèvres. Elle se laissa emporter par les profondeurs d'émeraude des yeux de Nick, noyés d'amour.

Son amour... Son gentleman anglais... Son *seigneur*... Soudain, il l'embrassa, et elle fut incapable d'avoir la moindre pensée cohérente. Il laissa courir ses mains sur son corps, alternant chaleur de la chair et fraîcheur de l'eau pour la mener au bord du plaisir.

Malgré le désir qui la tenaillait, elle trouva la force de s'écarter de lui.

— Je suis censée te masser, protesta-t-elle.

— Dans ce cas, je suis à ta disposition.

Il se laissa glisser dans l'eau jusqu'à ce que sa tête, auréolée de cheveux dorés comme d'un voile de soie, seule repose contre la pierre.

Anusha prit l'un des flacons d'huile posés sur le bord de la baignoire, et en fit couler un peu sur ses mains. Elle commença par masser ses épaules puis, animée par un élan soudain, prit une profonde inspiration et plongea sous l'eau pour prendre son sexe dressé entre ses lèvres.

Nick frémit, se cambra, et se laissa faire. Elle joua de sa langue tant qu'il lui resta un peu de souffle, puis remonta à la surface, un peu étourdie, des mèches de cheveux plaquées devant ses yeux. La voix rauque, Nick murmura :

— Oh ! mon amour...

Puis, brusquement, il se leva, la fit sortir de l'eau avec lui et l'enveloppa dans une grande serviette avant de l'entraîner jusqu'au lit suspendu. Sans qu'elle sache vraiment comment, elle s'y retrouva allongée, un peu désorientée. Nick prit place près d'elle.

— Je suis sûr que nous pouvons faire un grand nombre de choses très subtiles, dans ce lit, murmura-t-il en écartant les cheveux mouillés du visage d'Anusha.

Elle acquiesça, soudain anxieuse. Serait-elle capable d'interpréter correctement les textes classiques pour le satisfaire ? Son cœur battait comme un *tabla*...

— Mais aujourd'hui, poursuivit-il en embrassant sa gorge

tendrement, je pense que je vais me contenter d'être un bon Anglais et de te montrer à quel point je t'idolâtre !

Il tint parole et l'entraîna dans un tourbillon de baisers, de caresses, de mots tendres, qui la rendirent frémissante de désir, de plaisir, et d'une tension de plus en plus insoutenable qui demandait à être apaisée.

Choyée, embrassée et taquinée, elle gémissait, répétant le nom de Nick, suppliant en hindi, en anglais, ou par de simples sons inarticulés...

Lorsque Nick vint finalement au-dessus d'elle, elle ne ressentait plus aucune timidité, plus aucune peur. Elle serra ses hanches entre ses cuisses, enroula ses jambes autour de lui, le corps et le cœur ouverts pour l'accueillir. D'un mouvement de bassin, il entra en elle et elle fut sienne...

— Nick, souffla-t-elle, en ouvrant les yeux pour découvrir son regard passionné sur elle.

Il était magnifique, le visage tendu, enflammé de désir et d'amour.

— Je suis là, répondit-il dans un souffle.

Lentement, il commença à bouger en elle, doucement d'abord puis de plus en plus rapidement, l'emportant à un rythme vertigineux. Elle sentit son corps de plus en plus tendu, de plus en plus suppliant, répondre aux mouvements de Nick, jusqu'à ce qu'une vague de plaisir la submerge et qu'ils ne fassent plus qu'un. Deux corps noyés l'un dans l'autre, sans qu'elle sache où finissait l'un, où commençait l'autre. Deux esprits mêlés dans un même bonheur absolu...

Lorsqu'ils eurent un peu repris leur souffle, Nick roula sur le dos doucement, en la gardant serrée contre lui. Le lit bascula brusquement, et elle rit, agrippée à lui, de ce petit rire mutin qui le faisait toujours sourire.

— Anusha...

— Oui ?

— Es-tu heureuse ?

C'était une question bien dangereuse à poser à une jeune épouse qui venait de faire l'amour pour la première fois, songea-t-il, inquiet. Mais il avait besoin d'une réponse. Soudain, une peur presque panique s'empara de lui. Et si elle répondait : « Non » ?

— Je pense qu'il n'est pas vraiment permis à une femme d'être si heureuse, murmura-t-elle.

Elle s'appuya sur les coudes et lui sourit.

— Est-ce que les futures marquises ont le droit de ressentir cela ?

— Je n'en sais absolument rien, avoua-t-il. Mais ne t'en fais pas. Nous nous créerons de nouvelles règles, et nous ferons tout ce qui nous plaira. Crois-moi, je te promets que nous rirons beaucoup plus que n'importe quel lord ou lady d'Angleterre !

Elle se pelotonna dans ses bras, l'air rassuré, et explora son corps du bout des doigts.

Il prit une profonde inspiration, dans l'espoir de rester maître de lui-même, et reprit :

— Je peux aussi te promettre que tu seras la seule aristocrate d'Angleterre à avoir une connaissance approfondie des textes érotiques indiens classiques... Je ne suis pas certain d'av
ce qu'il fallait pour mériter une épouse si précieuse, mai
supplie : ne change jamais. Reste toujours fidèle à toi-

Anusha étendit le bras en travers de son torse et
doucement sa clavicule.

— Oh ! Nick, je t'aime tellement... Je t'aimerai to

Nick l'attira à lui et l'embrassa longuement, pui
dans un souffle deux mots qui étaient à la fois une questi
réponse, et une promesse.

— Oui. Toujours...